U0537517

[I]

福楼拜小说全集
Gustave Flaubert

[法] 福楼拜————著
李健吾 何友齐————译

人民文学出版社

图书在版编目（CIP）数据

福楼拜小说全集：全3册/（法）福楼拜著；李健吾等译.—北京：人民文学出版社，2020（2025.5重印）
ISBN 978-7-02-013559-2

Ⅰ.①福… Ⅱ.①福… ②李… Ⅲ.①长篇小说—小说集—法国—近代②短篇小说—小说集—法国—近代 Ⅳ.①I565.44

中国版本图书馆 CIP 数据核字（2017）第 303015 号

责任编辑　黄凌霞
装帧设计　黄云香
责任印制　宋佳月

出版发行　人民文学出版社
社　　址　北京市朝内大街166号
邮政编码　100705

印　　刷　三河市中晟雅豪印务有限公司
经　　销　全国新华书店等

字　　数　1458 千字
开　　本　880 毫米×1230 毫米　1/32
印　　张　58.75　插页3
印　　数　7001—9000
版　　次　2002 年 9 月北京第 1 版
印　　次　2025 年 5 月第 3 次印刷

书　　号　978-7-02-013559-2
定　　价　238.00 元(全三册)

如有印装质量问题,请与本社图书销售中心调换。电话:010-65233595

目　次

总序 ………………………………………… 艾　珉 1

包法利夫人 …………………………… 李健吾 译 1
　第一部 ……………………………………………… 3
　第二部 ……………………………………………… 61
　第三部 ……………………………………………… 212
萨朗波 ……………………………… 何友齐 译 327
　一　盛宴 …………………………………………… 329
　二　在西喀 ………………………………………… 347
　三　萨朗波 ………………………………………… 367
　四　迦太基城下 …………………………………… 375
　五　月神 …………………………………………… 392
　六　汉诺 …………………………………………… 406
　七　哈米尔卡尔·巴尔卡 ………………………… 424
　八　马卡尔之役 …………………………………… 460
　九　在乡间 ………………………………………… 478
　十　蛇 ……………………………………………… 492
　十一　在营帐里 …………………………………… 504
　十二　引水渡槽 …………………………………… 522
　十三　摩洛神 ……………………………………… 540
　十四　斧头隘 ……………………………………… 572
　十五　马托 ………………………………………… 606

总　　序

　　一八五六至一八五七年间,法国《巴黎杂志》上连载的一部小说轰动了文坛,同时也在社会上引起了轩然大波,怒不可遏的司法当局对作者提起公诉,指控小说"伤风败俗、亵渎宗教",并将作者传唤到法庭受审。这位作者就是被公认为十九世纪法国现实主义文学的第三位杰出代表居斯塔夫·福楼拜,这部小说就是他的现实主义杰作《包法利夫人》。审判的闹剧最后以"宣判无罪"告结束,而隐居乡野、寂寂无名的作者却从此奠定了自己的文学声誉和在文学史上的地位。

一

　　居斯塔夫·福楼拜(Gustave Flaubert,1821—1880)出生于一个医生世家,父亲是法国鲁昂地区远近闻名的外科专家,鲁昂市立医院的外科主任。居斯塔夫的哥哥阿希尔继承父业,后来也成为一代名医。与兄长相比,福楼拜和父亲的期望相去甚远。他幼时发育迟缓,好不容易才学会阅读,九岁入学时不过刚刚认识字母。但奇怪的是,这个在家人眼中智力如此低下的居斯塔夫,却很早就显露了文学天赋。他还没有学会阅读便在头脑里构思故事,还没有学会写作就开始自编自演戏剧,他十三岁时编了一份手抄的小报,十四五岁已醉心于创作,可是直到三十六岁才开始发表作品。

　　福楼拜的生活经历非常简单:一八四〇年从中学毕业后,他按父亲的意愿在巴黎大学法学院注册入学,但他对法律无比憎厌,所以大部分时间仍住在鲁昂,很少去上课;一八四三年他在法科考试中失败,次年又突发神经官能症(类似癫痫),从此中断学业,常年住在父母的克鲁瓦塞庄园。除外出旅行和偶尔去巴黎小住,福楼拜的有生之年全部是在家乡度过的。一八四六年父亲去世后,他一直与母亲相伴,终身未娶,读书和写作是他的全部生活内容,也几乎是他全部感情之所系。

福楼拜的少年时期在浪漫主义风靡法国时度过,雨果曾是他心中的偶像。天生细腻、善感的气质,使他极易与浪漫主义相通。然而后来在勒普瓦特万①的影响下,他开始醉心于斯宾诺莎的唯理性主义及十九世纪中叶在法国开始流行的实证科学,来自父亲的科学家思维方式,也使他习惯于对事物作缜密的观察和科学的考证。福楼拜曾说:"在我身上存在两个截然不同的人:一个酷爱大叫大嚷,酷爱激情,酷爱鹰的展翅翱翔,句子的铿锵和臻于巅峰的思想;另一个竭尽全力挖掘搜寻真实,既喜爱揭示细微的事实,也喜爱揭示重大事件……"②

从一八四三年起,福楼拜开始尝试长篇小说。他以自己青少年时代的生活体验为素材,描写两个年轻人的学习生活和感情经历。一八四五年,小说完成初稿,即《情感教育》最初的蓝本。他试图在这部小说中把激情和写实融合在一起,没能获得成功。接着在弗朗德勒画家布吕盖尔的一幅名画的启发下,他以基督教隐修士的传说为题材,着手写作充满浪漫色彩的《圣安东尼的诱惑》。一八四九年,《圣安东尼的诱惑》第一稿完成,他将好友路易·布耶及迪康③召来听他朗读,整整读了四天,最后的结论是"写得很

---

① 勒普瓦特万(1815—1848),福楼拜青少年时期的挚友,莫泊桑的舅舅,斯宾诺莎的崇拜者。
② 福楼拜:1852年1月16日致路易丝·科莱函。
③ 路易·布耶(1822—1869),法国诗人,剧作家;迪康(1822—1894),法国作家,法兰西学院院士。

糟":虽说文字讲究,字字珠玑,但却支离破碎,缺少一根线把珍珠穿起来。这时福楼拜在创作上尚处于摸索阶段,还没有形成自己的创作思想体系。就在这一年,他和迪康结伴,动身游历北非、近东诸国,历时将近两年,为日后东方题材小说的写作打下了基础。

一八五一年返回家乡后,他接受路易·布耶的建议,决定以德拉马尔的故事①为素材,创作一部刻画当代外省生活的小说——《包法利夫人》。福楼拜十分重视这"第三次尝试",前两次尝试(《情感教育》和《圣安东尼的诱惑》)失败了,这一次,"要么成功,要么从窗口跳下去"②。他全力以赴,为这部小说付出了五年艰辛的劳动,倾注了自己的全部心血。正是在这过程中,他决心和浪漫主义分道扬镳,走一条"前人没有走过的路"。他从作品中彻底排除了主观抒情成分,形成一种独创的客观主义风格。尽管这部小说连累他卷入一桩可笑的诉讼,平添了不少烦恼,但他兴奋地意识到,多年来的摸索有了成果,他的创作个性成熟了。紧接着,他开始构思《迦太基》(后改名《萨朗波》),并于一八五八年专程去北非的迦太基遗址实地考察。他为这部小说整整工作了四年,字斟句酌,反复推敲,于一八六二年才付梓印刷。一八六三年,福楼拜重新拟定了《情感教育》的提纲,大量阅读资料,全部改写,这项工作直到一八六九年才完成。嗣后,他又着手改写《圣安东尼的诱惑》,于一八七四年正式推出。一八七五至一八七七年,他创作了《淳朴的心》《圣朱利安传奇》《希罗迪娅》等短篇小说,于一八七七年结集出版,题名《三故事》。他晚年以全部精力投入长篇小说《布瓦尔和佩库歇》的创作,直到一八八〇年去世,未完成的遗稿于一八八一年在《新杂志》上发表。除小说以外,福楼拜对戏剧也很感兴趣,他曾于一八七二年改编路易·布耶的一个剧本《女

---

① 德拉马尔原是鲁昂市立医院的医生,福楼拜的父亲的学生,他的续弦夫人嗜读小说,气质浪漫、生活奢侈,先后被两个情夫抛弃,最后因负债而自杀。
② 福楼拜:1852 年 1 月 16 日致路易丝·科莱函。

性》,一八七三年又创作了一部戏剧《候选人》,可惜首演一败涂地,他终于没能成为一位剧作家。

二

福楼拜的创作思想,在许多方面显然和巴尔扎克一脉相承。和巴尔扎克一样,福楼拜也将文学作品喻为"反映现实生活的一面镜子",将真实性作为衡量艺术的主要准绳:"美就意味着真实,虽说真实的东西不一定都美,可是最美的东西永远是真实的……丧失了真实性,也就丧失了艺术性。"①福楼拜所理解的真实性,和巴尔扎克一样指的是具有普遍意义的本质现象,因此他同样强调对生活素材的加工提炼及典型化的手段:"透彻地理解现实,通过典型化的手段忠实地反映现实,是小说家应当遵循的一条基本准则。"②他明白"鲜明生动来自深刻的见解和敏锐的洞察力"③,艺术家应当像水泵的吸管一样"深入事物的核心,深入到它的最深层"④。他和巴尔扎克一样重视选择富有特征意义的细节,而且善于通过逼真的细节刻画来增强其虚构世界的可信性,甚至他作品中的某些情景、细节,写出以后才发现和巴尔扎克在《路易·朗贝尔》及《乡村医生》中写过的几乎雷同。基于这些因素,人们不无理由地将他视为巴尔扎克的后继者。

然而福楼拜并未完全步他人的后尘,他的镜子自有其映照现实的独特方式。法兰西是个崇尚独创性的民族,一个作家或艺术家如果不能在某个方面超越前人或在艺术上另辟蹊径,就不会被承认是一位大作家或大艺术家。福楼拜之所以赢得盛誉,首先应归功于他的创新精神。他的最大建树,是从作品中删去了自我,创

---

① ② 见莫泊桑:《居斯塔夫·福楼拜》。
③ 福楼拜:1853年7月8日致路易丝·科莱函。
④ 福楼拜:1853年6月25日致路易丝·科莱函。

造了所谓客观性艺术。

　　巴尔扎克是举世公认的现实主义大师,他的艺术却保留了相当多的浪漫色彩。这位伟大的梦幻追求者,总在不懈地进行着"绝对"之探求。他试图"把握一切、认识一切、解说一切",时刻感到自己"有某种思想要表达,有某种体系要建立,有某种学说要阐释"。所以巴尔扎克的作品中,永远看得见作者的巨大身影。他激情满怀,与他虚构的人物同呼吸共命运,时时刻刻在剖析他们的心理,评判他们的言行,甚至以作者身份在一旁击节叹息。和巴尔扎克不同,福楼拜主张从作品中排除自我,不流露感情,不插入议论,不让一字一句留下作者的观点或意图的痕迹。福楼拜把小说称作"生活的科学形式"[1],要求作家约束自己的感情,像自然科学家对待大自然那样,以冷静客观的态度,对事物作出完全客观的、科学的反映。"作者的想象,即使让读者模模糊糊地猜测到,都是不允许的"[2]。他认为优秀的作家应该凭理性——而不是凭激情——来从事写作:"激情成不了诗,……你对某一事物感受越少,你越有能力把它照原样表现出来。"[3]"激情地位愈小,作品艺术性愈高"。实际上,福楼拜并非真的没有激情,只是他殚精竭虑,严防它们在作品中泄露。莫泊桑说他"深深地藏匿自己,像木偶戏演员那样小心翼翼地遮掩着自己手中的提线,尽可能不让观众觉察出他的声音"[4]。历来文学作品中,还不曾见过作者的意图隐藏得如福楼拜这样深的。不能说这种艺术方法比他的前辈低劣或高明,但确是现实主义艺术方法的一种突破,给人以耳目一新之感。所以他的《包法利夫人》一出版,立刻在文坛引起强烈反响,

---

[1]　福楼拜:1865 年 8 月致勒内·马里库尔函。
[2][4]　见莫泊桑:《居斯塔夫·福楼拜》。
[3]　福楼拜:1852 年 7 月 6 日致路易丝·科莱函。

圣伯夫从中看出了"一种新文学的标志"①,左拉宣称"新的艺术法典写出来了"②。不管这些说法有无夸张成分,总之证明了福楼拜这一尝试的成功。福楼拜通过自己的艺术实践证明了:功力深厚的艺术家,完全可以通过自己所选择的富有特征意义的细节及事件的组合,来达到批判现实的目的,而不一定要直抒情怀。普列汉诺夫曾经点评道:"客观性是福楼拜的创作方法中最有力的一面。"这种把作者和作品拉开一定距离的写作方法,以其客观、冷漠的风格,后来对二十世纪法国文学产生了深刻影响,因而福楼拜在二十世纪声名大振,被奉为现代派艺术的先驱。

与福楼拜的"客观性"艺术相伴的,是作品主题的淡化。

淡化主题是福楼拜创作思想的另一重要特色,他曾表示,他所愿意写的,"是一本不谈任何问题的书,一本无任何外在束缚的书,……这本书几乎没有主题,或者说,如果可能,至少它的主题几乎看不出来"③。在福楼拜心目中,文学和音乐、绘画一样,首要任务是给人以美的享受,不一定要说明什么问题。福楼拜是纯艺术的推崇者,艺术是他唯一的信仰,是他心目中至高无上的上帝,除了对美的追求,他不允许艺术有其他的目的。在他看来,艺术创作若有功利性的考虑,便玷污了艺术的纯洁性。他认为"艺术不应该被任何学说用来作讲坛,否则便会衰退!人们想把现实引到某个结论时总是歪曲现实。……想作结论的狂热是人类最致命、最无结果的怪僻之一。……最卓越的天才和最伟大的作品都从不作结论,荷马、莎士比亚、歌德,所有上帝的长子都(如米什莱所说)提防自己做再现以外的事情"④。福楼拜强调"再现自然"是艺术的基本属性,批评、指责和教训都不属于文学范畴,作家所能做的,

---

① 见圣伯夫:《包法利夫人》,《月曜日谈话》第13集。
② 见左拉:《居斯塔夫·福楼拜》。
③ 福楼拜:1852年1月16日致路易丝·科莱函。
④ 福楼拜:1863年10月23日致尚特比小姐函。

只是"忠实地观察生活,并尽最大的努力去忠实地描绘它"①。他说:"艺术是一种描述,我们只应当想到描述","艺术就是真实本身"。② 也就是说,不拘你写什么,只要写得惟妙惟肖、栩栩如生,便达到了艺术的目的,不必让艺术去承担不属于它的重负。他认为艺术家的思想应当像大海一般宽广,像大海一般清纯,而不应趋奉时尚。福楼拜显然和当时资产阶级的"进步"思潮格格不入,所以他认为一些作家迎合公众口味的做法是"取悦功利主义"的市侩行为,而且对雨果在他的大型戏剧里"谈人类、谈进步、谈思想的发展历程和其他一些他自己都不相信的废话"③大不以为然。由此可见,福楼拜有关艺术的客观性、真实性和淡化主题的主张,在很大程度上是为了和政治拉开距离,以保持艺术上的人格独立。

福楼拜承认自己压倒一切的爱好是"对形式的爱好"。当然,这并不意味他认为形式可以脱离内容:"没有美的形式就没有美的思想,反之亦然。……观念仅仅依赖形式而存在,正如一种形式不可能不表达某种观念。"④可是他对形式的关注的确压倒了一切。福楼拜是法国著名的文体家,他的文笔清新优美、简洁质朴而又鲜明生动,被公认为法语的典范。"离开文体无作品",这句话充分体现了他对语言艺术的高度重视。他曾这样教育弟子莫泊桑:"某一现象,只能用一种方式来表达,只能用一个名词来概括,只能用一个形容词表明其特性,只能用一个动词使它生动起来,作家的责任就是以超人的努力寻求这唯一的名词、形容词和动词。"⑤他不仅要求文章结构严密,用词准确,还要求散文能朗朗上口,和诗一样铿锵有致,具有节奏和韵律的美:"如果文句读起来

---

① 见莫泊桑:《居斯塔夫·福楼拜》。
② 福楼拜:1852年9月13日致路易丝·科莱函。
③ 福楼拜:1852年5月15—16日致路易丝·科莱函。
④ 福楼拜:1846年9月18日致路易丝·科莱函。
⑤ 见莫泊桑:《居斯塔夫·福楼拜》。

能适合呼吸的要求,才能说文句是活的;如果文句可以高声朗诵,这文句才是好的。"① 福楼拜厌恶夸张和堆砌,尤其不能容忍装腔作势、矫揉造作。他所追求的美以准确、简练、朴实无华为最大特色。他的作品表面看去简单、平实,细细领会方知韵味无穷。莫泊桑把他的艺术评为"绚烂之极归于平淡",可说评得恰到好处。

三

《包法利夫人》是福楼拜发表的第一部作品,也是他最有世界影响力的代表作。正如巴尔扎克将他的作品题为"风俗研究",司汤达将他的《红与黑》题为"一八三〇年纪事",福楼拜的《包法利夫人》也有一个醒目的副标题:"外省风俗"。小说的背景是七月王朝,展示的却是第二共和国时期的法国社会风貌。也许不能说小说从宏观上反映了整个时代,但无疑抓住了当代社会的主要特征:法国资产阶级引以为荣的英雄年代过去了,一八四八年的革命风暴也已平息,随之而来的是一个相对稳定的平庸的时代。目光深邃的思想家、叱咤风云的领袖人物、在生活中奋力拼搏的斗士,仿佛都一起销声匿迹,而今活动在生活舞台上的,只剩下一群群资产阶级庸夫俗子,浪漫主义激情已成过去,现存的只是鄙陋可厌的实际生活。"路易-菲力浦一去,有些东西跟着一去不复返,如今该唱唱别的歌了"。② 平庸的作家可能认为,从资产者的日常生活中撷取题材是件十分困难的事,他们的作品不能不求助于杜撰的故事和离奇的情节。福楼拜却认为文学的力量不在故事本身,而在于作者怎样叙述、描写和处理,因此文学上不存在高尚的或低下的主题。对作家而言,"伊弗托(福楼拜家乡一地名)和伊斯坦布

---

① 福楼拜:《路易·布耶〈最后的歌〉前言》。
② 福楼拜:1850年11月14日致路易·布耶函。

尔具有相同价值,……他们想写什么就可以写什么,什么都可以写得很精彩"①。"……我们可以从任何东西里挖掘诗意,因为任何东西里都存在诗;……我们应当习惯于把世界看成一个艺术品,必须把这个艺术品的各种行为再现在我们的作品里。"②于是他以市民阶层的庸夫俗子作为艺术描写的对象,以对资产者思维方式、行为方式的暴露作为小说的基本命题。《包法利夫人》所揭示的矛盾,正是浪漫主义的追求和庸俗鄙陋的现实生活的矛盾。

一个农家的女儿,在修道院受过贵族化的教育,读过许多浪漫主义小说,她瞧不起当乡镇医生的丈夫,梦想传奇式的爱情。可是她的第一个情人是个道德败坏的乡绅,第二个情人是个自私怯懦的文书。她的偷情没给她带来幸福,倒给投机商人带来了可乘之机,使她成为高利贷者盘剥的对象。最后她债积如山,无法偿还,丈夫的薄产早已被她挥霍殆尽,情人又不肯伸出救援之手,她在山穷水尽、走投无路的情况下,只好服毒自杀。

一个女人因负债和爱情绝望而自杀,类似的故事在许多时代都发生过,也不知有多少小说家描写过,何以到了福楼拜笔下便引起了轩然大波?问题显然不在故事本身,而在于作者以貌似冷静的态度,非常"客观"地揭示了这一悲剧的前因后果。他非但没有对女主人公作道德上的审判,反而以无比的说服力陈述了社会所不能推卸的责任。

爱玛是一个失足的女人,但作者并不简单化地把她描写成一个坏女人。她并没有什么与生俱来的坏禀性,而生活却无可挽回地把她推向深渊。首先是她的父母异想天开,让她去修道院接受大家闺秀的教育,害得这位乡村少女整天向往贵族社会的"风雅"生活;浪漫主义文学的熏陶,灌输给她满脑子诗情画意,什么风啊,

---

① 福楼拜:1853 年 6 月 25 日致路易丝·科莱函。
② 福楼拜:1853 年 3 月 27 日致路易丝·科莱函。

树林啊,月下小艇、林中夜莺啊,什么勇敢如狮、温柔如羔羊的骑士啊,这一套思想感情和现实生活相隔十万八千里。她那个生活圈子的人们,每天来来去去,为生活奔忙,满不在乎地往道旁吐痰,津津有味地喝肉汤,她和这些人没有共同语言。她父亲怜惜她,不忍心让她在田庄上操劳,她整天无所事事,日子过得和钟摆一样单调:没有什么可兴奋,没有什么可感受,于是她期待着爱情。就在这时候,包法利出现了。在庄稼人眼里,医生是有身份的人,何况他还治好了卢欧老爹的腿,可见很有学问,爱玛于是成了医生太太。然而她所期待的爱情并没有到来。包法利医生既无才干,又无雄心,举止无风度可言,谈吐和人行道一样平板;他既不会游泳,又不会耍剑、放枪,和爱玛心目中的骑士完全不沾边。渥毕萨尔的舞会,在她的生活中"凿了一个洞眼",让她窥见了荣华富贵,从此她更加受不了乡镇生活的小气、平庸。舞会上那位风度翩翩的子爵,被她理想化了,变成一种甜蜜的憧憬。她把小说书上描写的当作现实,而把环绕着她的现实当成噩梦。她在幻想中生活,时刻期待奇遇的降临,好像沉了船的水手,向雾蒙蒙的天边寻找白帆的踪影。失望之余,更觉生活不堪忍受。谁也不理解她的苦闷和抑郁,只道她神经有些毛病。

她也曾努力扮演贤妻良母的角色,发狠逃避了赖昂的追求,事后却懊恼不已。她想求助于宗教,而那位庄稼汉出身的神甫却对这种灵魂的疾病一无所知,在他看来,一个人有了温饱,就该心满意足了。爱玛终于明白,她不能指望从宗教那儿获得任何帮助。

百无聊赖的生活,灵魂的苦闷,对爱情的渴求,决定了风月老手罗道耳弗一出现,爱玛就要落入他的掌心。与其说她爱上罗道耳弗,不如说是爱情的幻梦把她推向他的怀抱。爱玛凭自己的想象,以为爱情犹如来自九霄云外的狂飙,伴着雷鸣电闪,席卷人的整个意志。她按照幻想的模式投入爱恋,狂热得叫罗道耳弗看不上眼,新鲜劲一过,他的态度便越来越冷淡。眼看伟大爱情的河床一天涸似一天,爱玛的痛苦可想而知。她试图斩断私情,努力去爱丈夫和孩子,她甚至热心支持丈夫的事业,撺掇包法利割治跛脚,满心希望丈夫一举成名,以满足自己的虚荣心。哪知丈夫不争气,几乎断送一条人命。爱玛完全绝望了。她的尊严、她的自爱心,受到包法利这个姓氏的玷辱,从此连残留的一点妇德也彻底崩溃了。她重新投入情人的怀抱,比已往更加癫狂。她想入非非,要和情人私奔,讲求实际的情人干脆甩了她。受到这样的打击,她大病了一场,却不曾接受教训。她依然被幻想牵着走,依然按照小说里的模式设计自己的生活。她为体验她认为理当经历的爱情而爱赖昂,甚至当她"在通奸中发现婚姻的平淡无奇",且已对赖昂感到腻味以后,仍像个钟情的女子一样继续给他写情书。不过她写信时想到的并不是赖昂,而是一个理想男子的模糊幻影。她就这样在幻想中生活,一生都受着幻影的欺骗,不知不觉犯下许多过失。她追求细腻的感情、丰富的精神生活,结果却是耽于物欲和淫乐。她最大的错误是不理解贵族的"风雅"是需要财富作后盾的。她为之神往的那种爱情,需要庄园、别墅、高车驷马和华美的衣着打扮作陪衬,缺了这点富贵气,"爱情"便失去了光彩。她是个乡下人的妻子,却想望贵妇人的生活方式,她根本不理解现实,如何能逃脱自我毁灭的命运。

包法利夫人的悲剧,是浪漫主义幻想和现实生活发生冲突的必然后果。很难说作者是更多地批判了浪漫主义,还是更严厉地鞭挞了现实生活,他对前者的批判,正是对后者的控诉。爱玛是个为人所不齿的女人,但她主观上比周围的人更向往崇高。她希望丈夫有所作为,希望有个聪明、勇敢的男子汉受她崇拜,然而她周围只有一些目光短浅、唯利是图、毫无英雄气概的资产者。她有弱点、有过失,她虚荣且不切实际,但她并不是罪魁祸首,她不曾加害于人,倒是人们常加害于她……福楼拜写爱玛,与其说是描写一个失足的女性,不如说是塑造了一个在现实生活中惨遭摧残的浪漫主义者。爱玛的矛盾、痛苦,她的梦想和追求,她所受到的欺骗、愚弄和背叛,都深深打上了时代的印记。所以作者说:"就在此刻,我可怜的包法利夫人,正同时在法兰西二十个村落里受苦、哭泣。"①

福楼拜思想上,同样存在理想与现实的深刻矛盾。他毕生都在批判浪漫主义的影响,恰恰反映了他对现实的厌恶与绝望。他不屑与资产阶级庸人为伍,一直与社会格格不入。他认为一切向上的挣扎均属徒劳,所以对一切欲望或追求均持否定态度。他曾告诉女友:"我所欣赏的观念,就是绝对的虚无。"②这一观念,定下了他全部作品的基调。福楼拜将自己对浪漫主义的批判熔铸在包法利夫人的形象之中,他要让读者从包法利夫人的故事中领悟到,脱离现实的浪漫主义追求会把人引向怎样的误区。无怪乎他意味深长地对朋友说:"爱玛,就是我!"

四

的确,除了艺术,福楼拜对一切都持消极、怀疑态度,尤其是对政治。他憎恶所有的政党,认为它们都同样浅薄、虚伪、汲汲于实用主义的利益。他恼恨资产者对艺术的冷漠,更痛恨保守的法兰西学院和激进的社会党人对艺术的干扰与限制。他是个自由主义者,不肯依附任何政党或利益集团,也容不得任何强加于人的原则或信条。他认为要艺术削足适履等于将艺术置于死地。福楼拜一生见证了一八三〇年七月革命、路易-菲力浦的七月王朝、一八四八年二月革命、第二共和国临时政府的建立、六月起义、一八五一年路易·波拿巴政变及第二帝国的建立等多次政权更迭,他始终以独立不羁的超脱态度,和政治保持着距离。"对全部政治,我只

---

①② 福楼拜:1853年8月致路易丝·科莱函。

知道一件事,那就是骚乱……我们能为人类进步做一切或什么也不能做,这绝对是一回事"①。这一思想,在长篇小说《情感教育》中有十分形象的反映。

《情感教育》(1869)是福楼拜的作品中画面最广阔,也是最具历史文献价值的一部小说。严格说来,这是一部非小说化的小说,几乎没有主题、没有故事、没有情节的跌宕起伏和高潮,平淡得如同日常生活。小说以主人公弗雷德里克·莫罗的生活为线索,铺开了七月王朝、一八四八年二月革命、六月起义……直至一八五一年路易·波拿巴政变这一整段历史,描述了各个时期社会各阶层人物的众生相。为了准确地描述这段历史,福楼拜曾大量收集资料,认真研究当时各派力量的政治主张,但作者所关注的,显然不是各派政治主张的孰是孰非,而是结合重大历史事件来刻画人物的思想性格,展陈人们在生活浪潮中的沉浮和在政治动荡中暴露出的人性弱点。他采取凌驾于世人之上的俯视态度来观察和描绘这一切,他"以惊异的眼光看待人类生活,犹如出神地观看蚁穴"。所以《情感教育》尽管大量涉及政治,却不是一部政治小说,而是描写人性的小说。

正如莫泊桑所说,福楼拜笔下的每个人物都代表一种典型。他在戴洛里耶身上概括了焦急地期待社会动乱,以便从中寻求发迹机会,而一旦捞得一官半职,立刻与民众对立的"革命者";在塞内卡尔身上刻画了言辞激进,从鼓吹社会主义转变为拥护拿破仑三世的十二月政变,乃至亲手杀害昔日伙伴的极"左"派共和党人;通过当布勒兹的形象揭露大资产阶级在政治动荡中的变色龙伎俩、保持权力的手段和敌视人民的本能;通过马蒂侬勾勒出谨小慎微、浅薄平庸,但却精于趋奉权贵的官场宠儿;他描写鱼龙混杂的民众在革命中的盲动行为,三流艺术家佩勒兰、蹩脚文人瓦特纳

---

① 福楼拜:1846年8月6日或7日致路易丝·科莱函。

兹小姐、于索奈等的追风赶浪,也怀着真挚的同情刻画了正直勇敢、禀性善良的共和主义者杜萨迪埃——一个真诚相信"共和"会给所有人带来幸福而甘心为之献身的好汉;还有崇尚空谈的"伟大公民"雷冉巴尔、行为荒唐有时却不失豪爽的画商阿尔努、温良贤淑的阿尔努夫人、天真未凿的路易丝·罗克、沦落风尘却真情未泯的萝莎奈特、工于心计的当布勒兹夫人……每个人物都独具个性,同时又有很高的概括性。这都是在生活中随处可见的人,挟带着各式各样的弱点或错误,作者仅仅客观地描写他们,小心翼翼地避免加以评论。

　　作者着墨最多的人物,自然是小说主人公弗雷德里克·莫罗。这是一个平凡的资产阶级子弟的典型,代表着碌碌无为的大多数。他安分、随俗、空虚,心地不坏却意志薄弱;他没有职业、没有野心,没有追求,既非趋炎附势的小人,也没有造福于人的高尚情怀;他因衣食不愁而丧失了行动的动力,虽然不时有一些计划(诸如写作、学画、当学者、竞选议员之类),却从来没有恒心去付诸实施,甚至爱情,他也不曾全力以赴地去争取。他有充分的自由选择自己的生活,可他什么也不曾选择,而是任由生活卷带着他走:他钟情于阿尔努夫人,为这桩不会有结局的爱情消耗了许多心力,却不清楚自己究竟期待着什么;他在乡间有意无意地和罗克小姐调情,含含糊糊地应允了这门亲事,可是一到巴黎就把罗克小姐忘到九霄云外;他想望高尚纯洁的爱情而不可得,只好在风尘女子萝莎奈特那里寻求感官的满足;他出于虚荣追求当布勒兹夫人,并打算和她结婚,其实内心深处对这位夫人越来越淡漠,终因她触犯了他心中对阿尔努夫人的感情而离她而去;一八四八年革命后,他一度想要有所作为,打算回家乡竞选议员,可是先遇上阿尔努夫人那儿有事,后来又因萝莎奈特生孩子,终于没有成行。就这样,直至走到生命尽头,他依然一事无成。待到花掉了大部分产业,他便回到家乡靠一小笔年息混日子。这就是莫罗的未经选择的人生,人们常见的虚度了的人生。

意味深长的是,在福楼拜笔下,意志薄弱、无所作为的莫罗,和野心勃勃、试图在政治舞台上大显身手的戴洛里耶殊途同归,都回到故乡平静的一隅,在回忆往事中消磨时光。两人都在生活中绕了一个大圈,最终毫无结果地回到原来的出发点。这似乎是为了证明作者所说的:"能为人类进步做一切或什么也不能做,这绝对是一回事。"当然,真正得到证明的,只是作者本人的怀疑精神。

福楼拜的怀疑主义,在他未完成的作品《布瓦尔和佩库歇》中有着更加充分的表现。小说描写两个对自己的工作已经厌倦的誊写员,决心退休后随心所欲地研究学问。他们先后钻研了农业、园艺、果木、化学、药物学、医学、天文学、博物学、地质学、考古学、历史、文学、语言学、政治学、骨相学、磁疗学说、哲学、通灵论、宗教、神学、教育学、社会学、法学……结果发现每门学科都充满种种相互矛盾的学说,每种学说也都有其自相矛盾之处;被认为十分权威的理论,在实践中要么行不通,要么产生相反的结果。真理何在?两位朋友莫衷一是,无所适从,只好回到誊写中消磨时光。这部小说几乎检阅了当代一切精神文化产品①,也反映出作者遍及一切领域的怀疑精神。不能说福楼拜否定了人类在各个知识领域做出的努力,确切地说他是以批判的眼光过滤一切,且向现代科学(或学术)的各项结论提出了质疑。这部作品可惜没有写完,否则又将是一部富有挑战性的奇书。福楼拜是一位创新意识极强的作家,虽说新的尝试不见得总能受到理解和欢迎,他仍然要求每部作品都有新意。他非但不愿重复别人,甚至也不愿重复自己。《包法利夫人》开客观性艺术之先河;《情感教育》在坚持客观性的基础上,进一步弱化传统小说的特征,超前指出了二十世纪小说的发展趋势;《布瓦尔和佩库歇》则是一部观念化的小说,不但大大冲

---

① 据悉福楼拜为写这部书,曾阅读了不同学科的一千五百种著作。

破小说的格局,且已越出写实艺术的范畴,充满了抽象的思辨色彩。莫泊桑把这部书称作"观念的故事",也可以说是"理想的故事"。小说的两位主人公都是童心未泯的善良老者,作者塑造他们时糅入了大量喜剧色彩,然而他们却代表着人类向往真知、不断求索的进取精神,一种勇于在实践中检验一切的可贵的求实精神,也是足以破译福楼拜式怀疑主义的理想精神。

除《包法利夫人》《情感教育》及《布瓦尔和佩库歇》,福楼拜以现实生活为题材的作品仅有《三故事》中的《淳朴的心》。这是世界上流传最广的短篇小说之一。按作者的说法,他写这篇作品,完全是为了让乔治·桑高兴,可是作品尚未写完,乔治·桑就去世了。福楼拜和乔治·桑是忘年交,友情不菲,但两人的创作观大不相同。乔治·桑抚爱人生,按自己的理想描绘生活。她批评福楼拜总是描写太多的丑恶,总是以冷漠的态度讽刺人类,使人们读了他的书更加忧郁。于是她苦口婆心地劝他多多留心人间的善和美,尝试一下塑造善良、诚实、品德高尚的形象。福楼拜不打算按乔治·桑的意见改变自己的创作方法,但为了不辜负她的一番好意,决定写一篇她期待于他的小说。小说主人公的原型就是福楼拜家的老女佣,作者通过一系列生活琐事,刻画了女主人公淳朴善良的品质,描绘了一个平凡的女佣凄凉而无可指责的一生。故事结构简单,几乎是平铺直叙,没有任何重大的波澜起伏,然而作家高超的白描技巧,竟使无数读者为之凄然泪下。较之包法利夫人,费莉西泰可以说从未享受过生活。她一生辛苦劳作,以慷慨无私的爱心爱他人,却不曾得到任何回报。然而在她离开这个世界时,她的心是宁静、安详,甚至幸福的。因为她单纯质朴,对生活从未怀有奢望,也就没有什么烦恼或悔恨。应该说,福楼拜笔下这个纯洁的灵魂,虽然不比乔治·桑曾塑造的人物高大,给读者的印象却真实、感人得多。

五

　　福楼拜的历史传奇小说同样富有创意。如果说他以当代生活为题材的小说大量描绘了资产阶级社会平庸的现实，那么他的历史传奇小说则大大补偿了他内心深处对激情的爱好；如果说他描摹现实的作品强调简单、平实、色彩浅淡，几乎酷似日常生活，那么历史传奇的题材则允许他浓墨重彩、极尽渲染铺陈之能事。当然，福楼拜的叙事方式依然是客观、冷静的，作品的主题和作者的思想依然模糊而且隐蔽。但由于题材与现实生活拉开了距离，给作者的想象力提供了广阔的活动空间，使福楼拜那种天马行空般的丰富想象得以自由驰骋，所以他的历史小说在风格上带有较多的浪漫成分，色彩更浓烈绚丽，场景更富异域情调、情节也更惊心动魄。不过福楼拜丝毫不想背叛他的"科学性"原则，他写历史小说如同考古家发掘古迹，调查考证不厌其详。为写《萨朗波》，他曾查阅九十余种有关迦太基的文献资料，写了无数笔记，且实地考察了北非的迦太基遗址。尽管《萨朗波》的故事情节纯属虚构，但他要求全部情景描写无懈可击。他像考古家复制一座古城那样，在《萨朗波》中尽可能精确地再现了公元前三世纪的名城迦太基，连同它的城池、房屋、服装、器皿，它的社会风习、宗教礼仪……历史上仅有简单记述的雇佣军起义，在福楼拜笔下又复原了其动人心魄的恢宏气势。古代奴隶社会的种种文明与野蛮、奴隶主的骄奢淫逸、奴隶们非人的生活处境、奴隶主和奴隶之间的生死斗争、惨烈残忍而又慷慨悲壮的战争场面……由于有神秘的月神纱帔和绝色美女萨朗波的爱情奥秘加以点染，更显得光怪陆离、七彩斑斓。显然，没有作家丰富的想象加以补充，仅靠史料是产生不了这样的艺术效果的。

　　有人形容《萨朗波》一书，犹如玲珑剔透的古玩，其艺术上的完整与精美,几乎无可挑剔。特别是群体活动的场景,如史诗般波澜壮阔、雄浑遒劲,令人叹为观止。《萨朗波》中的人物塑造,有史诗人物轮廓鲜明的特色,却远比史诗人物丰富复杂。尽管塑造古人形象在心理描写方面有很大难度,但几个主要人物(如迦太基主帅哈米尔卡尔、雇佣军的核心人物史本迪于斯和马托)仍刻画得鲜活生动、血肉丰满,像现代典型一样具有多层面的性格。不过萨朗波却不是一个现实的典型,而是某种观念的化身,代表着迦太基人的月神崇拜。她生活在深宫内院,接受纯粹的宗教教育,终日祈祷,不谙世事。马托的出现,打破了她的平静,令她下意识地产生了青春萌动时期的躁动不安。她只身潜入敌人营帐,索回月神纱帔,却同时发现了人性,失去了信仰,从此内心深处再也抹不掉马托的身影。她以为自己恨马托,而在她的大婚之日,当她眼见血肉模糊的马托被迦太基人折磨致死,精神上却无法承受如此强烈的刺激,终于倒地身亡。福楼拜虚构这样一个笼着神秘纱帔的准爱情故事,穿插在这场血肉横飞的战争中,显然是出于艺术上的需要。很难设想若缺少这个故事,这部小说还能否具有如此诱人的色彩和诗意。

　　萨朗波的这段故事中,颇值得分析的是月神祭司沙哈巴兰的形象。这位迦太基首屈一指的学者,从小献身于月神的可怜阉人,他是月神的祭司,却暗恨月神使他失去了人的权利,由此造成心理的畸变。他爱萨朗波,却又嫉恨她,他因不可能得到她而想毁掉她,便撺掇她去敌营索回纱帔。然而计划实现后,他陷入更深的痛苦和仇恨,仿佛是旁人侵犯了他、背叛了他、夺去了他之所爱。于是他背弃月神而皈依日神,最后像疯子一样向马托施行报复。显然,萨朗波及其老师沙哈巴兰信仰的动摇,不言自明地挑战了神灵的统治,呼吁了人性的复归。作者心中无处不在的怀疑精神,又一次在作品中得到表现。

　　同样,隐修士传说《圣安东尼的诱惑》一书,与其说是通过谱写圣安东尼战胜魔鬼诱惑的事迹歌颂基督的伟大,不如说是在客观叙述的掩盖下,检阅人类五花八门的信仰、主张,暴露出种种"真理"的相对性乃至谬误。这部小说可能引起的指控,作者心中完全有数,因而迟迟不敢发表。一八七四年出版时,屠格涅夫本拟介绍到俄国,沙皇的审查机构果然以反宗教的罪名禁止此书在全俄出版。其实福楼拜并不否定信仰,因为信仰可以成为启发人类良知的一种精神力量,但他厌恶所有的宗教教义,更不承认何种宗教能代表唯一的真理。在他看来,不拘哪种宗教,上帝都不应成为外在于人的统治力量,而只应存在于每个人的内心世界。在《圣安东尼的诱惑》这部对话体的小说里,圣者安东尼像浮士德一样接受了魔鬼的指引,探索了宇宙万象,他感受一切、体验一切、认识一切,最后战胜了自己一切物质的或精神的欲望,返回到自己内心的信仰中。

《三故事》中的《圣朱利安传奇》和《希罗迪娅》亦以基督教传说为题材。前者描述朱利安为补赎误杀父母的罪孽,苦修积德、终成正果的坎坷经历;后者取自施洗者约翰被害的故事。两篇小说篇幅都不长,但写得有声有色、极富韵致,艺术上的精美、完整,足可与《萨朗波》媲美。而福楼拜显然曾竭尽努力,使之避免与《萨朗波》的格调雷同。在《圣朱利安传奇》中,作者突出了朱利安和命运的搏斗:他第一次离家出走,浪迹天涯,到处建功立业,为的是使灵兽的诅咒不得应验;然而正当他功成名就,成为驸马,决心永不再开杀戒,从此安度宁静的和平生活之时,他却没能抵抗住狩猎的诱惑,结果酿成大祸。第二次出走,是在承认自己罪无可赦,当遭天谴的情况下,决心抛弃富贵荣华,苦修自惩,坚持行善积德,终于改变命运,获耶稣超度,进入天国。因而朱利安的失败,与其说是败于宿命,不如说是败于未能战胜自己;而后来之所以能升入天国,原因也在于取得了对自己的胜利。

莫泊桑认为《圣朱利安传奇》在艺术上无懈可击,居《三故事》

19

之冠。史学家兼文艺批评家泰纳则将《希罗迪娅》视为《三故事》中最重要的杰作,因为这篇小小的作品高度概括地展示了耶稣创教的社会历史背景,剖析了当时错综复杂的社会矛盾及基督教产生的根源,生动地再现了两千年前的社会风习和人情世态。应当承认,短篇小说像《希罗迪娅》这样拥有如此丰富的历史内容,的确是不多见的。作者敏锐地抓住了人类文明史上这一关键时刻的主要特征:一方面,罗马势力的扩张迫使犹太奴隶主贵族屈服于外力的统治;另一方面,尚处于弱势的基督教已开始显示出广泛的群众基础和强劲的发展势头。藩王希罗特害怕结怨于民,不肯下令杀害施洗者约翰;阴狠刻毒的藩后希罗迪娅却早已设下美人计,只待生日宴会酒酣耳热,便抛出她的秘密武器。莎乐美的出场,是本篇的华彩片段,随着东方美女的婆娑起舞,全场为之眼花缭乱、心醉神迷。藩王完全为美色所俘虏,立刻许诺满足她一切愿望,哪怕是索取他的半壁江山。"把约喀南的头给我!"莎乐美喊道。希罗迪娅的计划实现了!应验了约喀南自己的预言:他必兴旺,我应衰微。小说结尾时旭日东升,三个信徒捧着约喀南的头颅,朝加利利方向走去,象征耶和华为耶稣所取代,耶稣的时代即将到来。

六

福楼拜毕生笔耕不辍,而成品数量并不很多,包括未完成的《布瓦尔和佩库歇》在内,正式出版的作品不过是五部长篇和三部短篇。但这为数不多的作品已足以使他超越许多同代作家而步入大师行列,成为十九世纪中叶继巴尔扎克之后声望最高的小说家。

福楼拜的作品篇幅都不很大,但篇篇都是精雕细刻的艺术精品。他的小说自然流畅,仿佛一气呵成,没有与主题无关的细节,没有一处累赘的语句,文字锤炼到几乎不能增减一字的程度,然而无人能想象他的创作过程是何等艰辛苦涩。福楼拜不属于那种才思敏捷的天才,他的艺术造诣全仗呕心沥血的艰苦努力。他信奉布瓦洛的名言:"流畅的诗,艰苦的写。"很少有人肯像福楼拜这样不惜代价地在锤字炼句下功夫,"头发越梳越亮,文笔也如此,修改可以使它有声有色"。① 为了寻求"精彩、和谐而又富于歌唱性的句子,福楼拜有时竟至累得汗流浃背,真可谓"语不惊人死不休"。所以他终日伏案,一天至多能写五百字。巴尔扎克动辄向朋友报告:"《吕吉耶里的秘密》是一个晚上写出来的,《老姑娘》花了三个夜晚……三天写出了《幻灭》的开头一百页……"这些说法有无吹嘘成分很难说,但《高老头》从动笔到在报纸上连载,的确只有三个多月。福楼拜则不然,他向人报告的消息往往是:"《包法利夫人》进展不快,一个星期写了两页","四天写了五页","这一个星期写了三页","前天,我到凌晨五时才睡觉,昨天是凌晨三时上床……自你见到我那天,我一口气写了二十五页(六个星期写二十五页)。这二十五页写得真艰苦呀!……抄了又抄,变了又变,东改西改,眼睛都发花了……"②他的甥女说《三故事》是他写得最快的作品,但这部译成中文不过八万字的小集子,也花了整整一年半的工夫。

福楼拜从来不急于发表作品。《情感教育》从初稿到定稿相距二十四年,除题目未变,其他均面目全非;《圣安东尼的诱惑》三易其稿,历时二十五载,他曾感慨万端地说:"写作是一种苦恼的事业,其中充满了焦虑和令人疲惫的努力。"福楼拜是一位极苛求的艺术家,他不图功名利禄,也不需要靠写作维生,他所孜孜以求的,仅仅是美。他怀着对美的"宗教式的虔诚",不懈地追求艺术上的"尽善尽美"。福楼拜是有产者,原可以活得悠闲自在,而他却像在沙漠中修行的苦行僧一样,拒绝一切享乐,抵制着来自四面

---

① 福楼拜:1852 年 11 月 22 日致路易丝·科莱函。
② 福楼拜:1852 年 4 月 24 日致路易丝·科莱函。

八方的诱惑,年复一年地在艺术创作领域艰难跋涉。《圣安东尼的诱惑》其实也是写他自己。他和圣安东尼一样克制欲望,心甘情愿地遁世隐居;他为艺术抛弃一切,正如圣安东尼为宗教牺牲现世。

　　他的辛苦没有白费,因为他的语言艺术几乎达到无可挑剔的程度。相形之下,巴尔扎克和司汤达要粗糙得多。巴尔扎克的作品,犹如天才的巨斧砍劈而成,雄浑有力,神采不凡,但未经细细打磨,颇有些凹凸不平之处;司汤达语言简洁,却不够丰满和形象;福楼拜的文字比他们更精练、更优美,也更平实,往往三言两语,便勾画出鲜明生动的形象。他写查理前妻的干瘪:寡妇瘦括括的,牙又长……骨头一把,套上袍子,就像剑入了鞘;写查理求婚,总共百十来字,把查理的怯懦、卢欧老爹的豪爽勾画得活灵活现。福楼拜擅长白描,他写老包法利浪荡公子的习性难改,只是客观地陈述他的行为:早晨他到广场吸烟斗,戴一顶漂亮的银箍船形帽,居民还真让他给唬住了。他喝烧酒有瘾,一来就差女用人到"金狮"替他买一瓶,写在儿子账上。他要手帕有香味,用光儿媳妇储藏的全部科伦香水……;他刻画罗道耳弗的花花公子禀性,只需罗道耳弗几句内心独白:家伙,她打哪儿来的?那笨小子打哪儿找到她的?小可怜儿!巴望爱情,活像厨房桌子上一条鲤鱼巴望水,来上三句情话,我拿稳了她会膜拜你!一定温柔!销魂!……是的,不过事后怎么甩掉?……

　　福楼拜擅长刻画资产阶级中间人物,如《包法利夫人》中的郝麦,便是他笔下最成功的典型之一。这位追名逐利、以进步人士自居的时髦人物,谈起什么都头头是道,开口闭口"科学""进步",他在外行面前卖弄学识,在内行面前不懂装懂,所有的名人他都拼命巴结,所有能扬名的事他都要插进一只脚……他喜欢赶浪头,崇拜一切新潮的人和事,连给孩子取名都要讲时髦。所以他的四个孩子一个叫拿破仑,代表光荣;一个叫富兰克林,代表自由;一个叫伊尔玛,算是对浪漫主义的让步;一个叫阿塔莉,表示对法兰西不朽剧作的敬意。福楼拜对此人未加褒贬,写得既客观又入木三分。他并没有把人简单地分为好人或坏人,事实是郝麦之流也谈不上是好人还是坏人。他们各有自己的弱点和私心,在没有利害冲突的情况下,他们并不想加害于人,有时甚至可以热心助人;但他们主要是对可资利用的人或事分外热心,一旦有人妨碍其前程,他们决不手下留情。

福楼拜塑造人物形象的功力不亚于巴尔扎克,所不同的是,巴尔扎克笔下的人物几乎个个充满激情,有着强烈的欲望和追求,因而个个色彩鲜明、有棱有角;福楼拜却重视中间色调,习惯于塑造中间人物或中间性格。他指出"中间色调的真实性不下于鲜明色调"①。这与其说是他酷爱中间色调,不如说是他意识到这种色调更能表现资产阶级社会平庸琐碎、空虚无聊的生活现实。虽然和"平庸"相处太久会使他感到腻烦,那时他便迫不及待地逃进历史题材,从古代传奇人物那里寻求激越的感情和绚丽奇幻的色彩。

应当承认,福楼拜的观察力和他的两位前辈——巴尔扎克和司汤达——同样敏锐,对人物内心世界的剖析和他们同样精细。他和他们一样不满足于描摹事物"粗糙的表象",而是力图深入到对象的"精神和心灵深处",理解其"深藏的欲望",探究其"行为的复杂动机",揭示其"未暴露的本质"。② 但总的说来,福楼拜的小说所反映的当代生活,比巴尔扎克和司汤达的作品要狭窄得多。根本原因在于他的生活经历远不如那两位作家丰富和坎坷。福楼拜是个有产者,一生中绝大部分时间在父亲留下的庄园里过着安定的生活。他不必为衣食奔忙,也感受不到为衣食奔忙者那些含辛茹苦的斗争。他在物质上无求于人,不必强迫自己与世人周旋,

---

① 福楼拜:1846年12月11日致路易丝·科莱函。
② 见莫泊桑:《居斯塔夫·福楼拜》。

更不会受出版商的辖制或催逼,所以他能遁世隐居,只与少数知己来往。这固然保证了他有足够的精力追求艺术上的完美,却也大大限制了他的视野和思维空间。他不具备巴尔扎克那样深邃的历史眼光,把握整个时代的动向;也没有司汤达那样的政治直觉,预测到一八三〇年七月革命的到来。福楼拜意识不到一八四八年以后社会主要矛盾的转化,始终理解不了当代历史的嬗变。他虽在《情感教育》中描写了重大历史事件,却只是一个旁观者在局外获得的印象,并未深入到社会生活的内核。他自己也承认,他"对生活缺乏一个明确的、总体的概念"①。他憎恨上层社会的虚伪,蔑视市民社会的平庸,嫌恶下层人民的粗暴;他不满现实,却又惧怕变革带来的动荡;于是他无所适从,只好躲进艺术的象牙塔,从艺术中寻求慰藉和满足。所以,和巴尔扎克、司汤达相比,福楼拜更是个艺术家,而不是历史家或思想家。从宏观的角度,他的小说在同步反映现实的深度与广度方面,虽没能达到巴尔扎克和司汤达的高度;但从微观的角度,其艺术自有其精妙独到之处,值得我们研究和借鉴。

福楼拜是我国读者最熟悉的外国作家之一。早在二十世纪二三十年代,我国法语界前辈李健吾、李劼人、李青崖等,已陆续将福楼拜的作品译介到中国。到目前为止,除未完成的《布瓦尔和佩库歇》之外,福楼拜的小说均至少有两个以上的译本,《包法利夫人》的译本甚至有六种之多,但时至今日尚未见有福楼拜的《小说全集》面世。为了让中国读者对这位影响深远的小说家获得一个完整的印象,也为了从众多译本中遴选出最优秀者向读者推荐,人民文学出版社决定出版一套以译文见长的《福楼拜小说全集》。

---

① 福楼拜:1875年12月致乔治·桑函。

《全集》分上、中、下三卷：上卷收《包法利夫人》及《萨朗波》；中卷收《情感教育》及《圣安东尼的诱惑》；下卷收《三故事》及《布瓦尔和佩库歇》。

《包法利夫人》的六种译本各有长处，若论传神，仍首推李健吾先生的译本。李译的缺陷是由于翻译得较早，某些语言和当代语言习惯有一定距离，个别疏忽处亦未能及时订正。但若因这类小疵而废大瑜，实为翻译文学的一大损失。我国当代翻译理论家罗新璋先生曾提出，李先生所译《包法利夫人》，尽传原著之精神、气势，若能适当修订，当能作为经典译本长期流传。经与李健吾先生的版权继承人李维永女士研究，决定由《全集》的编者负责核校并重新编辑加工，由李维永女士亲自审阅认定。这样产生的修订稿，既保持了李先生译文的原貌，又消弭了原译中的若干小疵点，可谓代表了当前《包法利夫人》译文的最高水平。

《萨朗波》曾有四种译本，最能表现原著的风格和色彩的，是何友齐先生的译本。何先生是改革开放以来崭露头角的中年翻译家，在《巴尔扎克全集》的翻译工作中已显示过其中外文的功力和出色的翻译才华。何先生译笔优美、简洁、用词准确、音韵铿锵，颇得福氏语言之奥妙。为了表现这部小说的浓烈色彩，何先生在词汇的运用和语式上都下了相当大的功夫，其文字魅力显然在其他译本之上。

《情感教育》曾有两种译本，都不十分理想。如何将这部貌似平淡的小说译得引人入胜？只能依靠翻译家的语言功力和对原著的细心揣摩。于是我们请北京大学教授，翻译家王文融女士重译这部名著，果然使小说叙事严谨而又娓娓动听的面貌在译文中得以展现。王文融女士的翻译，以对原著理解的准确和文笔的细腻、质朴为最大特色，由于对原著的每个细节、每一句话的因果关系都有透彻的领会，对人物的思想感情体贴入微，福楼拜用心良苦的所有细微之处，都能通过译文表现出来，从而大大提高了文本的吸引力。

　　根据同样的尺度，我们从《圣安东尼的诱惑》的三种译本中选择了刘方女士的译本，从《三故事》的四种译本中，选择了刘益庾先生的译本。《布瓦尔和佩库歇》是中国读者尚不熟悉的作品，此次特请翻译家刘方女士为本《全集》译出。此外，福楼拜的大量书简中，谈及不少文学方面的问题，对我们理解福楼拜的文艺思想及其作品应有所帮助，故请刘方女士参考李健吾先生生前所选篇目，选译了福楼拜《文学书简》约十万言，作为"附录"编入下卷。福楼拜的《生平、创作年表》，我们采用阿尔贝·蒂博代先生为法国"七星文库"版《福楼拜作品集》编订的文本，由北京大学杨国政先生译出，亦作为"附录"编入《全集》的下卷。

　　本《全集》所收译文，无论新译、旧译，均根据法国加利马出版社"七星文库"版《福楼拜作品集》翻译或重新校订；全部注释均根据新出版的辞书重新核查；全部专名的翻译均按当前通用译法统一。

　　人们常说翻译是一门遗憾的艺术，意思是文学翻译很难做到尽善尽美，永远有改进和提高的余地。也许再好的译本也只能起到承上启下的作用，总有一天会被更好的译本所代替。但在一定的阶段，仍可以遴选出相对优秀乃至经典性的译本。人民文学出版社从翻译界的现状出发，选择优秀译本编入《福楼拜小说全集》，既是考虑到这位作家在文学史上的地位，也是在粗制滥造的翻译作品充斥市场的情况下，为提倡严肃认真的文学翻译略尽绵薄之力。同时我们欢迎专家、学者和广大读者对本《全集》中的错误或不足之处提出批评，我们将本着精益求精的精神，在再版时加以改进。

艾　珉
一九九九年二月

包法利夫人

李健吾 译

第 一 部

一

我们正上自习,校长进来了,后面跟着一个没有穿制服的新生和一个端着一张大书桌的校工。正在睡觉的学生惊醒了,个个起立,像是用功被打断了的样子。

校长做手势叫我们坐下,然后转向班主任,对他低声道:

"罗杰先生,我交给你一个学生,进五年级①。学习和操行要是好的话,就按照年龄,把他升到高年级好了。"

新生站在门后墙角,大家几乎看不见他。他是一个乡下孩子,十五岁光景,个子比我们哪一个人都高。他的神情又老实又拘谨。头发剪成平头,像教堂唱诗班的孩子那样。肩膀不算宽,可是他的黑纽扣绿呢小外衣,台肩一定嫌紧,硬袖的袖口露出裸惯的红腕子。背带抽高了浅黄裤子,穿蓝袜的小腿露在外头。他穿一双鞋油没有怎么擦好的结实皮鞋,鞋底打钉子。

大家开始背书。他聚精会神,像听布道一样用心,连腿也不敢跷起来,胳膊肘也不敢支起来。两点钟的时候,下课钟响了,班主任要他和我们一道排队,不得不提醒他一声。

我们平时有一个习惯,一进教室,就拿制帽扔在地上,腾空了手好做功课;必须一到门槛,就拿制帽往凳子底下扔,还要恰好碰

---

① 相当于初中二年级。

着墙,扬起一片尘土;这是规矩。

可不知道他是没有注意这种做法,还是不敢照着做,祷告完了,新生还拿他的鸭舌帽放在他的两个膝盖上。这是一种混合式帽子①,兼有熊皮帽、骑兵盔、圆筒帽、水獭鸭舌帽和睡帽的成分,总而言之,是一种不三不四的寒碜东西,它那不声不响的丑样子,活像一张表情莫名其妙的傻子的脸。帽子外貌像鸡蛋,里面用鲸鱼骨支开了,帽口有三道粗圆滚边;往上是交错的菱形丝绒和兔子皮,一条红带子在中间隔开;再往上,是口袋似的帽筒,和硬纸板剪成的多角形的帽顶;帽顶蒙着一幅图案复杂的彩绣,上面垂下一条过分细的长绳,末端系着一个金线结成十字形花纹的坠子。崭新的帽子,帽檐闪闪发光。

教员道:

"站起来。"

他站起身:帽子掉下去了。全班人笑了起来。

他弯下腰去拾帽子。旁边一个学生一胳膊肘把它捅了下去;他又拾了一回。

教员是一个风趣的人,就说:

"拿开你的战盔吧。"

学生哄堂大笑,可怜的孩子大窘特窘,不知道应该拿着他的鸭舌帽好,还是放在地上好,或是戴在头上好。他又坐下,把它放在膝盖上。

教员继续道:

"站起来,告诉我你叫什么名字。"

新生叽里咕噜,说了一个听不清楚的名字。

"再说一遍!"

---

① 熊皮帽是一种既高且圆的军帽。骑兵盔是一种顶子方而且小的战盔。睡帽是一种编结夹层软帽,尖顶下垂,有坠。

全班哗笑,照样听不出他叽里咕噜说的是什么字母。

先生喊道:

"大声说!大声!"

于是新生下了最大的决心,张开大口,像喊什么人似的,扯嗓子嚷着这几个字:"查包法芮。"

只听轰的一声,乱哄哄响成一片,渐强音①夹着尖叫(有人号,有人吠,有人跺脚,有人重复:"查包法芮!查包法芮!"),跟着又变成零星音符,好不容易才静了下来。笑声是堵回去了,可有时候还沿着一排板凳,好像爆竹没有灭净一样,又东一声,西一声,响了起来。

不过由于大罚功课,教室秩序逐渐恢复了;教员最后听出查理·包法利这个名字②,经过默写、拼音、再读之后,立刻罚这可怜虫坐到讲桌底下的懒板凳。他立直了,可是行走以前,又逡巡起来。

教员问道:

"你找什么?"

新生向四围左张张,右张张,怯生生道:

"我的鸭……"

教员喊着:

"全班罚抄五百行诗!"

一声怒吼,就像 Quos ego③ 一样,止住新起的飓风。

"不许闹!"

教员从瓜皮帽底下掏出手绢,一边擦额头的汗,一边气冲冲接

---

① 渐强音,音乐术语。
② 包法利(Bovary)含有"牛"意。一八七〇年三月二十日,作者致函考尔努夫人,说:"我根据布法赖(Bouvaret)这个姓,虚构出包法利这个姓。"作者似乎看中了这个含有"牛"意的姓,晚年又拿这个姓变化成"布瓦尔"(Bouvard),参看他的长篇遗作《布瓦尔与佩库歇》。
③ 拉丁文:我要。——见维吉尔的史诗《埃涅阿斯》第一章第135行,是海神威吓飓风的话。

下去道：

"至于你，新生，罚你给我抄二十遍动词 ridiculus sum。①"

然后声音变柔和一些：

"哎！你的鸭舌帽，你回头会找到的；没有人偷你的！"

大伙又安静下来，头俯在笔记本上。新生端端正正坐了两小时，尽管不时有笔尖弹出的小纸球，飞来打他的脸，可是他擦擦脸，也就算了，低下眼睛，一动不动待到下课。

夜晚他在自习室，从书桌里取出他的套袖，把东西理齐，小心翼翼，拿尺在纸上打线。我们看见他学习认真，个个字查字典，很是辛苦。不用说，他就仗着这种坚强意志才不降班；因为他即使勉强懂了文法，造句并不高明。他的拉丁文是本村堂长开的蒙，父母图省钱，尽迟送他上中学。

他的父亲查理·德尼·巴尔托洛梅·包法利先生，原来当军医副，一八一二年左右，在征兵事件上受了牵连，被迫在这期间离职，当时就利用他的长相漂亮，顺手牵羊，捞了六万法郎一笔嫁资：一个帽商姑娘爱上他的仪表，给他带过来的。美男子，说大话，好让他的刺马距发响声，络腮胡须连髭②，手指总戴戒指，衣服要颜色鲜艳，外貌倒像一个勇士，说笑的兴致却像一个跑外的经纪人。结婚头两三年，他靠太太的财产过活，吃得好，起得迟，用大瓷烟斗吸烟，夜晚看过戏才回家，常到咖啡馆走动。岳父死了，几乎没有留下什么来；他生了气，兴办实业，赔了些钱，随后退居乡野，想靠土地生利。可是他不懂种田，正如不懂织布一样，他骑他的马，并不打发它们耕地，一瓶一瓶喝光他的苹果酒，并不一桶一桶卖掉，吃光院里最好的家禽，用猪油擦亮他的猎鞋，不久他看出来，顶好还是放弃一切投机。

---

① 拉丁文：可笑。
② 络腮胡须盛行于浪漫主义时期。

所以他一年出两百法郎,在科①和庇卡底交界地方一个村子设法租了一所半田庄半住宅的房子;他从四十五岁起就闷闷不乐,懊恼万分,怪罪上天,妒忌每一个人,闭门不出,说是厌恶尘寰,决意不问世事。

他的女人从前迷他,倾心相爱,百依百顺,结果他倒生了外心。早年她有说有笑,无话不谈,一心相与,上了岁数,性子就变得(好像酒走气,变成酸的一样)别别扭扭,喊喊喳喳,急急躁躁的。她看见他追逐村里个个浪荡女人,夜晚不省人事,酒气冲天,多少下流地方叫人把他送回家来!她受尽辛苦,起初并不抱怨,后来自尊心怎么也耐不下去了,索性不言语,忍气吞声,一直到死。她奔波、忙碌,一刻不停。想起期票到期,她去见律师,见庭长,办理了缓期支付;在家里又是缝缝补补、洗洗熨熨,又是监督工人、开发工钱,而老爷无所事事,始终负气似的,昏天黑地挺尸,醒转来只对她说些无情无义的话,在炉火角落吸烟,往灰烬里吐痰。

她生了一个男孩,必须交给别人乳养。小把戏回到家,惯得活像一个王子。母亲喂他蜜饯;父亲叫他打赤脚,甚至冒充哲学家,说他可以学学幼畜,全身光着走路。他对教育儿童有一种男性理想,所以排斥母亲的影响,试着按照这种理想训练,用斯巴达方式,从严管教。他打发他睡觉不生火,教他大口喝甘蔗酒和侮辱教堂行列。可是小孩子天性驯良,辜负了他的心力。母亲总把他拖在身边,帮他剪裁硬纸板,给他讲故事,喋喋不休,一个人和他谈古道今,充满了忧郁的欢乐和闲话三七的甜蜜。日子过得孤零零的,好胜心支离破碎,她把希望统统集中在这孩子身上。她梦想高官厚禄,看见他已经长大成人,漂亮,有才情,成了土木工程师或者法官。她教他读书,甚至弹着她的一架旧钢琴,教他唱两三支小恋

---

① 科,诺曼底一地区,属塞纳河下游北部沿海高原地带,西北与庇卡底相邻。科地出产麦、苹果,农民多兼营畜牧业。

歌。可是包法利先生不重视文学,见她这样做,就说:"不值得!"难道他们有钱让他上公立学校,给他顶进一个事务所①或者盘进一家店面?再说,"一个人只要脸皮厚,总会得意的。"包法利夫人咬住了嘴唇,孩子在村里流浪着。

他跟在农夫后头,拾起碎土块,赶走飞来飞去的乌鸦。他吃沿沟的桑葚,拿一根竿子看守火鸡,收成期间翻谷子,在树林里跑来跑去,雨天在教堂门廊玩造房子,遇到盛大节日,就央求教堂听差让他敲钟,为的是整个身子吊住粗绳,上下来回摆动。

所以他长得如同一棵橡树,手臂结实,肤色健康。

十二岁上,母亲给他争到开蒙,请教堂堂长教。可是上课的时间又短,又不固定,不起什么作用。功课不是忙里偷闲,站在圣衣室,匆匆忙忙,赶着行洗礼和出殡之间教,就是在做晚祷以后,堂长不出门,叫人把学生找过来教。他们上楼,到他的房间坐下;蚊子和蛾子兜着蜡烛飞翔。天气热,孩子睡着了;老头子手搭在肚子上,昏昏沉沉,跟着也就张开嘴,打起鼾来。有时候,堂长给邻近病人做临终圣事回来,望见查理在田里撒野,喊住他,开导他一刻钟,利用机会,叫他在树底下变化动词。落雨了,或者过来一位熟人,打断他们。其实他一直对他满意,甚至说:年轻人记性很好。

不能让查理这样下去。太太下了决心。老爷惭愧了,或者不如说是疲倦了,不抗拒就让了步。他们又拖了一年,等孩子行过他的第一次圣体瞻礼。

一晃又是半年,第二年才决定把查理送进鲁昂的中学。约莫十月末,赶在圣罗曼节集市期间②,父亲自己带他来。

我们现在没有一个人能想起他当时的情形。他是一个性情温和的男孩子,游戏时间玩耍,自习时间用功,在教室听讲,在寝室睡

---

① 指律师、公证人事务所。
② 圣罗曼,七世纪鲁昂主教,十月二十三日是他的节日,届时举办集市,这是鲁昂最大也最著名的集市,前后共二十五日。

得好,在饭厅吃得好。他的保证人是手套街一位铜铁器皿批发商,星期天铺子不做生意,每月一次,把他接出来,打发到码头散散步,看看船,然后一到七点,晚饭之前,送回学校。每星期四夜晚,他用红墨水给母亲写一封长信,拿三块小圆面团子封口;随后他就温习历史笔记,或者读一本扔在自习室的旧书《阿纳喀尔西斯》①。散步中间,他和校工闲谈,校工像他一样,是乡下来的。

他靠死用功,在班上永远接近中等,也一直保持下来;甚至于有一次,他考博物,得到表扬。但是临到第三学年②末尾,父母叫他退学读医,深信他单靠自己,就会得到学位。

母亲到罗拜克河附近相识的染匠家,给他在五楼挑了一间屋子。她讲定他的房饭钱,弄来几件木器:一张桌子,两把椅子,另外从家里运来一张樱桃木旧床,还买了一个小生铁炉子和一堆劈柴,为她可怜的孩子取暖用。随后她待了一星期,再三叮咛他正经做人,今后就只剩下他一个人了,这才回乡。

布告牌上的课程表,他一念,就觉得头昏脑涨;解剖学、病理学、生理学、药理学、化学、植物学、诊断学、治疗学,还不提卫生学、药材论,没有一个名词他晓得来源,一个一个全像庙门,里面庄严而又黑暗。

他完全不懂;听也白听,他跟不上。可是他用功,他有成本的笔记。他每课必上,一次实习不缺。他干完一天的乏味工作,好像拉磨的马一样,两眼蒙住,兜着一个地方转,不知道磨了些什么。

母亲为他省钱,每星期托邮车给他带来一块灶火烤的小牛肉,他上午从医院回来,一边在墙上拍打鞋底,一边拿它就午饭吃。用过午饭,他该朝教室、解剖室、救济院跑了,然后穿过一条又一条街,回到住所。他用罢房东的菲薄晚饭,又上楼回到房间,埋头用

---

① 《阿纳喀尔西斯》(1778),一本游记,叙述古代徐西亚人阿纳喀尔西斯,到希腊观光,访问当时所有的名流。作者是巴尔泰莱米(1716—1795)。

② 相当于高中一年级。

功,他的湿衣服烤着熊熊的炉火,直在身上冒气。

夏季黄昏美好,郁热的街巷空空落落,女用人在大门口踢毽子,他打开窗户,胳膊肘靠在上头。小河①在窗下桥和栅栏之间流过,颜色发黄、发紫或者发蓝,把鲁昂这一区变成一个肮脏的小威尼斯。有些工人,蹲在岸边,在水里洗胳膊。阁楼顶撑出去的竿子,晾着成把的棉线。从对面房顶望过去,一轮西沉的红日,衬着一片清澄的天空。那边②该多好啊!山毛榉底下有多凉爽啊!他张开鼻孔去吸田野的清香味道,但是没有吸到。

他瘦了,个子长高了,脸上显出一种哀怨的表情,几乎能引起别人的几分兴趣。

自然而然,漫不经心地,他把早先下的决心统统丢到脑后。他有一次不实习,第二天不上课,尝出了偷懒的味道,索性渐渐不去了。

他养成坐酒馆的习惯,爱上了牙牌。每天夜晚,钻进一家肮脏的赌窟,在大理石桌上,掷着有黑点的小羊骨头:他觉得这是他得到自由的一种珍贵凭据,提高他对自己的尊重。这就像初入社会,初尝禁脔一样;他往里走,将手放在门的扶手上,心头兜起一种近乎肉感的喜悦。于是心里许多被压抑的东西冒出来了:他学会几支小调,唱给女伴们听,迷上了贝朗瑞③,能调五味酒,最后,懂得了爱情。

多亏这些准备工作,他的医生资格考试④完全失败。当天黄

---

① 指罗拜克河,它的两岸是鲁昂最贫困、最龌龊的城区。河流在此受染坊、硝皮作坊的严重污染。一九三〇年后,这条臭河才被填掉。
② "那边"指他的乡村。
③ 贝朗瑞(1780—1857),法国民歌诗人,反对宗教和王室复辟,所作民歌,风行社会各阶层。
④ 一八〇二年,共和政府颁布法令,凡学生年届十七岁,读完第三学年,虽无医学博士学位,只要在普通医学校考试及格,便取得乡间行医资格。此法令于一八九二年十一月三十日取消。

昏,家里等他回来,庆贺他当上了医生!

他一路走去,在村口停住,托人找母亲出来,一五一十,讲给她听。她原谅他,把失败推到主考人员身上,说他们不公道,勉励了他两句,负责安排一切。五年以后,包法利先生才知道实情;过去的事,他也就由它去了,再说,他不能设想他生出来的孩子会是蠢材。

于是查理埋头用功,坚持不懈,预备他的考试项目,事先记住全部问题。他录取了,分数相当高。这对他母亲来说,是一个了不起的大喜日子!他们大摆酒宴。

他到什么地方行医呢?道特①那边只有一个老医生。许久以来,包法利夫人就盼着他死,老头子还没有卷铺盖,查理作为继承人,就在对面住下了。

但是把儿子教养成人,让他学医,帮他在道特挂牌行医,还不算完:他需要一位太太。她给他找到一位:她是第厄普一个执达吏的寡妇,四十五岁,一年有一千二百法郎收入。

杜比克夫人尽管长得丑,像柴一样干,像春季发芽一样满脸疙瘩,可的确不缺人嫁。包法利太太为了达到目的,不得不一个一个挤掉,甚至于一个卖猪肉的,有教士们撑腰,她也想出办法,破坏了他的诡计。

查理满以为结过婚,环境改善,他就自由了,身子可以自主,用钱可以随意。然而当家做主的是他的太太;他在人面前,应该说这句话,不应该说那句话;每星期五吃素;顺她的心思穿衣服;照她的吩咐逼迫不付钱的病人。她拆他的信,窥伺他的行动,隔着板壁,听他在诊室给妇女看病。

她每天早晨要喝巧克力,要他一个劲儿疼她。她不住口抱怨她的神经、她的肺、她的气血。脚步声音刺激她;人走开了,她嫌寂

---

① 道特,鲁昂与第厄普之间一小镇。正东不远,即小镇圣维克托。

宽;回到身旁,不用说,是为了看她死。查理夜晚回来,她从被窝底下伸出瘦长胳膊,搂住他的脖子,要他在床沿坐下,开始对他诉说她的苦恼:他忘掉了她,他爱别人!人家先前同她讲过的,她会不幸的;说到最后,她为她的健康,向他要一点甜药水,再多来一点爱情。

二

一天夜晚,约莫十一点钟,来了一匹马,当门停住,响声吵醒他们。女用人打开阁楼天窗,问明下面街上一个男子的来意。他带了一封信来请医生。娜丝塔西打着寒噤,走下楼梯,一道又一道,开锁,拔门闩。来人下了马,跟着女用人,一直上来。他从他的灰冠子毡帽,取出一封旧布包着的信,小心翼翼,呈给查理。查理拿胳膊肘支住枕头看信。娜丝塔西在床边举着灯。太太害羞,脸转向墙,露出后背。

这封信用一小块蓝漆封口,求包法利先生立刻就来拜尔托田庄,接一条断腿。可是从道特到拜尔托,经过长镇和圣维克托,走小路也要十足六古里①。夜晚黑漆漆的,少奶奶担心丈夫遇到意外。所以决定,厩夫先打前站。查理等月亮上升,三小时后动身。那边派一个小孩子迎他,帮他指点田庄道路,开栅栏门。

早晨四点钟左右,查理披好斗篷,向拜尔托出发。人刚离开暖被窝,还迷迷糊糊的,由着牲口的安详脚步,颠上颠下。靠近田垄处,掘了一些荆棘围着的窟窿,马走到跟前不走了,查理身子一耸,惊醒过来,立时想起断腿,试着回忆他知道的种种接骨方法。雨已经不下了;天开始发亮,有些鸟动也不动,栖在苹果树的枯枝上,晨风料峭中,敛起它们小小的羽毛。平原展开,一望无际。田庄周

---

① 指法国古里,一古里约合四公里。

围,一丛一丛树木远远隔开,在这灰灰的广大地面,形成若干黑紫点子。地面在天边没入天的阴暗色调。查理不时睁开眼睛,但精神疲惫,困劲又上来了,没有多久,坠入一种昏迷境界,新近的感觉和记忆混淆在一起,看见自己变成两个:同时是学生,又是丈夫,就像方才一样躺在床上,又像往常一样走过一间手术室。在他的意识上,药膏的暖香和露水的清香混合起来了;他听见床顶铁环在帐杆上滑动,太太睡着……走过法松镇,他望见沟沿草地坐着一个小男孩。

小孩子问道:

"您是医生吗?"

查理回答一声"是",他拿起木头套鞋,就在前面跑开了。

路上听向导谈话,医生领会到卢欧先生一定是一位富裕的农民。昨天黄昏,他在邻居家里过三王①回来摔断了腿。太太死去两年,身边只有他的小姐帮他料理家务。

车辙更深了。他们到了拜尔托。只见小孩钻进一个篱笆窟窿,不见了,过后由一座院子尽里回来,开开栅栏门。马走湿草地,朝前滑溜;查理弯着腰,在树枝底下过。看门的狗在狗舍拉起链子吠叫。他走进拜尔托,马一害怕,来了一个大闪失。

这是一家外表殷实的田庄。马厩敞开,从门上望过去,就见耕田的大马,安安静静,吃着新槽的草料。沿房有一大堆肥料,直冒水汽,五六只孔雀——科这地方田家的奢侈品,站在上头,在母鸡和火鸡当中,啄东西吃。羊圈长长的,仓库高高的,墙光溜溜的,就像人手一样。车棚底下放着两辆老大的大车、四把犁,还有鞭子、套包、全副马具,楼上谷仓落下浮尘,污了马具的蓝羊毛。院子越上越高,种着行列整齐的树木,池塘附近,响彻一群鹅的欢叫。

---

① 过三王,过"三王节"的意思,节日在一月六日。

一个年轻女人,穿着镶了三道花边的美里奴①蓝袍,来到房门口,迎接包法利先生,让到厨房坐。厨房生着旺火,伙计的早饭,盛入高低不齐的小闷罐,在四周沸滚。灶头烘着几件湿衣服。铲子、钳子、吹筒,都大得不得了,明晃晃的,好像钢一样发亮,沿墙摆了许多厨房器皿,大小不等,映着通红的灶火和从玻璃窗那边射进来的曙光。

查理上到二楼去看病人,就见他躺在床上,蒙着被窝出汗,睡帽扔得老远。他是一个五十岁的矮胖子,白皮肤,蓝眼睛,秃额头,戴耳环。旁边有一张椅子,上面放着一大瓶烧酒,不时喝一口,给自己打气;可是他一看见医生,就泄劲了,十二小时以来,他一直都在咒天骂地,如今却轻轻哼唧起来。

腿伤简单,情形并不复杂。查理做梦也没有想到这么容易。他于是想起师长在病床旁边的姿态,用各种好话安慰病人,——外科医生的温存,就像抹手术刀的油一样。有人到车棚底下找来一捆板条,当夹板用。查理挑了一块,劈成几小块,用碎玻璃磨光了,同时女用人撕开床单作绷带,爱玛小姐试着缝小垫子。父亲嫌她找针线盒找久了,一不耐烦,说了她两句;她没有顶嘴,不过,缝的中间,扎破手指头,然后放在嘴里嘬。

指甲的白净使查理惊讶,亮晶晶的,尖头细细的,剪成杏仁样式,比第厄普的象牙还洁净。其实手并不美,也许不够白,关节瘦了一点;而且也太长了,周围的线条欠柔。她美在眼睛:由于睫毛缘故,棕颜色仿佛是黑颜色。眼睛朝你望来,毫无顾忌,有一种天真无邪的胆大神情。

包扎完了,卢欧先生亲自邀医生走前"用一口"。

查理下楼,来到底层厅房。里头有一张华盖大床,挂着印花布

---

① 美里奴,西班牙优良羊种的细毛织品。

帐子，帐子上画了土耳其人物①；床脚放一张小桌，摆了两份刀叉和几只银杯。他闻见蝴蝶花和面窗的橡木高橱散发出来的湿布气味。角落上，直挺挺排了几袋小麦，是谷仓装满剩下的。谷仓就在近旁，有三层石头台阶通到那里。墙上裱糊的绿纸受潮，剥落了；黑铅画的密涅瓦②头像装饰着房间，挂在墙当中钉子上，镶了镀金框子，下面用哥特字体③写着："献给我亲爱的爸爸。"

他们起初讲病人，后来就谈天气、严寒、夜晚在田里跑东跑西的狼。卢欧小姐在乡间并不开心，尤其是现在，田庄几乎归她一个人料理。厅房冷凄凄的，她一边吃，一边打哆嗦。她一吃东西，就露出一点她丰腴的嘴唇。不说话的时候，她有咬嘴唇的习惯。

白领子朝下翻，露出她的脖子。一条中缝顺着脑壳的弧线，轻轻下去，分开头发；头发黑乌乌、光溜溜的，两半边都像一整块东西一样，几乎盖住了耳朵尖，盘到后头，绾成一个大髻，又像波浪一样起伏，朝鬓角推了出去。这在乡下医生，还是有生以来头一回看见。她的脸蛋是玫瑰红颜色。她像男子一样，在上身衣服两颗纽扣中间，挂了一只玳瑁眼镜。

查理上楼，向卢欧老爹告辞，然后在走以前，又回到厅房。她站着朝花园望，额头贴住窗户。先前起风，吹倒园里的豆架。她转回身，问道：

"您找什么东西？"

他答道：

"对不住，我的鞭子。"

他开始在床上、门背后、椅子底下寻找；原来掉在口袋和墙壁

---

① 中东形象曾经风行一时，但在小说中已将近过时。
② 密涅瓦，罗马神话中的智慧女神，即希腊神话中的雅典娜。
③ 哥特人，三世纪的北欧民族，后来迁徙东南一带。哥特字体是古体字的一种，实际和哥特人没有多大关系，十二世纪末叶代替罗马字体，十五世纪又为意大利字体所代替，如今仅仅德文还保留它的形态。

之间的地上。爱玛小姐瞥见了;她伏到小麦口袋上。查理表示殷勤,连忙跑过去,也同样伸出胳膊,女孩子弯在底下,他觉出他的胸脯蹭到她的后背。她涨红了脸,立直了,朝后望,递鞭子给他。

原来答应三天过后再来拜尔托,但是第二天他就来了。此后,他一星期经常来两次,还不算他有时候意想不到的偶尔探望。

其实,一切顺利,病按部就班好起来了;四十六天之后,大家看见卢欧老爹试着独自在他的破屋走路,他开始把包法利先生看成一位名医。卢欧老爹说:伊弗托①,就连鲁昂的头等医生,医病也不见其医得更好。

至于查理,他并不细想他为什么喜欢去拜尔托。万一想到这上头,不用说,他会把热忱说成患者病情严重,要不就说成想挣钱。不过平日业务猥琐,难道去田庄看病成为可喜的例外,真就由于这些理由吗?去田庄的日子,他老早起来,骑上牲口,打着它跑;然后下马,在草地擦干净脚,进去之前,戴上黑手套。看见自己来到院子,觉得栅栏门随着肩膀转,公鸡在墙上啼,小伙计们过来迎他,他就欢喜。他爱仓库和马厩;他爱卢欧老爹拍着他的肩膀,喊他救命恩人;他喜欢爱玛小姐的小木头套鞋,踩着厨房洗干净的石板地;她的高后跟托高了她一点点,她在前面走,木底飞快掀起,牵动女靴皮,嘎吱直响。

她送他永远送到第一层台阶。马要是还没有牵来,她就待在这里。再会已经说过,他们也就不再言语;风兜住她,吹乱后颈新生的短发,或者吹起臀上围裙的带子,仿佛小旗,卷来卷去。有一次,时逢化冻,院里树木的皮在渗水,房顶的雪在融解。她站在门槛,找来她的阳伞,撑开了。阳伞是缎子做的,鸽子咽喉颜色,阳光穿过,闪闪烁烁,照亮脸上的白净皮肤。天气不冷不热,她在伞底下微笑;他们听见水点,一滴又一滴,打着紧绷绷的闪缎。

---

① 伊弗托,道特之西一大镇,在勒阿弗尔的大路上。

查理初去拜尔托,少奶奶免不了打听病人的底细,甚至于为卢欧先生,在她的复记账簿选了又白又干净的一页。但是她一听说他有一个女儿,就四下打探,得知卢欧小姐是在虞絮林修道院长大的,据说受过良好教育①,自然也就懂得跳舞、地理、素描、刺绣和弹琴了,这还了得!

她想:"那么,就是为了这个缘故,他去看她,这才脸上发光,这才穿上他的新背心,也不怕雨淋坏?啊!这个女人!这个女人!……"

她本能地恨她。起初她闷不下去,说暗话试他。查理听不懂;后来她偶尔挖苦几句,他怕吵闹,权当没有听见;最后,她当面指责,他不晓得怎么回答。——卢欧先生已经病好了,诊费又没有付,他凭什么还去拜尔托?啊!因为那边有一个人儿、一位能说会道的人儿、一位刺绣家、一位女才子。他爱的就是这个:他要的是城里小姐!她接着道:

"卢欧老爹的女儿,一位城里小姐!去她的吧!他们的祖父是放羊的,他们有一个亲戚,同人吵架,差点儿吃官司。她犯不上那样瞎神气,也犯不上星期天上教堂,穿一件绸袍子,活像一位伯爵夫人。再说,可怜的老头了,去年要不是油菜收成好,兴许连地租都交不上!"

查理嫌烦,不去拜尔托了。艾洛伊丝爱情大发作,哭了吻,吻了哭,之后,叫他赌咒,手放在弥撒书上,说他再也不去,他只得依顺;可是欲望强烈,他不甘心奴颜婢膝,就此屈服:这道禁止看她的阃令,通过一种天真的虚伪想法,在他看来反而成为爱她的权利。而且寡妇瘦括括的,牙又长,整年披一件小黑披肩②,尖尖头搭在肩胛骨之间;骨头一把,套上袍子,就像剑入了鞘一样;袍子又太

---

① 法国女子教育过去由教会主持,一般妇女没有机会受到正式学校教育。
② 一种方形披肩,帝国时代由印度传入,盛行于一八七〇年以前。

短,露出踝骨和大皮鞋的交叉搭在灰袜上面的带子。

　　查理的母亲不时来看他们;可是待不了几天,刀口对刀口,媳妇像是把她磨快了一样,于是好比两把刀,你一言,我一语,她们扎过来,刺过去,拿他出气。他吃东西不该吃得那么多!为什么不管谁来,总请他喝酒?死不穿法兰绒背心,多固执!

　　就在开春,安古镇一个公证人、杜比克寡妇财产的保管人,有一天带了他的事务所的全部现金,搭船卷逃了。不错,除去值六千法郎的船股之外,艾洛伊丝还有她在圣弗朗索瓦街的房子;可是这份产业,尽管吹了个天花乱坠,除去几件家具和几件旧衣服之外,就没有别的再在家里露过面。事情必须查究明白。原来第厄普的房子,连打地基的桩子,都抵押掉了;她在公证人那边存了一些什么,只有上帝知道;船股也决多不过一千埃居①。原来她撒谎来着,好娘儿们!公公一怒,在石板地上摔坏一张椅子,骂老婆祸害儿子,给他套了这样一匹干瘪马,鞍鞯不及马皮值钱,他们来到道特。话一扯穿,吵起来了。艾洛伊丝哭着,扑到丈夫怀里,求他帮她对付公婆。查理试着替她分辩。父母一怒而去。

　　但是病根扎下了。过了一星期,她在院子晾衣服,吐了一口血,第二天,查理转过背去拉窗帘,她说:"啊!我的上帝!"叹息一声,晕倒过去。她死了,真想不到!

　　坟地的事一了,查理回到家,没有在底下遇见一个人,走上二楼卧室,看见她的袍子还挂在床头,于是靠住书桌,一直待到天黑,沉在痛苦的梦境。无论如何,她爱他来着。

三

　　一天早晨,卢欧老爹来了,给查理带来医腿的诊费:七十五法

---

①　埃居,法国古币名,每枚值六法郎或三法郎,这里指后一种。

郎，用的是四十苏①一枚的辅币②，另外还有一只母火鸡。他听人说起他的不幸，就尽力安慰他，拍他的肩膀道：

"我知道这是怎么一回事！我也像您一样，经过这事！我丢了我的老伴儿，当时我走到田里，只想一个人待着；我倒在一棵树旁边，又哭，又喊老天爷，直讲浑话；我真愿意像我看见的树枝上的田鼠一样，肚子里头长蛆，一句话，死了拉倒。我一想到别人这期间，和他们的小媳妇亲热，搂得紧紧的，我就拿我的手杖拼命敲地；我差不多疯了，饭也不吃；您也许不相信，单只想到上咖啡馆，我就腻味。好啦，慢条斯理，一天又一天，春天接冬天，秋天跟夏天，也就一星一点过去了，去远了，走开了，我的意思是说，沉下去了，因为您心里总有一点什么东西留下来，像人们说的……一块石头，在这儿，压着胸口！不过，既然我们人人命当如此，就不该糟蹋自己，别因为伴儿死了，自己也想死……包法利先生，应当打起精神来才是；这会过去的！看我们来吧；您明白，我女儿一来就想到您，说您忘了她啦。眼看春天要来了；我们陪您上林子里打野兔，也好散散心。"

查理听他劝，又去了拜尔托。他发现一切如旧，就是说，和五个月以前一模一样。梨树已经开花，卢欧老头子如今站起来了，走来走去，田庄也就因而越发生气蓬勃。

在卢欧老爹想来，医生遭逢不幸，尽可能体恤成了他的责任，所以他求他不要摘掉帽子，低声同他说话，仿佛他成了病人，甚至看见别人没有为他准备一点比较轻松的吃食，如同小罐奶酪，或者烧熟的梨呀什么的，还假装生气。他讲故事，查理意料不到自己笑了；可是他忽然想起太太，就又郁郁不欢。咖啡端上来，他不再思

---

① 苏，法国辅币名，二十个苏值一法郎。
② "四十苏一枚的辅币"，就是一个值二法郎的辅币。"七十五法郎"却是单数。作者可能指多数用二法郎辅币付账。

念她了。

　　过惯一个人的日子,他越来越不思念她。他有了自由自在这种新到手的快乐,不久反而觉得寂寞好受了。现在他可以改改用餐时间,出入不必举理由,人累狠了,就四肢一挺,躺到床上。他于是贪舒服,心疼自己,接受外人的慰唁。再说太太一死,他的营业反而好转,因为一个月以来,大家总在说:"这可怜的年轻人!多不幸!"他有了名气,主顾多了;而且他去拜尔托,无拘无束。他起了一种漫无目标的希望、一种模模糊糊的幸福;他理他的络腮胡须,照照镜子,觉得脸好看多了。

　　有一天,三点钟上下,他来了;人全下地去了;他走进厨房,起初没有看见爱玛。外头放下护窗板,阳光穿过板缝,在石板地上,变成一道一道又长又亮的细线,碰到家具犄角,一折为二,在天花板上颤抖。桌上放着用过的玻璃杯,有些苍蝇顺着往上爬,反而淹入杯底残苹果酒,嘤嘤作响。亮光从烟突下来,掠过铁板上的烟灰,烟灰变成天鹅绒,冷却的灰烬映成淡蓝颜色。爱玛在窗、灶之间缝东西,没有披肩巾①,只见光肩膀冒着小汗珠。

　　她按照乡间风俗,邀他喝酒。他不肯,她一定要他喝,最后一面笑,一面建议他陪她饮一杯。于是她从碗橱找出一瓶橘皮酒,取下两只小玻璃杯,一杯斟得满满的,一杯等于没有斟,碰过了杯,端到嘴边喝。因为酒杯差不多是空的,她仰起身子来喝;头朝后,嘴唇向前,脖子伸长,她笑自己什么也没有喝到,同时舌尖穿过细白牙齿,一点一滴,舔着杯底。

　　她又坐下来,拾起女红,织补一只白线袜;她不言语,低下额头,只是织补。查理也不言语。空气从门底下吹进来,轻轻扬起石板地的灰尘;他看着灰尘散开,仅仅听见太阳穴跳动,还有远远一只母鸡在院子下了蛋啼叫。爱玛不时摊开手心冰脸,手心发热,放

---

①　指一种三角形肩巾,乡间妇女喜欢用来遮盖头、肩裸露部分。

在火笼的铁球上再沁凉了。

她诉说入夏以来,就感头晕;她问海水浴对她有没有用①;她谈起修道院,查理谈起他的中学,他们有了话说。他们上楼,来到她的卧室。她让他看她的旧音乐簿、她得奖的小书②和扔在衣橱底层的栎叶冠。她还说起她的母亲、坟地,甚至指给他看花园里的花畦,说她每个月的第一个星期五,都要掐下花来,放到母亲的坟头。可是他们的花匠一点也不知道;用人简直不管事!她情愿住在城里,哪怕单是冬季也好,虽然夏季天长,住在乡间,也许更腻味;——依照说话的内容,她的声音一时清楚,一时尖锐,忽而懒洋洋,临了差不多变成自言自语时的呢喃,——转眼之间,兴高采烈,睁开天真的眼睛,马上却又眼皮半闭,视线充满厌烦,不知想到什么地方去了。

查理夜晚回来,一句一句掂量她说过的话,试着一面追忆,一面补足意思,想把他还不认识她的那段生活为自己编造出来。不过他所能想象到的她,和他第一次看见的她,永远不差分毫,不然的话,也就是前不多久,他刚离开她时的模样。随后他问自己:她结了婚,会变成什么模样?而且嫁谁?唉!卢欧老爹很有钱,她呀!又……那样美!不过爱玛的脸总在眼前出现,有种单调的声音,仿佛一只陀螺在耳边嗡嗡道:"可是,假如你结婚的话!假如你结婚的话!"他夜晚睡不着,喉咙发干,直想喝水,下床走到水罐跟前,打开窗户;满天星斗,吹来一阵热风,狗在远处吠叫。他的头不由地转向拜尔托。

查理一想,反正没有什么损失,决计一有机会就求婚;但是每次机会来了,他又牢牢闭拢嘴唇,害怕找不到适当的字句。

女儿在家,帮不了他什么忙,有人把她带走,卢欧老爹不至

---

① 海水浴当时刚刚时兴。
② 宣传宗教的小册子,有很多彩色插图。

于难过。他私下原谅她,觉得她才情高,不宜稼穑,——老天爷瞧不上的行业,从来没有见过出一位百万富翁。老头子不但不发财,而且年年蚀本:因为他谈交易虽说精明,喜欢耍耍本行的花枪,可是稼穑本身,还有田庄内部管理,对他说来,却没有再不相宜的了。他不高兴操劳,生活方面,一钱不省,衣、食、住,样样考究。他喜欢酽苹果酒、带血的烤羊腿、拌匀的光荣酒①。他一个人在厨房用饭,小桌端到跟前,当着灶火,菜统统摆好,如同在戏台上一样。

所以看见查理挨近他女儿就脸红,——意味有一天,对方会为了她向他求婚,他便前前后后先考虑了一番。他觉得查理人有些单薄,不是他一直想望的一位女婿;不过人家说他品行端正,省吃俭用,很有学问,不用说,不会太计较陪嫁。何况卢欧老爹欠泥瓦匠、马具商许多钱,压榨器的大轴又该调换,他的产业非卖掉二十二英亩应付不了。

他想:

"他问我要她的话,我就给他。"

圣米迦勒期间②查理来拜尔托待三天。末一天像前两天一样过掉,一刻又一刻拖延。卢欧老爹送他一程;他们走了一条坑坑洼洼的小道,眼看就要分手;是时候了。查理盘算,走到篱笆角落,一定开口,最后过都过去了,他唧哝道:

"卢欧先生,我打算同您谈一点事。"

他们站住,查理又不作声了。卢欧老爹笑微微道:

"把您的事说给我听吧!我还有什么不清楚的!"

查理结结巴巴道:

"卢欧老爹……卢欧老爹……"

---

① 光荣酒,即掺烧酒的咖啡。
② 圣米迦勒,基督教中的天使长,九月二十八日是圣米迦勒节。

佃农①继续道：

"就我来说，我是求之不得。不用说，闺女和我是一个心思，不过总该问问她，才好算数。好，您走吧；我把话带回去就是了。答应的话，您听明白，用不着回转来，一则人多口杂，再则，也太让她难为情。不过为了免得您心焦，我会推开护窗板，一直推得贴住墙；您趴在篱笆上，从后头就望见了。"

他走开了。

查理把马拴在树上，跑到小径等待。过了半小时，后来他数表又数了十几分钟。墙那边忽然起了响声；护窗板推开，钩子还直摆动。

第二天，才九点钟，他就到了田庄。爱玛见他进来，脸红了，碍着面子，勉强笑了一笑。卢欧老爹吻抱未婚女婿。银钱事项留到日后再谈；而且他们目前有的是时间，因为办喜事，照规矩说，也该等到查理除服，就是说，开春前后。

大家在期待中过了冬天。卢欧小姐忙着办嫁妆。一部分到鲁昂定制；她照借来的时装图样，做了一些衬衣、睡帽。查理一来田庄，他们就谈婚礼筹划，研究酒席摆在哪一间屋子；他们考虑必需的菜肴道数、上什么正菜。

爱玛希望点火炬，半夜成亲②；不过卢欧老爹根本不懂这种想法。婚礼举行了，来了四十三位客人，酒席用了十六小时，第二天又开始，拖拖拉拉，一连吃了几天。

---

① 根据田庄的描写、卢欧的生活，特别是他能做主卖田这件事，他这个佃农应当是"以官册为凭的土地持有者——缴纳封建地租的终生和世袭的佃农"（参看《马克思恩格斯全集》第 1 卷第 193 注）。

② 属于浪漫主义的想法。

四

客人老早乘车来了：一匹马拉的小货车、一排一排板凳的双轮车、没有车篷的老式轻便马车、挂了皮篷的搬运车；邻近村庄的年轻人，一排一排，站在大车里头，扶住车栏杆，生怕摔倒，因为马放开蹄子，车颠得厉害。有的从十古里以外的高代镇、诺曼镇和喀尼来。两家亲戚邀遍了；绝了交的朋友，又和好如初；长久不见的故旧，也捎了信去。

篱笆外不时传来鞭子的响声，栅栏门紧跟着开开，便见进来一辆小货车，直奔台阶第一级，猛一下子停住。乘客四面八方下来，揉揉膝盖，挺挺胸脯。妇女戴帽子，穿城里款式的长裙，挂金表链，披小斗篷，下摆掖在带子底下，或者披小花肩巾，拿别针在背后别住，露出后颈。男孩子照爸爸的模样打扮，穿新上衣，倒像添了拘束（这一天，许多孩子还是生平第一遭穿靴子），他们旁边，闷声不响坐着一个十四岁或者十六岁的大姑娘，不用说，是他们的姐姐或者堂姐，穿着第一次圣体瞻礼时穿的白袍，为了这趟做客才又放长了。她们脸红红的，心慌慌的，头发厚厚地抹了玫瑰油，直怕碰脏手套。厩夫少，车来不及卸，老爷们挽起袖子，亲自动手。他们依照不同的社会身份，有的穿燕尾服，有的穿大衣，有的穿制服，有的穿小礼服；——讲究的燕尾服受到一家老小的敬重，不逢大典，不从衣橱里拿出来；大衣是随风飘扬的宽下摆，圆筒领子，口袋一般大小的衣袋；粗布制服，寻常还来一顶铜箍帽檐制帽；小礼服很短，后背有两个纽扣，聚在一道，好似一双眼睛，对襟就像木匠一斧子从一整块料子上劈下来的一样。有些人（这种人，当然应该敬陪末座）穿着出门穿的工人服，就是说，领子翻在肩膀上，后背打小褶子，一条缝好的带子，在顶低的地方勒紧了腰。

胸脯上的衬衣都胀鼓鼓的，仿佛铠甲！人人新理的发，耳朵露出，脸刮得溜光；有些人天不亮就起床，刮胡须看不清，不是鼻子底下来几道垂直伤口，就是沿上下颚剃掉一块块埃居大小的皮，路上冷风一吹发了炎，于是那些容光焕发的大白脸，像大理石般添上了一片片小小的淡红色印记。

  镇公所离田庄半古里远，去时步行，教堂行礼回来，仍是步行。行列起初齐齐整整，走在绿油油小麦之间的狭窄阡陌，曲曲折折，好似一条花披肩，在田野动荡起伏，不久拉长了，三三两两，放慢步子闲谈。前面走着提琴手，提琴的卷轴扎了彩带；新人跟在后头，亲友随便走动；孩子们待在末尾，掐荞麦秆子尖尖的花儿玩，要不然就瞒着大人，自己玩耍。爱玛的袍子太长，下摆有些拖来拖去，她不时停住往上拉拉，然后用戴手套的手指，灵巧敏捷地除去野草和蓟的小刺，查理空着两手，在旁边等她。卢欧老爹戴一顶新缎帽，青燕尾服的硬袖连手指甲也盖住了。他挽着包法利太太。至于包法利老爹，心下看不起这群人，来时只穿一件一排纽扣的军式大衣，向一个金黄头发乡下姑娘，卖弄咖啡馆流行的情话。她行着礼，红着脸，不知如何回答才好。别的贺客，谈着自己的事，要不就兴致勃勃地彼此在背后捣乱；提琴手一直在田野拉琴，咯吱咯吱的声音总在大家耳边响。他一看大家落远了，就站住歇口气，仔细给弓子上松香，弦子吱嘎起来，也好听些，然后举步又走，琴柄忽高忽低，帮自己打拍子。乐器的声音惊起小鸟，远远飞去。

  酒席摆在车棚底下。菜有四份牛里脊、六份炒子鸡、煨小牛肉、三只羊腿、当中一只烤乳猪、边上四根酸模香肠。犄角是盛烧酒的水晶瓶。一瓶瓶甜苹果酒，围着瓶塞冒沫子，个个玻璃杯先斟满了酒。桌子轻轻一动，大盘的黄色奶油就晃荡，表皮光溜溜的，上面画着新人名姓的第一个字母，用糖渍小杏缀成图案。他们到伊弗托找来一位点心师傅，专做馅饼和杏仁糕。他在当地初次亮相，特别当心，上点心时，亲自捧出颤巍巍一盘东西，人人惊叫。首先，底层是方方一块蓝硬纸板，剪成一座有门廊有柱子的庙宇，四周凫子撒了金纸星宿,当中塑着小神像;其次,二层是一座萨瓦蛋糕①望楼,周围是独活、杏仁、葡萄干、橘瓣做的玲珑碉堡;最后,上层平台,绿油油一片草地,有山石,有蜜饯湖泊,有榛子船只,还看见一位小爱神在打秋千:巧克力秋千架,两边柱头一边放一个真玫瑰花球。

大家一直吃到天黑。坐得太累了,大家到院子散步,或者到仓库玩瓶塞②,然后回来再吃。临到散席,有些人睡着了打鼾。不过咖啡一来,大家又都有了生气,有人唱歌,有人表演,有人举重,有人钻大拇指③,有人试扛大车,有人说玩笑话,有人吻抱妇女。马吃荞麦,吃到鼻子眼儿都是,夜晚动身,左右不肯套车,又踢、又跳,鞍带也挣断了,主子骂着,要不然就是笑着;整整一夜,月光如水,小货车沿着乡间大道疯狂奔驰,蹦水沟,跳石子堆,爬险坡,妇女身子探出车门来抓缰绳。

留在拜尔托的那些人,在厨房饮酒消夜。孩子们早在板凳底下睡着了。

新娘子事先央求父亲,免去闹房习俗。不料亲戚当中,有一个海鱼贩子(还带了一对比目鱼作贺仪),对准钥匙眼儿,拿嘴往里喷水;正巧他要喷水,卢欧老爹过来拦住,对他解释:女婿有身份,这样闹是不可以的。亲戚勉强依了,可是心里直嫌卢欧老爹傲气,走到一个角落,和另外四五个客人打成一伙;这几个人偶尔一连几回在席上吃了次肉,也认为主人亏待他们,就嘀嘀咕咕,话里带刺,咒他败家。

包法利老太太整日没有开口。媳妇的梳妆、酒席的安排,全没

---

① 萨瓦,法国东南地区,和意大利接壤,最初是一个伯国。相传十四世纪,阿梅代六世纪伯爵宴请日耳曼皇帝,特制一种蛋糕,象征本国山川,极受欢迎;后来蛋糕有庄园形象的,都叫萨瓦蛋糕。
② 瓶塞上放钱,用种种条件限制,看谁能把钱打下来。
③ 一种游戏。

有同她商量;她老早上了床。她的丈夫非但不跟她安息,反而差人到圣维克托买雪茄,吸到天明,一边拿樱桃酒兑上柠檬酒喝,——这种掺和方式,在座的人因为不懂,分外敬重他。

查理生性不诙谐,婚礼期间,并不出色。从上汤起,贺客作为一种责任,朝他直说俏皮话、同音字、双关语、恭维话和猥亵话,他也就是应付而已。

第二天,异乎寻常,他仿佛成了另一个人。大家简直把他看成昨天的女郎,而新娘子若无其事,讳莫如深,就连最狡黠的人也猜不透她的心思;她走过他们身边,他们打量她,显出万分紧张的心情。可是查理什么也不掩饰。他喊她"我的太太",称呼亲热,逢人问她,到处找她,时常把她拉到院子,人远远望去,就见他在树木中间,搂住她的腰,继续行走,身子弯过去,头蹭乱她胸前的花边。

婚后过了两天,新夫妇动身,查理要看病人,不便多待。卢欧老爹套上他的小货车送他们,又亲自陪到法松镇。他在这里最后吻抱一次女儿,下了车,往回走。他走上百十来步,站住望着小货车走远,轮子在尘土中滚动,长叹了一口气。接着他想起他的婚礼、他的往事、太太第一次怀孕;他从岳父家带她回去,这一天,他也很快活来的,她骑在他的背后,马踏着雪;因为当时是在圣诞节前后,田野正好白茫茫一片;她一只胳膊抱牢他,一只胳膊挎着她的篮子;帽子是科由样式,风吹动花边长帽带,有时候飘到嘴上;他一回头,就见她的小红脸蛋,贴紧他的肩膀,在她的金黄帽檐底下,静悄悄微笑。她为了取暖,不时拿手指伸进他的胸怀。这一切,都多么遥远!他们的儿子,活到如今,该三十岁了!他不由得朝后望望。路上一无所有。他觉得自己好生凄凉,活像一所空房子;热气腾腾的酒菜,早已冲昏头脑,现在横添上动情的回忆和悲伤的心情,他一时真想到教堂旁边①转上一转。不过他怕去了愁上加愁,

---

① 指教堂旁边的公墓,里头有他太太的坟。

就一直回家去了。

约莫六点钟光景,查理夫妇到了道特。邻居凑到窗户跟前,看他们的医生的新夫人。

老女佣过来同她见礼,道歉晚饭没有备好,请太太先认认她的住宅。

五

房子前脸,一砖到顶,正好沿街,或者不如说是沿路。门后挂一件小领斗篷、一副马笼头、一顶黑皮便帽,角落地上扔一双皮裹腿,上面还有干泥。右手是厅房,就是说,饮食起居所在。金丝雀黄糊墙纸,高头镶一道暗花,由于帆布底子没有铺平,整个在颤动,压红边的白布窗帘,叉开挂在窗口;壁炉台窄窄的,上面放一只亮闪闪的座钟,上面饰有希波克拉底①的头像,一边一支椭圆形罩子扣着的包银蜡烛台。过道对面是查理的诊室、六步来宽的小屋,里头有一张桌子、三张椅子和一张大靠背扶手椅。一个六格松木书架,单是《医学辞典》②,差不多就占满了。辞典没有裁开③,但是一次一次出卖,几经转手,装订早已损坏。看病时候,隔墙透过来牛油融化的味道;人在厨房,同样听见病人在诊室咳嗽,诉说他们的病历。再往里去,正对院子和马棚,是一间有灶的破烂大屋,现在当柴房、堆房、库房用,搁满废铁、空桶、失修的农具和许多别的东西,布满灰尘,也摸不清做什么用。

花园长过于宽,夹在土墙当中,沿墙是果实累累的杏树,靠近田野,有一道荆棘篱笆隔开。当中是一个石座青石日晷。四畔瘦

---

① 希波克拉底(约公元前460—前377)古希腊名医,被誉为医学之父。
② 《医学辞典》,八开本,共六十册,一八一二年开始出版,一八二二年出齐。
③ 法国的平装本书由读者自己裁开。"没有裁开",表示没有看过,只是装门面罢了。

小野蔷薇,互相对称,环绕着一块较为实用的方菜地。院子深处云杉底下,有一座读祷告书的石膏堂长像。

爱玛来到楼上。第一间没有家具。第二间是卧室,尽里凹处有一张红幔桃花心木床;还有一只蚌壳盒子,点缀五斗柜;窗边一张书桌,上面放着一个水晶瓶,里头插了一把白绫带束扎的橘花。这是新娘子的花、前人的花!她看着花。查理发觉了,拿花放到阁楼;爱玛坐在一张扶手椅上(她带来的东西放在周围),想着纸匣里她的结婚的花,凝神自问,万一她死了,这束花又将如何。

开头几天,她盘算着改动家里的布置,去掉蜡台的罩子①,换上新糊墙纸,又漆一遍楼梯,花园日晷四周,搁了几条板凳。她甚至打听怎样安装喷水鱼池。最后,丈夫知道她喜欢乘马车散心,买了一辆廉价出让的包克②,装上新灯和防泥的花皮护带,宛然就是一辆提耳玻里③。

于是他快乐,无忧无虑。两个人面对面用饭、黄昏在大路散步、她的手整理头发的姿势、她的草帽挂在窗户开关上的形象和许多查理梦想不到的欢愉,如今都是他连绵不断的幸福的组成部分。早晨他躺在床上,枕着枕头,在她旁边,看阳光射过她可爱的脸蛋的汗毛,睡帽带子有齿形缀饰,遮住一半她的脸。看得这样近,他觉得她的眼睛大了,特别是她醒过来,一连几次睁开眼睑的时候;阴影过来,眼睛是黑的,阳光过来,成了深蓝,仿佛具有层层叠叠的颜色,深处最浓,越近珐琅质表面越淡。他自己的视线消失在颜色最深的地方,他看见里面有一个小我,到肩膀为止,另外还有包头帕子和他的衬衫领口。他下了床。她来到窗前,看他动身,胳膊肘

---

① 巴尔扎克在《风雅生活论》第一章第一节中说:"在这愁苦的市区,有一笔年金或者……有流苏窗帘、船形大床和玻璃罩蜡烛台,风雅就解决了。"玻璃罩子,《包法利夫人》的时代已经不时兴了。
② 包克,一种小型轻便马车,两个座位。
③ 提耳玻里,一种英国式轻便马车,无篷,也是两个座位。

挂着窗台,一边放一盆天竺葵,穿着她的梳妆衣,松松的,搭在身子周围。查理在街上蹬住界石,扣牢刺马距;她在楼上继续和他说话,咬下一瓣花或者一片叶来,朝他吹过去,鸟儿似的,一时飞翔,一时停顿,在空中形成一些半圆圈,飘向门口安详的老白牝马的蓬乱鬣毛,待了待,这才落到地上。查理在马上送她一个吻;她摆摆手,关上窗户,他便出发了。他走大路,路上尘土飞扬,如同一条长带子,无终无了;或者走坑坑洼洼的小道,树木弯弯曲曲,好似棚架一般;或者走田垄,小麦一直齐到腿弯子,他的双肩洒满阳光,鼻孔吸着早晨的空气,心中充满夜晚的欢愉,精神平静,肉体满足,他咀嚼他的幸福,就像饭后消化中还在回味口蘑的滋味一样。

在这以前,他生活哪一点称心如意?难道是中学时期?关在那些高墙中间,孤零零一个人,班上同学全比他有钱,有气力,他的口音逗他们发笑,他们奚落他的服装,他们的母亲来到会客室,皮手筒里带着点心。难道是后来学医的时期?钱口袋永远瘪瘪的,一个做工的女孩子明明可以当他的姘头,因为她陪他跳双人舞的钱,他付不出,也告吹了。此后他和寡妇一道过了十四个月,她那双脚在床上就像冰块一样凉。可是现在,他心爱的这个标致女子,他能一辈子占有。宇宙在他,不超过她的纺绸衬裙的幅员;他责备自己爱她爱得不够,想再回去看看她;他迅速回家,走上楼梯,心直扑腾。爱玛正在房间梳洗;他潜着脚步,走到跟前,吻她的背,她猛吃一惊,叫了起来。

他一来就忍不住摸摸她的篦梳、她的戒指、她的肩巾;有时候他张开嘴,大吻她的脸蛋,要不然就顺着她的光胳膊,一路小吻下去,从手指尖一直吻到肩膀;她推开他,半微笑,半腻烦,好像对付一个死跟在你后头的小孩子一样。

结婚以前,她以为自己有爱情;可是应当从这种爱情得到的幸福不见来,她想,一定是自己弄错了。欢愉、热情和迷恋这些字眼,从前在书上读到,她觉得那样美,那么在生活中,到底该怎样正确理解呢,爱玛极想知道。

六

她读过《保尔和维吉妮》①,梦见小竹房子、黑人多明戈、名唤"忠心"的狗,特别是,一个好心小哥哥,情意缠绵,爬上比钟楼还高的大树,给你摘红果子,或者赤脚在沙地跑,给你带来一个鸟窠。

十三岁上,父亲送她去修道院,亲自带她进城②。他们投宿在圣热尔韦区一家客店,晚饭用的盘子,画着拉瓦利埃尔小姐③的故事。解释传说的文字,句句宣扬宗教、心地的温柔以及宫廷的辉煌景象,可是东一道印,西一道印,划来划去,上下文连不起来了。

她在修道院,起初不但不嫌憋闷,反而喜欢和修女们在一起相处。她们要她开心,领她穿过一条长廊,走出饭厅,去看礼拜堂。休息时间,她很少游戏,把教理问答记得滚瓜烂熟,有了难题,总是由她回答主教助理先生。她终日生活在教室的温暖气氛里,在这些面色苍白、挂着铜十字架念珠的妇女中间,加之圣坛的芳香、圣水的清冽和蜡烛的光辉散发出一种神秘的魅力,日子一久,她也就逐渐绵软无力了。她不听弥撒,只盯着书上天蓝框子的圣画;她爱害病的绵羊、利箭穿过的圣心或者边走边倒在十字架上的可怜的耶稣④。她练习苦行,试着一天不吃饭,还左思右想,要许一个愿。

---

① 《保尔和维吉妮》(1787),法国作家贝纳尔丹·圣皮埃尔的著名小说,初期浪漫主义的代表作品:保尔和维吉妮,两小无猜,自幼相爱,生活在非洲旁的毛里求斯小岛,伴侣有黑人多明戈和一条狗。
② 指鲁昂。
③ 拉瓦利埃尔小姐(1644—1710),路易十四早年的宠姬,失宠后隐居修道院。
④ "害病的绵羊",象征有罪的人。"圣心"崇拜,特别在法国流行,倡导者是女修士玛丽·阿拉考克(1647—1698)。据波米埃与勒鲁编订的《包法利夫人》新版本(185页):"倒在十字架上"作"倒在十字架下"。《约翰福音》第十九章第十七节却写明:"耶稣背着自己的十字架出来。"

临到忏悔,她为了多待一会儿,便编造一些小罪过,跪在暗处,双手合十,脸贴住栅栏门,听教士喃喃低语。布道中间说起的那些比喻,诸如未婚夫、丈夫、天上的情人和永恒的婚姻等,总在她灵魂深处唤起意想不到的喜悦。

　　晚祷之前,在自习室读宗教作品。星期一到星期六,读一些圣史节要,或者福雷西路斯院长的《讲演录》①;星期日读几段《基督教真谛》②作为消遣。浪漫主义的忧郁,回应大地和永生,随时随地,发出嘹亮的哭诉,她头几回听了,十分入神!我们接受自然的感染,通常要靠作品做媒介,她的童年如果是在商业区店铺后屋度过,她也许容易受到感染,可是她太熟悉田野,熟悉牲畜的叫声,懂得乳品和犁铧。她看惯了安静的风物,反过来喜好刺激。她爱海只爱海的惊涛骇浪,爱青草仅仅爱青草遍生于废墟之间。她必须从事物得到某种好处;凡不能直接有助于她的感情发泄的,她就看成无用之物,弃置不顾,——正因为天性多感,远在艺术爱好之上,她寻找的是情绪,并非风景。

　　有一个老姑娘,每月来修道院,做一星期女红。因为她是大革命摧毁的一个世家的后裔,有大主教保护,她和修女们一道在饭厅用饭,饭后和她们闲聊一会儿,再做女红。住堂生常常溜出教室看她。前一世纪有些情歌,她还记得,一边捻针走线,一边曼声低唱起来。她讲故事,报告新闻,替你上街买东西,围裙袋里总有一部传奇小说,私下借给大女孩子看,老姑娘休息的时候,自己也是一章一章拼命看。书上无非是恋爱、情男、情女、在冷清的亭子晕倒的落难命妇、站站遇害的驿夫、页页倒毙的马匹、阴暗的森林、心乱、立誓、呜咽、眼泪与吻、月下小艇、林中夜莺、公子勇敢如狮,温

---

① 福雷西路斯(1765—1841),法国宗教活动家,复辟时期曾出任部长。一八二五年出版演讲集《基督教辩》。
② 《基督教真谛》(1802),法国浪漫主义作家夏多布里昂(1768—1848)的作品,著名中篇小说《阿达拉》与《勒内》就包括在这部作品中。

柔如羔羊，人品无双，永远衣冠楚楚，哭起来泪如泉涌。就这样，爱玛在十五岁上，有半年之久，一双手沾满了古老书报租阅处的灰尘。后来她读司各特①，醉心历史事物，梦想着大皮柜、警卫室和行吟诗人。她巴不得自己也住在一所古老庄园，如同那些腰身细长的女庄主一样，整天在三叶形穹隆底下，胳膊肘支着石头，手托住下巴，遥望一位白羽骑士，胯下一匹黑马，从田野远处疾驰而来。她当时崇拜玛丽·斯图亚特②，衷心尊敬那些出名或者不幸的妇女。在她看来，贞德、爱洛伊丝、阿涅丝·索雷尔、美人拉弗隆与克莱芒丝·伊索尔，③超群出众，彗星一般，扫过历史的黑暗天空，而圣路易与他的橡树、临死的巴雅尔、路易十一的若干暴行、圣巴托罗缪的一些情况、贝恩人的羽翎和颂扬路易十四的彩盘的经久不忘的回忆，④虽然东一闪，西一闪，也在天空出现，但是彼此之间毫无关联，因而长夜漫漫，越发不见形迹。

　　她在音乐课上唱的歌，不外乎金翅膀的小天使、圣母、潟湖、贡

---

① 司各特（1771—1832），苏格兰历史小说家。
② 玛丽·斯图亚特（1542—1587），苏格兰女王，信奉天主教，新教信徒执掌政权后，逃往英国，被囚约二十年之久，后被处决。
③ 贞德（1412—1431），法国村姑，执戈从戎，号令民众击败英军，收复许多城市，后为贵族所出卖，死于敌人之手。爱洛伊丝（1101—1164），法国神学家阿倍拉尔的女弟子，师生相爱，受到家庭反对，男受阉刑，女入修道院。阿涅丝·索雷尔（1422—1450），法国国王查理七世的情妇，掌握大权有六七年之久。美人拉弗隆，法国国王弗朗索瓦一世的情妇。克莱芒丝·伊索尔，法国南方一贵妇，传说生在十四世纪，曾创立欧洲最早的诗会。
④ 圣路易即法国国王路易九世（1215—1270），传说他曾坐在一棵橡树下审问官司。巴雅尔（1473—1523），法国武士，远征意大利时，石头打断他的脊椎，他让人把自己放在树下下，面向敌军，说：" 我从来没有背向敌人，我死的时候也不想这样做。"路易十一（1423—1483），法国国王，传说即位前曾毒死父亲的情妇阿涅丝·索雷尔，即位后，运用阴谋，处决许多和他作对的贵族。一五七二年八月二十三日之夜，即圣巴托罗缪节前夕，查理九世迫于母命，下令屠杀胡格诺派教徒，挑起第五次内战。贝恩人，指法王亨利四世（1553—1610），一五九〇年，他在作战之前向士兵演说："你们要是丢了你们的军旗，就朝我的白羽翎聚拢好了；你们永远在荣誉之路看见它。"羽翎是他的帽饰。

多拉船夫,①全是一些悠闲之作,文字拙劣,曲调轻浮,她在这里,影影绰绰看见感情世界的动人形象。有些同学,年节贺礼收到诗文并茂的画册,带到修道院来,必须藏好;查出来,非同小可;她们躲在寝室读。爱玛小心翼翼,掀开美丽的锦缎封面,就见每首诗文底下,陌生作家署名,大多数不是伯爵,就是子爵,这些名字让她看呆了。

她战战兢兢,吹开保护画幅的绢纸;绢纸掀起一半,又轻轻落下。上面画的是:阳台栏杆后面,一个穿短斗篷的青年男子,搂住一个腰带挂着布施袋的白袍少女;要不然就是英吉利贵妇的无名画像,金黄发环,戴圆草帽,睁开又大又亮的眼睛望你。有的贵妇仰靠在马车内,驰骋草地,马前有一只猎犬跳跃,两个白裤小童驭马。有的贵妇坐在沙发上,身旁一封开口的信,仰首凝思,遥望月亮,窗户半开,还让黑幔挡住一半。天真烂漫的贵妇,脸上一滴泪珠,隔着哥特式鸟笼的小柱,逗着笼中的斑鸠;要不就是偏着头微笑,十指尖尖,翘起如波兰式鞋②,掐着雏菊的花瓣。画上还有吸长烟袋的苏丹③,在凉棚底下陶醉在印度舞姬的怀抱里;还有"邪教徒"④、土耳其刀、希腊帽;特别是酒神故乡暗淡的风景⑤,我们经常在这里看到棕榈、冷杉,右边几只老虎,左边一只狮子,天边几座鞑靼尖塔,近景是罗马遗迹,稍远是几只蹲在地上的骆驼;——一片洁净的原始森林,像框子一样,环绕四周,同时一大道阳光,笔直下来,在水中荡漾,或远或近,青灰的湖面露出一些白痕,表示有几只天鹅在游动。

---

① 潟湖,指威尼斯附近的环礁湖。贡多拉是威尼斯特有的小船。
② 波兰式鞋,中世纪一种朝上翘的尖头鞋,十四、十五世纪从波兰传入法国。
③ 苏丹,土耳其皇帝和王公的称号。
④ "邪教徒",伊斯兰教对异教徒的统称,特别是基督教徒。
⑤ 酒神故乡指希腊。

挂在墙上的甘该灯①,正在爱玛头上,罩子聚下光来,照亮这些人生画幅,一幅一幅,从眼前经过,寝室静悄悄的,远远传来一辆马车的响声,马车回来晚了,还在路上走动。

母亲死的头几天,她哭得十分伤心。她拿死者头发给自己编了一个纪念卡;她写了一封家信,满纸人生辛酸,要求日后把她也埋在母亲坟里。老头子以为她病了,赶去看她。灰暗人生的稀有理想,庸人永远达不到,她觉得自己一下子就达到了这种境界,于是心满意足了。所以她由着自己滑入拉马丁的蜿蜒细流②,谛听湖上的竖琴、天鹅死时的哀鸣、落叶的种种响声、升天的贞女和在溪谷布道的天父的声音。她感到腻烦,却又绝口否认,先靠习惯,后靠虚荣心,总算撑持下来;她最后觉得自己平静下来,心中没有忧愁,就像额头没有皱纹一样,不由得大吃一惊。

女修士们从前一直认为卢欧小姐有灵性,有前程,如今发现她似乎辜负她们的爱护,惊奇万分。她们也确实在她身上尽过心。一再要她参加日课、静修、九日祈祷③、布道,一再宣讲应当尊敬先圣与殉教者,也谆谆劝诲应当克制肉体、拯救灵魂,可是她就像马一样,你拉紧缰绳,以为不会出事,岂知马猛然站住,马衔滑出嘴来了。她是热狂而又实际,爱教堂为了教堂的花卉,爱音乐为了歌的词句,爱文学为了文学的热情刺激,反抗信仰的神秘,好像院规同她的性情格格不入,她也越来越愤恨院规。所以父亲接她出院,大家并不惜别。院长甚至发觉,她在末期,不尊重修道院的共同生活。

爱玛回家,起先还高兴管管仆人,过后却讨厌田野,又想念她

---

① 甘该灯,一种煤油灯,有两个风眼,"甘该"是制造商的名字。
② 拉马丁(1790—1869),法国浪漫派诗人,他的《孤独》《绝望》《回忆》《湖》《秋天》《将死的诗人》《祈祷》等诗,足可说明这一段文字。
③ 九日祈祷,一种天主教仪式,连续九天,通过祷告、弥撒、忏悔等功事,求圣母赐恩。

的修道院了。查理初来拜尔托，她正自以为万念俱灰，没有东西可学，也没有东西值得感受。

但是对新生活的热望，或者也许是由于这个男人的存在而产生的刺激，足以使她相信：她终于得到了那种不可思议的爱情。在这以前，爱情仿佛一只玫瑰色羽毛的巨鸟，可望而不可即，在诗的灿烂天空翱翔；——可是现在她也不能想象，这种安静生活就是她早先梦想的幸福①。

七

她有时候寻思，她一生最美好的时日，也就只有所谓蜜月。领略蜜月味道，不用说，就该去那些名字响亮的地方②，新婚夫妇在这些地方有最可人意的闲散！人坐在驿车里，头上是蓝绸活动车篷，道路崎岖，一步一蹬，听驿夫的歌曲、山羊的铃铛和瀑布的喧豗，在大山之中，响成一片。夕阳西下，人在海湾岸边，吸着柠檬树的香味；过后天黑了，只有他们两个人，站在别墅平台，手指交错，一边做计划，一边眺望繁星。她觉得某些地点应当出产幸福，就像一棵因地而异的植物一样，换了地方，便长不好。她怎么就不能胳膊肘支着瑞士小木房的阳台，或者把她的忧愁关在一所苏格兰茅

---

① 巴尔扎克在《婚姻生理学》的"沉思六"，有些话可以移作本章的注释："一个姑娘从她的寄宿学校出来，也许是处女，然而决不贞洁。她在瞒人的秘密所在，不止一次，讨论情人的重要问题，心灵或者头脑（也不见得两者不可兼），必然受害。"他进一步指出普通人家女儿进修道院的祸害："大革命前，有些贵族家庭，送女儿入修道院。许多人跟着学，心想里头有大贵人的小姐，女儿送去，就会学到她们的谈吐、仪态。这种攀高的谬举，首先妨害家庭幸福，还不说修道院具有寄宿的一切不方便处。长年无所事事。幽闭的栅栏刺激想象。……有的姑娘，由于过去耽于空想，就要引起一些多少令人感到莫名其妙的误会。有的姑娘，由于过去夸大结婚的幸福，嫁夫之后，就要对自己说：什么！不过尔尔！……"

② 指南欧意大利等地。

庐,丈夫穿一件花边袖口、长裾青绒燕尾服,踏一双软靴,戴一顶尖帽!

她也许想对一个什么人,说说这些知心话。可是这种不安的心情,捉摸不定,云一样变幻,风一样旋转,怎么出口呢?她缺乏字句,也缺乏机会、胆量。

不过假使查理愿意的话,诧异的话,看穿她的心思的话,哪怕一次也罢,她觉得,她的心头就会立时涌出滔滔不绝的话来,好比手一碰墙边果树,熟了的果子纷纷下坠一样。可是他们生活上越相近,她精神上离他却越远了。

查理的谈吐就像人行道一样平板,见解庸俗,如同来往行人一般,衣着寻常,激不起情绪,也激不起笑或者梦想。他说,他在鲁昂居住的时候,从未动过上剧场看看巴黎演员的念头。他不会游泳,不会比剑,不会放手枪,有一天,她拿传奇小说里遇到的一个骑马术语问他,他瞠目不知所对。

正相反,一个男子难道不该无所不知,无所不能,启发你领会热情的力量、生命的奥妙和一切秘密吗?可是这位先生,一无所教,一无所知,一无所期。他相信她快乐;然而她恨的正是他这种稳如磐石的安定,这种心平气和的迟钝,甚至她带给他的幸福。

有时候,她画素描,查理把这当作重要娱乐,直挺挺站在一旁,看她俯向画册,眨动眼睛,端详她的作品;要不然就在大拇指上,拿面包心子揉成小球①。说到钢琴,她的手越弹得快,他越觉得出奇。她弹音键,信心在握,上上下下,打遍键盘,停也不停。这架旧乐器,钢丝倚里歪斜,经她一弹,响声震耳,只要窗户开开,村头也听得真切;执达吏的文书走过大路,光着头,穿着布鞋,手里拿着公文,也站住了听她弹琴。

另一方面,爱玛懂得料理家务。她送账单给病人,附一封信,

---

① 面包心子搓成小球充橡皮用。

措辞婉转,不露索欠痕迹。星期六,有邻人来用饭,她设法烧一盘精致的菜,还会拿青梅在葡萄叶上摞成金字塔,蜜饯罐倒放在盘子上端出来,她甚至说起为用果点买几只玻璃盏。凡此种种,影响所及,提高了人们对包法利的敬重。

娶到这样一位太太,查理临了也自视甚高了。她有两小幅铅画稿,他配上很宽的框子,用绿长绳挂在厅房墙上,傲形于色,指给人看。大家做完弥撒出来,就见他站在门口,穿一双漂亮绣花拖鞋。

他回家晚,十点钟,有时候半夜。他要东西吃,女仆睡了,只有爱玛伺候他。他要晚饭吃得自在,脱掉大衣。他一个一个说起他遇见的人、去过的村子、开过的药方,心满意足,吃完洋葱烧牛肉,剥去干酪外皮,啃掉一只苹果,喝光他的水晶瓶,然后上床,身子一挺,打起鼾来了。

他长久养成戴睡帽睡觉的习惯,包头帕子在耳边扣不牢实,一到早晨,头发就乱蓬蓬散了一脸,枕头带子夜晚松了,鸭绒搅白了他的头发。他总穿一双笨重靴子,脚背两个厚褶子,斜趋踝骨,靴筒笔直向上,紧绷绷的,活像一只木头脚。他说"这在乡下够好的啦"。

他母亲赞成他这样俭省;因为,自己家里吵凶了,她待不住,像往常一样来看他;可是老太太对儿媳妇似乎有成见。她觉得"他们的家境不衬她这种作风";柴呀,糖呀,还有蜡烛,"就像高门大户一样糟蹋",光是厨房烧的木炭,足可以上二十五道菜!她帮她整理衣橱,教她监视屠户送肉。爱玛拜领这些教训,老太太的教训反而多了;两个人整天"媳妇呀""妈呀"呼来唤去,嘴唇微微发抖,话说得很柔和,声音颤悠悠的,透着怒气。

杜比克夫人在的时候,老太太觉得自己还受儿子爱戴;可是现在,查理对爱玛的恩情在她看来,分明等于一种对她的慈爱的捐弃行为,一种取而代之的侵占行为;她注视儿子的幸福,闷不作声,仿佛一个人破了产,隔着玻璃窗,望见别人坐在自己的旧宅吃饭。她用回想当年的方式,向他提起她的辛苦和她的牺牲,相形之下,爱玛心粗气浮,单宠爱玛一人,显然不合理。

查理不知道怎么样回答才好;他尊敬母亲,爱极了太太;他觉得前者判断正确,而后者无可贬责。老太太说过的最不痛不痒的指责,他在她走后,用同样话,畏畏缩缩,冒昧说了一两句;爱玛一句话就证明他错,打发他看病人去了。

不过她根据自以为正确的原则,愿意表示自己的恩爱。于是月光皎洁之时,她在花园一首一首吟诵她记得起来的情诗,一面叹息,一面为他唱一些忧郁的慢调;可是吟唱之后,她发现自己如同吟唱之前一样平静,查理也似乎并不因而爱情加重,感动加深。

仿佛火刀敲石子,她这样敲了一阵自己的心,不见冒出一颗火星来,而且经验不到的东西,她没有能力了解,正如不经传统形式表现的东西,也没有能力相信一样,她轻易就认定了查理的热情毫无惊人之处。感情流露,在他成了例行公事;他吻抱她,有一定时间。这是许多习惯之中的一个习惯,就像晚饭单调乏味,吃过以后,先晓得要上什么果点一样。

有一个猎警①,害肺炎,经他医好,送了他太太一只意大利种小母猎犬;她带它散步,因为她有时候出去走走,独自待上一时,避免老看日久生厌的花园和尘土飞扬的大路。

她一直走到巴恩镇的山毛榉林子、田边墙角的荒亭子附近。深沟乱草之中,有叶子锋利的高芦苇。

她先望望周围,看和她上次来,有没有什么变动,她又在原来地点看到毛地黄和桂竹香,荨麻一丛一丛环绕大石块,地衣一片一片沿着三个窗户。护窗板永远关闭,腐烂的木屑落满了生锈的铁档。她的思想起初漫无目的,忽来忽去,就像她的猎犬一样,在田

----

① 猎警的职司是保护动物,禁止违法行猎,禁止损害田产。

野兜圈子,吠黄蝴蝶,追鼩鼱,咬小麦地边的野罂粟。随后,观念渐渐集中了,于是爱玛坐在草地,拿阳伞尖尖头轻轻刨土,向自己重复道:

"我的上帝!我为什么结婚?"

她问自己,她有没有方法,在其他巧合的机会,邂逅另外一个男子。她试着想象那些可能发生的事件、那种不同的生活、那个她不相识的丈夫。人人一定不如他。他想必漂亮、聪明、英俊、夺目,不用说,就像他们一样、她那些修道院的老同学嫁的那些人一样。她们如今在干什么?住在城里,市声喧杂,剧场一片音响,舞会灯火辉煌,她们过着心旷神怡的生活。可是她呀,生活好似天窗朝北的阁楼那样冷,而烦闷就像默不作声的蜘蛛,在暗地结网,爬过她的心的每个角落。她想起发奖的日子,她走上讲台,接受她的小花冠。她梳着辫子,身穿白袍,脚上是开口黑毛线鞋,一副可爱模样;回到座位,男宾斜过身子向她致贺;满院车辆,大家在车门口同她话别,音乐教员挟着他的小提琴匣,边走,边打招呼。这一切都多远啊!多远啊!

她喊加里过来,抱在膝盖当中,摸着它的细长头,对它道:

"来,无忧无虑的东西,吻吻女主人。"

随后小狗慢悠悠打呵欠,她望着它忧郁的嘴脸,心软了,于是把它当成自己,好像安慰一个受苦人一样,大声同它说话。

有时候,狂飙骤起,海风一跃而过科地的高原,就连远方田地、空气也有了盐水味道。灯心草伏在地面,簌簌作响,山毛榉的叶子立即打寒噤,发出响声,而树梢也总在摇来摆去,呼啸不已。爱玛拉紧披肩站起来。

林荫道的树叶,密密层层,映下一片绿光,照亮地面的青苔。青苔在她的脚底下,细声细气喊喳。夕阳西下,树枝之间的天变成红颜色,树身一般模样,排成一条直线,仿佛金色底子托着一排棕色圆柱。她怕起来了,呼喊加里,急忙走大路奔回道特,倒进扶手椅,整夜未曾开口。

但是九月梢左右,她的生活中出了一件大事;昂代维利耶侯爵邀她去渥毕萨尔。

复辟时期①,侯爵是国务大臣,现在希望再过政治生涯,许久以来就在进行众议院选举的准备工作。冬天他分批大量馈送木柴;他在县议会总是慷慨激昂,为本区要求多修道路。大夏天他害口疮,查理凑巧一竹叶刀,奇迹似的治好了他。管家到道特送手术费,当天黄昏回来,说起他在医生小花园看见上品樱桃。而樱桃树在渥毕萨尔就长不好,侯爵向包法利讨了一些接枝,觉得理应亲自道谢,恰巧看见爱玛,觉得她身材窈窕,行起礼来,决不似乡下女人;因为印象好,他相信请年轻夫妇到庄园来,既不失身份,也不至于使自己难堪。

有一天星期三,三点钟,包法利夫妇坐上他们的包克,去了渥毕萨尔,车后捆了老大一件行李,脚篷前面放了一个帽盒。查理腿当中,还夹着一个纸匣。

他们到达时,正好天黑,有人在草地点起油灯,给马车照亮道路。

八

侯爵府邸是近代建筑,意大利风格,两翼前伸,三座台阶,连着一片大草坪,有几只母牛在吃草,一丛一丛大树,距离相等,分列两旁,同时一簇一簇灌木、杜鹃花、紫丁香和雪球花,大小不等,沿着曲曲折折的沙砾小道,密密匝匝,朝外拱出它们的枝叶。桥下流过一条小河;人隔着雾,隐约望见零零落落几所茅庐散布在草地上;

---

① 复辟时期(1814—1830),指拿破仑帝国崩溃之后,波旁王室(长支)复位这段时期。

两座山冈,坡度不大,树木葱郁,环绕草地;再往里去,绿荫翳翳,车房和马厩,平列两线:它们是拆毁的旧庄园的残余部分。

查理的包克停在当中台阶前面;听差们露面了;侯爵迎上前,挎起医生太太的胳膊,领她走进过厅。

过厅很高,大理石地,脚步响动和说话声音,像在教堂一样有回声。正面笔直一座楼梯,左手一道走廊,对着花园,通到弹子间,人在门口,听见象牙球碰来碰去的响声。她穿过弹子间,走向客厅,看见几个男人,围住球台,面孔严肃,下巴贴着高领结,个个挂勋章,一脸微笑,不声不响,推动他们的球杆。板壁发暗,挂着几个镀金大框,框边靠下,黑字写着他们的名姓,上面是"约翰·安东·昂代维利耶·伊维本维尔,渥毕萨尔伯爵、弗雷奈伊男爵,一五八七年十月二十日,殉于古特拉司之役①"。另一个写着:"约翰·安东·亨利·昂代维利耶·渥毕萨尔,法兰西海军总司令、圣米迦勒骑士勋章获得者,一六九二年五月二十九日,虎格-圣法之战②负伤,一六九八年一月二十三日,在渥毕萨尔逝世。"再下去就辨认不清了,因为灯光聚在球台绿毡上,房间别的地方,阴影重重,灯光偶尔照到画像,碰上油漆裂口,分成一道一道细线,把画像变成棕色。所有这些金边大黑方幅,东一块,西一块,露出画上一些较亮的部分:一个苍白的额头、两只望人的眼睛、披在红燕尾服有粉的肩头的假发,或者丰满的小腿上部的一只吊袜带扣子。

侯爵推开客厅门;一位贵妇(侯爵夫人本人)站起来迎接爱玛,请她靠近自己,坐在双人沙发上,和她亲亲热热谈话,如同旧相识一般。她是一个四十岁上下的女人,肩膀很好看,鹰嘴鼻子,声

---

① 古特拉司,位于法国西南部卡隆河上游,一五八七年十月二十日,法国天主教军队南下,和胡格诺派军队作战,在这里全军覆没。
② 圣米迦勒十字骑士勋章,一四六九年颁发,大革命时代废除,专为赏赐朝廷大臣之用。虎格-圣法是法国西部瑟堡附近小海湾,一六九二年五月二十九日,英、荷联合舰队在这里打败法国舰队。

音拖长,栗色头发,当天夜晚,头上蒙了一条素花边肩巾,三角样式,垂在后背。一个金黄色头发女孩子,坐在旁边一张高背椅上;有几位绅士,翻领缀一朵小花,围着壁炉,和贵妇们闲谈。

七点钟入席。男宾较多,坐在过厅的第一桌;女宾坐在饭厅的第二桌,有侯爵夫妇相陪。

爱玛一进去,就感到四周一股热气,兼有花香、肉香、口蘑味道和漂亮桌布气味的热气。烛焰映在银罩上,比原来显得长了;雕花的水晶,蒙了一层水汽,反射出微弱的光线;桌上一丛一丛花,排成一条直线;饭巾摆在宽边盘子里,叠成主教帽样式,每个褶缝放着小小一块椭圆面包。龙虾的红爪伸出盘子;大水果一层又一层,压着敞口筐子的青苔;鹌鹑热气腾腾,还带着羽毛。司膳是丝袜、短裤、白领结、镶花边衬衫,严肃如同法官,在宾客肩膀空间,端上切好的菜,一勺子就把你选的那块东西送到面前。带铜条的大瓷炉上,有一座女雕像,衣服宽宽适适的,从下巴裹起,一动不动,望着满屋的人。

包法利夫人注意到,有几位贵妇,没有拿自己的手套放进她们的玻璃盏①。

酒席上座是一个老头子,独自坐在全体妇女中间,伏在他的满盘菜上,饭巾挽在后背,仿佛一个小孩子,一面吃,一面嘴里一滴一滴流汤汁。眼睛有红丝。他戴的小假发,用一条黑带子系牢。他是侯爵的岳父拉维迪耶尔老公爵,孔福朗侯爵在沃德勒伊举行猎会,他曾经一度得到阿图瓦伯爵的宠幸,据说他在柯瓦尼之后与洛赞之前,做过王后玛丽·安托瓦奈特的情人。②他一辈子荒唐,声

---

① 这种风习在当时开始流行,所以特别引起爱玛注意。
② 阿图瓦伯爵(1757—1836),法国复辟时期国王查理十世即位之前的爵号。他是路易十八的弟弟。孔福朗、柯瓦尼、洛赞均为法国阀阅世家。这里的洛赞公爵和比隆是一个人,一七九三年死在断头台上。玛丽·安托瓦奈特是路易十六的王后,一七九三年和路易十六一道死在断头台上。

名狼藉,不是决斗、打赌,就是抢夺妇女,荡尽财产,害得全家人担惊受怕。他期期艾艾,指着盘子问,椅后一个听差,对着他的耳朵,大声告诉他菜的名目。爱玛不由自主,时时刻刻,望着这耷拉着嘴唇的老头子,像望着什么不同凡响的庄严事物。他在宫里待过,后妃床上睡过!

香槟酒冰镇过,爱玛经不起嘴里那么凉,浑身上下打战。她从来没有见过石榴,也没有吃过菠萝蜜。就连砂糖,她也觉得比别处的砂糖更白更细。

晚饭用过,贵妇们上楼,回到房间,准备参加舞会。

爱玛重新梳妆,小心在意,仔细从事,好像一个女演员初次登台一样。她照理发师的建议理好头发,穿上搭在床上的细呢袍。查理嫌裤腰紧,说:

"鞋底下的带子要妨碍我跳舞的。"

爱玛反问道:

"跳舞?"

"是啊!"

"你发痴啦!人家会笑话你的,你待着吧。"

她添上一句话道:

"再说,这更合医生身份。"

查理住了口,走来走去,等爱玛穿衣服。

他从背后,在一边一支蜡烛的镜子里看她。她的黑眼睛似乎更黑了。靠耳朵那边,头发有一点蓬起来,放出一道蓝光;发髻插了一朵玫瑰,小枝子摇来摇去,花跟着晃荡,叶尖上有几滴人造露水。她穿一件淡郁金香袍,上面点缀三簇有绿叶相衬的小玫瑰花。查理过去吻她的肩膀。她说:

"走开!当心弄皱我的衣裳。"

他们听见小提琴的前奏曲和喇叭的声音。她下楼时真想跑下去,总算克制住了。

四组舞已经开始。人们纷至沓来,向前拥挤。她坐在门边一条长凳上。

　　四组舞结束,舞场只有男人留下来,一群一群站着说话,听差穿着制服,端着大盘子,往来穿梭。妇女坐成一排,摇动画扇,微笑的面孔被花遮住一半,白手套显出指尖的轮廓,紧紧扣住腕上的肉,手松松攥着一个金塞鼻烟壶,在手心转来转去。花边缀饰在衣服上颤动,钻石别针在胸前闪烁,镶坠子的手镯在光胳膊上作响。头发贴在额头,盘在后颈,插着勿忘草、素馨花、石榴花、黍穗或者矢车菊,有王冠样子、花簇样子、树枝样子。母亲们裹着红头巾①,颦蹙着脸,安安详详,待在她们的座位里。

　　邀爱玛跳舞的男子,用指尖搂着她;她过去站好,等候音乐开始:这期间她有一点心跳。不过她很快就镇定下来,随着乐队的节奏,左右摇曳,脚向前滑,颈项微微摆动。有时候,别的乐器停止,只有小提琴演奏,她听到妙处,嘴唇露出微笑;隔壁传来金路易②倒在桌毯上的叮当声;随后,乐器又全响了,铜号吹出嘹亮的声音。脚再和上拍子,裙子飘开,蹭了过去,手时而握在一起,时而分开,眼睛原来在你面前低下去,现在又仰起来,望你的眼睛。

　　有些男子(约十四五位),二十五岁到四十岁不等,散见在舞客中,或者在门口闲谈,其年龄、衣着和面貌纵然各异,由于家世相近,一眼望去,就显出了与大家的不同。

　　他们的燕尾服,缝工分外考究,料子也特别柔软;头发一圈一圈压在太阳穴,亮光光的,抹了更好的生发油。肤色是阔人肤色,白白的,其所以能这样白而又白,显然是饮食讲究、善于摄生的结果,而瓷器的青白、锦缎的闪光、上等木器的油漆,越发衬白了肤色。领结低低的,颈项旋转自如;领子朝下翻,络腮胡须长长的,搭

---

①　模仿近东装束,流行于第一帝国时期,参看斯塔尔夫人画像,在本书中已近过时,仅母亲一代还用红巾包头。

②　路易,有路易九世头像的金币,一枚值二十法郎。

在上头;他们揩嘴唇的手绢,有一股香气逸出,上面绣着姓名的第一个字母,绣得大大的。开始走向老境的人,模样透着年轻,而年轻人的脸显着老成。情欲天天得到满足,所以他们的视线,有一种漠然和恬适的神情。他们举止虽然温文尔雅,却隐隐透出一种特殊的粗暴气息,借此控制那些易于驾驭的事物。他们玩纯种马,追逐浪荡女人,以显示力量来满足虚荣心。

离爱玛三步远,有一位绅士,穿蓝燕尾服,和一位戴珍珠花钏、面色苍白的年轻妇女,闲谈意大利。他们称赞圣彼得教堂柱子的粗大、热那亚的玫瑰、月光下的圆形剧场,也称赞蒂沃里、维苏威、斯塔比亚海堡和卡辛。① 爱玛另一只耳朵听来的话,有许多字句她听不懂。大家围着一个年轻男子:他上星期赛马,赢了阿拉贝尔小姐和罗慕路,②在英吉利跳一道沟,赚了两千路易。一个人叹息他的赛马长膘了,另一个人抱怨印错了他的马的名字。

舞场空气窒闷;灯暗下来了。人朝弹子间走。有一个听差,踩上椅子,砸破两块玻璃;包法利夫人听见玻璃碎,回过头去,望见花园里有一些乡下人,脸贴住窗玻璃,往里张望。她不由得想起拜尔托。她又看见田庄、泥泞的池塘、苹果树下穿工人服的父亲;她也看见自己,像往常一样,在牛奶棚揭掉瓦盆里的乳皮。她过去的生活,虽然像在眼前一样,可是在现时五光十色之下,也就完全消逝了,她几乎不相信自己这样生活过。她在舞厅;舞厅之外,朦胧一片,统统盖在黑影底下。她当时左手握着一只镀银介壳,正在吃里面的樱桃酒刨冰,眼睛半闭,勺子放在口中。

旁边一位贵妇,掉了扇子,正好过来一位舞客。贵妇道:

---

① 圣彼得教堂在梵蒂冈广场,两侧游廊有二百八十四根大圆柱。热那亚是意大利重要商埠。圆形剧场在罗马,可容纳十万观众,废墟现在还保存着。蒂沃里,在罗马东北,以瀑布出名。维苏威火山,在那不勒斯附近。斯塔比亚海堡位于意大利那不勒斯海湾,以温泉闻名。卡辛是意大利名山,风景秀丽。
② 阿拉贝尔、罗慕路此处均为马名。

"先生,我的扇子掉在这张沙发后头,能不能劳驾拾起来!"

绅士弯下腰去,伸出胳膊,爱玛就见少妇乘机往他的帽子里扔进一点白东西,叠成三角形。他捡起扇子,恭恭敬敬,献给贵妇;她点点头,谢了谢他,开始嗅她的花。

夜宵有大量西班牙酒和莱茵葡萄酒,虾糊汤和杏仁汤,特拉法尔加的布丁①,还有各色冷肉,四边冻子直在盘里颤抖。用过夜宵之后,马车开始一辆一辆走动。掀起一角纱帘,你就看见车灯的亮光,星星点点,在黑夜里消逝。长凳空了;有几个赌徒,还没有走;乐师拿手指尖放在舌头上取凉;查理背靠一扇门,几乎睡着了。

早晨三点钟,开始花色舞。爱玛不会华尔兹。人人跳华尔兹,侯爵夫人,连昂代维利耶小姐也跳。留下来的,只有住宿的客人,一共不过十二三位。

有一位跳华尔兹的,背心敞得开开的,就像照胸脯裁成的一样,大家顺口称他"子爵",邀包法利夫人跳过一次舞,现在又来邀她,答应教她,还说她会跳得好的。

他们开始慢,后来快了。他们旋转,样样东西围着他们旋转,灯、木器、板壁和拼花地板,就像一个圆盘在轴上旋转一样。走过门边,爱玛的袍子,靠下飘了起来,蹭着对方的裤管;他们的腿,一来一去,轮流捣动;他朝下看她,她朝上看他;她觉得头昏眼花,连忙停住。他们又跳起来,子爵转得越发快了,一直把她带到走廊尽头,离开众人;她气喘吁吁,险些跌倒,有一时,头倚着他的胸脯。随后,他仍然转下去,不过慢了一些,送她回到原来座位;她朝墙一靠,手蒙住眼睛。

她睁开眼睛,就见客厅当中,有一位贵妇,坐在一张小凳上,三个跳华尔兹的男子跪在面前。她挑选子爵,小提琴又响起来了。

---

① "布丁"是一种英国果馅点心。一八〇五年,英国舰队曾在特拉法尔加海岬摧毁法国舰队。

大家望着他们。他们来了又去,去了又来,她低下头,身子一动不动,他也一直是一个姿势,身子有些类似一张弓,胳膊肘放圆,下巴向前。这个女人,会跳华尔兹!他们跳了许久,人人累了,他们还在跳。

客人们又闲谈了一阵,说过再会,或者不如说是早安,这才走开睡觉。

查理扶着楼梯,累得腿也站不直了,一步一拖。一连五小时,他站在牌桌前面,看人斗牌,自己一窍不通。所以临到他脱靴子,如释重负,舒了一口长气。

爱玛拿一条披肩盖住肩膀,打开窗户,胳膊肘支在上头。

黑漆漆的夜晚,细雨蒙蒙。她吸着湿润的空气,风吹凉她的眼皮。跳舞的音乐还在她的耳边鸣响。她尽力挣扎不睡,延长这种豪华生活的境界,因为没有多久,她就非放弃不可。

天开始亮。她望庄园窗户望了许久,试着猜测她这一夜注意的那些人睡在哪些房间。她巴不得知道他们的生平事迹,渗进去,打成一片。

但是她直打寒噤。她脱去衣服,缩进被窝,躺在睡熟了的查理一旁。

早饭有许多人用,十分钟了事;任何酒也没有,医生诧异了①。饭后,昂代维利耶小姐捡了一些蛋糕屑,放进一只小盘,带给池塘的天鹅吃。大家散步,来到花坞,里面有一些奇怪的植物,毛茸茸的,一层层垒在架子上,像金字塔一样,上面悬着一些花盆,仿佛蛇窟的蛇太多了,滴里嗒啦,垂下几条绿油油的长枝子,盘在一起。花坞过去,就是橘林,密密层层,直到庄园的附属建筑。侯爵要少妇开心,带她去看马厩。马槽是篮子形状,上空挂了一些瓷牌,用

---

① 查理"不管谁来,总请他喝酒",同时早晨出门看病,病人家也会请他先饮一杯酒,挡挡寒气。

黑字写着马的名字。每一匹马,见人走过,打舌头响,就在枥间骚动起来。马具间的地板如同客厅里拼花地板一样耀眼。当中两根柱子,可以旋转,上面挂着鞍辔,沿墙是一长排马衔、马鞭、马镫和马勒。

查理这期间,烦劳一个听差,驾好他的包克。车停在台阶前面,包裹一件一件塞上车,包法利夫妇向侯爵夫妇辞过行,向道特出发了。

爱玛默不作声,望着车轮滚动。查理坐在长凳外沿,伸开两只胳膊赶车。马小,车辕太宽,马在当中,放开蹄子跑,缰绳软搭搭的,浸在汗水里,直打屁股。盒子捆在包克后头,不时撞着车厢,咕咚咕咚响。

他们上到狄布尔镇高坡,眼前忽然来了几个骑马的人,噙着雪茄笑。爱玛自以为认出了里面有子爵;她扭回头看,仅仅望见天边人头或高或低,依照奔驰快慢,起伏无定而已。

又走了四分之一古里,后鞘断了,他们只得停下来,用绳子接好。

查理最后查看一眼马具,发现马腿之间,地上有什么东西;他捡起一只雪茄匣,绿绸镶边,当中家徽,好像大户人家马车的车门一样。他说:

"里头还有两支雪茄,正好今天晚饭后用。"

她问道:

"瞎说,你吸烟吗?"

"有时候,也看机会。"

他拿拾来的东西放进衣袋,抽打小马。

他们回到家,发现晚饭还没有烧好。太太发脾气了,娜丝塔西顶嘴。爱玛说:

"滚!岂有此理,你给我走。"

晚饭是葱汤和一块酸模小牛肉。查理坐在爱玛对面,一副快

乐神气,搓着手道:

"回到家里,开心多了!"

他们听见娜丝塔西哭。他有点喜欢这可怜的女仆。从前鳏居无聊,她陪他消磨过许多黄昏。她是他的第一个病人、当地最早的熟人,他终于道:

"你当真打发她走?"

她答道:

"是啊。谁拦我不成?"

女仆整理卧室时,他们来到厨房取暖。查理开始吸烟。他伸长嘴唇吸,不住吐痰,吐一口烟,闪开一回。她显出鄙夷的样子道:

"你要把自己弄病了。"

他放下雪茄,跑到水龙头跟前,喝了一口冷水。爱玛抓起雪茄匣,顺手丢进碗橱里。

第二天,日子长悠悠的。她在她的小花园散步,在几条小径上走来走去,站在花畦前、贴墙的果树前、石膏神甫像前停一停。往日非常熟悉的这些东西,如今看在眼里却感到诧异。舞会似乎已经离她很远!前天早晨和今天黄昏,中间到底出了什么事,相隔如此遥远?渥毕萨尔之行,在她的生活上,凿了一个洞眼,如同山上那些大裂缝,一阵狂风暴雨,只一夜工夫,就成了这般模样。她无可奈何,只得看开些,不过她的漂亮衣着,甚至她的缎鞋,——拼花地板滑溜的蜡磨黄了鞋底,她都虔心虔意放入五斗柜。她的心也像它们一样,和财富有过接触之后,添了一些磨蹭不掉的东西。

于是对舞会的回忆,成了爱玛的重要生活内容。每逢星期三,她醒过来,就问自己道:"啊!一星期以前……两星期以前……三星期以前,我在那边!"然而在她的记忆之中,面貌渐渐混淆;她忘却了四组舞的曲调;她不再能真切地想起仆从的号衣和房间;若干细节淡忘了,可是心头留下了怅惘。

九

查理不在家,她常常走到碗橱跟前,取出绿绸雪茄匣,她先前丢在叠好的饭巾一类东西当中。

她看了又看,开了又开,甚至还闻了闻衬里的味道:一种杂有美女樱与烟草的味道。是谁的?……子爵的。说不定是他的情妇用红木绷子绣出来,作为纪念送他的。绷子是一件细巧物件,藏起来不给人看,绣的人满腹心事,轻柔的发鬈搭在上面,一绣就好几小时,爱情的气息透过绣花底布上的针眼,每一针扎下去,不是扎下希望,便是扎下了回忆:这些交错的丝线,只是同一缄默的热情的延续。绣成了,有一天早晨,子爵带走,放在宽炉台上,花瓶和彭巴杜尔式①座钟之间。他们这时候谈些什么?她在道特。他呀,如今在巴黎;在巴黎!巴黎是个什么样子?名气多大!她为解闷,低声重复这两个字。它们像礼拜堂的钟声一样在耳边响,就连她的生发油瓶商标,也成了巴黎的化身,灼烁耀眼。

夜晚,海鱼贩子驾着大车,走过她的窗户底下,唱着牛至草②歌,铁辁辘转出村庄,很快就声音小了,她醒过来,听了听,自言自语道:

"他们明天就到了那边!"

于是她在想象中,跟了他们上坡下岭,穿村越庄,星光熹微,顺着大路跋涉。走过一段似近又远的道路,总有一个地点,模模糊糊,打断她的梦想。

她买了一张巴黎地图,用手指指点点,游览纸上的京城。她走到大街,逗留在每个角落,在街与街之间表示房屋的白方块前面。

---

① 路易十五的宠姬彭巴杜尔夫人(1721—1764)得势期间,艺术风格趋向纤柔精巧。复辟期间,由于贝里公爵夫人的倡导,这种风格又盛行一时。
② 牛至草,生长在石灰质硬地,红花,唇形,表示幸福。

最后,她看累了,闭住眼睛,又见煤气灯在暗处随风摇曳,在剧院的柱廊前,一辆辆敞篷四轮马车,哗啦一声把踏板放下。

她订了一份妇女刊物《花篮》,又订了一份《沙龙精灵》。她一字不漏,读完赛马、晚会和初次公演的全部报道,关心女歌唱家的首演和店铺的开张。她了解时装新款式、上等裁缝的地址、森林①和歌剧院的日程。她研究欧仁·苏的小说②中关于家具的描绘;她读巴尔扎克和乔治·桑的小说,寻找想象的愉快,满足本人的渴望。甚至用饭,她也带了书看,查理一边吃饭,一边同她谈话,她却只顾翻动书页。她一读书,总要想到子爵。她虚构了一些他和小说人物的关系。但是以他为中心的圆圈逐渐扩大,他的这种圆光也离开他的脸,到更远的地方,照亮别的梦想。

所以在爱玛看来,巴黎比海洋还大,到处金碧辉煌,闪闪发光。活动在这翻腾的海洋中的芸芸众生,按景况的差异,分成不同的类别。爱玛只注意到两三种,便以为他们代表了全人类,再看不见其他人了。一种是外交家社会,他们在四面全是镜子的客厅里,在铺有金穗天鹅绒桌毯的椭圆桌周围,人们穿着后摆长长的袍子,踩着闪亮的拼花地板,这里有重大的秘密,有用微笑来掩饰的焦虑。其次是公爵夫人的社会,这儿的人面色苍白,四点钟起床;女人们,可怜的天使!裙子下摆都镶着英吉利花边;男人们,外表平平,怀才不遇,为追寻欢乐,让马跑死了也不在乎,夏天到巴登③避暑,临了四十岁左右,娶一位女继承人拉倒。最后是餐馆的包间:一群文人和女演员,五颜六色,过了半夜来吃夜宵,烛光辉映,纵声狂笑。这些人挥霍如王侯,一腔没有着落的野心和荒唐无稽的狂热,傲然于天地之间、狂风暴雨之中,睥睨众人,不可一世。至于人世的其他

---

① 指巴黎近郊布洛涅森林。巴黎人常在这里举行赛马会、音乐会。
② 欧仁·苏(1804—1857),法国小说家。包法利夫人读的,应当是他刻画上流社会的早期作品。
③ 巴登,法国城市,以其温泉著名,十九世纪初叶以来,成为消夏胜地。

部分便不知去向了,没有明确的位置,就像不存在一样。而且离她越近的东西,她越回避。身边的一切,沉闷的田野也好,愚蠢的小市民也好,平庸的生活也好,依她看来,都是一种例外,一种她不走运,偶然遇见的特殊情况,然而离开现实,浩渺无边,便是幸福和热情的广大地域。由于欲望强烈,她混淆了物质享受与精神愉悦、举止高雅与感情细致。难道爱情不像印度植物一样,需要适宜的土地、特殊的气候?所以月下的叹息、长时间的拥抱、流在伸出来的手上的眼泪、肉体的种种不安和情意的种种缠绵,不但离不开终日悠闲的大庄园的阳台、铺着厚实地毯和有活动帘的绣房、枝叶茂密的盆景、放在台上的宝榻,也离不开珠玉的晶莹和号衣的饰带。

驿站小伙计,每天早晨来刷洗母马,大木头套鞋在过道穿出穿进,工人服有窟窿,光脚穿一双布鞋。他就是她应当知足的短裤马童!他做完活,一天就不来了。查理回来,亲自把马牵到马棚,卸下鞍子,戴上马笼头,女仆这期间抱来一捆草,使劲扔进槽头。

爱玛找了一个十四岁小姑娘、面相善良的孤女,代替娜丝塔西(她哭得像开了河一样,终于离开了道特)。她不许她戴软布帽,教她用第三人称①回话,端一杯水要用盘子,进来以前要先敲门,又教她浆衣服、烫衣服、伺候她穿衣服,一心一意,要把她训练成为她的贴身使女。新女仆怕被辞,服服帖帖,没有半点怨言;太太经常留下钥匙,不锁菜橱,全福每天晚晌偷一小包糖,做完祷告,一个人躺在床上吃。

下午有时候,她到对面和驿夫们闲谈,太太待在楼上自己的房间。

她穿一件敞口便服,披肩料子的翻领底下,露出一件打褶子的衬衫,有三粒金扣子。腰带是一根坠着大流苏的绦带。石榴红小拖鞋,一簇宽带子披在脚面。她给自己买了一本吸墨纸、一匣信

---

① 用第三人称"他",代替第二人称"您",是尊敬地位高贵的人们的方式。

纸、一支笔管和一些信封,虽然她没有一个人可以写信;她拂拭干净她的摆设架①,照照镜子,拿起一本书,然后看着看着,想到别处,书掉在膝盖上。她巴望旅行,或者回到她的修道院。她希望死,又希望住到巴黎。

查理风里来,雨里去,骑着马,四乡奔波。他在田庄的饭桌上吃炒鸡蛋;胳膊伸进潮湿的床铺,给人放血,热血溅到脸上;听快死的人喘哮;检查洗脸盆;撩起肮脏的被单。但是每天黄昏回家,他就看到一炉旺火、饭菜摆好、家具舒服,还有一个衣着讲究的秀媚女人,一股清香,也不知道这种气味是从什么地方来的,说不定是她的皮肤熏香了她的衬衫。

她有许多别出心裁的地方使他入迷:她有时候花样翻新,给蜡烛剪些纸托盘,给她的袍子换一道压边,或者给简单的菜肴取一个动听的名字,女仆烧坏了,可是查理欢欢喜喜,一扫而光。她在鲁昂看见有些太太,表链来一串小玩意儿;她买了一串小玩意儿。她要壁炉上摆一对碧琉璃大花瓶,过了一阵,她又要一个象牙针盒和一枚镀银顶针。查理越不懂这些考究物品,越觉得可爱。它们增加他的官能的愉快和家室的安乐,仿佛金沙,一路撒遍他的生命小径。

他身体好,气色好,名誉也完全稳定了。乡下人喜欢他。因为他不骄傲。他抚摸小孩子,从来不进酒店,而且他的人品得到大家信任。他的特长是治轻重伤风和胸腔内诸般炎症。查理怕治死他的病人,实际开出来的方子,只是一些止痛剂,偶尔来一副呕吐剂,要不就是烫烫脚,或者放放血。他不畏惧外科,给人放血,好像给马放血一样,拔牙的手劲仿佛"铁腕子"。

他终于想赶上潮流,订了一份新刊物《医林》,他收到过要出版的广告,他用罢晚饭,读上一页两页,但是食物正在消化,加上房

---

① 摆设架时兴于路易十六末年,多学中国格式。

间热,不出五分钟,他就睡着了;于是他坐在那边,一双手托住下巴,头发披散下来,鬣毛一般,一直披散到灯座前头。爱玛一见他这般模样,就耸肩膀。单说嫁丈夫吧,她怎么连那样一个人也嫁不到:勤奋寡言,夜晚埋头著述,熬到六十岁上,风湿病的年龄来了,可是不合身的青燕尾服挂着一串勋章。她巴不得包法利这个姓——她现在姓这个姓——赫赫有名,在书店公开陈列,在报上经常出现,全法兰西知道。可是查理没有野心!伊弗托一个医生,新近会诊,简直就在病人床前,当着病人家属,多少给他难堪来的。查理夜晚讲给爱玛听,她气坏了,大骂这位同业。查理受了感动,挂着眼泪吻她。可是她羞死了,恨不得打他一顿。她走到过道,打开窗户,吸新鲜空气,好让自己平下气来。她咬住嘴唇,低声道:

"世上会有这种人!会有这种人!"

再说,她越看他,越觉得有气。年纪一大,他举动也粗俗不文了:用果点的时候,他切空瓶的塞子;吃过东西,他拿舌头舔牙;喝起汤来,他咽一口,咕噜一声;而且他开始发福,眼睛本来就小,脸蛋胖虚虚的,像拿眼睛朝太阳穴挤。

有时候,爱玛拿他的编结汗衫的红边掖到背心底下,帮他打好领结,或者手套旧了,他还想戴,她给扔开了;她这样做,并非像他想的,为了他,而是为了她自己,由于过分想着自己,由于嫌烦。有时候,她也同他谈谈她读过的东西,诸如一节小说、一出新戏,或者副页上刊登的上流社会逸闻;因为话说回来,查理到底是一个人,总有耳朵听,总有嘴唯唯诺诺。她对她的猎犬不就无话不讲!即使是对钟摆和壁炉的木柴,她也一样会讲的。

然而在她的灵魂深处,她一直期待意外发生。她睁大一双绝望的眼睛,观看她的生活的寂寞,好像沉了船的水手,在雾蒙蒙的天边,遥遥寻找白帆的踪影。她不知道什么地方有机会,哪一阵好风把机会吹到跟前,把她带到什么岸边,是小船还是三层甲板大船,满载忧虑还是满载幸福。但是每天早晨,她醒过来,希望当天就会实现,细听种种响声,一骨碌跳下床,纳闷怎么还不见来,于是夕阳西下,永远愁上加愁,她又把希望寄托在明天。

春天又来了,梨树开花,暖洋洋的天气使她呼吸有些困难。

一入七月,她就掐指计算,还有多少星期,才到十月,心想昂代维利耶侯爵,也许还会在渥毕萨尔举行舞会。然而整个九月过去了,不见信息,也不见有人拜访。

失望之下,百无聊赖,她的心又空虚起来,于是类似的日子,一个连一个,重新开始。

日复一日,如今仿佛不断头的线,真要这样继续下去,永远一模一样,数又数不清,什么也带不来!别人的生活,再平板,起码也有机会碰到意外。哪怕是一个偶然事件也好,有时候就会变化无穷,环境有了改动。可是上帝有意同她为难!她就偏偏什么事也碰不到。未来是一个过道,黑洞洞的,门在尽里关得严严的。

她不弹钢琴了。弹它做什么?有谁听啊?她没有机会穿短袖丝绒袍,到音乐会弹一架艾拉①钢琴,十指灵活,打象牙键,听见众口啧啧,如同一阵微风,在身边荡来荡去。既然如此,犯不上破费精力去学。画册和刺绣,她丢在衣橱不管。有什么用?有什么用?缝纫惹她生气。她自言自语道:

"书我全念啦。"

于是闲来无事,她拿火钳烧得红红的,或者看下雨。

星期日,晚祷钟声响了②,她多愁闷!她呆呆瞪瞪,细听钟声一下一下在响。日光黯淡,猫在屋顶耸起了背,慢条斯理地走动。风在大路扬起一阵一阵尘土。有时候,远远传来一声犬吠;单调的钟声,按着均匀的拍子,响个不停,在田野里消散了。

人们从教堂出来,女人穿着涂了蜡的木套鞋,男子穿着新工人

---

① 艾拉(1752—1831),法国出色的钢琴制造家。
② 约下午三时。

服,小孩子光着头,在他们前面蹦跳,一个一个,回到家里。有五六个男子,总是这几个人,在客店大门口玩瓶塞,一直玩到天黑。

冬季严寒,每天早晨,玻璃窗凝一层霜,射过来的日光,灰灰的,像是从毛玻璃透过来的一样,有时候,整天不见变化。一到下午四点钟,就得掌灯。

每逢晴天,她下楼来到花园。露水在白菜上留下一些银线花边,有些长线明晃晃的,从这一棵白菜挂到另一棵白菜。听不见鸟声,好像全在睡觉一样,草盖住沿墙的果树,葡萄藤仿佛一条大蛇,有了病,盘在墙檐底下。走近了,就见爬着多足的鼠妇。云杉底下,靠近篱笆,戴三角帽的堂长像掉了右脚,连石膏也冻脱了皮,脸上留下一些白癣,还在读他的祷告书。

随后她又上楼,关了屋门,剔剔炭,火旺旺的,她浑身无力,觉得心中分外烦闷。她未尝不想下楼和女用人谈谈话,不过体面攸关,也就只好作罢。

每天在同一时间,小学校长戴一顶青缎小帽,推开他的护窗板;乡间警察走过,工人服上佩着刀。黄昏和早晨,驿站的马,穿街而过,三四一起,到池塘饮水。一家酒馆门铃不时在响;理发师的小铜脸盆,用作铺子的招牌,起了风,就见在两根铁杆上,吱嘎乱响。一张旧时装画,给铺子作装潢,贴在窗玻璃上,还有一座黄头发女人半身蜡像。理发师也直在自嗟自叹,一筹莫展,前途黯淡,梦想在大城市开铺子,比方说吧,鲁昂就好,在码头上,靠近剧场;他整天走来走去,从镇公所走到教堂,愁眉苦脸,等待顾客。包法利夫人仰起头来,总见他待在那边,仿佛一个值班哨兵,歪戴希腊小帽,穿着呢上身。

到了下午,有时候,厅堂窗户外边,出现一个男人脑壳,脸晒得焦黄,黑络腮胡须,微笑起来,又慢,又随便,又柔和,露出一嘴白牙。华尔兹舞跟着开始了;风琴上面,有一个小小客厅,里头是手指般高的舞俑、裹着玫瑰红包头巾的妇女、穿着背心的蒂罗尔人①、穿着青燕尾服的猴子、穿着短裤的绅士,在扶手椅、大沙发和茶几之间,转来转去,一道道金纸连接的镜片,映出他们的舞姿。这人一面旋转摇手,一面向左、向右、向窗户张望。他不时朝界石吐一口又长又黏的老黄痰。乐器的硬皮带挂久了肩膀,肩膀支不住,他拿膝盖顶住乐器。一个叶形铜钩吊起一幅玫瑰红缎幕,匣子里头传出呜哝呜哝的音乐,一时悲伤、徐缓,一时喜悦、急促,全是别处舞台上演奏的曲调、客厅歌唱的曲调、夜晚烛光下伴舞的曲调:这些社会回声,就这样一直传到爱玛耳边。萨拉邦德②舞曲,无尽无休,在她的脑内萦回。她的思想随着音符跳跃,飘忽无定,一个梦去,一个梦来,旧忧未消,新忧又起,好像印度舞姬,在地毯的花卉上舞来舞去一样。那人摘下鸭舌帽,敛过了钱,拉下一幅旧蓝呢,蒙好风琴,扛在后背,拖着沉重的脚步走开。她望着他走。

最让她受不了的是用饭的时间:楼下这间小厅房,壁炉冒烟,门吱嘎响,墙上渗水,石板地潮湿。她觉得人生的辛酸统统盛在她的盘子里,闻到肉味,她从灵魂深处泛起一阵恶心。查理吃饭吃得慢;她不是嘎叽一声咬榛子,就是支起胳膊肘,用刀尖在油布上划小道道。

家务她如今听其自然;四旬斋③期间,婆婆来道特住了几天,见她改了样,很是诧异。说实话,她从前那样经心在意,如今整天乱发粗服,穿一双灰布袜,点一根油烛④。她一来就说,他们不是有钱人家,应该省吃俭用,还说什么她很称心,很快活,她非常喜欢道特和一些别的新调调,来堵老太太的口。而且爱玛似乎没有听劝的意思;甚至有一回,老太太兴之所至,信口说起主人应当监督

---

① 蒂罗尔人,奥地利山民,擅长歌舞。
② 萨拉邦德,一种双人舞曲,十七、十八世纪,流行于贵族社会。
③ 四旬斋指复活节前,四十天的斋戒期间。
④ 油烛,一种土烛,"有臭味"(见作者的书信,——1853 年 8 月 14 日)。

用人信教,她唯一的回答就是怒目而视,连声冷笑,老太太吓得再也不说起这类话了。

爱玛越来越乖戾任性。她要了几样菜。菜来了,动也不动;今天光喝新鲜牛奶,明天就来几杯淡茶。她常常赌气不出门,随后又嫌气闷,打开窗户,穿一件薄薄的袍子。万一恶声恶气申斥了女用人,事后她不是送她礼物,就是打发她到邻居家散心去。同样,她有时把口袋的银币统统给了穷人,一个子儿不剩。虽然她并不心软,也不那么容易被别人感动,正如大多数农村出身的人,灵魂之中,一直保留着父亲手上的膙子一样。

将近二月梢,卢欧老爹纪念女婿医好他的腿,亲自送来一只肥大的母火鸡,在道特住了三天。查理料理病人,只有爱玛陪他。他在卧室吸烟。朝火篦吐痰,说起庄稼、小牛、母牛、家禽和乡行政委员会,左说右说,临到他走,她把门一关,觉得松快,连她自己都没有想到。再说,她看不起任何事、任何人的心情,也没有意思隐瞒;有时候,故意表示见解特别,别人称道的,她偏指摘,要不然就称道恶行败德:丈夫听了吃惊得睁大一双眼睛。

这可厌的生活,真就永远这样下去?她有没有跳出去的一日?其实,生活快乐的妇女,她哪一个比不上!她在渥毕萨尔,也曾见过几个公爵夫人,腰身比她粗笨,举止比她伧俗;她恨上帝不公道,头顶住墙哭;她歆羡动乱的生涯、戴假面具的晚会、闻所未闻的欢娱、一切她没有经历然而应当经历的疯狂爱情。

她脸色苍白,心跳也不正常。查理要她服缬草汤①洗樟脑澡,种种努力,似乎只是使她格外有气罢了。

有些天,她像发高烧,说胡话一样,絮叨不完;兴奋过了,紧接着又像失去知觉一样,不言不动。她要自己振奋起来,便拿起一瓶

---

① 缬草,多年生草本植物,根可入药,镇挛止痉,一般服法是煎熬成汤。

科伦香水①，朝胳膊上洒。

因为她一直抱怨道特不好，查理心想，她生病一定是水土不服之故；他存了这种心思，当真想着换一个地方行医了。

她从这时候起，喝醋要自己瘦，得了干咳小毛病，一点胃口也没有了。

待了四年，刚站稳脚跟，查理离开道特，并不合算。可是万一势在必行的话，也就顾不得了！他把她带到鲁昂，去看他的老师。她害的是一种精神病：应该换换空气才是。

查理几方面进行打听，后来听说，新堡②区有一个殷实大镇叫永镇寺，医生是一个波兰难民③，前一星期去了别处。他听到这话，写信给当地药剂师，询问人口数目、最近的同业的距离、前任每年进益等；答复满意，爱玛的健康如果还不见好的话，他决计开春迁徙。

有一天，预备动身，她清理抽屉，有什么东西扎了手指。原来是一根铁丝，捆扎她的结婚的花用的。橘花已经在灰尘之中变黄了，银滚条缎带沿边也绽了线。她拿花扔进火里。它烧起来，比干草还快，随后在灰烬里，仿佛一堆小红树，慢慢销毁。她望着它燃烧。小纸果裂开，铜丝弯弯扭扭，金银花带熔化；纸花瓣烧硬了。好像一只只黑蝴蝶，沿着壁炉，飘飘荡荡，最后，飞出烟筒去了。

临到三月，他们离开道特，包法利夫人这期间有了身孕。

---

① 科伦，德国城市，以产香水闻名。
② 新堡，地处鲁昂和道特东北，在第厄普通巴黎的大路上，以产干酪闻名。
③ 一八三〇年，波兰人民反抗俄罗斯沙皇统治，起义失败，大多逃往法国。

第 二 部

一

永镇寺(从前有一座嘉布遣①寺,所以才这样称呼,现在连遗址也看不见了)是一个离鲁昂八古里远的村镇,在阿柏镇大路和博韦大路之间,紧靠里厄河灌溉的一个盆地。小河在河口附近推动三座水磨,然后流入昂代尔河②;水里有些鳟鱼,到了星期天,男孩子们就来钓鱼玩。

人们在布瓦西耶离开大路,顺着平地,走到狼岭高头,就望见了盆地。河在中间流过,盆地一分为二,成了两块面貌不同的土地:左岸全是牧场,右岸全是农田。丘陵绵绵,草原迤逦蔓延,从山脚绕到后山,接上布赖③地区的牧场,同时平原在东边,一点一点高上去,向外扩展,金黄麦畦,一望无际。水在草边流过,仿佛一条白线,分开草地的颜色和田垄的颜色,整个田野看上去,就像一袭铺开的大斗篷,绿绒领子上镶了一道银边。

走到天边尽头,就有阿格伊森林④的橡树和圣约翰岭的巉

---

① 嘉布遣,意大利天主教方济各派的一个支派,一五七三年传入法国;该派教士帽宽而尖,故名。原文 capucins,意即风帽。
② 昂代尔河流入塞纳河。里厄河有人认为就是克勒封。
③ 布赖地区在塞纳河以北,科地以东。农产情况,大致和科地相同。新堡是它的政治中心。永镇寺有人认为就是里(Ry),在布赖地区南端、首邑鲁昂以东。
④ 阿格伊森林在永镇寺东北,约十五公里距离。有人认为就是圣德尼。

61

岩,挡住去路。山坡自上而下,显出一些或宽或窄、又长又红的条纹,全是雨水冲洗的痕迹;许多含有铁质的泉水,四处流淌,流成那些红砖颜色,一道细线又一道细线,衬着山的灰底子,分外触目。

这里是诺曼底、庇卡底和法兰西岛①交界处,一个三不管地区,语音没有高低轻重,就像风景没有特色一样。新堡全区干酪,数这地方做得最坏,另一方面,耕种费钱,因为土地充满沙砾、石子,毫无黏性,要施大量肥料才成。

直到一八三五年以前,人去永镇,没有好路可走;然而也就是在这期间,当地修了一条交通要道,连接阿柏镇大路和亚眠大路,车夫有时候从鲁昂送货到弗朗德勒②,也走这条要道。永镇寺虽然有了新出路,照样驻足不前。他们不改良土壤,只是死守牧场,不管收入坏到什么地步。懒惰的村镇,一成不变,看也不看平原一眼,继续朝河那边开拓,人从远处望去,只见它伸展在岸上,像一个放牛郎在水边睡午觉。

过了桥,就在山脚,辟了一条垫高的堰路,栽着小白杨树,一直把你带到村子的头几家。院子周围有一道篱笆,当中是住宅,还有许多零星小屋、压榨间、车棚、蒸馏间③,在树木底下散开,枝叶茂密,中间挂着梯子、杆子或者镰刀。窗矮矮的,玻璃又厚又鼓,仿佛瓶底,当中有一个圆疙瘩。泥草房顶几乎遮住窗户的三分之一,好像皮帽拉到眼睛上面一样。几根乌黑的龙骨,扯斜穿过石灰墙,偶尔有一棵瘦小的梨树,伸出墙头;小鸡站在底层的门槛上,啄着泡过苹果酒的黑面包屑,门口有活动小栅栏,防

---

① 诺曼底应当是高诺曼底,指塞纳河以北地带,实际也就是指塞纳河下游州而言。河以南地带为低诺曼底。法兰西岛雄踞塞纳河中游,首府巴黎,河心有小岛,古时以法兰西岛为名,衍成法兰西国家的发祥地。
② 弗朗德勒,法国西北沿海比利时和荷兰部分地域的统称。
③ 为了蒸馏苹果酒。

它们进屋里去。再往前走,就见房屋密了,院子小了,篱笆不见了;窗户底下有一捆羊齿草①。绑在扫帚把的尖尖头,摇来摆去。过了一家马掌铺,就是一家车厂,外头搁着两三辆新车,堵住了路。再过去,有一个栅栏门,望进去是一块圆草坪,点缀着一个小爱神,手指放在嘴上;再往里去,就是一所白房子,台阶两头一边一个铜瓶,门上钉着一块亮晶晶的事务所小牌:这是公证人的住宅,当地数它漂亮。

教堂在街的斜对面,离事务所有二十步远近,把着广场入口。公墓不大,环绕教堂,墙有大半个人高,里面墓冢垒垒,旧墓石倒在地上,块块相连,倒像铺的石板地,草长在夹缝,四四方方,绿茵成畦。查理十世在位的末年,教堂翻修一新②,现在木头屋顶高处,开始腐烂,上面涂的蓝颜色,有些地方陷下去,成了黑颜色。门上方搁风琴的地方,变成人们聚会的楼台,有一道楼梯盘旋而上,木头套鞋一踩,咯噔咯噔直响。

阳光透过匀净的玻璃窗,迤斜照亮顺墙排列的板凳;有的板凳放上一张草垫,钉牢了,底下写着几个大字:"某先生之凳。"再往里去,在大厅狭窄的地方,有一个忏悔间,和一座小小的圣母像相对。圣母穿一件缎袍,头上蒙一幅银星点点的面网,朱红颜色脸蛋,活像夏威夷群岛的一尊神像;最后,靠里有一帧复制的《神圣家庭》,写明"内政部部长赠",挂在圣坛上四支蜡烛当中,视野也就到此为止。唱经堂是枞木做的,一直没有上过油漆。

菜市场占了永镇广场一半大小,其实也就是二十来根柱子撑起的一个瓦棚罢了。镇公所是"按照巴黎一位建筑师的图样"盖起来的,好似一座希腊神庙,紧挨着药房犄角,底层有三根爱奥尼

---

① 羊齿草晒干,可以做药材。
② 查理十世在位期间(1824—1830),年久失修的教堂,大都有了翻修的机会。

亚圆柱,二楼有一条半圆穹隆长廊①,横楣画了一只高卢公鸡②,一只爪子踩住宪章,一只爪子举起公道天平。

不过最引人注意的,却是金狮客店对面郝麦先生③的药房!特别是夜晚,甘该灯点起来,装潢铺面的红、绿药瓶,朝地面投出两道彩色奕奕的亮光,便见影影绰绰,隔着亮光,如同隔着孟加拉烟火④一样,出现了药剂师伏几而坐的影子。他的住宅,由上到下,贴满招贴,有的是行书字体,有的是圆环字体,有的是铅印字体,写道:"维希水、塞兹水、巴赖吉水、清血汁、拉斯帕依药水、阿拉伯健身粉、达塞药糖、勒尼奥药膏、绷带、蒸馏器、卫生巧克力"等,⑤不一而足。招牌像铺面一样长短,金字写着:郝麦药剂师。几架大天平,钉死在柜台上,天平后头铺子尽里,一扇玻璃门上,在一半高地方,黑底金字,"郝麦"这个名字又出现一次,同时横楣上,还写了实验室三个字。

此外,永镇也就没有什么可看的了。街道(唯一的一条街)有子弹射程那样长,两边几家店铺,在大路拐弯地方,收了形迹。出了街,往左转,沿圣约翰岭山脚走,很快就到了公墓。

---

① 爱奥尼亚圆柱以典雅著称,但是半圆穹隆是罗马建筑特征,和希腊神庙风格无关。
② 公鸡是法国民族的象征。大革命时代,用作军旗标志,一八三〇年,代替旧王朝的百合花徽成为国徽。拿破仑三世即位后取消。
③ "郝麦(Homais)这个名字,来自郝莫(homo),意思是'人'。"作者有这样一条札记,见《包法利夫人》新版本一一八页。
④ 孟加拉分隶印度和巴基斯坦,烟火具有各种颜色。
⑤ 维希,法国中部著名矿泉水产地。塞兹,德国南部矿泉水产地,不过应市的多属人工汽水。巴赖吉,法国西南部上比利牛斯山区一地名,以其硫黄泉水著名,治各种皮肤病。拉斯帕依(1794—1878),法国政治活动家,后来研究人体寄生虫,配药水医治。不过这是1842年以后的事,在小说这段期间,他还没有配出药水来。而且当时人们把他看成政治上的可疑人物,郝麦不见得会代销他的药水。达塞(1725—1801),法国化学家,著名医生。勒尼奥(1810—1878),法国物理学家兼化学家。

有一时期,霍乱流行①,教堂扩大坟地,推倒一堵墙,在旁边买了三亩地;可是这块新开拓出来的地区,难得有人用,墓冢照常朝大门那边挤。看守又管掘坟,又当教堂管事(这样就从教区死人身上得到两笔收益),利用空地,种了一些马铃薯。不过他的田地本来就小,加之年复一年的收缩,所以他遇到传染病盛行的季节,便左右为难,不知道死人多了应当开心,还是坟墓多了应当难过才是。堂长先生终于有一天发话了:

"赖斯地布杜瓦,你吃死人呢!"

他听了这句话,觉得阴风惨惨,寻思之下,有一时期也就住了手,可是他今天照旧种他的块根,还硬说是野生的。

自从下文说起的事故发生以来,事实上,永镇就没有什么改变。马口铁三色旗,在教堂钟楼顶端,旋转如故;布庄两幅印花布幌子,依然迎风招展;药房的胎儿,仿佛一捆一捆白火绒,泡在浑浊的火酒里面,日渐腐烂;还有客店大门上头的老金狮子,风吹雨打,颜色褪掉,活像长毛犬,向过往行人露出它的鬈鬈毛。

包法利夫妇要来永镇的那天黄昏,女店家勒弗朗索瓦寡妇,正忙得不可开交,一面烧菜,一面直冒大汗。原来明天是镇上赶集的日子,必须先把肉切好,鸡开好膛,汤和咖啡煮好。另外,还要做出包饭人的饭、医生夫妇和他们女用人的饭。弹子房传出一片震耳的笑声;小间有三位磨房老板,喊人给他们拿烧酒去;劈柴在燃,焦炭在响,有人在案板上剁菠菜;厨房长桌上,盘子摞得高高的,和整块生羊肉夹杂在一起,案板一动,盘子就晃荡。偏院家禽咯咯叫唤,女用人在后头追赶,要宰它们。

一个男人穿绿皮拖鞋,有几颗细麻子,戴一顶金坠小绒帽,背向壁炉烤火。他一脸扬扬自得的表情,神态就像挂在他头上的柳条笼里的金翅雀那样安详,这人就是药剂师。

---

① 一八三二年初夏,欧洲霍乱盛行,三个月内,仅巴黎就死了两万人。

女店家喊着：

"阿尔泰蜜丝！撅些细枝子，给水瓶装水，送烧酒去，快呀！您等的客人，我单知道上什么果点，也就好了！老天爷！帮搬家的那伙人，又在弹子房闹开了！他们的大车停在大门底下！燕子来了，兴许把它撞坏了！喊伊玻立特，把车搁好！……说说看，郝麦先生，打早上起，他们打了约莫有十五盘球，喝了八坛苹果酒！……他们要杵坏我的台球毡子的！"

她拿着撇沫的勺子，边讲，边远远望他们。郝麦先生回答道：

"没有什么大不了，您买一张新的就是了。"

寡妇一听这话，叫了起来：

"再买一张台子！"

"勒弗朗索瓦太太，旧的不去，新的不来；我早就对您说过了，您这是自己害自己！大大地害了自己！再说，打弹子的人，如今讲究口袋窄，杆子重。人家不照老法子打啦；全变啦！必须跟着世道走！看看泰里耶，宁可……"

女店家气红了脸。药剂师说下去：

"他那张台子，随您怎么说，比您这张玲珑多了；好比说吧，人家就想得出来，帮波兰人募捐或者帮里昂遭水灾的人募捐①……"

女店家耸着她的胖肩膀，打断他的话道：

"像他那种叫花子，别想吓得了人！看吧！看吧！郝麦先生，金狮开一天，人来一天。我呀，有的是办法！您看好了，总有一天早上，法兰西咖啡馆会关门大吉，窗板上贴封条的！……（她接下去，自言自语道）换掉我这张台子，可是搁搁我洗的衣服，有多方便！赶上打猎，我好让上头睡六个客人！……伊韦尔这慢腾鬼怎么还不来！"

---

① 波兰人，指亡命法国的难民，由于一八三〇年革命失败，逃到国外。里昂水灾发生在一八四〇年。

药剂师问道：

"您等他回来给客人开饭？"

"等他回来？毕耐先生就不答应！六点钟一敲，您看吧，他准进来，世上像他那样刻板的人，没有第二个。用饭也总要在小间用！死也别想他换换地方！又爱挑剔！又讲究喝好苹果酒！一点也不像赖昂先生；人家呀，有时候，七点钟来，连七点半钟的时候也有；有什么吃什么，看也不看一眼。年轻人真好！从来说话斯斯文文的。"

"这就因为呀，您明白，一个受过教育的人，和一个当过重骑兵的税务员，大有区别。"

六点钟响了。毕耐进来。

他穿一件蓝大衣，笔直下垂，裹住他的瘦身子，皮便帽的护耳，在顶门用小绳拴牢，帽檐朝上翻，底下露出光秃秃的额头，过去戴久了战盔，压出印子。他穿一件青呢背心、一条灰裤，戴着硬领，一年四季，穿一双贼亮靴子，偏巧脚拇指跷，脚面一边高起一块。小眼睛，鹰嘴鼻，金黄络腮胡须，一根不乱，齐下巴兜住他少光无色的长脸，活像花圃的边。他玩一手好牌，写一手好字，是一个打猎的好手，家里有一台旋床，闲来无事，他就旋餐巾环，怀着艺术家的爱心、资产者的私心，攒满了一屋。

他朝小间走去；但是先得请出三位磨房老板；他坐在炉火旁边，默不作声，等人给他摆好刀叉，然后像平日一样，关了门，摘掉便帽。

药剂师一看就剩下他和女店家了，发话道：

"说上两句客气话，不见得就烂掉他的舌头！"

她回答道：

"他向来少言寡语；上星期，来了两个布贩；两个年轻人挺有才气，夜晚讲了许多笑话，可把我笑死啦。好，他呀，坐在那边，闷声不响，活活儿一条死鱼。"

药剂师道：

"是呀，没有想象，没有才情，一点应酬都不讲！"

女店家驳他道：

"可是人家说他有本事啊。"

郝麦回答道：

"本事！他！本事？"

他换了一种比较平静的语气，接下去道：

"在他那一行，也许是吧。"

于是他往下讲道：

"啊！一个场面大的商人、一个法学家、一个医生、一个药剂师，专心业务，人变古怪了，甚至于粗暴了，这我懂；历史上尽有这种事例！不过，那是因为，起码他们在想什么事情。我，好比说吧，我写标签，在写字台上找钢笔，有许多回，找来找去找不到，临了发现夹在我的耳朵上头！……"

勒弗朗索瓦太太走到门口，看看燕子到了没有。她吓一跳。一个穿一身黑的男子，突然走进厨房。黄昏一丝余光，照出他有一张赤红的脸和运动家的体格。

"堂长先生，有事要我做吗？"

女店家一面问，一面走向壁炉，去拿一支铜蜡烛台。铜蜡烛台和蜡烛并排摆在一起。

"您要不要吃点东西？喝一小盅黑醋栗酒、一杯葡萄酒？"

教士十分客气地谢绝了。他是来找他的雨伞的：他前一天把雨伞忘在艾讷蒙修道院了，所以来拜托勒弗朗索瓦太太，派人替他取回来，夜晚送到他的住处。晚祷的钟声在响，他回教堂去了。

药剂师听他的皮鞋声在广场消失以后，就批评说，方才他的行为，很不礼貌。喝一杯酒，算得了什么，居然拒绝，在药剂师看来，是最要不得的一种虚伪。教士个个偷偷摸摸，大吃大喝，企图再过那种什一税的日子①。

女店家帮她的堂长说话：

"凭您怎么说，像您这样的男人，他在膝盖上，可以一撅四个。去年，他帮我们收麦秸，真结实啦，一趟扛六捆！"

药剂师道：

"妙啊！那么，打发你们的姑娘找有这般体格的小伙子忏悔去！我呀，我要是政府的话，我要教士一个月抽一次血。是啊，勒弗朗索瓦太太，为了治安和风俗，每一个月，好好儿抽他们一回血！"

"别说了，郝麦先生！您不敬神！不信教！"

药剂师还口道：

"我信教，信我自己的教，别看他们装腔作势，像煞有介事，我比他们哪一个都有信仰！正相反，我崇拜上帝！我信奉上天，相信有一个造物主，随他是什么，我不在乎。他要我们活在人世，尽我们的公民责任、家长责任；但是我用不着走进教室，吻银盘子，拿钱养肥一群小丑：他们吃得比我们好！人在树林，在田地，甚至像古人一样，望着苍天，一样可以敬仰上帝。我的上帝、我所敬礼的上帝，就是苏格拉底的上帝、富兰克林的上帝、伏尔泰和贝朗瑞的上帝！我拥护《萨瓦教务协理的信仰宣言》和八九年的不朽原则②！所以我不承认什么糟老头子上帝，拄了拐杖，在他的花圃散步，让他的朋友住在鲸鱼肚子里，喊叫一声死去，三天之后再活过来③。这些事本身就荒唐，还不说根本违反全部物理学原理；这顺便也就

---

① 什一税，天主教规定教民缴纳的税款数字，合教民收入十分之一，一七九三年，政府通令废除，从此教会少了这笔庞大收入。
② 《萨瓦教务协理的信仰宣言》，见卢梭的《爱弥儿》（1762）第四卷。"八九年的不朽原则"指一七八九年大革命时《人权宣言》第十条宣布的信仰自由。
③ 参看《旧约·约拿书》第一章："耶和华安排一条大鱼吞了约拿，他在鱼腹中三日三夜。"

为我们证明:教士一向愚昧无知,厚颜无耻,还硬要世人和他们一样。"

他住了口,目光炯炯,看周围有没有听众,因为药剂师一时兴起,忘乎所以,竟以为自己是在乡行政委员会了。可是女店家已经心不在焉,伸长耳朵,听远处什么东西滚动的声音。她听出是马车响,还掺杂着松了的马掌叭嗒叭嗒打地的声音。燕子终于在门前停住了。

这是一只黄箱子,夹在两个大轱辘当中,轱辘有车篷那样高,旅客看不见路,肩膀还要吃土。窗户窄小,车门一关,玻璃就在框子中间震动,上头灰尘已经够厚的了,还左一块,右一块,沾了好些泥点,即使倾盆大雨,一时也冲洗不掉。车套了三匹马,一匹打头,每逢下坡,车一颠簸,箱子底就碰了地。

永镇有些市民,也到了广场,同时说话,七嘴八舌,问消息,要解释,找鸡鸭筐子,闹得伊韦尔不知道回答谁好。原因是他替本地人进城办货,到铺子买东西,给鞋匠带回几捆皮,给马掌匠带回一堆废铁,给店东家带回一桶鲱鱼,从女帽店带回几顶帽子,从理发店带回一些假发;他一路回来,一包一包分好,沿着各家的院墙扔进去,站在车座上,扯嗓子嚷嚷,马也不管了,由它们走去。

路上发生意外,车回来迟了;包法利夫人的猎犬,在田地迷失了。大家足喊了一刻钟。伊韦尔甚至倒回了半古里路,时刻以为瞥见了,偏又不是;但是没有时间再找,非赶路不可。爱玛又是哭,又是生气,直抱怨查理不好。布商勒乐先生,凑巧同车,试着安慰她,举了许多例子:狗丢了,经过多年,又找到主人。他听人讲起一条狗,从君士坦丁堡回到巴黎。还有一条狗,照直走了五十古里路,泅过四条河;他的父亲有一条长毛狗,不见了十二年,有一天黄昏,他到城里用饭,狗在街头冷不防跳上他的后背。

二

爱玛头一个下车,全福、勒乐先生、还有一个奶妈,跟着也下了车;天一黑,查理就在他的角落睡着了,临到下车,不得不喊醒他。

郝麦上前,介绍自己,向夫人表示他的热忱,向先生表示他的敬意,说他能稍尽绵薄,不胜荣幸。接着就恍恍款款,说他擅作主张,陪他们一道用饭,再说,他的太太又不在家。

包法利夫人一进厨房,就走到壁炉跟前,伸出两个手指,在膝盖地方,把袍子提到踝骨上,露出一只穿黑靴子的脚,跨过烤来烤去的羊腿,伸向火焰。火光照亮整个身子。一道强光射透袍料纬线、白净皮肤的细毛孔,甚至时时眨动的眼皮。门开了一半,风吹进来,一大片红颜色罩住她的身子。

一个金黄头发青年,在壁炉另一边,不言不语地望她。

赖昂·迪皮伊先生(他是金狮客店第二个包饭客人),在公证人居由曼那边做文书,在永镇百无聊赖,推迟用饭的时间,希望客店来一位旅客,聊一黄昏。有些天,工作完毕,他不知道干什么好,只好准时前来,无可奈何,从头到尾,和毕耐一道吃饭。所以女店家提议他陪新来的客人用饭,他就欢欢喜喜接受了。勒弗朗索瓦太太争体面,特意在大厅摆了四份刀叉。

大家走进大厅,郝麦怕伤风,请大家允许他戴他的希腊小帽,然后转向旁边的包法利夫人:

"夫人,不用说,有点累了吧?我们这辆燕子,真要把人颠死!"

爱玛答道:

"是啊;不过我一向就觉得变动好玩,我喜欢出门。"

文书叹一口气,说:

"老待在一个地方,简直把人腻死!"

查理道：

"您要是也像我，老得骑着马来来去去……"

赖昂转向包法利夫人，接茬道：

"可是，我觉得，这再有意思不过……"

他添上一句话道：

"要能这样的话。"

药剂师讲：

"其实，在我们这地方行医，并不怎么辛苦；因为道路平坦，马车来往无阻，而且一般说来，农民生活富裕，酬金相当丰厚。就病而论，除去肠炎、气管炎、胆汁过多等常见病例之外，我们也就是收获期间，偶尔害害疟疾，不过大体说来，情形并不严重，也没有特殊值得注意的地方，顶多爱生瘰疬罢了，这不用说，是我们乡下人居住不合卫生条件的缘故。啊！包法利先生，到时您就知道，种种偏见，需要排除；顽固的旧习惯，天天和您的一切科学努力冲突；因为他们宁可求救于九日祈祷、圣骨、教堂堂长，也不按照常情，来看医生或者药剂师。不过说实话，气候不坏，本乡就有几个九十岁的人。寒暑表（我观察过），冬季降到摄氏表四度，大夏天高到二十五度，顶多三十度，合成列氏表，最大限度也就是二十四度，或者华氏表（英国算法）五十四度①，不会再高啦！——而且实际上，我们一方面有阿格伊森林，挡住北风，另一方面，又有圣约翰岭，挡住西风；不过河水蒸发，变成水汽，草原又有许多牲畜存在，你们知道，牲畜呼出大量阿莫尼亚，就是说，呼出氮气、氢气和氧气（不对，只有氮气和氢气），其所以热，就因为吸收了土地的腐烂植物，混合了所有这些不同种类的发散出来的东西，好比说，绑成一捆东西，遇到空气有电的时候，自动同电化合，时间久了，就像在热带一样，

---

① 摄氏三十度，等于列氏表二十三度，等于华氏表八十七度。

产生出妨害卫生的瘴气①;——这种热,我说,在来的那边,或者不如说是可能来的那边,就是说,南方,经东南风一吹,也就好受了;风过塞纳河,已经凉爽了,有时候冷不防自天而降,就像俄罗斯小风一样。"

包法利夫人继续向年轻人道:

"附近总该有散步的地方吧?"

他回答道:

"简直没有!有一个地方,叫作牧场,在岭子高头,森林一旁。星期天,我有时候去,带一本书,待在那边看日落。"

她接下去道:

"我以为世上就数落日好看了,尤其是海边。"

赖昂道:

"我就爱海!"

包法利夫人回答道:

"汪洋一片,无边无涯,您不觉得精神更能自由翱翔?凝望大海,灵魂得以升华,不也引起对无限和理想的憧憬?"

赖昂接下去道:

"山景也一样。我有一位表兄,去年在瑞士旅行,对我讲,湖泊的诗意、瀑布的瑰丽、冰河的壮观,非常人所能想象。松树高大无比,挺立湍流当中;茅屋草舍,悬于峭壁之上;在你脚下千尺之处,云雾微开,溪谷全部在望。这些景象一定令人感动、令人神往、使人想到祈祷!所以那位出名的音乐家,为了激发想象,经常对着惊心动魄的景色弹琴,现在看来,也就不足为奇了。"

她问道:

"您是音乐家?"

他回答道:

---

① 阿莫尼亚是氨气,不同于氮、氢、氧,同电化合,成为瘴气,更属无稽之谈。

"不是,不过我很爱好。"

郝麦一边俯向盘子,一边插话道:

"包法利夫人,别相信他,他说这话,完全由于谦虚。——怎么,好朋友!那一天,您在您房间唱《守护天使》①,实在好听。我在实验室就听见了。您像一位演员,说收就收。"

赖昂的确住在药剂师家三楼一间小屋,面对广场。听见房东这样恭维,他臊红了脸。郝麦已经转向医生,一个又一个,列举永镇的缙绅。他叙述逸事,提供说明。公证人的财产,没有人知道准确数字;还有"杜法赦那一家人",就爱摆架子。

爱玛问下去道:

"您喜欢什么音乐?"

"德国音乐;引人入梦的音乐。"

"您看过意大利歌剧吗?"

"还没有;不过明年我要住到巴黎,把法科读完,那时候我就看到了。"

药剂师道:

"方才我正对您丈夫说起那个跑了的、可怜的亚诺达;亏他瞎讲究,回头您就知道,您住的房子是永镇最舒服的一所房子。一个做医生的,特别觉得方便的是:巷子有一扇门,出入没有人看见。再说,就居住而论,应有尽有:洗衣房、厨房带食具间、客厅、水果储藏室等,不一而足。这家伙活活儿就是一位大爷,满不在乎!他在花园尽头近水的地方,搭了一座花棚,单单就为夏季喝喝啤酒!夫人要是爱好园艺的话,不妨……"

查理道:

"内人对这不感兴趣,人家劝她活动活动,可是她就爱待在房间里看书。"

---

① 《守护天使》是当时一首流行歌曲。作曲者是杜尚惹夫人(1778—1858)。

赖昂插话道：

"我也是这样；说实话，风吹打玻璃窗，灯点着，晚上在火旁一坐，拿起一本书……还有什么比这称心的？"

她睁大她的黑眼睛，看着他道：

"可不是？"

他继续道：

"什么也不想，时间就过去了。静静坐着，就在恍惚看见的地方漫游，你的思想和小说打成一片，不是玩味细节，就是探索奇遇的曲折起伏。思想化入人物，就像是你的心在他们的服装里面跳动一样。"

她说：

"对！对！"

赖昂说下去：

"您有没有这种经验：有时候看书，模模糊糊，遇见您也有过的想法，或者人影幢幢，遇见一个来自远方的形象，好像展示出来的，全是您最细微的感情一样？"

她回答道：

"我有过这种体会。"

他说：

"所以我特别喜爱诗人。我觉得诗词比散文温柔，更容易感人泪下。"

爱玛道：

"可是读久了也起腻；如今我就爱一气呵成、惊心动魄的故事。我就恨人物庸俗、感情平缓，和日常见到的一样。"

文书发表意见道：

"的确也是。这些作品既然不感动人，依我看来，就离开了艺术的真正目的。人生每多失望，能把思想寄托在高贵的性格、纯洁的感情和幸福的境界上，也就大可自慰了。就我来说，住在这偏僻

75

地方,远离社会,读书成了我唯一的消遣;因为永镇是什么也拿不出来的!"

爱玛接下去道:

"还用说,和道特一样;所以我从前总去一家书店租书看。"

药剂师听见这么几句话,就说:

"我有一架书,都是最好的作家写的:伏尔泰啦、卢梭啦、德利尔①啦、瓦尔特·司各特啦、《回声报副刊》啦等,而且我收到各种不同期刊,其中《鲁昂烽火》,天天送来,因为我是比西、福尔吉、新堡、永镇和附近一带的通讯员,所以只要夫人赏脸,我没有不乐意借的。"

他们的晚饭用了两小时半;因为女用人阿尔泰蜜丝,穿一双布条鞋②,懒懒散散,在石板地上拖来拖去,端了一个盘子,再端一个盘子,丢三落四,样样不懂。弹子房的门,老是打开忘了关,门闩头直撞墙。

赖昂一面说话,一面心不在焉,拿脚踩着包法利夫人坐的椅子的横档。她系一条蓝缎小领带,兜紧圆褶细麻布领,像花领箍③那样硬挺;头上下一动,她的小半个脸,也就跟着优雅地在领口出出进进。查理和药剂师闲聊中间,他们就这样靠近了,泛泛而谈,东扯一句,西扯一句,但是总回到一个引起共鸣的中心。巴黎戏剧、小说的标题,新式四组舞,她住过的道特,他们现在待的永镇,以及他们没有见识过的社会,天上地下,无所不谈,一直谈到晚饭用罢,这才住口。

上咖啡的时候,全福去新宅布置寝室。客人们没有多久,也就离席了。勒弗朗索瓦太太在将熄的炉火旁睡着了。马夫提了一盏灯,守在一旁,送包法利夫妇去他们的新居,红头发沾着碎麦秸,左

---

① 德利尔,法国诗人,风格、内容近似拉马丁,在当时很有名气。
② 布的边幅,质料较坚,颜色不同,有些人用来编成鞋面。
③ 花领箍是十六、十七世纪一种圆篷篷的裥褶领饰。

腿瘸着。大家等他另一只手拿好堂长先生的雨伞,就出发了。

全镇入睡。菜场的柱子投下长长的影子,像在夏天夜晚一样,地全是灰的。

不过医生住宅离客店只有五十步远,大家差不多紧跟着就互道晚安分手了。

爱玛一进门厅,就觉得冰冷的石灰,像湿布一样,落在她的肩头。墙是新刷的,木头梯子嘎吱直响。窗户没有挂窗帘,一道淡淡的白光射进二楼房间。她影影绰绰,望见树梢,再往远去,还望见一半没在雾里的草原,月光皎洁,雾顺着河道冒气。房间里面,横七竖八,随地放着五斗柜的抽屉、瓶子、帐杆、镀金小棒,椅子上搁着褥垫,地板上搁着脸盆,——搬家具的两个男人,漫不经心,信手扔了一地。

这是第四次,她睡在一个陌生地方,第一次是她进修道院的那一天;第二次是她到道特的那一天;第三次是她去渥毕萨尔的那一天;如今是第四次。每次都像在她生命中间开始一个新局面。她不相信事物在不同地方,老是一个面目;活过的一部分既然坏,没有活过的一部分,当然会好多了。

三

第二天,她一下床,就望见文书在广场。她穿的是梳妆衣。他仰起头,向她致敬。她赶快点了点头,关上窗户。

赖昂整天在盼下午六点钟到,但是走进客店,仅仅看见毕耐坐在饭桌一旁。

昨天那顿晚饭,对他来说,是一件大事;一连两小时,同一位太太谈话,他还从来没有过。这许多事,往常他说都说不清楚,和她一谈,怎么就会那样娓娓动听?他一向胆怯,庄重自持,一半也是害羞,一半也是作假。永镇上人,认为他举止得体。成人高谈阔论,他洗耳恭听,不发一言,似乎并不热衷政治:对于一个年轻人说来,确实难得。而且他多才多艺,能画水彩画,能看乐谱,晚饭后不玩牌的时候,他就钻研文学。郝麦先生看重他有知识;郝麦太太喜欢他为人随和;因为他常在花园陪伴那些小郝麦;这些小家伙,一向邋遢,缺乏管教,还有点迟钝,如同他们的母亲。他们除去女用人照料之外,还有药房伙计朱斯丹照料他们:他是郝麦先生的远亲,郝麦先生行好。把他收留下来,同时当用人使唤。

为了表示他是最好的邻居,药剂师指点包法利夫人买谁家东西,特地把他照顾的苹果酒贩叫来,亲自尝酒,监视酒桶在地窖摆好。他又教她怎样买到便宜的牛油。教堂管事赖斯地布杜瓦,除去教会和殡葬两项职务之外,还随各家喜好,按年或者按钟点料理永镇的主要花园,药剂师也为她的花园接好了头。

药剂师曲意奉承,并非单为关怀别人,其中还有别的文章。

十一年风月①十九日法律,第一条规定:任何人没有执照,不得行医。他严重违反这一条法律,经人暗中告发,王家检查官传他到鲁昂问话②。司法官穿了公服,肩膀上披一条白鼬皮,头上戴一顶瓜皮小帽,站着在办公室见他。这在早晨开庭以前。他听见过道有宪兵的笨重靴子走动,远处像有大锁关闭的声音。药剂师耳朵轰隆轰隆的,眼看自己像要中风一样;他恍惚看见自己被拘禁在地牢深处,一家大小号啕,药房出让,瓶瓶罐罐丢了一地,所以离开法院,他不得不走进一家咖啡馆,喝一杯掺塞兹水的甘蔗酒,恢复他的神志。

日子一久,训斥的回忆渐渐淡了,他像往常一样,在铺面后间看病,开上一些无关紧要的方子。但是他有镇长作对,同行忌

---

① 风月是大革命时代共和国的六月,从二月十九日到三月十九日。
② 根据柯兰的注解:共和国十一年的法律,对冒名行医的惩处相当宽大。管这种事的,不是王家检查官,而是州长。

妒,必须加意小心;他之所以礼数频频,讨好包法利先生,就是为了使他感激在心,万一日后有所觉察,也就难以开口。所以每天早晨,郝麦送报纸给他看,下午常有一时离开药房,到医生那边聊天。

查理愁眉不展:顾客不见上门。他不言不语,一坐好几小时,不是在他的诊室睡觉,就是看他的太太缝东西。他为了消遣,在家里学干粗活,甚至拿漆匠用剩下来的油漆,试着油漆阁楼。不过他真正操心的,是银钱事务。修葺道特的房屋,太太添置化妆品,还有搬家,三千多埃居嫁资,两年下来,全花光了。再说,从道特搬到永镇,东西不是损坏,就是遗失,还不算石膏堂长像,有一次车颠得太厉害,滚到大车底下,在甘冈普瓦的石路上摔碎了!

有一件事,虽然担心,却也分忧,就是太太有喜了。分娩期越近,他越疼她。另外一种血肉联系在建立,像是不断提醒一种更为复杂的结合。他远远望见她,走起路来,懒洋洋的,不穿胸衣,身子软绵绵的,在屁股上扭来扭去,要不然就是,坐在扶手椅里,一副慵倦模样,面对面,尽他饱看,他太幸福,再也憋不住,站起来,搂住她,摸她的脸,叫她小妈妈,想同她跳舞,于是半笑半哭,尽他想得起来的柔情蜜意的戏言戏语,说个不停。他想到生孩子,心花怒放。他现在什么也不缺了。他经历到全部人生,于是坐在人生一旁,悠然自得,尽情享受。

爱玛起先觉得很惊奇,后来想知道做母亲是怎么一回事,也就急于分娩。不过她不能由着她的心思用钱,好比说,买一只玫瑰红缎帐摇篮、几顶绣花小帽,所以她一怄气,不加挑选,不和人讨论,什么也不料理,统统交给村里一个女工去做。这样一来,引起母爱的准备工作的乐趣,她就体会不到了;也许是由于这个缘故吧,她的感情,从一开始,就欠深厚。

不过查理顿顿饭说起小把戏,她慢慢也就老想着这事。

她希望养一个儿子,身子结实,棕色头发,名字叫作乔治①:她过去毫无作为,这种生一个男孩子的想法,就像预先弥补了似的。男人少说也是自由的;他可以尝遍热情,周游天下,克服困难,享受天涯海角的欢乐。可是一个女人,就不断受到阻挠。她没有生气,没有主见,身体脆弱不说,还处处受到法律拘束。她的意志就像面网一样,一条细绳拴在帽子上头,随风飘荡。总有欲望引诱,却总有礼法限制。

星期天早晨,六点钟左右,太阳正出来,她分娩了。查理道:

"是一个女孩子!"

她转过头,晕过去了。

郝麦太太差不多跟着就跑过来吻她,勒弗朗索瓦太太离开金狮,也来了。药剂师不便进屋,只在门缝说了几句道喜的话。他希望看看婴儿;他觉得相貌端正。

休养期间,她费了不少心思,给女儿想名字。她最先考虑所有那些有意大利字尾的名字,诸如克拉拉、路易莎、阿芒达、阿达娜;她相当喜欢嘉尔絮安德这个名字,尤其喜欢绮瑟和莱奥卡狄这两个名字②。查理愿意小孩子叫母亲的名字;爱玛不赞成。他们上下查历书③,还向外人请教。

药剂师道:

"我和赖昂先生前一天说起这事,他奇怪你们为什么不取玛德兰娜这个名字,眼下非常时髦。"

---

① 爱玛看重这个名字,不是由于它的本义"农夫",而是由于它给她带来强壮和浪漫的启示。四世纪,有一个殉难的基督徒,叫这个名字。他是一个军官,小亚细亚人,传说在北非洲除过一条有害于民的恶龙。许多地方把他奉为护圣,英国即是。法国浪漫主义运动很受英国影响。

② 嘉尔絮安德(约532—568),西班牙哥特王国的公主,嫁给法兰克国王西佩里克(Chilpéric),在鲁昂举行婚礼,不久被丈夫缢死。绮瑟,中世纪故事诗《特里斯当与绮瑟》的女主人公。莱奥卡狄,西班牙一个女基督徒,三〇四年殉教。

③ 天主教历书纪念死难的信徒,每天一个圣者,注明名字,可供参考。

但是包法利老太太坚决反对用这有罪女人的名字①。至于郝麦先生,凡足以纪念大人物、光荣事件或者高贵思想的,他都特别喜爱;他给四个孩子取名字,根据的就是这种原理。所以一个叫拿破仑,代表光荣;一个叫富兰克林,代表自由;一个叫伊尔玛,也许是对浪漫主义的一种让步②;一个叫阿塔莉,却是对法兰西戏剧最不朽之作的敬礼③。因为他的哲学信念并不妨碍他的艺术欣赏;他的思想家成分,也决不抑制感情流露;他懂得怎么样加以区别,把想象和热狂的信仰分开。就拿《阿塔莉》这出悲剧来说,他指摘思想,但是欣赏风格;他诅咒概念,但是称道全部细节;他厌恶人物,然而热爱他们的对话。他读伟大篇什,神魂颠倒;但是一想到戴黑瓜皮帽之流④,当作生意经用,他就伤心;于是百感交集,心困神惑,他一方面希望自己能亲手给拉辛戴上桂冠,一方面也希望和他认真地讨论一番。

最后还是爱玛想起,她在渥毕萨尔庄园,听见侯爵夫人喊一个年轻女人白尔特⑤,就选定了这个名字。卢欧老爹不能来,他们请郝麦先生做教父。他的礼物全是他的药房的出品,诸如:六匣黑枣、一整瓶健身粉、三筒药用蜀葵片,还有在壁橱里找到的六根冰糖棍。举行洗礼的当天晚晌,摆了一桌酒席;教堂堂长也在座。大

---

① 玛德兰娜,旧译"抹大拉",是地名,全名应当是"抹大拉的马利亚",后人把抹大拉用成人名。《路加福音》第八章:"曾有七个鬼从她身上赶出来。"她不是一个"有罪女人",一般人错把她看成第七章说起的抹香膏女人,"那城里有一个女人,是一个罪人"。

② 伊尔玛,一部同名通俗历史小说的女主人公;小说是早期浪漫主义(1830年以前)的产物。

③ 阿塔莉,十七世纪古典主义悲剧家拉辛的同名杰作的女主人公。她是公元前九世纪犹太国的女王。

④ 指教士而言,日常头上戴一顶黑瓜皮帽。

⑤ 白尔特的字义是"明亮",来自日耳曼语。这个名字常见于早期法国历史。最著名的是查理曼大帝的母亲"大脚白尔特"。中世纪关于她的传说很多。

家兴高采烈,临到行酒,郝麦先生唱《好人们的上帝》①,赖昂先生来了一首船夫曲,包法利老太太是教母,也唱了一首帝国时代流行的恋歌;闹到后来,老包法利硬要抱小孩子下来,举起一杯香槟酒,说是给她行洗礼,朝头上浇。布尔尼贤堂长见他取笑第一条圣事②,未免有气;老包法利的答复是引证一句《众神之战》③;堂长离席要走;太太们央求,郝麦解劝,才算留住教士又坐下来:他端起碟子,心平气和,又喝着他喝了一半的小杯咖啡。

老包法利在永镇住了一个月之久。早晨他到广场吸烟斗,戴一顶漂亮的银箍船形帽,居民真还让他给唬住了。他喝烧酒有瘾,一来就差女用人到金狮替他买一瓶,写在儿子账上:他要手帕有香味,用光儿媳妇储藏的全部科伦水。

儿媳妇并不讨厌他。他有阅历,讲起柏林、维也纳、斯特拉斯堡,还有他当军官的时期、他有过的情妇、他摆过的盛大午宴。而且他显出一副可爱模样,有时候甚至在楼梯上或者花园内,搂住她的腰,喊道:

"查理,当心啊!"

这样一来,老太太不放心了,生怕丈夫会有一天对年轻女人起坏影响,连累儿子的幸福,急于要早走。她也许有更严重的顾虑吧。老包法利是个无法无天的人。

小女儿交给木匠女人乳养,有一天,爱玛忽然动了看她的心思,也不看看历书,圣母的六个星期过了没有④,就朝罗莱住的地方走去。他住在岭下村子尽头,在大路和草原之间。

---

① 《好人们的上帝》,贝朗瑞的作品,每节叠句是"手里拿着酒杯,我快快活活把自己交给好人们的上帝"。
② 圣事共有七条,洗礼是第一条。
③ 《众神之战》,法国诗人帕尔尼(1753—1814)的作品,叙述基督教战胜外教,语多嘲讽,信徒认为亵渎神圣。
④ 从圣诞节(12月25日)到圣母节(2月2日)约六星期。这也是一般产妇需要养息的时间。

正是中午,家家下了护窗板,碧空烈日,青石板屋顶明光闪闪,山墙头好像在冒火花。一阵热风吹来。爱玛觉得行走乏力;人行道的石子磨脚;她拿不定主意回家好,还是进谁家歇歇好。

正在这时,赖昂先生胳膊底下夹着一卷文件,从邻近一家大门出来。他走过来问候她,站在勒乐铺子前面,灰帐篷底下的阴凉里。

包法利夫人说她去看她的孩子,不过她已经觉得累了。

"如果……"

赖昂嗫嚅一声,不敢再讲下去了。

她问他:

"您有事忙吗?"

文书说他没有事,她求他陪她一道去。一到黄昏,永镇传遍这事,镇长太太杜法赦夫人,当着女用人的面讲:"包法利太太惹火烧身。"

去奶妈家的路,就像去公墓的路一样,出了街,必须朝左转,穿过一些窄小的房屋和院落,走一条小径。道旁一排小女贞树,正在开花,还有威灵仙、野蔷薇、荨麻和在灌木丛上亭亭玉立的木莓,也不甘落后。从篱笆窟窿望进去,就见草棚周围,不是猪在粪堆上爬,就是脖子套着夹板的母牛,拿犄角在蹭树身。两个人,并肩漫步,她靠住他,他照她的脚步,放慢步子;空气燥热,一群苍蝇在他们前头飞来飞去,嘤嘤作响。

他们看见一棵老胡桃树,知道到了。老胡桃树荫下,有一所棕色瓦房,矮矮的,阁楼天窗底下挂着一串大葱。一捆一捆小树枝,竖直了,靠住荆棘篱笆,圈着一畦生菜、一小片香草,架子支起正在开花的豌豆,泼在草上的脏水,东一摊、西一摊,房子周围有几件叫不出名堂的破衣烂裤,编织的袜子、一件红印花布短袖女衫和一大幅晾在篱笆上的厚帆布。奶妈听见栅栏响,抱着一个吃奶的孩子出来,另一只手还牵着一个可怜的小瘦家伙,一脸瘰疬:鲁昂一个

83

帽商的儿子,父母忙于做生意,把他留在乡下。

她说:

"进来吧,您的孩子在那边睡着呢。"

全楼唯一的卧室,就是下面的房间,尽里贴墙,有一张大床,不挂钩子;沿窗放着面盆;玻璃有一块裂开,拿蓝纸剪成一颗星星,粘在一道。门后角落,水槽石板底下,摆着几只高筒靴子,靴底钉子发亮,旁边有一只瓶子,盛满了油,瓶口插着一根羽毛;炉架全是灰尘,上面扔着一本《马太·朗斯贝格》①,夹杂在打火石、蜡烛头和零星火绒当中。这间屋子最用不着的奢侈品是一幅画,画的是信息女神吹喇叭,不用说,一定是从什么香料广告画上剪下来的,拿六个木头套鞋钉子,钉在墙上。

爱玛的小孩子睡在地上一个柳条摇篮里。她连被窝一道抱起来,一边摇晃身子,一边低声歌唱。

赖昂在屋里踱来踱去;这位漂亮太太,穿一件南京布②袍子,周围一片穷苦景象,他越看越觉得不伦不类。包法利夫人脸红了;他转开身子,心想他这样看她,也许有些失礼。小孩子吐奶吐到她的领子上,她放她躺回去。奶妈赶忙过来揩,直说不会留下印子。她说:

"她净朝我身上吐奶,我除去洗她,就甭想再干别的!您可不可以吩咐杂货店卡穆一声,我缺肥皂用,许我拿上一块两块?往后我用不着吵扰您,对您也方便多了。"

爱玛道:

"好吧!好吧!罗莱嫂子,再见!"

她出来在门槛上揩了揩脚。

---

① 《马太·朗斯贝格》,一本万宝全书式的历书,从一六三六年起,通行民间,十九世纪中叶,由新历书代替。
② 南京布,浅黄发亮,当时法国人喜欢用作夏装,特别是裤子、背心一类衣服,郝麦在第八章就穿这样一条裤子。

乡下女人陪她一直陪到院子尽头，诉说她夜晚不得不起床的苦处。

"我有时候累得要命，好端端坐在椅子上就睡着了；所以再不怎么，您也该赏我一磅磨好的咖啡，一磅够我一个月用的，早上我兑牛奶喝。"

包法利夫人勉强听完她的道谢，拔脚就走，眼看在小径已经走了一程，只听传来一片木头套鞋响声，回头一望：原来又是奶妈赶来了。

"又是什么事？"

于是乡下女人把她拽到一棵榆树后头，唠唠叨叨，说她的丈夫，干那行营生，一年六法郎，船长还……

爱玛道：

"快说吧。"

奶妈说一个字，叹一口气，接下去道：

"可不，单我一个人有咖啡喝，我怕他看了会难过的；您知道，男人家……"

爱玛一连几次道：

"少不了您的，我给您就是了！……别跟我蘑菇！"

"唉！我的善心太太，都只为他先前受伤，胸口死抽着疼。他讲，就连苹果酒也不顶事。"

"罗莱嫂子，有话快讲！"

后者行了一个大礼，接下去道：

"那，您不嫌我太贪气……"

她又行了一个大礼：

"您乐意的话……"

一双眼睛哀求着，她终于说出了口：

"一小坛烧酒，我拿它擦小姐的脚，她那小脚丫呀，嫩得就像舌头一样。"

85

爱玛打发掉奶妈,又挎上赖昂先生的胳膊。她放快脚步,走上一阵,又慢了下来,眼睛朝前望来望去,望到年轻人的肩膀。他的大衣有一条黑绒领子。栗色头发,梳得又平又齐,搭在领子上。她看出他的指甲,永镇谁也没有他长。文书一件大事,就是保养指甲;他的文具盒里有一把小刀,专修指甲用。

他们沿河岸回到永镇。到了夏季,河岸宽了,花园墙连墙基也露了出来。花园有一道台阶,通到水边。河水静静流着,望过去觉得水又急又凉;水草细长、顺流俯伏,仿佛松开的绿头发,在清澈的水里摊开了一样。有时候,一只细脚虫,在灯心草尖端或者荷叶上面,爬来爬去,要不然就是待着不动。波纹粼粼,一道阳光,像细丝一样,穿过蓝色的小气泡;小气泡一个接一个,朝前趱赶,随即又裂碎。缺枝断条的老柳树,在水里映出它们的灰色树皮。四周草原,远远望去,空空落落,好像一无所有。现在是田庄用饭的时辰,万籁俱寂,少妇和她的同伴就只听见他们自己的谈话、他们在小径行走的整齐步伐和爱玛袍子的窸窣响声。

花园墙顶砌着碎玻璃,墙像暖房玻璃窗那样烫。砖缝长着桂竹香,有些花开败了,包法利夫人从旁走过,阳伞撑开,伞边一碰,就有黄粉撒了下来;要不然就是,有时,金银花和铁线莲的枝子,伸出墙外,和流苏绞在一起,在绸面上拖一阵。

他们谈起一家西班牙舞蹈团,不久要在鲁昂的剧场表演。她问道:

"您去不去看?"

他答道:

"看情形。"

难道他们就没有别的话讲?然而他们的眼睛,有的是更传情的语言;每逢他们竭力搜寻无关紧要的话题,两个人就全感到一种相同的懒散心情,好像灵魂还有一种深沉、持久的呢喃,驾乎声音的呢喃之上。他们想不到自己会有这种甜蜜感受,惊愕之下,没有想到点破它的存在,或者寻找它的原因。未来的幸福好像热带的河岸,天性仁厚,滋润两旁的大地一样,放出阵阵香风,由他们尽情享受,他们也如醉如痴,乐在其中,什么顾虑都不搁在心上。

有一个地方,牲畜踩来踩去,路陷下去,烂泥里搁着几块大绿石头,他们必须踩着石头过去。她一来就停住,看看下一步在什么地方落脚,——于是石头活动,身子摇摆,胳膊伸在半空,胸脯朝前,眼睛犹疑不定,生怕掉进水坑,她笑了起来。

包法利夫人走到自己花园前面,推开小栅栏门,跑上台阶,就闪进去了。

赖昂回到办公室。老板不在;他望了一眼案卷,然后修了一支鹅毛笔,临了戴上帽子走了。

他来到阿格伊岭上的牧场,躺在森林旁边冷杉底下,隔着手指望天。他自言自语道:

"真无聊!真无聊!"

住这种村子,和郝麦做朋友,在居由曼先生手下做事,他觉得倒霉。后者心上只有事务,戴一副金丝眼镜,留一圈红络腮胡须,系一条白领带,摆出一副死板的英吉利派头,开头唬住了文书,其实,毫无精神生活。至于药剂师的女人,她是诺曼底最贤德的太太,绵羊一般柔顺,爱护她的子女、她的父亲、她的母亲、她的亲戚,听见别人家出事就哭,家事概不过问,就恨穿胸衣;——但是行动那样迟缓,听她讲话那样乏味,面貌那样寻常,谈吐那样干巴,虽然她三十岁,他二十岁,他们睡觉门对门,他每天同她说话,他从来没有想到她对任何男子也是一个女人,除去袍子,看不出还有别的东西表示她是女性。

此外,还有谁?毕耐、几个生意人、两三个开小酒馆的、教堂堂长,最后还有,镇长杜法赦先生和他的两个儿子:他们是粗鲁、愚蠢的阔人,亲自下地,在家大吃大喝,而且虔心信教,根本没有可能待在一起。

但是在所有这些面目形成的共同背景之上,爱玛的形象,孤零零的,离他只有更远;因为他觉得在他和她之间,就像隔着好些一片模糊的深渊一样。

起初他有几回,和药剂师一道到她家去。查理似乎并不特别欢迎他;赖昂也不知道怎样才好,一面唯恐自己冒昧,一面却又希图亲近,然而说到亲近,照他估计,几乎就没有指望。

四

天气一冷,爱玛就离开原来的卧室,住到楼下厅房:一间长屋,天花板低低的,壁炉镜子前面,有一盆多枝珊瑚。她坐在窗边扶手椅里,看镇上的人从人行道走过。

赖昂每天两趟,从事务所走到金狮。爱玛远远听见他来,斜过身子听脚步响;年轻人老是那么一身衣裳,在窗帘外,头也不回,溜了过去。傍晚,开了头的彩绣,她丢在膝盖上,左手支起下巴,正在出神,看见这个影子突然溜开,常常心里一紧。她站起来,吩咐开饭。

正吃晚饭,郝麦先生来了。他怕吵了他们,蹑着脚步进来,手里拿着希腊小帽,永远重复这句话:"各位晚安!"然后他挨近桌子,在他们夫妇之间的老位子一坐,向医生问起病人的消息,同时医生向他请教,诊费该多该少。他们接下来就谈报纸上的新闻。郝麦整天看报,赶到掌灯时分,差不多把新闻背也背下来了,讲起来有头有尾,一直讲到记者的议论、国内外个别人士的灾难,说到无可再说,就立时掉转话头,谈论眼前的菜肴。他有时甚至体贴入微,探起身子,给夫人指出最嫩的一块肉,要不然就转向女用人,教她烧菜的规程与合乎卫生的调味方法;他说起香料、味精、肉汁和胶质一类东西,头头是道。而且郝麦满脑方子,比他药房里的瓶子还多,他擅长酿造各色蜜饯、醋和香油,也知道种种新出的省煤的锅釜和保存干酪、料理坏酒的方法。

一到八点,朱斯丹就来找他回去上门。郝麦看出他的学徒好来医生家,所以显出嘲弄的眼神望他,特别是碰巧全福也在的时候。他说:

"我这小伙子,开始懂事啦,我敢说,他爱上了你们的丫头,不是才怪!"

但是他责备他的,还有一个更大的过失,就是:老待下来听人谈话。譬如说,星期天,在郝麦家的晚会上,孩子们在扶手椅里睡着了,椅子布套太宽,让后背拖得歪歪拧拧的,郝麦夫人把他叫了来,要他抱走,他愣在客厅,就没有办法让他离开。

药剂师这些晚会,没有多少人参加,士绅怕听他的闲言闲语和他的政治见解,陆陆续续,也就避而不来了。但是文书决不错过。他一听门铃响,就跑去迎接包法利夫人,接过她的披肩;碰到下雪,她在鞋上套一双布条大拖鞋,他也接过来,放在药房书桌底下。

大家先玩几盘"三十一点",接着郝麦先生就和爱玛玩"换牌"①,赖昂站在背后,帮她指点,手搭在椅背上,看着她插在发髻上的梳子。她每回出牌,右边袍子就往高里耸。头发向上卷,后背映成一片棕色,越来越淡,逐渐没入黑影。她出过牌,往回一坐,衣服蓬蓬松松,全是褶子,搭在椅子两旁,垂到地上。赖昂有时候觉出他的靴底踩到上头,连忙挪开,好像踩了人一样。

斗过扑克,药剂师就和医生玩牙牌,爱玛换了座位,胳膊支着桌子,翻看《画报》②。时装杂志是她带来的。赖昂坐在旁边,和她一道看图,谁先看完,谁就等另一个人看完了再往下翻。她一来就求他读几首诗给她听;赖昂拉长声音朗诵,念到爱情段落,用心煞

---

① "三十一点"扑克牌一种玩法:五十二张牌,人数不拘,三十一点最大。"换牌"是一种两个人玩的扑克牌戏,三十二张牌,从国王到七,每人五张,得对方允许,可以换牌。

② 《画报》,一种周刊,一八四三年创刊,以图画说明政治以及一般社会活动。

尾。但是牙牌的声音吵他;郝麦先生是个中能手,查理输得一塌糊涂。他们打满三个一百分,两个人全在壁炉前,伸直身子,很快也就睡着了。火灭了,茶壶空了,赖昂还在念。爱玛一边听他念,一边心不在焉,随手转动灯罩;纱罩上面,画了几个乘车的皮埃罗①和拿着平衡棒的走索姑娘。赖昂住口不念,指着他的睡熟了的听众。于是他们低声说话,因为没有别人听,觉得谈话分外甜蜜。

他们之间,就这样建立了一种默契,不断交换书籍和歌曲;包法利先生难得忌妒,并不引以为怪。

生日那天,他收到一颗骨相学的漂亮人头,涂成蓝颜色,上上下下,写遍数字,连胸口也有。这是文书送的一份厚礼。盛情不止于此,他甚至替医生到鲁昂买东西。有一部小说,引起爱好仙人掌科植物的风气,赖昂买了一盆,送医生太太,坐在燕子里面,捧在膝盖上,硬刺扎破他的手指。

她靠窗装了一个有栏杆的小木架,放她的小花盆。文书也安了一个悬空的小花圃;他们彼此望见在窗口养花。

镇上有一扇窗户,望过去分外透着忙碌。如果天气晴和,每天下午,星期日甚至于从早到晚,就见一家阁楼的天窗,露出毕耐先生半张瘦脸,身子俯向他的旋床。旋床单调的响声,就连金狮那边也听得见。

一天黄昏,赖昂回来,发现屋里有一条呢绒毯子,白底,树叶图案。他喊郝麦太太、郝麦先生、朱斯丹、小孩子、女厨子;他告诉他的老板;人人想见识见识这条毯子;医生太太为什么送文书礼物?未免出奇;大家断定她是他的相好。

也不由人不相信。他不住口夸她美貌多才,夸到后来,毕耐有一回老实不客气回他道:

---

① 皮埃罗,十六世纪意大利喜剧中的一个定型小丑,十八世纪常在欧洲舞台出现。

"关我什么事,我同她又没有来往!"

他绞尽脑汁,寻思对她表白心事的方法;他一方面怕她不高兴,一方面惭愧自己懦弱,瞻前顾后,永远迟疑不前,又是胆怯,又是相思,简直哭也要哭出来了。他后来横了心,拿定主意,可是信写了,他又撕掉,时间确定了,他又延宕。他常常迈步向前,跃跃欲试,然而来到爱玛面前,这种决心很快就烟消云散,不知去向。查理蓦地出现,邀他坐上他的包克,一同到附近看看病人,他满口应承,向女主人一鞠躬,也就去了。她的丈夫,不也几乎等于她了吗?

至于爱玛,她并不希望知道她是否爱他。她以为爱情应当骤然来临,电光闪闪,雷声隆隆,仿佛九霄云外的狂飙,吹过人世,颠覆生命,席卷意志,如同席卷落叶一般,把心整个带往深渊。她不晓得,承溜堵塞,淫雨可以把房顶的平台变成湖泊。她这样住下去,自以为安全无事,不料事出意外,忽然发现墙上有了一条裂缝。

五

二月,星期日,一个落雪的下午,包法利夫妇、郝麦和赖昂先生,全到离永镇半古里远的盆地,参观一家新建的麻纺厂。药剂师要拿破仑和阿塔莉活动活动,也带了去,朱斯丹照管他们,肩头扛着雨伞。

其实,他们要看的地方,根本不值得一看。一大片空地,乱七八糟,东一堆沙,西一堆石子,旁边撂着几个已经长锈的齿轮,当中一座长方形建筑,开着许多小窗,还没有盖好,隔着房椽,望见了天。山墙小梁绑着一捆掺杂麦穗的秸秆,尖头三色带子,迎风招展,呼呼直响。

郝麦高谈阔论,向同伴解释这家厂房的重要性,计算地板的力量,墙壁的厚度,连声后悔没有带一管尺来,毕耐先生就有一管,供本人不时之需。

爱玛挎住他的胳膊，微微靠着他的肩膀，遥望圆圆的太阳在雾里射出耀眼的白光；但是她一转脸，就看见了查理。他的便帽低低盖住眉；上下厚嘴唇微微颤抖，脸格外显得蠢；就连他的背，他安详的背，也不顺眼；他穿的大衣亦如其人，俗不可耐。

她这样打量他，觉得有气，可是心头也起了一种变质的快感，赖昂这期间正好迈前一步。由于天冷，他的脸变白了，似乎也更显得少气无力，温柔动人。衬衫领子有一点点松，在领带和颈项中间，露出皮肉；一绺头发盖住耳朵，耳朵尖露在外头，同时他的大蓝眼睛，望着浮云，爱玛觉得比起那些群山环绕、映照天日的湖泊，还要清，还要美。

药剂师忽然喊了起来：

"坏东西！"

他的儿子正跳到石灰堆，打算把鞋抹白。他跑过去责备，拿破仑号叫起来。朱斯丹找了一把麦秸帮他擦鞋，不过还需要一把小刀；查理掏出小刀，借给他用。

她想："啊！他像庄稼汉一样，衣服口袋里搁一把小刀！"

下霜了，他们走回永镇。

当天晚上，包法利夫人没有去邻居家，查理自去了。她觉得只剩她一个人，对比又在心头涌起，固然是一转眼的事，还历历在目；可到底是回忆，中间又隔着一段距离。她躺在床上，望着明亮的旺火，就像还在那边一样，看见赖昂站着，一只手弄弯他的细手杖，另一只手领着阿塔莉。阿塔莉安安静静，咂一块冰。她觉得他可爱，就连不想也不成；她记起他在别的日子别的姿态、他说过的话、他说话的声音、他的一切，于是嘴唇向前，好像接吻一样，她重复道：

"是啊，可爱！可爱！"

她问自己道：

"他有心爱的人吗？是谁？……是我呀！"

全部证据同时摊开，她心跳了。壁炉的火焰放出一道亮光，欢欢腾腾,在天花板上摇晃。她背转身子,伸出胳膊。

于是无终无了的哀怨开始了:"唉!只要天从人愿,也就好了!凭什么不?谁拦着了?……"

查理半夜回来,她装出才醒的模样,他脱衣服起了响声,她诉说头疼,然后随随便便,打听晚会的情形。他说,

"赖昂先生老早就上楼了。"

她不禁有了笑意,于是灵魂充满新的喜悦,她沉沉入睡了。

第二天傍晚,时装商人勒乐看她来了。这位掌柜精明强干,是个做生意的能手。

他生在南方加斯科涅,本来就爱说话,之后在诺曼底定居,又添上科地的狡黠。虚虚的胖脸,不留胡须,仿佛抹了一层薄薄的甘草汁;一双贼亮的小黑眼睛,衬上白头发,越发显得灵活。人们不清楚他的来历,有人说是背包贩子,又有人说是鲁托①开钱庄的。确切的是,他工于心计,就连毕耐也怕。他礼貌,胁肩谄笑,腰一直哈着,姿势又像鞠躬,又像邀请。

他把镶一道绉纱的毡帽留在门厅,然后走进屋来,往桌子上放下一个绿色硬纸匣,满嘴客套话,一开口就表示遗憾,说他直到现在,还没有承蒙太太赏光,像他开的那种小铺,吸引风雅妇女(他加重口气),本来不配。其实只要太太吩咐一声,他会尽心尽意,供应她的需要,不管是针线、衬衣、帽子或者新衣料,全有办法,因为他每月规定进城四趟。他和最大的行庄有联系。在三兄弟、金胡须或者大野人那边,提起他来,家家掌柜晓得,就像他们口袋里的东西一样熟!所以他今天顺便给太太看几样货色,机会难得,凑巧他有。说着说着,他从纸匣取出半打绣花领子。

包法利夫人看了看,说:

"我都用不着。"

---

① 鲁托,鲁昂西南厄尔省一地区名。

勒乐先生听了这话，小心在意，取出三条阿尔及利亚围巾①，几包英吉利针、一双草拖鞋，最后，四只由囚犯精镂细雕的吃蛋用的椰子小杯，然后他张开嘴，两只手搭在桌面，伸长脖子，身子向前，随着爱玛犹疑不决的视线，浏览这些货物。围巾长长的，整个摊开，他似乎为了掸掉浮尘，不时拿指甲弹一下缎面，于是围巾窸窸窣窣，映着黄昏发绿的亮光，微微一动，就见上面的金点子，仿佛一颗一颗小星星，闪闪烁烁。

"卖多少钱？"

他回答道：

"没有几个钱，没有几个钱；也不必急着就给，随您方便；我们不是犹太人！"

她沉吟了一下，结局还是不买。勒乐先生满不在乎，答话道：

"好吧！我们以后会相熟的；我一向凑合太太们，不过贱内可不在内！"

爱玛微笑了。

他说过这句趣话，就做出一副老实人模样，接下去道：

"我讲这话，就是说，我不拿钱搁在心上……您要是钱不凑手，我先借给您也行。"

她听了这话，不由一惊。他连忙低声道：

"啊！您用钱，近处就好周转；放心好了！"

他转过话头，问起法兰西咖啡馆的老板泰里耶老爹的消息，包法利当时正在给他看病。

"泰里耶老爹到底是怎么一回事？……他一咳嗽，整个房子摇晃，我担心他过不了几天，不穿法兰绒内衣，会穿松木大衣的②。年轻时候，他拼命荒唐！这种人呀，太太，一点儿也没有条理！光

---

① 阿尔及利亚围巾是直道道，多色，光彩夺目。
② 指棺材。

喝酒也把他喝干了!不过眼睁睁看着相识的人死,不管怎么样,总不好过。"

他一面扣硬纸匣,一面就这样议论医生的病人。他望着玻璃窗,一脸不愉快的神情,说:

"自然喽,时令不正,就生这些病。我呀,我就觉得自己不怎么适意;我的后背有一个地方疼,改一天,我也许来看看大夫。可不,再见啦,包法利太太;有事尽管吩咐;在下一定伺候!"

他轻轻把门带上。

爱玛叫人把饭开到卧室,放在盘子里头;她坐在炉边,慢慢腾腾用饭,感到很舒坦。她想着围巾,自言自语道:

"我真叫乖啦!"

她听见楼梯上脚步响:赖昂来了。她站起来,五斗柜上放了几条抹布,等着缭边,她拿起头一条;他进来,她显得很忙。

谈话无精打采,包法利夫人有一句没一句,时时停顿,他自己也像有话难以出口。他坐在炉边一张矮椅上,手里拿着象牙针盒,转来转去;她不是穿针引线,就是不时拿指甲压压布褶子。她不说话,他也开不得口,她的沉默迷住了他,就像先前她的语言迷住了他一样。

她心里想:"可怜的孩子!"

他问自己:"她嫌我什么?"

临了还是赖昂说起,他有一天要去鲁昂,办理一件业务上的事。

"您订的音乐刊物满期了,要不要我续下去?"

她回道:

"不要。"

"为什么?"

"因为……"

她闭紧嘴唇,慢条斯理,抽出一根长长的灰线。

赖昂看着这件女活有气。爱玛的手指尖都像扎破了似的;他想起一句漂亮话,可是又不敢说出来。他接下去道:

"您不学啦?"

"什么?"

她赶快改口道:

"音乐?啊!我的上帝,是啊!难道我不要管家,不要照料丈夫,总之,手边还有一大堆活儿,许许多多分内事,要我先操心?"

她望望钟。查理回来迟了。她不放心。她重复了两三遍:

"他人真好!"

文书喜欢包法利先生。可是他想不到她待他这样深情,听着未免别扭;不过他照样恭维他,他说,他听见人人夸他,尤其是药剂师。爱玛接下去道:

"啊!他是一位好人!"

文书接下去道:

"当然。"

他掉转话头,讲郝麦夫人,他们平时一来就笑她不修边幅。爱玛打断道:

"这有什么关系?做慈母的,没有心思打扮自己。"

说过这话,她又默不作声了。

一连几天,都是如此;她的谈话、她的姿态,统统变了。大家见她关心家务,按时上教堂,对女用人也管得更严了。

她从奶妈那边接回白尔特。家里一有客人,全福就带她过来,包法利夫人撩起孩子的衣服,叫人看看她的小胳膊、小腿。她讲她就爱小孩子;这是她的安慰、她的喜悦、她的迷恋;她的爱抚带有感情,除去永镇人,任何人看了,都会想到《巴黎圣母院》里的小麻袋①。

---

① 小麻袋,雨果的小说《巴黎圣母院》中的隐修女,即爱斯梅拉达的母亲。

查理回家,发现拖鞋放在炉火旁,烤得暖暖的。现在,他的背心不再缺里子了。衬衫不再短纽扣了。甚至他的睡帽,也一顶一顶,整整齐齐,在橱里摞好,他看在眼里,觉得开心。她不像往常,花园转转,就皱眉头;他有建议,她总同意,即使她猜不透他的意思,她也百依百顺,不露一丝抱怨;——赖昂看见他坐在炉边,用罢了饭,一双手搭在肚子上,两只脚搁在火篦上,脸蛋由于消化也发红了,眼睛由于幸福也润泽了,孩子在地毯上爬着,而这位细腰女子,就着椅背,吻她的额头。他向自己道:

"简直胡闹!怎么接近得了她?"

所以在他看来,她十分端庄,亲近不得,他连一星半点的希望也不存了。

可是意有所舍,心犹未甘,他只好把她放在非凡的境界。他在肉身方面既然一无所得,所以对他说来,她不具肉身,在他的心头扶摇直上,仿佛成仙得道,云脚冉冉,气象万千。这是一种纯洁感情,并不妨碍日常生活,有了它,心里快活,一旦丢了,就会特别难过,正因为这种感情可贵,人才加以培养。

爱玛瘦了,面色苍白,脸也长了。大眼睛,直鼻子,一绺一绺黑头发,走路像鸟飞一样轻,而且现在永远静默:难道她不像亭亭玉立,经浊世而不染,额头隐隐约约,打着崇高宿命的印记?她十分忧郁,而又十分安详;十分温柔,而又十分矜持。人在她旁边,感到一种冷冰冰的魅力,仿佛走进教堂,花香香的,大理石凉凉的,不禁寒战起来。就连别人也逃不出这种诱惑。药剂师说:

"她是一个天资卓绝的女子,做县长夫人也不过分。"

太太们称赞她节省,病人们称赞她有礼貌,穷人们称赞她仁慈。

但是她内心却充满欲念、愤怒和怨恨。衣褶平平正正,里头包藏着一颗骚乱的心;嘴唇娴静,并不讲出内心的苦恼。她爱赖昂,追寻寂寞,为了能更自由自在地玩味他的形象。真人当面,反而扰乱沉思的快感。听见他的脚步,她就心跳;但是待在一起,心就沉下去了,她有的只是莫大的惊奇,临了又陷入忧郁。

赖昂走出她家,心灰意懒,却不知道她跟踪而起,看他在街上走动。她关心他的行止,窥伺他的脸色;她找借口看看他的房间,编了一个有头有尾的故事。药剂师女人和他住在同一房顶底下,在她看来,幸运之至。她一想就想到这家房屋,好像金狮的鸽子,一飞就飞到这家的承溜,在里头洗净它们的玫瑰红爪子和它们的白翅膀。可是爱玛越觉得自己有爱情,越加以抑制,为的是减弱它的声势,不要流露出来。她巴不得赖昂猜破,也设想了一些作成赖昂猜破的机会、变故。她没有放手去做,不用说,是由于懒散或者畏惧的缘故,还有羞耻的缘故。她寻思自己太拒人于千里之外,时机不再,无从补救了。她自以为牺牲很大,什么也安慰不了她,后来只能说说:"我是贞节女子",还摆出听天由命的姿态照照镜子,显出一脸的骄傲和喜悦,心头才有一点点好受的味道。

于是肉体的需要、银钱的欠缺和热情的悒郁,揉成一团痛苦;——她不但不设法摆脱,反而越陷越深,到处寻找机会加深她的痛苦。一盘菜做坏了,或者一扇门没有关严,她就有气;想起自己没有丝绒衣衫,幸福插翅飞过,想望太高,居室太窄,她就难过。

顶气人的是,她受折磨,查理似乎没有察觉。他自以为使她幸福的信念,在她看来,就是一种岂有此理的侮辱;他那方面心安理得,就是忘恩负义。请问,她为谁贤惠?难道不正是他作成一切幸福的障碍、一切灾难的缘由,就像身上皮带的尖插头一样,把她扣得牢牢的,气也出不来一口?

所以种种怨恨,不管是不是从自己的烦闷来的,统统算在他的账上;她未尝不想减轻怨恨,可是回回努力,回回扑空,不但没有减轻,反而更深了。她这样白白辛苦一场,已经于心不快,加上使她痛苦的其他原因,彼此之间的隔膜,也就越发大了。她对自己的柔顺起了反感。家庭生活的平庸使她向往奢华;夫妇之间的恩爱使她缅想奸淫。她巴不得查理打她一顿,她好抓住理由恨他、报复他。面对着自己想起的一些残酷的假设,她有时候不由一惊。然而她必须继续笑脸相向,听见自己重复说:她很快乐,而且装模作样,要人相信自己快乐。

可是她厌恶这种虚伪行为。她有心和赖昂逃之夭夭,到天涯海角试试新的命运;不过一想到这上头,她立刻觉得有一道黑压压的大沟横在面前。她寻思道:

"而且,他已经不爱我了;怎么办?指望谁帮助、谁安慰、谁搭救?"

她心碎了,气喘吁吁,痴痴呆呆,低声呜咽,满脸眼泪。

女用人有时候进来,赶上她犯病,就问她道:

"为什么不告诉老爷?"

爱玛回答:

"这是神经性的毛病;别告诉他,他要难过的。"

全福接下去道:

"啊!是啊,您就像小盖丽娜一样,波莱①的渔夫盖兰老爹的闺女,我来您家以前,在第厄普认识的,她呀,一天到晚,愁眉不展,站在她家门槛,看她那模样,真还以为是一条裹死人的布,挂在门前头。她害的病,看上去,就像脑子里头有了雾一样,大夫治不了,堂长也没有办法。病狠了,她就一个人到海边待着,海关上的官儿巡逻,常常看见她脸朝下,趴在石子上头哭。后来,据说,嫁人以后,她就好啦。"

爱玛接下去道:

"不过,我呀,我是嫁人以后得的。"

---

① 波莱,地处第厄普之北,分据河口。

六

一天傍晚,打开窗户,她坐在窗口,刚才还望见教堂管事赖斯地布杜瓦在修剪黄杨,忽地听见晚祷的钟声响了。

正当四月初旬,樱草开花,一阵熏风吹过新掘的花畦,花园如同妇女,着意修饰,迎接夏季的节日。从花棚的空隙望出去,就见河水曲曲折折,漫不经心,流过草原。黄昏的雾气,在光秃的白杨中间浮过,仿佛细纱挂在树枝,却比细纱还要白,还要透明,弥蒙一片,把白杨的轮廓勾成了堇色。远处有牲畜走动,却听不见蹄声,也听不见叫唤。钟声含着淡淡的哀怨,在空中响个不停。

钟声阵阵,唤起少妇对童年和寄宿时期的回忆。她想起圣坛的蜡烛台,高出花瓶和细柱神龛之上。她真愿意像往常一样,混在修女们中间,伏在跪凳上,一长排白面网当中,东一块、西一块黑点,是修女们的硬风帽。星期日望弥撒,她一抬头就望见淡蓝香云,环绕圣母慈容,冉冉上升。她的心被触动了,觉得自己柔弱无力,四处飘零,好像一根鸟羽,在狂风暴雨之中打转。她于是身不由己,不知不觉,去了教堂,准备虔心信教,什么方式都行,只求她的灵魂俯首帖耳,人间烦恼不再存在。

她在广场碰见赖斯地布杜瓦回来;他为了不影响收入,宁可中断工作,敲完钟再回来接着干。所以什么时候晚祷敲钟,只能趁他方便。再说,提早敲钟,正好警告顽童:教理问答的时间到了。

有些孩子已经来了,在公墓的石板地玩弹子。有的骑在墙头,腿荡来荡去,拿木头套鞋踢着墙和新坟之间高高的荨麻。这块地方是此处仅有的绿地;此外都是石头,尽管经常打扫,总挡不住上头老有一层浮土。

似乎这就是孩子们的拼花地板,他们穿着布鞋,在里头跑来跑去,钟声再响,也听得见他们喧声如雷。钟楼高空垂下一根粗绳,有一头搭在地上,钟绳摆幅缩短,钟声也就跟着小了下来。燕子一面啁啾,一面掠空而过,迅速飞回檐瓦底下的黄窠。教堂尽里,点着一盏灯,就是说,玻璃盏挂在半空,里头有一根灯芯。远远望去,亮光仿佛一个灰白点子,漂在油上晃荡。一道细长的阳光,穿过教堂中部,相形之下,两侧和四周越发显得阴沉。

转门的轴已经松了,一个小孩还在摇着玩。包法利夫人问他:

"堂长在哪儿?"

他回答道:

"就快来啦。"

的确,门咯吱在响,布尔尼贤堂长走出住宅;孩子们一窝蜂似的逃进教室。教士唧咕道:

"这些小家伙!总是这样!"

他的脚碰到一本破烂的教理问答,他拾起来:

"什么也不敬重!"

他一瞥见包法利夫人,就说:

"对不住,我没有认出您。"

他把教理问答塞进衣袋,收住脚步,圣库的钥匙沉甸甸的,夹在两个手指当中,一直来回摇晃。

夕阳西下,余晖照亮他的整张脸,道袍下摆脱线,胳膊肘底下透亮,阳光掠过,毛呢颜色显得淡了。胸脯宽阔,沿着上面一排小纽扣,上上下下,全是油渍、烟污,离领巾越远,也就越多。颈项的红肉褶子搭在领巾上。皮肤上哩哩啦啦,撒着一些黄点子,直到鬣毛似的灰白胡须,才算看不见。他刚用过晚饭,气咻咻的。他问道:

"您好啊?"

爱玛回答道:

"不好,我难受。"

教士接下去道:

101

"可不！我也是。这些日子,古里古怪,天刚热,人就四肢无力,您说对不对？不过您要怎么着？圣保罗说得好,我们生下来就为受罪。倒是包法利先生,他是什么看法？"

她做了一个轻蔑的手势,说:

"他呀!"

老好人吃了一惊,忙道:

"什么！他不给您开方子,配一点药吃？"

爱玛道:

"啊！我要的不是人世的药。"

但是堂长不时朝教堂张望。孩子们全在里头跪着,你拿肩膀推我,我拿肩膀推你,好像一排纸人,倒了头一个,连串往下倒。

她接下去道:

"我想知道……"

教士声音带怒,喊叫道:

"好,好,里布代,看我不打你耳光,捣蛋鬼!"

随后转向爱玛道:

"他是木匠布代的儿子;父母有钱,惯坏了他。不过只要他用功,他会学得快的,因为他很聪明。我呢,有时候打趣,就叫他里布代(去马罗默经过的岭子这样叫),我甚至说:'蒙里布代。'啊！啊！蒙里布代①！前一天,我把这话讲给主教听,他笑起来了……居然赏脸,笑起来了。——倒是,包法利先生,他好吗？"

她仿佛没有听见。他继续道:

"不用说,总在忙喽？因为他跟我的确是本教区最忙的两个人了。不过他呀,是身体的医生(他放声笑着),而我呀,是灵魂的医生!"

---

① 马罗默镇,在鲁昂西北。"蒙里布代"是谐音双关语:一个意思是"我的里布代(mon Riboudet)",指小孩子而言;一个意思是"里布代岭(Mont-Riboudet)",指鲁昂西郊的小山。

她显出一种哀求的眼神盯着教士道：

"是啊……您解除所有的苦难。"

"啊！说得是呀，包法利太太！就在今天早晨，有一条母牛吃了飞虫①，我不得不去下狄欧镇一趟；他们以为牛中了邪。他们的母牛，我不晓得是怎么一回事，头头……不过，对不起！龙格马尔，还有布代！家伙！你们有完没完？"

他于是一步跳进教堂。

顽童们正兜着大讲经台，前推后拥，打开弥撒书，爬上唱诗班领队的凳子；有的蹑手蹑脚，眼看就要溜进告解座②。但是堂长冷不防赏了大家一顿巴掌。他抓起他们的上衣领子，提到半空，使劲往唱经堂的石板地一按，让他们双膝下跪，像要将他们活活栽进地里。

他回到爱玛身边，摊开他的大印花布手帕，拿一个犄角塞到他的上下牙中间，说：

"真的，庄稼人实在可怜！"

她回答道：

"还有别人。"

"当然！比方说，城市的工人。"

"我说的不是他们……"

"您说得对！我就晓得有些可怜的母亲，身边一堆孩子，全是贤德妇女，您听我说，全是道地女圣人，连面包也没有。"

爱玛（说话之间，嘴角抽搐）接下去道：

"不过有些人，有些人，堂长先生，有面包，却没有……"

教士道：

"冬天没有火。"

---

① 牛误吃萤等鞘翅类小虫，肠腹绞痛。
② 告解座，教士听忏悔的小室。

"哎呀！有什么关系？"

"怎么！有什么关系？我觉得，一个人只要温、饱，就……因为，说到临了……"

她叹气道：

"我的上帝！我的上帝！"

他显出关心，走前一步，问道：

"您觉得难受？想必是，消化不良吧？包法利太太，您应当回家，喝一点茶；这样您就有精神了；要不然，喝一杯清水，放一点红糖也行。"

"为什么？"

她的模样如同一个人做梦方醒。

"因为您拿手搁在额头上。我以为您头晕。"

随后改变话题道：

"不过您有话要问我来着？到底是什么？我忘记啦。"

爱玛重复道：

"我？没有……没有……"

她的眼睛望着四周，慢悠悠落在穿法衣的老人身上。他们面对面，不言不语，两个人互相打量，最后他道：

"那么，包法利太太，原谅我，您知道，责任第一；我得伺候我那些宝贝家伙。孩子们的第一次圣体瞻礼，眼看就要到了。我们又要临时抓瞎啦，我还真担心！所以从升天节起，我要他们准备每星期三多上一小时课。这些可怜的孩子！指点他们走上我主的大道，只有嫌晚，我主通过圣子的口，就是这样劝诫我们的……希望您身体好，太太；替我向您丈夫致意。"

他走进教堂，才到门口，就做了一个下跪的姿势。

爱玛看他脚步沉重，头朝一边歪，两只手张开一半，手心朝外，在两排长凳中间不见了。

她接着掉转脚跟，又笨又重，如同一座雕像顺着中轴挪动一

样,走上回家的道路。堂长严肃而又洪亮的声音、顽童们清脆的声音,依然传进她的耳朵,在背后继续响着:

"你是基督徒?"

"是,我是基督徒。"

"什么叫作基督徒?"

"基督徒就是一个人领了洗……领了洗……领了洗……领了洗。"

她抓住栏杆,一步一步蹭上楼梯,走进卧室,倒在一张扶手椅里。

玻璃窗映过来的夕照,漪澜成波,悠悠下降。家具待在原来地方,似乎越发死板了,阴影笼罩,好像沉入漆黑的大洋。壁炉熄了,钟总在敲打,爱玛心潮翻滚,看见事物这样安静,感到说不出的惊愕。但是小白尔特站在窗户和女红桌子中间,穿着编织的小靴,摇摇晃晃,打算来到母亲跟前,揪她的围裙带子。母亲拿手一推,说:

"走开!"

没有多久,小姑娘又来了,越发靠近母亲的膝盖;她拿胳膊支在上面,朝她仰起她的大蓝眼睛,嘴里流下一道晶莹的口水,滴在绸围裙上。少妇烦了,重复道:

"走开!"

小孩子望着她的脸,一害怕,哭起来了。她拿胳膊肘把孩子往外一搡,道:

"哎呀! 倒是走开啊!"

白尔特一跤掼在五斗柜前头,脸蛋碰到抽屉的铜拉手,划破了,流血。包法利夫人赶上前去,扶起她来,拼命拉铃叫用人,把铃绳都揪断了,正要咒骂自己,就见查理出现了。晚饭时辰到了,他回转家来。爱玛不动声色地说:

"看呀,亲爱的朋友,小东西玩着玩着,就在地上摔破了脸。"

查理叫她放心,情形并不严重,说完话,就找橡皮膏去了。

包法利夫人愿意一个人看守她的孩子,没有下楼用饭。她看她睡熟了,这才一点一点放下心来。这么一丁点小事,她就慌了神,回想起来,觉得自己又善良,又傻气。的确,白尔特已经不哭了。现在已经看不大出她的呼吸掀动棉被。大颗泪珠停在眼角,眼皮闭了一半,睫毛当中,露出两个深黝黝的没有光彩的瞳孔。橡皮膏贴在脸上,紧绷绷的,把脸蛋拉歪了。爱玛寻思:

"也真怪,这孩子多丑!"

夜里十一点钟,查理从药房回来(他饭后去归还用剩下来的橡皮膏),发现太太站在摇篮一旁。他吻她的额头道:

"我不是叫你放心,说不碍事吗;别心焦,小可怜,你这样会生病的!"

原来他在药房待了许久。他并没有显出很着急的样子,可是郝麦先生照样鼓舞他,要他打起精神来。于是他们说起种种威胁儿童的危险和用人的鲁莽。郝麦夫人知道这是怎么一回事:她小的时候,一个厨娘把一碗汤,打翻在她的小围嘴上,现在胸脯还有痕迹。所以她慈爱的双亲,也就处处当心,小刀从来不磨,地板从来不打蜡。窗户装上铁栅,壁炉前头安上结实的护栏。郝麦的小孩子,别看是无拘无束,也一动就有人跟在后头;一点点伤风,父亲就灌他们药汁,直到四岁多了,也不可怜他们,还让他们一人戴一顶棉箍①。说实话,这是郝麦夫人的怪主意;她的丈夫私下发愁,怕戴久了,可能理智器官受伤,所以不免脱口冲她说:

"难道你真要他们当加勒比人或者包陶库道斯人②?"

其实,查理有好几次,试着想打断谈话。文书正要上楼,走在前头,查理附耳低声对他说:

"我想同您谈谈。"

---

① 棉箍套在头上,防止小孩子摔伤脑壳。
② 加勒比人是西印度群岛土著。包陶库道斯人是巴西的印第安人。

赖昂心跳了,左猜右想,暗自纳闷:难道他看出什么破绽来啦?

查理最后关上门,央他到鲁昂打听一下达盖尔摄影法①照一张相要多少钱;他想照一张青燕尾服肖像,送给他的太太,这是一件表示感情的礼物,一种细心的体贴。不过他愿意先知道价钱;这大概不会给赖昂添太多麻烦,因为他差不多每星期进一趟城。

进城干什么?郝麦疑心他年轻荒唐,搞女人。不过他猜错了;赖昂并不拈花惹草。他反而更忧郁了,留在盘里的菜,现在也多起来了,勒弗朗索瓦太太一眼就看出来。她想知道底细,问税务员;毕耐显出一副傲慢的样子,粗声粗气回答道:"警察没有支薪水"给他。

可是他觉得他的餐伴十分古怪;因为赖昂常常摊开胳膊,人朝椅背一仰,泛泛抱怨人生。税务员说:

"这是因为您消遣不够。"

"什么消遣?"

"我要是您呀,就来一台旋床!"

文书回答:

"可是我不会旋东西。"

"这倒是真的!"

对方摸摸下巴,显出蔑视而又得意的神情。

毫无结果的爱情,赖昂疲倦了;生活千篇一律,没有乐趣,没有希望,他开始感到苦闷。他讨厌永镇和永镇人,有些人、有些房屋,他一看就有气,简直耐不下去;药剂师为人再好,他也忍受不了。另一方面,改变环境的远景固然引诱他,却也使他畏惧。

害怕很快变成了烦躁:巴黎遥遥向他招手,化装舞会的铜管乐吹响了,姑娘们的笑声起来了。他既然要到那边读完法科,为什么

---

① 达盖尔(1789—1851),摄影机的发明者,达盖尔的暗匣摄影在当时还是新事物。

不去？谁拦着他？他心里开始筹划，预作远游期间的生活安排。他设想自己那边有一间屋子，布置着家具。他要在那边过艺术家生活！他要在那边学六弦琴！他要穿一件室内穿的长便袍，戴一顶巴斯克人戴的圆便帽①，拖一双蓝绒拖鞋！壁炉墙上交叉插着两把花剑，再往高去，是六弦琴和一颗死人脑壳，而且他已然在赞赏了。

困难在于母亲是否同意；不过，看上去，也没有比这再合理的了。连他的老板也劝他换事务所，谋求发展。于是赖昂采取折中办法，到鲁昂谋一个二等文书的职位，但是没有成功，最后他给母亲写了一封长信，详详细细，说明他立刻要去巴黎的理由。她同意了。

他并不急着要去。足有一个月，伊韦尔每天从永镇到鲁昂，从鲁昂到永镇，帮他运送箱箧包裹。赖昂添置衣服，修理三只扶手椅，选购大批手绢，总而言之，准备的东西，周游世界也嫌多，但是他一星期又一星期，拖延行期，直到后来，母亲两次来信，催他动身，既然他希望在放假之前通过考试。

辞行的时间到了，郝麦夫人啼哭，朱斯丹呜咽，郝麦是男子汉，藏起悲痛，要亲自拿着朋友的大衣，送到公证人门口。公证人乘自己的车，送赖昂到鲁昂去。留下的时间，正够向包法利先生告别。

走到楼梯高头，他觉得自己气喘吁吁，只好停步。他一进来，包法利夫人连忙立起。赖昂道：

"我又来啦！"

"我早料到了！"

她咬紧嘴唇，血往上涌，脸一直红到耳朵梢。她站直了，肩膀靠住墙壁。他接下去道：

---

① 巴斯克人，居住在法兰西与西班牙之间的山民。他们戴的圆便帽，我们一般叫法兰西帽。

"先生不在家？"

"他出去了。"

她又说一遍：

"他出去了。"

于是你望我，我望你，沉默下来。他们的思想，感到同一痛苦，好像两个上下起伏的胸脯，紧紧搂在一起。赖昂道：

"我挺想亲亲白尔特。"

爱玛走下几级楼梯，呼唤全福。

他向周围迅速扫视，一眼望过墙壁、摆设架、壁炉，依依不舍，像是想要钻进一切，带走一切。

她又进来了，女用人带着白尔特。孩子甩动一根绳子，绳子一头是一架风车，尖头朝下。

赖昂吻了几遍她的颈项。

"再会，好孩子！再会，小宝贝，再会！"

他把她交还给她母亲。后者说：

"带她下楼吧。"

就留下他们两个人了。

包法利夫人背过脸去，贴住一块窗玻璃；赖昂拿起他的便帽，轻轻拍打臀部。爱玛道：

"就要下雨。"

他回答：

"我有斗篷。"

"啊！"

她转回身来，额头向前，下巴朝下。阳光掠过额头，照到眉毛的弧线，犹如一块大理石，猜不出爱玛望天边望见了什么，也猜不出她心里到底在想什么。他叹气道：

"好，再会！"

头骤然一扬，她说：

109

"是啊,再会……您走吧!"

两个人全朝前走,他伸出手,她迟疑了一下,这才伸过手去,勉强笑着说:

"照英国人规矩。"

赖昂觉出他的手指握住她的手,似乎他的全部生命,顺着胳膊,集中在这只湿津津的手心。

他随后松开手;他们的眼睛又遇到一起;他走了。

他在菜场站住,躲到柱子后头,最后一次,望望这所白房子和它的四块绿色窗帘。他依稀望见卧室窗口有一个人影;但是窗幔似乎没有人碰,就离开钩子,扯斜的长褶,慢慢移动,一下子就全平整了,比一堵石灰墙还要硬挺。赖昂只好跑开。

他远远望见老板的轻便马车,停在大路,旁边有一个男人,前胸系一条粗布围裙,手拉住马。郝麦和居由曼先生一边闲谈,一边在等他来。药剂师眼泪汪汪,说:

"搂搂我。这是你的大衣,我的好朋友,当心别着凉!保重身体!凡事经心!"

公证人道:

"来吧,赖昂,上车!"

郝麦俯在防泥板上,声音夹杂呜咽,好不容易说出这四个伤心的字眼:

"一路平安!"

居由曼先生回答道:

"晚安。放马!走!"

他们出发了,郝麦也回家去了。

包法利夫人打开面向花园的窗户,眺望浮云。

西边鲁昂那个方向,起了乌云,波涛汹涌,前推后拥,太阳放出长线,却又金箭一般,赶过云头,同时天空别的地方,空空落落,如同瓷器一般白净。一阵狂风吹来,白杨弯腰,骤雨急降,滴滴答答,敲打绿叶。太阳跟着又出来,母鸡啼叫,麻雀在湿漉漉的小树丛拍打翅膀,沙地上一摊摊积水。朝低处流,带走一棵合欢树粉红色的落花。她寻思:

"啊!他一定已经走远啦!"

郝麦先生照旧在六点半钟用晚饭的时间过来。他坐下来道:

"好!我们的年轻人,这会儿该上船了吧?"

医生回答道:

"大概吧!"

然后他在椅子上转过身子:

"府上没有什么?"

"没有什么。也就是我太太,今天下午,有一点难过。您知道女人们,芝麻大的小事,也架不住!尤其是我那一口子!这也不能怪她们,因为她们的脑神经组织,本来就比我们脆弱。"

查理道:

"可怜的赖昂!他在巴黎怎么过活!……他待得惯吗?"

包法利夫人叹了一口气。

药剂师打了个响舌,道:

"哪儿的话!聚餐游戏呀!化装舞会呀!香槟酒呀!告诉您,样样称心!"

包法利反驳道:

"我不相信他会胡闹。"

郝麦先生连忙接下去道:

"我也不相信!不过,除非他不怕别人把他看成耶稣会会士①,否则,他将来就得同流合污。您不知道这些小荒唐鬼在拉丁

---

① 耶稣会会士往往被人看成伪君子。

区①，和女戏子过的是什么生活！再说，学生在巴黎很吃香。只要他们有一点点作乐的才分，上流社会就欢迎他们，甚至圣日耳曼区②的贵妇们也爱他们，机会到手，岂可错过，他们自然就当上了豪门贵婿。"

医生道：

"不过我担心他……在那边……"

药剂师打断他道：

"您说得对，事情还有另一面！人到了那边，不得不老拿手攥住腰包。好比说吧，您在一座公园里，来了一个陌生人，衣着考究，甚至挂着勋章，您以为是一位外交官；他走到您跟前；你们聊起来了，他摸熟您的脾气，请您吸鼻烟，或者替您拾帽子。后来两个人谈出了交情，他带您上咖啡馆，请您去他的别墅，喝酒之间，介绍各色人等和您相识，而十之八九，不是为了抢您的钱袋，就是拉您去干坏事。"

查理回答道：

"话是对的；不过我担心的，倒是生病，譬如，伤寒，外省去的学生就爱害这种病。"

爱玛不寒而栗了。药剂师继续道：

"这是由于饮食改变，人的整个机体产生紊乱的缘故。③ 再说，巴黎的水，您晓得是怎么一回事！还有饭馆的菜，样样吃食加香料，临了把你的血烧得滚烫，其实，说什么也抵不上一锅肉汤。我呀，一向就喜欢家常菜：卫生多了！所以过去我在鲁昂念药剂学，我就住到私人家里吃包饭，和教师们一道用饭。"

他就这样继续发表他的一般意见和他的个别爱好，直到朱斯丹来，找他回去配制蛋黄橘汁糖水，这才喊道：

---

① 拉丁区包括第五、第六两区，重要教育机构多在本区。
② 圣日耳曼区是巴黎贵族居住所在，邻近拉丁区。
③ 这些其实并非伤寒病的起因。

"就没有一刻休息！永远拴得牢牢的！我就不能走开一分钟！像下地的马一样，累死了也得做！多苦的命哟！"

已经走到门口了，他道：

"对了，您听到消息没有？"

"什么消息？"

郝麦竖起眉毛，一脸像煞有介事的表情，接下去道：

"塞纳河下游州的农业展览会，今年要在永镇寺举行。至少，有这种风声。今天早晨，报上还提起过。这对本县太重要了！不过我们改天谈吧。谢谢，我看得见；朱斯丹有灯。"

七

第二天对爱玛成了一个死气沉沉的日子。她只觉一片愁云惨雾，弥漫天空，乱腾腾浮游在事物的外部，而悲痛沉入心底，低哭轻号，仿佛冬天的风，在荒凉的庄园啸叫。这好像韶光一去不返，魂牵梦萦，又像做完一件事，身心疲劳，更像习惯动作中断，或者经久不停的摆，骤然停止。

她的心情好像往年从渥毕萨尔回来、四组舞还在脑子里转来转去，悒悒寡欢，昏昏沉沉，只是一味难受。赖昂似乎又出现了，人也显得更高、更美、更温柔、更模糊；他虽然走了，可是没有离开她，就在眼前，房子的墙好像把他的影子留下来了。她看不厌他走过的地毯、他坐过的空椅子。河水一直在流，顺着滑溜溜的河堤，慢慢悠悠，涟漪成纹。他们有许多次在这里散步，石子遍体青苔，水波流过，照样潺湲作响。头上太阳多好！下午单单两个人待在花园尽头有阴凉的地方，多有意思！他坐在一张干木条凳子上，不戴帽子，高声朗诵；草原清风徐来，书页颤动，棚上的旱金莲摇摆……啊！他走了，她的生命的唯一欢乐，幸福的唯一有可能实现的希望！幸福当前，她怎么就不抓住！眼看幸福远扬，为什么就不双手伸出,双膝下跪,一把揪牢?她诅咒自己没有向赖昂表示爱情;她想念他的嘴唇。她恨不得追上他,扑进他的胸怀,对他说:"是我;我是你的!"可是爱玛想到困难重重,先失了张本;她一起懊恼之心,欲望便越发活跃了。

从这时候起,回忆赖昂成了她的愁闷的中心;回忆的火星噼啪作响,比旅客在俄罗斯大草原雪地上留下的火堆还闪烁不定。她扑过去,蹲在一旁,小心在意,拨弄这要灭的火,前后左右寻找,看有没有东西能把火弄旺;于是最远的回忆和最近的会晤、她感觉到的和她想象到的、她对欢愉的落空的期待、她的枯枝一般在风中哽咽的幸福、她的劳而无获的道德、她的幻灭的希望、家庭的牺牲,细大不捐,她全拣过来,拾起来,聚在一起,烘暖她的忧郁。

然而不知道是供应不足,还是堆积过多,火苗弱了下来。别离渐渐泯灭了爱情,久而久之,怅惘也就窒息了。这道火光先前照亮她的灰色的天空,如今越来越暗,慢慢消失了。昏昏沉沉中,甚至厌恶丈夫的心,她也颠三倒四,当作思念情人的表现;甚至憎恨的炙伤,她也糊里糊涂,看成恩爱的缠绵。可是狂风一直在吹,热情烧成灰烬,无可挽救,也不见太阳出来,黑漆漆的夜晚,四面八方,重锁密布,她觉得自己无路可走,寒气逼人,冷彻骨髓。

于是道特的坏日子又开始了。她觉得现在比过去还要糟,因为她经过伤心事,而且确信要一直伤心下去。

一个女人强迫自己做出这样大的牺牲,生活上很可以看开一些。她买了一只哥特式跪凳;她一个月花十四法郎买柠檬,洗指甲;她写信给鲁昂,要一件克什米尔①蓝呢袍;她到勒乐那边,挑了一条顶好的围巾,当腰扎在室内穿的便袍上,然后关上屋里的护窗板,拿起一本书,就这样一身装束,躺在一张大沙发上。

她常常改换头发样式;她照中国样式梳头,不是柔软的圈圈,

---

① 克什米尔呢,印度出品。法国有仿制品。

就是辫子;头发靠旁边挑一条缝,像男人一样朝下卷。

她想学意大利文,买了几本字典、一本文法、一沓白纸。她试着看正经书:历史和哲学。查理夜晚睡得沉沉的,有时候惊醒了,跳下床来,以为有人找他看病,咕哝道:"我就去。"原来只是爱玛擦火柴点灯的响声。不过她念书就像她刺绣一样,开了一个头,就全丢进衣橱了。她拿起来,放下去,又换别的活做、别的书读。

赶上怄气,别人不过三言两语,她就失了分寸。有一天,她和丈夫打赌,说她可以喝大半杯烧酒,查理一时糊涂,说他不信,她便一口气喝光。

爱玛虽说作风轻狂(永镇的太太们这样说她),却不显得快活。她的嘴角常有一条纹路,骇骇呆呆,像老姑娘,也像失意政客,由于这条纹路,脸都皱了。她面无血色,布单一般白,鼻子的皮朝鼻孔抽搐,眼睛望着你,一副神不守舍的模样。她在鬓角见到三根灰头发,便说自己老了。

她常常晕倒。有一天,她甚至咯出一口血来,查理着急,显出焦灼不安,她回答道:

"得啦!这算得了什么?"

查理躲到他的诊室,坐在他的大靠背扶手椅上,两只胳膊肘拄着桌子,对着骨相学人头,哭了起来。

他给母亲捎信,求她来一趟。他们商量爱玛的事,谈了好长时间。

这事怎么解决?她拒绝医治,怎么办?

老太太说:

"你知道你女人需要什么?就是逼她操劳,手不闲着!只要她多少像别人一样,非自食其力不可,她就不会犯神经了。这都是因为她整天没事干,脑子净胡思乱想的缘故。"

查理道:

"可是她也很忙呀!"

"啊！忙！忙什么？看小说；看坏书；看反对宗教的书；看用伏尔泰的话讥笑教士的书。不过，我可怜的孩子，糟的还在后头，不信教的人，结局总是坏的。"

于是他们决定阻止爱玛看小说。事情看来不大好办。老太太自告奋勇说她路过鲁昂，可以亲自到租书的地方，声明爱玛停止订阅。万一书局坚持这种害人的生意，难道他们没有权利通知警察？

婆媳并不惜别。她们在一起待了三星期，没有说过几句话，除去用餐时和睡前的问讯和问候。

老太太星期三走，这一天是永镇有集的日子。

从早晨起，广场堆满大车，个个车辕朝天，由教堂到客店，顺着房屋，摆了一排。对面是帆布摊子，出卖布帛、被褥、毛袜、马络和成包的蓝带子；带子露出一头，随风飘扬。地上是粗笨的铜铁器皿，一边是高高摞起的鸡蛋，一边是小柳条筐，里头放着干酪，干酪外皮还有黏黏的草。好些母鸡，靠近打麦机，头探出笼子，咯咯叫唤。人群有时候险些挤破药房门面，聚在一个地点，谁也不肯走动。星期三，药房整天不空，人挤进去，说是为了买药，不如说是为了看病，郝麦先生的名气传遍四乡。他坚定的口吻迷住了乡下佬。他们把他看成一个比任何医生都伟大的医生。

爱玛倚着窗户（她常常待在这儿，外省窗户有代替看戏和散步的作用），瞧着乱哄哄的乡下佬解闷，却见一位绅士，穿一件绿绒大衣，戴一副黄手套，而又套着一双厚皮护腿，——一直走向医生住宅，后面跟着一个庄稼汉，耷拉着头，若有所思的模样。

他问在门口和全福闲谈的朱斯丹道：

"医生在家吗？"

他把他看成医生的男用人：

"请告诉他，于歇特的罗道耳弗·布朗热先生要见他。"

新来的人并非为了夸耀他有土地，才拿于歇特放在姓名前头，不过是让人知道他是谁罢了。于歇特确实是永镇附近的产业，他新近买下庄园,有两块庄田,亲自耕种,可是并不过分经心。他过的是独身生活,据说一年起码有一万五千法郎收入!

查理走进厅房。布朗热先生向他解释,他的用人想放放血,因为他觉得"浑身痒痒"。别人怎么劝说,他也不听,只是讲:

"出出血,我就干净啦。"

包法利听了这话,先取来一捆绷带和一只脸盆。他求朱斯丹端好脸盆,然后转向面色已经发白的乡下人道:

"老乡,别害怕。"

另一位回答道:

"不,不,您动手好啦!"

他伸出他的粗胳膊,摆出一种若无其事的姿势。竹叶刀刺了一下,血涌出来,溅到镜子上。查理喊道:

"盆子端到跟前!"

乡下人道:

"瞅!活像一道小泉眼在流!我的血多红!这该是好现象,对不对?"

医生接下去道:

"有时候,开头不觉得怎么样,过后说晕倒就晕倒,尤其是像这种人,身子骨儿结实。"

乡下佬手指捏着竹叶刀的匣子,转来转去,一听这话,松开了。肩膀猛然一动,椅背嘎吱响。帽子掉下去了。包法利拿手指捺住血管,道:

"我说什么来着。"

朱斯丹两手直抖,脸盆开始摇晃;脸成了白的,腿也站立不住。查理喊道:

"太太!太太!"

她一步跳下楼梯。他嚷道:

"拿醋来!啊!我的上帝!一下子两个人!"

他一激动,连紧压布也几乎放不平稳。布朗热先生抱起朱斯丹,镇定地说:
　　"不要紧的。"
　　他叫他背靠墙,坐在桌子上。
　　包法利夫人解开他的领带。衬衫绳子挽了一个死结;她灵活的手指,在年轻人的颈项,停了几分钟;然后她拿醋倒在她的麻纱手绢上,轻轻拍湿他的太阳穴,还小心在意,往上嘘气。
　　赶大车的乡下人醒过来了;朱斯丹仍然不省人事,瞳仁在眼白中间消散,就像蓝花在牛乳中间消散一样。查理道:
　　"别叫他看见这个。"
　　包法利夫人拿起脸盆,放到桌子底下;她一弯腰,袍子(一件夏天袍子,滚了四道花边,黄颜色,腰身长,裙幅宽大)就在周围的方石板地上摊开;同时,爱玛弯腰,伸开胳膊,有一点摇晃,膨起的衣裙有些地方随着身体的曲线陷下去了。她接着取来一瓶水,溶化几块糖。药剂师到了。女用人找他,他正在大发雷霆。看见学徒睁开眼睛,他这才放心。跟着他就兜过来,兜过去,上上下下,打量他道:
　　"废物!一点不差,小废物!十足的废物!放放血,算得了什么!好一个顶天立地的汉子!你们看呀,这就是那只松鼠,不怕头晕,爬到树梢摇核桃。啊!是的,说呀,夸嘴呀!真是块好料,赶明儿还要当药剂师呢;兴许有一天,情况严重,法院传你,要你指点指点法官们的良心;这时你就该头脑冷静,讲得头头是道,像一个男子汉大丈夫,不然的话,只好让人当傻瓜看!"
　　朱斯丹不回答。药剂师继续道:
　　"谁请你来的?你总在麻烦包法利先生和包法利太太!再说,星期三,我离不开你。药房现在就有一大堆人。为了你的缘故,我只好丢开他们不管。好啦,滚!跑!等我来,看好瓶子!"
　　朱斯丹穿好衣服,走了以后,大家谈起昏厥的事。包法利夫人从来没有昏厥过。布朗热先生道：

"女人能不昏厥，的确了不起！其实，有些男人就很脆弱。有一回决斗，我见到一位证人，听见手枪装子弹，就失了知觉。"

药剂师道：

"我呀，看见别人淌血，一点也不在乎；可是单只一想自己淌血，要是想过了头，我就难免会晕过去。"

布朗热先生打发走他的听差，劝他安心，好在已经照他的想法放过血了。他接下去道：

"有机会认识你们，我很高兴。"

说这句话的时候，他望着爱玛。

然后他在桌角放下三法郎，随便一鞠躬，扬长去了。

过了一刻，他走到河对岸（他回于歇特的小路）；爱玛望见他在草原白杨底下行走，仿佛一个人想心事，走着走着，就走慢了。他自言自语道：

"她很可爱！这位医生太太，很可爱！牙齿美，眼睛黑，脚轻俏，长得如同一个巴黎女子。家伙，她打哪儿来的？那笨小子打哪儿找到她的？"

罗道耳弗·布朗热先生，三十四岁，性情粗暴，思路敏捷，而且常和妇女往来，是一位风月老手。他觉得这个女人标致，所以一心思念她和她的丈夫。

"我想，他一定很蠢。不用说，她讨厌他。指甲长，三天不刮胡子。他在外头跑来跑去看病人，她待在家里补短袜子。她一定闷居无聊！一定愿意住到城里，每天夜晚跳波兰舞！小可怜儿！巴望爱情，活像厨房桌子上一条鲤鱼巴望水。来上三句情话，我拿稳了她会膜拜你！一定温柔！销魂！……是的，不过事后怎么甩掉？"

想到寻欢作乐，却又阻碍多端，他只好掉转方向，回味自己的情妇。她是他贴养的一个鲁昂女戏子；单单一想，他就对这女人感

119

到腻味。他寻思道:"啊!包法利夫人比她漂亮多了,尤其是,鲜妍多了。维吉妮显然在发胖。她玩也玩得那样乏味!再说,吃斑节虾吃成了瘾!"

田野空旷,罗道耳弗四顾无人,仅仅听见草拂打着鞋,动作有致,蟋蟀远远伏在荞麦底下,唧唧鸣叫。他恍惚又在厅房看见爱玛,穿的衣服和他方才见到的一模一样:他脱掉她的衣服。他抡起手杖,敲碎前面一块土,喊道:

"我一定要把她弄到手!"

他立即考虑进行的策略。他问自己:"到什么地方相会?用什么方法?小孩子死钉在后头,女用人、邻居、丈夫、形形色色的麻烦。——去他妈的!"他说:"太糟蹋时间!"

"她那双眼睛就像钻子一样,一直旋进你的心。还有脸色发白……我就爱脸色发白的女子!"

上到阿格伊岭,他下了决心:"问题只在寻找机会。好啦!我偶尔拜访两趟,送他们几只野味、几只家禽;必要的话,我去放放血;我们变成朋友,我请他们到家里来……啊!有啦!"他灵机一动,道:"展览会不久就要举行;她会来的,我会看见她的。趁热打铁,勇往直前,一定成功。"

八

这有名的展览会确实到了!从节日早晨起,居民就全站在门口,谈论应有的准备工作;镇公所正面缀着常春藤;草地搭起一座帐篷摆酒席;广场当中,教堂前面,有一架旧炮,到时宣告州长驾到和得奖的农民的姓名。比西的国民自卫军(永镇没有)开来参加毕耐率领的消防队。他这一天戴一条比平日还高的领子;制服紧绷绷的,上身直挺挺的,一动不动,就像气血统统移到下边两条腿里一样;他按照节奏,抬高两条腿,步伐合拍,起落一致。税务员和联队长,争强好胜,炫耀才能,分别率领部下,在一旁操练,就见红肩章和黑胸甲①,过来过去,川流不息,简直没完没了!如此庄严景象,从未见过!有些人家,前一天刷洗干净房屋,窗户开开一半,三色旗挂在外头;家家酒店客满;天气晴和,上浆的帽子、金十字架和花肩巾,仿佛比雪还白,在明亮的阳光下,熠熠发光,同时五颜六色,星星点点,衬得一般颜色较深的大衣和蓝布工人服也醒目了。四乡佃农妇女,生怕袍子沾上泥点,兜身撩起,拿大别针别好,临到下马,再解下来;丈夫相反,爱惜帽子,用手绢从上包住,拿牙咬牢手绢的一个犄角。

人们从村子两头涌进大街。小巷、夹道、远房近舍,到处有人出来;门环时刻响动,太太们戴上线手套,去看热闹。一对尖塔似的长三角架,立在司令台两侧,上上下下全是花灯,特别为人称道。此外还有四根竿子,绑在镇公所四根圆柱上②,各自挑起一幅淡绿小布幡,金字标语,一幅写着:"商业";另一幅写着:"农业";第三幅写着:"工业";第四幅写着:"艺术"。

人人笑逐颜开,只有女店家勒弗朗索瓦太太,显得愁眉苦脸,站在厨房台阶,嘴里咕咕哝哝道:

"简直胡闹!帆布摊子,简直胡闹!难道他们以为州长也像一个卖艺的,喜欢坐在棚子底下吃饭吗?这些碍手碍脚的东西,也好说成给本乡增光!所以啊,根本就犯不上到新堡找一个糟厨子来!而且为谁找?为些放牛的!一些叫花子!"

药剂师过来了。他穿一件青燕尾服、一条南京布裤、一双海狸皮鞋,还戴一顶毡帽——一顶矮筒毡帽,真正难得③。他说:

"您好!对不住,我有急事。"

---

① 国民军有红肩章,消防队有黑胸甲。
② 第二部第一章,说镇公所"底层有三根爱奥尼亚圆柱"。
③ 郝麦平日总戴一顶希腊小帽,所以现在改戴一顶毡帽,"真正难得"。海狸皮鞋流行于十九世纪,不过当时是夏季,并不相宜。

胖寡妇问他去什么地方,他回答道:

"您觉得好笑,是不是?我一直关在我的实验室,比老鼠在好好先生的干酪里①待得还久。"

女店家道:

"什么干酪?"

郝麦接下去道:

"没有什么!没有什么!我只是告诉您,勒弗朗索瓦太太,我经常闭门不出,可是今天,情形特殊,我必须……"

她显出一副蔑视的神气道:

"啊!您到那边去?"

药剂师诧异了,回答道:

"是呀,那边去;我不是咨询委员会的委员吗?"

勒弗朗索瓦太太打量了他几分钟,最后笑吟吟回答道:

"原来是这样!不过耕地关您什么事?难道您懂这个?"

"当然懂,因为我是药剂师,就是说,化学家!而化学,勒弗朗索瓦太太,目的就在认识自然界一切物体的分子的相互作用,农业自然也就包括在它的范围内!事实上,肥料的配合、酒的发酵、煤气的分析和瘴气的影响,我问您,这一切,不是化学,又是什么?"

女店家并不回答。郝麦继续道:

"难道您以为做农学家,本人就该耕田、喂家禽吗?他首先应当知道的,倒是有关物质的成分、地层的次序、大气的作用、土地、矿石和雨水的性质、不同物体的密度和它们的毛细管现象!等等等等。他应该彻底掌握全部卫生原则,以便指导、批评房屋的构造、牲畜的管理、仆人的饮食!勒弗朗索瓦太太,还应当掌握植物学,学会辨别草木。您明白不?哪些对身体有益、哪些对身体有

---

① 见《拉封丹的寓言》卷七,寓言第三《隐居的老鼠》说有一只老鼠,钻在一块干酪里,不问世事,吃得又肥又胖。"好好先生"是拉封丹的绰号,与老鼠无关。

害；哪些产量低、哪些有营养；这里是否该拔掉，那里是否该补种，是否推广这个，消灭那个；总而言之，应当读小册子，看出版物，迎头赶上科学潮流，永远有准备，随时指出改良的道路……"

女店家的眼睛不离开法兰西咖啡馆的门。药剂师继续发挥道：

"但愿我们的农民都是化学家，或者起码多听听科学建议，也就好了！所以我最近写了一部出色的小书，一篇七十二页之多的论文，题目是：《论苹果酒及其酿造与效用，附有新见解》，我送到鲁昂农学会去了；他们接受我当会员，分在农学组果学类；是啊，我的作品如果公之于世……"

但是药剂师一看勒弗朗索瓦太太心在别处，也就住了口。她道：

"看他们哎！简直不像话！成了饭摊子！"

她一耸肩膀，胸脯上毛衣的网眼也绷开了。她的对头酒馆传出歌唱的声音。她伸出一双手，边指点，边接下去道：

"其实，也长不了；不到一星期，整个完蛋。"

郝麦听了这话，大吃一惊，往后倒退。她走下三级台阶，俯耳向他道：

"怎么！您不知道？本星期就要执行扣押。是勒乐坑了他。他出借票害了他。"

世上任何情况，只要想得出来，药剂师总有词句配合，所以他就嚷道：

"有这等惊人的祸事！"

女店家于是讲起这件事的来龙去脉。她是听居由曼先生的听差泰奥多尔说的。她恨泰里耶，可是她也怪罪勒乐：他是个佞口骗子、一个卑鄙小人。她道：

"啊！您看，他在菜场，冲包法利太太行礼。包法利太太戴一顶绿帽子，还挎着布朗热先生的胳膊。"

123

郝麦道：

"包法利太太！我要赶过去，表示一下我的敬意。她也许高兴在近处廊子底下来一个座位。"

勒弗朗索瓦太太喊他回来，还要一五一十讲下去，可是药剂师不理睬，快步走开。他左一躬，右一躬，笑容可掬，后腿弯子蹬直，青燕尾服的大小摆在后头随风飘荡，占了好大地方。

罗道耳弗远远望见他来，也走快了，不过包法利夫人气喘，他只好放慢步子，粗声粗气，笑微微向她道：

"我是为了避开那个胖家伙，您知道，药剂师。"

她拿胳膊肘捅了他一下。他暗琢磨：她这是什么意思？他边走，边乜斜眼睛打量她。

看她的侧面，十分安详，简直什么也看不出来。她戴的帽子是椭圆形，白帽带仿佛芦苇叶子，阳光灿烂，把脸照得特别清楚。长睫毛弯弯的，眼睛虽然睁开了朝前望，可是由于血在白净皮肤底下轻轻跳动的缘故，看上去睁得还不够痛快，有一点像是颧骨在拘着眼睛似的。一道玫瑰红颜色照亮鼻孔之间的中隔。头朝一边歪，嘴唇当中露出皓白牙齿的珍珠似的尖梢。

罗道耳弗心想：难道她是讥笑我？

其实，爱玛捅他，只是一种警告；因为勒乐先生陪伴他们，像煞有意搭话似的，不时插上一句："今天可真好！""人人上街！""风打东来！"包法利夫人，还有罗道耳弗，并不理他，可是他们稍微一动，他就碰碰帽子，凑到近边，说："什么？"

来到马掌铺前面，罗道耳弗不沿大路去栅栏门，却骤然带了包法利夫人，拐进小径，喊道：

"晚安，勒乐先生！再见！"

她笑道：

"您怎么这样打发他！"

他接下去道：

"为什么让人打搅?何况今天,我有福分同您……"

爱玛红了脸。他掉转话头,说起天气晴好和草地上散步的愉快。有些春白菊又长出来了。他说:

"这里有好看的延命菊,大可以供本地全部害相思病的姑娘们问卜了①。"

紧跟着他又说:

"要是我也掐一朵,您看怎么样?"

她微微咳嗽道:

"您闹恋爱?"

罗道耳弗回答道:

"哎!哎!谁知道?"

草地上开始拥挤。管家婆挟着大雨伞,提着盒子,拖着孩子,朝你身上撞。还得经常回避一长列乡下妇人、女用人,她们穿蓝袜子、平底鞋,戴银戒指,你从旁边走过,闻见一股牛奶气味。她们走路手拉手,从那排白杨起,到宴会的帐篷为止,熙熙攘攘,满草原全是。不过审查时间到了,农民一个跟一个,走进一个赛马场似的地点:一条长绳,拴在桩子上,圈出这样一块空地。

里头是牲口,鼻子冲着绳子,屁股有大有小,乱乱腾腾,排一长条。猪昏头昏脑,拿嘴拱土;牛犊叫;羊羔咩;母牛曲起后腿弯子,肚皮贴着草地,也不管牛蝇围住身子嗡嗡乱飞,眨巴着沉重的眼皮,慢条斯理,来回嚼嘴里的东西。种马尥起蹶子,朝母马扯嗓子嘶鸣,赶大车的光着胳膊,揪住种马的络绳。母马安安静静,伸长头和耷拉下来的鬣毛,马驹不是躺在母马身影里,就是偶尔凑到底下吮奶。这些牲口挤作一团,起伏无定,不是雪白的鬣毛波涛一般随风扬起,就是东露出一堆尖犄角,西露出一堆人头。人在里头跑来跑去。围场外边,百步远近,单有一只大黑公牛,戴上嘴套,鼻孔

---

① 根据花瓣数目,推断对方是否爱她。延命菊和春白菊属于同科,但有差异。

挂着一个铁环环,像青铜铸出来的,站着一动不动。一个衣服破烂的小孩子牵着它,揪住一条绳子。

大人先生们夹在两排牲口当中,步伐沉重,一面前进,一面一只一只检查,检查过后,就彼此会商,声音相当低。其中一位,似乎地位更高,边走边记。他是评判委员会主席、邦镇的德罗兹赖先生。他一看见罗道耳弗,就快步向前,和颜悦色,笑吟吟向他道:

"布朗热先生,您怎么放下大家伙儿的事不管?"

罗道耳弗保证他来。可是主席刚走远,他就说:

"家伙,我才不去,同您在一起,比同他在一起好得多。"

罗道耳弗一面打趣展览会,一面却也为了通行无阻起见,掏出他的蓝帖子给宪兵看,有时候甚至看见一件好展品,停住脚步。可是他一见包法利夫人不感兴趣,就拿装束作题目,取笑永镇的太太们。跟着他就为他的衣着马虎道歉。他的衣着又随俗,又考究,显出不协调的情调,一般人看了,有的会受吸引,有的会感到愤慨,因为他们总觉得这种装束,表示生活离奇、感情纷乱、艺术的强大影响以及某种永远蔑视社会习俗的心理。细麻布衬衫的袖口缀着褶纹纱,风吹过来,衬衫就在灰夏布背心领口地方鼓了起来;宽道道裤子,脚踝地方,露出一双南京布靴子,靴筒底下有一圈漆皮,亮堂堂的,草也照了出来。他穿着这样一双靴子,践踏马粪,一只手插在上衣口袋,草帽歪戴一旁。他接下去道:

"再说,一个人住在乡下……"

爱玛道:

"什么也是枉然。"

罗道耳弗回答道:

"说得是呀!想想看,这些老好人,就连燕尾服的式样,也没有一个人能懂!"

于是他们谈起内地的庸俗、生活的窒闷、理想的毁灭。罗道耳弗道:

"所以我郁闷到了极点……"

她诧异道：

"您！我一直以为您很快活，不是吗？"

"啊！是的，单看外表；因为我对社会戴了一副玩世不恭的面具。其实，月光之下，看见公墓，有多少回，我问自己：我是不是顶好还是追踪那些长眠地下的人……"

她道：

"哎呀！您那些朋友呢？您就不想想他们？"

"我那些朋友？都是谁？我有朋友吗？谁关心我？"

说到末一句话，嘴里同时吹出一种类似口哨的声音。

不过后头走来一个人，抱了高高一摞椅子，他们只好分在两下。左也椅子，右也椅子，除去他的木头套鞋的尖尖头露在外面以外，就只看见他的胳膊伸得开开的，露出两只手来。原来是那个掘坟的赖斯地布杜瓦，把教堂椅子搬到外头。他想挣外快，结果想出这种利用展览会的方法，而且获得成功，因为生意兴隆，他应付不过来了。说实话，乡下人热得受不了，全抢椅子坐，草垫有香料气味，厚椅背沾着蜡渍，他们恭而敬之，往上一靠。

包法利夫人又挽起罗道耳弗的胳膊。他像是自言自语，继续道：

"是啊！我错过许多机会！总是一个人，啊！我活着要是有一个目的，我要是遇到真心相待的人，我要是发现有人……哎呀！我会竭尽全力，我会克服一切困难，粉碎一切困难！"

爱玛道：

"不过我觉得您不该让人可怜。"

罗道耳弗道：

"啊！您觉得？"

她接下去道：

"因为说到临了……您自由。"

她迟疑了一下：

"又有钱。"

他回答道：

"别取笑我啦。"

她赌咒不是取笑，这期间只听轰然一声炮响，大家立刻你拥我挤，乱乱腾腾，往村里跑。

原来炮发错了。州长大人并没有来；这就开会，还是再等下去，评判委员们左右为难，不知道怎么办才好。

最后，广场尽头，来了一辆前后有活篷的四轮出租大马车，驾着两匹瘦马，一个白帽车夫，狠命抽打。毕耐急忙喊："举枪！"联队长急忙学他。人人朝枪位跑。人人向前抢。有些人连硬领也忘记戴了。但是州长的马车，似乎意会到这种困难局面，两匹并驾的羸马，拉起辕木链子，摇摇晃晃，小步紧跑，来到镇公所前面，正好赶上国民自卫军和消防队打着鼓，大踏步，摆队相迎。毕耐喊着：

"齐步走！"

联队长喊着：

"立正！向左看齐！"

接着就是举枪敬礼，枪箍扳开，踢里当啷，响声好似一只铜锅滚下楼梯。敬礼已毕，枪又统统放下。

只见一位先生，穿一件银线绣花短燕尾服，秃额头，后脑勺一撮头发，脸色灰白，外貌极其和善，走下马车。眼睛很大，厚眼皮半睁半闭，打量着群众，同时仰起他的尖鼻子，瘪嘴露出一丝笑意。镇长系着绶带，他认出他来，对他解释：州长有事来不了，本人是州行政委员，接着还讲了几句抱歉的话。杜法赦的回答只是一味恭维，另一位表示愧不敢当：两个人就这样站着，面对面，额头几乎碰额头，周围是评判委员、乡行政委员、缙绅、国民自卫军和群众。州行政委员先生,三角小黑帽贴住胸脯①,频频还礼,同时杜法赦哈下腰来,仿佛一张弓,也是笑盈盈的,结结巴巴,寻找字句,一面表示自己忠心王室②,一面为永镇得到的荣誉表示感激。

客店伙计伊玻立特走到车夫跟前,接过缰绳,一只脚跛着,把马牵到金狮门廊底下。许多乡下人,聚在门廊,瞻仰马车。鼓在敲,炮在响,先生们鱼贯而行,走上主席台,坐在杜法赦夫人借出来的乌特勒支③红绒大扶手椅上。

这些人像是一个模子塑出来的。软搭搭的脸,新苹果酒颜色,亮堂堂的,太阳晒得有点发黑,络腮胡须茏茏茸茸,拱出高硬领外;白领带箍紧硬领,匀匀停停,结着一个鼓囊囊的领花。背心有压边,全是丝绒料子,表有一根长带,尖尖头全坠着一颗深红玛瑙椭圆印章;人人是一双手搭在两条大腿上,仔细分开裤裆,裤料没有磨掉光泽,比靴子的厚皮还亮。

上流妇女坐在后头过厅底下和圆柱中间,大多数群众站在对面,或者坐在椅子上。说实话,赖斯地布杜瓦把椅子全从草场搬过来了,甚至时时刻刻跑进教堂去找椅子。人们想靠近司令台的小梯子,因为他这样一做生意,交通堵塞,也就很难过去。

勒乐先生向药剂师(他正要到他的座位上去)道:

"我以为应当竖两根威尼斯旗杆,弄点新鲜东西挂在上头,又富丽,又有一点威严,望过去,就很美观了。"

郝麦回答道:

"的确是的。不过有什么办法!这是镇长一手包办的结果。可怜的杜法赦,这人没有多少鉴赏力;根本缺乏所谓艺术天分。"

---

① 万松在《不符事实的包法利夫人》一文中指出:州行政委员戴的是两角帽,从来不戴"三角帽",穿的是蓝线绣花长燕尾服,不是"银线绣花短燕尾服"。
② "王室",指七月革命之后登基的波旁家族幼支奥尔良家路易-菲力浦的王室。
③ 乌特勒支,荷兰一市镇,十七世纪末叶,一个移居荷兰的法国人发明了一种仿丝绒面料作沙发面,用山羊毛织成,称乌特勒支绒。

罗道耳弗这时陪伴包法利夫人,走上镇公所二楼,来到会议厅,看见没有一个人,就讲:他们在这里瞭望,尽兴多了,国王半身像底下有一张椭圆桌子,他到旁边搬了三张凳子,放到一个窗口跟前,然后他们挨挨挤挤,并肩坐下。

主席台上起了一阵骚动:长久耳语和交换意见。最后还是州行政委员先生站起。大家现在晓得他姓廖万,群众一个传一个,说起他的名姓。于是他掏出几张纸,凑近眼睛细看了看,这才开口道:

诸位先生:

  首先请允许我,在没有和你们谈起今天的盛会之前;——我相信,你们全有这种感情,我说,首先请允许我赞扬一下最高当局、政府、国君,诸位先生,赞扬一下我们的主上、万民爱戴的国王。大家知道,事关繁荣,不问公私,圣上一律关怀,即使怒海狂涛,危险百出,圣上也坚定审慎,稳步行车,何况圣上谋求和平,重视战争、工业、商业、农业与艺术。

罗道耳弗道:

"我该退后一点坐。"

爱玛道:

"为什么?"

不过州行政委员的声音分外高了,他朗诵道:

  诸位先生:兄弟阋于墙,血染公众广场的时期,已经一去不复返了;业主、商人、甚至于工人,夜晚安眠,听见警钟齐鸣,忽然惊醒的时期,已经一去不复返了;邪说横行,擅敢颠覆社稷的时期,已经一去不复返了……

罗道耳弗接下去道:

"因为下面也许有人望见我;这样一来,我就要一连两星期道歉,像我这样的坏名声……"

爱玛道：

"哎呀！您成心糟蹋自己。"

"不，不，您听我讲，坏极了。"

州行政委员继续道：

可是，诸位先生，放下这些暗无天日的画面不去回想，转过眼睛，浏览一下我们美丽祖国的现状，我又看见了什么？处处商业繁盛，艺术发达，处处兴修新的道路，仿佛国家添了许多新的动脉，构成新的联系；我们伟大的工业中心又活跃起来；宗教得到巩固，法光普照；我们的码头堆满货物，信心再起，法兰西终于得到了新生……

罗道耳弗又道：

"其实，就社会观点看来，他们也许有道理。"

她道：

"什么道理？"

他道：

"怎么！难道您不知道，有人无时无刻不在苦恼？他们一时需要梦想，一时需要行动，一时需要最纯洁的热情，一时需要最疯狂的欢乐，人就这样来来去去，过着形形色色荒唐、怪诞的生活。"

于是她看着他，就像一个人打量一个到过奇土异域的旅客一样，接下去道：

"我们这些可怜的妇女，就连这种消遣也没有！"

"微不足道的消遣，因为人们在这里找不到幸福。"

她问道：

"可是人们找得到吗？"

他回答道：

"是的，会有一天遇到的。"

州行政委员道：

你们明白这个。你们是农民和田野的工人;你们是真正为文化而工作的和平的先驱!你们是进步和道德人士!我说,你们明白,政治风暴,比起大气紊乱,确实可怕得多……

罗道耳弗重复道:

"有一天,有一天赶巧万念俱灰,会忽然遇到的。于是云散天开,好像有一个声音在喊:'这就是!'您觉得需要向这个人诉说衷情,把一切给他,为他牺牲一切!用不着烦言解释,彼此就一见如故,似曾梦里相逢。(他看着她)总之,就在眼前,四处寻觅的珠宝就在眼前,光华灿烂,火星迸射。可是仍然怀疑,仍然不敢相信;眼花缭乱,好像走出黑暗,乍见亮光一样。"

罗道耳弗说到末了这几句话,添上手势。他拿一只手放在脸上,就像一个人晕眩一样,然后落下来搭在爱玛手上。她抽回她的手。可是州行政委员总在读着:

诸位先生,有谁惊奇吗?也只有他们惊奇:就是那种瞎了眼的人、那种沉溺于(我不怕说出口来)前一世纪的偏见,照旧否认农民是有头脑的人。说实话,寻找爱国精神、热心公众事业,一言以蔽之,智慧,除去田野,还有什么地方更多?诸位先生,我说的不是那种表面的智慧、那种闲汉的点缀。我说的是那种深刻、稳健的智慧,专心致志于追求那些有用之物,因而有助于个人福利、一般改善与支援国家,它是——尊重法律和完成任务的收获……

罗道耳弗道:

"啊!又是这个。总是任务,我听也听腻了。他们一堆穿法兰绒背心的老昏聩、一堆离不开脚炉和念珠的假虔婆,不住口在我们的耳梢唠叨:'任务!任务!'哎!家伙!任务呀,任务是感受高贵事物、珍爱美丽事物,并非接受社会全部约束和硬加在我们身上的种种耻辱。"

包法利夫人反驳道：

"不过……不过……"

"哎，不！凭什么反对热情？难道它不是世上唯一美丽的东西？难道它不是英勇、热忱、诗歌、音乐、艺术，以及其他一切的根源？"

爱玛道：

"可是也该听听世人的意见、遵守一般立身处世之道。"

他回答道：

"啊！立身处世之道有两种。一种是渺小的；众人公认的处世之道，因时而异，目光如豆，吵吵嚷嚷，低级庸俗，就像眼前这群蠢家伙一样。另一种是万古长存之道，在周围，也在上空，风景一般环绕我们，碧天一般照耀我们。"

廖万先生方才掏出手绢擦过嘴，接下去道：

> 诸位先生，农业的重要，还用得着我在这里向你们指出来吗？请问，谁供应我们的需要？谁接济我们的生活？难道不是农民？诸位先生，农民拿一双勤劳的手，把种子撒在肥沃的田地里，种子长成麦子，麦子被精巧的机器磨成细末，以面粉的名称运到城市，没有多久，就进了面包房，制成食品，不分贫富，一概供应。为了我们有衣服穿，难道不又是农民养肥牧场众多的羊群？没有农民，我们穿什么，我们吃什么？诸位先生，我们有必要到老远的地方寻找例证吗？谁不常常想到那只羞怯的动物、我们家禽群里值得骄傲的珍品？它一方面长毛给我们做绵软的枕头，一方面有丰美的肉给我们吃，一方面还下蛋。地耕好了，出产种种物品，好比慈母心疼儿女，尽量供应，我要是一一枚举的话，就要不胜其举了。这边是葡萄藤；那边是苹果树；远望，是油菜；再往远望，是干酪；还有麻，

133

诸位先生,千万不要忘记麻①!近年以来,麻的产量增加了许多,我特别希望你们注意。

他不必希望;因为群众个个张大了嘴,好像要喝掉他的话一样。杜法赦在他一旁,睁大了眼睛听;德罗兹赖先生,有时候,微微合上眼皮;再过去,药剂师两腿夹住他的儿子拿破仑,拿手张在耳边,一个字音不叫漏掉。别的评判委员表示赞同,慢慢悠悠,上下摇摆背心里的下巴。消防队员站在主席台底下,靠住他们的刺刀;毕耐一丝不动,胳膊肘朝外,刀尖向上。他也许在听,不过他一定什么也看不见,由于他的盔檐太低,一直罩到鼻子。副队长是杜法赦先生的小儿子,盔檐低得出奇;因为他戴了一顶绝大的战盔,在头上晃来晃去,花布手绢垫在底下,有一头露出来了。他在战盔底下,笑嘻嘻的,一副小孩子的可爱模样,小白脸蛋淌着汗,流露出一种欢愉、疲倦和睡眠的表情。

广场两边的房屋都挤满了人。家家有人靠着窗户,有人站在门口。朱斯丹站在药房前面,似乎看愣了,动弹不得。虽说安静,廖万先生的声音照样听不清楚:群众中间,椅子出了响声,东一打岔,西一打岔,截断演说,只有一句半句传到耳朵;接着就是背后,冷不防起了漫长一声牛鸣,或者就是街角羊羔咩咩叫唤。说实话,放牛的和放羊的,一直把牲口赶到这边,它们有时候你一声,我一声,一面还吐长舌头,拉曳挂在脸上的三两片树叶。

罗道耳弗更挨近爱玛了,声音压低,急促地说:

"人世这种阴谋,您不愤恨?哪一样感情它不谴责?最高贵的本能、最纯洁的同情,也逃不脱迫害、诽谤;一对可怜虫要是碰在一起的话,就组织一切力量来拆散他们。不过他们偏要试试,扇扇翅膀,你呼唤我,我呼唤你:是啊!迟早有什么关系,半年,十年,他

---

① 路易-菲力浦重视工业,所以州行政委员也有同样表示。参看第二部第五章,永镇寺新建麻纺厂。

们照样结合,照样相爱,因为命里注定这样,彼此天生就是一对。"

两只胳膊横在膝盖上,他仰起脸,凑到近边,死盯着看爱玛。她看见纤细的金光,一道又一道,兜着他的黑瞳仁,从眼睛里面朝外放射。她甚至于闻见他抹亮头发的生发油的香味,于是心荡神驰,不由想起在渥毕萨尔陪她跳华尔兹的子爵,他的胡须就像这些头发,放出这种香草和柠檬气息;她不由自已,闭了一半眼皮往里吸。但是她坐在椅子①上,身子往后一仰,恍惚远远望见驿车燕子,在天边尽头,慢慢腾腾,走下狼岭,车后扬起长悠悠的灰尘。赖昂就是乘了这辆黄车,时刻来到她的身边;也就是经这条路,他又一去不回!她仿佛看见他在对面窗口,接着就又一片模糊,满天浮云,她觉得吊灯照耀,她还像在跳华尔兹,挎着子爵的胳膊,同时赖昂离得也不远,眼看就要过来……但是她总觉得罗道耳弗的头在她旁边。这种甜蜜的感觉就这样渗透从前她那些欲望,好像一阵狂飙,掀起了沙粒,香风习习,吹遍她的灵魂,幽渺的氤氲卷起了欲望旋转。她好几回用力张开鼻孔,吸入柱头常春藤的清新气息。她摘去手套,擦了擦手,然后拿起手绢扇脸,太阳穴虽说跳动,她照样听见群众叽里咕噜、州行政委员说来说去的单调声音:

继续努力!坚持不懈!既不要墨守成规,也不要采纳过分莽撞急躁的建议!尤其要致力于改良土壤、施用优质肥料,发展马、牛、羊、猪的优良品种!让展览会对你们成为充满和平景象的比武场,胜利者向战败者伸出友爱之手,希望他下一次竞赛成功!可敬的臣民!谦逊的仆人,你们辛勤劳苦,往日得不到任何政府重视,现在就来接受你们默默无闻的道德的酬劳吧。而且你们相信政府从今以后,一定会注视你们,鼓励你们,保护你们,满足你们的正当要求,尽一切可能,减轻你们

---

① 前文说罗道耳弗"搬了三张凳子,放到一个窗口跟前,然后他们挨挨挤挤,并肩坐下"。并非"椅子"。

痛苦牺牲的负担!

廖万先生终于坐下。德罗兹赖先生站起,开始另一篇演说。他的讲演也许不像州行政委员的讲演那样华丽;不过他有他的特点:风格切实,就是说,学识比较专门,议论比较高超,少了一些颂扬政府的话,宗教和农业分到更多的地位,二者息息相关,一向就同心协力,促进文化。罗道耳弗和包法利夫人谈着梦、预感、催眠术。演说家追溯到原始社会,形容野蛮时代,人在树林深处,靠橡实过活;后来人们扔掉兽皮,改穿布帛,耕田犁地,种植葡萄。这算不算幸福?这种发现会不会弊多于利?德罗兹赖先生对自己提出这个问题。罗道耳弗由催眠术一点一点谈到亲和力。主席引证:辛辛纳图斯掌犁,戴克里先种菜①,中国皇帝立春播种。年轻人这期间向少妇解释:吸引之所以难以抗拒,就是前生的缘故。他说:

"所以,就拿您我来说,我们为什么相识?出于什么机缘?我们各自的天性,您朝我推,我朝您推,毫无疑问,像两条河一样,经过千山万水,合流为一。"

他握住她的手;她没有抽回去。

主席喊道:"一般种植奖!"

"譬方说,方才我到府上……"

"甘冈普瓦的比内先生。"

"我怎么晓得我会陪伴您?"

"七十法郎!"

"有许多回,我想走开,可是我跟着您,待了下来。"

"肥料奖。"

"既然今天黄昏会待了下来,明天、别的日子、我一辈子,也会

---

① 辛辛纳图斯(公元前460年),罗马共和国的执政官,当选之后,官员往迎,见他正在耕田。戴克里先(245—313),罗马皇帝,三〇五年退隐,相传公卿请他复位,他正在种植生菜。

待了下来!"

"阿格伊的卡隆先生,金质奖章一枚!"

"因为我和别人在一道,从来没有感到这样大的魅力。"

"基弗里-圣马丹的班先生!"

"所以我呢,我会永远想念您的。"

"一只美里奴种公羊……"

"不过您要忘记我的,我会像一个影子般消逝的。"

"圣母村的……柏劳先生。"

"哎呀!不会的。我会不会成为您的思想、您的生命的一部分?"

"猪种奖两名:勒埃里塞先生与居朗布尔先生;平分六十法郎!"

罗道耳弗捏住她的手,觉得又温暖,又颤抖,如同一只斑鸠,虽然被捉住了,还想飞走;但是不知道是她试着抽出手来,还是响应这种压抑,她动了动手指;他喊道:

"谢谢!您不拒绝我!您真好!您明白我是您的!让我看您,让我端详您!"

一阵风飘进窗户,吹皱了桌毯,同时底下广场,乡下女人的大帽子,像白蝴蝶扇动翅膀一样,个个翘了起来。

主席继续道:"豆饼的使用。"

他加快道:"养粪池,——种麻,——排水,长期租赁,——家庭服务。"

罗道耳弗不再说话。两个人你望我,我望你,欲火如焚,干嘴唇直打哆嗦,于是心旌摇摇,手指不用力,就揉在一道。

"萨司托-拉盖里耶的卡特琳-妮凯丝-伊莉莎白·勒鲁,在一家田庄连续服务五十四年,银质奖章一枚——值二十五法郎!"

州行政委员重复道:"卡特琳·勒鲁,在什么地方?"

不见她的踪影。只听见好些声音窃窃私语道:

"去呀！"

"不。"

"左边走！"

"别害怕！"

"啊！看她多蠢！"

杜法赦喊道："她到底在不在？"

"在！……那不是！"

"那么，到前面来呀！"

这时人们看见一个矮小的老妇人，走上主席台，神情畏缩，好像和身上的破烂衣服皱成了一团一样。她脚上蹬一双大木头套鞋，腰里系一条大蓝围裙，一顶没有镶边的小风帽兜住她的瘦脸；一脸老皱纹，风干的苹果也没有她的多。红上衣的袖筒伸出两只长手，关节疙里疙瘩；谷仓的灰尘、洗衣服的碱水、羊毛的油脂在手上留下一层厚皮，全是裂缝，指节发僵；清水再洗，也显着肮脏；苦干多年，合也合不拢来：好像明摆着这一双手，就是千辛万苦的卑微的凭证一样。脸上的表情，如同一个修行的道姑那样呆滞。任何喜怒哀乐也软化不了她那黯淡的视线。她和牲畜待在一起，也像它们一样喑哑、安详。她还是第一次看见自己在这样大的一群人当中，眼前又是旗，又是鼓，又是青燕尾服的先生们，又是州行政委员的十字勋章，心中惶惧，一步不敢移动，不知道该往前走，还是该向后逃，也不知道群众为什么推她，审查员为什么朝她微笑。这干了半世纪劳役的苦婆子，就这样站在这些喜笑颜开的资产者面前。

州行政委员从主席手上接过得奖人员的名单，然后道：

"过来，可敬的卡特琳-妮凯丝-伊莉莎白·勒鲁！"

他看一遍名单，看一遍老妇人，用慈父的声音，重复道：

"过来，过来！"

杜法赦在扶手椅上跳道：

"您聋了吗?"

他朝她的耳朵喊道:

"五十四年服务!银质奖章一枚!二十五法郎!是给您的。"

她接过奖章,仔细打量,随即一脸幸福的微笑,径自走开;大家听见她咕哝道:

"我拿这送给我们的教堂堂长,给我做弥撒。"

药剂师朝公证人俯过身子,喊道:

"信教信到这步田地!"

大会开完,群众散去;现在,演说词读过了,人人回到原来地位,一切照旧:主子谩骂下人,下人鞭打牲畜;得奖的牲畜,犄角挂着一顶绿冠,漠不关心,又回槽头去了。

国民自卫军这期间上到镇公所二楼,刺刀扎了一串点心,大队鼓手提着一篮酒瓶。包法利夫人挎着罗道耳弗的胳膊;他送她回家;他们在她的门前分手;然后他一个人在田野散步,等候到入席的时间。

宴会又长又闹,而且侍奉不周;根本就人山人海,移动不得,窄木板变成临时条凳,人坐多了,险些压断。菜肴丰盛,人人狠命吃喝自己名下的一份,个个额头冒汗。桌面上高悬的甘该灯之间,浮起白蒙蒙一片热气,好像秋天早晨河水的雾气一样。罗道耳弗一心在想爱玛,背靠篷布,什么也没有听见。背后好些听差,在草地上摞脏盘子;邻座同他讲话,他不回答;有人给他斟酒;嘈杂的声音越来越响,可是他心里静静的,追忆她说过的话和她的嘴唇的形态;军帽的徽章仿佛一面照妖镜,照出她的脸来;她的打褶的袍子恍惚沿墙而下;遥望未来,恩爱的日月悠悠展开,好像没有尽期一样。

夜晚放烟火,他又见到她;但是她和丈夫,还有郝麦夫妇在一起。火花四射,药剂师十分担心会出危险,他时刻走开,过去关照毕耐几句。

爆竹送到杜法赦先生那边,他过分小心,放在他的地窖里,所以火药受潮,根本点不着,主要节目应当表现一条龙咬自己的尾巴,又完全失败。天空偶尔出现一串不值一看的罗马蜡烛①,群众张口凝望,喊成一片,里面还掺杂着在黑地里腰让胳肢了的妇女的叫唤。爱玛悄不作声,缩成一团,轻轻靠住查理的肩膀,然后仰起下巴,望着射出来的火花在黑黝黝的天空掠过。罗道耳弗借着花灯亮光张望她。

花灯渐渐熄灭。天上出来星星。飘下一丝半点细雨。她拿肩巾挽在头上。

就在这时,州行政委员的马车走出客店。车夫喝醉了酒,立刻昏昏沉沉,打起盹来了。大家远远望见他,坐在两盏车灯中间,大半个身子耸出车篷,车厢前后一动,也就左右摇晃起来。药剂师道:

"真的,应当严厉反对酗酒!我希望镇公所门口,每星期专挂一块牌子,写出这一星期喝酒喝醉了的人的名姓。再说,有统计报告,好比年鉴一类东西,遇到必要,不妨拿来参考参考……对不住。"

他又朝队长跑过去了。

队长惦记他的旋床,正要回家看看。郝麦向他道:

"也许碍不了您什么事,打发您的部下,要不您就亲自去……"

税务员回答道:

"什么事也没有,您就别跟我捣乱了吧!"

药剂师回到他的朋友旁边,道:

"你们放心好啦。毕耐先生告诉我,已经有了防备。火花不会落下来的。水龙装得满满的。我们睡觉去吧。"

---

① 罗马蜡烛是一串星形爆竹。

郝麦夫人大打呵欠,道:

"说得是呀!我尽想睡;不过没有关系,我们这一天过得好极啦。"

罗道耳弗放低声音,眼睛充满感情,道:

"是啊!好极啦!"

大家道过晚安,各走各的。

两天以后,《鲁昂烽火》登出一篇报道展览会的大文章。郝麦兴之所至,第二天就把它写出来了:

> 为什么张灯?为什么悬花?为什么结彩?一种热带的太阳,直射我们的阡陌。这群人仿佛怒海巨涛,冒着头上的热流,朝什么地方跑?

接着他就谈起农民的情况。政府的确尽了大力,但是不够!他向政府呼喊道:"勇敢!千千万万的改革需要着手,我们就来完成这些改革吧。"随后他写到州行政委员驾到,没有忘记"我们军队的武士气概",也没有忘记"我们最活泼的乡村妇女",也没有忘记秃了头的老年人,"仿佛古代族长,岸然而立,其中有几位,曾经置身于我们不朽的行伍,听见雄壮的鼓声,觉得心还在跳"。他列举重要的评判委员,还说到自己;甚至在一个小注里,也提醒读者:药剂师郝麦先生,曾经给农学会送去一篇关于苹果酒的论文。他写到赠奖,形容得奖者的喜悦,运用抒情笔调:"父亲吻抱儿子,哥哥吻抱兄弟,丈夫吻抱妻子。许多人傲形于色,指着他们的小小奖章,不用说,回到家中,在贤内助身旁,边哭、边拿它挂到茅庐的缄默的墙头。

"六点钟左右,酒席摆在利艾加尔先生的牧场,参加大会的主要人物聚在一道,自始至终,充满着发自内心的最大热忱。宴会中间,不时举杯致敬:廖万先生提议,为国君的健康干杯!杜法赦先生提议,为州长的健康干杯!德罗兹赖先生提议,为农业干杯!郝麦先生提议,为工业和艺术这一对姊妹干杯!勒普利谢先生提议,

141

为进步干杯!到了夜晚,烟火忽然照亮天空。五彩缤纷,简直像是真正的歌剧布景。一时间我们这小镇,竟如同进入了《天方夜谭》的梦境。

"这次家庭集会,可以说,没有任何不愉快的事发生。"

他还加上一句:"此次教士不露面,特别惹人注目。不用说,教会对进步别有看法。罗耀拉的信徒们①,请便!"

九

六个星期过去了,还不见罗道耳弗来。最后有一天黄昏,他露面了。展览会的第二天,他对自己讲:

"别去早了;去早了反而坏事。"

头一个星期,过到末尾,他打猎去了。打过猎,他一想,去也太晚了,接着他又这样理论道:

"不过如果头一天她就爱上了我的话,她一定盼望我去,她越情急,越会爱我。还是继续下去吧!"

他走进厅房,望见爱玛脸色变白,明白他划算对了。

只她一个人。天色向晚,小纱窗帘遮着玻璃,越发显得阴暗。阳光一线,照亮晴雨计的镀金;金光闪闪,穿过珊瑚丫杈的空隙,在镜子里变成了一团火。

罗道耳弗一直站着;爱玛几乎等于没有回答他的问候。他说:

"我呀,有事忙,又害了一场病。"

她着急道:

"病重吗?"

罗道耳弗坐到她身旁一张凳子上,道:

"啊!不……其实是我不想来就是了。"

---

① 指依纳爵·罗耀拉(1491—1556),西班牙人,耶稣会的创建者。

"为什么?"

"您猜不出来?"

他又看了她一眼,但是神色热烈,她涨红了脸,低下头去。他接下去道:

"爱玛……"

她稍稍走开,道:

"先生!"

他用一种忧伤的声音对答道:

"啊!您看,我不想来,我有道理;因为您这名字,您这名字充满我的灵魂,可是脱口而出,您又禁止!包法利太太!……哎!人人这样称呼您!……其实,这不是您的姓;这是别人的姓!"

他重复一遍:

"别人的姓!"

他拿脸藏到两只手里。

"是的,我时时刻刻想您!……我一想到您就难过!啊!对不住!……我离开您……永别了!……我要到远地方去……远到您再也不会听见有人说起我来!……可是……今天……我不知道又是什么力量把我朝您推过来!因为人斗不过天,人拗不过天使们的微笑!人不由自主,就跟着美丽、愉快、值得热爱的事物走!"

爱玛还是第一次听见这种话,她的骄傲好似一个人在蒸汽浴室,养息精神,伸开四肢,驱除疲劳,把自己整个儿交给这热雾腾腾的语言。他继续道:

"可是就算我不来,就算我不来看您,啊!至少您周围的东西,我尽饱看的。夜晚,每天夜晚,我爬起床,一直走到这儿,望着您的房屋:月光照亮屋顶,花园树木在您的窗前摇来晃去,窗玻璃里,阴影中间,点着一盏小灯,透出一丝亮光。啊!您说什么也不知道,那边有一个可怜人,说近也算近,说远可真远……"

她朝他转过身子,呜咽道:

"啊！您真好！"

"不对,我爱您,就是这个！您相信我！说给我听！一句话！只一句话也就成了！"

罗道耳弗不知不觉,就从凳子溜到地上;厨房传来木头套鞋的响声,同时他望见厅房门也没有关。他站起来,讲下去道：

"我有一个怪心思,您行行好,满足满足吧！"

原来是带他看看房屋;他想熟识熟识;包法利夫人看不出有什么不合适,两下方才站起,正好查理进来。罗道耳弗向他道：

"您好,博士。"

医生听了这天外飞来的头衔,受宠若惊,殷勤趋奉。另一位利用这期间定了定神,就说：

"尊夫人同我谈起她的健康……"

查理插话道：他的确担心到了万分;他的女人又开始感到郁闷。罗道耳弗于是问,骑马有没有用处。

"当然！很好,对！……这倒是一个好办法！你应当照这话做。"

她说困难在于没有马。罗道耳弗愿意借她一匹,她谢绝了,他也并不坚持。他随后解释他的来意,说他的赶大车的、前次放血的那个家伙,总觉得头晕眼花。包法利道：

"改天我去看看。"

"不,不,我打发他来;我们来,您方便多了。"

"啊！很好。我谢谢您啦。"

罗道耳弗一走,查理就说：

"布朗热先生好意借马,你为什么不应下来？"

她摆出噘嘴模样,找了许多话推托,最后才讲："我也许会惹人笑话。"

查理打了一个转身,道：

"啊！我不在乎！健康第一！你错啦！"

144

"哎呀！我没有骑马衣服，你怎么好叫我骑马呀？"

他回答道：

"你就该添置一身！"

她看在骑马衣服分上，同意了。

衣服做成，查理写信给布朗热先生，说：盛意可感，拙荆待命，不胜翘企。

第二天正午，罗道耳弗带了两匹鞍鞯齐备的马，来到查理门前。有一匹耳朵还系着玫瑰红小绒球，背上搭了一副鹿皮女鞍。

罗道耳弗穿了一双软皮长靴，心想这样东西，她从前一定没有见过；事实上，他在楼梯口一出现，身上是丝绒长燕尾服，腿上是灯心绒白裤，爱玛就已经在欣赏他的翩翩风度。她打扮停当，正等他来。

朱斯丹溜出药房看她，连药剂师也惊动出来了。他一再叮咛布朗热先生：

"意外说来就来！千万当心！您的马也许性烈！"

她听见头上有响声：原来是全福哄小白尔特，敲打玻璃窗。小孩子远远递了她一个吻；母亲的回答是摇摇鞭子把儿。郝麦先生喊道：

"一路快乐！千万小心！小心！"

他摇动他的报纸，望着他们走远。

爱玛的马一出镇子，就小跑起来，罗道耳弗的马跟在一旁。他们偶尔交谈一句。她坐在鞍子上，脸微微向下，手举起来，右胳膊伸开，由着马上下颠簸。

来到岭下，罗道耳弗放松缰绳，他们一道驰骋；随后跑上岭，马猛然站住，她的大蓝面网坠了下来。

正当十月初旬，田野有雾。雾气沿着丘陵的边缘，弥漫在天边，有的地方云雾裂开，升上天空消失了。有时候，一道阳光破云而出，让他们远远望见永镇的屋顶、水边的花园、院落、墙壁和教堂的钟楼。爱玛眯着眼睛,寻认她的住宅;她住的这可怜的小镇,从来没显得这样小。他们站在高处,觉得整个盆地就像一座白茫茫的大湖,在半空化成雾气。左一丛树木,右一丛树木,黑岩似的,兀立一侧;白杨高耸雾上,齐齐一排,好像风卷沙移的海滩。

他们旁边,冷杉蓊郁,中间一块草坪,上空有一道褐光,在温暖的大气里游来游去。土像烟草屑一样的颜色,近似红褐,马走上去,听不见蹄子响。马朝前走,铁掌踢开遍地的松实。

罗道耳弗和爱玛就这样兜着树林边沿走。她回避他的视线,不时转过头去,可是这样一来,就只看见一排一排冷杉树干,络绎不绝,看到后来,未免头晕眼花。马在喘气。鞍皮咯吱咯吱直响。

他们走进森林,太阳正好出来。罗道耳弗道:

"上帝保佑我们!"

她道:

"您相信?"

他接下去道:

"再往前!往前走!"

他打响舌;两匹马跑了起来。

道旁的羊齿草,横拦竖遮,一来就卷进爱玛的脚镫。罗道耳弗一面纵马跑,一面斜过身子,一根又一根,把羊齿草抽出来。有的时候,他靠近了,推开树枝,爱玛觉得他的膝盖蹭到她的腿。天变成蓝色。树叶一动不动。许多空地长满正在开花的映山红;一片片紫罗兰夹杂在树丛中,这些树丛枝叶各异,有的呈灰色,有的呈灰褐色,有的呈金黄色。灌木丛中,他们不时听见翅膀轻轻扑扇,或者乌鸦在橡树之间盘旋,哑哑哀鸣。

他们下了马。罗道耳弗拴马,她在车辙之间的青苔上漫步前行。

但是袍子太长,她虽说撩起后摆,仍然妨碍走路。罗道耳弗跟在后头,望着她细致的白袜,在黑衣料和黑靴之间,像是她的一部

分光光的皮肉似的。她站住道:

"我累啦。"

他回答道:

"来,再走走看!加油!"

又走了百来步远,她又站住。她戴一顶男人帽子,面网坠下来,斜搭在臀部,看上去像在碧波底下游泳一样,隔着透明的浅蓝颜色,他依稀认出她的脸相。

"我们到底去什么地方?"

他不回答。她的呼吸急促了。罗道耳弗向周围扫了一眼,咬着上嘴唇的髭。

他们来到一个地点,小树砍去,比较宽阔。他们坐在一根放倒了的树干上,罗道耳弗对她谈起他的爱情。

他生怕吓着了她,一入手,先收起恭维话不说。他安静、严肃、忧郁。

爱玛低着头听,一边还拿脚尖翻动地上的碎木片。

"难道我们的命运如今不是同一个?"

她一听这话,就驳道:

"不是同一个!您清楚的。不可能。"

她站起来要走。他揪住她的手腕。她只好站住。然后她用湿润的媚眼打量了他几分钟,急忙道:

"啊!好,别说下去啦……马在什么地方?回去吧。"

他做了一个又生气又苦恼的手势。她重复道:

"马在什么地方?马在什么地方?"

他于是目不转睛,咬紧牙关,透出一种奇怪的微笑,伸开胳膊,逼向她来。她一边哆嗦,一边倒退,期期艾艾道:

"您让我害怕!您让我难过!走吧!"

他改变面貌,回答道:

"您一定要走……"

他立时就又变得敬重、温存、懦怯。她挎住他的胳膊。他们往回走。他说：

"您到底怎么啦？为什么？我不明白。想来您是误会了吧？您在我心里，就像一位圣母娘娘，高高待在底座上，又坚固，又纯洁。不过没有您，我活不下去！我需要您的眼睛、您的声音、您的思想。做我的朋友、我的妹妹、我的天使吧！"

他于是伸长胳膊，搂住她的腰肢。她半推半就，试着挣扎出来。他边走，边这样搂着她。

他们听见两匹马在吃树叶。罗道耳弗道：

"再待一会儿！别就走！停下来吧！"

他把她带到更远的地方，兜着一口小水塘转悠。满地浮萍，绿波如茵。残荷安安静静，夹在灯心草中间。他们走在草上，青蛙听见脚步，跳开了躲藏起来。她道：

"我错了，我错了，我不该听您的话。"

"为什么？……爱玛！爱玛！"

少妇一面倒向他的肩膀，一面慢悠悠道：

"唉！罗道耳弗！……"

她的衣裙贴紧他的丝绒燕尾服。她仰起白生生的颈项，颈项由于叹息而涨圆了。她于是软弱无力，满脸眼泪，浑身打战，将脸藏起，依顺了他。

天已薄暮，落日穿过树枝，照花她的眼睛。周围或远或近，有些亮点在树叶当中或者地面晃来晃去，好像蜂鸟飞翔，抖落羽毛。一片幽静，树木像有香气散到外头。她觉得心又开始跳跃，血液仿佛一条奶河，在皮肤底下流动。她听见一种模糊而悠长的叫喊，一种拉长的声音，从树林外面别的丘陵传出，她静静听来，就像乐曲一样，与她激动的神经的最后震颤交织在一起。断了一根络绳，罗道耳弗噙着雪茄，拿小刀修理。

他们走原路回到永镇。他们又在泥地看见马的并排蹄印，又看见小树丛和草里的石子。周围什么也没有改变;可是就她来说,却发生了好比大山移位般的大事。罗道耳弗不时斜过身子,举起她的手吻。

她骑在马上,婀娜多姿!挺直细腰,膝盖齐着马鬣弯下去,晚霞和新鲜空气在脸上薄薄敷了一层颜色。

走进永镇,马打着石头地,左右回旋。

大家在窗口望她。

晚饭时节,她的丈夫觉得她气色很好,但是问起出游情形,她装出没有听见的模样,胳膊肘支在盘子一旁,两边一边点着一支蜡烛。他道:

"爱玛!"

"什么事?"

"喏,今天下午,我是在亚历山大先生家里过的;他有一匹老母马,看上去还很英挺,只有膝盖磕掉一小块皮,不长毛,我拿稳了,出一百埃居,准能买下……"

他接下去道:

"我一想,你会喜欢的,我就留下它……把它买过来了……我办得好吧?你说呢。"

她点了点头,表示赞成,过了一刻钟,她问道:

"你晚晌出去吗?"

"出去。你问这干什么?"

"啊!好人,没有什么,没有什么。"

她打发掉查理,上楼来到卧室,把门关了。

开头就像头晕眼花了一样,她又看见树木、小道、沟渠、罗道耳弗,照样感到他的搂抱,听见树叶摇摆、灯心草呼呼吹动。

但是一照镜子,她惊异起来了。她从来没有见过她的眼睛这样大,这样黑,这样深。她像服过什么仙方一样,人变美了。

她三番两次自言自语道:"我有一个情人!一个情人!"她一

想到这上头,就心花怒放,好像刹那之间,又返老还童了一样。她想不到的那种神仙欢愉、那种风月乐趣,终于就要到手。她走进一个只有热情、销魂、酩酊的神奇世界,周围是一望无涯的碧空,感情的极峰在心头闪闪发光,而日常生活只在遥远、低洼、阴暗的山隙出现。

她于是想起她读过的书中的女主人公,这些淫妇多感善歌,开始成群结队,在她的记忆之中咏唱,声气相投,使她陶醉,就像自己变成这些幻象的真正一部分一样,实现了少女时期的长梦,从前神往的多情女典型,如今她也成为其中的一个。再说,爱玛还感觉到报复的满足。难道她没有受够折磨!可是现在,她胜利了。久经压制的感情,一涌而出,欢跃沸腾。她领略到了爱情,不后悔,不担忧,不心乱。

第二天,整天沉入新的欢乐。他们海誓山盟。她对他说起她的种种哀愁。罗道耳弗用吻打断她;她闭住一半眼皮,目不转睛,要他再叫一遍她的名字,再说一遍他爱她。他们像昨天一样,走进森林,待在一个做木头套鞋的人的小屋。墙是草堆成的,屋顶低极了,他们不得不弯下腰来。他们相依相偎,坐在一张干树叶床上。

从这一天起,他们没有例外,天天晚晌写信。爱玛来到花园尽头,把信放在河边墙缝。罗道耳弗拿到信,另放一封进去。她总嫌他的信太短。

有一天早晨,不等天亮,查理就出门了,她忽然异想天开,起了立刻看见罗道耳弗的念头。她可以赶到于歇特,待一小时,回到永镇,人人还在睡梦之中。她这样一想,心急欲炽,气也短促了。没有多久,她就到了草原,头也不回,只是快步趱行。

天方破晓,爱玛远远望到情人的住宅。两只燕尾风标,迎着白蒙蒙的曙光,显得黑乎乎的。

穿过院落,便是一所房子,想必就是庄邸。她走进去。墙壁一见她来,像是自动闪到一旁一样。一座大楼梯笔直通到过道。爱

玛挑起门闩,骤然望见一个男人,在屋子尽里睡觉。原来就是罗道耳弗。她叫了起来。他说了几遍:

"是你!是你!你怎么来的?……啊!你的袍子也湿啦!"

她拿胳膊搂住他的颈项,回答道:

"我爱你!"

这大胆的举动,头一次成功,以后每逢查理早出,爱玛就连忙穿好衣服,蹑着脚步,走下通到水边的台阶。

但是遇到牛走的便桥抽掉,就得沿着河旁的墙走,堤是滑的,她抓住一把残了的桂竹香,生怕跌倒。她随后穿越犁过的田,陷在里头,绊了脚,好不容易才拔出她的小靴。风吹动她的包头帕子,在牧场翻来卷去。遇到了牛,她又害怕,提脚就跑,跑到了,直喘气,脸庞通红,浑身发出一种树液、青草和新鲜空气的清香气味。罗道耳弗这期间还在睡觉。她像春天的早晨一样来到他的房间。

一道沉重的金光悄悄透过沿窗的黄幔。爱玛眨巴眼睛,边走边摸索,露珠挂在头发上,一圈黄玉圆光似的,环绕脸蛋。罗道耳弗一面笑,一面把她拉到身边,搂在怀里。

过后,她就检查房间,打开抽屉,用他的梳子梳头,用他刮脸的镜子刮脸。床几上放着柠檬和方糖,靠近水瓶,还有一支大烟斗,她经常叼在嘴里。

他们分手足足需要一刻钟。爱玛哭着,希望永不离开罗道耳弗。有什么东西把她朝他推过来,一点由不得她,连他也嫌欠妥。有一天,他见她不期而至,皱起眉头,模样像是很不以为然。

她道:

"你怎么啦?难受吗?说给我听!"

他最后神色严肃,对她说:她来看他,粗心大意,会给自己惹乱子的。

十

她也像罗道耳弗一样,渐渐有了畏惧心理。她起初什么也不放在心上,一味陶醉在爱情之中。可是如今她的生命少不了它,她生怕失落一星半点,或者受到意外干扰。所以她走出他的庄园,东张西望,忐忑不安,天边走过的每一个身影、镇子里可能望见她的每一个天窗,都要看个明白,脚步、叫喊、犁的响声,也要听个分晓:她站住不动,头上摇来摇去的白杨叶子,也不及她的脸色白,也不像她的身子抖得那么厉害。

有一天早晨,她正提心吊胆,转回家去,眼睛一晃,忽然看见一管猎枪似乎瞄准了她。枪筒长长的,扯斜露在一只小木桶的外沿。小木桶有一半埋在沟边草里。爱玛吓得魂飞魄散。正待朝前走去,就见一个男人爬出桶来,活像盒子打开,弹簧人往上一跳。皮护腿裹到膝盖,便帽盖住眼睛,鼻子通红,嘴唇颤抖:原来是毕耐队长埋伏好了等野鸭打。他嚷嚷道:

"您老远就该说话!望见枪,总得嚷一声才好。"

税务员说这话,打算掩盖方才的恐惧。因为州长有令,除去船上许可猎鸭以外,禁止在别处猎鸭,毕耐先生虽然守法,在这上头,偏巧违禁。所以他心中有鬼,时时刻刻,以为听见猎警过来。但是这种杌陧心情刺激他的乐趣,一个人缩在木桶,妙法在握,自以为得计。

他看见爱玛,一块石头落地,显得松快了,跟着就闲谈起来:
"天不暖和,凉飕飕的!"

爱玛一句话也不回答。他讲下去:
"您出门真早啊?"

她结结巴巴道:
"是的;小孩在奶妈家,我才看她来着。"

"啊！很好！很好！拿我来说，您看见的，天刚一亮，就到了这儿。不过天气死沉沉的，除非飞到枪口……"

她转过脚跟，打断他道：

"毕耐先生，再会。"

他冷冷回了一句：

"请便，太太。"

接着他又钻回木桶去了。爱玛后悔这样干巴巴就离开了税务员。不用说，他要往坏事上想的。永镇上人人晓得，包法利家小女孩子，接回家来，已经一年了，去看奶妈的说法，糟不可言。再说，周围没有人家，这条小道只通于歇特；这样一来，毕耐猜出她从什么地方回来，不会秘而不宣的；逢人就讲，是必然的了！直到天黑，她还在煞费苦心，思前想后，编排种种谎话，可是这挂猎囊的蠢人，总在眼前晃来晃去。

查理用罢晚饭，见她愁眉不展，提议带她到药剂师家消遣消遣。她在药房遇见的头一个人，偏偏又是税务员！他站在柜台前面，红药瓶的亮光照着，他说：

"请您给我半两矾。"

药剂师喊道：

"朱斯丹，拿硫酸来。"

爱玛想上楼去看郝麦夫人。他拦住道：

"不必了，用不着，她就下来，还是在底下坐吧。您在炉子那边烤烤火，等她下来……对不住……好啊，博士（因为药剂师非常爱说博士这两个字，好像这样称呼另一个人，自己也就跟着体面了似的）……当心打翻那些白！到小房间搬些椅子来；客厅的扶手椅不许乱动，你不是不知道。"

药剂师正要跑出柜台，放好他的扶手椅，就见毕耐问他要半两糖酸。药剂师鄙夷地说：

"糖酸？我不晓得，没听说过！您要的也许是草酸吧？是草，不是糖,对不对?"

毕耐解释,他要一种腐蚀剂,配成一种搽铜药水,去掉各种猎具的锈。爱玛听了这话,直打哆嗦。药剂师道:

"的确也是,天湿,不相宜。"

税务员透出狡黠的神色,回答道:

"不过有人就不在乎。"

她连气也不敢出。

"再给我……"

她想:他就永远不走!

"半两松香和树胶,四两黄蜡,再给我一两半骨炭,搽我的装备上的漆皮用。"

药剂师正在切蜡,郝麦太太出现了,怀里抱着伊尔玛,旁边走着拿破仑,后头跟着阿塔莉。她过去坐到窗边丝绒长凳上,男孩子蹲到一张凳子上,大姊兜着她的小爸爸旁边的枣匣转悠。后者灌漏斗,封瓶口,贴标签,打小包。周围鸦雀无声,仅仅不时听见天平的砝码响,还有药剂师吩咐他的学徒,偶尔唧咕几句。

郝麦太太忽然问道:

"您的小宝宝好吗?"

她的丈夫正在流水簿上写账,喊道:

"别作声!"

她低声又道:

"您怎么不带她来呀?"

爱玛指着药剂师道:

"嘘!嘘!"

不过毕耐一心在看账,大概什么也没有听见。他终于出去了。爱玛如释重负,出了一口长气。

郝麦夫人道:

"您出气出得好粗!"

她回答道：

"啊！因为天热呀。"

这样一来，他们的幽会地点，第二天只好另作打算。爱玛想送一件礼物，把女用人收买过来；不过顶好还是在永镇找一所稳便的房子。罗道耳弗答应去找。

一整冬天，每星期有三四回，他趁黑夜来到花园。爱玛故意拿掉栅栏门的钥匙，查理还当丢了。

为通知她，罗道耳弗抓起一把沙子扔到百叶窗上。她跳下床；不过有时候，她必须等待，因为查理喜欢围炉闲谈，谈起来就没完没了。

她急死了：假如她的眼睛办得到的话，一定会让他从窗户跳进来的。她最后开始卸妆，接着拿起一本书，心平气和，安安静静读下去，好像津津有味一样。但是查理躺在床上，喊她睡觉。他道：

"来呀，爱玛，是时候啦。"

她回答道：

"是啊，就来啦！"

不过蜡烛耀眼，他转向墙壁睡着了。她屏住呼吸，微笑着，心跳着，不穿衣服，溜了出去。

罗道耳弗披一件大斗篷，上下裹好了她，然后胳膊搂住她的腰，不言不语，把她带到花园深处。

他们来到花棚底下，坐在那张烂木条长凳上，从前夏天黄昏，赖昂就在这里，情意绵绵地望着她。她现在想不到他了。

星光闪烁，映照素馨的枯枝。他们听见背后河水潺潺，堤上的枯苇不时簌簌作响。黑暗中影影绰绰，东鼓一堆，西鼓一堆，有时候不约而同，摇曳披拂，忽而竖直，忽而倾斜，仿佛巨大的黑浪，翻滚向前，要淹没他们。夜晚寒冷，他们越发搂紧，叹起气来，也像更响了，眼睛隐约可辨，彼此觉得似乎更大了。万籁无声，有些话低低说出，落在心头，水晶声音似的响亮，上下回旋，震颤不止。

夜晚落雨,他们避到车房马棚之间的诊室。厨房的蜡烛,她先在书后藏好,这时取出一支来点亮。罗道耳弗坐在这里,如同待在自己家里一样。书架、书桌,总而言之,整个房间,在他看来,好笑异常,不由自己,就大开查理的玩笑。爱玛听了,未免窘促,她希望他分外严肃,甚至必要时,分外紧张,就像有一回,她觉得小巷有脚步走近的响声,言道:

"有人来!"

他吹灭蜡烛。

"你带手枪了没有?"

"做什么?"

爱玛回答道:

"为……自卫呀。"

"对付你丈夫?啊!可怜的孩子!"

说完这句话,罗道耳弗做了一个手势,意思是:"我一弹手指,他就完蛋。"

他的勇敢使她吃惊,可是语气不文,用词粗野,也令她反感。

手枪这句话,罗道耳弗寻思了许久,心想:万一她说话当真,这就非常可笑、甚至于可憎了,因为他本人毫无理由怨恨善良的查理,他不是那类忌妒成性的人;——爱玛说起他不忌妒,怕他不信,还赌了大咒,他也嫌她有伤大雅。

而且她越来越重感情。先前一定要交换小照,剪一绺头发相送;现在她要一枚戒指、一枚真的结婚戒指,表示百年相好。她动不动同他谈起晚钟或者天籁,接着就又说到自己的母亲,问起他的母亲。罗道耳弗的母亲已经死了二十年了。爱玛还要婉言安慰他,好像他是个弃儿,甚至有时候,她望着月亮对他道:

"我拿稳了,她们在天上全都赞成我们相爱。"

可是她长得也真标致!他玩过的女人,像她这样爽快的,也少有过!就他来说,这种不放荡的恋爱,不但新鲜,而且逼他走出老一套习惯,让他又骄傲又动兴。爱玛的兴奋,根据他的资产阶级见识,他看不上眼,可是这是冲他来的,所以心下又觉得滋味不错。于是他拿稳了她爱他,疏忽大意之下,不知不觉,变了态度。他不像往常那样,一来就甜言蜜语,感动得她直哭,也不像往常那样,一来就热吻紧抱,使她发疯。他们的伟大爱情,从前仿佛长江大河,她在里面优游自得,现在一天涸似一天,河床少水,她看见了污泥。她不肯相信,加倍温存。罗道耳弗却越来越不掩饰他的冷淡。

她不知道她是后悔不该依顺了他,还是相反,她不希望再爱下去。她嫌自己软弱;羞愧慢慢变成怨恨;癫狂又减轻了怨恨。这不是热恋,倒像一种长远的诱惑。他制住了她。她简直怕起他来了。

罗道耳弗顺利地按照自己的心意支配奸情,所以表面也就分外平静。一晃半年,到了春天,他们发现自己面对面,好像一对夫妇,家居无事,但求爱火不灭一样。

又到了卢欧老爹纪念治好他的腿,送母火鸡的时期。礼物之外,照例有一封信。爱玛剪掉筐子上拴着的绳子,读着下面的词句:

我亲爱的孩子们,

我希望信到时,你们身体康健,这只火鸡有往年一样好;因为如果我敢这么说的话,我觉得它更嫩一点,个儿也大些。不过下一次,变变花样,我要送你们一只公的,除非你们偏喜欢母的。请你们拿鸡筐子送还我,还有两只旧的。有天晚上,起了大风,我不走运,车房的顶子给刮到树林里去了,收成也不太争气。总之,我不知道我什么时候去看你们。自从我成了一个人以来,我可怜的爱玛,我如今就很难离开家啦!

紧跟着两行之间,有一个空当,好像老头子想心事,笔掉下去了一样。

我本人,除去前不久到伊弗托赶集,着凉之外,身子倒也结实。我歇掉我那放羊的,原因是他太讲究吃食了,所以我才去伊弗托,另雇一个。人就对付不了这些家伙,个个全是强盗!再说,他也不老实。

有一个小贩,去冬在你们那地方跑生意,拔掉一只牙,我听他讲,包法利总在辛苦。我不觉得奇怪。他拿牙给我看;我们一道喝了一杯咖啡。我问他看见你没有,他说没有,不过他看见马棚有两匹牲口,这样看来,生意还有起色。这就好,我亲爱的孩子们,人间至福,愿上帝全给你们。

直到如今,我还不认识我心爱的小外孙女白尔特·包法利,难过就不必说了。我在花园你的屋子窗户底下,栽了一棵"奥尔良"种李子树。我不许人碰树上的李子,除非将来摘下来给她做蜜饯,就是蜜饯,我也留在橱里,单单等她来吃。

再见,我亲爱的孩子们。我吻你,我的女儿,还有你,我的女婿,还有宝宝,吻两个脸蛋儿。

愿你们快乐。

你们慈爱的父亲
泰奥多尔·卢欧。

这张粗纸,她捏在手心,捏了好几分钟。连篇错字,可是思想厚道,在字里行间,揪着爱玛的心,仿佛一只母鸡,躲躲闪闪,藏在荆棘篱笆里头,咯咯叫唤。墨水是炉灰吸干的,因为信上有一些灰颜色屑子,落在她的袍子上。她差不多隐约望见父亲,朝灶头弯下了腰,去拿火钳。她好久不在他跟前了!黄刺条噼里啪啦,冒出老高的火焰,她坐在壁炉角落的方凳上,拿起一根火柴,就着火烧……她想起夏季黄昏,阳光灿烂。有人走过,马驹全在嘶叫,奔驰,奔驰……她的窗户底下有一个蜂房,有时候,蜜蜂在阳光里飞来飞去,碰着玻璃窗,好像金球一样跳跃。当时多幸福!多自由!多少希望!多少绮梦!现在什么也没有!她已经把它们耗光了,耗在她灵魂的高低波澜上、环境的前后变动上、处女、婚姻和恋爱的各个阶段上；——它们就这样跟着她的生命，一路丢光，好像一位旅客，在沿途家家小店，留下一点他的财物一样。

那么，她怎么会这样不快乐呢？出了什么大变动，使她坠入了苦海？她仰起头来，四下眺望，像在寻找她落难的原因。

一道四月的阳光，照着摆设架的瓷器，晶莹耀眼。炉火燃烧。她穿着拖鞋，觉出地毯的绵软。天气晴和，她听见她的小孩子扯嗓子大笑。

果然，草割下来要晒，她正在上面打滚。她爬在草堆高头，脸朝下，女用人揪住她的下摆，赖斯地布杜瓦在旁边除草，每次他一凑近，她就斜过身子，抢起两只胳膊，在空里乱打。

她的母亲跑过去吻她，道：

"带她过来！我多爱你，我的小可怜儿！我多爱你！"

她看见她的耳梢有一点脏，赶快拉铃，要来热水，帮她洗干净，给她换衬衫，换袜子，换鞋，问起她的身子好坏，一遍又一遍，好像出远门才回来一样，最后又吻了一回，这才挂着眼泪，交还女用人，女用人看她疼孩子疼到这步田地，惊得话也说不出来了。

当天晚晌，罗道耳弗发现她比平时严肃多了。他盘算道：

"就会好的；她在闹脾气。"

他一连三天爽约。等他再来，她显出一副冷淡、差不多鄙夷的神情。

"啊！我的小心肝，你这叫白糟蹋时候……"

他心里这样想着，同时装模作样，就像没有注意到她伤心叹气，掏她的手绢一样。

原来是爱玛忏悔了！

她甚至问自己：她凭什么痛恨查理，是不是还是顶好想法子爱他。然而她改变心情，他并不理会，所以她虽然有心奉献，却不知从何着手；正在此时，药剂师适逢其会，给她提供了一个机会。

十一

他新近读到一篇表扬新法治疗跷脚的文章；他一向拥护进步，所以就起了这种爱乡的想法：永镇为了看齐起见，也应当施行畸形足手术，他对爱玛道：

"因为，有什么不好？您合计合计（他用手指数着尝试的利益）：成功十拿九稳；病人消除痛苦，增加美观；施手术的人立时出名。比方说，您丈夫为什么不救救金狮的伙计、可怜的伊玻立特？看吧，病治好了，他不会不对个个旅客讲的，再说（郝麦放低声音，四下张望），谁拦着我不往报上送一小段新闻，谈谈这事？是啊！我的上帝！人手一篇……个个说起……结局就名扬天下！谁知道？谁知道？"

包法利的确可以成功；爱玛还没有看见什么证明他做不了的手术；一件事名利双收，又是她撺掇他做的，她该怎么称心啊？她但求有某种比爱情更坚实的东西作自己的支柱。

经不起药剂师和她双管齐下，查理也就听从了。他托人到鲁昂取来杜瓦尔博士的论文[①]，每天晚晌，手捧住头，用心研读。

他研究马蹄型、外拐型、里拐型，就是说，趾畸形足、内畸形足、外畸形足（或者说明白些，就是形形色色的跷脚；跷后跟、里跷、外跷），以及底畸形足和踵畸形足（也就是平脚底板和跷脚尖），同时郝麦先生千方百计怂恿客店伙计动手术。

"你也许连一点点疼都觉不出来；也就是像放血一样，扎一下子，比去脚鸡子还好受。"

伊玻立特沉吟不语，傻瓜似的，转动眼睛。药剂师接下去道：

[①] 杜瓦尔（1796—1876），法国医学博士，以研究畸形矫正知名，著有《跷脚矫正论》（1839年）。

"其实不关我的事！为的是你！纯粹是人道观点！一瘸一拐的，走路难看，后腰摆过来摆过去，你再嘴硬，干起活儿来，也一定很碍事，我的朋友，我是指望你好。"

郝麦于是帮他指出：好了以后，他会觉得自己更快活，更灵活；甚至还暗示：他博女人欢心，也会容易些。马夫听了这话，不由得一脸蠢相，有了笑意。郝麦接着拿话激他：

"家伙！你是不是男子汉？万一祖国要你应征，到前线打仗的话，你怎么着？……啊！伊玻立特！"

郝麦边走开边讲：一个人拒绝科学的恩典，居然这样固执，这样盲目，真是不可思议。

可怜虫让步了，因为人们好像串通好了对付他。从来闭门不问世事的毕耐，还有勒弗朗索瓦太太、阿尔泰蜜丝、邻居们，甚至镇长杜法赦先生，也伙在一起，个个劝他，说他，臊他；不过最后起决定作用的，却是：这不要花他一个钱。包法利甚至答应供应手术机器。做好事是爱玛的主意；查理同意了，私下直说他女人是一位天使。

于是他结合药剂师的意见，还有锁匠帮忙，叫木匠做了一个盒子样式的东西，开头做错了两回，第三回总算做成了，约莫八磅重，铁、木、皮、铅皮、螺丝钉和螺丝口，应有尽有，决不偷工减料。

但是割哪一条筋，先该知道伊玻立特是哪一类跷脚。

他的脚差不多和腿成为一条直线，同时还朝里歪，看上去是马蹄型，兼一点外拐型，或者也可以说成轻微的外拐型，结合严重的马蹄型。这只马蹄型脚，确实也有马蹄大小，疙瘩皮，硬筋，粗脚趾，脚指甲黑得像马掌钉子一样，可是跛子从早到晚，快步如飞。大家看见他，时刻在广场跳跳蹦蹦，兜着大车转。这条坏脚朝前一甩，简直像比那条好腿还要得力。侍应日久，它通达灵性，养成忍耐和刚强的品质，赶上重活，他信赖的，总归是它。

既然是马蹄型，就该切断后跟的大腱；医治外拐型，要动前胫筋,只有留到以后再做:因为医生不敢一下子冒险开两次刀,其实行第一次手术①,他已经打哆嗦了,直怕伤着什么他不清楚的重要部位。

自从塞尔苏斯行医以来,经一千五百年而有昂布瓦斯·帕雷,他第一次紧急接合动脉,或者如迪皮特伦,穿过老厚一层脑髓,割治脓疮,或者如冉苏,第一次移动上颚骨②,都没有像包法利拿着他的截腿刀来到伊玻立特跟前,心那样跳,手那样抖,人那样紧张。好像在医院一样,就见旁边桌子上,放着一堆旧布条、蜡线、许多绷带——金字塔一般高的绷带、药房的全部绷带。郝麦先生从早晨起,就在料理一切,一方面为了向公众炫耀,另一方面也为了自己心上受用。查理扎破肉皮,只听嘎吱一声,腱就断了,手术完成。伊玻立特还在心惊肉跳,不料已经完事大吉;他朝包法利弯过身子,吻他的手。药剂师道:

"好啦,放安静吧,改天谢你的恩人不迟!"

院里站着五六个好事的,郝麦下来告诉他们结果,原来他们满以为伊玻立特会像常人一样走出来。查理接着就把病人的腿装进机关,回家去了。爱玛焦灼不安,正在门口盼他。她搂住他的脖子。饭开上来,他饱餐一顿,甚至想在饭后喝一杯咖啡:这样的奢侈,除非是星期天有客人,他才偶尔为之。

这是个愉快的夜晚,他们谈天说地,闲话共同的梦想、未来的财富、家中应有的改良。他看见自己名扬四海,生活稳定,太太永远爱他;她也发觉自己心旷神怡,通过更健康、更美好的感情,取得

---

① 像包法利这样普通考试出身的医生,平时行重大手术,须有医学博士在旁,会同进行。
② 塞尔苏斯,一世纪的罗马大医学家,著有《医学论》。昂布瓦斯·帕雷(1517—1590),法国文艺复兴时期著名外科医生。迪皮特伦(1777—1858),十九世纪法国外科名医,首创开颅手术。冉苏(1797—1858),法国外科医生,首创上颚骨手术。

新生,对这爱她的可怜的孩子,终于有了若干恩情。她偶尔想到罗道耳弗,并不留恋,望着查理,甚至发现他的牙齿并不难看,未免一惊。

他们还在床上,郝麦先生不顾女用人阻拦,就突然走进卧室,拿着一张方才写成的稿纸。原来是他给《鲁昂烽火》写的宣传文章。他带过来给他们看。包法利说:

"您自己念。"

他读道:

成见好似一张网,依然盖着欧洲一部分土地,尽管如此,光明却也开始照到我们的田野。例如我们永镇,就在星期二,看到试验外科手术,同时还是高尚的人道行为。我们一位最知名的手术家包法利先生……

查理好生激动,连说:

"啊!言过其实!言过其实!"

"不!一点也不!正该这样!……'割治一个跷脚……'我没有用科学名词,因为您知道,报纸……不见得人人都懂;群众必须……"

包法利道:"当然。念吧。"

"我往下念。"药剂师道。

我们一位最知名的手术家包法利先生割治一个跷脚患者。他是寡妇勒弗朗索瓦太太在阅兵广场开的金狮饭店用了二十年的马夫,名叫伊玻立特·托坦。无数居民由于事属创举,与对病人的关心,聚在饭店门首,前拥后挤,水泄不通。施行手术,好像仙家作法一样,几乎没有血冒出来,证明倔强的大腱,终于向技艺之门纳降。说来也怪,病人并不感到疼痛(我们亲眼看见,可以做证)。到现在为止,情形良好,相信他不久就会复元。下次镇上过节,谁能说我们看不见勇敢的伊玻立特,夹在寻欢作乐的伙伴中间,大跳其酒神之舞,兴会淋漓,步伐便捷,向众人证明,脚完全治好了呢?所以光荣属于高贵的学者!光荣属于夜以继日、增进同胞的幸福或者减轻同胞痛苦的那些人!光荣!三倍的光荣!难道我们不该高声呐喊:瞎子将要看见,聋子将要听见,跛子将要行走如常?①上天先前许给它的选民的,科学如今为全人类完成!这不可思议的医治的经过,我们将随时向读者报告。

这挡不住五天以后,勒弗朗索瓦太太惊慌失措,走来叫喊:

"救命呀!他要死啦!……我不晓得怎么办才好!"

查理拔腿就朝金狮跑;药剂师望见他走过广场,不戴帽子,也离开药房。他赶到了,喘着气,脸通红,不放心,问起个个上楼的人:

"我们的畸形足患者,到底怎么啦?"

畸形足患者正在疯狂抽搐,裹腿的机关打着墙,简直要把墙打穿了。

他们不移动腿的部位,小心翼翼,去掉盒子,看到一种可怕的景象。脚肿得连脚样都没有了,整个肉皮像要胀破了似的,上面全是有名的机器弄出来的瘀血点子。伊玻立特早就喊疼了,没有人在意。现在他们不得不承认,他叫喊,也有部分道理。他们让腿晾了几小时。可是浮肿刚有一点消散,两位学者认为应当再拿腿装进机关,而且为了促进治疗效果,捆得还要紧些。过了三天,伊玻立特说什么也受不住了,他们又挪开机器,面对结果,触目惊心。腿肿成铅皮似的,东一个水泡,西一个水泡,往外冒黑水。情况显然严重。伊玻立特心焦了,勒弗朗索瓦太太把他搬进挨近厨房的小间,好歹也能散散心。

---

① 见《旧约·以赛亚书》第三十五章第五节:"那时瞎子的眼必睁开,聋子的耳必开通,那时瘸子必跳跃像鹿,哑巴的声音必能歌唱。"

不过税务员,天天在这里用饭,坚决反对,只好又把伊玻立特移到弹子房。

他躺在这里,哼哼唧唧,蒙着他的厚被窝,面无血色,胡须长长的,眼睛陷下去,头直冒汗,不时在落苍蝇的脏枕头上来回挪动。包法利夫人看望他,还给他带了敷药的布来,一边安慰他,一边鼓励他。其实他不缺人陪伴,尤其是赶集的日子,乡下人在他的周围打弹子,拿起杆子比剑,吸着烟,喝着酒,又唱歌,又嚷嚷。他们拍着他的肩膀道:

"怎么样?啊!看样子,你情绪不高呀!不过是你不对。你该这么的,那么的。"

于是他们同他讲起别人,不用他的法子,用旁的法子,都治好了,接着,像安慰他似的,又讲道:

"你太迁就自己啦!起来吧!你把自己娇养得活像一位国王!啊!坏小子!你身上气味可不好闻。"

痈确实越来越往上走。包法利自己也像病了一样。他时时刻刻来。伊玻立特望着他,一双眼睛惊恐万分,期期艾艾,呜呜咽咽道:

"我什么时候可以好?……啊!救救我!……我真倒霉!我真倒霉!"

医生临走,总劝他少吃东西。

勒弗朗索瓦太太等他走了,就说:

"别听他的话,我的孩子;他们已经把你害够了!吃得少你只会虚弱下去。来,大口吃吧!"

她于是给他端来好肉汤、几片羊肉、几块腌肉,偶尔还来几小杯酒,不过他没有勇气端到嘴唇跟前。

布尔尼贤堂长听说他病转重了,希望看看他。开头他表示同情,不过又讲:既然主要他病,他就该欢喜才是,同时就该赶快利用机会,请求上天饶恕。教士用严父口吻道:

"因为你不怎么尽本分;我很少看见你做礼拜;你领圣体以来,又有多少年没有来啦?我晓得你生活忙碌,尘事纷扰,你一时想不到拯救灵魂。不过现在,该是想想这个的时候了。可是也不必难过;我就认识好些人,犯过大罪,快到上帝面前受审时(我知道,你还没有到这一步),再三求他开恩,过后当然也就心到福到,安安宁宁咽了气。希望你像他们一样,也给大家做个好榜样!所以就该早做准备才是。那么,谁拦着你每天早晚,先说一遍,'敬礼马利亚'和'我们在天上的父'①?是啊,做吧!就算为了我,为了讨我欢喜!这又费得了什么?……你答应不答应?"

可怜虫答应了。堂长接连来了几天。他和女店家闲话三七,甚至还讲掌故,夹杂一些逗哏的话和伊玻立特听不懂的双关语。情形一许可,他就换上一副合适的脸相,又谈宗教问题。

他的热心似乎有了收获;因为畸形足患者不久表示:他要是病好了的话,愿意朝拜普济②去。布尔尼贤先生听了这话,回答:他看不出这有什么不妥;采取两项措施,总比一项措施强。反正没坏处。

药剂师愤恨他所谓的"教士策略",认为妨碍伊玻立特复元,再三劝勒弗朗索瓦太太道:

"别吵他!别吵他!你的神秘主义只会扰乱他的精神!"

但是善心的太太不理会他这一套。他是祸根。她有意作对,在病人床头挂了一个满满的圣水瓶,里头插一枝黄杨。

然而宗教也像外科一样,似乎无能为力,坏疽所向无敌,一直在朝肚子蔓延。改药水,换药膏,一无用处,眼看肌肉一天天烂下去,最后,勒弗朗索瓦太太请教查理:她好不好尽尽人事,邀一下新堡的名医卡尼韦?查理只好点点头,表示赞成。

---

① 这是两篇祷告。前者关于耶稣降生,由教会拟制;后者见《马太福音》第六章,是耶稣拟制的。
② 普济,指鲁昂东郊普济山上的普济教堂(建于1840年,1842年落成)。

这位同业是一位医学博士,五十岁,有地位,自信心强,发现这条腿一直烂到膝盖,毫无克制地发出鄙夷的笑声。他宣布必须把腿割掉,然后去了药房,臭骂那些蠢材,把一个倒霉蛋坑到这步田地。他抓住郝麦先生的大衣纽扣,边摇,边在药房谩骂道:

"这就是巴黎的发明!京城先生们的高见!这和斜视、麻醉药、膀胱石扫除手术①一样,荒诞不经,政府应该加以禁止!可是人家假装内行,不问结果,乱塞药给你吃!我们不像人家那样有本领;我们不是学者;我们不会异想天开,给大好一个常人行手术!治好跷脚?谁能治好跷脚?简直就像,好比说,叫驼背挺直脊梁骨!"

郝麦听这篇演说,起了一身鸡皮疙瘩,不过心里尽管不自在,照样满脸谄媚的笑容,因为卡尼韦先生的药方有时候也在永镇出现,非拉拢不可;所以他也就不帮包法利辩护,甚至不发一言,放弃原则,为了商业上更重大的利益,牺牲他的尊严。

卡尼韦博士割大腿,成了镇上一件大事!这一天,个个居民早起。大街挤满了人,不过景象有些凄惨,好像观看死刑。杂货铺有人讨论伊玻立特的病;商店停止营业;镇长太太杜法赦夫人,害怕看不到外科医生路过,守着窗户,只是不走。

他亲自吆喝着他的轻便马车来了。但是马车走起来,有一点歪斜,原因是他身子沉重,日子久了,右边弹簧压了下去。旁边另一只坐垫,放着一个老大盒子,上面盖着红羊皮,三个铜襻,亮光光的,威仪凛凛。

马车旋风似的,进了金狮门厅,博士大喊大叫,要人卸马,然后走进马棚,看是不是喂它荞麦;因为他出诊时,首先挂心的,总是他的母马和他的轻便马车。提起这话,大家就说:"啊!卡尼韦先生

---

① "斜视"在这里应作"正眼术"。麻醉药的发现在一八三一年。"膀胱石扫除手术"于一八二三年施行,使用碎石机获得成功。

呀,他是一个怪人!"你别看他泰然自若,旁若无人,可是大家反而更敬重他。世上人即使死绝了,他的习惯也不会有丝毫改变。

郝麦露面了,博士道:

"我正需要你。齐备了吧?开步走!"

但是药剂师面红耳赤,不打自招,说他过于敏感,不便参与这种手术。他讲:

"一个人光在旁边看,您知道,想象容易受到刺激!再说,我的神经组织非常……"

卡尼韦打断道:

"得啦!依我看,恰巧相反,您容易中风。其实,不足为奇;因为你们药剂师先生,老是蹲在配方室,久而久之,体质必然受损害。您看我:天天四点钟起床,拿凉水刮胡子(我从来不怕冷),不穿法兰绒,也不害感冒,身子骨儿才叫棒!东一顿,西一顿,有什么吃什么,决不挑剔。所以我也就不像你们这样娇嫩,拿刀割起基督徒来,才像宰鸡宰鸭一样,根本不放在心上。你们听了这话,要说啦,习惯……习惯……"

于是两位先生一点也不管伊玻立特在被窝里头焦急出汗,大谈特谈起来。一位外科医生,在药剂师看来,就和一位将军同样冷静。卡尼韦爱听这种比较,滔滔不绝,谈论行医的条件,把医道看成一种神圣事业,虽然普通考试出身的医生玷辱了它。最后,谈到眼前的病人,他检查郝麦带来的绷带、做跷脚手术用过的绷带,要一个人帮他捧住坏腿。他们派人去找赖斯地布杜瓦来。卡尼韦先生卷起袖管,走进弹子房,药剂师在这期间,和阿尔泰蜜丝、女店家待在一起。两个女人全拿耳朵贴住门,脸比她们的围裙还白。

包法利在这期间,一步不敢走出家门。他坐在底下厅房,靠近没有生火的壁炉,下巴搭在胸口,手握在一起,两眼发直。他寻思道:真不走运!真是失望!其实,事前的预防工作,应有尽有,他也全做到了。命该如此。有什么关系?万一伊玻立特死了的话,害他的还不就是自己？再说，看病中间，有人问起，他拿什么话对答？难道他真有什么地方错了不成？左思右想，他想不出错在什么地方。名望最高的外科医生，照样也犯错误。可是人们偏偏不肯相信？而且相反，人家要笑他，骂他！话会传到福尔吉！新堡！鲁昂！天涯海角！谁知道同业中间，会不会有人写文章攻击他？笔战一出现，他就得在报上回答。伊玻立特很可能告他一状。他看见自己出丑、破产、毁灭！心里左一个假定，右一个假定，他的想象在中间忽上忽下，仿佛一只空桶，随波逐浪，翻来滚去。

爱玛坐在对面望他；她并没感觉到他的耻辱，她感到的是另一种耻辱：这样一个人，她先前怎么会指望他有出息，好像他庸碌无能，她看了二十回，还没有看透一样。

查理在房里踱来踱去。靴子嘎吱直响。她道：
"坐下吧，把人烦死！"
他又坐下。

她怎么会（她这样聪明的人！）又做错了事的？再说，她怎么会天差地错，痴心妄想，就这样一而再，再而三，白白牺牲她的一生的？她想起她爱好奢华的种种本能、她心灵上享受不到的种种东西、婚姻和家庭生活的微贱、她那像受伤的燕子跌进泥淖般的绮梦、她向往的一切、她放弃的一切、她可能得到的一切！为什么她得不到，为什么？

安安静静的镇子，破空起了一声尖叫。包法利脸色转白，险些晕倒。她做了一个心烦的手势，皱紧眉头，接着又寻思下去。然而就是为了他、为了这家伙、为了这个什么也不懂，什么也感觉不到的男子！因为他坐在那边，安安静静，想也不想，从今以后，他的可笑的名姓不但玷辱他，而且还玷辱她。她曾经试着爱他来着，她曾经哭哭啼啼，后悔顺从另一个男子来的。

包法利出神冥想，忽然喊道：
"也许是里拐型吧？"

这句话脱口而出,冲撞她的思想,如同一颗铅球落在一只银盘,爱玛大吃一惊,仰起头来,猜他是什么意思。于是他们悄不作声,你望我,我望你,也正因为各想各的,忽然发觉身边有人,就几乎惊呆了。查理打量她,仿佛一个醉鬼,视线模糊,同时一动不动,听着病人割腿,发出最后的嘶喊,好像屠宰什么牲口一样,远远吼号,拉长声音,冷不防中间来一声尖叫。爱玛咬着她青灰的嘴唇,掰断一根珊瑚枝子,在手心搓来搓去,瞳仁亮晃晃的,仿佛两支就要射出去的火箭,目光炯炯,盯牢查理。他的脸、他的衣服、他没说出来的话、他的整个身子,总而言之,他的存在,如今她样样看了有气。她后悔早先不该守身如玉,像后悔不该犯罪一样。残留的一点妇德,禁不住她的骄傲狂抽乱打,终于倒塌了。她欣赏胜利的奸淫的种种恶意揶揄。情人的形象回到她的心头,神采奕奕。销魂动魄,一股新的热情卷带着她,不由她不献出她的灵魂。她觉得查理离开她的生命,永远走出,不再回来,杳无形迹,就像她眼睁睁看着他确实在死、在咽气一样。

便道响起了脚步声。查理从放下来的活动窗帘望出去,就见卡尼韦医生在菜场一旁太阳地,拿手绢擦额头的汗。郝麦跟在后面,捧着一个大红盒子。两个人全朝药房走去。于是查理心灰意懒,觉得自己忽然需要温暖,转向他的女人道:

"好人,亲亲我!"

她心头火起,气红了脸道:

"走开!"

他一惊之下,作声不得,一遍又一遍重复道:

"你怎么啦?你怎么啦?别急!想想看!你知道我爱你……来!"

她气势汹汹,大声嚷道:

"够啦!"

爱玛溜出厅房,使劲拿门一带,墙上的晴雨计震到地上,摔碎了。

查理倒进扶手椅,凄凄惶惶,寻思个中缘故,以为她是神经失常,眼泪纵横,觉得周围阴风惨惨,隐约感到有什么不可理解的不祥的东西在周围游来荡去。

罗道耳弗晚上来到花园,发现他的情妇在台阶底下第一级等他。他们搂成一团,怨恨像雪一样,在热吻之下消融了。

十二

他们又开始相爱,甚至大白天,爱玛也心血来潮,动不动给他写信;信写好了,她隔着玻璃窗,朝朱斯丹做手势。朱斯丹连忙解开粗布围裙,飞也似的去了于歇特。罗道耳弗来了;原来就为告诉他:日子过得气闷,丈夫可憎,生活太不称心!

他有一天不耐烦了,喊道:

"我能有什么办法?"

"啊!只要你肯!……"

她坐在地上他的两腿当中,头发辫子解开,视线恍恍惚惚。罗道耳弗问道:

"肯什么?"

她叹气道:

"我们可以去别的地方过活……随便一个地方……"

他笑道:

"真的,你疯啦!这怎么成?"

她第二回又谈这话,他假装不懂,另找话讲,恋爱这事,再简单不过,他不明白怎么会这样混乱。原来她另有一种动机、原因;这仿佛一支援军,接应她的眷恋。

这种恩情的确每天见长。缘故是她厌恶丈夫。她越倒向这一个,就越憎恨另一个;她同罗道耳弗幽会之后,再和查理在一起,分外嫌他讨厌，指头特别显得粗，人特别显得笨，举止特别显得庸俗。所以她虽然装出贤妻模样，可是想到另一个男子，她就淫心荡漾，按捺不住。人家是黑乌乌头发，梳成一个圈圈，朝太阳晒黑了的额头卷过去，腰身又结实，又俊雅，总而言之，判事富有经验，情之所至，却又如醉如痴！也就是为了他，她才像镂刻匠一样，细心修剪指甲，皮肤上的冷霜，手帕上的香精，永远嫌少。她戴镯子、戒指、项圈。她估量他要来了，两只碧琉璃大花瓶插满玫瑰花，收拾房间，打扮自己，活像一个妓女等候一位大贵人。女用人一天到晚洗呀浆的。全福从早到晚待在厨房，小朱斯丹常来陪她，看她做活。

胳膊肘支着她熨衣服的长木板，他瞪直了眼，打量这些扔在四周的妇女什物：方格线呢裙子、肩巾、领披、屁股大裤管窄的连腰带女裤。

小伙计拿手摸着硬衬或者挂钩，问道：

"这做什么用？"

全福带笑回答道：

"你真就从来没有见过？倒像你的女东家，郝麦太太不穿这些东西似的。"

"啊！是的！郝麦太太！"

他想了想，又道：

"难道她像你家太太，也是贵夫人？"

但是全福见他这样兜着自己打转，直不耐烦。她比他大六岁多，居由曼的听差泰奥多尔开始向她求爱。她挪开糨糊缸道：

"别搅我！你不如捣你的杏子去；你总是夹在女人堆里捣乱；小坏蛋，你想在女人堆里混呀，等你下巴颏长了胡子再说。"

"得啦，别生气，我来替你擦干净她的小靴子去。"

他立时从架子上拿下爱玛的鞋来，上面沾满了泥——幽会的泥，他拿手一掰，就掉下来了，他望着屑子在阳光里慢慢上扬。女厨子道：

"你可真怕弄坏了鞋!"

轮到她擦鞋,决不在意,因为太太一看料子发旧,就送给她穿。

爱玛的衣橱里放着一大堆鞋,她一双一双糟蹋,查理从来没有说过半句闲话。

她认为应当送伊玻立特一条木腿,他同样一声不吭,掏出三百法郎,买了一条木腿。木腿是一个复杂的机器,软木包头,弹簧关节,外头罩了一条黑裤,底下是一只漆皮靴子。可是这样漂亮的一条腿,伊玻立特不敢天天用,所以就求包法利夫人,帮他另弄一条平常好用的。当然又是医生出钱买了。

马夫渐渐又忙活起来,只见他像早先一样,在村子里跑来跑去。查理一听见他的木腿顿石板路响,就赶快换一条路走。

商人勒乐先生自告奋勇,接受木腿订货:这给他带来接近爱玛的机会。他同她谈起巴黎新出品、形形色色的妇女饰物,态度非常谦和,从不开口要钱。爱玛一时一种喜好,因为容易得到满足,也就由它去了。例如,鲁昂一家伞庄,有一条极其漂亮的马鞭,她直想买下来,送罗道耳弗。一星期后,勒乐先生就把马鞭放在她的桌子上。

但是第二天,他送过来一份账单,二百七十法郎,尾数不计。爱玛窘极了:只只抽屉是空的;他们还欠赖斯地布杜瓦半个月工资、女用人半年工资,有许多还不算计在内;包法利盼望德罗兹赖先生送钱,盼得两眼发直,因为他每年付清诊费,照例总在圣彼得节①前后。

开头她总算把勒乐对付开了,可是后来他发急了,说是有人逼他,他缺现款,现款如果收不回一部分,她买下的货物,只好全部取走。爱玛道:

"取走好了!"

---

① 圣彼得节是六月二十九日。

173

他回答道:

"我是说着玩儿的!其实我也就是舍不得马鞭。好吧!我向先生讨好了。"

她道:

"不!别向他讨!"

勒乐寻思道:这下子你跑不了啦!他于是成竹在胸,抓住她的把柄,一面朝外走,一面低声重复,照老习惯,嘴里发出微微的嘘嘘声:

"就这么着!再说吧!再说吧!"

她正在寻思解围办法,女用人进来,拿一小卷蓝纸放在壁炉上:"德罗兹赖先生送来的。"爱玛扑过去,打开了,里面是他的诊费、十五块拿破仑①。她听见查理走上楼梯;她拿钱丢进她的抽屉,锁好了,拔去钥匙。

三天之后,勒乐又出现了。他说:

"我有一个办法;过去的账付不出就付不出,只要您肯借……"

她往他手里放下十四块拿破仑,道:

"这不是!"

商人惊呆了,于是掩饰失望,连声道歉,请她赏光。爱玛完全拒绝,然后手放在围裙袋里,摸着找回来的两个五法郎一枚的辅币,决心节省,将来好还……她转念道:

"啊!由它去!他想不到这上头的。"

除去银头镀金马鞭之外,罗道耳弗还收下一颗印章,上面刻着这句格言:"心心相印。"②另外还有一条围巾料子,最后还有一只

---

① 拿破仑,指有拿破仑头像的金币,每块值二十法郎。
② "心心相印",原文是意大利文:Amor nel cor.

雪茄匣,和子爵的雪茄匣一般模样,查理先前在路上捡到的,爱玛还保存着。不过这些礼物使他难堪,有几件就谢绝了,她一坚持,罗道耳弗结局收是收了,不过嫌她盛气凌人,过分强人所难。

再说,她净是一些古怪念头。她说:

"半夜听见钟响,你要想着我!"

万一他老实说他没有想她的话,她就百般责备,临了总是这么一句话收场:

"你爱我吗?"

他回答道:

"是呀,我爱你!"

"爱得厉害?"

"当然!"

"你没有爱过别的女人,嗯?"

他笑嚷道:

"你以为我当初是童男啊?"

爱玛哭了;他竭力安慰她,一面对天明心,一面说些俏皮话,调剂气氛。她讲道:

"因为我爱你啊!爱到离开你,我就活不成,你可知道?有时候,我一心就想再看到你,心里酸溜溜的,好不难过。我问自己:'他如今在什么地方?也许在同别的女人说话吧?她们笑嘻嘻看着他,他走过去……'不,你哪一个女人也不喜欢,对不对?比我好看的女人有的是,可是我呀,我懂得爱!我是你的奴才、你的姘头!你是我的王爷、我的偶像!你好、你美!你聪明!你强壮!"

这话他听了千百遍,丝毫不觉新奇。爱玛类似所有的情妇;这像脱衣服一样,新鲜劲儿过去了,赤裸裸露出了热情,永远千篇一律,形象和语言老是那么一套。别看这位先生是风月老手,他辨别不出同一表现的不同感情。因为他听见放荡或者卖淫女子,唧唧哝哝,对他说过相同的话,他也就不大相信她那些话出自本心了。

175

在他看来,言辞浮夸,感情贫乏,就该非议,倒像灵魂涨满,有时候就不免涌出最空洞的隐喻来。因为人对自己的需要、自己的理解、自己的痛苦,永远缺乏准确的尺寸,何况人类语言就像一只破锅,我们敲敲打打,希望音响铿锵,感动星宿,实际只有狗熊闻声起舞而已。

但是罗道耳弗有那种遇事退一步考虑的明智眼光,他发现这种爱情,可发掘的乐趣还很多,尽好享受。他嫌廉耻掣肘,待她不但没有礼貌,还把她训练成了一个又服帖、又淫荡的女人。这成了一种不可理喻的依恋,她对他一味倾倒,自己也是一个劲儿癫狂;一种极乐世界,她待在里头,昏昏沉沉;这类似一种酒,她喝得醉醺醺,灵魂泡在里头,皱成一团,好像克拉伦斯公爵,泡在马尔法兹酒桶里一样①。

包法利夫人纵情声色,积习难返,姿态也起了变化。视线更无忌惮,语言也更放肆;她甚至甘冒不韪,和罗道耳弗先生一同散步,口衔香烟,旁若无人;有一天,见她走下燕子,学男人穿一件背心,最后就连还不相信的那些人,也不再怀疑了。包法利老太太和丈夫大闹一场之后,躲到儿子家来,见她这般模样,反感已极。另外还有许多事,也不顺她的心思:首先,查理没听劝,制止她看小说;其次,她不喜欢这种治家之道,不管三七二十一,说了几句,尤其有一回,说到全福,她们闹翻了。

吵架的前一晚上,老太太穿过道走,发现全福和一个男人待在一起,那人一圈棕色胡须,四十岁上下,听见她的脚步,赶快从厨房溜掉。爱玛一听这话,笑了起来,可是老太太动了肝火,就讲:一个人除非不拿规矩当事,否则就该监视用人才是。

"您算是哪类人?"

---

① 克拉伦斯公爵(1449—1478),英国国王爱德华四世的兄弟,传说国王判他死刑,问他愿意怎么样死,他回答愿意泡在马尔法兹酒桶里淹死。马尔法兹系希腊一地名,所产葡萄酒享有盛名。

儿媳妇说这话,视线万分无礼,老太太不由地问,她是不是回护她自己的事。

少妇跳起来道:

"滚出去!"

查理在中间劝解,喊道:

"爱玛!……妈!……"

但是两个女人一赌气,全走开了。爱玛跺着脚,说过来说过去:

"啊!真懂规矩啦!活活一个庄稼女人!"

他跑到母亲跟前,她气糊涂了,结结巴巴道:

"目无尊长的东西!轻狂的东西!也许更坏!"

儿媳妇不对她赔不是,她要马上就走。查理回到太太跟前,求她让步:他下跪了。临了她回答道:

"好吧!我去!"

她的确拿手伸给婆婆,如同一位侯爵夫人那样尊严,向她道:

"原谅我,夫人。"

然后爱玛走上楼,扑倒在床,脸埋在枕头里,哭得像小孩子一样。

她和罗道耳弗约好了,遇到大事,就在窗上贴一小张白纸,万一凑巧他在永镇,望见暗号,就跑到房后小巷会她。爱玛这样做了;她等了三刻钟,忽然望见罗道耳弗在菜场一角。她有心打开窗户喊他;可是他已经不见了。她一难过,又倒了下去。

不过没有多久,她觉得有人在人行道上走动。不用说,是他;她走下楼梯,穿过院落。他站在外头。她扑到他的怀里。他说:

"小心有人看见!"

她回答道:

"啊!你知道也就好啦!"

她一五一十,同他讲起,又急促,又上气不接下气,夸张事实,

177

还捏造了一些事实,添了不少按语,絮絮叨叨,讲到后来,他一句也没有听懂。

"得啦,我可怜的天使,拿出勇气来,看开些,凡事忍耐!"

"可是我已经忍耐、煎熬了四年!……像我们这样相爱,就该公之于世!他们快把我折磨死了。我受不了啦!救救我!"

她贴紧罗道耳弗:满眼泪水,闪闪发光,就像波浪底下的火焰一样;胸脯一上一下喘气,又急又快。他从来没有这样爱过她;他一时没了主张,问她道:

"该怎么办?你打算怎么着?"

她喊道:

"把我带走!抢走!……哎呀!我求你啦!"

她连忙凑到他的嘴跟前,好像要在这里捉住意想不到的同意一样。他用吻表示同意。罗道耳弗又讲:

"不过……"

"什么?"

"你女儿怎么办?"

她沉吟了几分钟后,回答道:

"只好带她走!"

他望着她走开,心想:"有这种女人!"

她朝花园溜过去了。原来是有人喊她。

一连几天,儿媳妇改了模样,老太太好生纳罕。爱玛的确和顺多了,甚至低声下气,向她请教腌黄瓜的方法。

她这样做,是为了更好地欺骗他们母子?还是就要分手了,她以一种无上的坚忍精神,愿意再进一步,体会体会生活的辛酸?可是不,她没有存这种心思。她是想着她的幸福快到手了,醉醺醺的,就像预先闻到了酒味一样。她和罗道耳弗谈话,三句不离本题。她靠着他的肩膀,嘀咕道:

"嗯!我们一上邮车呀!……你想到这上头没有?这会是真

的?我觉得,车出发的一刹那,我们就像乘了气球一样,就像要上九天云霄去。你知道我在计算日子吗?……你呢?"

包法利夫人从来没有像这期间这样好看过。这种难以形容的美丽,来自喜悦、兴奋和成功,来自环境和气质的协调。就像风、雨、阳光和肥料供花木生长一样,她的贪欲、苦恼、风月经验和她那永远生气勃勃的空想,使她的本性逐步发展丰满,终于绽苞盛开。眼皮像是特地为她的视线剪裁的,看上去又杳渺、又妩媚,瞳仁沉在里头,不见踪影。气出急了,玲珑的鼻孔分开,丰盈的嘴唇翘起,同时薄薄一层黑毛,影影绰绰,盖住她的嘴唇。头发像是由一位专会诱人堕落的艺人绾成的一个肥肥的圆髻,随随便便,盘在后颈,又因为幽会,天天散开。她的声音如今越发柔和动听,身材越发袅娜可爱,甚至她的袍褶和她弓起的脚面,也妙不可言,沁人心脾。查理又像在新婚期间一样,觉得她赏心悦目,难以抗拒。

他深夜回来,不敢叫醒她。过夜的瓷灯,哆哆嗦嗦,在天花板上,聚成一个亮圈;床边摇篮放下帐子,仿佛一间小白屋,在黑影里特别明显。查理望过去,恍惚听见孩子的细微呼吸。她如今正长个子,一季一蹿。他像已经看见日落西山,她放学回家,满脸的笑,衣服上有墨水点子,胳膊挎着她的小篮子。以后还得进寄宿学校,要花许多钱;怎么办?他不由得沉吟起来。他想在附近佃一小块田,每天早晨去看病人,亲自监督。他省下田里收入,存在储蓄银行;然后买上一些股票,随便哪一家公司都成;再说,主顾会多起来的;他这样希望,因为他要白尔特受到良好教育,有才分,会弹钢琴。啊!等她长到十五岁,像她的母亲一样,在夏天也戴大草帽,该多好看!人们会老远把她们看成一对姊妹花的。他想象她夜晚在灯光底下,靠近他们做活,她会为他绣拖鞋,会料理家务,个个房间洋溢着她的可爱和她的快活。最后,他们会照料她的终身,为她挑一个殷实可靠的好丈夫;他会使她快乐,而且永远快乐。

爱玛没有睡,也就是装睡;他躺在旁边,昏昏沉沉,她却醒过来,做别的梦。

她乘了驿车,四匹马放开蹄子,驰往新国度,已经有一星期了;他们到了那边,不再回来。他们走呀走的,胳膊挽在一起,不言不语。他们站在山头,常常意想不到,望见一座壮丽的大城,有圆顶,有桥,有船,有柠檬林和白大理石教堂,教堂的尖钟楼有鹳巢。大石板地,他们只好步行;妇女穿着红紧身,举起地上的花一把一把献给你。他们听见钟响、骡鸣、六弦琴低吟、泉水淙淙;白雕像笑微微立在喷泉底下,脚边摆着成堆的水果,摞得金字塔似的,水花溅上去,个个新鲜。随后,有一天黄昏,他们来到一个渔村,沿着峭壁和茅屋,迎风晾着一些棕色渔网。他们就在这里待下来,在海边港湾深处,住一所在棕榈树的浓荫覆盖下的平顶矮房。他们驾着小船游荡,躺在吊床上摇摆。生活又方便,又宽裕,就像他们的绸缎衣服一样;又暖和,又皎洁,就像他们观赏的温馨的星夜一样。不过她给自己设想的未来,浩瀚渺茫,绝少明确的形象出现:每天全都相仿,绚烂一片,好像波浪一样,起伏动荡,与天际相连,和谐、蔚蓝、充满阳光。但是小孩子开始在摇篮里咳嗽,要不就是包法利鼾声更响了,直到早晨,爱玛才入睡,玻璃窗已经发白,小朱斯丹已经在广场打开药房的护窗板。

她把勒乐先生找来,向他道:

"我要一件斗篷、一件大斗篷,长领披,有夹里的。"

他问道:

"您出远门?"

"不是的!不过……管它哪,我信得过您,对不对?要快!"

他鞠躬。

她接下去道:

"我还要一只箱子……不要太重……要轻便的。"

"对,对,我懂,约莫九十二公分长,五十公分宽,眼下的新样子。"

"还要一只旅行袋。"

勒乐寻思:"这里头一定有把戏。"

包法利夫人边解腰带上的表,边道:

"好,拿去,用这抵账好了。"

可是商人嚷了起来!她这就不对了,他们彼此了解,难道她有什么不相信他的?真是想到哪儿去啦!她坚持要他拿,少说也要拿链子去,眼看勒乐已经把链子放进口袋要走了,她又喊他回来:

"您全留在铺子。至于斗篷(她显出思索的神情),也不用送来;您只要把裁缝住址给我,叫他们等我来取就是了。"

他们打算下月逃走。她离开永镇,装出上鲁昂买东西的模样。罗道耳弗先订好座位,办好护照,甚至去信巴黎,包一辆直达马赛的驿车;到了马赛,他们买一辆有活动车篷的四轮敞篷车,马不停蹄,直奔热那亚而去。她的行李,她小心在意,先送到勒乐那边,再直接装上燕子,这样一来,就免得人疑心了。她左右安排,只有她的小孩子,她忘了安排。罗道耳弗对此避而不谈,她也许没有想到这上头。

有些布置,他还需要两个星期才能结束;过了一个星期,他要再来两个星期;后来,说他有病;过后,他又出门有事;八月过去了,经过种种延宕,他们决定在九月四日,星期一出奔,再也不改日期。

星期六,出奔的前两天,终于到了。

天一黑,罗道耳弗就来了,比平日都早。她问他道:

"全齐备啦?"

"齐备啦。"

于是他们顺着花圃兜了一圈,过去坐到平台近旁的墙头。爱玛道:

"你怎么愁眉不展的?"

"没有。为什么呀?"

可是他古怪地看着她,一副多情的模样。她接着问道:

"是不是为了上路？为了抛弃你心爱的东西、你的生活？啊！我明白……可是我呀,我在世上就什么也没有！你是我的一切。所以我也要是你的一切,我也要是你的家、你的国:我照料你,我爱你。"

他搂紧了她道:

"你真可爱！"

她心花怒放地笑道:

"当真？你爱我吗？发发誓看！"

"我爱你不爱？爱你不爱？可是,我的心肝！我膜拜你呢！"

草原尽头,月亮就地升起,又圆又红,很快上到白杨树的枝叶当中,这些枝叶仿佛一面有破口的黑幕,左遮遮,右露露,月亮最后升到冷清清的天空,白晃晃一片晶莹,它放慢步子,朝河面洒下一片白光,变成万千星宿。这道银光好似一条无头蛇,遍体明鳞,盘来盘去,一直盘到河底,又好似一只奇大无比的蜡烛台,点点滴滴,流下不可胜数的金刚石颗粒。温馨的夜晚裹住他们;树叶布满阴影。爱玛半闭眼睛,随着大声叹息,吸进吹来的清风。绮梦弥漫他们的心灵,两个人一时无话。过去的恩情,满满的,静静的,仿佛一条河,又流回他们的心来;同时香喷喷的,也像山梅花一样,芬芳醉人;同时又软绵绵的,朝回忆投下它的影子,比安静的柳树铺在草上的影子还要宽阔,还要忧悒。刺猬或者黄鼠狼,这类夜间动物,常常搅动树叶,追赶什么东西。他们不时还听见一只熟了的桃子,自行从墙边桃树落下。罗道耳弗道:

"啊！多美的夜晚！"

爱玛回答道:

"我们以后有的是！"

于是她自言自语似的说:"是啊,能旅行,再好没有……不过,为什么我感到凄凉？难道是怕陌生……是改变习惯的结果……还是别的什么？不,是太幸福的缘故！我真软弱,是不是？饶恕我吧!"

他喊道：

"还来得及！再想想看,你说不定要后悔的。"

她抢嘴道：

"决不！"

然后又靠近他道：

"我怕什么风险？沙漠、深渊、大洋,只要和你在一起,我就能过得去。我们在一起生活,就像搂抱一样,一天比一天紧,一天比一天美满！我们没有顾虑,没有困难,什么也搅扰不了我们！我们只有自己,除去你和我,就是你和我,永远这样……说话呀,回答我呀。"

他一会儿回答一声："是呀……是呀……"她拿手摩挲他的头发,老大的泪珠往下淌,可是还用小孩子的声音一遍又一遍地说：

"罗道耳弗！罗道耳弗！……啊！罗道耳弗,亲爱的小罗道耳弗！"

钟声在响。她道：

"半夜！好,我们明天走！还有一天！"

他站起来要走;他这一动,仿佛就是他们逃走的暗号,爱玛忽然显出一副快活的模样：

"你拿到护照了吗？"

"拿到啦。"

"你没有忘记什么？"

"没有。"

"你拿稳啦？"

"当然。"

"你在普洛旺斯旅馆等我,对不对？……正午？"

他点了点头。

爱玛最后吻了他一回道：

"好,明天见!"

她望着他走开。

他不回头。她追过去,站在乱草当中,身子俯在水边,喊道:"明天见!"

他已经来到对岸,快步走进草原。

过了几分钟,罗道耳弗站住,看见她一身白,仿佛幽灵,在黑暗中渐渐消逝,他觉得心扑腾扑腾直跳,唯恐摔倒,连忙靠住一棵树。

"我真蠢!"

他骂了一句脏话,又道:

"不管怎么说,她是个漂亮情妇!"

于是爱玛的美丽,以及这种恋爱的种种欢乐,一下子又涌到他的心头。起初他还心软,后来他又恨起她来,指手画脚嚷嚷道:

"话说回来,我不能远走高飞,再带一个小女孩子。"

他说这些话加强他的信心:

"再说,麻烦,开销……啊!不,不,一千个不!傻瓜才干这事!"

十三

罗道耳弗一回到家,就急急忙忙坐到书桌面前,正好就在墙上战利品似的公鹿头底下。可是他拿起笔,想不出词,只好支着两个胳膊肘思索。他觉得爱玛仿佛退到遥远的过去,好像是他方才下的决心把他们忽然隔得老远一样。

为了追回一点她的印象,他走到床头,从衣橱取出一个兰斯①饼干旧匣子,里面平日放着女人的书信。一股受潮的尘土和凋谢的玫瑰的气味散了出来。他首先看到一条有小暗点的手绢。手绢

---

① 兰斯,法国马恩省省会,以制饼干出名。

是她的;有一回散步,她流鼻血用过。他已经忘记这回事了。旁边有爱玛送他的小像,四角统统破损了;他嫌她装束不得当,斜眼看人的效果也极糟糕;他想多看两眼肖像,帮他回忆本人的模样,可是他想起来的爱玛的面貌,反而越来越模糊,好像活人的脸和画出来的脸,彼此对称,就这样抵消了似的。最后,他念她的信;信上全是关于他们旅行的解说,简短、实际、急促,倒像生意人的单子。他希望看看长信、先前的信;罗道耳弗到尽底找,翻乱所有的信。他在这堆纸张和什物里头,伸手乱摸,七颠八倒,摸出了几把花、一只袜带、一个黑面具、几根别针和几缕头发——头发!棕色的、金黄色的;有的挂在铁片上,开匣子的时候绞断了。

他就这样回忆过去,查看书信的字体和风格;它们和拼写一样错综复杂,意思温柔,要不就是愉快、滑稽、忧郁;有的书信要爱情,有的书信要钱。可是有时候,他什么也想不起来。

说实话,这些女人同时跑进他的思想,互相妨碍,仿佛拘在同一爱情水平底下,截长补短,统统变小了。所以右手抓起一把弄乱了的书信,他好几分钟,看它们瀑布似的往下倾泻,再用左手接住玩。最后,罗道耳弗腻了,困了,又拿匣子放进衣橱,自言自语道:

"简直扯淡!"

这句话说明他的见解。他是风月老手,欢娱在他的心头踏来踏去,好像小学生在学校院子把地踏硬了,弄得寸草不生,女人经过他的心头,比孩子们还漫不经心,连名姓也没有留下一个,不像孩子们,还把姓名刻在墙上。他向自己道:

"好,开始吧!"

他写道:

  拿出勇气来,爱玛! 拿出勇气来! 我不希望害您一辈子……

罗道耳弗寻思:

185

"其实,真是这样;我这是为她好;我这人再厚道不过。"

您下决心以前,可曾好好想过?可怜的天使,您知道我把您拖到怎样的深渊吗?不知道,对不对?您满怀信心,不顾一切,只是相信幸福、未来……啊!我们真不幸!也真不懂事!

罗道耳弗写到这里,停住笔,寻找漂亮借口。

告诉她我破产了,怎么样?……啊!不好,再说,这不顶事。过后又要重新耍这一套。难道同这样的女人能谈得通吗?

他想了想,续下去道:

请相信,我忘不了您;我对您将永远忠诚。不过迟早有一天,不用说,这种热情(人间的事注定是这样的)要冷却的!我们会厌倦的。谁知道我会不会痛苦万分,看到您有一天后悔,也看自己后悔,因为我是您后悔的原因。单单想到您要难过,爱玛!我就如坐针毡!忘了我吧!为什么我偏认识了您?为什么您生得这样美?难道这是我的错?我的上帝!不,不,您也只好怨命!

他自言自语道:

"命这个字永远打动人。"

啊!如果您是一个水性杨花的女人,像常见的那些女人一样,当然,我就可以自私自利,照眼前的安排做,因为这就不会害您了。您动人的狂热既作成您的魅力,也作成您的痛苦,且妨碍了您这样一位令人膜拜的女子看清我们将来处境的险恶。我也一样,开头没有多加考虑。我躺在这种理想的幸福的影子里,就像躺在芒色尼耶树①的影子里一样,安安逸逸,不管后果有多可怕。

---

① 芒色尼耶树,即"毒树"或者"死之树",大戟科植物,产于西印度群岛一带,果实可食,但树液有毒。

"她也许以为我是舍不得花钱才不出走……啊！管她呢，她爱怎样想就怎样想，反正得散伙！"

爱玛，人世冷酷，我们走到天涯海角，也不会放过我们。您得忍受无礼的盘问、诽谤、蔑视，甚至于侮辱。侮辱您！哦！……而我却要您坐上宝座！而我却在心目中把您看成护符！因为我要亡命异乡，这样来惩罚我带给您的一切祸殃。我走。去什么地方？我不知道。我疯啦！永别了！愿您永远善良！想着失去您的不幸男子。把我的名字告诉您的孩子，让她为我祈祷吧。

两支蜡烛芯子直摇晃。罗道耳弗站起，过去关上窗户，又回来坐好了，道：

"我看，也就是这些了。啊，添两句话，免得再来找我捣乱。"

您读这封忧郁的信的时候，我已经走远了；因为我要尽快逃走，免得心思不定，再去看您。不要软弱！我会回来的；说不定将来有一天，我们会在一起，心如古井，谈起我们的旧情。永别了！

最后又来了一个"永别了"，分成两截："永——别了！"认为十分得体。他自言自语道：

"现在，落什么款好？'您最忠心的'……不好。'你的朋友'？……对，就是它。"

您的朋友

他又念了一遍信，觉得很好。他带着感情，寻思道：

"可怜的小女人！她以为我的心肠比石头还硬了；应当来几滴眼泪才对；不过我呀，我哭不出来；这不是我的错。"

罗道耳弗于是倒了一杯水，沾湿手指，在半空丢下一大滴水，冲淡一个地方的墨水。随后，他找印章封信，摸到的印章偏偏就是那颗"心心相印"。

"这不很协调……啊！算啦！有什么关系！"

盖过章，封好信，他吸了三烟斗烟，睡觉去了。

第二天，罗道耳弗起床（下午两点左右：他睡迟了），叫人摘了一篮杏子，信放在尽底，盖上几片葡萄叶，马上吩咐犁地的吉拉尔，小心在意，送给包法利夫人。他平日就是用这个方法和她通信的，依照季节，送她水果或者打猎得来的野味。他说：

"她要是问起我的消息，你就回答，我出远门去了。篮子一定要当面交给本人……去吧，当心！"

吉拉尔穿上新工人服，拿手帕兜住杏子挽了一个结，蹬起他的铁钉大木底皮鞋，迈开大步，从容不迫，去了永镇。

他来到包法利夫人家，见她正和全福在厨房桌子上料理一包要洗的东西。伙计说：

"这是我们主人送您的东西。"

她惶惑了，一面在衣袋摸零钱，一面瞪圆眼睛打量农夫，同时他纳罕这一件礼物怎会使人那样感动，望定了她，也在吃惊。他终于走了。全福还在身边。爱玛憋不住了，跑进厅房，模样像要去放杏子。她倒翻篮子，抓去叶子，找到书信，拆开了，好像背后起了大火一样，爱玛惊慌失措，朝她的卧室逃跑。

她望见查理在里头；他同她说话，她一句也听不见，急急忙忙，继续走上楼梯，气喘吁吁，慌里慌张，颠三倒四，总拿着那张可怕的信纸，信纸仿佛一张铁皮，窸窸窣窣，在手里直响。她上到三楼，在阁楼前面站住。门关着。

她这时打算静下心来。她想起了信；应该念完信，可是她不敢。再说，到什么地方念？怎么念？人家会看见她的。她想道：

"啊！不，这儿就好。"

爱玛推开门，走进阁楼。

空气闷热：热气笔直从石瓦下来，压抑太阳穴，阻塞呼吸。她好不容易走到天窗跟前,拔去窗闩,打开窗户,阳光一涌而入,照花了眼。

隔着房顶,就见对面的原野,一望无际。下面广场空空落落,人行道的石子闪闪烁烁,房上风标一动不动,街角有一家二楼传出呜隆呜隆的响声,还夹杂一些刺耳的音响。那是毕耐先生在旋东西。

她靠着窗台,拿起信来又念,气得直发冷笑。不过她越用心看信,心越乱。她恍惚又看见他,听他说话,两只胳膊还搂住她。心在胸脯里跳得像大杠子使劲撞城门一样,不但不匀,而且一次紧似一次。她向四周扫了一眼,恨不得地陷下去。为什么不死了拉倒?谁拦着她了?只有她一个人。她朝前走,望着石板路,向自己说:

"跳吧!跳吧!"

明晃晃的阳光,从底下笔直反射上来,裹住她的身体,往深渊拉。她觉得广场土地晃晃悠悠,齐墙凸起,地板向一边倾斜,好像船只前后摆动一样。她站在窗口,仿佛挂在半空,四周一无所有。碧天近在身边,空气在她空洞的脑袋里流来流去,她只要就势一跳,朝前一纵,也就成了。旋床呜隆呜隆,并不中断,活像一个发怒的声音在叫她一样。

查理喊着:

"太太!太太!"

她站住了。

"你在哪儿?来呀!"

想起自己险些死掉,她一害怕,几乎晕倒。她闭住眼睛;有一只手拉她的衣袖,她发抖了:原来是全福。

"太太,老爷等您,汤端上啦。"

必须下楼!必须用饭!

她勉强吃了几口,东西堵着喉咙。于是她摊开饭巾,仿佛查看补缀好了没有,而且专心致志,当真数起上面的线来。她忽然想到

189

书信。难道她把它丢了？到哪儿找去？可是她觉得自己一百二十分劳累，就连捏造借口，离开饭桌，也没有这份心思。而且她变得胆怯起来，害怕查理：毫无疑问，他全知道！说实话，他这几句话就讲得古怪：

"看样子，我们有一阵子，要见不着罗道耳弗先生了。"

她战栗着问：

"谁告诉你的？"

口吻尖厉，他听了有点吃惊，回答道：

"谁告诉我的？是吉拉尔呀。我方才在法兰西咖啡馆门口遇到他。罗道耳弗先生旅行去了，要不，也快去了。"

她抽噎了一下。

"这有什么好奇怪的？他动不动就出门找消遣去，真的！我赞成。一个人有钱，又是单身汉！——再说，他也善于寻欢作乐，我们的朋友！他是一个浮浪子弟。朗格洛瓦先生告诉我……"

女用人进来，他只好住口不讲。

杏子散在摆设架上，全福又全收到篮子里。查理没有注意太太脸红，叫她端过篮子，拿起一个咬着，还说：

"啊！好吃极啦！来，尝尝。"

他递篮子给她，她轻轻推开了。他一连在她鼻子底下递了几回，说道：

"闻闻看：真香！"

她跳起来道：

"我出不来气！"

可是她使劲一挣，这阵痉挛也就过去了。她道：

"没有什么！没有什么！是神经作怪！坐下吧，吃你的！"

因为她就怕他盘问她，照料她，不离开她。

查理听话，又坐下来了。他把杏核吐在手心，再搁到他的盘子里。

忽见一辆蓝色提耳玻里,驰过广场。爱玛喊了一声,直挺挺仰面倒在地上。

说实话,罗道耳弗考虑再三,决计还是到鲁昂去。可是从于歇特去比西,除去永镇这条路之外,就没有别的路可走。他只好穿过村子。天色昏黑,车灯如电,一闪而过。爱玛借灯亮认出了他。

药剂师听见医生家乱成一团,跑了过来。桌子连同盘子,统统打翻了;酱油、肉、刀子、盐瓶和油瓶,扔了一地;查理连声喊救;白尔特吓得直哭;全福手在哆嗦,给太太解衣服。爱玛浑身上下都在抽搐。药剂师道:

"我到我的实验室找一点香醋来。"

随后,她闻着小醋瓶,睁开眼睛,他道:

"我拿稳了有用;死人也能一闻就醒。"

查理道:

"说话!说话!醒醒!是我、爱你的查理!你认得我吗?看,这是你的小女儿;亲亲她!"

小女孩子朝母亲伸出胳膊,想搂她的脖子。但是爱玛转开了头,声音一喘一喘的:

"不,不,……什么人也不要!"

她又晕过去了。大家把她抬到床上。

她躺着动也不动,嘴张开,眼皮闭住,手放平,脸白白的,活像一座蜡像。两道眼泪慢慢流到枕头上。

查理直挺挺待在靠里床头,药剂师站在一旁,保持着人在重要关头应有的思维的静默。他拿胳膊肘杵了他一下道:

"放心好了,我想危险过去啦。"

查理看着她睡,回答道:

"是的,她现在安静多了!可怜的女人!……可怜的女人!……她又病啦!"

郝麦于是问起发病的原委。查理回答,她正吃杏子,病就突然发作了。药剂师道：

"怪事！……不过也很可能就是杏子引起昏迷的！有些人对某种气味，生来非常敏感！就病理学和生理学而言，这是一个值得研究的有趣题目。教士懂得香味的重要性，举行仪式，总要掺和香料。这也就是麻醉智力，使人入迷而已，其实，女性比男性脆弱，收效也并不难。有人引证，妇女闻见烧过的鹿角气味、新鲜面包气味……就晕了过去。"

包法利低声道：

"当心吵醒她！"

药剂师继续道：

"不光人有这种反常现象，走兽也有。比方说，您一定知道，有一种花草，学名荆芥，俗名猫儿草，对猫类动物，具有强烈春药效果；另一方面，不妨举一个我保证确实的例子，布里杜（我的一个老同学，眼下住在马耳巴吕街）有一条狗，一见人掏鼻烟盒给它闻，就倒在地上抽搐。在他的纪尧姆树林的别墅，他常常当着朋友做实验。谁相信普通一副催喷嚏的药，居然会对四足动物的机体起这样大的破坏作用？真是奇闻，对不对？"

查理没有听，信口答道：

"对。"

药剂师显出一副扬扬自得的神气，笑吟吟道：

"这证明神经系统的不规则现象，数也无从数起。至于嫂夫人这方面，我承认，我一直觉得，属于真正的敏感型。所以，我的好朋友，那些自命不凡的方子，我一个也不劝您用，说是对症下药，其实是伤害体质。不，别乱吃药！注意饮食，就是这个！用镇静剂、缓和剂、糖剂就成。然后，也许需要刺激一下想象，您看怎么样？"

包法利道：

"用什么刺激？怎么刺激？"

"啊!问题就在这儿!这正是问题所在:That is the question!① 像我新近在报上读到的。"

但是爱玛醒了,喊道:

"信呢?信呢?"

大家以为她精神错乱;从半夜起,她果然精神错乱了:她的脑神经有了病。

一连四十三天,查理不离开她。别的病人他全不看了,觉也不睡,总在听脉,贴芥子膏,换冷水布。他差朱斯丹到新堡去找冰;冰在路上化了;他差他再去。他约卡尼韦先生会诊;他派人到鲁昂请他的老师拉里维耶尔博士来;他万分焦急,最担心的是爱玛萎靡不振;因为她不说,也不听,看样子也并不痛苦,好像她的身体和她的灵魂先前激动够了,现在一同进入休眠状态。

十月中旬前后,她可以靠着枕头,在床上坐起。查理看见她第一次吃一片面包抹果酱,哭起来了。她有了气力;下午她起来几小时,有一天她觉得大好了,他试着让她挎起他的胳膊,兜着花园散步。枯落的树叶盖着小径的沙砾;她穿着拖鞋,悠悠走去,肩膀贴紧查理,一直笑容满面。

他们这样走到花园尽头平台旁边,她慢慢直起身子,手放在眼前眺望:她远远望去,朝最远的地方望;但是天边只有几大堆草,在岭上冒烟。包法利道:

"亲爱的,你要累了。"

他轻轻推她走到花棚底下:

"坐到这条长凳上,你就适意了。"

声音没有力量,她说:

"啊!不,不去那儿,不去那儿!"

她觉得头晕。当天黄昏,病又犯了,而且情形暧昧,显见复杂

---

① 英文:这正是问题所在。——《哈姆雷特》中的台词。

193

了。她一时心里难过,一时胸口难过,一时头里难过,一时四肢难过;她添上了呕吐,查理以为这是癌症的早期症状。

除此以外,可怜人还愁钱不够用!

十四

郝麦先生药房的药,他用了许许多多,先就不知道怎么样补报才是;他是医生,固然可以不付钱,但是过分承情,他这方面到底有些难堪。其次就是家里如今由女厨子当家,开销大得惊人;账单漫天飞来,生意人闲言闲语,直不满意,勒乐先生尤其纠缠不清。说实话,爱玛病危期间,后者利用机会,滥开账单,急忙送来斗篷、旅行袋、箱子两只(原定一只),还有许多别的东西。查理白说他用不着这些东西;商人盛气凌人,还口道:全是订货,他拿不回去;再说,太太知道了,或许妨碍身子复元,先生再考虑考虑看;总而言之,他下定决心,宁可起诉,也不放弃权利,收回货物。查理事后盼咐全福,给他送回商店去;偏偏全福忘了,他愁着别的事,也没有往这上头想。勒乐先生又讨账来了,一会儿吓唬,一会儿诉苦,逼来逼去,包法利最后只得写了一张半年借据。但是他还没有在借据上签好名,就起了一个大胆的念头,向勒乐先生借一千法郎。他于是一副窘相,问他有没有方法弄到这笔钱,又说一年为期,利息听便。勒乐一听这话,跑回商店,取来现款,要他再写一张借据,包法利在这上面写明:来年九月一日,付清一千零七十法郎,加上先前议定一百八十法郎,正好一千二百五十法郎。这样一来,六厘利,外加四分之一佣金,货物起码有三分之一赚头,一年下来,他有一百三十法郎利息,而且他并不指望就此结束:借据到期不付,就会延期,于是他的小小资本,在医生家就像在疗养院一样,足吃足喝,有一天,回到身边,肉弹弹的,撑破钱口袋。

而且他一帆风顺,凡事如意。他和新堡医院订立合同,由他供应苹果酒;居由曼先生答应卖给他格吕梅尼泥炭矿的股票;他打算在阿格伊和鲁昂之间再开一班公共马车,走得更快,票价更低,行李载得更多,这样一来,永镇的商业便完全落入他的手心,不用说,金狮的破车也就跟着完蛋。

  查理几次问自己,偌大的债,来年他拿什么还,左思右想,一筹莫展。求父亲帮助,父亲不会答应;卖东西,他又没有东西可卖。他一看束手无策,想也想不出个所以然来,反而越想越不愉快,很快也就丢开不想了。他责备自己分心外务,忘了爱玛,好像他的思想全部属于这个女人,不往她身上想,等于偷她什么东西似的。

  冬季凄楚,太太慢慢悠悠复元,赶上天晴,她坐在扶手椅里,推到窗口,张望广场,因为她如今厌恶花园,那一面的百叶窗一直关着。她要人把马卖掉;往常她喜爱的东西,现在她样样讨厌。她一心似乎只是想着料理自己。她坐在床上用点心,揿铃叫女用人来,问汤药煎好没有,或者就为和她聊聊家常。菜场棚顶的雪,朝屋里反射过来一片雅静的白光。过些日子,又是下雨。有些小事,到时必然重复,虽然同她毫无关系,她也仿佛望眼欲穿。最重大的事是燕子黄昏来到,女店家喊叫,别的声音回应,伊玻立特在车篷上寻找箱笼,手提灯在黑夜如同一颗星星。查理中午回来,接着就又出去;然后她喝点汤,五点钟左右,日落西山,孩子们放学回家,在人行道上拖着木头套鞋,个个拿着尺,一扇又一扇地敲打窗板钩子。

  布尔尼贤先生就在这时过来看她。他问起她的健康,谈起一些新闻,劝她信教,娓娓道来,倒也委婉动听。单单看见他的道袍,她就感到安慰。

  她有一天,病势危急,以为自己要死,请领圣体。大家在她的房间布置圣事,堆满药瓶的五斗柜改成圣坛,全福在地板上撒了一些大丽花,爱玛这期间,觉得就像有什么强有力的东西,飘过身体,帮她解除痛苦、一切知觉、一切情感。她的肉身轻松愉快,不再思想,开始新的生命;她觉得她的灵魂奔向上帝,仿佛香点着了,化成一道青烟,眼看就要融入天上的爱。床单洒了圣水;教士从圣盒取出面饼,送到她的嘴边;她努出嘴唇,领受救主身体,感到无上的愉悦,停在昏迷的状态。床帏轻轻飘起,环绕四周,如同浮云;五斗柜上点着两支蜡烛,在她眼里,仿佛耀眼的圆光。于是她又倒下头去,恍惚听见空中仙乐铿锵,隐约望见天父坐在碧霄的金座,威仪万千,诸圣侍立两侧,拿着绿棕榈枝,只见天父摆了摆手,就有火焰翅膀的天使飞下地来,伸出两只胳膊,托她上天。

这种壮丽的景象,留在她的记忆中,就像难得梦见的最美的梦一样;现在感觉继续存在,她努力追寻,味道照样隽永,不过不那样弥漫心灵。爱玛一向好胜,如今终于领会基督的谦逊精神,心平气和,体味凡事退让的愉快,欣赏意志在内心摧毁,腾出一片空地,迎接上天怜悯。原来幸福之外,还有更大的福祉,还有一种爱,凌驾世俗之爱,不间断,不结束,永远增长!希望给她带来幻境,她隐约看见她憧憬的极乐世界,浮游半空,和天成为一体。她愿意变成一位圣者。她买念珠,她戴符咒;她希望床头挂一个镶翡翠的圣骨匣,每天夜晚吻着。

爱玛这些心情,堂长看成奇迹,惊异不止,虽然他也嫌她的信仰热心过分,有一天可能走火入魔,甚至做出荒唐事。但这方面,自己不太了然,把握不住,所以他写信给主教的书商布拉尔先生,请他寄来"一些大作,供一位绝顶聪明的女子读"。书商漫不经心,就像给黑人寄铜铁器皿一样,把当时流行的善书,不管三七二十一,统统寄了过来。其中有问答手册、像德·迈斯特①先生那样口气傲慢的布道小书,还有一些类似小说的东西,玫瑰红封皮,风格近似且俗,不是初级修道院学生诗人的手笔,就是洗心革面的所谓女作家的手笔,例如《三思而行》、曾得各种奖章的德……先生写的《社交男子拜倒在圣母脚下》、少年读物《伏尔泰的谬误》

---

① 德·迈斯特(1753—1821),法国政论家,主张恢复三权(上帝、教皇与国王)。

等等。

　　包法利夫人的智力没有完全恢复，还不能认真读书；再说，她看这些书，也未免过于急促。她嫌教条苛细；她厌恶论战文字高高在上，攻击她不认识的那些人，毫不容情；宗教气息浓厚的世俗故事，在她看来，根本就不了解人生，她原来希望看到真理的具体事实，但是这样一来，她反而不知不觉离开了真理。可是她照样坚持下去，甚至于书离开手，一个纯洁的灵魂可能感到的最优美的正当忧郁，她也以为自己有了。

　　至于罗道耳弗，她已经不思念他了，他停在她的心灵深处，比一位国王的木乃伊在陵墓里还要尊严，还要安静。这伟大的爱情如同加了防腐香料一般，散出一股气味，透过一切，甚至她愿意在里面过活的圣洁空气，也香喷喷的，有了柔情蜜意。她从前醉心奸情，甜言蜜语，唧唧哝哝，说给她的情人听，如今她跪在哥特式跪凳上，一丝不苟，向救主重复。她这样做，为了滋生信念。可是不见天上有任何快乐来到心头，她又站了起来，四肢疲乏，隐隐约约觉得像是上了当。她想，她这样苦心向道，一定会有好报。于是爱玛自负信仰虔诚，拿自己和过去那些贵妇相比，她先前对着一幅拉瓦利埃尔的画像，缅想她们的光荣：她们显出不可一世的庄重气派，曳起长袍花团锦簇的后摆，谢却荣华，遁入空门，把一颗受伤的心的满腔眼泪，倾泻在基督脚前。

　　她于是大行善事。她给穷人缝衣服，给产妇送木柴；查理有一天回来，看见三个无赖汉坐在厨房喝汤。她生病期间，丈夫把小女儿送到奶妈那边照管，她如今又接回家来。她想教她认字，白尔特再哭，她也不发脾气。她打定主意凡事退让，一概宽容。随便什么事，她说起来，也充满了理想的词句。她问她的小女儿：

　　"我的天使，你的肚子还疼不疼？"

　　婆婆无话可说，除非也许嫌她家事不理，一味给孤儿编织衣服。但是老太太在家吵嘴受气，却也喜欢儿子这边清静，她一直住到复活节,免得回去听包法利老爹挖苦,他不管斋戒不斋戒,每逢星期五,就要香肠吃。

婆婆判事正确,举止端庄,给了爱玛一点力量。除去婆婆做伴之外,她几乎天天有人相陪。其中有朗格洛瓦夫人、卡隆夫人、杜勃勒伊夫人、杜法赦夫人;还有善心的郝麦夫人,两点到五点,一定来看她,从来不肯相信任何关于女邻居的闲话。小郝麦们也来看她;朱斯丹陪他们来,一同上楼,走进她的房间。他站在门外,不言不语,安安静静。包法利夫人常常不在意,当着他梳头打扮。她猛一摇头,先取下梳子;他头一回看见她这一圈一圈的黑头发散开,全部垂下来,一直搭到膝盖,仿佛忽然走进什么新奇的世界,富丽堂皇,吓坏了这可怜的孩子。

爱玛当然不注意他的默默的殷勤和他的懦怯。她一点也没有想到,花容月貌,风魔人心,爱情走出她的生命,却又来到近旁,穿着粗布衬衫,在这少年的心头跳动。而且她如今凡事漠不关心,言辞亲热,目光冷淡,姿态多变,以致人们区别不出是自私还是慈悲、是恶行还是美德。譬如有一天黄昏,女用人请假出去,期期艾艾,寻找借口,她先在生气,忽然问道:

"你真就爱上了他?"

全福脸红了。她不等全福回答,就显出一副忧悒的神情,说下去道:

"好,快跑!开心去吧!"

开春前后,她不听查理劝说,叫人前前后后,把花园翻腾一遍。查理见她终于有了振作的表示,倒也高兴。她一天比一天见好,也就一天比一天振作。在她养病期间,奶妈罗莱女人,肆无忌惮,带来两个奶孩子,经常待在厨房,另外还带着一个寄居的孩子,吃起饭来,狼吞虎咽,一扫而光。她先想办法把她撵走,然后摆脱郝麦一家大小,再陆续辞谢众人的看望,甚至教堂,她去得也不怎么勤了。药剂师大加称道,立时表示好感,对她说:

"您先前有点迷过了头!"

布尔尼贤先生,像往常一样,上过教理问答,每天必来。他喜欢待在外边林荫中间,吸吸新鲜空气:他这样称呼花棚。查理正在这时回家。他们觉得天热,一道喝着新苹果酒,预祝太太完全康复。

毕耐也在那儿,就是说,稍靠下,在平台墙外,打捞蝲蛄。包法利请他喝酒,开坛子他完全在行。他望了四周一眼,心满意足,一直望到天边,然后道:

"应当像这样,在桌子上拿直瓶子,绳子剪断以后,一点一点拔软木塞,轻轻地,轻轻地,就像人在饭后开塞兹水一样。"

但是在他讲解中间,苹果酒常常溅他们一脸,于是教士咯咯笑着,重复一遍这句趣话道:

"好酒打眼!"①

他的确是一个老好人,甚至有一天,药剂师劝查理带太太散散心,到鲁昂剧场去听有名的男高音拉嘉尔狄,他也并不大惊小怪。郝麦见他默不作声,反而诧异了,问他有什么意见。教士讲:在他看来,音乐不像文学那样伤风败俗。

但是药剂师为文学辩护。他认为戏剧有益,不但责难偏见,而且利用娱乐,启迪道德。

"布尔尼贤先生,'在笑中移风易俗'②!例如,看看伏尔泰大部分的悲剧;他用巧妙的手法,把哲学见解撒在戏里,因而这些悲剧就成了人民在道德上、外交上,真正受教育的地方。"

毕耐道:

"我从前看过一出戏,名字叫《巴黎的野孩子》③,里面有老将

---

① "打眼"还有"一看便知"的双关意思。
② 这是近代拉丁诗人桑特耳(1630—1697)为剧幕拟的一句拉丁文标语:Castigat ridendo mores.
③ 《巴黎的野孩子》(1836),当时的一部通俗喜剧。

军那么一个人物,简直绝妙!一位少爷勾引一个女工,挨了他一顿教训,女工后来……"

郝麦继续道:

"当然,有坏文学,就像有坏药房一样;不过,不问青红皂白,一笔抹杀最重要的艺术,我觉得是一种蠢事,一种落伍的想法,可憎可恨,不亚于监禁伽利略的时代。"

堂长反驳道:

"我知道,世上有好作品、好作家;可是不分男女,聚在一个光怪陆离的房间,陈设浮华,人又打扮得妖形怪状,搽粉抹胭脂,点着灯,嗲声嗲气,结局必然使人想入非非,心思不正,受到非礼的诱惑。至少圣父们①全是这样说的。"他忽然换成神秘的声调,同时大拇指搓着一撮鼻烟,接下去道:"总之,教会谴责戏剧,有谴责的理由,旨令下来,我们就该服从才是。"

药剂师问道:

"教会为什么驱逐演员出教?他们从前是公开参加宗教仪式的。是的,他们在唱经堂当中搬演叫作圣迹剧的一类闹剧②,戏里一来就奚落礼法。"

教士作声不得,只好叹气了事。药剂师继续道:

"《圣经》也一样;里头……您知道……不止一个地方……挑逗人心……简直……色情!"

他见布尔尼贤先生做了一个恼怒的手势,就说:

"啊!你同意吧,这不是一本女孩子应该看的书。我会难过的,我要是看见阿塔莉……"

---

① "圣父们"指中世纪经院哲学的基督教学者。
② 圣迹剧搬演耶稣生平事迹,在举行盛大宗教仪式的节日演出。闹剧的字义是"填入"。中世纪演宗教剧,空气沉闷,需要调剂,中间插进一段逗笑的表演,后来独立发展,衍成闹剧,十五、十六和十七世纪初叶,很受巴黎市民欢迎。郝麦错把闹剧和圣迹剧看成一个东西。

教士不耐烦了,喊道:

"可是劝人读《圣经》的是耶稣教教徒,不是我们天主教教徒!"

郝麦道:

"不管怎么样,一种精神娱乐,无害于人,而又劝善惩恶,有时候甚至还对卫生有益,到了我们今天这个光明的世纪,还有人执意禁止去看,我觉得奇怪。不是吗,博士?"

医生的想法也许和他一样,然而不愿意得罪人,要么就是什么想法也没有,所以勉强回答了一句:

"还用说。"

谈话似乎结束了,但是药剂师觉得不妨最后再踢一脚:

"我就认识有些教士,俗家打扮,去看舞女跳舞。"

堂长道:

"瞎扯!"

"啊!我就认识!"

郝麦一字一顿,重复道:

"我——就——认识。"

布尔尼贤逆来顺受,只好道:

"好吧!他们不对。"

药剂师喊道:

"家伙!他们还有别的花样!"

教士站起来道:

"先生!……"

同时眼睛冒火,连药剂师也害怕了,声调放柔,解释道:

"我不过是说,宽容才是使人信教的最稳当的方法。"

老实人又坐下来,让步道:

"这话对!这话对!"

但是他只待了两分钟就走了。他一走开,郝麦就向医生道:

201

"这就叫作斗嘴！您看见的,我老实不客气,咬了他几口……话说回来,听我的话,带太太去看看戏吧,哪怕单为您这辈子,气一回一只这样的黑老鸹①,也是好的！要是有人能替我的话,我愿意亲自陪你们走走。快！拉嘉尔狄只演一场;英国出高薪聘了他。据说,很有两下子！发了大财！他随身就带三个姘头、一个厨子！大艺术家个个拿钱不当钱花;他们需要生活放荡不羁,刺激刺激想象。临了他们死在救济院,因为他们年轻的时候,不懂得攒钱。好,祝您晚饭用得好;明天见！"

看戏这个意思,很快在包法利心里生了根,他没有多久就说给太太知道。她起初反对,理由是疲倦、麻烦、花钱;但是出乎意料,查理并不让步,他以为看戏散心,对她有好处。他看不出有什么障碍;他已经不指望母亲给他们汇钱了,可是还汇了三百法郎来;眼前的债又不怎么大,勒乐先生的借据离到期还远,不必为这担心。尤其是,查理以为她不去看戏,只是为了他好,更坚持要去了;她最后经不起再三麻烦,只得答应。于是第二天,上午八点,他们上了燕子。

药剂师随时可以离开永镇,不过他自以为有事在身,离开不得,所以看见他们走,边叹气边道:

"好,一路平安！你们真有福气！"

随后看见爱玛穿一件有四道滚边的蓝缎袍,就说:

"您标致得活像一朵鲜花！您要轰动鲁昂啦。"

驿车停在芳邻广场的红十字旅馆。这家客店类似外省所有的城郊客店,马棚大、卧室小,站在屋里往外望,就见院子当中,放着推销员的轻便马车,浑身是泥,母鸡在车底下啄荞麦吃。舒舒服服的老屋子,虫蛀的木栏杆,冬季夜晚风吹着,嘎吱直响;里头总住满了人,喊声喧天,要东要西;黑饭桌子黏黏的,沾满了光荣酒;苍蝇

---

① 黑老鸹指教士而言,因为道袍是黑颜色。

叮黄了厚玻璃窗；潮湿的饭巾，斑斑点点，都是廉价酒的污迹。客店总有乡村气息，好像田庄的伙计穿上过节的衣服一样，靠街有一座咖啡馆，田野那边有一座菜园。查理一下车就去了剧场。他分不清花楼和楼座、前厅和包厢，请教完了，还是莫名其妙，票房请他去问经理室，回到客店，又去剧场，这样来回跑了几趟，从剧场到马路，跑熟了城南城北。

太太买了一顶帽子、一副手套、一把花。先生直怕错过开场戏；他们来不及喝汤，就赶到剧场门前。门还关着。

十五

观众站在栏杆当中，靠墙排成两行①。邻街拐角地方，大幅广告写着奇形怪状的字体："《吕西·德·拉麦穆尔》②……拉嘉尔狄……歌剧"等。天晴气暖，头发里热汗直淌，人人掏出手绢擦红额头。有时候，河上吹来一阵热风，轻轻吹动小咖啡馆门口细布凉棚的外沿。再往下走，又来一股凉风，夹带着脂肪、皮和油的味道。这是大车街的气味，那条街满街都是黑洞洞的大货栈，大桶在里头滚来滚去。

爱玛怕人笑话，要在进去以前，先到码头散散步。包法利小心翼翼，手捏住戏票，插在裤袋里，顶住他的肚皮。

她一进过厅就心跳，看见观众急急向右，走进另外一条过道，自己却踏上包厢的楼梯，不由得眉飞色舞，有了笑容。门宽宽的，

---

① 鲁昂的艺术剧场，在艺术广场，靠近塞纳河码头。
② 《吕西·德·拉麦穆尔》，一出意大利歌剧（1835），根据司各特的小说《拉麦穆尔的新娘》改编。故事大意是：吕西和艾德嘉尔是一对相爱的青年，但是吕西的哥哥阿什屯讨好权贵，要把她嫁给一位贵公子阿尔色；阿什屯采用听差吉尔拜特的计谋，哄骗吕西，说艾德嘉尔已经不爱她了；她相信哥哥的假话，接受阿尔色的婚约，但是就在这时候，艾德嘉尔出现了，责备吕西负心；她疯了，在新婚之夜刺死丈夫；艾德嘉尔闻讯也自杀了。

挂着幔子,她像小孩子一样,推开了门,觉得快乐。夹道的灰尘气味,她使劲往里吸。她坐在包厢里,微微前俯,潇洒自若,宛然一位公爵夫人。

剧场渐渐坐满。有人取出望远镜;长期观众,远远望见,互相致意。他们整日操心买卖,此刻到艺术中来消除疲劳,但是并没忘记生意,谈的照样是棉花、酒精或者蓝靛。其中有些老人,脸上没有表情,模样安详,灰白头发,灰白皮肤,好像银质奖章蒙着一层铅气,失了光泽一样。包法利夫人往下望,欣赏前厅一些美少年:他们扬扬自得,背心领口露出玫瑰红或者苹果绿领带,黄手套绷紧手掌,身子靠住金头手杖。

乐池的蜡烛点亮了;天花板上挂的多枝烛台也放了下来,上面的小玻璃片光芒四射,剧场忽然显出一片快活气象。乐师接着鱼贯而入,先是低音鸣隆,跟着是小提琴吱喳,小铜号嘀嘀嗒嗒,长笛和短笛咿咿唔唔,乱响了一大阵。但是舞台上连响三声,定音鼓咚咚敲了起来,接着就是铜乐合鸣,幕升上去,露出一片风景。

这是一座树林的十字路口,左边橡树浓荫下,有一股喷泉。农民和领主,肩膀搭着苏格兰式斗篷,不分贵贱,一同唱着猎歌;随后上来一位队长,朝天伸出胳膊,呼吁恶魔下凡;又来了一位;他们一走,猎人们就又唱起歌来。

她回到童年的读物中间,活在司各特小说的氛围里。她隐约听见苏格兰风笛的声音,透过浓雾,飘过映山红,反复回荡。她有对小说的记忆,很容易了解唱词,一句又一句,跟着唱词往下听。她那些朦胧的回忆,经不起音乐急吹猛打,没有多久,也就不知去向。她随着旋律摇曳,觉得自己全身心都在颤动,仿佛提琴的弓弦在拉她的神经一样。服装、风景、人物、还有人一走过就震动的画出来的树木,五光十色,使她应接不暇;小绒帽、斗篷、宝剑:所有这些虚构的事物,在音乐之中动荡,就像在另一个世界的氛围之中。一个年轻女子走向前来,拿钱包丢向一个穿绿衣服的侍从。然后舞台上留下她一个人,只听一支长笛在响,仿佛泉水潺潺,或者飞鸟啁啾。吕西神色严肃,唱着她的G大调短歌;她抱怨爱情,希望生长翅膀。爱玛同样希望离开人生,在相抱之中飞逝。突然拉嘉尔狄扮演的艾德嘉尔出现了。

他的肤色白皙,神采奕奕:一般说来,气质热情的南方人有了这种皮肤,看上去便像大理石雕像一样尊严。一件棕色紧上衣裹着他强壮的身体;左臀挂着一把雕镂的小刺刀。他露出一口白牙,同时旋转眼睛,怅怅无力,仿佛在爱情上受尽折磨。据说一位波兰公主,有一天黄昏,听见他在比阿里茨海滨①唱着歌修理小艇,爱上了他。她为他抛弃一切。他却抛弃了她,另爱别的女人:爱情上的名气越发提高了他艺术上的声誉。擅长外交手腕的戏子,甚至留意广告,经常添上一个诗意的句子,夸耀自己形象动人,心灵善感。一副好嗓子、一颗冷静的心,情绪多于理智、夸张多于诗意,作成这位有理发师与斗牛士气质的江湖艺人的叫座本钱。

他一进场就激起观众的热情。他拥抱吕西,离开了,又回来,像是难过到了极点。他一时暴怒,一时又无限温柔,唱挽歌似的呻吟;他光着颈项,音符从里面逸出,一个又一个,像是充满呜咽和热吻。爱玛看他,身子向前,指甲抓挠包厢的丝绒。这些抑扬动听的哀歌,伴奏的低音提琴加以延长!就像狂风暴雨之中翻了船的人呼救一样。她心中充满这些哀歌,而且原本就熟悉这种种沉醉和焦虑的感情,且几乎为之死去。女音在她听来,似乎只是她内心的回声;她着迷的形象,也似乎只是她生命的某一部分。可是世上就没有人这样爱过她。他们最后一晚,月色溶溶,互相说起:"明天见!明天见!……"他就不像艾德嘉尔哭得这样伤心。剧场一片喊好的声音;末一节全部又唱了一遍;一对情人说起他们坟上的

---

① 比阿里茨海滨,位于法国西南贝云附近,但是成为海滨胜地,却在第二帝国成立之后。

花、誓言、流放、厄运、希望,唱到最后告别,爱玛尖叫起来,和煞尾的音乐响成一片。包法利问道:

"这位贵人为什么欺负她?"

她回答道:

"不对;他是她的情人。"

"可是他赌咒复仇,害她一家人,而另一位、方才来过的那一位,又说:'我爱吕西,我相信她也爱我。'再说,他和她的父亲,胳膊挎胳膊,一道走出去。因为那是她的父亲,那个丑矮子,帽子插一根鸡毛,对不对?"

临到宣叙调二重唱,吉尔拜特对他的主人阿什屯讲起他狠毒的计谋,查理看见欺骗吕西的假订婚戒指,任爱玛左解说,右解说,他还是说成艾德嘉尔送来的爱情纪念品。他承认他听不明白故事,——由于音乐的缘故;对话不大听得出来。爱玛道:

"有什么关系?别说啦!"

他俯向她的肩膀,又道:

"原因是,你知道,我喜欢了解透彻。"

她不耐烦道:

"别说啦!别说啦!"

吕西半倚着侍女们,走向前来,头上戴一顶橘花冠,脸色比她的白缎袍子还白。爱玛想起她的大喜日子,恍惚又看见自己在麦田当中,沿着小径,走向教堂。为什么她当时不像吕西,又是拒绝,又是哀求?正相反,她当时兴高采烈,根本不领会她在投入深渊……啊!在她如花似玉的年龄,尚未跌入婚姻的泥淖、陷进通奸的幻灭之前,她要是能把终身许给一位心地坚定的伟大灵魂,而贞操、恩情、欢愉和责任也集于一人之身,她决不至于从那样高的幸福之巅摔了下来。毫无疑问,这种幸福只是一种谎言,编排出来抚慰人心的。艺术夸大的热情,她如今知道何等渺小了。于是爱玛努力不朝这方面想:她自身痛苦的这种再现,她一意看成游戏之作,仅供耳目之娱,她甚至怀着鄙夷和怜悯的心理笑了起来。这时就见舞台尽里,绒门帘底下,走出一个披黑斗篷的男子。

他做了一个手势,他戴的宽边西班牙式帽子就掉下来了,乐器和歌手马上开始六重奏。艾德嘉尔大怒之下,声音分外嘹亮,压倒全场,阿什屯音调低沉,唱着凶话激他;吕西尖声哀诉;阿尔色闪在一旁,用中音歌唱;牧师的次中音,唔咿唔呀,好似一架风琴;侍女们的声音,合唱一般重复他的语言,十分悦耳。他们全都站在一排做手势,半张着嘴,同时倾吐愤怒、报复、忌妒、恐怖、慈悲和惊惧的语言。情人气愤不过,拔出宝剑挥舞;胸脯一动,花边领披就跟着上下起伏;他迈开大步,左走走,右走走,软皮靴在踝骨地方开口,朱红刺马距打着地板直响。她心想他的爱情一定用之不竭,才会这样向观众大量倾泻。角色的诗意感染了她,揶揄的心理完全消失,剧中人的假象使她对演员本人产生好感,她试着想象他的生活——那种轰动远近、世间少有的辉煌生活,机缘凑巧,她兴许也能过它一过。这样一来,他们就会相识、相爱了!她同他在一起,游遍欧洲的王国,一个京城又一个京城,分享他的疲劳和他的骄傲,拾起那些朝他丢过来的花,亲自刺绣他的服装;然后每天夜晚,坐在包厢尽里,待在金栅栏后面,如醉如痴,领会这只为她一个人歌唱的心灵的倾诉;他在舞台上也边演边望她。但是她起了一种怪念头:他如今就在望她,一定的!她真想扑进他的胸怀,受到他的力量的庇护,如同受到爱情化身的庇护,对他说,对他喊:"把我抢走,把我带走,一同走!我是你的,你的!我的热情、我的梦想,全都属于你!"

幕落了。

煤气灯的气味和人呼出的气息混在一起;扇子的风反而增加空气的窒闷。爱玛想出去走走;群众拥在夹道,堵住了路,她倒进扶手椅,心跳得气也喘不过来。查理怕她晕倒,跑到茶食部,给她弄来一杯杏仁露。

他费了老大气力,回到原来地方;因为他两手捧着杯子,每走一步路,都有人碰他的胳膊肘,甚至于有四分之三,他倒在一位穿短袖袍子的鲁昂女人的肩膀上。她觉得冷水往腰里灌,叫得活像一只孔雀,如同有人杀她一般。丈夫是一个开纱厂的,对笨蛋大发脾气。她拿手绢揩着她漂亮的樱桃红缎袍的水渍,他粗声粗气,咕咕哝哝,说起赔偿、开支、归还这些字眼。查理好不容易来到太太身旁,喘着气道:

"老天!我以为我过不来了!到处是人!……是人!……"

他接下去道:

"你猜我在上头遇到谁了?遇到赖昂先生!"

"赖昂?"

"正是!他这就过来看你。"

他才说完话,永镇往日的文书就进了包厢。

他伸出手来,贵人一样爽快;包法利夫人不由自已,也伸出了手,不用说,由于一种更强有力的意志的吸引。自从春季那天黄昏,雨打着绿叶,他们站在窗边道别以来,她没有再碰到这只手。可是她很快就想到不该这样出神,努力从回忆之中摆脱出来,期期艾艾,说出一些简短的字句:

"啊!您好……怎么!您也在这儿?"

第三幕开始了,后厅有人喊道:

"别说话!"

"您又回鲁昂啦?"

"是的。"

"什么时候回来的?"

"出去讲话!出去!"

大家朝他望,他们只好住口。

但是从这时候起,她就听而不闻了;来宾的合唱、阿什屯和他的跟班的场面、伟大的 D 大调二重唱,在她看来,都离得很远,就像乐器不够响亮,人物退到远处一样。她想起药房斗牌、去奶妈家散步、花棚底下读书、炉边谈话、那可怜的恋爱,又安静,又悠长,又矜持,又温存,然而她全忘光了。他为什么回来?是什么机缘,他又走进她的生命?他站在背后,肩膀靠住板壁,鼻孔呼出的热气正好扑进她的头发,她不时感到一阵战栗。他朝她俯下身子,髭尖几乎触到她的脸,问道:

"您爱看这个?"

她信口应道:

"我的上帝,不!不怎么爱看。"

他听见这话,提议到剧场外头饮冰水去。

包法利道:

"啊!别就走!待下来吧!她的头发散开啦,看样子要演苦戏了。"

但是爱玛对发疯的场面不感兴趣,她嫌女歌手的表演过火,转向正在听戏的查理道:

"她叫得太厉害。"

他回答道:

"是的……也许……有一点。"

他一方面觉得真有意思,一方面又尊重太太的意见,说起话来,未免模棱两可。赖昂接着就叹息道:

"这儿热得……"

"受不了!真是这样。"

包法利问道:

"你热得难过?"

"是啊,我出不来气;我们走吧。"

赖昂先生拿起她的长花边披肩,轻轻放在她的肩头。他们三个人走到码头,坐在一家咖啡馆外面的空地上。起初谈她的病,爱玛不时打断查理的话,她说,怕赖昂听了腻烦。后者告诉他们,他

209

来鲁昂,在一家大事务所熟习两年,因为人们在诺曼底处理业务,和巴黎大不相同。他接着问起白尔特、郝麦一家大小、勒弗朗索瓦太太;他们当着丈夫,没有多少话讲,谈话不久也就断了。

有些人看完戏,走过人行道,不是哼唧,就是乱喊:"美丽的天使、我的吕西!"于是赖昂表示他是行家,谈起音乐。他看过唐比里尼、吕比尼、佩尔西阿尼、格里西①;拉嘉尔狄虽然热情奔放,同他们一比,也就不值一文了。查理一小口,一小口啜饮冰镇甘蔗酒,打断道:

"不过人家讲,他末一幕特别好。我后悔没有看完就走,因为我开始觉得好玩起来。"

文书接下去道:

"其实,他不久还要再演一回。"

但是查理回答,他们明天就走。他转向太太,又道:

"除非是你愿意一个人留下来,我的小猫?"

年轻人想不到有这样一个机会迎合他的希望,改变策略,恭维拉嘉尔狄末一幕的成就。简直是出神入化,难以言传!查理一听这话,坚持道:

"你星期天回去。好,决定了吧!你只要觉得对你有一点点好处,你就不该不看。"

可是周围的桌子撤空了,过来一个伙计,意在言外,站到他们旁边。查理明白是催他们走,掏出钱包;文书拉住他的胳膊,甚至没有忘记外赏两枚银币,嘚啷啷扔在大理石桌面上。包法利呢喃道:

---

① 唐比里尼(1800—1876),意大利的低音歌剧演员。吕比尼(1795—1854),意大利的高音歌剧演员。佩尔西阿尼(1804—1869),意大利作曲家,其妻塔吉纳尔第(1812—1867)是歌剧演员。格里西姊妹是意大利歌剧演员,这里指的应是妹妹吉屋莉雅(1811—1869),从一八三二年起,在巴黎演唱十五年,享有盛誉。

"真的,您不该付……"

文书做了一个无所谓而又亲热的手势,拿起他的帽子:

"明天六点钟,讲定了,是不是?"

查理依然说起他不能久离,不过爱玛没有理由不……

她显出一种奇怪的微笑,期期艾艾道:

"原因是……我不太知道……"

"好吧!你再想想看,睡上一夜,也许你就改变主意了……"

然后转向陪伴他们的赖昂:

"您如今回到家乡了,我希望,您随时会来舍下用用便饭吧?"

文书说他会打扰的,而且事务所有一宗业务,他也非去永镇不可。他们在圣艾尔柏朗夹道前面分手,礼拜堂的大钟正敲十一点半。

第 三 部

一

赖昂先生一面钻研法律,准备学位考试,一面却也相当照顾茅庐①。他在这里得到绝大成功,爱漂亮的小女工觉得他气宇轩昂,另眼看待。学生里面,数他正派:头发不太长,也不太短;一季的钱,他不在月初花光;和教授保持友好关系。说到荒唐,他永远适可而止,不是为了害羞,就是由于怕事。

他待在房间读书,或者黄昏坐在卢森堡②菩提树底下,想起爱玛,他的法典常常掉在地上。但是日久天长,情感也就渐渐淡了,他有了别的欲望;不过尽管上面压着别的欲望,这种情感照样活了下来,因为赖昂并不死心,就像一线希望,在未来摇摇晃晃,又像一枚金果,挂在怪树枝头,还有到口的可能一样。

所以别离三年,他再看见她,热情又苏醒过来了。他寻思道:事不宜迟,现在必须决心下手。再说,常和轻浮子弟厮混,畏怯之心早已不知去向,回到内地,高视阔步,他根本就看不起那些没有穿过漆皮鞋、没有走过沥青马路的人们。倘若在一位名闻四海的博士(得过勋章,出门有车的人物)的客厅,挨近一位遍体绫罗的巴黎女子,毫无疑问,可怜的文书,会像小孩子一样打哆嗦;不过如

---

① "茅庐"或者"大茅庐"是巴黎拉丁区的著名舞厅,创建于一七八七年,大革命后,成为学生聚会的一个中心,一八五五年停业。
② 卢森堡,巴黎一个有名的公园,在拉丁区。

今是在鲁昂码头,眼前是这小医生的太太,他先拿稳了,胜利在握,自然也就觉得行若无事了。信心因际遇而异:人在大厅说话,和在阁楼说话不同;阔太太保护贞操,在他看来,似乎胸衣衬里放满了钞票,如同披上了铠甲一样,无从下手。

头天夜晚,赖昂和包法利夫妇分手之后,远远跟着,看见他们走进红十字旅馆,他才转身回去,整整一夜,思索进行的计划。

所以第二天下午五点钟左右,他走进客店厨房,喉咙发紧,脸色发白,活像胆小鬼横了心,要硬干到底。有一个听差回答道:

"先生不在。"

这是吉兆。他上了楼。

她看见他来,并不感到慌乱。正相反,她向他道歉,他们忘记告诉他,他们的住址了。赖昂道:

"可是我猜出来了。"

"怎么会的?"

他说成是有缘相会,本能引导。她听了这话,微微一笑。赖昂一看话笨,连忙改正,说他一上午都在找她,一家又一家,问遍全城旅馆。他接下去道:

"那么,您决定待下来啦?"

她道:

"是的。我真不应该。手边一大堆事,忙都忙不过来,真不该寻什么不切实际的娱乐……。"

"啊!我心想……"

"哎呀!心想不来的,因为您呀,您不是女人。"

不过男子也有男子的苦恼,谈话带上了哲理意味。爱玛大谈特谈人事无常,长年寂寞,心像活埋了一样。

年轻人为了取得好感,或者受了熏染,天真烂漫,模仿这种忧郁,讲起他在学校,一年四季,万分无聊。他嫌诉讼程序烦琐,直想改行,母亲写信给他,封封使他难过。他们谈到痛苦的原因,越谈

213

越细致,倾筐倒箧,畅所欲言,说到后来,全无一点兴奋。不过他们没有把话全说出来,有时候就沉吟不语,寻思一句能表达心意的话。她绝口不提她对另一个男子的热情;他也瞒住不说他曾经把她忘了。

他或许已记不起舞会后和姑娘们吃夜宵的情景;不用说,她也把清晨在草地上奔往情人的庄园去幽会之事忘在九霄云外。城市的喧嚣差不多传不到他们的耳朵;房间很小,仿佛特意造成这样,缩小他们的寂寞。爱玛穿一件条纹布梳头衣服,头发靠着扶手椅的椅背;黄墙纸像金色背景似的托着她;镜子照出她头上梳的白线似的中缝,耳朵梢露在头发外面。她说:

"不过,对不住,我错了!我左诉苦,右诉苦,诉来诉去,您听也听腻烦了!"

"不,不!没有的事!"

她仰起眼睛望天花板,眼里包着一滴眼泪,接下去道:

"您知道我一向梦想些什么也就好了!"

"我也一样!哎呀!我受够了罪!我常常走出房间,来到街上,沿着河岸,一步一步拖着身子,想在嘈杂人群里忘记自己,可是心事重重,我就没有法子做到。路旁有一家画店,橱窗里挂着一张意大利版画,上面画着一位文艺女神,披了一件贴身衣服,眼睛望着月亮,头发散开,簪着勿忘草。有什么东西不住地吸引我过去;我在那边一待就是几小时。"

然后声音发颤,他说:

"她有一点像您。"

包法利夫人转过头去,因为她挡不住自己微笑,却又不希望他看见。他接下去道:

"我常常给您写信,写好了,又撕掉。"

她不回答。他继续说:

"我有时候心想,机缘凑巧我会遇见您。别人走过街角,我错以为是您;我追赶所有的马车,只要看见车门飘出一条披肩、一幅面网,和您的一样……"

她似乎打定主意,由他说去,并不打断。她交叉胳膊,垂下脸来,望着拖鞋的鞋花,偶尔脚尖在缎面里头微微一动。不过她叹了一口气:

"世上最伤心的事,难道不是像我一样,一辈子没有正经用处?我们的痛苦如果能对别人有用的话,想着是牺牲,倒也可以自慰了。"

他开始赞扬道德、责任和默默无闻的牺牲,说来也不见得相信,不过这是实情,他自己就有一片忠心,得不到机会满足。她说:

"我真愿意做一名医院的护士,看护病人。"

他回答道:

"嗐!男子就没有这一类神圣使命,我就看不出我有什么事好做……除非也许是,做做医生……"

爱玛轻轻耸了一下肩膀,打断他的话,抱怨自己害了一场大病,偏偏不死;真是可惜!死了的话,她现在也就不至于再受罪了。赖昂马上就说,他羡慕坟墓的宁静,甚至有一晚,他立遗嘱,要人埋他时用她送他的那条有绒道道的漂亮脚毯裹他。他们未尝不希望自己曾经这样生活,所以如今作出一种理想的安排,补充到过去的生活中去。再说,语言就是一架展延机,永远拉长感情。

但是听到关于脚毯的鬼话,她问道:

"这是为什么?"

"为什么?"

他迟疑了一下:

"因为我爱您啊!"

赖昂一面庆幸自己跳过难关,一面乜斜着眼睛,观察她的脸色。

她的脸色仿佛天空,一阵风刮走了乌云。黑压压的忧郁思想,

似乎走出她的蓝眼睛①,整个脸熠熠发光。他等候反应。她最后回答道:

"我从前也一直这么觉得……"

于是他们谈起过去发生的那些琐细事件,其中或苦或乐,他们方才已经用一个字眼总括过了。他想起铁线莲的架子、她往常穿的袍子、她的卧室家具、她的整所房子。

"我们可怜的仙人掌怎么样了?"

"去年冬天冻死了。"

"啊!您知道我多想念它们吗?我常常看见它们像从前一样,夏天早晨,太阳照着窗帘……我望见您的两只光胳膊,在花草当中,过来过去。"

"可怜的朋友!"

她朝他伸出手去,赖昂连忙凑上嘴唇,然后深深吸了一口气道:

"就我来说,我不知道您当时有什么不可思议的力量把我俘虏了过去。有一回,好比说,我来到您家;不过,不用说,您不记得了吧?"

她说:

"记得。讲下去。"

"您在楼下前厅,正要出门,站在末一道台阶;——您还戴了一顶小蓝花帽子;您没有邀我,可是我不由自主,陪着您走。每一分钟,我越来越觉得自己犯傻,可是我照样在您旁边走动,不敢太靠近,可又不愿意离开您。您走进铺子,我待在街上,隔着玻璃窗,看您摘掉手套,在柜台上数钱。过后您在杜法赦门口拉铃,有人给您开门,门又重又大,您一进去,就又关上了,我待在外头,活像一

---

① 作者在第一部第二章告诉我们,她的眼睛"由于睫毛的缘故,棕颜色仿佛是黑颜色"。在其他各章,都说"眼睛是黑的"。

个傻瓜。"

包法利夫人听他讲,惊讶自己竟这样老了;这些花花絮絮的事情,仿佛扩展了她的生命,形成一片感情的海洋任她邀游。她半闭着眼,不时低声道:

"是啊,真是这样!……真是这样!……真是这样!……"

芳邻区很有一些寄宿学校、教堂和无人居住的大公馆,形形色色的大钟在响。他们听见钟敲八点。他们不再言语;但是你看着我,我看着你,觉得脑子里扑扇扑扇的,像有什么出声的东西,顺着他们一动不动的瞳孔流过来流过去。他们握着手,只见过去、未来、回忆和梦想,全部融化在这销魂的优美境界。夜渐渐深了,墙上挂的四幅版画,画着《奈勒塔》①四个场面,底下有西班牙文和法文说明,在阴影里,已经看不大清了,浓浓的颜色还在闪烁。从往上推的窗户望出去,尖房顶之间,露出一角黑暗的天空。

她站起来,点亮五斗柜上的两支蜡烛,回来坐下。赖昂道:

"什么?……"

她回答道:

"什么?……"

断了的谈话,他正寻思怎样才能接上,就见她对他道:

"到目前为止,从来没有人对我表示过这种感情,又是什么缘故?"

文书指出:人的精神活动是不容易理解的。他爱她就是一见钟情。如果天假良缘,他们得以早日相逢的话,彼此一定好合无间,恩爱到老,所以他一想到他们实现不了这种幸福,就万分痛苦。她接下去道:

"我有时候也这样想来着。"

赖昂呢喃道:

---

① 《奈勒塔》,大仲马和嘉雅尔代合写的一出五幕散文剧(1832)。

"多好的梦啊！"

他轻轻抚摸着她的又长又白的腰带的蓝压边，继续道：

"那么，有什么阻拦我们重新开始呢？……"

她回答道：

"不成，我的朋友。我太老……您太年轻……忘了我吧！会有别人爱你……您也会爱她们的。"

他喊道：

"不像爱您一样！"

"您真成了小孩子！好啦，放乖些，我要您这样！"

她指出他们不可能相爱，他们应当永远像往常一样，仅仅保持友谊。

她说这话认真不认真？毫无疑问，她心里充满了被诱惑的愉快，却又必须防止被他诱惑，连自己也不晓得是不是认真。他的手畏畏缩缩，试着抚摸她；她望着年轻人，眼睛充满怜惜，轻轻推开他的哆哆嗦嗦的手。他后退道：

"啊！对不住。"

爱玛觉得这种畏缩，比起罗道耳弗色胆包天、伸出胳膊搂她还要危险，不由起了一种无名的畏惧。她觉得从来没有一个男子，长得像他这样美。他的举止之间，流露出一种天真无邪的可爱神态。他垂着他的又细又长的弯弯的睫毛。他的细皮嫩肉的脸庞也因为欲火如焚——她想——涨得通红，爱玛心荡神驰，恨不得贴上嘴唇。她于是看时间似的，朝钟俯下身子，道：

"我的上帝！我们尽说话，可不早啦！"

他听出她的意思，寻找帽子。

"我连戏也忘记看了！可怜的包法利，把我留下来，就为了看戏！大桥街的洛尔莫先生和他的太太陪我一道去。"

机会错过了，因为她明天就动身回乡下去。

赖昂道：

"当真?"

"是的。"

他接着就说:

"不过我还得和您见一面,我有话告诉您……"

"什么话?"

"一件事……又要紧,又重大。哎!不,可不,您不要走,千万别走!您要是知道……听我讲……您真就不懂我的意思?您真就猜不出来?"

爱玛道:

"其实,您话说得很清楚。"

"哎呀!您还取笑人!够啦,够啦!您就可怜可怜我,让我和您再见一面……一面……只一面。"

"好吧!……"

她住了口,随后,仿佛想到什么:

"不在这儿!"

"什么地方,您说。"

"您愿不愿意……"

她想了想,一口气说完道:

"明天,十一点钟,在礼拜堂。"

他抓住她的手,喊了一声:

"我一定来!"

她抽出手,低下了头。两个人全站直了,他在她的背后,弯过身子,吻她的后颈,吻了许久。

"您疯啦!啊!您疯啦!"

她边说,边叽叽嘎嘎直笑。吻越发多了。

他于是拿头探过她的肩膀,仿佛从她的眼睛征求同意一般。她的眼睛望着他,冷冰冰的,充满庄严。

赖昂倒退三步,准备出去。他在门边停住,然后声音颤抖着,

219

低声说道：

"明天见。"

她点点头，飞鸟一样去了里间。

爱玛当晚给文书写了一封拖拖拉拉的长信，谢绝约会；往事如烟，他们如今为了自己的幸福，不该相会。但是封好了信，她才想起不知道赖昂的住址，无从投递。她为难了一时，向自己道：

"我当面给他。他会去的。"

第二天，赖昂打开窗户，在阳台上低声唱歌，亲自刷亮皮鞋，一连刷了几遍。他穿上白裤、上等短袜、绿燕尾服，把他所有的香水统统洒在手帕上，然后头发卷成鬈鬈，再打散了，让头发具有一种自然的优雅。他发现理发店的杜鹃钟正指九点，心想："还太早！"

他拿起一本旧时装杂志看了看，这才出去，吸着一支雪茄，荡过三条马路，心想是时候了，慢悠悠朝礼拜堂走去。

夏季早晨，风和日丽。银楼的银器晶莹耀眼；阳光斜照礼拜堂，灰色石头的断口闪闪烁烁；一群鸟绕着有三叶花饰的小钟楼，在碧空飞来飞去；广场一片喧哗，花香扑鼻：沿石板路种有玫瑰花、素馨花、石竹花、水仙花和晚香玉，中间远近不等，夹杂着一些湿漉漉的绿叶、猫尾草和喂鸟用的鹅肠菜；喷泉在当中淙淙琤琤直响；大伞底下有些没戴帽子的妇女，站在摞成金字塔似的疙瘩皮西瓜当中，拿纸包扎紫罗兰花束。

年轻人买了一把。他这是头一次为女人买花；他闻着花香，傲形于色，胸脯也挺起来了，倒像他这花不是送别人而是送自己的。

不过他怕有人看见，只好硬起头皮，走进教堂。左门当中，在翩翩起舞的玛丽亚娜①底下，守卫当时正好站在门槛，头戴羽盔，腰挎长剑，手持挂杖，比红衣主教还庄严，像圣体盒那样耀眼。

---

① 浮雕上的舞者应当是莎乐美，一般市民误会成玛丽亚娜，左门是圣约翰门，门楣雕着他受难的经过。

220

他满脸笑容,和善狡黠,仿佛教士盘问小孩子,走向赖昂:

"先生想必不是本地人吧?先生有意观光观光教堂?"

赖昂说:

"不要。"

他先沿着两侧,走了一匝,然后回到广场张望。他不见爱玛,又上来,一直走到唱经堂。

大殿屋顶、拱券上部和玻璃窗,倒映在满满的圣水盘里。花玻璃的反光,在大理石的边沿虽然断掉,反而射得更远了,摊在石地上,活像一条花花绿绿的地毯。强烈的阳光,顺着三座敞开的拱门,变成三道巨光,一直射到教堂里头。尽里不时走出一位司库,经过圣坛,斜身一跪,站起就走,好像行色匆忙的信士。水晶烛台,安安静静,挂在半空。唱经堂点着一盏银灯;偏殿、教堂的阴暗部分,有时候发出一声叹息,加上关栅栏门的声音,在高耸的穹隆底下,发出回响。

赖昂踱着庄严的步伐,在墙边徘徊。他觉得人生对他从来没有这样好过。再过一会儿,她就来了,她一定是一副迷人的模样,心神不宁,偷眼张望背后看她的男女,——穿着她的有花边道道的袍子,举着她的金丝眼镜,蹬着她的玲珑小靴:种种装饰,他见也没有见过,显出贞节将要失去时难以言传的魅力。教堂好似一间广大的绣房,迎她进来。穹隆弯下身子,在阴影里头,听取她的爱情的自白。花玻璃窗明光闪闪,就为照亮她的脸,而香炉燃烧,就为香云缭绕,她像天使一样出现。

然而就是不见她来。他坐在一张椅子上,望着一扇蓝玻璃窗,上面画了一些提筐携篮的船夫。他集中注意力,望了许久,计算鱼鳞和小领紧身短袄的纽孔的数目,思想却漫无目的,四下寻找爱玛。

守卫站在一旁,心里直生这人的气:他居然独自观赏礼拜堂。在守卫看来,他行事荒唐,近乎剽窃,几乎是渎圣了。

但是石板路上响起了丝绸窸窣的声音,半空露出一顶帽子的边沿、一件小黑披风……是她!赖昂一跃而起,奔了过去。

爱玛面无血色,快步走来。她递给他一张纸道:

"看吧!……啊!不!"

她急忙缩回手,走进圣母堂,靠住一张椅子跪下来,开始祷告。

年轻人恼恨她这心血来潮的虔诚,然而见她在幽会地点,仿佛安达卢西亚的一位侯爵夫人①,一心一意在祈祷,倒也感到有趣,没有多久,却又不耐烦了,因为她祷告下去,没完没了。

爱玛在祷告,或者不如说是努力在祷告,希望上天迅速帮她做出决定来;她为了得到神助,就望着光辉的圣龛,吸着插在大瓶里的开白花的南芥菜的香味,感受着教堂的一片静默:结果心倒越发乱了。

她站起来。他们正要走出,就见守卫急忙凑近道:

"太太想必不是本地人吧?太太有意观光观光教堂吗?"

文书喊道:

"不要!"

她回答:

"为什么不?"

因为眼看贞节要守不住,她只好求助于圣母、雕像、墓冢、任何机缘。

于是按顺序进行,守卫把他们一直领到靠近广场的入口,手杖指着黑石头铺成的一个大圆圈,上面没有铭记,也没有花纹,摆出一副庄严的模样道:

"这儿就是昂布瓦斯大钟的钟口。钟重四万磅。全欧洲没有第二只。铸钟的工人一开心,闭过气去,死了……"

赖昂道:

---

① 安达卢西亚,西班牙南部地区的通称。《安达卢西亚》是缪塞的一首诗(1829),风行一时,因而诗里的侯爵夫人也就出了名。

"走吧。"

老好人往里走,回到圣母堂,伸出双臂,做了一个概括的解释姿势,比乡绅带你看他的墙边果木还要得意:

"这块石头底下,埋着彼埃尔·德·勃雷泽、法奈纳和布里萨克的领主、普瓦图大元帅和诺曼底总督,一四六五年七月十六日,死于孟来里之役。"

赖昂咬嘴唇,跺脚。

"右面这位贵人,全身铠甲,骑着一匹前腿举起的马,是他的孙子路易·德·勃雷泽、勃雷瓦尔和蒙绍韦的领主、莫勒弗里耶伯爵、莫尼男爵、御前大臣、功勋骑士,也是诺曼底总督,碑文写着:死于一五三一年七月二十三日,一个星期天;下面雕的这个男子正要葬入墓穴,面孔和他本人一模一样①。死人雕塑得这样逼真,世上找不出第二份了,是不是?"

包法利夫人举起单柄眼镜细看。赖昂看见一个口如悬河,一个冷若冰霜,执意作对,觉得心灰意懒,呆呆望着她,话也懒得说,手势也懒得做了。

絮絮叨叨的向导继续下去:

"旁边这个女人,跪在地上哭,是他的太太狄安娜·德·普瓦蒂埃,勃雷泽伯爵夫人,瓦朗蒂诺公爵夫人,生于一四九九年,死于一五六六年②。左边抱孩子的这个女人,是圣母娘娘。请看这边:这儿就是昂布瓦斯家的坟墓。这两位是鲁昂的红衣主教和大主教③。那一位是国王路易十二的一位大臣。他给了礼拜堂许多好

---

① 路易·德·勃雷泽的墓碑是一件著名艺术品,共分两层,上层是骑马雕像,下层是白玉平卧雕像。
② 狄安娜·德·普瓦蒂埃,路易·德·勃雷泽的续弦夫人,丈夫死后,从一五三六年起,成为亨利二世的情妇,被封为瓦朗蒂诺公爵夫人。
③ 昂布瓦斯(1460—1510)的墓碑也是文艺复兴时代的杰作,叔侄二人一前一后,跪在坟上。

处。他在遗嘱里给穷人留下三万金埃居。"

他娓娓道来,一刻不停,又把他们带到一间堆放栏杆的偏殿,挪开几个栏杆,露出一块笨重东西,很可能是一座雕坏了的石像。他深深叹一口气道:

"这原是装饰英国国王和诺曼底公爵'狮心'理查①的陵墓的。先生,都是加尔文信徒把它毁成这个样子②。他们不安好心,把它埋在大主教宝座底下的地里。看,大主教回府,就走这座门。我们来看看画有毒蟒的花玻璃窗。③"

但是赖昂连忙从衣袋摸出一块银币丢给他,抓住爱玛的胳膊就走。守卫目瞪口呆,不明白为什么提早赏钱,因为还有许多东西值得外乡人观光。所以他喊道:

"喂!先生。钟塔!钟塔!……"

赖昂道:

"不看啦。"

"先生不该不看!钟塔有四百四十尺高,比埃及的大金字塔才低九尺。整个儿是铁铸成的,钟塔……"

赖昂拔脚就跑;因为两小时以来,他觉得他的爱情,眼看在教堂就要变成石头,现在又要化成一道烟,穿过那个半截管子似的、长方鸟笼似的、有孔烟筒似的东西(居然不嫌难看,架在礼拜堂上头,倒像一个异想天开的锅匠,在做什么古怪试验)④,不知去向。她道:

---

① "狮心"理查,即理查一世(1157—1199),尸体埋在别处,心由鲁昂礼拜堂保存。
② 一五六二年,耶稣教教徒拆毁鲁昂礼拜堂,许多雕像遭受损坏。
③ 传说,鲁昂在七世纪有毒蟒为患,被主教圣罗曼杀死。花玻璃窗绘制圣罗曼生平事迹,是一五二一年的作品。
④ 木制包铅的钟塔,建于十六世纪,一八二二年,遭电烧毁;一八二七年重建,改为铜铸,直到一八七七年,才完工;一八四八年,曾经一度停工。在小说描述的这段期间,钟塔四周搭了架子,正在重修,所以才有这样一段描写。

"我们去什么地方啊？"

他不回答，继续快步走去；包法利夫人已经把手指泡在圣水里了，听见背后气喘吁吁，夹杂手杖顿地的有规律的响声。赖昂转回身子。

"先生！"

"什么事？"

原来是守卫，胳膊底下抱着二十来本装订好的大书，顶住肚皮，怕掉下来。全是"关于礼拜堂"的著述。赖昂跑出教堂，咕哝道：

"浑蛋！"

一个野孩子在广场玩耍。

"去给我找一辆马车来！"

小孩子像皮球一样去了四风街；于是他们面对面，单独在一起待了几分钟，全有一点窘。

"啊！赖昂……真的……我不知道……我该不该……"

先是娇声娇气，故作媚态，接着就又摆出一副庄重的神气道：

"这不合适，您知道吗？"

文书反驳道：

"有什么不合适？巴黎就这样做！"

这句话仿佛无可驳辩的论据，说服了她。

马车还不见来。赖昂直怕她再进教堂。马车终于来了。守卫站在门槛，朝他们喊道：

"再怎么也该走北门出去！看看《复活》《最后的审判》《天堂》《大卫王》和《火焰地狱的罪人》。"

车夫问道：

"先生去什么地方？"

赖昂推爱玛上车道：

"随你！"

笨重的马车出发了。

它下了大桥街,走过艺术广场、拿破仑码头、新桥,在彼埃尔·高乃依的雕像前面停住①。

车里发出声音道:

"往前走!"

马车又走动,穿过拉法夷特十字路口,走下坡路,一直奔到车站②。同一声音喊道:

"别停,一直走!"

马车走出栅栏门,不久来到林荫道,在夹道的大榆树之间,放慢了速度。车夫擦擦额头,皮帽夹在腿当中,把车赶到道旁水边的草地上。

它沿河走着碎石铺的纤道,从瓦塞尔往前走了许久,一直走过河心那些小岛。

但是它猛然加快速度,驰过四塘、扫特镇、大坝、艾耳伯夫街,在植物园前第三次停了下来③。声音越发暴躁了,喊道:

"走啊!"

它立刻就又上路,走过圣赛韦尔、居朗迪耶码头、磨石码头,再一次过桥,走过阅兵场,来到广济医院的花园后面:花园里有些穿黑上衣的老年人,沿着绿藤蔓生的平台,在太阳地散步。它走上布弗勒依路,驰过苟什瓦兹,兜了一圈里布代岭,一直来到德镇岭④。

它往回走,漫无目的,由着马走。有人在圣波、莱斯居尔、嘉尔刚岭、红塘和快活林见到它;有人在癫病医院街、铜器街、圣罗曼教堂、圣维维安教堂、圣马克卢教堂、圣尼凯斯教堂前面、——海关前

---

① 十七世纪法国悲剧作家高乃依是鲁昂人。他的雕像立在桥中心。
② 左岸西车站,在塞纳河之南。
③ 马车在南郊兜了一个大圈子。
④ 马车过河而北,又在西郊兜了一个大圈子。

面、——下老三塔、三烟斗和纪念公墓见到它①。车夫坐在车座上,不时望望小酒馆,懊恼万状。他不明白,这两位乘客犯了什么转运迷,不要车停。他有时候想停停看,马上听见背后狂吼怒叫。于是他不管两匹驽马流不流汗,拼命抽打,也不管颠不颠,心不在焉,由着它东一撞,西一撞,垂头丧气,又渴,又倦,又愁,简直要哭出来了。

码头上,货车和大车之间,街头,拐角,市民睁大眼睛,望着这个内地罕见的怪物发愣:一辆马车,放下窗帘,一直这样行走,比坟墓还严密,像船一样摇晃。②

有一回,时当中午,马车来到田野,太阳直射着包银的旧灯,就见黄布小帘探出一只光手,扔掉一些碎纸片,随风散开,远远飘下,好像白蝴蝶落在绚烂一片的红三叶田上一样。

最后,六点钟左右,马车停在芳邻区一条小巷,下来一位妇人,面网下垂,头也不回,照直走了下去。

二

包法利夫人回到客店,一看驿车不在,大吃一惊。伊韦尔等她等了五十三分钟,不见她来,只好出发了。

其实,她也不是非回去不可;不过她有话在先,说她当天黄昏到家。再说,查理在等她回来;她心里已经起了那种唯命是从的胆怯感:对于许多妇女,犯了奸淫,这种感觉就是惩罚,也就是所付的代价。

她连忙收拾行李、算账,到院子雇了一辆轻便马车,又是催促,

---

① 右岸城市东部和东郊各地。
② 六小时走不了这么多路,地名也不见得正好全是顺路。作者显然在夸张这段文字的艺术效果。

又是鼓励,时时刻刻向马夫打听:用了多少时间,走了多少里路,终于在甘冈普瓦入口,追上燕子①。

她一坐到她的角落,立刻闭上眼睛,直到挨近岭下,才又睁开。她远远望见全福,站在马掌铺前瞭望。伊韦尔把马勒住,女用人攀着窗口,鬼鬼祟祟道:

"太太,您得马上去郝麦先生家一趟,有急事。"

村子静静落落,和平日一样。街角有一堆堆玫瑰色的东西冒热气,因为眼下到了做果酱的时期,永镇家家在同一天酿造。大家称道药房前面那一堆,不但分外大,也特别考究,药房理当压倒寻常人家,公众需要应该重于个人爱好。

她走进药房,只见大扶手椅翻倒,连《鲁昂烽火》也扔在地上,摊在两只杵当中。她推开过道门,望见郝麦一家大小,全在厨房,个个拿着叉,系围裙系到下巴,周围有砂糖、方糖、装满一颗一颗红醋栗的棕色坛子,桌上有天平,火上有锅。朱斯丹站着,耷拉着头,药剂师冲他嚷道:

"谁叫你到堆置间找它的?"

"怎么啦?出了什么事?"

药剂师回答道:

"什么事?我们在做果酱,已经煮上了,可是汤太多,眼看要流到外头,我叫他另取一只锅来。也不知他是不起劲,还是偷懒,走到我的实验室,把挂在钉子上的堆置间的钥匙拿了下来!"

药剂师这样称呼顶楼的一间小屋,里头全是他那一行的器皿

---

① "燕子"回到永镇,经常总在下午六点钟左右。而前章说包法利夫人回到客店,已经"六点钟左右"了。伊韦尔即使等她"五十三分钟",按说她也不会在半路赶上"燕子"的,因为从鲁昂到永镇,驿车要走三小时,出发总在下午三点钟与四点钟之间。作者在第二部写包法利夫人回去的时间,往往和"燕子"离开鲁昂的时间不相符合。参阅莱昂·鲍勃的《包法利夫人诠释》第387页、第407页、第409页与第416页。

和商品。他常常一个人待在里头,一待就是几小时,不是贴标签,倒瓶子,就是捆扎包装。他不单单把它看成一间堆房,而是看成一间真正的内殿,出去的全是他亲手制成的形形色色的药品:丹药、丸药、煎药、洗药和水药,到四乡宣扬他的大名。谁也不许进去;他尊重它尊重到了这般地步,亲自打扫。总之,药房店面是他满足自尊心的地方,向公众开放;堆置间却是郝麦的隐居所,他在这里聚精会神,玩味个人所好。所以朱斯丹的轻举妄动,在他看来便是大不敬。他的脸涨得比红醋栗还红,反复道:

"是啊,堆置间!锁着酸类和苛性碱类的钥匙!去取一只备而不用的锅!一只有盖的锅!一只我自己也许永远不用的锅!我们医学实验,奥妙入微,样样重要!家伙!一定要分清界限!用于制药的器皿绝不能用在家务上!这就像拿手术刀宰填肥的子鸡一样,就像当官的……"

郝麦夫人道:

"你先平平气!"

同时阿塔莉揪住他的大衣:

"爸爸!爸爸!"

药剂师继续发作道:

"不!走开!走开!妈的!倒像开杂货店,简直就像!好,来吧!什么也不尊重!砸吧!摔吧!放走蚂蟥!烧掉蜀葵!药瓶腌黄瓜!绷带撕烂了!"

爱玛道:

"不过您有话……"

"等一等!——你知道你惹了多大乱子?……你就没有看见,左边犄角,第三槅架的东西?说呀,回话呀,哼唧一句说出来呀!"

年轻伙计结结巴巴道:

"我不……知道。"

"啊！你不知道。好！我呀，我知道！你没有看见一只蓝玻璃瓶子①，黄蜡封口，里头装着白粉，我亲自在外头写着：危险！你知道里头是什么吗？砒霜！你去碰这个！到旁边去拿一只锅！"

郝麦夫人合起双手，嚷道：

"旁边！砒霜？你简直要把我们统统毒死！"

孩子们又是哭，又是叫，好像他们已经感到肠子剧疼。药剂师继续道：

"要不然就是毒死病人！你莫非是希望我站到刑事庭的罪犯席？看我上断头台？难道你不知道，我轻车熟路，照样得小心操作？想到我的责任，我都胆战心惊！因为政府迫害我们、管制我们的可笑法规活活就是悬在达摩克利斯头上的利剑②，挂在我们的头上！"

爱玛不再指望问清要她来做什么了，药剂师又是喘，又是急，一句紧跟一句道：

"这就是你报答我的恩德！我像父亲一样照料你，这就是你的酬谢！要不是我，你在什么地方？你做什么？谁供你饮食、教育、衣着？谁供你种种便利，将来体体面面，置身于社会之中？可是为了这个呀，你就该吃苦耐劳，像人家说的，手上长腽子。Fabricando fit faber age quod agis.③"

他在气头上，引证起拉丁文来了。他要是懂得中文和格陵兰文的话，他也会引证的。因为他已经无法控制自己，心中所有，倾囊吐出，就像大洋一样，遇到狂风暴雨，不但露出岸边的马尾藻，就连海底的沙砾也露出来了。他接下去道：

---

① 法令规定，装毒药须用蓝瓶，以便识别。
② 达摩克利斯，公元前四世纪叙拉古暴君迪奥尼修斯的廷臣，常羡慕帝王有福，迪奥尼修斯遂请他赴宴，让他坐上自己的宝座，同时在他头顶上用一根马鬃悬着一把脱鞘的宝剑，意谓帝王虽享荣华，但随时可能遇到危险。
③ 拉丁文：夫匠者，心无二用，以工得名。

"我可真后悔不该照管你！我顶好还是让你像从前一样,回到你生长的脏地方,过穷日子！你呀,一辈子不会有出息,顶多也就是放放牛！你没有一点点才分学科学！你连贴标签也干不好！你待在我家,养尊处优,倒像一个教士、一只大肥公鸡,光会吃喝玩乐！"

但是爱玛不耐烦等下去,转向郝麦夫人道:

"有人叫我来……"

这位太太神色悲伤,打断道:

"啊！我的上帝！我怎么对您说才好？……是一个坏消息！"

话没有说完,药剂师就打断她,吼声震天道:

"倒空它！洗干净！拿走！快呀！"

他抓住朱斯丹的衣领,摇了两摇,就见衣袋掉出一本书来。

年轻人弯下腰拾。郝麦比他快,抢过来一看,眼睛瞪圆,下巴也耷拉下来。他分成两截,慢慢读道:

"《夫妇……之爱》！啊！好极了！好极了！漂亮极了！还有图！……啊！太不像话啦！"

郝麦夫人走过来看。

"不！别动！"

孩子们想看看图。他气冲冲道:

"出去！"

他们出去了。

他起初迈开大步,来回乱走,手捏着翻开的书,转动眼睛,怒气填胸,说不出话,像要中风。随后,他一直走到学徒跟前,交叉胳膊,当前一站:

"小坏蛋,原来你样样恶习都有啊？……当心滚进泥坑！难道你想也不想,这本坏书会落到我的孩子的手里,刺激他们的头脑,损伤阿塔莉的纯洁,败坏拿破仑！眼看他就要长成大人了。至少,你拿得稳,他们没有看到？你能不能保证……"

爱玛问道：

"不过，先生，到底您有没有话同我讲……？"

"我有话讲，夫人……你的公公死了！"

老包法利饭后中风，的确在前天去世了；查理过分担心爱玛感情重，央求郝麦先生，把这可怕的消息婉转通知她。

他说什么，他也仔细想过；他要语句工整、精致、富有节奏，成为一篇审慎、委婉、措辞讲究而细腻的杰作；但是愤怒战胜了修辞学。

爱玛一看听不到详情，便离开了药房；因为郝麦先生又数落起来了。不过他现在平下气来，一面拿他的希腊小帽扇风，一面用严父的口吻唧咕道：

"并非我完全不赞成这本书！作者是医生。里头有些科学知识，知道一下也是好的；我敢说，一个人也应当知道。不过，迟些日子，迟些日子！起码也要等你自己长大成人，性格稳定下来才成。"

查理在等爱玛回来，听见门环响，走上前去，伸出胳膊，两眼含泪，向她道：

"啊！我亲爱的朋友……"

他慢悠悠躬下身子吻她。但是她碰到他的嘴唇，想起另一个男子，她摩挲着脸，颤抖起来。她回答他道：

"是啊，我知道了……知道了……"

他掏出母亲的来信给她看：信上说起丧事，没有一点假惺惺哀恸的意思。他和几位旧日袍泽，在杜德镇一家咖啡馆举行爱国聚餐，过后倒在门口街上死了。她唯一的遗憾是他没有接受宗教救助。

爱玛拿信还给他。过后开上晚饭，她照顾人情，装出不要吃的样子。但是经不起他再三劝，她只好不管三七二十一，吃起来了，而查理坐在对面，没有动静，显出一副哀恸的姿势。

他不时仰起脸来看她。一看就是老半天,目光充满悲伤。他有一回叹气道:

"我真想再见他一面!"

她不作声。她最后明白自己非说话不可了,就问:

"你父亲多大年纪?"

"五十八岁!"

"啊!"

她没有话了。

他过了一刻钟又道:

"我可怜的母亲?……她如今怎么办?"

她做了一个不知道的手势。

查理看她默默无言,以为她在难过,唯恐加深她的痛苦,压制自己不再说下去。他于是丢开自己的痛苦,问道:

"你昨天玩得开心吗?"

"开心。"

桌布撤掉,包法利没有起身,爱玛也没有;她常看他这种单调的形象,怜悯心也逐渐消失了。她嫌他寒酸、软弱、无能,总之,是一个地道可怜虫。怎样才能摆脱他?夜晚过得真慢!有什么东西像鸦片气味一样,使她昏昏沉沉。

他们听见一根棍子在门道顿地板响。原来是伊玻立特给太太送行李来了。

他用假腿好不容易画了一个四分之一的圆圈,才把行李放下,满头的红头发在淌汗。她望着可怜人想道:

"他已经忘得一干二净!"

包法利在钱包尽底摸一个小钱;伊玻立特站在眼前,如同当面谴责他的不可挽救的无能一样,可是他似乎并不感到耻辱,望着壁炉上赖昂的紫罗兰道:

"你这把花真好看!"

她信口答道:

"是啊;是我方才买的……一个女叫花子卖给我的。"

查理拿起紫罗兰,小心在意,闻着香气,哭红了的眼睛也凑到上头。她赶快抢过来,放到水杯里。

第二天,包法利老太太来了。她和儿子哭了许久。爱玛借口安排家务,走开了。

过了这天,他们也该一道谈谈丧事了,就带了女红盒子,坐到水边花棚底下。

查理直在想念父亲;他惊讶自己对父亲感情会这样重,先前他以为自己爱他,也不过极其平常罢了。包法利老太太也在想丈夫。往常最坏的年月,也像值得留恋。日子久了,成了习惯,自然而然,也就没有怨尤,只有怀念了。针缝来缝去,可是不时有一大颗眼泪,顺着鼻梁往下流,有一时还在半道停住不流。

爱玛却在想:不到四十八小时以前,没有别人,只有他们单独待在一起,心荡神驰,恨不得多生几只眼睛对看才好。这一天追是追不回来了,她试着回忆当天的细枝末节。不过婆婆和丈夫的存在拘束她。她希望什么也听不见,什么也看不见,没有东西扰乱自己回味爱情,因为尽管集中力量,沉思冥想,外来的感觉眼看就要把它挤掉了。

她在拆一件袍子夹里,周围全是零幅、断线;老太太低着眼睛剪裁;查理穿着他的布头拖鞋和他当便服用的棕色旧大衣,两只手插在衣袋,也不言语;白尔特系着小白围裙,拿起她的小铲,在旁边小径刮沙子。

忽然就见布商勒乐先生走进了栅栏门。

他们遭逢大故,他效劳来了。爱玛回答,她相信不要添置东西。商人并不认输,说:

"对不住,我有两句话,希望私下谈谈。"

接着就放低声音:

"关于那件事……您知道？"

查理的脸一直红到耳梢。

"啊！对……当然。"

他心慌意乱，转向太太道：

"你好不好……我亲爱的？……"

她似乎领会他的意思，因为她站起来了。查理又对母亲道：

"没有什么！不过是家里一些鸡毛蒜皮的事。"

他不愿意母亲知道借据的事，怕她训他一顿。

勒乐先生一见没有别人，就单刀直入，恭喜爱玛有遗产承继，接着谈了一些不相干的事：墙边果木哪，收成哪，还有他本人的健康，总是"不好不歹"，"好上一阵，坏上一阵"。说实在的，话由人说，可是他卖足了力气，什么也赚不到手，就连抹面包的牛油也吃不起。

爱玛尽他讲去。两天以来，她正闷得要死！他继续道：

"您现在大好啦？真的，您丈夫当时那份焦急，我可看见啦！他是一个好人，别看我们之间有点纠葛。"

她问什么纠葛，因为查理瞒她，没有讲起关于货物的争执。勒乐道：

"您再明白不过！就是您一时高兴，想要的那些旅行箱子啊。"

帽子压着眼睛，一双手搭在背后，他笑吟吟的，吹着口哨，做出一副令人难堪的神气，盯住她看。他疑心什么不成？她神不守舍，非常杌陧。可是临了他却改口道：

"我们又谈妥啦。我来是有一个新安排和他商量。"

他指的是延长包法利立的借据。当然，先生可以按自己的心意行事；不过这样一来，他就不必在这方面操心了，特别是现在，他手上有许多事要办。

"其实，他最好把事情委托给别人料理，比如说，让您来料理；

您有了代理人权利,方便多了,我们也好在一起打些小交道……"

她听不懂他的意思,偏偏他又不明说。勒乐随后谈到生意,就说:太太不买他点东西也不成。他回头给她送一块青哔叽来,十二米长,正好做一件袍子。

"您身上这件只好家里穿穿。出门做客,您该另来一件才好。我一进门,头一眼就看出来了。我的眼睛尖着呢。"

他不是派人送衣料,而是亲自送来。过后他又带尺来量;又找别的借口来,每回都竭力做出热心、殷勤的样子,或者学郝麦的说法,趋奉唯谨的样子,总在爱玛耳边来上一言半语,提醒代理人权利问题。他绝口不提借据。她也不往这上头想;查理在她复元初期,露出两句口风,可是她一脑子事由,早不记得了。再说,银钱事项,她有意避而不谈;老太太想不到她会这样不关心,把她的转变看成她病中信奉宗教的结果。

但老太太一动身,爱玛立刻表现出她有何等清醒而实际的头脑,使包法利大为赞叹。她提出应当多方打听,验明抵押物品,看看是否需要拍卖或者清算。

她随口引用专门名词,说起"程序""未来""预见"这些辉煌的字眼,不断夸大承继的困难,最后有一天,她掏出一张委托书样本给他看,上面写着"经管代理他的事务,处理一切债款,签发所有票据,偿付全部银钱等"。勒乐的指示,她算充分利用了。

查理天真烂漫,问她这张纸是哪儿来的。

"居由曼先生那边。"

她显得异常镇静,继续道:

"我不太信任他。这些公证人,没有好名声!也许应该请教……我们就只认识……唉!谁也不认识!"

查理沉吟了一下,回答道:

"除非是赖昂……"

不过写信不抵事。她提议她走一趟。他不要她去。她一定要去。两个人抢着表示好意。她最后用假惺惺的反抗口吻嚷道：
"得,我求你啦,我一定去。"

他吻着她的额头道：
"你真好!"

第二天,她乘燕子去了鲁昂,向赖昂先生请教;她一住就是三天。

三

这三天才是真正的蜜月,妙趣无穷且又丰富多彩。

他们住在靠码头的布洛涅旅馆,待在里头,闭了窗板,锁上了门,地上撒遍鲜花,冰镇果露清早就送过来。

将近黄昏,他们乘一只遮蔽严密的游艇,到一座小岛用晚饭。

沿着船坞,这里正好听见一片嵌抹船缝的工人敲打船身的响声。柏油烟在树木间袅袅上升;大片的油渍在绯红的夕阳照耀下起伏荡漾,好像佛罗伦萨的古铜奖章在漂浮一样。

他们从停泊的船只间穿过,游艇上部轻轻擦过长而又斜的缆索。

城里的喧嚣——大车的滚动、语声的嘈杂、甲板上的吠声,不知不觉就听不真切了。她摘下帽子,他们在小岛上岸。

他们坐在一家酒馆的低厅里,门口挂着黑网。他们吃煎胡瓜鱼、奶酪和樱桃。他们睡在草地,躲到白杨树底下吻抱。他们未尝不希望一生一世住在这小地方,就像两个鲁宾孙一样,心旷神怡,觉得这里福天洞地,不啻世外桃源。他们不是头一回看见树木、蓝天、青草,也不是头一回听见水声潺潺、微风在枝叶之间吹拂,不过毫无疑问,他们从来没有加以赞赏,好像大自然先前并不存在,或者只在他们的欲望满足之后,才开始美丽一样。

他们夜晚回去,沿着岛屿行驶,两个人待在船心,躲在阴影里,不言不语。方桨在铁桦中间吱嘎响动,静寂中仿佛节奏计的敲打,同时舵在船尾,无休无止,轻轻拍着水响。

有一回,月亮出来,他们不免搜索词句,加以形容,觉得充满诗意,悒郁感人;她甚至唱着:

你可记得,有一夜,我们摇船,等等。

她柔和的歌声,散到水上,风带走颤音,从赖昂身边掠过,他听上去,仿佛翅膀扇动。

她坐在对面,靠着板壁,月光照进一面开着的窗板。她穿一件黑袍,褶幅摊开,如开一把扇子,衬得她更苗条,更颀长。她仰起了脸,合着手,眼睛望天。有时候,柳树影子完全遮住了她,忽而她又出现了,月光溶溶,恍若仙子。

赖昂坐在她的脚边,手底下碰到一条虞美人红的缎带。

船夫端详了一会儿道:

"啊!这也许是前一天我摇的那群人的。有男有女,一群年轻荒唐鬼,带着点心、香槟、短号,样样齐全!当中有一位先生,又高,又漂亮,一溜短髭,特别逗哏!他们一来就说:'来吧,给我们讲讲别的……阿道耳弗……道道耳弗……'我想他就叫这个名字吧。"

她哆嗦着。赖昂挨到旁边问道:

"你不舒服?"

"没有什么。一定是夜晚的寒气。"

老水手以为说话讨客人欢喜,就慢悠悠道:

"看样子,有的是女人迷他。"

他说过这话,唾唾手掌,又摇起桨来。

可是好景不长,终有一别!分离是凄凉的。

他有信可以交罗莱嫂子转;她教他用两个信封装信,她的偷情打算,清楚明白,不由得他五体投地,佩服之至。她最后吻他道:

"那么,你可以让我完全放心啦?"

"当然!"

他随后独自回家,在街上寻思道:

"可是她为什么那样关心代理人权利这个问题啊?"

四

没有多久,赖昂在朋友面前,神气十足,不但疏远了他们,连业务也丢开不管了。

他盼信来;信来了,他左看右看,看个没完。他写回信,他用全部欲望和回忆的力量唤起她的形象。那种再见她的心愿,非但不因为别离淡薄,反而越来越强,他按捺不住,有一个星期六早晨,溜出了事务所。

他在岭上望见盆地教堂的钟楼,还有它的马口铁做的旗子,随风旋转,就像百万富翁荣归故里一样,心头涌起一股喜悦之情,里头有诗意,也有感慨。

他围绕她的住宅徘徊。厨房闪出一道亮光。他等候窗帘后头露出她的影子。什么也没有出来。

勒弗朗索瓦太太一看见他,就大喊大叫,觉得他"高啦,瘦啦",不过阿尔泰蜜丝不这样想,觉得他"壮啦,黑啦"。

他像往常一样,在小间用饭,不过只有一个人,没有税务员;因为毕耐等燕子等累了,决定提前一小时用饭,如今他准五点钟用晚饭,可是照样一来就说:"破车到晚了。"

赖昂下定决心去敲医生的门。太太在卧室,要一刻钟以后下楼。老爷似乎高兴又见到他;但是他一整黄昏不见动静,第二天又是一天待在家里。

第二天黄昏,很晚了,他才在花园后头小巷,单独见到她;——小巷,像和另一个男子一样!赶上雷雨,电光一闪一闪的,照着他们在一把雨伞底下谈话。

他们难割难舍,爱玛道:

"宁可死!"

她边哭,边在他的胸前扭来扭去:

"再见!……再见!……我什么时候再见到你啊?"

他们走开了又回转来吻抱;这一回,她答应他,不拘什么方法,她不久会想出一个长远的机会,自由相会,起码也要每星期一次,爱玛相信有办法。而且她满怀希望。她就要有钱了。

所以她给卧室买了一对宽道道的黄窗帘,勒乐先生早就对她吹嘘便宜来着。她梦想有一条地毯,勒乐说"这又不是月中桂",彬彬有礼,决定帮她弄一条来。他成了她的左右手。一天里头,她尽叫人找他;他听说她找,丢下手边的事,马上奔了过去,不出一句怨言。大家也不明白,罗莱嫂子为什么天天在她家用午饭,甚至还私下看望她。

也就是在这期间,就是说,交冬前后,她对音乐似乎有了热烈感情。

有一天傍晚,查理听她弹琴,同一琴谱,她一连弹了四次,一次比一次生气,然而他看不出有什么不同,却喊道:

"真好!……好极了!……你不该停下来!弹吧!"

"嗐!不成!糟不可言!我的手指全像长了锈一样!"

第二天,他求她"再弹点什么给他听"。

"好吧,你要听,我弹给你听!"

查理承认她有一点生疏。她弹错琴键,东碰碰,西碰碰,最后干脆住了手:

"啊!没有救!我应该跟人学琴去,不过……"

她咬了咬嘴唇,接下去道:

"二十法郎一次,太贵啦!"

查理似笑非笑,蠢模蠢样道:

"是啊,的确……有一点……其实,少出些钱,我看,也许一样好学;因为有些艺术家,别看没有名气,往往比名流高多了。"

爱玛道:

"你打听打听看。"

第二天,他回到家,一副狡黠模样打量她,临了憋不住,还是把话说出来了:

"你有时候可真固执!今天我到巴尔弗舍尔去了。好!利埃热尔太太对我讲:她那两位小姐,在慈悲修道院学琴,教一次两个半法郎,还是一位有名的女教师!"

她耸耸肩膀,索性琴也不弹了。

但是她从钢琴旁边走过(万一包法利也在旁边的话),她就叹气道:

"唉!我可怜的钢琴!"

你去看望她,她少不了告诉你,她早已放弃音乐不学了,由于环境关系,现在也不可能再学了。她得到外人的同情。真可惜!她那样有才分!有人甚至同包法利谈起,说他不该不让她学,特别是药剂师:

"这就是您的不是了!一个人有天分,说什么也不该耽搁。再说,您想想看,我的好朋友,放太太去学琴,以后您孩子的音乐教育,不就替您省下来了吗!我认为母亲应当亲自教育子女。这是卢梭的见解,也许眼下还有一点新,不过我拿稳了,迟早会盛行的,就像母亲喂奶和种牛痘一样。"

所以查理再度谈起钢琴的问题。爱玛一听,就酸溜溜地回答:顶好拿它卖掉。这架可怜的钢琴,曾经多次满足她的虚荣心,如今卖掉,在包法利看来,就像她亲手处死她的某一部分一样,他说:

"万一你愿意的话……偶尔学一次钢琴,话说回来,也不见得有多大破费。"

她就这样设法得到丈夫允许,每星期进城一趟,会晤她的情人。一个月下来,居然有人以为她弹琴很有进步。

五

她每星期四去,从床上爬起来,悄不作声,穿好衣服,就怕惊醒查理,来上两句闲话,说她不必太早出门。她打扮消停,走来走去,要不然就站在窗前,瞭望广场。曙光在菜场柱子的空当转动,药房的窗板关着,招牌上的大写字母,衬着黎明的灰白颜色,隐约可辨。

钟针指到七点一刻,她去了金狮,阿尔泰蜜丝打着呵欠,过来给她开门。炭埋在灰烬里头,阿尔泰蜜丝为她剔红了。爱玛一个人待在厅房。她不时走到院子。伊韦尔不慌不忙套车,勒弗朗索瓦太太戴着睡帽,探出小窗口,交代任务,絮絮叨叨,对他解说来解说去,换了别人,早不耐烦了,可是伊韦尔一边套车,还一边在听。爱玛的靴跟打着院子石头地响。

他用过早点,披上粗毛斗篷,点起烟斗,拿起鞭子,终于安闲无事,坐到他的座位。

燕子悠悠走去,第一古里有四分之三,随地停留,等旅客上车。有的站在路旁,院子栅栏门前,守候它来;有的头一天约好了,由着车等;有的甚至还在家里床上;伊韦尔连喊带叫,骂过不算,还走下车来,拼命砸门。冷风吹进车窗的裂缝。

四条长凳坐满,车朝前驶去,苹果树一棵接连一棵,一闪而过;两道长沟,盛满黄水,夹着大路;大路越靠近天边,越显得窄小。

爱玛对这条路,拐弯抹角,没有一个地方不熟,知道过了一家牧场,就有一根桩子,再下去又是一棵榆树、一座谷仓,或者一间路工小屋;有时候,她甚至闭上眼睛,过一会儿再睁开,奇怪到了什么地方,但是还有多少路要走,她再清楚不过。

砖房终于到了眼前,地在车轮底下起了响声,燕子穿过两旁花园,人在开口的地方望到几座雕像、一座葡萄台①、几棵剪齐了的罗汉松和一架秋千。紧跟着一眨眼工夫,城出现了。

城像圆剧场,一步比一步低,雾气笼罩,直到过了桥,才乱纷纷展开。再过去又是旷野,形象单调,越远越高,最后碰上灰色天空的模糊的基线。全部风景,这样从高处望去,平平静静,像煞一幅画。停锚的船只,堆在一个角落;河顺着绿岭弯来弯去;长方形的岛屿,如同几条大黑鱼,停在水面,一动不动。工厂的烟筒冒出大团棕色的烟,随风飘散。教堂的尖顶突破浓雾,清越的钟声有冶铸厂轰隆轰隆的响声伴奏。马路的枯树,站在房屋中间,好像成堆的紫色荆棘。雨洗过的屋顶,由于市区有高有低,光色参差不齐。有时候,吹来一阵劲风,浮云飘向圣卡特琳岭,仿佛空气凝成波涛,冲击岸边绝崖,先是气势汹汹,转瞬就又销声匿迹了。

这些人口密集的地方似乎有什么令人晕眩的东西,使她心潮澎湃,按她的设想,仿佛活在这里的十二万人,个个热情洋溢。她的爱情在这种地方益发高涨起来,城市的喧腾填入她的爱情,使之膨胀,随即她又朝广场、林荫道、街头把爱倾泻出来。诺曼底的这座古城,在她看来,成了一座奇大无比的京城,一座等她进去的巴比伦。两只手靠住车窗,她吸着吹来的微风。三匹马奔驰,泥里的石头嘎吱在响,车在摇晃,伊韦尔老远就喊路上小货车闪开,同时在纪尧姆树林过夜的资产者,乘着家里的小马车,安安详详下岭。

车在城门跟前停住;爱玛脱下木头套鞋,换过手套,理好披肩,在二十步开外,走下燕子。

---

① 诺曼底的富裕农民,喜欢在花园堆一座土台,再在上面搭葡萄架。

全城正苏醒过来①。有些伙计戴着希腊小帽,擦亮店面;有些妇女,屁股顶着篮子,隔一会儿,在街角吆喝一声。她贴墙走,眼睛望地,黑面网拉下来,喜滋滋的,笑容满面。

她怕人看见,一般不走最近的路。她钻进不见阳光的小巷,浑身是汗,从国民街的街口,喷泉附近出来。这里是剧场、咖啡馆和妓院区。常常一辆大车,载着晃晃悠悠的布景,从她旁边走过。有些系围裙的伙计,往绿色灌木丛之间的石板路上撒沙子。她闻见洋艾酒、雪茄和牡蛎的气味。

她转过一条街,看见一个人,帽子底下露出一圈一圈头发,认出了他。

赖昂在人行道上继续行走。她一直跟到旅馆;他走上楼,开开门,进去……热烈地吻抱!

吻过以后,话像激流一样,滔滔不绝。他们互相倾诉一星期来的愁闷、忧虑和盼信的焦灼;但是如今,统统烟消云散了,他们面对面望着,开心地笑着,恩恩爱爱地叫着。

床是一张船形桃花心木大床。天花板挂着素红缎幔帐,低低下垂,兜着敞口床头;——世上没有比这再美的了:红颜色衬着她的棕色头发、她的白色皮肤,同时她羞答答的,缩拢两条光胳膊,脸藏在手心。

房间暖和,地毯没有声息,陈设轻狎,光线柔和,似乎一切专为颠鸾倒凤而设。太阳进来,箭头帐竿、铜床钩、火篦的大球,马上发出亮光。两只玫瑰红大蚌壳,放在壁炉上两支蜡烛当中,举到耳边,可以听见海啸。

他们多爱这间亲密的卧室!装潢虽然有一点过时,但是充满欢愉。他们过一个星期再来,发现木器照样待在原来的地方,有时

---

① H. L. 在《法兰西文学史杂志》一九一〇年四月号指出:燕子早晨将近八时离开永镇,要走三小时才到鲁昂,不可能"全城正苏醒过来"。

候,她上星期四忘记的头发针又在钟座底下看到。他们围着一张独腿紫檀小圆桌,在炉边用午饭。爱玛把肉切成薄片,给他放在盘子里,一边千娇百媚,卖弄风骚。香槟酒倒进精致的玻璃杯,沫子溅上她的戒指,她笑了起来,清脆动听,无拘无束。他们两下色授魂与,如胶似漆,错把旅馆当作家园,要在这里活到老死,宛如一对神仙夫妇,永远少艾。他们说起"我们的房间""我们的地毯""我们的扶手椅";她甚至说起"我的拖鞋",——这是赖昂的礼物,天鹅毛沿口。她坐在他的膝上,她的腿太短,悬在半空,于是没有后跟的玲珑拖鞋,就只套在她的光脚的脚趾。

女性生活的不可言传的美妙,他有生以来,还是头一回玩味。他从来没有领略过这种雅致的语言、这种考究的服装、这种睡鸽似的姿态。他赞赏她火热的感情和裙子的花边。再说,她不正是一位社交之花,一位有夫之妇!总而言之,一位真正的情妇!

由于性情多变,一时幽深,一时快活,一时絮叨,一时缄默,一时激愤,一时冷淡,她激发出来的欲望,在他也是无穷的,不唤起本能,就唤起回忆。她是所有传奇小说里的情人、一切剧本里的女主人公、任何诗集泛指的她。他在她的肩头又看见了《土耳其嫔妃入浴图》的琥珀颜色;她有封建时代女庄主的细长腰肢;她也很像"巴塞罗那的面色苍白的妇人",但首先她是天使![①]

他常常一边看她,一边觉得他的灵魂离开自己,变成波浪,顺着她的头部往下流,不由自主,流进她的白净的胸脯。

他坐在她面前的地上,一对胳膊肘搭在膝盖上,仰起脸来,笑眯眯打量她。

她朝他弯下身子,仿佛神魂颠倒,话也说不出来了,唧唧哝哝道:

---

① 《土耳其嫔妃入浴图》,法国画家安格尔(1780—1867)的作品。"巴塞罗那的面色苍白的妇人"指西班牙画家牟利罗(1617—1682)的《喂奶的民妇》一画而言。当时诗歌常用"天使"这种字眼称颂妇女。

"别动！别说话！看着我！你的眼睛像有什么东西放射出来,那样甜,那样让我惬意！"

她叫他"孩子":

"孩子,你爱我吗?"

她简直听不见他的答话,因为他的嘴唇很快就上来封住了她的嘴。

钟上有一个丘比特①小铜像,一脸媚态,弯起两只胳膊,托住一个镀金花环。他们笑他笑了许多次。但是临到非分手不可,他们觉得样样严肃了。

两个人面对面,一动不动,再三重复:

"下星期四见！……下星期四见……"

她伸出两只手,猛然搂住他的头,骤风急雨般吻着他的前额,喊一声"再会！"奔下楼梯。

她走到剧场街,在一家理发馆整理头发。天黑了;铺子点亮煤气灯。

她听见剧场摇铃,召集演员上戏;她看见对面走过白脸的男子和装束过时的女子,从后台门进去。②

这间小屋本来太低,加上假发和生发油之间,生着熊熊的炉火,显得特别暖和。她闻着铁的气味,还有那双给她梳理头发的油手,很快就昏昏沉沉,披着她的梳头衣服,眯瞪了一小会儿。伙计常常一边给她梳头,一边问她要不要化装舞会的门票。

她终于走开了！穿街越巷,来到红十字旅馆,早晨她把木头套鞋藏在长凳底下,现在又取出来穿上,挨着不耐烦的乘客,坐到她的座位。有的乘客在岭下就下了车,她一个人留在车上。

每拐一次弯,遥望城里灯火,也就一次比一次多,仿佛一大片

---

① 丘比特,罗马神话里的爱神(童子)。
② H.L.又指出,燕子下午六时回到永镇,离开鲁昂的时间,不可能迟到天黑、点灯、上戏。

通明的水汽,浮在杂乱的房屋上空。爱玛跪在垫子上,茫然望着这照花了眼的景象。她呜咽了,叫着赖昂,朝他送去一些情意绵绵的话和随风而逝的吻。

有一个乞丐,挂着拐杖,不顾山路崎岖,在驿车中间奔走。肩膀蒙着一堆破布。一只旧獭皮帽,没有顶子,圆圆的仿佛一个脸盆,扣住他的脸,可是他一摘掉,就见眼皮地方,有两个血窟窿。皮肉开裂,形成一道道红皮瓣,脓液淌下来,凝成绿痂,一直到鼻子。黑鼻孔痉挛似的往里吸气。说话先要仰起头来傻笑;——于是他的淡蓝瞳仁,不住朝太阳穴滚过去,一直滚到脓疮外沿。

他跟在车辆后面,唱着一首小歌:

火红的太阳暖烘烘,
小姑娘正做爱情的梦。

下边唱到飞鸟、太阳和绿叶。

有时候,他光着头,冷不防来到爱玛背后。她叫一声,就往后退。伊韦尔寻他开心,叫他赶圣罗曼集摆一个摊子,要不然就笑嘻嘻问他,他的情人一向可好。

常常车正在走,就见他的帽子突然塞进车窗,另一只胳膊抓住脚凳,车轮泥水再溅,他也揪牢不放。他的声音先是哀婉,如同婴儿啼哭,慢慢变尖了,在夜色中拖长,好像一个人说不出来为什么伤心,抽抽噎噎,听不真切哭些什么,可是透过铃铛的响声、树木的吹动和空车的轰隆,隐隐传来什么力量,扰乱爱玛的心情,好像一阵旋风进了深渊一样,沉入她的灵魂深处,又把她带到无边无涯的忧郁世界。不过伊韦尔觉出一边偏重来了,抡起鞭子,使劲抽打瞎子。鞭梢抽到他的烂疮,他摔在泥里,疼得扯嗓子乱叫。

燕子的乘客终于睡着了,有人张开嘴,有人低下头,不是靠住邻人的肩膀,就是胳膊穿进车上的皮带,随着马车的颠簸,摇来晃去。灯在车外摆来摆去,照着辕马的屁股,透过巧克力色的布帘,撒下一片血红的影子,笼罩着这些安静的男女。爱玛一阵紧似一阵凄凉,穿着衣服,直打寒噤,越来越觉得脚冷,心像死了一样。

查理在家等她回来;燕子星期四总是姗姗来迟。太太终于回来了!她勉强吻抱了一下小女孩子。晚饭没有预备好,没有关系!她原谅女厨子。现在似乎全尽这丫头做。

丈夫看出她面色苍白,常常问她是否难受。爱玛说:
"不难受。"

他反驳:
"可是你不觉得你今天晚上有点异样?"
"哎呀!没有什么!没有什么!"

甚至有些天,她一到家,就先上楼,去了卧室。朱斯丹凑巧也在,潜着脚步,奔走伺候,比一个精明的宫女还要得心应手。他理齐火柴、蜡烛盘和一本书,放好她的睡衣,摊开被窝。她说:
"好,行啦,去吧!"

因为他站在一旁,两手下垂,眼睛睁开,就像忽然沉入绮梦,千丝万缕,缠在里面无法自拔。

第二天阴沉可怕,以后几天,还要难熬,因为爱玛急于重温她的幸福,大有迫不及待之势,——正因深谙其味,越发贪得无厌,所以她熬到第七天,见到赖昂,就尽情缱绻。他的热情表现首先是惊奇和感激。爱玛享受这种爱情,审慎而专注,温存体贴,花样翻新,唯恐有什么闪失,爱情不翼而飞。她常常声音柔和,悒悒寡欢,对他道:

"啊!你!你会离开我的!……你要结婚的!……你要和别人一样的。"

他问道:
"哪些别人?"

她回答道:
"还不都是男人。"

然后她做出娇嗔的手势,推开他道:

"你们全是负心的货!"

他们有一天,心平气和,漫谈人事无常,她随便说起(为了试验他的忌妒,或者也许由于一种过分强烈的吐露心情的要求)往日,她在他之前,爱过一个男子,"并不像你!"她赶快补上一句,还用女儿的终身赌咒,说:"没有发生关系。"

年轻人信以为真,问起他的职业。

"我的朋友,他是一位船长。"

这不免去任何追究,同时不也抬高她的身份?——因为一个男人,天性好斗,听惯恭维,居然受她支配,无形之中,也就说明她的魅力。

可是文书听了这话,很嫌自己卑微。他羡慕肩章、勋章、官衔。她一定喜欢这类东西,从她爱挥霍的习惯上就能看出来。

其实爱玛有许多异想天开的事,还没有说出口来,例如她来鲁昂,希望能乘一辆蓝色提耳玻里,驾一匹英吉利马,有一个穿翻口长靴的马童驭马。勾起她这种怪想法的是朱斯丹,他曾求她收他当一名跟班。短少这辆马车,并不减轻她每次赴幽会的快感,然而增加回去的辛酸,也是真的。

他们一道谈起巴黎,她临了总嘀咕道:

"啊!我们住在那边,要有多好!"

年轻人摸着她的头发,柔声柔气问道:

"难道我们不快活?"

她道:

"是啊,的确快活,我把话说得没有边儿啦:亲亲我!"

她待丈夫也可爱多了:给他做"阿月浑子"奶酪,晚饭后弹华尔兹舞曲。他把自己看成最走运的人,爱玛日子也过得无忧无虑的,可是有一天黄昏,他冷不防问道:

"教你弹琴的,是不是朗玻乐小姐?"

249

"是她。"

查理接下去道：

"噢！我方才在利埃热尔太太家里看见了她。我同她谈起你来，她说她不认识。"

她像遭了雷击一样，不过还装出若无其事的模样，回答道：

"啊！想必是她忘记我的名姓啦！"

医生道：

"不过鲁昂也许有几位朗玻乐小姐教钢琴吧？"

"很有可能。"

然后连忙道：

"可是我有她的收据，可不！你看。"

她走到书桌跟前，翻遍抽屉，搅乱纸张，临了头昏脑涨，还是不见踪影，查理再三劝她住手，犯不上为了这些无聊收据，自讨苦吃。她道：

"嗐！我会找到的。"

果不其然，到了下星期五，他在存放衣服的黑小间换靴子，发现在一只靴子的皮和袜子之间，有一张纸，他取出来读道：

　　兹收到三个月教琴费及杂费共六十五法郎。音乐教师费莉西·朗玻乐。

"家伙！这怎么会在我的靴子里头？"

她回答道：

"想必是从放账单的旧纸盒里掉出去的。纸盒放在架子的边边上。"

从这时起，她的生活只是一连串谎话，好像面网一样，用来包藏她的爱情。

这变成一种需要、一种癖好、一种快感，以致她若说她昨天在一条街道的右侧行走的话，必须听成她在左侧行走。

有一天早晨,她像平时一样,衣着相当单薄,去了鲁昂,可是才一动身,天空忽然飘起雪来了;查理正在窗口看雪,望见布尔尼贤先生坐了杜法赦先生的包克到鲁昂去。他于是跑下楼梯,拿了一条厚披肩,拜托教士,一到红十字旅馆,就递给太太。布尔尼贤前脚才进客店,就打听永镇医生太太在什么地方。女店家回答:她很少来。临到黄昏,堂长在燕子里遇见包法利夫人,对她说起他的尴尬,不过似乎也并不怎么看重,因为他马上改口恭维一位布道师,在礼拜堂讲演,效果很好,阔太太全争先恐后来听。

他不追根究底,难保将来别人不管闲事。她这样一想,觉得每次还是在"红十字"下车的好,本村正经的男女上下楼梯看见她,也就不起疑心了。

但是有一天,勒乐先生遇见她走出布洛涅旅馆,挎着赖昂的胳膊。她怕起来了,以为他会张扬出去。他不那样蠢。

可是三天之后,他走进她的房间,把门关好,说:

"我等钱用。"

她说她付不出。勒乐唉声叹气了一大阵,提起他过去待她的种种好处。

查理签的两张借据,的确,爱玛直到如今,只付过一张。至于第二张,她请商人换成两张,付款日期还放得老远老远的。他说起这话,从衣袋取出一张欠付的货单,例如窗帘、地毯、沙发料、几件衣服和一些梳洗用的零星东西,一共约莫有两千法郎。

她低下了头。他接下去道:

"您没有现钱,可是您有房产呀。"

他说起奥马尔附近一所破烂房屋,根本没什么收益,坐落在巴恩镇,从前属于老包法利卖掉的一所小田庄。勒乐居然了如指掌,连公顷数目、邻居姓名,也都知道。他说:

"我要是您呀,拿它还清债,还有多余。"

她说找不到买主;他说有希望找到。她问怎么样她才能做主出卖。他回答道：

"难道您没有代理人权利？"

她听到这话，就像一阵清风吹来一样。爱玛道：

"您把账单留给我。"

勒乐回答说：

"哎呀！操这份心干什么！"

下星期他又来了，自吹自擂，说他千辛万苦，终于发现了一个人，叫朗格洛瓦的，许久以来，就在觊觎那所房产，不过没有说出买价来。她喊道：

"什么价钱都成！"

正相反，必须等候，试探试探这家伙。为了这事，值得走一趟，她既然去不了，他愿意代劳，当面和朗格洛瓦讲定。待他回来，就讲：买主出到四千法郎。

爱玛听见这消息，眉飞色舞。他接下去道：

"老实讲，出价够高的啦。"

她立刻收到一半议价。商人看见她要付账，又向她道：

"这样大一笔款子，您一下子用光，天地良心，我看了可真不好受。"

于是她望着钞票，想着这两千法郎能作成不计其数的幽会，不由得期期艾艾道：

"怎么！怎么！"

他装出一副老好人的模样，笑道：

"哎呀！随便什么，全好记账的。家里的事，我有什么不知道的。"

他一边盯着她看，一边捏住两张长纸，在指甲中间滑来滑去。他最后打开皮夹，掏出四张期票，每张票面一千法郎，放在桌上。他说：

"您签一个字，钱就留着用吧。"

她觉得太不像话,叫起来了。勒乐先生厚着脸皮回答道:

"我把多出来的差额给您,您也好说不是成全你?"

于是他拿起一支笔,在货单底下写了一句:"兹收到包法利夫人四千法郎。"

"您卖破房子的尾数,半年内可以拿到,我再把末一张期票的日期挪到付清之后,您有什么不放心的?"

爱玛计算来,计算去,绕在里头,绕不出来了,耳边听见叮叮当当,好像金币撑破口袋,在地板上围住她响个不停。勒乐最后解释:他有一位朋友,叫万萨的,在鲁昂开了一家银行,可以照这四张期票的数字,先行代付,等他那边付过了,扣去实际欠款,他会亲自把多余的差额给太太送过来的。

但是他送来的不是两千法郎,而是一千八百法郎,因为朋友万萨(按照规矩),作为佣金和回扣,扣下了两百法郎。接着他就漫不经心的样子,要一张收据。

"您明白……交易上……有时候……写上日期,费心写上日期。"

梦想可以实现了,爱玛眼前展开一片好景。不过她也相当小心,留下一千埃居不用,按期付清头三张期票;可是第四张偏巧在星期四送来,查理凄凄惶惶,耐下心来,等太太回家解释。

她先前没有告诉他这张期票的来历,只是怕他操劳家事;她坐在他的膝盖上,疼他,哄他,一桩又一桩,列举欠了账也非买不可的东西。

"其实你也看得出来,买了这么多东西,要价不算太高。"

查理无路可走,想来想去,只得再求勒乐帮忙。他对天赌咒,说他一定息事宁人,只要老爷另立两张期票就成。一张是七百法郎,三个月付清。他预作绸缪之计,给母亲写了一封求告的家书。她不写回信,亲自来了;爱玛问他有没有从她那方面挤出钱来,他回答道:

"钱有。不过她先要看账。"

第二天,天才破晓,爱玛就跑到勒乐先生那边,求他另写一份账,不要超出一千法郎;因为她拿出四千法郎的账单来,就是说出她已经付过四分之三,那样一来,势必非承认变卖房产不可。交易是商人从中拉成的,直到后来,人才知道。

买的东西虽然件件便宜,老太太还嫌浪费。

"你不好不用地毯?为什么要换椅套?我那时候,家里只有一张扶手椅,还是为老年人预备的,——至少我母亲是这样过来的,她可是一位正经女人,我告诉你。——世人不见得个个有钱!再有钱,也经不起乱花!我要是像你这样贪舒服,就要脸红的!可是我上了年纪,倒正需要将息……看啊!看啊,修改衣服!摆阔!怎么!绸夹里,两法郎一米!……其实纱布就挺好,才半法郎一米,还有八个苏一米的!"

爱玛仰靠在长椅上,尽最大可能,平心静气回答道:

"哎呀!老太太,够啦!够啦!……"

老太太偏不住嘴,继续教训她,预先断定他们会流落到救济院的。说来说去,都是包法利的不是。幸而他答应取消那张代理书……

"怎么?"

老太太回答道:

"啊!他赌了咒的。"

爱玛打开窗户,喊查理来。三面对证,可怜人只好承认是母亲逼的。

爱玛跑开了,很快就又回来,气焰十足,拿一张厚纸递给她。老太太道:

"我谢谢你。"

她一丢就把代理书丢到火里去了。

爱玛笑了起来,笑声又尖,又响,又长:她又精神失常了。查理

喊道:

"啊!我的上帝!哎呀!妈,你也不对!你来了就跟她吵……"

母亲耸耸肩膀,硬说:"这全是假招子。"

可是查理第一次反抗,找话护卫太太,老太太听不下去,不肯待了。她第二天就走,他试着留她,她站在门口回答道:

"不必,不必啦!你爱她,胜过爱我,你对,这是天性。反正,好不了!你等着瞧吧!……当心身子!……因为我不会冒冒失失,再像你说的,来跟她吵的。"

查理得罪了母亲,可是在爱玛面前,照样十分尴尬。他不信任她,她决不隐藏她的怨恨。他左求右求,求到后来,她才勉强同意收回代理人权利。他亲自陪她到居由曼先生的事务所,另立一份代理书,和先前的一份完全一样。公证人道:

"我明白。一位科学工作者,分不出心照管琐碎的实际生活。"

查理听了这句奉承话,觉得心下一宽:经过恭维,他的弱点改头换面,似乎另有崇高的任务在身了。

下星期四,她来到旅馆他们的房间,和赖昂在一起,是怎样的热情奔放!又是笑,又是哭,又是唱,又是舞,要冰镇柠檬水喝,要香烟吸,他嫌她放肆,可是又觉得她娇娆动人,出尘绝世。

他不知道她的内心起了什么反应,越来越使她追逐人生的享乐。她变得好生气,爱吃嘴,喜刺激。她和他在街上散步,扬起头来,她说,不怕出事。不过有时候,她猛然想到遇见罗道耳弗,却也畏缩起来;因为他们虽然永远分手,她觉得她还没有完全摆脱他的影响。

有一天黄昏,她没有回永镇。查理急得走投无路,小白尔特没有妈妈,不肯睡觉,抽抽噎噎,心也要哭出来了。朱斯丹赶到大路张望。郝麦先生走出了药房。

最后,等到十一点钟,查理不见她回来,再也耐不下去了,驾起他的包克,跳上去,抽打牲口,凌晨两点钟左右,到了红十字旅馆。她不在。他心想文书也许见到她,不过他住在什么地方?查理幸而记起他的老板的地址。他奔去了。

天才破晓。他在一家门首,看见几个牌子,就去打门。没有人开门,他问的话,有人喊着回答,还直骂那些夜晚搅扰别人的人。

文书住的房子没有门铃,没有门环,也没有门房。查理握起拳头,拼命砸窗板。过来一位巡警;查理心虚了,只好走开。他自言自语:

"我真叫傻;毫无疑问,洛尔莫先生留她用晚饭来着。"

洛尔莫一家已经离开鲁昂了。

"她大概是待下来看护杜普勒依太太。哎呀!杜普勒依太太死了有十个月了!……她到底在什么地方?"

他灵机一动,走进一家咖啡馆,要《年鉴》看,很快就找到朗玻乐小姐的名字,她住在皮缰街七十四号。

他走进这条街,爱玛本人正好从另一头出来;他不是吻抱,而是扑到她身上,一边喊道:

"昨天谁留住你啦?"

"我生病来着。"

"什么病?……住在什么地方?……怎么会的?……"

她摸了摸额头,回答道:

"在朗玻乐小姐家。"

"我晓得是她家!我正要去。"

爱玛道:

"不必去,她方才出的门;不过以后再有这类事,你放心好了。我回来晚一点点,你就急成这样,这么一来,你明白,我就不敢出门走动啦。"

话说在前头,以后再赴幽会,她可以毫无顾虑,为所欲为。所以她也就由着性子,加以充分利用。只要心血来潮,想看赖昂,她马上就随便找一个借口,去了鲁昂。他想不到她来,这一天没有在旅馆等她,她到他的事务所找他。

开头几回,欢乐异常。但是没有多久,他说出了实情,就是他的老板极不赞成有人打搅。她道:

"得啦,走吧!"

于是他溜出来了。

她要他穿一身黑,下巴留一撮尖胡须,模仿路易十三的肖像。她想认识他的住处,看过以后,嫌它寒酸;他一听这话,臊红了脸,她满不在乎。随后她劝他买些和她家里一样的窗帘,他嫌浪费,她笑道:

"哈!哈!你舍不得你的宝贝钱啊!"

赖昂必须回回向她报告:从上次幽会起,他在这期间,都做了些什么。她问他要诗、一首为她写出来的诗、一首献给她的情诗;第二行韵脚,他搜索枯肠,也配对不出,结局就是从纪念册上抄一首十四行诗交卷。

他这样做,不是出于虚荣,而是为了讨她的欢心。他不反驳她的见解;他接受她的一切爱好;与其说她是他的情妇,倒不如说,他变成她的情妇。她有温存的语言和销魂的吻。这种妖媚,表面上看不出什么,实际上出神入化,到了无迹可寻的地步,奇怪,她从什么地方学来的?

六

赖昂下乡看她,常在药剂师家用晚饭,觉得应当还请才对。郝麦先生回答他道:

"愿意之至!再说,我老待在这里,快要长锈了,也该活动活动。我们去看看戏,吃吃馆子,玩他一个痛快!"

郝麦太太一听他有意去冒那些无名的危险,心惊胆战,情之所至,低声阻拦道:

"啊!好人!"

"嘻,这有什么?你以为我经年待在药房,一天到晚闻气味,就不糟蹋我的身子啦?可不,这就是女人的特征:她们忌妒科学,然后就反对最正当的娱乐。没有关系,我一定来,我说不定哪一天就来鲁昂,我们一道把洋钱用光算数。"

这样的话,药剂师先前没有说过;然而他如今看中快活的巴黎派头,认为最得风气之先,所以也像他的邻居包法利夫人一样,向文书再三打听京城风俗,甚至于话里掺上切口,来唬……资产者,说窝、摊、新潮、摩登、柏奈达路,还有,不说"我去了",而说"我颠儿了"。①

果然有一个星期四,爱玛意想不到会在金狮的厨房遇见郝麦先生,穿着旅行装,就是说,披一件谁也没有见过的旧斗篷,一只手提一只小箱,另一只手提了一只药房的脚炉,他唯恐公众见他不在,大惊小怪,因而没有同任何人讲起他的计划。重游旧地的想法,毫无疑问,使他意兴盎然,所以一路上话不绝口。他不等车停,连忙跳下,寻找赖昂;文书推托不去,经不起郝麦先生强拉,还是把他拉到诺曼底咖啡馆去了。药剂师大摇大摆,走进咖啡馆,帽子不摘,以为在公共场所露出光头,十分土气。

爱玛等赖昂等了三刻钟,不见他来,跑到事务所找他,照样无影无踪,猜来猜去,莫名其妙。她骂他无情,怨自己心软,额头贴住玻璃,气闷了一下午。

已经两点钟了,他们面对面,坐在桌子前。大厅空空落落;炉管是棕榈树模样,枝叶镀金,在白色天花板上散成绚烂一片;靠近

---

① 柏奈达路,用英文,不用本国文,表示时髦。该路在巴黎歌剧院区(第九区),一八二二年开辟,土地属于柏奈达私有,曾经是谈情说爱的一个时髦地点,现在改名亨利·莫尼耶街。"我颠儿了":借用北京土话。

他们,玻璃窗外,太阳地里,有一个小喷泉,淙淙琤琤,流在大理石水池;池里有水芹和石刁柏,当中爬着三条龙虾,昏昏沉沉,躺在一堆侧卧的鹌鹑旁边。

郝麦兴高采烈,其乐陶陶,虽说使他有了醉意的,与其说是美酒盛馔,不如说是豪华气派。不过喝到波马尔葡萄酒①,他也有点飘飘然了,甘蔗酒煎鸡蛋端来的时候,他正在发挥关于女人的有伤风化的理论。最打动他的就是俏。他醉心于服装优雅和家具高贵的房间。至于形体,他不讨厌小巧玲珑。

赖昂望着挂钟,内心如捣。药剂师喝着,吃着,说着,无限快活。他忽然道:

"您在鲁昂,一定很感寂寞。其实您的对象住得也并不远。"

看见对方脸红,他问下去道:

"好,坦白吧!您能否认您在永镇……?"

年轻人期期艾艾,不知所云。

"您在包法利太太家,不是追……"

"追谁?"

"丫头!"

他不说笑;但在赖昂,虚荣心压倒了一切谨慎,冒冒失失,就绝口否认了。再说,他只爱棕色头发女人。药剂师道:

"我同意;她们比较淫荡。"

他于是俯在朋友耳边,列举辨别女人淫荡的标志。他甚至于掉转话锋,大谈人种学:德意志女人悒郁,法兰西女人轻佻,意大利女人热情。文书问道:

"黑种女人呢?"

郝麦道:

"这是艺术家的雅好。伙计!两小杯咖啡!"

---

① 波马尔在第戎之南,红葡萄酒非常名贵。

赖昂不耐烦了,终于说道:

"我们走吧?"

"Yes.①"

不过他走以前,要见见老板,夸奖两句酒菜。年轻人一听这话,就说有事,希望借机溜掉。郝麦道:

"好啊,我护送你走!"

他一边陪他在街上行走,一边说起他的太太、他的子女、他们的未来和他的药房,讲它先前如何不景气,经他历年整顿,达到了完善的地步。

走到布洛涅旅馆前面,赖昂出其不意,丢下了他,跑上楼梯,发现他的情妇焦灼惶惑,百无聊赖。

不提药剂师还好,提起他来,她就冒火。然而错不在他,他举出种种理由解说:难道他不了解郝麦先生?难道她会相信他喜欢和他在一起?但是她不理他,转开了身子;他拉她回来,跪在地上,搂住她的腰,一副撒娇的可怜相,充满情欲和哀求。

她站直了,眼睛冒火,睁大了望他,模样不但严肃,简直有些可怕了。接着她就泪眼模糊,红眼皮耷拉下来,把两只手给了他。赖昂正在吻手,就见进来一个茶房,回禀先生:有人找他。她说:

"你还回来?"

"对。"

"什么时候?"

"这就回来。"

药剂师一见赖昂就道:

"我用的是计。我想你也不高兴见别人,还是帮你打断了的好。我们到布里杜那儿喝一杯嘉吕斯②去。"

---

① 英文:是,好吧。
② 嘉吕斯是一种开胃饮料,嘉吕斯是发明者的姓。

赖昂赌咒发誓,说他非回事务所不可。药剂师听见这话,就打趣公文、诉讼手续道:

"去他妈的居雅斯和巴尔托勒①吧!谁拦着你?大丈夫,说走就走!去布里杜家!看看他的狗:有趣极了!"

他看文书执意不肯,就改口道:

"我也到你的事务所去,我看报等你,要不然就翻翻法典也好。"

爱玛的愤怒、郝麦先生的絮叨,或许还有午饭的饱胀,把赖昂折腾得迷迷糊糊,现在经他这样一来,简直失了主张。他像受了蛊惑一样,听见药剂师重复:

"去马耳巴吕街布里杜家,也就是两步路。"

由于懦弱、愚蠢和导致人们做违心之事的卑怯,他到底还是让他拉到布里杜家去了。他们在他的小院看见他,监督三个伙计,喘着气,转动一架酿造塞兹水的机器的大轮子。郝麦帮他们出主意,吻抱布里杜,要嘉吕斯喝。赖昂一连二十次想走;可是另一位揪住他的胳膊,对他讲:

"一会儿工夫!我这就走,我们去《鲁昂烽火》,看看报社的人。我介绍您认识托玛散。"

他总算甩掉了他,一口气跑到旅馆。爱玛已经不在了。

她怒火冲天,方才离开。她如今恨他。在她看来,爽约是一种侮辱。她想多找一些借口,索性摆脱他:他没有英雄气概,软弱,平庸,不及女人刚强,而且吝啬,胆小如鼠。

接着她又平静下来,终于觉得自己无疑冤枉了他。不过一旦贬责我们心爱的人,或多或少总要形成彼此之间的隔阂。偶像是碰不得的:一碰之后,就有金粉留在手上。

他们的谈话越来越和爱情无关。爱玛给他写信,离不开花、

---

① 居雅斯(1552—1590),法国法学家。巴尔托勒(1313—1357),意大利法学家。

诗、月亮、星星——热情衰退之后的这些稚拙手段,无非是借重外援来使热情复苏。她总在期许下次幽会无限幸福,事后却承认毫无惊人之处。爱玛觉得扫兴,可是一种新的希望又很快起而代之,回到他的身旁,分外炽热,分外情急。她脱衣服,说脱就脱,揪开束腰的细带,细带兜着她的屁股,窸窸窣窣,像一条蛇,溜来溜去。她光着脚,踮起脚尖,走到门边,再看一回关好了没有;一看关好了,她一下子把衣服脱得一丝不挂,然后,——脸色苍白,不言不语,神情严肃,贴住他的胸脯,浑身打战,久久不已。

但是在这冷汗涔涔的额头上,在这期期艾艾的嘴唇上,在这双迷惘的瞳仁里,在这两只胳膊搂抱之中,赖昂觉得像有什么极端的、模模糊糊,凄惨悲切的东西,神不知鬼不觉地,轻悠悠来到他们中间,要把他们分开。

他不敢盘问她;不过他见她经验丰富,总觉得她过去一定经过各色苦乐的考验。一样风情,从前倾倒,现在他有一点害怕了。而且他反抗她的一天大似一天的统治,这种持久的胜利使他怨恨爱玛。他甚至企图不再爱她;可是她的小靴一咯噔,他便把持不住,就像醉鬼见到了烈酒一样。

的确,她对他的关心,从菜肴的精美,直到服装的俏丽和视线的缠绵,无所不包,无微不至。她从永镇来,怀里揣着玫瑰,见了他,朝他脸上一丢。她担心他的健康,指点他的行为。她要他一心和她相好,希望得到上天协助,往他的脖子挂了一个圣母像牌。她仿佛一位圣洁的母亲,问起他的朋友。她对他道:

"别见他们,别出去,就想着我们自己;爱我!"

她希望自己能监视他的生活,又想派人到街上盯他的梢。旅馆附近,总有一个流氓似的人招呼旅客,他不会不肯的……不过她的自尊心不许她这样做。

"嘻,活该! 他要是欺骗我,由他去! 难道我在乎?"

有一天,他们散得早,她独自在马路溜达,望见她的修道院的墙壁；她坐在榆树树荫下一条长凳上。当年有多安静！那些不能言喻的恋爱心情，她试着照书本虚构出来的心情，她如今又多向往！

她的新婚期间、她骑马在森林的漫游、跳华尔兹的子爵和歌唱的拉嘉尔狄……又都在她的眼前出现。赖昂犹如别人，她忽然觉得同样遥远。她问自己道：

"可是我在爱着他啊！"

有什么关系！反正她不快乐，也从来没有快乐过。何以人生总不如意？何以她信赖的事物，时刻腐朽？……可是假如有一个强壮、漂亮的男子，天生英武，而又细腻多情，天使的形象，诗人的心，抱着七弦琴，演奏哀婉的祝婚歌，响彻九霄，何以她就不会凑巧遇到？哦！永远扑空！再说，也不值得追寻；处处是谎！声声微笑隐伏着因腻烦而起的呵欠，回回喜悦隐伏着诅咒，任何欢乐免不了餍足。最香的吻，在你唇上留下来的，也只是一种实现不了而又向往更甜蜜的销魂境界的热望。

空中荡漾着铿锵的响声，修道院的钟敲了四下。四点钟，她觉得自己好像有生以来，就一直坐在这条长凳上似的。不过一分钟能容纳千变万化的热情，正如小小空间能容纳一大群人一样。爱玛一心一意活在她的热情里，仿佛一位大公爵夫人，不拿银钱搁在心上。

但是有一回，家里来了一个红脸、秃顶的男子，举止猥琐，说是鲁昂的万萨先生差来的。他穿一件绿长大衣，别针别住旁边的衣袋；他取下别针，插在袖子上，恭恭敬敬，递来一张纸。

这是她立的一张七百法郎的借据，勒乐嘴上说得好听，结局还是给了万萨。

她打发女用人去找他。他不能来。

来人一直站着，东张西望，金黄颜色的粗眉毛遮住他好奇的视线，看见女用人徒劳往返，就一副天真的模样问道：

"我拿什么话回万萨先生?"

爱玛回答道:

"好吧!告诉他……我没有钱……下星期才有……他等着好了……是的,下星期。"

来人不发一言,拔脚就走。

但是第二天正午,她收到一份拒付通知书,上面贴着印花,用大字写着"比西执达吏哈朗律师"的字样。她看见这张公文,害怕极了,慌慌张张,急忙奔往布商家里。

她在他的店里找到他,他正在捆扎一个小包。他道:

"啊,有事见教?"

勒乐并不因为她来,就中断工作。一个十三岁上下的女孩子在旁相帮;她有一点驼背,既是伙计,又是厨子。

然后他在前走,大头套鞋呱嗒呱嗒,蹬着地板,把包法利夫人带到二楼,请进一间窄窄的小屋,里头有一张大松木书桌,桌面放着几本账簿,横里压着一根上了锁的细铁棍。靠墙堆着一些零头印花布,底下隐隐约约露出一只保险箱,但是容积不小,似乎盛的不只是票据、银钱。原来勒乐先生兼营当铺生意,里面放的有包法利夫人的金表链和泰里耶老爹的耳环。可怜的老头走投无路,临了拍卖家什,又到甘冈普瓦盘了一家空无所有的小杂货铺,害黏膜炎死掉,脸比四周的蜡烛还黄。勒乐坐到他的大藤扶手椅上,一边说:

"您有什么事?"

"请看。"

她拿公文给他看。

"哦!我有什么办法?"

她一听这话,愤愤不平,提醒他不转让她的期票的约言。他承认说过这话;

"不过我也是走投无路,叫人逼的。"

她道：

"那，以后呢？"

"哎呀！很简单嘛：法院裁决，再来一个扣押……完事大吉。"

爱玛恨不得打他一顿。她忍下这口气，和颜悦色问他："有没有办法疏通疏通万萨先生？"

"好啊！疏通万萨；您不晓得这个人；他比什么人都心狠。"

不过勒乐先生必须在中间尽尽力。

"您听我讲，我觉得，截至目前为止，我对您够客气的啦！"

他打开一本账簿道：

"看！"

然后，手指朝上指：

"看……看……八月三日，两百法郎……六月十七日，一百五十法郎……三月二十三日，四十六法郎……四月……"

他住了口，好像怕说错了话一样。

"我还不提您丈夫立的期票，一张七百法郎，一张三百法郎！还有您那些零星账，连本带利，算也算不清，根本就是一篇糊涂账。我可再也不上这个当啦！"

她哭，甚至于喊他"好勒乐先生"。可是他统统推到"万萨这个狗东西"身上。而且他一个小钱也没有，现在没有人还账，可把他坑苦了，像他这样一个可怜的开铺子的，就没有力量放账。

爱玛无话可说；勒乐先生在咬笔毛，见她默不作声，不用说，感到不安了，因为他接下去道：

"起码也得有一天，只要我多少有一点进项……我才可以……"

她道：

"其实，巴恩镇的尾数一到……"

"怎么？……"

听说朗格洛瓦还没有付清买房子的钱，他似乎吃了一惊，然后

265

声音甜甜地道：

"您说，条件是……？"

"唉！条件随您。"

他于是闭上眼睛想了想，写了几个数字，一边说他很不合算，这是蚀本生意，他在赌性命，一边写了四张期票，每张二百五十法郎，各自相隔一个月到期。

"但愿万萨答应！其实，决定的事，我不反悔！我这人顶诚恳不过。"

他接着就手拿了几件新货给她看，不过依他看来，不会有一件合太太的意。

"这件衣料，我说七个苏一米，保不褪色，好啊！大家抢着买！您明白，我才不拿真话告诉他们！"

说出欺哄别人，他想，她就一定相信他为人正直了。接着他又喊她回来，让她看一幅三米多长的花边，他最近从一家拍卖行弄来的。勒乐道：

"多好看！现在用的人多着呢，搭在沙发背上，非常时兴。"

他拿蓝纸卷起花边，放在爱玛手心，比变戏法还快。

"您倒是告诉我……"

他接下去道：

"啊！以后再说吧。"

转回身子往里去了。

当天黄昏，她就催促包法利给母亲写信，要她把继承的钱财的全部尾数，尽快给他们汇来，婆婆回信说，钱没有了，清算已经结束，他们除掉巴恩镇房产之外，每年还有六百法郎进项，到时她会汇来的。

包法利夫人一看婆婆那方面没有指望，就给两三家病人送账单，收诊费，看见这个法子有效，不久就大用起来。她在账单后头，总当心加上一句："拙夫性傲，万勿向其道及……尚祈原宥……"

有人写信抱怨;她劫去来信。

她为了弄钱,卖掉她的旧手套、旧帽子、废铜烂铁,无所不卖,讲起价来,锱铢必较,——她的农民的血使她连蝇头小利也在所必争。城里遇见便宜货,心想别人不收,勒乐先生一定会收,她就买下来。她还买鸵鸟羽毛、中国瓷器和木箱。她向全福、红十字女掌柜、勒弗朗索瓦太太借钱,不管张三李四,见人就借。最后,她收到巴恩镇的钱,付清两张期票,另外一千五百法郎又到期了。她再续下去,永远续下去!

有时候她的确也试着计算来的,可是她发现数字庞大无边,连自己也信不过,于是她再计算,很快就糊涂了,只好丢在一旁,再也不去理睬。

家里如今才叫凄凉!供应商人走出大门,个个怒容满面。手绢堆在灶头;小白尔特穿着破袜子,郝麦太太觉得太不像话。万一查理赔小心,偶尔说上一言半语,她就蛮不讲理,回答一句:不是她错!

为什么这样大发脾气?他认为全是她的神经旧病的缘故;他怪自己自私,不该拿病看成过失,心里抱歉,直想跑过去吻她。他向自己道:

"不必了,我会惹她讨厌的!"

他于是待下来了。

他用过晚饭,独自在花园散步;他把小白尔特放在膝盖上,打开他的医学杂志,试着教她认字。小孩子从来没有经过文字教育,没有多久,就愁眉苦脸,睁大眼睛,啼哭起来。他只好又来哄她,倒出喷壶的水,在沙地开河,或者掰断小女贞树的枝子,当作树栽在花圃:花园到处是杂草,所以这也没怎么破坏花园的美观。赖斯地布杜瓦的工钱,他们有好些日子没有付了!随后小孩子冷了,要找母亲,查理道:

"叫姨姨好了。你知道,乖乖,妈妈不要人吵她。"

转眼入秋,落叶又已纷纷,——同她两年前生病一般光景!——到底什么时候才好得起来啊?……两只手搭在背后,他继续行走。

太太待在房间。没有人上去。她整天待在卧室,昏昏沉沉,衣服几乎不穿,有时候还点起她在鲁昂一家阿尔及利亚商店买来的宫香。丈夫夜晚就知道挺尸,她不要他睡在身旁,最后硬是把他贬到三楼。她看些荒诞不经的小说,里头不是穷奢极欲,就是流血杀人,一看就看到天亮,常常心惊肉战,大声喊叫。查理跑进屋来看她。她说:

"啊!走开!"

别的时候,她想起奸情,欲火烧身,又是气喘,又是心跳,无可奈何,过去打开窗户,吸冷空气,迎风抖散她的过于沉重的头发,仰观星星,希望会有贵人相爱。她思念他,思念赖昂。她这时候恨不得捐弃一切,换取一次幽会,得到满足。

幽会成了她的节日。她要排场!他一个人应付不了开销,她就大大方方来补足:几乎回回如此。他试着要她明白:换一个地方、一个比较便宜的旅馆,他们一样会快活的,可是她举出理由反对。

有一天,她从提包取出六把镀金小银匙(卢欧老爹送她的结婚礼物),求他为她立刻送到当铺。赖昂害怕连累名声,不高兴去,不过还是去了。

事后他细想,觉得他的情妇行为乖张,就此分手,也许不错。

的确也有人给他母亲写了一封匿名长信,警告她:他"与一有夫之妇相好,前途堪忧"。老太太影影绰绰,就见眼前站了一个败家精,就是说,那个隐在爱情深处的怪物、妖妇、叫不出名目的害人精,她马上通知他的老板杜包卡吉律师。律师办这种事,再精明不过,找他谈了三刻钟话,希望他看清是非,悬崖勒马。这种暧昧行为将来要给他的事业带来损害的。他求他断绝关系,万一不为自己着想,至少也该为他着想,为杜包卡吉着想!

赖昂最后发誓,不再和爱玛会面,但没有做到。一想到这个女人可能给他招惹麻烦和闲话,还不算同事早晨围着炉子的打趣,他就责备自己,不该没有做到。再说,他就要升为首席文书,是该严肃的时候了。所以他放弃旧习惯、激昂的情绪和想象:——因为个个资产者,年轻时候,血气方刚,就算是一天、一小时也罢,都自以为抱有海阔天空的热情,会干出轰轰烈烈的事业来。最庸俗的登徒子念念不忘东方皇后;个个公证人心里全有诗人的残膏剩馥。

如今一见爱玛贴住他的胸脯,忽然呜咽上来,他就厌烦;他的心好像那些只能忍受一定强度的音乐的人们一样,爱情过分喧闹反使人麻木淡漠,再也辨别不出爱情的妙趣。

他们太相熟了,颠鸾倒凤,并不又惊又喜,欢好百倍。她腻味他正如他厌倦她。爱玛又在通奸中发现婚姻的平淡无奇了。

可是怎么才能把他甩掉?这种幸福她虽然觉得鄙不足道,不过习惯成自然,或者积恶成癖,她不唯安之若素,而且一天比一天迷恋,也正因为竭泽而渔,幸福反倒成为无水之池了。希望落空,她怪罪赖昂,好像他欺骗了她一样;她甚至于希望祸起萧墙,造成他们的分离,因为她没有勇气作出分离的决定。

她并不因而就中止给他写情书,因为她认为一个女人应当永远给她的情人写信。

但是她在写信中间,见到的恍惚是另一个男子、一个她最热烈的回忆、最美好的读物和最殷切的愿望所形成的幻影。他最后变得十分真实、靠近,但是她自己目夺神移,描写不出他的确切形象:他仿佛一尊天神,众相纷纷,隐去真身。他住在天色淡蓝的国度,月明花香,丝梯悬在阳台上,摆来摆去。她觉得他近在咫尺,凌空下来,一个热吻就会把她活活带走,紧跟着她又跌到地面,心身交瘁;因为这些爱情的遐想,比起淫欲无度,还要使她疲倦。

爱玛如今即使什么都不干,也时刻感到劳累。她经常收到传票、贴印花的公文,她却看也不看。她还真想不活了,要不然就睡过去,再也不醒过来。

四旬斋狂欢节①,她不回永镇,黄昏去了化装跳舞会。她穿一条丝绒长裤和一双红袜子,梳一条打结辫子,一顶小三角帽戴在一只耳朵上。她跟着双管喇叭的疯狂响声跳了整整一夜。人们拿她作中心,围了一个圈子。早晨她在剧场回廊,发现自己和五六个扮成卸船女人和水手的男子待在一起;他们是赖昂的同事,说要去用夜宵。

附近咖啡馆,人山人海。他们在码头望见一家顶不像样的小饭馆,主人把他们带到五楼一间小屋。

男子聚在一个角落嘀咕,毫无疑问,是在磋商开销。他们是一个文书、两个医学生和一个商店伙计:这就是她的伴侣!至于女人,爱玛一听她们的声调,马上看出她们十有八九属于末流社会。她胆战心惊了,抽开椅子,低下眼睛。

别人都在用饭。她吃不下去,额头滚烫,眼皮酸痛,皮肤冰凉。她觉得舞厅地板,随着千百只脚的有节奏的起伏,还在她脑子里跳动。五味酒的气味,加上雪茄的烟雾,熏得她晕头转向。她晕过去了:大家把她抱到窗口。

曙光开始显现,圣卡特琳方向,灰白色的天空有一抹红色,逐渐扩大。铅色河水,随风荡漾;桥上没有人;街灯熄了。

她终于清醒过来,想起白尔特在女用人的下房睡觉。这时过来一辆满载长铁条的大车,顺墙传来铁条颠动的响声,震耳欲聋。

她急忙溜出来,脱去服装,告诉赖昂:她有事要先回去。她终于一个人待在布洛涅旅馆。连自己在内,她什么也忍受不了。她巴不得变成一只鸟,返老还童,飞到什么遥远的仙境。

---

① 四旬斋第三周星期四。

她离开旅馆,穿过马路、科镇广场和城郊,快步行走,来到一条两边全是花园的大路。空气新鲜,她安静下来了;群众的面孔、假面具、对舞、蜡烛架、夜宵和那些妇女,好像雾去云开一样,全都逐渐消失了。她来到红十字,走进三楼有《奈勒塔》版画的小屋,倒在床上。下午四点钟,伊韦尔喊醒她。

回到家,全福指着钟后一张灰纸给她看,上面写着:

兹经判决执行……

判决什么?不错,昨天送来一张公文,她没有看懂,所以读到今天这一张,看见这样的字句,她像遭了雷殛:"遵奉圣谕,依照法令,包法利夫人必须……"她跳过几行,就见上面写着:"限期二十四小时,不得拖延。"——什么意思?"清偿全部债款八千法郎"。再往下,她还读到:"过期不付,当即依法执行,扣押其家具与衣物。"

怎么办?……限定二十四小时;就是明天!她寻思:毫无疑问,勒乐又想吓唬她了;因为她一下子看穿了他的种种策略、他的殷勤的目标。所以看见数字庞大惊人,她倒放心了。

但是她一味买,一味欠,一味借,一味出票据,续票据,每次到期又往上滚,结局就是:她给勒乐先生积累好了一笔资金,他急不能待,直盼用在他的投机买卖上。

她装出一副若无其事的模样去看他。

"您知道我出了什么事吗?不用说,是开玩笑!"

"不是。"

"怎么会呢?"

他慢条斯理转过身子,交叉胳膊,向她道:

"我的少奶奶,您以为我单为行好,供货供钱,真就白白供您供到世纪末日?放出去的账,我应该收回来,我们要公道!"

她说她欠也欠不了这许多。

271

"啊！错不了！法院承认！有判决书！有通知书！再说,不是我要这样做,是万萨要这样做的。"

"您能不能……?"

"嗜,无法可想。"

"可是……不过……再想想看。"

她放下正文不谈,只谈她事先一无所知……出乎意外……勒乐揶揄似的鞠躬道:

"怪谁? 我像黑人一样吃苦卖力气,您这期间,寻欢作乐。"

"啊！用不着教训！"

他反驳道:

"这永远没有害处。"

她胆怯,她央求,甚至于拿她又白又长的玉手放在商人的膝盖上。

"请吧！人家会以为您有心勾引我哪！"

她喊道:

"您这个无赖！"

他笑道:

"哈！哈！您倒冒起火来啦！"

"我要叫人知道您是什么样的人。我要告诉我丈夫……"

"好吧！我呀,也有东西给您丈夫看！"

勒乐从他的保险箱取出一张一千八百法郎的收据:万萨预支现金的时候,她写给他的。他接下去道:

"您以为这可怜的好人,真就不明白您的小偷行为吗？"

这比挨了一棍还厉害,她整个瘫下来了。他在窗户和书桌之间走来走去,三番四次说着:

"啊！我要给他看的……我要给他看的……"

随后走到她跟前,柔声道:

"我知道,这不好玩;不过话说回来,也没有人为这死掉。既然这是唯一使您还我的钱的办法……"

爱玛扭绞着手道：

"可是我到哪儿去弄钱啊？"

"得啦，您有朋友，怕什么？"

他盯住她看，眼睛又亮，又吓人，她从里到外打起哆嗦来。她道：

"我答应您一定归还，我签字……"

"您签的字，我有的是！"

"我再卖……"

他耸肩膀道：

"算了吧，您卖不出什么东西来！"

他对准接连铺面的小洞喊道：

"阿奈特！别忘记十四号的三块零头布。"

爱玛看见女用人露面，明白是撵她走的意思，就问："停止诉讼，要多少钱？"

"太迟了！"

"可是如果我弄来几千法郎、四分之一、三分之一、几乎全部，又怎么样？"

"哎呀！用不着，没有用！"

他轻轻朝楼梯口推她。

"我求您了，勒乐先生，再宽限几天！"

她呜咽了。

"嘿！眼泪也使出来啦！"

"您是朝死路逼我！"

他关了门道：

"关我屁事！"

七

第二天,执达吏哈朗律师带了两位见证人,来到她家,她硬着头皮,由他记录扣押的物品。

他们先从包法利的诊室看起,骨相学人头作为"开业工具",不在登记之列;但是厨房的盘子、锅子、椅子、蜡烛台、卧室摆设架的种种摆设,他们一一点过。他们检查她的衣服、床单和桌布一类东西,还有梳洗间;她的生活仿佛一具被解剖的尸体,连最秘密的角落也露到外面,尽这三个人上上下下饱看。

哈朗律师穿一件薄青燕尾服,系一条白领带,鞋底下的带子绑得死紧,不时重复道:

"可以看吗,太太?可以看吗?"

他动不动就叫唤:

"真好!……漂亮极了!"

然后他拿笔蘸蘸左手的牛角墨水瓶,又写下去。

他们记完起居室,走上阁楼。

这里有她一张书几,里头锁着罗道耳弗的书信。他们一定要她开开。哈朗律师意有所会,微笑道:

"啊!来往信件!不过,对不住!抽屉里有没有别的东西,我得看看仔细。"

他于是轻轻举起信纸,斜着一抖,好像会有金币抖出来一样。她看见这只大手,红手指柔柔的活像蛞蝓,捏住这些曾经让她心跳的信纸,止不住心头火起。

他们终于走了!她怕包法利撞上,打发全福到外头守望,准备拿话骗开。全福看见他们走了,也就进来。留下来的看管人,她们赶快让他藏在顶楼;他答应待在那儿不出来。

一整黄昏,她觉得查理愁眉不展。爱玛焦灼不安,偷眼看他:

脸上的皱纹活像一张诉状。她的眼睛落在有中国屏风的壁炉上、大窗帘上、扶手椅上,总而言之,样样曾经帮她消磨岁月的什物上,她起了内疚,或者不如说是巨大的遗憾,——不但不扑灭热情,反而激起热情。查理把脚搁在火篦上,静静地拨弄炉火。

看管人待在躲藏的地方,不用说,有一时待腻了,出了一点响声。查理问道:

"上头有人走动?"

她回答道:

"没人,一扇天窗没有关,风刮动了。"

第二天是星期日,她去鲁昂,访问她知道名姓的个个银行家。他们不是下乡,就是旅行去了,她不灰心,凡是她能见到的银行家,她就开口借钱,说她到了非借不可的地步,保证归还。有的当面笑她;个个不借。

下午两点钟,她跑到赖昂住的地方。她叩门,门不开。最后,他露面了。

"你怎么来了?"

"我打搅你啦?"

"没有……没有……"

他说房东不喜欢房客招待女人。她回答道:

"我有话和你讲。"

他掏钥匙,她拦住他。

"不必!到那边我们住的地方去。"

他们于是去了布洛涅旅馆。她一走进房间,就喝了一大杯水。她脸上没有一丝血色。她向他道:

"赖昂,我要你帮忙。"

于是捏紧他的手,摇他道:

"听我讲,我需要八千法郎!"

"你疯啦!"

"还没有!"

她立刻说起扣押和她的窘境;因为查理完全不知道;她的婆婆恨她,卢欧老爹又无济于事;可是这笔钱少了又不行,他,赖昂,帮她奔走奔走看……

"你怎么指望……"

她喊道:

"你可真没有种!"

他听了这话,蠢头蠢脑道:

"事情不像你说得那样严重。也许有一千埃居,对方就不闹了。"

正是这个缘故,更该设法;决不至于找不到一千埃居。再说,她做不了担保,赖昂可以做。

"去吧!试试看!非钱不可!快!……哎呀!试试看!我会更爱你的!"

他去了一小时回来,满脸严肃地说:

"我找了三个人……没有用!"

他们面对面,坐在壁炉两角,不言不语,一动不动。爱玛又是顿脚,又是耸肩,他听见她咕哝道:

"我要是你呀,就能找得到。"

"到哪儿去?"

"你的事务所!"

她看着他。

她火热的瞳孔显出一种魔鬼般的胆量,眯缝着眼,模样又淫荡,又挑唆;这勾引他犯罪的女人的意志,顽强无比,虽然喑哑无声,也有力量鼓动年轻人。他害怕了,为防止她细说下去,他敲打着额头,喊道:

"毛赖耳今天夜晚回来!我想,他不会不借的(他是他的一个朋友、一个大富商的儿子),我明天给你送来。"

他说这话,心想她听了会喜出望外,可是爱玛的神色,并未热烈欢迎。难道她猜出了他是撒谎吗?他臊红了脸,继续道:

"不过你要是下午三点钟还不见我来的话,心肝,就别等我了。对不住,我该走了。再见!"

他握她的手,觉得毫无生气。爱玛已经没有气力感受了。

钟敲四点;她站起来,想回永镇,机器人一样,服从习惯的动力。

天气晴朗;这是三月的明亮而又寒冽的好天,白茫茫的天空,只有太阳照耀。有些鲁昂居民,穿了节日服装,潇洒自如,漫步街头。她走到礼拜堂广场。晚祷方过,群众挨挨挤挤,涌出三座拱门,好像一条河流过三个桥洞一样,守卫站在当中,一动不动,赛过一块石头。

她不由得想起那一天,她又是焦急,又是满怀希望,走进高大的教堂:当时一眼望去,正殿还不及她的爱情深长。她继续行走,一溜歪斜,眼泪在面网底下直淌,头昏脑涨,眼看就要软瘫下来。一辆马车的车门正好开开,里头有人喊道:

"当心!"

她收住脚步,让过一辆提耳玻里,当辕一匹黑马,一位穿貂皮的绅士赶车。这人是谁?她认识他……马车向前驰去,转眼不见了。

这人就是他、子爵!她转回身子;街空空的。她又难过,又伤心,靠住一堵墙、免得跌倒。

她再一想,是她看错了。再说,她什么都不清楚。外界的一切,连同她自己统统把她抛弃了。她像在神秘莫测的深渊里乱滚,眼看就要毁灭,所以来到红十字,望见那位善心的郝麦先生,她几乎高兴起来。

他看着一大箱药品装上燕子,手里拿着一条绸手绢,里头是给太太买的六块干粮。郝麦太太很喜欢这些包头巾似的又小又重的

277

面包,抹上咸牛油,在四旬斋吃:这是哥特人传到今天的吃食,也许是十字军时代的发明,从前放在桌子上,两旁是桂皮酒坛子和大块猪肉,照着火把的黄光,豪壮的诺曼人以为看见的是伊斯兰教徒的头颅,狼吞虎咽,大吃一顿。药剂师太太的牙齿很坏,不过也是一派英雄作风,像他们一样啃着。所以郝麦先生每次进城,总要到屠杀街大面包房买些,给她带回去。他看见爱玛,搀她上车道:

"看见您,我很高兴!"

接着他拿干粮挂在车顶的网条上,摘下帽子,坐好了,交叉胳膊,摆出一副拿破仑似的思考的姿态。

但是临到瞎子像平常一样,又在岭下露面,他就嚷嚷道:

"这种生活方式,罪实难逭,我不明白,政府怎么会容忍到现在!应当把这些坏蛋关起来,强迫劳动才是!说实话,进步走的是蜗牛步子!我们活在野蛮时代!"

瞎子伸出他的帽子,在车门旁边摇来摇去,如同一只离开钉子的布袋。药剂师道:

"他害的是瘰疬!"

他见过这可怜虫,不过他装出第一回看到的模样,低声说着角膜、不透明角膜、巩膜、面孔这些字眼,然后用严父口吻问他道:

"朋友,这可怕的毛病,你害了有多久啦?别净在酒馆喝酒啦,顶好还是节制节制饮食吧。"

他劝他喝上等葡萄酒、上等啤酒,吃上等烤肉。瞎子一直在唱歌,那副神气,简直就像白痴。郝麦先生最后打开他的钱包道:

"好,这里是一个苏,找我两个里亚①。我的建议别忘了,会把你的病治好的。"

伊韦尔不管三七二十一,公开怀疑这些办法是否有效。可是药剂师担保用他配的一种消炎膏能治好他。他把地址给了可

---

① 里亚,一种旧辅币,值四分之一苏。

怜虫：

"郝麦先生，挨近菜场，一问就晓得。"

伊韦尔道：

"得啦！不顶事，您也就是给我们做戏。"

瞎子往下一蹲，头朝上仰，转动他的淡绿眼睛，吐出舌头，两只手搓揉胸脯，好像一只饿狗一样，发出一种低沉的嗥叫。爱玛觉得恶心，背转脸，拿一枚五法郎的辅币朝他丢了过去。这是她的全部财产。她觉得这样扔了倒也痛快。

车又走动了，郝麦先生忽然探出窗外喊道：

"不要吃淀粉质、乳质一类东西！拿羊毛贴身穿，拿杜松子的烟熏有病的地方！"

爱玛熟悉眼前景物。它们一个连一个，渐渐转移她的痛苦。她疲倦到了极点，回到家来，心灰意懒，呆呆瞪瞪，快要睡着了。她自言自语道：

"要来的就来吧！"

而且谁知道？时刻都有出现奇迹的可能，凭什么不？勒乐兴许会死掉。

早晨九点钟，广场那边，人声嘈杂，吵醒了她。一大群人围住菜场，读着柱子上张贴的大告示。她望见朱斯丹蹬上界石撕它。可是就在这时，猎警抓住了他的肩膀。郝麦先生走出药房；勒弗朗索瓦太太站在人群中，模样像在讲说什么。全福边喊，边进来道：

"太太！太太！太可恨啦！"

可怜的姑娘，慌里慌张，递给她一张刚在门口撕下的黄纸。爱玛一眼就看清上面写着：出卖她的全部动产。

她们于是不声不响，你看着我，我看着你。她们主仆之间没有相瞒的事情。全福最后叹气道：

"我要是您的话，太太，我会找居由曼先生的。"

"你看行？"

这句问话的意思是:"你和听差好,清楚底细,莫非主人有时候说起我?"

"行,去吧,有好处的。"

她穿上她的黑袍子,戴上她有黑星星的帽子;她怕人看见(广场总有许多人),绕到村外,走河边小径。

她气喘吁吁,来到公证人栅栏门前;天色阴沉,飘着小雪。

泰奥多尔听见铃响。穿着红背心,来到台阶上,一看是她,上前开门,好像迎接一位熟人一样,并不问长问短,就请进饭厅去了。

壁龛里搁着一棵仙人掌,底下有一个大瓷炉,毕毕剥剥在响,墙纸是橡树枝叶,上面挂着黑木框子,里头是斯特本的《爱斯梅拉达》和邵班的《波提乏》。① 早饭开好了,两只银火锅、水晶门球、拼花地板和家具,样样透亮,一尘不染,干干净净,像英国人的房间一样。窗户四角镶的是花玻璃。爱玛心想:这才叫作饭厅,我要的正是这样一间饭厅。

公证人进来,左胳膊压住他的棕榈树叶图案便服,右手摘下他的栗色丝绒小帽,又迅速戴好。小帽偏右,高高在上,底下露出三根金黄头发,从后脑向前盘,兜住他的秃脑壳,绕了一匝。

他先请她就座,然后一面坐下用早饭,一面连声道歉,说他失礼。她道:

"先生,我求您……"

"夫人有事见教?我在听着……"

她对他说起她的情形。她即使不说,居由曼律师也知道,因为他和布商私下有勾当,遇到有人拿东西押款的时候,布庄总有资金供他用。

所以他比她还清楚这些票据的悠久历史:起先微不足道,用不

---

① 斯特本(1788—1856),德国画家,一八三九年,根据雨果的《巴黎圣母院》,画成《爱斯梅拉达和伽西莫多》。邵班(1804—1880),法国画家。波提乏系埃及妇人,见《旧约·创世记》。

同的名姓签订,期限延长,到期又不断续下去,挨到最后一天,商人把拒付的票据聚在一道,委托他的朋友万萨出面,追索欠款,因为自己不希望当地居民把他看成豺狼。

她叙说中,免不了咒骂勒乐几句,公证人听见她骂,不时来一句无关痛痒的话支应。他吃他的排骨肉,喝他的茶,下巴缩进他的天蓝领带。一条小金链子连起两个金刚石别针,别住他的领带。他显出一种古怪的微笑,样子又甜,又模棱两可。他看见她的鞋湿,就道:

"靠近炉子……脚再高些……蹬到瓷上头好了。"

她怕把瓷弄脏了。公证人用一种交际口吻道:

"漂亮的东西,无往而不相宜。"

她听了这话,就试着拿话打动他,可是说着说着,自己动了感情,什么家庭拮据喽、艰难喽、需要喽。他明白这个:像她这样一位上流女子!他并不中止用饭,可是身子完全转向她,膝盖蹭着她的小靴,小靴底朝炉子弯着,一边还在冒气。

但是临到她问他借一千埃居,他先是闭紧嘴唇,接着就讲:他很遗憾从前没有帮她料理财产,因为即使是一位女流,也有种种方法拿钱生息赢利。格吕梅尼泥炭矿也好,勒阿弗尔地皮也好,都是绝好的投机机会,万无一失。她想到自己原有可能大发其财,心里很懊恼。他接下去道:

"您先前为什么不来舍下呀?"

她道:

"我也不知道是怎么一回事。"

"为什么,嗯?难道我就那么让您害怕?正相反,应当诉苦的是我!我们几乎连认识都说不上!可是我非常关心您:我希望,您不会再不相信了吧?"

他伸出手,握住她的手,饿狼般吻着,然后留在膝盖上,意兴盎然,玩弄她的手指,一面对她说着种种媚言媚语。

281

他平板的声音,嗫嗫嚅嚅,好像一条小河在流一样;他的瞳仁射出一道光,透过他闪烁的镜片;他的手伸到爱玛的袖筒,抚摸她的胳膊。她觉得一股粗气吹她的脸。这人讨厌到了极点。她跳起来向他道:

"先生,我在等着!"

公证人的脸,突然之间,一点血色也没有了。他问道:

"等什么?"

"那笔钱。"

"不过……"

可是禁不住欲火如焚,只好认账道:

"好吧,有!……"

他不管便袍会不会弄脏,朝她跪着走了过来。

"求求您,待下来!我爱您!"

他搂她的腰。

爱玛立刻脸红了。她神情可怖,往后倒退,一面嚷道:

"先生,您丧尽天良,欺负我这落难的人!我可怜,但是并不出卖自己!"

她出去了。

公证人一惊之下,愣愣磕磕,眼睛死盯着他漂亮的绣花拖鞋,——这是情妇送他的礼物。绣花拖鞋最后安慰了他。再说,他怕这事闹下去,不可收拾。

她飞快地逃到大路上的山杨树下,自言自语道:

"多混账!多下流!……多无耻!"

借不到钱的失望,更加强了贞节受到侮辱的气愤。她想到上天一意同她为难,反而骄傲起来:她从来没有这样高看过自己,也从来不曾这样小看过别人。她产生了好斗情绪。恨不得打男人们一顿,啐他们的脸,把他们踏得粉碎。她快步朝前走去,脸色苍白,浑身哆嗦,怒不可遏,泪眼望着空空落落的天边,好像陶醉于满腹的憎恨一样。

她望见她的住宅,觉得一阵麻木,再也走不过去,但又非过去不可;何况她能往哪儿逃呢?

全福在门口等她回来。

"怎么样?"

爱玛道:

"借不到!"

两个人说起永镇上可能救她的各色人等,说了足足一刻钟。但是全福每说一个人名,爱玛就驳道:

"不行! 他们不肯的!"

"可是老爷就要回来!"

"我知道……你先让我一个人待一会儿。"

她全试过了。现在她只有束手待毙;等查理回来,她只好对他讲:

"走开。你脚踩的这条地毯已经不是我们的了。家里一件家具、一根别针、一根草,都不是你的。可怜人,害你破产的就是我!"

他听了这话,呜咽一大阵,眼泪再流一大堆,最后惊惶过去,他会宽恕的。她咬住牙,咕哝道:

"是啊,他会宽恕我的,可是他有一百万献给我,我也不原谅他认识我……决不! 不!"

想到包法利占着上风,她就怒火冲天。其实她说出来也罢,不说出来也罢,迟早今明,他不会不知道的。这样看来,她非等待这可怕的场面不可,非忍受他的宽宏大量不可。她想再去求求勒乐,不过有什么用? 写信给她父亲:太晚了;也许她现在后悔没有依顺公证人。她听见小巷马蹄走动。是他;他在开栅栏门,脸色比石墙还白。她一步跳下楼梯,连忙逃往广场。镇长太太正在教堂前面和赖斯地布杜瓦闲谈,看见她走进税务员的住宅。

283

她跑去告诉卡隆太太。两位夫人走上阁楼,躲在晾在竿上的衣服后面,位置恰好望见毕耐屋里。

他独自待在顶层的小屋,正在拿木头仿制一个奇形怪状的象牙摆设:由月牙和一个套一个的空球组成、方尖碑似的无用东西;他如今做到末一环节,眼看就要大功告成!金黄木屑从他的工具飞出,在制作室的光影之间,好像快马疾驰、铁蹄底下爆出来的火星一样。两只轮子呜隆呜隆在转。毕耐一脸微笑,下巴朝下,鼻孔张开,似乎沉醉在美满的幸福中。这类活计,以微不足道的困难娱乐心灵,完成了,人也就心满意足,不再想它了。毕耐的幸福,毫无疑问,就是这类平庸活计的产物。

杜法赦太太道:

"啊!那不是她!"

但是旋床太响,她们听不见她说什么。

最后,两位夫人仿佛听到法郎这个词,杜法郝太太耳语道:

"她付不出捐税,求他许她缓付。"

另一位太太道:

"像是!"

她们望见她走来走去,看看墙边的饭巾环、蜡烛台、栏杆柱头的圆球,同时毕耐心满意足,摩弄胡须。杜法赦太太道:

"她来是不是要定做什么东西?"

她的女邻居反驳道:

"他什么也不卖!"

税务员的样子仿佛在听,可是睁大眼睛,又像听不明白一样。她讲话的姿态又动人,又可怜。她走近了,胸脯忽上忽下。他们不言语了。杜法赦太太道:

"她是不是在勾搭他?"

毕耐连耳梢也红了。她抓住他的手。

"啊!太不像话!"

毫无疑问,她作出非礼的建议,因为税务员——可是人家勇敢,在波岑和吕岑打过仗①为法兰西而战,还列在"请奖名单"之中——忽然退得老远,好像看见一条蛇一样,喊道:

"夫人!您真这样想?……"

杜法赦太太道:

"这种女人就欠鞭子抽!"

卡隆太太问道:

"她哪儿去啦?"

因为她们说话中间,她已经不见了;她们后来望见她贴大街走,好像要去公墓,又朝右转,彼此乱猜一阵,也猜不出一个所以然来。

她走到奶妈家,说道:

"罗莱嫂子,我出不来气!帮我解开带子②。"

她躺在床上只是哭。罗莱嫂子给她盖上一条围裙,站在一旁,等她说话。老实女人见她始终不回答,走开了,坐在纺车跟前纺麻。她以为是毕耐的旋床响,咕哝道:

"嘻!停了吧!"

奶妈纳闷道:

"谁得罪她啦?她来这儿做什么?"

她跑到这里,活像家里出了煞神,把她吓跑了一样。

她仰天躺着,动也不动,眼睛直瞪瞪的,好像白痴一样,死看东西,可是看到的,只是一片模糊。她望着墙上的剥蚀的墙皮、头对头冒烟的两块劈柴、一个在头上横梁缝走动的长蜘蛛。她终于集中思想,记起……有一天,和赖昂……唉!许久以前……太阳照耀

---

① 波岑和吕岑均系德国东南地名。一八一三年,拿破仑在这里击退俄罗斯和普鲁士联军。

② 十九世纪前期,"束腰"带子一般都在后背打结,必须别人帮忙解开。

河面,铁线莲香气扑鼻……于是回忆如同湍流一样,很快就把她带到昨天。她问道:

"几点钟了?"

罗莱嫂子走出房间,朝天色最亮的方向,举起右手手指,慢慢腾腾回来道:

"快三点了。"

"好!谢谢!谢谢!"

因为他就要来了。一定会来的!他会弄到钱的。不过他想不到她在这里,也许去了那边;她吩咐奶妈跑到她家去,把他带过来。

"快呀!"

"我的好太太,我去!我去!"

她现在奇怪她开头怎么没想到他,昨天他赌了咒:不会爽约的。她看见自己像是已经到了勒乐那边,掏出三张支票,往他的书桌一丢。事后还得捏造一篇鬼话,向包法利解释。什么鬼话?

奶妈去了许久,不见回来。可是草屋里没有钟,爱玛心想,也许是自己把时间扯长了。她放慢脚步,围着园子走动;她沿着篱笆,走进小径,又连忙走回,希望老实女人走别的路回来。最后,她等累了,起了疑心,又不相信,恍恍惚惚,不知道自己在这里待了一世纪,还是一分钟,她坐在一个角落,闭住眼睛,堵住耳朵。栅栏门嘎吱在响;她一跃而起,可是罗莱嫂子不等她开口,先对她道:

"你们家没有人!"

"怎么?"

"哎呀!没有人!老爷在哭。他在喊您。他们在找您。"

爱玛一言不发,喘着气,眼睛向四下张望,庄稼女人让她那副脸相吓坏了,心想她疯了,出于本能,直往后退。爱玛猛打自己的额头,叫了起来,因为她想到了罗道耳弗;这像一道强光,闪过沉沉的黑夜。他那样好,那样体贴,那样慷慨!再说,即使他一时不想帮她这个忙,她也有法子逼他这么做的,她只要眼睛一瞟,他们的爱情就活过来了。这样一想,她就去了于歇特。她看不出同样的事,方才她在公证人家,怒不可遏,现在她却跑着送上门去,根本没有理会这是卖淫。

八

她边走,边问自己:"我说什么?我先说什么?"她一路走下去,望见灌木、树木、岭上的黄刺条、远处的庄园,仿佛旧友重逢,又有了她初恋的心情。她的可怜的心,也枯木逢春一般,欣欣向荣。暖风吹拂她的脸,雪在融化,一滴一滴,从树芽落在草上。

她像先前一样,走进草坪的小门,来到正院。边沿两排繁茂的菩提树,窸窸窣窣,长枝摇来摇去。狗在狗舍吠成一片,响声震天,不见有人出来。

她走上装有木栏杆、又直又宽的楼梯,来到有灰尘的石板地过道,好像修道院或者旅馆一样,并排开着几扇门。他的房间在尽里左手。她拿手指搁到门扶手上,忽然感到软弱无力。她害怕他不在家,却又几乎希望他不在,然而这是她唯一的指望、最后的机会。她停一分钟定了定神,想着时间紧迫,只好鼓足勇气走进去。

他坐在壁炉前面,两只脚放在框子上,噙着烟斗吸烟。他一看是她,连忙跳起来道:

"嘻!是您!"

"是呀,是我!……我想,罗道耳弗,请教一个主意。"

她用尽气力,可是再也说不下去。

"您没变,还是那样可爱!"

她伤心道:

"唉!不可爱,我的朋友,因为您没有把我搁在心上。"

他听了这话,找话解释他的行为,不过一时编不出适当的借口,就拿泛泛的话来道歉。

他的语言,尤其是他的声音和他的形体,打动了她,她听到后来,装出相信——或者也许真就相信:他们破裂的原因是一个秘密,关系第三者的名誉,甚至生命也成了问题。她伤心地望着他道:

"不管怎么样,反正我受够了苦!"

他用一种达观的口吻回答道:

"人生就是这样!"

爱玛接下去道:

"自从我们分手以来,人生待您总还好吧?"

"啊!不好……也不坏。"

"你我永不分手,也许好多了。"

"是啊……也许!"

她凑到跟前道:

"你相信?"

她叹气道:

"哎呀!罗道耳弗!你不知道……我多爱你!"

于是她握住他的手,他们也就手指交揉,待了一会儿,——仿佛第一天,在农业展览会上!自尊心不要他心软,他正在自我挣扎,就见她倒进他的胸怀,对他道:

"没有你,你怎么指望我活得下去?享惯了福,不享就不成!我可真叫伤心啦!我以为我会死的!改天我再一五一十讲给你听。可是你呀,躲着我……"

因为三年以来,他由于男性特有的天赋的懦怯,小心在意避她。爱玛拿头一动一动,做出娇憨的模样,比一只动情的母猫还要妖媚,继续道:

"你实说了吧,你爱别的女人;哎!我懂,好啦!我原谅她们。你勾引她们,就像你从前勾引我一样。你是男子,你!有种种条件博得女人欢心。不过我们再好下去,对不对?我们会相爱的!看,我笑了,我快活!……你倒是说话呀!"

她娇滴滴的,确实惹人心疼,眼里盈盈一颗泪珠,颤颤索索,好像花萼含了一滴雨水一样。

他把她抱到膝盖上,拿手背抚摸她光滑的头发。薄暮中落日的余晖投射在她的头发上,仿佛一支金箭在闪耀。他低下头,用嘴唇尖,轻轻吻着她的眼皮。他问道:

"可是你哭了!为什么?"

她反而呜咽起来了,罗道耳弗以为她的爱情爆发了;他见她不作声,错把沉默当作害羞的最后表示,嚷嚷道:

"啊!饶恕我!我只喜欢你一个人。我是又坏又蠢!我爱你,我永远爱你!你怎么啦?说话呀!"

他跪下来了。

"好吧!……我破产啦,罗道耳弗!你借我三千法郎!"

他慢慢站起来,脸上显出一种严肃的表情,说道:

"不过……不过……"

她急促地讲下去:

"你知道,我丈夫把他的财产统统交给公证人经管;他卷逃了。我们借钱,病人不付诊费。其实,清算没有结束;我们往后还会有钱的。不过今天缺三千法郎,人家就要扣押我们的动产;就在如今,就在眼前。我信得过你的友谊,所以就来了。"

罗道耳弗脸色变得十分苍白,寻思道:啊!她来是为了这个!

他最后显出非常安详的神气道:

"亲爱的夫人,我没有钱。"

他不是说谎。他要是有钱的话,不用说,他会给的,虽然这种慷慨之举,一般说来,并不愉快:摧残爱情的方式很多,不过连根拔起的狂风暴雨,却是借钱。

她先是望他望了几分钟。

"你没有钱!"

她重复了好几次:

"你没有钱!……早知道这样的话,我也不来受这场最后的羞辱了。你从来没有爱过我!你比别人好不了多少!"

她出卖自己,把话扯远了。

罗道耳弗打断她的话,说他本人也正"拮据"。爱玛道:

"啊!我可怜你!是啊,一百二十分可怜你!……"

于是眼睛望定兵器上一管发亮的银线短铳道:

"可是人要是穷呀,铳把子不会镶银!"

她指着布勒①时钟,继续道:

"也不会买镶介壳的钟!也不会给马鞭来一串镀金的银叫子!"

她摸着这些银叫子。

"也不会给他表上来一串小玩意链子!嗐!他什么也不缺!屋里还有一顶酒橱;因为你爱你自己,你过舒服日子,你有一所庄园、几处田庄、几座树林;你骑马打猎,你远游巴黎……单单就是这个……"

她抓起壁炉上的袖口纽扣,喊道:

"这顶小的小玩意儿,就能变出钱来!……嗐!我不要你的!留着好了。"

她拿两个纽扣丢得老远,小金链碰在墙上,断了。

"可是我呀,为了博得你一个微笑,让你瞧上一眼,听你说一句'谢谢',我什么都会给你,什么都会卖掉,做苦工,沿路乞讨!而你安安详详坐在你的扶手椅里,好像你先前没有让我受够罪?没有你,你明白,我会快快活活过日子的!你为什么要这样做?难道跟谁打赌来着?可是你从前爱我,你从前这样讲……方才还这样讲……啊!还不如把我撵走的好!你亲我的手,手现在还是热

---

① 布勒(1642—1732),法国著名的细木器制造商。

烘烘的。你就在这地方,在这地毯上,跪在我面前,发誓爱我一辈子。我相信你:整整两年,你带我做着最香甜、最绮丽的梦! ……嗯? 我们的旅行计划,你记得不,啊! 你的信! 你的信,撕碎了我的心! 如今我看他来了,投他来了,他又有钱,又快活,又自由! 求他搭救一把,随便什么人也会帮忙,苦苦央求,把恩情统统献给他,他推开我,因为这要破费他三千法郎!"

罗道耳弗口气绝对冷静,——这种冷静就像盾牌一样,掩护抑制下去的愤怒,回答道:

"我没有钱!"

她出来了。墙在摇晃,天花板往下压她。她又走进悠长的林荫道,绊在随风散开的枯叶堆上。她终于走到栅栏门前的壕沟;她急着开门,在门闩上碰断了指甲。然后百步开外,她气喘吁吁,眼看就要跌倒,只得站住。她于是扭转身子,又瞥了一眼无动于衷的庄园:草坪、花园、三座院子和正面的全部窗户。

她呆呆瞪瞪站了许久,觉不出自己是在活着,只觉得听见自己的脉搏在跳动,仿佛震耳欲聋的音乐,在田野响成一片。脚底下的土比水还软;犁沟在她看来,成了掀天的棕色大浪。回忆、观念,大大小小,同时涌出,活跃在她的脑子里,像一道烟火放出无数的火花。她看见她的父亲、勒乐的小屋、他们的旅馆房间、另一片风景。她觉得自己要疯。她一害怕,努力收敛,但是情形混乱,也是真的;她已记不起她落到这般田地的原因,也就是说:金钱问题。她感到痛苦的,只是她的爱情。她觉得她的灵魂通过这种回忆离开了她,就像受伤的人临死觉得生命从流血的伤口走掉一样。

天黑了,乌鸦在飞。

她恍惚看见天空,突然有火球出现,好像闪亮的子弹一样,在下降中间炸开,旋转向前,融在树枝之间的雪里。个个火球当中,都有罗道耳弗的脸。火球越来越多,越来越近,钻进她的身子,全不见了。她认出点点灯火,远远在雾里闪耀。

于是她的遭遇,仿佛一座深渊,来到眼前,她喘不过气来,胸脯活像要裂开了一样。接着她的心头涌起舍身的念头,她几乎喜不自胜了,跑下岭来,穿过牛走的便桥、小径、小巷、菜场,来到药房前面。

没有人。她打算进去;但是门铃一响,会有人来的。她于是溜过栅栏门,屏住气,摸着墙,一直走到厨房门口。炉台上点着一支蜡烛。朱斯丹穿一件衬衫,端走一盘菜。

"啊!他们在吃晚饭。等等再说。"

他回来了。她敲玻璃窗。他出来了。

"钥匙!上头那把,放……"

"什么?"

他看着她,奇怪她的脸没有一丝血色,衬着黑黝黝的夜色,分外显得白。他觉得她异常美丽,幽灵一样庄严。他不明白她的意思,预先感到有什么祸事要来。

但是她放低声音,急促地说,声音又温柔,又有软化人的力量:"我有用!给我。"

板壁薄薄的,饭厅传来叉子和盘子的响声。

她假说老鼠吵她睡觉,要药弄死老鼠。

"我得回禀一声老爷。"

"不必!别走!"

然后神情淡漠,又道:

"哎!你犯不着去,我这就告诉他。来,给我照亮!"

她走进通实验室的过道。墙上挂着一把钥匙,标明"堆置间"。

药剂师等急了,喊道:

"朱斯丹!"

"上楼!"

他跟着她。

钥匙在锁眼转动；她一直走向第三橱架,她记得明明白白,抓起蓝罐,拔掉塞头,伸进手去,捏了满满一把白粉,立时一口吞下。

他扑过去拦她,喊道：

"别吃！"

"别吵！当心人来……"

他难过得不得了,打算叫唤。

"不要说出去。小心连累你的主人！"

她走开了,忽然心平气和,差不多就像完成了任务那样恬适自在。

查理听见扣押的消息,心慌意乱,赶回家来,爱玛正好出门。他喊,他哭,他晕了过去,但是她不回来。她有什么地方好去？他差全福四处寻找,郝麦那边、杜法赦先生那边、勒乐那边、金狮那边,不见踪影；他一阵一阵心焦,看见自己名誉扫地、财产荡尽、白尔特前程黯淡！什么缘故？……一句话也没有！他一直等到下午六点钟。他最后再也等不下去了,以为她去了鲁昂,来到大路上,走了半古里,不见一个人,又等了一会儿,这才回来。

她先回来了。

"是怎么一回事？……为什么？……说给我听？……"

她坐在她的书桌前面写信,慢条斯理封口,添补日期和时间,然后以一种庄严的口吻道：

"你明天再看；从现在起,我求你一句话也不要问我！……是的,一句话也不要问！"

"可是……"

"哎呀！走开！"

她躺倒在床上。

她觉得嘴里有一股辛辣味道,醒过来了,她模模糊糊望见查理,又闭上眼睛。

她带着好奇的心理,看自己会不会难受。是啊!还没有动静。她听见钟走、火响、查理立在床旁呼吸。她寻思道:"啊!死真算不了一回事!我睡过去,就全完了!"她喝了一口水,朝墙翻转身子。

那种可怕的墨水气味一直有。她呻吟道:

"我渴!……哎呀!我好渴呀!"

查理端水给她,问道:

"你到底怎么啦?"

"没有什么!……打开窗户……我出不来气!"

她忽然觉得恶心,几乎来不及到枕头底下掏手绢,就吐出来了。她赶快道:

"拿开!扔掉!"

他问她话;她不回答。她躺平了,不敢移动;害怕一动,又要呕吐。但是她觉得从脚到心像冰一样寒冷。她咕哝道:

"啊!现在开始啦!"

"你说什么?"

她的头轻轻摇来摇去,充满痛苦,上下牙床一直张开,好像有什么很重的东西压住她的舌头一样。临到八点钟,她又呕吐起来。

查理注意到脸盆底上,有白色颗粒似的东西,贴住瓷面。他重复道:

"怪事!奇怪!"

但是她以一种坚定的声音道:

"不,你看错啦!"

他于是轻轻拿手放在她的胃上,差不多是抚摸着。她尖声一叫,把他吓得直往后退。

接着她就哼唧,起初声音低微。她的肩膀直抖,脸比床单还白,痉挛的手指抠着床单。她的脉搏不匀,现在几乎细到听也听不出来了。

她像在金属水汽中凝成的一样,脸色发青,汗水直往外渗。牙齿乱响;眼睛睁大,迷迷茫茫,向四下望。任凭问她什么话,只是摇头,甚至于微笑了两三次,哼唧的声音越来越响。她不要叫唤,可是不由自主,还是低声叫起来了。她硬说自己好多了,马上就会起来的。但是她浑身抽搐,喊道:

"啊!难受死了,我的上帝!"

他跪到床前道:

"说呀,你吃了什么?看在上天的分上,回答我!"

他看着她,一往情深,她先前像没有见过。她以一种微弱的声音道:

"好,那……那边!……"

他跳到书桌跟前,打开信封,大声念道:"什么人也不要怪罪……"他停住不念,拿手擦擦眼睛,再念下去。

"什么!救命!来人呀!"

他能重复的只有这两个字:"服毒!服毒!"

全福跑去找郝麦;郝麦在广场嚷得家家听见,勒弗朗索瓦太太在金狮都听见了;有人起来说给邻居知道:全镇活活闹了一整夜。

查理在屋里打转,心慌意乱,话也说不清,几乎站不稳,撞家具,抓头发,药剂师做梦也想不到会看见这种恐怖场面。

他回家给卡尼韦先生和拉里维耶尔博士写信。他头昏脑涨,一连起了十五次草稿,还写不好。伊玻立特去了新堡;朱斯丹拼命踢包法利的马,踢到后来,马跑不动,只有一口气了,只好丢在纪尧姆树林岭。

查理想翻医学辞典,字句跳动,看不清楚。药剂师道:

"冷静点!只要服些高效的解毒药就成。是什么毒药?"

查理给他看信。原来是砒霜。郝麦又道:

"好!应该化验一下才是!"

因为他知道,遇到中毒事件必须化验,查理不懂他的意思,回

答道:

"啊!对!对!救救她……"

然后,他回到她身旁,倒在地毯上,头靠住床沿呜咽。她向他道:

"别哭!用不了多久,我就不再折磨你啦!"

"你为什么服毒?你凭什么非服毒不可?"

她回答道:

"我的朋友,应该这样。"

"难道你不快活?难道是我不好?可是我尽我的力来着!"

"是……对……你是好人,你!"

她慢慢拿手放在他的头发上。这种甜蜜的感觉加重了他的忧伤;就在她比从前显得更爱他的时候,他却反而非失去她不可,想到这上头,他就肝肠寸断,觉得全部生命都在崩溃。他想不出抢救的办法,不知道该怎么着手,也不敢着手,越是情况紧急,需要立刻做出决断,他就越是不知所措。

她想,一切欺诈、卑鄙和折磨她的无数欲望,都和她不相干了。现在,她什么人也不恨了。她的思想陷入迷离境地;人世的喧嚣,爱玛听见的,只有这可怜人的间歇的啼哭,柔和而模糊,好像交响乐隐隐约约的尾声。她支起胳膊肘道:

"把孩子给我带来。"

查理问道:

"你不觉得更难过,是不是?"

"是的!是的!"

女用人把孩子抱来。她穿着长睡衣,露出两只光脚,神情严肃,差不多还在做梦。她满脸惊奇,望着凌乱的房间。桌上点着蜡烛,照花她的眼睛,不住眨动。不用说,蜡烛让她记起新年或者四旬斋狂欢节的早晨,也是点着蜡烛,老早就喊醒她,抱到母亲床头,接受礼物,她说:

"妈妈,东西在哪儿?"

她见大家不作声,又说:

"我看不见我的小鞋①!"

全福朝床抱她,她却一直望着壁炉那边。她问道:

"是奶妈拿走啦?"

包法利夫人听见奶妈两个字,想起她的奸情和她的灾殃,不由得转开了头,似乎另有一种毒药,比嘴里的毒药还猛,惹她恶心。白尔特站在床上。

"啊!啊!妈妈,你的眼睛多大啊!脸多白啊!看你净出汗啦……"

母亲望着她。小孩子后退道:

"我怕!"

爱玛握住她的小手吻;她挣扎不肯。查理在床后呜咽,喊道:

"行啦!把她抱走吧。"

随后病势缓和一时,看上去,她也不像先前那样难过。他听见她每说一句不关重要的话,每出一口比较匀静的气,就以为有了希望。最后,他看见卡尼韦进来,扑过去拥抱他,哭道:

"啊!是您!谢谢!您真好!现在好一点了,来,看看她……"

同行的看法完全两样,像他自己说的,不必兜圈子,他干脆就开呕吐剂,把胃打扫干净。

她很快就吐起血来了。舌头也更紧了,四肢抽搐,一身棕色点子,捺捺她的脉搏,滑溜溜的,仿佛一根绷紧了的线,又仿佛一条将断未断的琴弦。

接着她就发疯一般喊叫连天。她诅咒毒药,谩骂毒药,哀求毒药尽快发作;查理比她还痛苦,一劝她喝药,她就伸出僵硬的胳膊

---

① 她以为是圣诞节,四下寻找礼物,通常"小鞋"里面放圣诞礼物,搁在壁炉旁。

297

推开。他站直了,手绢掩住嘴唇,喉咙呼呼在响,眼泪直流,哽咽得喘不过气,连脚后跟也在抖动。全福在屋里乱跑;郝麦一动不动,只是大声叹气;卡尼韦先生虽然照样刚强,也开始心乱了。

"活见鬼! …… 可是…… 她也用过清除剂了。病源一消灭……"

郝麦道:

"后果就该消灭;理所当然。"

包法利喊道:

"救救她!"

药剂师还在提供假定:"也许这是一种有利的发作",卡尼韦不理他,正要使用鸦片解毒剂,就听见传来一阵马鞭的响声。玻璃窗全在摇晃。一辆柏林式驿车①驾了三匹马,浑身是泥,直到耳朵,飞也似的,从菜场拐角,冲了过来。原来是拉里维耶尔博士到了。

天神出现也不见得会引起更大的骚动。包法利举起两手;卡尼韦赶快住手;郝麦不等医生进来,先就摘下他的希腊小帽。

他属于比夏②建立的伟大外科学派,目前已经不存在的哲学家兼手术家的一代,爱护自己的医道,如同一位狂热的教徒,行起医来,又热情,又明敏!他一发怒,整个医院发抖。学生尊敬他到了这步田地,一挂牌行医,就处处模仿他,以致人们在附近城镇,到处看见他的棉里美里奴长斗篷和宽大的青燕尾服。他的硬袖解开,盖住一点他胖嘟嘟的手——一双非常漂亮的手,从来不戴手套,好像为了加快救治病人一样。他看不起奖章、头衔和科学院,他仁慈、慷慨、周济穷人,不相信道德,却又极力行善,如果不是头脑精细,使别人怕他就像怕魔鬼一样,他简直可以算是一位圣者了。他的目光比

---

① 一种四轮马车,轿式,玻璃窗,前后有座。
② 比夏(1771—1802),法国解剖学家,对近代医学发展有很大贡献。

他的手术刀还要锋利,一直射到你的灵魂深处,不管是托词也好,害羞也好,藏在底下的谎话统统分解出来。他这样活在人民当中,充满和蔼可亲的庄严气概——一种觉得自己饶有才能与财富的意识和四十年勤劳、无可非议的生涯形成的庄严气概。

他一进门,望见爱玛张开口,仰天躺在床上,脸像死人一样,就皱眉头。随后他一边好像听卡尼韦解释,一边拿食指放在鼻孔底下,重复道:

"好,好。"

但是他的肩膀慢慢上耸。包法利注意到了。两个人你望我,我望你;这个人虽然看惯了痛苦,也忍不住流下一滴眼泪,落在他的胸饰上。

他想把卡尼韦带到外间,查理跟着他。

"很严重,是不是?贴芥子膏怎么样?我不知道怎么才好!想想办法,您救过那么多人!"

查理拿两只胳膊围住他的身子,眼睛望他,样子又凄惶,又哀求,简直要在他的胸前昏倒。

"好,可怜的孩子,拿出勇气来!没有法子救。"

拉里维耶尔博士走开了。

"您这就走?"

"我还回来。"

他像有话吩咐车夫,卡尼韦也走出来了,同样不高兴看爱玛死在自己手上。

药剂师在广场追上他们。他天性离不开名人。所以他恳求拉里维耶尔先生赏光,到他家里用饭。

他马上叫人到金狮去取鸽子,到肉庄去取所有的小排骨肉,到杜法郝家去取奶酪,到赖斯地布杜瓦家去取鸡蛋。药剂师亲自帮着预备;郝麦太太一边系牢罩衫带子,一边道:

"先生,您得原谅才是;因为在我们这小地方,头一天不先关

299

照一声……"

郝麦轻声吩咐：

"高脚玻璃杯！"

"在城里的话，我们起码可以弄到灌肉蹄子。"

"少废话！……博士，请。"

用过几口以后，他觉得应该提供一些详细情况：

"起初我们发现她咽喉发干，后来上腹部剧痛，呕吐不止，呈昏睡状态。"

"她怎么会服毒的？"

"我不知道，博士，我简直不晓得她从什么地方得到这种砒霜。"

朱斯丹这时正好端上一摞盘子，听见这话，不由哆嗦起来。药剂师问道：

"你怎么啦？"

年轻人一听问话，稀里哗啦，把东西全摔到地上。郝麦喊道：

"蠢猪！笨牛！傻瓜！死驴！"

但是他猛然克制自己，回到原来的话题道：

"博士，我决计化验，首先我小心从事，拿一只细管搁到……"

外科医生道：

"顶好是拿您的手指搁进她的喉咙。"

他的同行默不作声，因为方才已经为了他的呕吐剂，私下饱受训斥，所以这位好好先生卡尼韦，治跷脚时，说话滔滔不绝，气焰不可一世；今天极其谦虚，一副心服口服的模样，不断微笑。

郝麦做了东道，自尊心得到满足，心花怒放，包法利的悲痛促成他的幸福，在他心上，模模糊糊，激起一片快感。而且他有博士在座，特别兴奋。他卖弄渊博，东拉西扯，说起斑蝥、乌巴斯树[①]、

[①] 斑蝥有发泡作用，乌巴斯树（upas）是一种有毒汁的树，产在爪哇一带。

300

芒色尼耶树、蜂……

"我甚至于读到,有些香肠,熏过了头,人吃了就会中毒。博士,好像中电一样!我们有一位大师、著名的卡代·德·嘉西古尔①,我们的药物学权威,曾经写过一篇了不起的报告,就提到来着!"

郝麦太太又出来了,端着一个燃烧酒精的摇摇晃晃的机器;因为郝麦讲究在饭桌上熬咖啡而且事前经他亲手炒好,磨好,调好。他献糖道:

"Saccharum②,博士。"

他随后把子女全叫到底下,希望听听外科医生对他们的体格的意见。

最后,拉里维耶尔先生准备走了,郝麦太太请他检查检查她丈夫。他的血变稠了,每天用过晚饭,他就打盹。

"嗜!妨碍他的不是血。③"

这句双关语,没有人理会,医生笑微微的,打开了门。可是药房挤满了人,他简直难以脱身。杜法赦先生担心太太害肺炎,因为她好对灰烬唾痰;毕耐先生,一来就饿;卡隆太太,皮肤有针扎的感觉;勒乐,常常头晕;赖斯地布杜瓦,害风湿症;还有勒弗朗索瓦太太,闹胃气病。最后,三匹马出发了,人人嫌他不够和气。

布尔尼贤先生捧着圣油,走过菜场,引起公众的注意。

郝麦根据他的原则,把教士比作死人气味招引来的乌鸦。他一看见教士,就身心不畅,因为道袍让他想到寿衣,他憎恨前者,有一点由于畏惧后者。

不过他面对他的所谓使命,并不退却,所以就又陪卡尼韦回到

---

① 卡代·德·嘉西古尔(1731—1799),法国药物学家,留有笔记多种。
② 拉丁文:砂糖。
③ "血"(sang)与"感觉""意义"或者"官能"(sens),在法文同音。拉里维耶尔用了一个同音双关语,取笑郝麦。

包法利那边,——拉里维耶尔先生走前,再三嘱咐卡尼韦这样做来着。不是太太反对,他会连两个儿子也带过去,经历大事,将来留在脑海,也好成为一种教训、一个榜样、一幅严肃的图画。

他们走进房间,里面充满悲惨的仪式,女红桌上蒙了一条白饭巾,上面一只银盘,里头有五六个小棉花球,旁边是一个大十字架,一边点着一支蜡烛。爱玛的下巴靠住胸脯,眼睛睁得老大,两只可怜的手搭在床单上,姿势又难看,又柔和,好像快死的人,直盼早拿尸布盖好自己一样。查理停住哭泣,脸色仿佛石像那样白,眼睛好像炭火一样红,面对着她,站在床尾;教士一条腿跪在地上,咿咿唔唔祷告。

她慢悠悠转过脸来,一眼望见教士身上的紫飘带,忽然有了笑容,不用说,她在无牵无挂之中,又体会到了早年的神秘感受,看到了正在开始的天国形象。

教士站起来取十字架;她好像渴了一样,伸长颈项,嘴唇贴牢基督的身体,使出就要断气的全部气力,亲着她从来没有亲过的最大的爱情的吻。接着他就诵"愿主慈悲"和"降恩",右手拇指蘸蘸油,开始涂抹:先是眼睛,曾经贪恋人世种种浮华;其次是鼻孔,喜好温和的微风与动情的香味;再次是嘴,曾经张开了说谎,由于骄傲而呻吟,在淫欲之中喊叫;再次是手,爱接触润滑的东西;最后是脚底,从前为了满足欲望,跑起来那样快,如今行走不动了。

堂长擦擦手指,拿蘸油的棉花球扔到火里,过来坐在病床旁边,告诉她:现在她应当把她的痛苦和基督的痛苦打成一片,等候上天怜悯。

劝告完了,他试着拿一支祝福过的蜡烛,放在她的手心,这象征天国的光辉,眼看就要环绕她。爱玛太衰弱,手指拢不过来,不是布尔尼贤先生,蜡烛就掉在地上了。

但是她显出一种平静的表情,脸色不如先前那样白,好像仪式治好了她一样。

教士看出这种现象,说给包法利听,甚至对他解释:主有时候认为有利于人,就延长寿命。查理记得她有一天领受圣体,也像这样快要死了。他寻思道:"也许还有指望。"

说实话,她看看四周,慢条斯理,好像如梦方醒一般,然后声音清清楚楚的,要她的镜子。她照镜子照了许久,直到后来,流出许多眼泪,这才不照。她于是仰起头来,叹了一口气,又倒在枕头上。

她的胸脯立刻迅速起伏。舌头完全伸到嘴外;眼睛转动着,仿佛一对玻璃灯在逐渐发暗,终于熄灭了。不是肋骨拼命抽动,她已经可以说是死了。全福跪在十字架前;就连药剂师也曲了曲膝盖;卡尼韦漫无目标,望着广场。布尔尼贤又在祈祷,脸靠床沿,黑长道袍拖在背后地上。查理跪在对面,胳膊伸向爱玛。他握她的手,握得紧紧的,她一心跳,他就哆嗦,好像一所破房子在倒坍,把他震哆嗦了一样。喘吼越来越急,教士的祷告也越来越快,和包法利的哽咽打成一片,有时候又像全不响了,只有拉丁字母喑喑哑哑,咿咿唔唔,好像哀祷的钟声一样。

人行道上忽然传来笨重的木头套鞋和手杖戳戳点点的响声。一个声音起来了,一个沙哑的声音开始歌唱:

> 火红的太阳暖烘烘,
> 小姑娘正做爱情的梦。

爱玛坐了起来,好像一具尸首中了电一样,头发披散,瞳仁睁大,呆瞪瞪的。

> 地里的麦子结了穗,
> 忙呀忙坏了大镰刀,
> 快拾麦穗呀别嫌累,
> 我的娜奈特弯下腰。

她喊道:

"瞎子!"

于是爱玛笑了起来,一种疯狂的、绝望的狞笑,她相信自己看见乞丐的丑脸,站在永恒的黑暗里面吓唬她。

　　这一天忽然起大风,
　　她的短裙哟失了踪。

一阵痉挛,她又倒在床褥上。大家走到跟前。她已经咽气了。

九

说死就死,快得什么似的,不说相信,单是领会,活着的人就很难一下子做到,所以看见人死,起初总是目瞪口呆。可是查理一见她断气,就扑到她身上喊道:

"永别了!永别了!"

郝麦和卡尼韦把他拉到卧室外。

"要节哀才是!"

他挣扎道:

"是,我懂,我不会闹出事来的。不过,放开我!我要看看她!她是我太太!"

他哭着。药剂师道:

"哭吧,顺其自然,您就舒坦啦。"

查理变得比一个小孩子还软弱,由他们拉到底下厅房。郝麦先生跟着也就回家去了。

他在广场遇见瞎子。瞎子希望弄到消炎膏,逢人打听药剂师的住处,一直摸索到永镇。

"去你一边的吧!倒像我手上没有别的事一样!啊!活该,以后再来吧!"

他急急忙忙进了药房。

他得写两封信,给包法利配一副安神药水,捏造一套隐瞒服毒的谎话,写成文章,送给《烽火》登出来,还不提永镇的男男女女,等着找他打听消息。待永镇人都听说了她做香草奶油,错把砒霜当糖用的故事,郝麦便又回到包法利家。

他发现只包法利一个人(卡尼韦先生才走),坐在扶手椅里,靠近窗户,白痴似的,盯着厅房的石板地看。药剂师道:

"现在您该规定一下举行仪式的时间。"

"什么?什么仪式?"

然后,声音畏缩,结结巴巴道:

"哎!不必,是不是?不必,我要留着她。"

郝麦一听话不对劲,拿起摆设架上的水瓶,去浇天竺葵。查理道:

"啊!谢谢。您是好人!"

药剂师的举动引起满头满脑的回忆,他一难过,不再说下去了。

郝麦心想谈谈园艺,可以分散分散他的悲伤,就说:"植物需要湿润。"查理低下头来,表示赞成。

"其实,春暖花开的日子,眼看也就到了。"

包法利道:

"啊!"

药剂师无计可施,轻轻拉开玻璃窗的小帘。

"看,杜法赦先生过来啦。"

查理活像一架机器,重复他的话道:

"杜法赦先生过来啦。"

郝麦不敢同他再谈丧葬事宜;最后还是教士劝他,起了效验。他把自己关在诊室,拿起笔来,呜咽了半晌,这才写道:

  我希望她入殓时,身穿她的新婚礼服,脚着白鞋,头戴花冠,头发披在两肩,一棺两椁:一个用橡木,一个用桃花心木,一个用铅。我不要人和我谈话;我会硬撑起来的。拿一大幅

305

绿丝绒盖在她身上。这是我的希望。就这样做吧。

包法利的浪漫观点,两位先生看了,非常惊讶。药剂师马上劝他道:

"这幅丝绒,我看未免多余。再说,开销……"

查理喊道:

"关您什么事?走开!您不爱她!出去!"

教士挽起他的胳膊,兜着花园散步。他谈起人间物事的虚空。上帝极其伟大,极其仁慈;我们就该平心静气,服从他的意旨,简直就该感谢才是。查理谩骂起来:

"您的上帝呀,我恨透了!"

教士叹息道:

"您还有反抗的心情。"

包法利走远了。他迈开大步,靠近墙边果树行走,咬牙切齿,朝天投出诅咒的视线,但是没有一片树叶摇动。

细雨蒙蒙,查理没穿外衣,临了也打冷战了,他走进厨房坐下。

到六点钟,广场传来铁器的哐当声:燕子到了。他额头贴着玻璃,看着乘客一个接一个下来。全福在客厅地上给他铺了一条褥子,他往上一躺,睡着了。

郝麦先生虽然哲理一大套,却也尊重死人。所以他不和可怜的查理记仇,黄昏又守尸来了,带着三本书,还有一个活页册子,写笔记用。

布尔尼贤先生也在。床已经挪到外头,床头点着两支大蜡。

药剂师嫌空气沉静,没有多久,就编了两句悼念的话,哀怜这"不幸的少妇"。教士回答,如今只有帮她祷告,才是正经。郝麦接下去道:

"不过,二者必有其一:或者她是蒙主召归(如教会那种说法),那她根本就用不着我们祷告;或者她是至死不悟(我相信这是教士的辞令),那……"

布尔尼贤打断他的话,粗声粗气驳他,说不管怎么样,都应该祷告。

药剂师反对道:

"上帝既然知道我们的一切需要,祷告又有什么用?"

教士道:

"什么!祷告!难道您不是基督徒?"

郝麦道:

"对不住!我佩服基督教!首先,解放奴隶,在社会树立起一种道德理论……"

"不仅这个!所有经文……"

"嘻!嘻!说到经文,看看历史吧;人人知道,耶稣会会士篡改经文来的。①"

查理进来,走到床前,慢慢腾腾,掀开幔帐。

爱玛的头歪靠右肩膀,嘴张开了,脸的下部就像开了一个黑洞。两个拇指还弯在手心。眼睫毛上仿佛撒了一层白粉。眼睛开始消失,像是蜘蛛在上面结了网,盖着一种细布似的黏黏的白东西。尸布先在胸脯和膝盖之间凹下去,再在脚趾尖头鼓了起来,查理觉得像有无限的体积、绝大的重量压在她身上一样。

教堂的钟正敲两点。他们听见河水潺潺,从平台一旁流入黑暗。布尔尼贤先生不时大声擤鼻涕;郝麦的笔在纸上咻咻直响。他道:

"好啦,我的好朋友,对景伤情,您还是走开吧。"

查理一走,药剂师和堂长又辩论起来了。一位说:

---

① 并非事实。耶稣会教派创立于一五三四年,《圣经》早已流传于世。

"读伏尔泰!读霍尔巴赫!读《百科全书》!"

另一位说:

"读《葡萄牙犹太人书简》!读前任文官尼古拉写的《基督教辨》!①"

两个人争执不下,面红耳赤,同时说话,谁也不听谁说。布尔尼贤想不到对方会这样狂妄;郝麦奇怪对方会这样愚蠢。两个人就要破口对骂了,忽然看见查理又出现了。有什么东西不断吸引他上楼。

为了看她看得清楚,他待在对面,凝神观看。也正由于凝神观看,他已经不觉得痛苦了。

他想起关于感应的故事,关于催眠术的奇迹;他向自己说:精诚所至,或许能起死回生。有一次,他甚至朝她弯过身子,低头呼唤:"爱玛!爱玛!"声急气粗,蜡烛的火焰也被吹到墙上摇晃。

天蒙蒙亮,包法利老太太就来了;查理吻抱她,悲从中来,又哭了一场。她像药剂师一样,试着劝他撙节丧葬费用。他不但不听劝,反而大为生气,她也就只好作罢。他甚至要她立刻进城去买必需的东西。

查理独自待了一下午;白尔特交给郝麦太太照管;全福和勒弗朗索瓦太太在楼上房间守灵。

当天黄昏,他接见吊客。他站起来,握着对方的手,说不出话,随后大家挨挨挤挤坐下,在壁炉前围成一个大半圆圈,低下头,交叠着腿。他们一边摇腿,一边不时大声叹息。人人无聊到了极点,可是谁也不肯先走。

郝麦在九点钟又来了(两天以来,大家净在广场看见他),带

---

① 《葡萄牙犹太人书简》,法国教士盖奈(1717—1803)的作品,反驳伏尔泰对《圣经》的攻击。尼古拉(1807—1888),法国天主教作家。

来一堆樟脑、安息香和香草。他还带来一瓶含氯的药水①,消除秽气。女用人,勒弗朗索瓦太太和包法利老太太兜着爱玛,转来转去,这时正好给她换完衣服;她们拉下又长又硬的面网,一直盖到她的缎鞋。全福呜咽道:

"啊!我可怜的太太,我可怜的太太!"

女店家叹息道:

"看呀,她还是那样好看!谁不说,她这就要坐起来呀。"

她们接着就弯下身子,给她戴花冠。

头非举高一点不可,但是头一举高,就见嘴里流出一股黑水,好像又在呕吐一样。勒弗朗索瓦太太叫道:

"啊!我的上帝!袍子,当心!"

她转向药剂师道:

"帮帮我们的忙!怎么!您还害怕!"

他耸肩膀驳她道:

"我,害怕?看您说的!我念药剂学的时候,我在市立医院看到的死人,那才叫多!我们在解剖教室配五味酒!死人吓不倒哲学家;我常常说起,我有心要把我的身体送给医院,供科学研究用。"

神甫一到,就问起包法利的情形,听完药剂师的回答,他讲:

"您明白,刺激还太近!"

郝麦一听这话,就恭喜他不像别人,不致有丧失娇妻的危险。他这话引起一场关于教士独身的争论。药剂师说:

"因为男人不要女人,就不合乎自然!有人犯罪……"

教士喊道:

"不过,老天爷!一个人结了婚,您倒说说,怎么能保守忏悔的秘密啊?"

---

① "含氯的药水"应当是次氯酸钠,即漂白水。

郝麦攻击忏悔。布尔尼贤加以辩护,说它有恢复本性的效果,举出盗贼忽然变好的种种逸事作证明。有些军人走进告解座,觉得眼睛上有鳞掉下来①。弗里堡有一位教士②……

他的同伴睡着了。房间的空气太浊,教士觉得有一点气闷,过去打开窗户,惊醒了药剂师。他对他道:

"来,闻闻鼻烟!吸吸吧,人就清醒了。"

老远什么地方,狗不断在吠。药剂师道:

"您听见狗叫了吗?"

教士回答:

"据说,它们闻得到死人的气味,好像蜜蜂一样,闻到死人气味就会离开蜂窝。"

郝麦没有驳斥这些偏见,因为他又睡着了。布尔尼贤先生比较壮实,呢呢喃喃,嘴唇继续动了一阵,不知不觉,下巴一耷拉,丢开他的大黑书,也就呼噜呼噜打起鼾来了。

两个人相对而坐,肚子鼓出,脸皮浮肿,眉头紧皱,争吵了那么长时间,终于在人类同一弱点之中携手了。尸体的模样像在睡觉一样,他们一动不动,比尸体强不了多少。

查理进来,没有惊动他们。这是末一回。他向她告别来了。

香草还在燃烧,浅蓝的氤氲飘到窗口,和进来的雾混合起来。天上有几颗星宿,夜很柔和。

大滴蜡烛油落在床单上,好像眼泪一样。查理望着蜡烛燃烧,可是望久了黄焰的亮光,眼睛疲倦了。

缎袍如同月光一样白,波纹似的闪闪烁烁。她裹在里头,好像消失了一样。他觉得她离开身体,迷迷蒙蒙,化入四周的什物,和寂静、黑夜、过往的风、升起的润泽的香气,全都混为一体。

---

① 典出《新约·使徒行传》第九章第十八节:"扫罗的眼睛上,好像有鳞立刻掉下来,他就能看见,于是起来受了洗。"意即看见了真理。

② 弗里堡,瑞士地名,是天主教的一个重要据点。

他忽然看见她在道特的花园,坐在荆棘篱笆前面的长凳上;过了一会儿,又在鲁昂的街上,又在他们的门口,又在拜尔托的院落。他还听见男孩子们,快快活活,在苹果树底下,连笑带舞。房间充满她的头发的香味,她的袍子在他的胳膊底下,窸窸窣窣,发出火花一样的响声。这件袍子还是那件袍子!

他就这样久久回忆过去的种种欢乐,她的体态、她的手势、她的声调。他一阵一阵难过,无终无了,源源不绝,仿佛潮水上涨,垄涌一片。

他起了可怕的好奇心:他一边心跳,一边慢慢腾腾,拿手指尖掀起她的面网。但是他不看犹可,一看吓得叫了起来,惊醒另外两位。他们把他拉到底下厅房。

全福随后上来,说他要一绺头发。药剂师道:

"剪吧!"

她不敢剪;他拿起剪子,亲自去剪。他直打哆嗦,两鬓扎了好几个伤口。最后,郝麦硬起头皮,乱剪了两三剪刀,给她的美丽的黑头发添了几块空白。

药剂师和堂长继续干自己的事,中间免不了睡一会儿,但是每回醒来,就你怪我,我怪你,谁也不放过谁。于是布尔尼贤在房间洒圣水,郝麦拿一点含氯的药水倒在地板上。

全福事前在五斗柜上,给他们摆好一瓶白酒、一块干酪、一大块点心。所以临到早晨四点钟左右,药剂师熬不住了,叹气道:

"说真的,我想加加养料!"

教士不需他劝,出去做完弥撒回来,他们就碰杯吃喝起来,不知道为什么,还咯咯笑着:人在经历某些忧愁阶段之后,会生出一种泛泛的轻松感,所以教士喝到末一小杯,拍着药剂师的肩膀道:

"我们会有一天互相了解的!"

他们在底下门道遇见工人进来。于是足足两小时之久,查理不得不忍受铁锤敲打木板的响声。他们把她放进橡木棺材,再装

311

在另外两副棺材里头,但是外椁太宽,又得拿一条褥子的毛绒塞满空当。最后三副棺盖刨平,钉牢,焊好了,就把灵柩放在大门前面。大门敞开了,永镇的男女开始集合。

卢欧老爹来了。他望见黑布①,在广场晕死过去。

十

他在出事三十六小时之后,收到药剂师的信。郝麦先生照顾他的情绪,信上含糊其词,他看不明白到底是什么意思。

老头子看完信,先像中风一样,倒了下去。后来他明白她没有死,但是又可能死⋯⋯他最后穿上工人服,戴上帽子,给鞋套上刺马距,飞也似的出发了。卢欧老爹一路焦灼万状,气喘吁吁。有一会儿,他什么也看不见,只好下马;听见周围轰隆作响,觉得自己快要疯了。

天破晓了。他望见三只黑母鸡在一棵树上睡觉;这是凶兆,他吓得哆嗦了。于是他向圣母许愿,送教堂三件祭披,从拜尔托公墓,赤脚走到法松镇的圣堂。

他一进马罗默,就喊店家,一肩膀撞开店门,跑到荞麦口袋跟前,又拿一瓶新苹果酒倒进食槽,喂饱了马,又跨上他的小马。马拼命跑,四个铁掌冒出火星来了。

他向自己道:不用说,会把她救活过来的;医生一定有法子救她。他想起先前听人说起的种种治病的奇迹。

接着他觉得她又像死了一样。她仰天躺在前面大路当中。他拉住缰绳,幻影不见了。

他来到甘冈普瓦,一连喝了三杯咖啡壮胆。

他心想信上写错了名姓。他摸索衣袋,信摸索到了,可是不敢

---

① 丧事的标志。

打开看。

他最后猜想,这也许是一个玩笑,——有人报他的仇,淘气小子寻他的开心。再说,她要是真死了的话,他会没有一点感觉?然而的确没有!田野和平日没有什么两样:天是蓝的,树枝摇曳;一群羊从旁边走过。他望见村镇。大家见他伏在马背,风驰电掣,拼命打马,肚带上的血往下滴。

他醒过来,倒在包法利怀里,哭道:

"我的女儿,爱玛!我的孩子!是怎么一回事,说给我听……"

另一位抽抽噎噎回答道:

"我不知道,我不知道!反正是祸事就是了!"

药剂师分开他们:

"这些可怕的细情,听了也没有用。我回头告诉先生好了。看,人越来越多了。好,沉着点!想开些!"

可怜的包法利表示镇静,重复了几次:

"是……要勇敢。"

老头子喊道:

"好!老天在上,我一定勇敢,我送她一直送到头。"

钟响了。一切齐备。应当出发了。

他们并肩坐在唱经堂的祷告席上,只见三位唱诗队队员,不停地在前面走来走去,唱赞美诗。蛇形风管呜嘟呜嘟在响。布尔尼贤先生全身披挂,尖声吟唱,膜拜圣龛,举高两只手,伸出一双胳膊。赖斯地布杜瓦拿着他的鲸骨杖,在教堂转来转去。灵柩靠近经台,停在四排蜡烛中间。查理直想站起来,吹灭蜡烛。

不过他也努力激起笃信的心情,希望将来有一天再见到她。他想象她许久以来,就到远处旅行。但是他再一想,她就在棺材里,不但休想活转来,而且就要下葬,心头立刻涌起一种绝望、悲惨、冷酷的愤怒。有时候他以为自己失了感觉。他一面责备自己没有心肝,一面体味他的痛苦减轻。

大家听见一根包铁棍子,一板一眼,顿石板地响,声音从里发出,在教堂一侧停住。一个穿一件宽大棕色上装的男人,好不容易跪了下来。原来是金狮的伙计伊玻立特。他换上了他的新假腿。

一个唱诗队队员,兜着正殿,请求布施。铜钱一个又一个,在银盘里面响动。包法利带怒丢给他一枚五法郎辅币,喊道:

"快!我难过!我!"

队员深深一躬谢他。

歌唱、跪拜、起立,简直没完没了!他记得初来永镇,他们有一回一同望弥撒,坐在右边靠墙一面……钟又响了。椅子乱动。杠夫在灵柩底下放过三根杠子。大家走出教堂。

朱斯丹这时在药房门口出现,面无人色,步履蹒跚,忽然又进去了。

人们站在窗口看出殡。查理领头先走,挺直了腰,他装出一副勇敢模样,看见有人从小巷或者大门出来,加入行列,就点头致意。六个杠夫,一边三个,迈开小步,微微气喘。教士、唱诗队队员和两个唱诗的童子,吟诵"我从深处"①,声音抑扬顿挫,散在田野。有时候他们走进小路拐弯,看不见了,不过大银十字架总在树木之间举着。

妇女跟在后头,披着风帽朝下翻的黑斗篷,拿着一支点亮的大蜡烛。查理听祷告声翻来覆去,看见蜡烛光络绎不绝,闻见蜡油和道袍的恶心气味,觉得自己软绵绵没有气力。一阵清风吹过,裸麦和油菜一片碧绿;露珠在道旁荆棘篱笆上颤抖。天边是一片欢乐的声音:一辆大车在车辙走动,远远传来鞭子噼啪的响声;一只公鸡啼个不住,要不然就见一匹马驹,跳跳蹦蹦,逃到苹果树底下。晴空飘着几点玫瑰色红云;淡蓝色浮光笼罩着蝴蝶花盖住的茅屋;查理走过,认出一所一所院落。他记得有些早晨如同今天一样,他

---

① "我从深处",见《旧约·诗篇》第一百三十篇。基督教用来为死人祷告。

看完病人,走出院落,回去看她。

黑布棺罩绣了好些眼泪似的白点子,不时被风吹开,露出灵柩。杠夫走累了,放慢脚步。灵柩忽高忽低,仿佛一条小船,一个浪头打来,上下摆动。

公墓到了。

人们继续走,一直走到草地有坟穴的地方站住,围成一个圆圈,听教士讲话。红土抛在坟穴周围,又悄悄顺着四周,不断泄了下去。

随后四条绳子放好,杠夫把灵柩放到上头。他看着它往下坠,一直下坠。

最后听见一声撞响,绳子吱吱喳喳又拉上来。于是布尔尼贤拿起赖斯地布杜瓦递给他的铁铲,一面右手洒圣水,一面左手使劲推下一大堆土去;石子碰着棺木,发出可怕的声响,听起来好像永恒的回声。

教士把圣水壶递给他旁边的郝麦先生。他一副庄重的模样摇了摇,又递给查理。他双膝跪在土里,掬起满把土往里扔,一面喊着:"永别了!"一面送过吻去;他爬到坟穴跟前,要和她埋在一道。

大家把他拉开了。他没有多久,也就安静下来。他也许跟别人一样,模模糊糊,感到结束的满足。

出殡回来,卢欧老爹像无事人一样,吸着烟斗;郝麦看在眼里,心下觉得很不应该。他还注意到毕耐没有露面,杜法赦听完弥撒,就"溜之大吉",公证人的听差泰奥多尔穿一件蓝燕尾服,"倒像找不到一件青燕尾服,话说回来,这是风俗!"他从这一群人走到另一群人,说起他的观察心得。大家谈到爱玛,同声惋惜,特别是勒乐。他自然也送殡来了。

"可怜的少奶奶!她丈夫要多难过!"

药剂师接下去道:

"不是我,您知道,他会结果自己性命的!"

315

"那样善良的一位太太!星期六,我还在我的铺子见到她,您说说看!"

郝麦道:

"我没有时间,不然的话,我会准备几句话,到她坟上演说的。"

查理回到家,脱掉衣服。卢欧老爹换上他的蓝工人服。这是新做的,他一路常拿袖子擦眼睛,脸上也有了颜色。一脸的土,眼泪流过,留下一道一道印子。

包法利老太太和他们在一起。三个人全不言语。老头子最后叹息道:

"您记不记得,我的朋友,我有一回到道特,正赶上您丢掉您头一位太太。当时我直安慰您!我有话讲;可是现在……"

接着就鼓起胸脯,长叹了一声:

"啊!您明白,这下子我完啦,我看见我女人死……后来是我儿子……今天,又是我女儿!"

他决计马上就回拜尔托,说他在这房子睡不着觉。他甚至拒绝看一眼他的外孙女。

"不!不!我受不了。您替我好好吻吻她!再会!……您是个好孩子!再说,我永远不会忘记这个……"

他打着自己的屁股道:

"别担心!总有你的火鸡的。"

但是他走到岭上,却又转回身子,如同从前在圣维克托小路和她分手,转回身子一样。太阳落在草原,光线斜射过来,村庄的窗户仿佛着了火似的。他拿手放在眼前,望见天边有一圈墙,里面的树木,左一堆,右一堆,夹在白石头当中,活像一束一束黑花。① 他继续行路,缓缓走去,因为他的小马跛了。

----

① 指永镇公墓。

查理和母亲虽然劳累,黄昏守在一起,仍然谈了许久。他们说起先前的日子和将来。她打算搬到永镇住,料理家务,母子不再离开。她机敏而且体贴,儿子的感情,多少年来,溜出她的手心,如今回到身边,自然心中暗喜。半夜了,村镇和往常一样,静静悄悄,只有钟响。查理醒过来,总在想她。

罗道耳弗整天在树林打猎消遣,安安逸逸,睡在他的庄园;赖昂在那边,也睡着了。

这时候有一个人却没有睡。

松树中间,有一个男孩子,跪在坟头哭泣,他在黑地里,胸脯一起一伏,抽抽搭搭,上气不接下气,难过得什么似的,比月光还柔,比夜色还深。

栅栏门忽然嘎吱一响。赖斯地布杜瓦方才忘记带走他的铁铲,现在寻找来了。他认出是朱斯丹爬墙:偷他的马铃薯的罪犯,总算有了下落。

十一

查理第二天接回小孩子。她要妈妈。大家回答她:妈妈出门了,会带玩具给她的。白尔特问起好几次,不过时间一久,也就不往这上头想了。包法利看见孩子快活,反而伤心,还有药剂师的慰唁,听了心烦,却又非听不可。

银钱事务不久又开始了,勒乐先生又唆使朋友万萨出面;查理认可惊人的数字,因为属于她的家具,再小他也不答应变卖。母亲气得不得了。他比她的气性还大。他完全变了。她丢下他走了。

于是人人来找便宜。朗玻乐小姐索讨半年学费,虽然爱玛一次钢琴课也没有上过(别瞧她拿出那张收据给包法利看:原来是她们两个人串通好的)。租书处索讨三年租费。罗莱嫂子索讨二十来封信的寄费;查理问她细情,她不漏一丝口风:

317

"啊！我知道什么呀！反正是她寄的。"

查理每付一次账，总以为这是最后一次。但是一次又一次，没完没了。

他讨取拖延未付的诊费，人家拿他太太的信给他看，他只好连声道歉。

全福如今穿太太的衣服，不是全穿，因为他留下几件，放在她的梳洗间，他进去观看，就把自己锁在里头。全福差不多和她一样高矮，查理望见她的背影，常常产生幻觉，喊道：

"喂！别走！别走！"

可是泰奥多尔在圣灵降临节把她拐跑了。她离开永镇，偷去留在衣橱的全部东西。

就在同一时期，寡妇迪皮伊夫人送了一份喜帖给他，宣布"她的儿子、伊弗托的公证人、赖昂·迪皮伊先生，和崩德镇的莱奥卡狄·勒伯夫小姐举行婚礼"。查理给他写信道喜，并说："我可怜的太太在世的话，听到您的喜讯，该多快乐呀！"

有一天，他在家里漫步闲走，上到阁楼，觉得鞋底踩到一个小纸球。他打开读道："拿出勇气来，爱玛！拿出勇气来！我不希望害您一辈子。"原来是罗道耳弗的信，掉在木箱夹缝，一直待在地上，天窗的风新近又把它吹到门口。查理张大了嘴，一动不动，站在从前爱玛站的地方，当时她万念俱灰，直想寻死，脸色比他现在的脸色还要惨白。最后他在第二页底下看到一个小小的罗字。这是什么意思？他想起罗道耳弗的殷勤、他的忽然消失和以后有两三次遇到时，他的枙陧神情。不过书信的尊敬口气引他往好处想。他自言自语道：

"他们也许是闹精神恋爱。"

再说，查理不是那种追根究底的人；他看见证据，反而退缩。他的忌妒若有若无，比起他的巨大痛苦来，也就微不足道了。

在他看来，男人不膜拜她，就不可能。各个男子，毫无疑问，都想要她。他这样一想,越发觉得她美。他对她起了一种持久、疯狂的欲望。欲望无边无涯,加强他的绝望,因为现在失去了一切实现的可能。

好像她还活着一样,他讨她的欢心,迁就她的喜好、她的见解;他买了一双漆皮鞋,系白领带,髭上洒香水,学她签发票。想不到她死了以后还败坏他。

他迫不得已,一件一件卖掉银器,接着又卖掉客厅的家具。间间屋子成了空的,只有卧室、她的房间,丝毫不动,还和先前一样。查理用过晚饭,来到卧室,把圆桌推到壁炉前面,拉近她的扶手椅。他坐在对面。有一支镀金蜡烛台点着蜡烛。白尔特在他旁边,往画上涂颜色。

可怜人见她穿得那样破烂,好生难过。靴子没有靴带,罩衫从肩膀底下一直撕到屁股,因为女用人根本就不管她。但是她长得又温柔,又可爱,小脑袋朝前一歪,温文尔雅,美丽的金黄头发搭在她的粉红脸蛋上,他感到无限喜悦,好像酒酿坏了,有松香气味一样,欢乐掺有悲伤。他帮她修理玩具,用硬纸板剪小人,缝补囡囡的破肚皮。他要是见到女红盒、一条拖在外头的缎带,或者甚至一根落在桌缝的针的话,他都会沉入遐想,模样非常忧郁,连她也变得像他一样忧郁。

如今没有人看望他们了。因为朱斯丹逃到鲁昂,进杂货铺当伙计;药剂师的孩子越来越不理小姑娘,郝麦先生也不在乎友谊长存,他们的社会地位不一样了。

他的消炎膏没能医好瞎子。瞎子回到纪尧姆树林岭,对旅客讲药剂师徒劳无功,讲到后来,郝麦进城,躲在燕子的窗帘后头,不敢见他。他恨透了他;名誉攸关,他千方百计除他,还安装了一座隐蔽的炮位打他:显出他不但足智多谋,而且用心险恶。一连六个月,人们在《鲁昂烽火》可以读到这样措辞的短论:

每一个去庇卡底肥土沃野的人,一定会在纪尧姆树林岭

319

上,看见一个乞丐,脸上长着可怕的烂疮。他纠缠你,迫害你,简直等于征收旅客一次路捐。难道如今还是中世纪野蛮时代,流浪人参加十字军远征,带回来的癞疮和瘰疬,我们也允许公开展览?

要不然就是:

法律禁止流浪,可是我们的大城市近郊,依然布满成群结队的乞丐。人们还见到踽踽独行的乞丐,他们未见得就不危险。我们的市府官长在想什么?

郝麦还捏造了一些耸人听闻的故事:

昨天,一匹受惊的马,在纪尧姆树林岭……

接下去就讲遇见瞎子,发生了意外事件。

结果是官府把瞎子抓起来。可是又把他放了。他又开始,郝麦也又开始。这变成一场角斗。郝麦胜利了;因为他的仇敌被关进一家收容所,受到终身禁闭的处分。

成功增加胆量。从这时候起,县里压死一条狗,烧掉一座谷仓,殴打一个女人,他一知道,就永远根据拥护进步和憎恨教士的原则,立刻公之于众。他比较公立小学和教会小学,指摘后者[1]。他看见补贴教堂一百法郎,气愤不过,提起圣巴托罗缪惨案。他揭发弊端,散布警句:这是他自己的说法。郝麦做的是破坏工作;他变成危险分子了。但是新闻天地太小,不足以发挥他的大才,他需要来一部书、一部著作!于是他编了一部《永镇统计一览,附风土调查》。统计学把他引向哲学。他关心重大问题,例如社会问题、

---

[1] 法国教育事业,以往完全由教会包办,一八三三年,国会通过一项法规,规定每乡必须设立一所初级小学,每县必须设立一所高级小学,每州必须设立一所师范学校。教会提出"自由"口号,企图恢复包办,形成激烈论争。一八四五年,王国政府迫于形势,封闭耶稣会设立的学校。

下层阶级的教化、养鱼法、树胶、铁路等。他羞于做一个资产者。他摆出艺术家风度,吸起烟来了!他买了两尊彭巴杜尔风格的时髦小雕像,装潢他的客厅。

他不放弃药房;正相反!他晓得最新发明。他注意提倡巧克力的大运动。他头一个把可可和补力多介绍到塞纳河下游州。他热烈鼓吹普韦马舍的水电链①,自己就戴一条;晚上他脱法兰绒背心,露出金螺旋线,裹得又密又严,赛过斯基泰人②,严实得连人都没影了。见他金碧辉煌,如同东方王爷③,郝麦太太不禁目瞪口呆,觉得自己加倍崇拜他了。

他对爱玛的墓碑有奇妙的见解。他最先建议,立一根半截石柱,外加帷幔;后来又建议,立一座金字塔;再后又主张建成圆亭式样的火神庙……要不就是"一堆断垣残壁"。他把垂柳看成忧郁的独一无二的标志④,所以计划尽管改来改去,但是关于垂柳这一点,他决不让步。

查理和他一同到鲁昂一家石厂,挑选墓碑,——还有一位画家做伴。他是布里杜的朋友,姓沃弗里拉,一路净说双关语。查理看了一百多种图样,又估计了一番价钱,最后,二次去鲁昂,决计采用皇陵式样,主要两面全雕了"一位司命神,拿着一根灭了的火把"。

至于碑铭,郝麦觉得就数"行人止步"漂亮;他想不出下文,搜索枯肠,不断重复"行人止步"……最后忽然想到"勿践贤妻"⑤,

---

① 水电链是普韦马舍利用电池做出来的平流电链,供医疗使用。水电链出现于一八五二年,宣传能治百病,轰动一时,还得到巴黎医学学会的赞扬。
② 斯基泰人,古代居住在黑海北岸一蛮族。
③ "东方王爷"即第一部第二章说起的三王节的"王"。耶稣降生,他们从东方来朝拜,见《新约》。
④ 垂柳是浪漫主义观念,诗人缪塞在《吕西》一诗说:"我亲爱的朋友,我死的时候,在坟地给我栽一棵柳树。"
⑤ "行人止步,勿践贤妻"的拉丁原文是 Sta, viator amabilem conjugen calcas,完全抄袭德国十七世纪初叶梅尔西将军的碑铭:"行人止步,勿践英雄"(Sta viator heroom calcas)。

查理采用了。

奇怪的是,包法利一边不停地想念爱玛,一边却在忘记她。他想尽方法来保留她的形象,可是他觉得这形象照样溜出了他的记忆。他为这事直恨自己。其实他夜夜梦到她;梦也永远一样:他走到她跟前,然而就在搂抱的时候,她在他的胳膊中间变成了尘土。

大家看见他天天黄昏去教堂,去了一星期不去了。布尔尼贤先生甚至看望过他两三回,后来也就随他去了。而且郝麦说,老堂长心地越来越褊狭,越疯狂。他大骂时代精神,每半个月,临到讲道,必定提起伏尔泰临死的情形,大家知道,他是吞自己的粪死的①。

包法利虽然省吃俭用,离还清旧债,却还远得很。勒乐拒绝改期。扣押就在眼前了。事到如今,他只好写信给母亲求救。母亲答应拿她的财产作抵押,不过信上狠狠数落了爱玛一顿;她要一条全福没有偷去的披肩,酬谢她的牺牲。查理不肯给她。他们失和了。

她首先提出和解,向他建议接小女孩过去,陪她做伴。查理同意了。但是临到动身,他又舍不得她走。这一回,母子决裂到底,挽救不来了。

亲戚关系越淡,他的心也就越集中爱女儿。偏偏她又让他不放心,因为她有时候咳嗽,脸蛋有红印子。

对面是药剂师的家庭,又兴旺,又快活,事事如意。拿破仑帮他做实验;阿塔莉给他绣了一顶希腊小帽;伊尔玛剪圆纸片,盖蜜钱罐;富兰克林一口气背完九九表。他是最快乐的父亲,最走运的人。

错啦! 有一种野心私下折磨他:郝麦热衷十字勋章。他不缺

---

① 并非事实。伏尔泰死前十天,已经不再进食。教会争取他忏悔,没有做到,怨恨之余,当时就有教士捏造他临死吃粪,耸人听闻。

322

乏资格：

第一，霍乱流行时期，曾经奋不顾身，热心服务；第二，自费刊印种种造福公众的著述，例如……（他提起他的报告，题目是《论苹果酒及其酿造与效用》；还有关于密毛木虱的研究，送到法兰西学院；他的《统计》，甚至他当药剂师的考试论文）；何况"我是好几个学会的会员"（他只是一个学会的会员）。他打一个转身，喊道：

"单说踊跃救火，我也该得！"

于是郝麦逢迎当局。州长先生竞选①，他私下大帮其忙。他最后卖身求荣，无所不为。他甚至给国王写了一封请愿书，求他主持公道；他称呼他我的好国王，把他比成亨利四世。

每天早晨，药剂师接过报纸，急忙打开，在任命栏寻找他的名字，只是任命老不见下来。他最后等不及了，拿花园草地修成勋章的星形，上头来两个小条，也是草做的，代表缎带。他交叉胳膊，围着这块草地散步，默念政府无能，世人负义。

爱玛常用的一张乌木书桌，查理由于尊重起见，或者由于从缓查看的一种快感，从没有打开她本人的抽屉看过。终于有一天，他坐在书桌前面，转动钥匙，推开锁簧。赖昂的书信全在里头。这一回，没有疑问了！他一直看到末一封信，搜索个个角落、件件家具、只只抽屉、张张画后，又是呜咽，又是嗥叫，心烦意乱，如痴如狂。他发现一只匣子，一脚踢破。情书散了一地，当中有一张罗道耳弗的画像，凝目相望。

大家奇怪他为什么那样情绪低落。他不出门，不见客，甚至拒绝去看他的病人。大家讲他："关在家里喝酒。"

有时候，好事者耸起身子，从花园篱笆上头往里张望，大吃一

---

① 政府官员当时兼做国会议员。一八四七年，反对党要求王国政府停止州长参加竞选，政府拒绝接受。

惊,就见这位先生,胡须老长,衣服龌龊,容貌狰狞,边走,边号啕大哭。

夏季黄昏,他带领小女儿,来到公墓,直到黑夜才回,除去毕耐的天窗,广场没有亮光。

不过他的痛苦感受并不完整,因为旁边没有人和他一起分担。他看望勒弗朗索瓦太太,为了能谈谈她。但是女店家只用一只耳朵听:她像他一样,也有苦恼,因为勒乐先生的"利商车行",最近终于开张了。伊韦尔在办货方面,卓有声誉,要求加薪,还威胁她,要加入"对方"。

有一天,他到阿格伊市场,去卖他的马——他最后的财路,遇见罗道耳弗。

狭路相逢,两个人脸全白了。爱玛出殡的时候,罗道耳弗仅仅送去他的名片,所以一见之下,就期期艾艾先表歉意,随后有了胆量,居然请他(正当八月,天气炎热)到酒馆去喝一瓶啤酒。

他靠住桌子,边说,边嚼他的雪茄;查理坐在她爱过的这张脸对面,出神遐想。他觉得像又见到她的什么东西一样。实在意想不到。他真想做罗道耳弗。

另一位继续闲谈庄稼、牲畜、肥料,看见谈话有了间隙,唯恐对方提起隐情,赶紧找无聊的话来堵塞。查理并没有听他说话;罗道耳弗也觉出来了,单从他脸色的变化,就看出回忆正在掠过。查理渐渐脸红了,鼻孔抖动,嘴唇哆嗦,甚至有一阵,气愤填胸,死盯着罗道耳弗看。罗道耳弗似乎感到恐怖,话也中断了。但是没有多久,查理脸上又显出原先那种凄惨的无精打采的神情。他说:

"我不生您的气。"

罗道耳弗默不作声。查理两手抱住头,好像无限的痛苦全都咽下去了一样,奄奄一息,低声道:

"是啊,我不再生您的气啦!"

他甚至于添上一句伟大的话、有生以来,他说过的唯一伟大

的话:

"错的是命!"

罗道耳弗,作为支配这一命运的人,觉得一个人处在查理这种地位,说这种话,未免过于宽厚,简直可笑,甚至有点下贱。

第二天,查理坐到花棚底下的长凳上。阳光从空格进来;葡萄叶的影子映在沙地;素馨花芬芳扑鼻;天是蓝的;斑螯环绕开花的百合嗡嗡地飞。查理觉得气闷,仿佛一个年轻人,心里迷迷茫茫,涨满了爱情的潮汐。

小白尔特一下午没有见到他。七点钟找他去用晚饭。

他闭住眼睛,张大了嘴,手里拿着一股又黑又长的头发,头仰靠着墙。她道:

"爸爸,你倒是来呀!"

她以为他在逗她玩耍,轻轻推了他一下。他倒在地上。原来是死了。

三十六小时以后,由于药剂师的要求,卡尼韦先生跑来加以解剖,但是什么也检验不出。

全部什物出卖,只有十二法郎七十五生丁剩下来,留给包法利小姐投奔祖母一路使用。老太太当年去世;卢欧老爹瘫了,一个远房姨母把她收养下来。姨母家道贫寒,为了谋生,如今把她送进一家纱厂。①

自从包法利死后,一连有三个医生在永镇开业,但是经不起郝麦拼命排挤,没有一个站住了脚。他的主顾多得不得了。官方宽容他,舆论保护他。

他新近得到十字勋章。

---

① 由于童工工资非常低廉,当时资本家喜欢雇用童工。动词一直是过去时,从这一句起,直到末一句,作者改用现在时。白尔特进工厂做童工,该有八九岁了。

萨 朗 波

何友齐 译

一 盛 宴

在迦太基①城厢梅加拉②，哈米尔卡尔③府的花园里。

哈米尔卡尔在西西里岛统率过的雇佣兵正大摆宴席，纪念埃里克斯战役④一周年。主人外出未归，况且人多胆壮，所以他们就无拘无束地大吃大喝起来。

那些足登青铜高勒厚底靴的军官们把宴席摆在花园中央的大路上，饰有金色流苏的绛红色顶篷下面。顶篷由马厩的墙边一直张到宫殿的第一层平台那里。普通士兵则散坐于树下，树木之间可以见到许多平顶建筑，有压榨房、贮藏室、仓库、面包房、兵器库，还有象院、关猛兽的深坑和关奴隶的牢房。

无花果树环绕着厨房；埃及榕树林伸展到一簇簇葱茏的小树丛边。那里，石榴花在棉花银絮的映衬下格外鲜红耀眼；果实累累的葡萄藤攀上了松树的枝丫；一片玫瑰在梧桐树下盛开；百合花在草坪上东一处西一处地迎风摇曳。小径上铺着掺有珊瑚碎末的黑色细沙；在花园中央的柏荫大道两旁，从一端到另一端，排列着两行绿森森的方尖碑似的柏树。

---

① 迦太基，北非古代城邦国家，公元前十一世纪由腓尼基人建立。位置靠近现在的突尼斯城。
② 梅加拉，位于古代马勒加以北，濒地中海。
③ 哈米尔卡尔，迦太基名将汉尼拔之父，在第一次布匿战争中与汉诺同为迦太基军统帅。
④ 埃里克斯战役，公元前二四一年，迦太基与罗马之间爆发第一次布匿战争，主战场在西西里岛，哈米尔卡尔率部驻于岛上的埃里克斯峰。战争失败后退驻海边的里里贝，旋即交出兵权，由吉斯孔率军撤回迦太基。

花园尽头,是用努米底亚①黄斑大理石砌就的宫殿。宽阔的基座上叠起四层平台;又直又宽的乌木楼梯,每个梯级的角上都以被俘获的敌舰的船艏作为装饰;朱红的大门被一个黑色的十字隔为四块,下有铜网挡住虫蝎,上有镀金铜棍排成栅栏护住大门上方的空隙。士兵们觉得,这座富丽而粗犷的建筑,犹如哈米尔卡尔的面容,显得庄严而难以捉摸。

元老院指定在哈米尔卡尔府上设宴。那些在埃斯克姆神庙②养伤的士兵大清早就开始赶路,拄着拐棍,一步一步地蹭到那里。每分钟都有人赶到。每条小径都有士兵络绎不绝地涌来,就像一股股倾注到湖中的激流。从树木之间可以看到那些供厨房役使的奴隶光着上身慌慌张张地跑来跑去,惊得草地上的羚羊咩叫着四散逃开。夕阳西下,柠檬树的芳香使这群浑身臭汗的人发出的气味更加恶浊难闻。

那儿各种民族的人应有尽有:利古里亚人、卢西塔尼亚人、巴利阿里人、黑人,还有罗马的逃亡者。③ 这边讲着重浊的多里安④方言;那边却响起克尔特⑤语战车般隆隆作响的口音;爱奥尼亚⑥语的尾音与沙漠地区语言的像豺狗嗥叫似的粗粝刺耳的辅音形成了鲜明的对比。希腊人身材修长,埃及人双肩耸起,坎塔布连人⑦腿肚子宽厚。卡里亚⑧人傲然晃动着头盔上的羽饰;卡帕多西

---

① 努米底亚,北非古国,今阿尔及利亚北部。
② 埃斯克姆神庙,在迦太基的比尔萨山上。埃斯克姆是腓尼基人的神祇,希腊人奉之为医神。
③ 利古里亚人,古代居住在地中海沿岸相当于今天的法国东南部和意大利西北部的民族。卢西塔尼亚,即今葡萄牙。巴利阿里,地中海的群岛,今属西班牙。
④ 多里安,古希腊的一个地区。
⑤ 克尔特人,指广泛分布在古代西欧的部落,语言属印欧语系。
⑥ 爱奥尼亚,古地名,在小亚细亚海岸。
⑦ 坎塔布连人,西班牙塔拉奇内斯地区的一个民族。
⑧ 卡里亚,小亚细亚古国。

亚①的弓箭手身上用草汁画着大朵的花儿;几个身穿妇女长袍的吕底亚②人,趿着拖鞋,戴着耳环,也在那里吃饭。还有些人阔气地抹了一身朱砂,看上去宛如几尊雕像。

他们或伸直身子躺在坐垫上,或围着大托盘蹲着吃喝,或趴在地上把一块块肉扯到自己跟前,然后支起胳膊饱餐一顿,那种安详的姿势,真像是狮子在撕碎猎物。来晚的人两眼盯着被猩红毯子遮住半截的矮桌,等着轮上自己来享用一番。

哈米尔卡尔府的厨房应付不了这种场面,元老院已给他们送来了奴隶、碗碟、床榻。只见花园中央燃起几堆明亮的大火,正在烧烤全牛,颇像是在战场上焚烧尸体。撒上茴香面的面包、比铁饼还重的干酪、斟满美酒的双耳爵,放在插满鲜花的金丝细工花篮旁边的盛满水的双耳金属杯,纷然杂陈。人人都因终于能够尽情吃喝一顿而眉开眼笑,歌声此起彼伏。

上来的头一道菜,是盛在黑花红底陶碟里的浇上绿色调味汁的野禽;然后,是从布匿③海滩捡来的各色各样的海贝;还有用小麦、蚕豆和大麦熬的粥,以及盛在黄琥珀盘子里的枯茗烧蜗牛。

餐桌上随即摆满各种肉食;带角羚羊、全羽孔雀、甜酒炖整羊、母骆驼腿、水牛腿、卤汁刺猬、油炸知了和糖渍睡鼠。坦拉巴尼木盆里,番红花粉中间,漂浮着大块的肥油。这些菜肴全都浸没在卤汁、块菰和阿魏油里。堆得像金字塔般的水果坍倒在蜂蜜糕饼上。就连异族人嫌恶的迦太基名菜——用橄榄渣喂肥的大肚子粉红毛皮小狗,也照样端了上来。每上一道菜,就引起一阵惊喜,大家食欲越来越旺盛。长发盘在头顶的高卢人④争先恐后地抓起西瓜和柠檬,连皮啃将起来;从未见过龙虾的黑人被它们红色的尖刺划破

---

①② 卡帕多西亚、吕底亚,均为小亚细亚古国。
③ 布匿,罗马人对迦太基的称呼。
④ 高卢人,古时居住在今法国境内的民族,被视为法兰西人的祖先。

了脸;那些刮光了脸、皮肤比大理石还要白皙的希腊人把盘碟里的残羹剩肴扔到身后;而穿着狼皮袄的布吕锡奥①牧人则一声不吭地埋头大吃大嚼。

夜幕降临。他们撤去张在林荫大道上的顶篷,拿来了火把。

斑岩石的钵子里点燃着石油,摇曳不定的光亮惊得柏树枝上献给月神的猴子们吱吱乱叫,逗乐了那帮大兵。

长长的火苗在青铜铠甲上颤动。镶嵌宝石的盘碟反射出各种色调的毫光。杯口镶有凸镜的双耳爵映出无数放大了的人和物,看呆了挤在周围的士兵。他们朝凸镜扮着鬼脸,逗得自己哈哈大笑。他们把象牙搁脚凳和黄金抹刀②从桌子上方扔来扔去;大口大口地痛饮盛在羊皮口袋里的各种希腊酒、封在双耳尖底瓮里的坎帕尼亚③酒、装在木桶里运来的坎塔布连酒,以及枣子酒、肉桂酒和莲子酒。地上积起一汪汪的酒,一走一滑。肉食的热气和大家呵出的水汽直上树梢。咀嚼声、说话声、歌声、杯盏的叮当声、坎帕尼亚酒坛跌碎的声音或大银盘发出的清脆悦耳的声音响成一片。

他们醉意越浓,就越是想起迦太基人的不公道。的确,共和国被这场战争耗得财穷力尽。任凭所有撤回来的队伍在城里越聚越多。他们的主帅吉斯孔④做事谨慎,他让这些部队分批回城,原以为这样在偿还他们军饷时筹款容易一些,元老院却以为拖欠下去他们就会同意削减一些。然而人们如今又因为无力支付军饷而怨恨起他们来了。在老百姓心目里,这笔债务与卢塔提乌斯⑤索取

---

① 布吕锡奥,在今意大利境内。
② 多半指用来抹黄油或肉糜之类食品的餐具。
③ 坎帕尼亚,意大利西南部地区名。
④ 吉斯孔,见第 329 页注④。
⑤ 卢塔提乌斯,罗马执政官,曾在第一次布匿战争中于埃加特岛一役大败迦太基人,取得西西里岛及大宗赔款。

的三千二百欧博塔兰①赔款并无区别,因而他们也和罗马人一样成了迦太基的敌人。这些雇佣兵明白这一点,因此他们便以种种威胁和越轨行为来发泄怒火。后来,他们又要求为他们在埃里克斯峰②的一次胜利举行聚会,元老院的主和派让了步,并借此对当初竭力主战的哈米尔卡尔进行报复。这场战争的结局使哈米尔卡尔的一切努力付诸东流,他对迦太基感到心灰意冷,于是将雇佣兵的指挥权交给了吉斯孔。这次元老院指定在哈米尔卡尔府设宴招待雇佣兵,意在使雇佣兵迁怒于他。况且宴会开销浩大,也几乎全由他一人负担。

雇佣兵们见共和国不得不对他们让步,便扬扬自得起来,以为终于可以用斗篷的风帽兜着他们的卖命钱返回各自的家乡。然而他们在醉意蒙眬之中又觉得自己付出的辛劳极大,而所获的报酬极微。他们互相展示自己身上的伤疤,叙述自己经历的战斗、到过的地区和家乡的狩猎情景,模仿猛兽的吼声和跳跃。后来他们又打起令人恶心的赌来,把脑袋伸进酒坛,不住地喝着,活像干渴已极的骆驼。有个身材高大的卢西塔尼亚人,鼻孔里喷着火,一手擎着一个人,从一张张矮桌上跑过去。有些拉栖第梦③人盔甲不卸,步法笨重地跳着。还有些人学着女人的步态,边走边做出淫猥的姿势。另一些人脱光了衣服,像角斗士一样,在杯盏之间格斗。一队希腊人围着一个绘有仙女的酒坛跳舞;一个黑人用牛骨敲打一面铜盾。

突然,他们听见一种哀伤的歌声,一种有力而柔和的歌声,在空气中抑扬起伏,宛如一只受伤的鸟儿在扑打翅膀。

那是关在地牢里的奴隶们的歌声。几名士兵一跃而起,消失

---

① 欧博塔兰,古币名。一塔兰约合5560金法郎。
② 埃里克斯峰,即西西里岛特拉帕尼附近的埃里切山。参见第329页注④。
③ 拉栖第梦,即斯巴达,古希腊的一个城邦。

在夜色里,去放出他们。

那几名士兵回来时,在一片喊声和尘埃中赶来了二十几个人,那些人脸色比较苍白,很容易识别出来。他们剃光的脑袋上扣着一顶黑色的尖顶小毡帽,穿着木屐,铁索锒铛,发出仿佛四轮货车滚动的声响。

他们来到林荫大道后便散入人群,众人纷纷向他们询问。其中有个人却站在一旁。从他内衣撕破了的口子里可以看到他肩膀上几道长长的伤疤。他低着头,满腹疑虑地四下打量,被火把的亮光照得微微眯缝起眼睛。等他发现那些全副武装的人对他并无恶意,才从胸中发出一声长叹,嘟哝着、傻笑着,清亮的泪珠滚滚而下,冲刷着他的脸庞。随后,他抓住一只盛满酒的金属杯的双耳,双手高高捧起,铁链从胳膊上挂了下来,他仰望苍穹,说道:

"首先,向你致敬,救苦救难的埃斯克姆大神!我的家乡称他为医神。也向你们致敬,泉水、光明和森林的众神!向你们致敬,高山、洞府里的众神!更要向你们致敬,还给我自由的,铠甲闪亮、孔武有力的勇士们!"

说完,他丢下酒杯,叙述起自己的身世来。大家都叫他史本迪于斯,他是在埃吉纳战役中被迦太基人抓获的。他用希腊语、利古里亚语和布匿语再次对雇佣兵们表示感谢,亲吻他们的手。最后,他又颂扬他们的酒宴,但他对于宴会上没有摆出神圣军团的金杯表示惊异。这种六面体的金质大杯,每面都嵌有一串纯绿宝石的葡萄,它们属于清一色由身材最高的年轻贵族组成的近卫军团。这是一种特权,一种几乎具有宗教色彩的荣耀,在共和国的一切宝器中,最使雇佣兵们垂涎的莫过于此。正是因为这个缘故,他们憎恨神圣军团。有人甚至为了使用这种金杯饮酒的不可名状的乐趣而甘冒杀身之祸。因此,他们命人去取金杯。金杯存放在西西特会,那是一个由商人组成的聚餐会。奴隶们回来说,西西特会的人在这个钟点早已入睡了。

"叫醒他们!"雇佣兵们叫道。

第二次交涉的结果,奴隶们回来说,金杯锁在神庙里。

"打开庙门!"他们叫道。

奴隶们战战兢兢地说了真话:金杯在吉斯孔将军手里。他们又叫道:

"叫他拿来!"

过了一会,吉斯孔由神圣军团护卫着在花园尽头出现了。他头戴镶满宝石的金冠,周身裹着一件宽大的黑色斗篷,斗篷扣在金冠下面,直垂到座下的马蹄,远远望去与夜色融为一体,只看见那部雪白的胡须,闪烁的金冠,和拍打着胸膛的三串饰有蓝色玉牌的项链。

他一进来,士兵们都大声欢呼起来,齐声喊道:

"金杯!金杯!"

他首先声明,就他们的勇敢而言,他们的确配得上使用金杯。大家都欢呼鼓掌起来。

他在那边指挥过他们,又和最后一支队伍乘坐最后一艘战舰归来,对于这一点他是很了解的。

"说得对!说得对!"他们纷纷喊道。

吉斯孔接着又说,共和国一向尊重他们的民族差别、风俗习惯和宗教信仰,他们在迦太基诸事自由!至于神圣军团的金杯,那是私有财产。这时史本迪于斯身边的一个高卢人突然跃过矮桌,直奔吉斯孔,挥舞着出鞘的双剑对他表示威胁。

将军并未因此中断讲话,只用手中那柄沉重的象牙权杖照他头上打了一下。那个蛮子倒在地上。高卢人都怒吼起来,他们的怒火感染了其他民族的雇佣兵,要将神圣军团一扫而光。吉斯孔见他们脸色发白了,就耸了耸肩膀。他想到他的勇敢对于这帮狂怒的野蛮人是不起作用的,不如以后略施计谋予以报复。于是他对手下的卫兵做了个手势,缓缓退去。到了门口,他又向雇佣兵们转过身来,对他们喊道,他们会为此感到后悔的。

酒宴又重新开始了。然而吉斯孔有可能卷土重来,包围这个紧挨着迦太基最后一道城墙的郊镇,把他们压至城下一举歼灭。因此,他们虽然人数众多,却感到势单力薄。这座躺在他们脚下,酣眠于苍茫暮色中的大城,它那些千层万叠的阶梯、黑影幢幢的高大房屋和那些比它的居民更残忍、更难以捉摸的神祇,都突然使他们害怕起来。远处,几盏舷灯在港湾里移动,日神庙①里也透出星星点点的灯光。他们想起了哈米尔卡尔:他在哪里?为什么缔结和约后他就把他们撇下了?他和元老院的争执也许不过是为了消灭他们而玩弄的一种花招。他们无处发泄的怨恨全都落到他的头上,每个人的怒火相互感染,越激越旺,大家都咒骂起他来。这时梧桐树下围了一大堆人,只见一个黑人两眼发直,扭着脖子,口吐白沫,四肢拍打地面,满处乱滚。有人嚷道他中毒了。大家便都以为自己也中了毒。他们扑到那些奴隶身上,响起一片可怕的喧嚣,破坏一切的疯狂心理席卷了这支醉醺醺的军队。他们碰到什么打什么,见东西砸东西,见人杀人。有的把火炬扔进树丛,有的倚托着狮圈的栏杆,放箭射杀狮子。最胆大妄为的竟冲向象群,要砍下象鼻,吃掉象牙。

这时,有几名巴利阿里投石手想要痛痛快快抢掠一番,便绕过了殿角。他们被一道用广藤编成的高大篱笆挡住了去路。他们用匕首割断锁门的皮带,来到另一座草木修剪得十分整齐的花园。宫殿的这一面朝向迦太基城。一行行白花,首尾相接,在湛蓝的地面上划出一道道极长的抛物线,宛如星星在苍穹里流射。黑郁郁的灌木丛散发出温馨甜蜜的芳香。有些树干上抹着朱砂,就像溅满鲜血的柱子。花园当中有十二个铜座,每个铜座上托着一个大玻璃球,空心的玻璃球里充满一种朦胧的淡红色的火光,宛如一些

---

① 日神庙,迦太基神庙之一。日神(哈蒙),迦太基主神。

闪动着的巨大眼珠。士兵们用火把照着路,在深翻过的地面的斜坡上跌跌撞撞地走着。

他们忽然望到一个小湖,湖面被几道蓝石隔墙隔成若干水池。水波清澄,火炬的亮光颤动着,一直照到湖底,湖底由白色鹅卵石和金晃晃的沙子铺就。湖水冒着泡,粼光闪动,几尾嘴边挂着宝石的大鱼浮上了水面。

士兵们狂笑着用手指钩住鱼鳃,将它们带回宴席上去。

那是巴尔卡家族①的神鱼,它们的祖先便是在上古时代孵化过月亮女神藏身其中的神秘鱼卵的那些鳕鱼。雇佣兵一想到这是在亵渎迦太基人的神物,便胃口大开。他们急忙往铜罐底下添火,看着那些美丽的大鱼在沸水中挣扎扑腾而极为开心。

士兵们海潮般地后浪推着前浪。他们现在不再害怕了。大家又开始酗酒。汗水大滴大滴地从额头上滚落下来,打湿了他们破破烂烂的内衣。他们觉得桌子像战舰似的摇晃起来,便用两只拳头撑着桌子,圆睁醉眼向四下张望,用目光吞咽自己双手拿不了的东西。有些人在猩红色的桌布上、菜肴中间走过,把象牙凳和推罗②玻璃瓶踩得粉碎。歌声与躺在破杯碎盏间的垂死奴隶咽气的声音响成一片。他们要酒、要肉、要金钱,还嚷着要女人。他们用各种语言说着各种胡话,看到四周水汽弥漫便以为自己是在浴池;看到树丛便想象自己正在打猎,于是像追逐野兽一样追赶着自己的伙伴。树木一棵接一棵地全都着起火来,大片高大的树木丛中冒起缓缓的螺旋状的白烟,好似一座座开始冒烟的火山。喧嚣声越来越大,受伤的狮子在黑暗中大声怒吼。

宫殿的最高一层平台忽然灯火通明,正中的大门打开了。一位穿黑色衣袍的女子出现在门口,她就是哈米尔卡尔的女儿。她

---

① 巴尔卡家族,即哈米尔卡尔的家族。巴尔卡意为"闪电"。
② 推罗,也称提尔,古腓尼基城市,即今黎巴嫩的苏尔。

步下斜贯第一层平台的楼梯,而后第二道楼梯,第三道楼梯,在最下面那层平台止住了脚步,站在那座以船艏为装饰的阶梯上方。她纹丝不动地站着,俯首凝望那帮士兵。

在她身后,左右分立着两排脸色苍白的男子。他们身穿镶红边直垂脚面的白袍,没有胡须,没有头发,没有眉毛。他们手上戴着宝光四射的戒指,抱着巨大的里拉琴①,用尖细的嗓音齐声唱着赞美迦太基的圣歌。这是月神庙②的净身祭司,萨朗波常将他们召来府中。

她终于走下饰有船艏的楼梯,祭司们随在身后。她走上林荫大道,款款经过军官们的宴席,军官们略略后退,注视着她走来。

她的头发间撒上紫粉,依照迦南③处女的发式盘成塔形,使她的身材显得更高。鬓角的珠串一直垂到嘴边,嘴像半开的石榴一样嫣红可爱。她胸前佩着一簇明灿灿的宝石,依照海鳗的鳞甲花纹搭配在一起,色彩斑斓闪烁不定。缀有钻石的胳膊裸露在黑底洒红花的无袖长衫外面。脚踝间系有一条金质细链,使她走路时步伐均匀。她那暗紫红色、不知什么料子裁成的大披风拖在身后,每走一步,就像身后涌起一个大浪。

祭司们不时拨弄一下手中的里拉琴,弹出一个和弦,旋即用手掩住。在乐声的间隙里,可以听见金链发出的微响,和她的纸莎草拖鞋有规律的声音。

没有人认识她。大家只知道她深居简出,虔敬奉神。士兵们曾在夜间望见她,在宫殿顶层的平台上,烟雾缭绕之中,朝着众星跪拜。月色使她肤色苍白,某种来自神灵的难以形容的东西仿佛一团轻雾笼罩在她身上。她的明眸似乎凝望着远在尘世之外的地

---

① 里拉琴,古希腊的一种弦琴。
② 月神庙,迦太基主要神庙之一。月神(坦尼特)是古代迦太基信奉的主要女神。
③ 迦南,巴勒斯坦古国名。

方。她低头走着,右手提着一把小巧的乌木里拉琴。

他们听见她低语道:

"死了!都死了!你们再也不会听从我的呼唤向我游来,让我坐在湖边把瓜子投进你们口中!你们的眼睛比河里的水珠还要清澈,月神的奥秘在你们眼珠里转动。"她呼叫起它们的名字来,那些名字都是月份的名称:"西弗!西旺!塔穆兹①、埃鲁尔、蒂斯里、谢巴尔!——女神啊!可怜我吧!"

士兵们听不懂她的话,但都簇拥在她周围。她的服饰令他们眼花缭乱,她也用惊惧的目光久久地一一扫视着他们,然后她耸起肩膀,摊开双臂,一再说道:

"你们干了些什么?你们干了些什么!"

她说:"你们有面包,有肉,有油,有库存的所有玛洛巴特香膏②,足够你们享用的了!我还派人到百门城③赶来了牛群,到沙漠里去猎取野味!"她提高了嗓门,脸涨得通红。"你们这是在什么地方?是在一座被征服的城市,还是在你们主帅的府第?而且那是一位何等样的主帅?是共和国执政官哈米尔卡尔,我的父亲,万神的仆人!你们的武器沾满了他的奴隶们的鲜血,而正是多亏了他,才没有把你们的武器交给卢塔提乌斯!在你们的国家能找到一个更善于领兵打仗的人吗?看吧!我们宫殿的台阶从上到下装饰着每次胜仗缴获的战利品!接着干啊!把宫殿也烧掉!我将带走我的家神,就在那上面,睡在荷叶上,是条黑蛇。我吹声口哨,它就会跟着我;我坐上船,它就会穿过浪花,在我船尾划开的波纹之间疾驰。"

她那薄薄的鼻翼颤动着,指甲使劲抠着胸前的宝石,眼神黯淡,继续说道:

---

① 塔穆兹,指七月。
② 玛洛巴特香膏,从一种油料作物提取的芳香性油膏。
③ 百门城,指古埃及的底比斯城。

"可怜的迦太基啊!可怜的城市!你再也没有往日那些渡海征战、在大海彼岸建立神庙的壮士来保卫你了。从前,所有的邦国都像众星捧月般地围绕着你,大海的原野在你船桨的耕耘下摇晃着丰硕的收成。"

于是,她歌唱起西顿①人的神祇,她的祖先麦加尔特②的业绩来。

她歌唱了麦加尔特攀登艾尔西福尼亚③的群山,游历塔特苏斯④和为蛇后复仇、讨伐玛锡萨巴勒⑤的故事:

"他在树林里追逐女妖,女妖的尾巴像一条银溪在败叶上起伏蜿蜒;他来到一片草地,有几个人身龙尾的女人围着一堆篝火,用尾巴直立着,血红的月亮放射着光辉,周围是一圈惨白的月晕,她们鲜红的舌头像鱼叉似的分开,伸得很长,直到篝火边上才卷曲起来。"

接着,萨朗波又描述麦加尔特怎样打败玛锡萨巴勒,割下他的首级挂在船头:

"每当浪头打来,他的首级就被浪花淹没,太阳使它不会朽烂,变得比黄金还硬。然而他的眼睛依旧在不停地哭泣,泪珠滚滚,滴落水中。"

这些故事都是用迦南的一种古老方言演唱的,那些蛮族人都听不懂。他们寻思着,她这样边唱边做出可怕的手势是想对他们讲些什么?他们站到她周围的桌上,床上,爬到埃及无花果树上,张大嘴巴,伸长脖子,试图弄明白这些朦朦胧胧的故事,这些故事透过诸神谱系的迷雾,犹如云中幽灵一般在他们想象中游荡。

---

① 西顿,腓尼基城市。
② 麦加尔特,腓尼基人崇奉的神祇。
③ 艾尔西福尼亚,希伯来语,泛指西北诸国。
④ 塔特苏斯,西班牙西南部古地区和镇名。
⑤ 玛锡萨巴勒,巫师,被麦加尔特钉于树上,割下首级。

只有那些没有胡须的净身祭司能听懂萨朗波的歌谣。他们皱巴巴的手垂在琴弦上,哆哆嗦嗦地,不时弹出一声悲凉的和弦;他们比老太婆还要衰弱,神秘的激情和对周围士兵的恐惧使他们浑身颤抖。那些蛮兵并不理会他们,只是一心一意听着少女歌唱。

有位年轻的努米底亚首领比谁都看得入迷,他坐在军官席上,本族士兵簇拥着他。他腰间插满标枪,宽大的披风用皮带系在鬓间,被顶起一个鼓包。披风在肩头张开,将他的脸遮在阴影中,只能看见他那双目不转视、炽热如火的眼睛。他来出席宴会完全是机缘凑巧,他父亲送他来巴尔卡府上住些日子,是按照诸王的成规,把儿子送到名门大家准备缔结姻亲。纳哈伐斯在这里住了六个月,还没有见过萨朗波一面。他蹲在席间,胡须朝着他那些标枪的枪杆挓挲开来,鼻孔鼓起,仔细打量着她,活像是一只蹲在竹丛里的豹子。

酒席的另一边坐着个身材魁梧,有一头短而鬈曲的黑发的利比亚人。他只穿一件短铠甲,铠甲的青铜甲片刮破了绛红的床褥。饰有银月的项链缠在胸毛中间,脸上溅有血污。他用左手支着脑袋,咧开大嘴微笑着。

萨朗波不再唱颂神的歌曲,她同时用那些蛮族人的所有方言土语对他们说话,平息他们的怒气,这正是她作为女性的精细之处。她对希腊人说希腊语,又对利古里亚人、坎帕尼亚人、黑人说他们的家乡话,使每个人都从她的话中听到故国的甜蜜乡音。她缅怀迦太基的往事,讴歌当年与罗马人的战争,他们都鼓起掌来。她见到剑影刀光,益发激情澎湃,张开双臂,高声呼唤。她手中的琴掉到地上,沉默下来,双手按住心口,闭上眼睛领略所有在场男子的激动情绪。

利比亚人马托向她欠身。她不觉走拢去,满怀骄傲与感激往一个金杯里倾上长长的一注酒,表示与雇佣兵们和解。

"喝吧!"她说。

他举起金杯,端到唇边。这时一个高卢人拍了一下他的肩膀,神色快活地用本国话开了几句玩笑。他正是刚才被吉斯孔打昏的那个人。史本迪于斯就在近旁,他自告奋勇为他们翻译。

"说吧!"马托说。

"神明保佑你,你要发财了。婚礼什么时候办呢!"

"什么婚礼?"

"你的婚礼呀!"高卢人说,"在我们老家,如果有个女人请当兵的喝酒,就表明她愿意和他睡觉。"

他话音未落,纳哈伐斯便跳起来,从腰间抽出一支标枪,左脚登住桌沿,朝马托扔去。

标枪在杯盏间嗖的一声穿过,刺透了利比亚人的胳膊,把胳膊牢牢钉在桌布上。力量之大,使枪杆在空气中颤动不止。

马托立即把标枪拔了出来,但他没有武器,又光着身子。最后,他双手举起摆满酒菜的矮桌,隔着跑到他俩之间劝架的人群,朝纳哈伐斯扔去。士兵和努米底亚人挤作一团,拔不出剑来。马托用脑袋使劲撞开一条路来。等他再抬起头,纳哈伐斯早已无影无踪。他用目光四下搜寻,萨朗波也已走了。

他的目光移向宫殿,看到顶层那扇有黑十字的朱红大门正在关上,便冲了过去。

只见他在梯级的船艏间飞也似的奔跑,接着又出现在那三道楼梯上,一直跑到朱红大门面前,用身子撞着门。他气喘吁吁,倚在墙上,以免倒下来。

有人始终跟在他的身后,宴席的灯火被宫殿的拐角挡住了,在黑暗中,他认出那人是史本迪于斯。

"滚开!"他说。

那奴隶没有答话,他用牙齿撕开内衣,然后跪在马托身边,小心翼翼地抓着他的胳膊,在黑暗中摸索着寻找他的伤口。

在云朵间穿行的月亮投下一道亮光,史本迪于斯看到马托的胳膊上有个张开的伤口。他用撕下的布条替他包扎,马托却焦躁地说:"别管我!别管我!"

"噢!那不成!"奴隶答道,"你把我从地牢里救出来,我就属于你了!你是我的主人!我该听你使唤!"

马托贴着墙绕平台走了一圈。走一步,听一听,还透过镀金的芦苇叶形装饰的空隙,张望那些寂静无人的房间。最后,他露出失望的神色停下脚步。

"请听我说,"奴隶对他说道,"别因为我瘦弱就看不起我!我在这宫殿里住过,我可以像一条蝮蛇一样在墙壁之间钻来钻去。来!祖庙的每块方砖底下都埋着一根金条,有条地道可以直通他们的墓穴。"

"那有什么用!"马托说。

史本迪于斯不作声了。

他们站在平台上,一大片黑影在他们面前伸展开来,里面隐隐约约仿佛有一堆堆什么东西,就像凝固住的黑色海洋的巨浪。

这时东方升起了一条明亮的光带。在他们左下方,梅加拉的运河开始在那些花园的绿荫之间划出一道蜿蜒曲折的白线。七角形神庙的圆锥形屋顶、楼梯、平台、城墙,渐渐在苍白的晨曦中现出轮廓。在迦太基半岛四周摆动着一条由白色浪花构成的腰带,而碧玉般的大海却似乎在清晨的凉意中凝住了。继而,玫瑰色的天空越来越扩展开来,俯视着斜坡的高大房屋也显得越来越高,相互挤挤碰碰,仿佛一群下山的黑山羊。冷清的街道伸展开去,棕榈树东一处西一处地探出墙来,纹丝不动;满满的蓄水池宛如散失在院落里的一面面银盾;埃尔梅奥默海岬的灯塔变得苍白失色了。在卫城顶巅的柏树林中,埃斯克姆大神的马群感到了光明的降临,都把前蹄搁在大理石胸墙上,朝着太阳的方向嘶鸣。

太阳出来了。史本迪于斯举起双臂,发出一声呐喊。

万物在一片红光中骚动,日神似乎割开了自己的躯体,让血管中的金雨划出万道金光倾泻到迦太基。战舰的冲角闪闪发光,日神庙的屋顶仿佛火光熊熊,从打开的庙门可以看见庙宇深处的光亮。来自乡间的大车,车轮在街石上滚动。驮着行李的骆驼走下斜坡。十字路口的钱庄老板支起店铺的披檐。鹳鸟高飞,白帆轻颤。月神庙的树林里传来神妓们的鼓声。在马巴勒海岬的末端,烧制陶棺的大窑开始冒出缕缕轻烟。

史本迪于斯俯身于平台之外,牙齿嘚嘚作响,一再说道:

"对啊!……对啊!……主子!我明白刚才你为什么不屑于抢劫这座房子了。"

马托被他那咝咝的蛇叫似的嗓音惊醒过来,仿佛还没有听懂他的意思。史本迪于斯又说:

"多大一笔财富啊!而拥有这些财富的人却手无寸铁,无力保护自己的财产!"

他又用右手指着那些在防波堤外的沙滩上爬来爬去寻觅金沙的穷人,对他说:

"瞧!这个国家就像那些可怜虫:她在海边俯着身子,把贪婪的双手伸向所有的海岸,耳朵里灌满海浪的涛声,连在她身后走来的主人的脚步声也听不见了。"

他把马托拉到平台的另一头,向他指着那些挂在花园的树上、在阳光里闪着寒光的刀剑说:

"而这里却有许多强壮有力、怒气冲冲的大汉!他们同迦太基毫无瓜葛,在这里既没有家眷,又不曾宣誓效忠这个国家,他们信奉的神祇也和迦太基不同。"

马托依旧靠在墙上,史本迪于斯凑近他低声说了下去:

"你懂我的意思吗,老总?我们要和总督一样红袍加身,昂首阔步。让人伺候我们香汤沐浴。我也将拥有属于我的奴隶!你在硬邦邦的地上还没有睡腻吗?难道还想喝兵营的醋、听着军号声过一辈子?你将来会好好休息的,不是吗?等到人家剥下你的铠甲,把你的尸首丢下来喂秃鹫的时候;或是到你拄着拐棍,又瞎又瘸,衰老不堪,挨家挨户地对小孩和卖卤汁的小贩们讲述青年时代经历的时候;回想一下军官们对你的种种不公平待遇:雪地宿营和烈日下奔跑的滋味,军纪的专横无情和随时会被钉上十字架的威胁吧!吃尽这千辛万苦之后,他们给你一条荣誉项链,就像在驴颈上挂一串铃铛,好教它们走起路来稀里糊涂,忘记疲劳。像你这样勇猛赛过皮洛士①的人,只要你愿意干,什么东西不能到手!……你躺在凉爽的高大厅堂里,琴声悠扬,鲜花芬芳,弄臣和美女环侍左右,那该有多快活!别说这不可能。雇佣兵不是已经占领过意大利的莱吉奥默和其他要塞了吗?有谁能阻挡你!哈米尔卡尔不在家,老百姓憎恨那些富户豪门,吉斯孔拿他手下那些懦夫没有办法。而你,你是个勇士,他们会听从你的命令。指挥他们吧,迦太基属于我们,打进去吧!"

"不行!"马托说,"摩洛神②降下的厄运落到了我的头上。我从她的眼睛里感觉出来这一点,而且我刚才还看到有座神庙里一只黑山羊在倒退着走路。"他四下张望,又问:"她在哪儿?"

史本迪于斯明白他内心极为不安,就不敢再往深里说下去了。

他们身后的树木还在冒烟,从熏黑的树枝间不时跌落下来几具烧得半焦的猴子尸骸,掉在杯盘中间。烂醉如泥的士兵张大嘴巴在死尸旁边打鼾;没睡的都被阳光照花了眼,低下头来。踩得乱七八糟的地面上到处是一摊摊血水。大象在象院的柱子间摆动着血淋淋的长鼻。被人打开的仓库里可以看见散了一地的干酪口袋。门底下是蛮兵堆集起来的密密层层的一溜大车。栖息在柏树间的孔雀展开尾羽啼叫起来。

马托一动也不动,使史本迪于斯大为惊讶。马托的脸色变得

---

① 皮洛士(公元前318?—前272),古希腊埃皮鲁斯的国王,曾不惜惨重牺牲取得对马其顿和罗马的军事胜利。

② 摩洛神,迦南地区的神祇之一。《圣经》记载人们用孩子祭祀此神。

比刚才还要苍白,两只拳头支在平台边缘,目不转睛地盯住天际的什么东西。史本迪于斯弯下腰来,终于发现他在凝望什么。在通往乌提卡①的大路上,一个金色的点子在远处的尖埃中滚滚而去。那是一辆战车的轮毂,战车上套着一对骡子,有个奴隶抓住缰绳在车辕前头跑着。车里坐着两个女人,骡子的鬣毛按照波斯式样套上蓝色珠网扎着,在两只耳朵间隆起。史本迪于斯认出了她们,差点叫出声来。

一条巨大的纱巾在车后随风飘扬。

---

① 乌提卡,地中海沿岸非洲城市,位于迦太基西北,和迦太基一样由推罗人(指腓尼基人)建立。

二 在 西 喀*

　　两天之后,雇佣兵离开了迦太基。
　　他们每人分到了一枚金币,条件是开拔到西喀去驻扎。大家甜言蜜语地哄骗他们:
　　"你们是迦太基的救星!可是你们再住下去会把迦太基吃穷,难以还债。你们走吧!你们委曲求全,共和国日后自当知恩图报。我们这就开始征税,你们的饷银会如数发还,而且会用战舰把你们送回自己的国家。"
　　对于这一大通花言巧语他们不知如何是好。这些人惯于东征西讨,总住在城里也感到无聊,所以人们没费工夫就说服了他们。于是老百姓便都登上城墙去看他们出发。
　　蛮族士兵络绎不绝地开过日神街和西尔塔门①,弓箭手和重装步兵、军官和士兵、卢西塔尼亚人和希腊人乱哄哄地混杂在一起。他们迈着果敢的步伐,沉重的高鞡厚底靴在石板上橐橐作响。盔甲被投石器打得坑坑洼洼,脸庞被战地的阳光晒得黝黑。浓密的胡须里发出沙哑的喊声,破烂的网眼护身甲与刀柄的球形装饰相互磕碰。从青铜护身甲的破洞里可以看见他们裸露的四肢,和战争机器一样令人生畏。马其顿长枪、战斧、大棒、毡帽、铜盔,全都同时整齐地摆动着。他们人山人海,简直要把墙壁挤垮。这些全副武装的士兵组成的浩浩荡荡的队伍在涂着沥青的七层高楼之

---

　　*　西喀,突尼斯西南的努米底亚城市。
　　①　西尔塔门,在努米底亚城西南。

间滚滚而来。妇女们蒙着面纱,站在铁栅栏或芦苇篱笆后面,默默地看着蛮族士兵走过。

平台、城堡、墙壁,全部被成群的穿黑衣服的迦太基人所淹没,水手的红色服装在这一片黑压压的人群中宛如斑斑血迹。几乎完全赤身露体的小孩,戴着铜镯,皮肤油光发亮,在廊柱间、棕榈枝下比比画画。有些元老伫立在塔顶的平台上,谁也不知道为什么每隔一段路就有这么个长须飘拂的大人物,若有所思地站在那里。远远望去,他们在蓝天的背景下,就像幽灵若隐若现,石头般地纹丝不动。

其实大家心头都压着同样的疑虑,害怕蛮族士兵看见自己如此兵强马壮,会突然留下不走。但他们却对那些甜言蜜语深信不疑,真的走了。迦太基人也就胆大起来,混进士兵队伍。他们信誓旦旦,与士兵们拥抱告别。有些人做作得太过火,虚伪得太大胆,竟然请求他们不要离开迦太基。大家向蛮族士兵抛掷香料、鲜花和银币。送给他们祛病的护身符,却事先在上面唾了三下,好教他们早死;或者在护身符里藏几根鼬狗毛,让他们变成懦夫。一面大声祈求麦加尔特神为士兵们降福,一面又低声请他降灾给他们。

随后过来的是乱哄哄的行李、牲畜,以及掉队的士兵。病号在骆驼背上哼哼唧唧,还有些人拄着断枪一瘸一拐地走着。酒鬼带着酒囊,馋嘴的人捎着大块大块的肉、糕饼、水果以及包在无花果叶里的牛油和装在帆布袋里的雪块。有人手里拿着阳伞,有人肩头停着鹦鹉。他们身后带着狗、羚羊、花豹。有些骑着小毛驴的利比亚女人,在破口大骂那些撇下马勒加①的妓院,跟着士兵们离去的黑女人。有些女人在给用皮带吊在胸前的婴儿喂奶。骡子被帐篷压弯了腰,在刀尖的驱赶下走着。一群仆役、水夫,被热病折磨得面黄肌瘦,长着一身虱子,这些人是迦太基贱民中的渣滓,他们

---

① 马勒加,迦太基主要城镇之一。

喜欢蛮族人。

他们出城以后,城门就在他们身后关上了。老百姓们没有走下城墙。只见那支军队不久便在地峡上散了开来。

整个部队分散成为一些大大小小的人群。到后来长枪看上去就像一些高高的草茎。最后一切都消失在一溜滚滚烟尘之中。有些士兵回头眺望迦太基,只见漫长的城墙,在天际映出它那空无人影的雉堞。

这时蛮族士兵们听到一阵大喊大叫。他们以为有些自己人还留在城里(他们并不知道自己的确切数目),正在打劫庙宇作为消遣。他们这么一想,便又大笑一通,然后继续赶路。

他们又和从前一样一起在旷野里行军,心情格外舒畅。有些希腊人唱起了马麦丁①雇佣兵的古老歌曲:

> 我以刀枪耕耘收获,
> 我主天下兴亡;
> 败将匍匐求饶,
> 连声称我老爷、大王。

他们高声喊叫,又蹦又跳,最快活的人还讲起故事来。晦气的日子总算结束了。到了突尼斯,有人发现少了一队巴利阿里投石手。他们大概还在后面,大家就不再去想这事了。

有些士兵驻在民家,有些士兵在城墙下扎营,市民们也过来与他们攀谈。

整整一夜,他们望见迦太基方向的天边火光熊熊,火光在平静的湖面投下长长的倒影,像一个硕大的火炬。他们没人说得出那是在庆祝什么节日。

第二天,蛮族士兵穿越一片种满庄稼的田野。沿途是连绵不

---

① 马麦丁,此处指在西西里岛叛乱、引发第一次布匿战争的雇佣兵。

绝的贵族田庄;水渠在棕榈林中流过;碧绿的橄榄树排列成长长的行列;丘陵的山口飘荡着玫瑰色的水雾;丘陵后面耸立着蓝色的群山。暖风吹拂。变色龙在仙人掌肥大的叶子上爬行。

蛮族士兵放慢了脚步。

他们分散成一些孤零零的小队各自行进,或是队与队之间拉开很大的距离慢慢走着。他们在葡萄园边吃葡萄,在草丛间睡觉,惊讶地注视着雄牛的人工扭曲的大角,披着皮衣以保护羊毛的羊群,相互交错形成菱形图案的垄沟,船锚般的犁头,以及用阿魏汁浇灌的石榴树。土地之肥沃,发明之巧妙,使他们目眩神迷。

晚上,他们躺在没打开的帐篷上,面对群星,在哈米尔卡尔花园的盛宴的回忆中安然入睡。

第二天中午时分,他们在一条小河边的夹竹桃树丛中歇息。他们匆匆扔下标枪、盾牌、腰带,一面洗澡,一面大声喊叫,有的用头盔舀水,有的趴在卸了行李的牲畜中间喝水。

史本迪于斯骑在从汉米加尔的牲畜栏里牵来的一匹骆驼背上,他远远望见马托一只胳膊吊在胸前,光着脑袋,低头注视着流淌的河水,在给他的骡子饮水。他马上穿过人群,边跑边叫:"主子!主子!"

马托几乎没有搭理他的问候,史本迪于斯并不在意,跟着他走起来,不时朝着迦太基的方向惴惴不安地望上一眼。

史本迪于斯是一个希腊雄辩术教师和一个坎帕尼亚妓女所生的儿子。他起初靠贩卖妇女发了财,后来因沉船事故破了产,于是跟随萨姆尼奥默的牧人去和罗马人打仗。他当了俘虏,一度逃脱,后又被抓住,送到采石场去做苦工,接着又在浴室伺候浴客,经常被打得呼爹唤娘,换过不知多少主人,备尝主子们怒火的滋味。有一天,他绝望已极,从他充当划桨手的战舰上跳进海里。等哈米尔卡尔的水手把他从水里捞起来,他已经奄奄一息。他被带回迦太基,关在梅加拉的地牢里。由于逃奴必须交还给罗马人,他就趁乱跟着蛮族士兵逃走了。

　　他一路上追随马托左右,为他弄吃弄喝,扶他下马,晚上为他铺毯睡觉。马托终于被他的殷勤服侍感动了,渐渐打开了话匣子。

　　马托生于西尔特湾①。他父亲曾带他去阿蒙神庙②朝过圣。后来他在加拉芒特的森林猎过象,为迦太基人打过仗。攻克德雷帕农③一役,他被提升为骑兵分队长。迦太基共和国欠他四匹马、二十三斗小麦和一冬的饷银。他敬畏天神,而且希望死在家乡。

　　史本迪于斯向他讲述自己的经历、见到过的民族和庙宇。他多才多艺,会做襻鞋、长矛,会织网、驯兽、煮鱼。

　　他不时止住话头,喉咙里发出一声嘶哑的吆喝,催动马托的骡子加快脚步,别人也都急忙跟了上来,于是史本迪于斯又说了下去。但他总是惶惶不安,直到第四天晚上,才渐渐放下心来。

　　他们在部队的右翼,并肩在山腰上走着,平原在山脚下伸展开来,消失于暮霭之中。士兵的行列在他们脚下经过,在夜色里宛如波浪起伏。有时他们走过被月光照亮的高处,那时枪尖上便闪烁起一颗星星,头盔也霎时间闪耀起来,继而这一切又都消失在夜色中,而别人的枪尖和头盔又络绎不绝地出现。远处,被惊醒的羊群咩叫起来。某种无限温馨的氛围仿佛笼罩了大地。

　　史本迪于斯仰着头,半闭着眼睛,大声叹息着呼吸清凉的夜风。他张开双臂,活动着手指,以便更好地领略那流遍他全身的夜风的爱抚。他又有了复仇的希望,因而激动不已。他用手捂住嘴巴,克制住自己的呜咽,如醉如痴。他松开缰绳,骆驼迈开均匀的大步走起来。马托又情绪消沉了:他双腿直垂到地面,草儿打着他的高靿厚底靴,发出连续不断的窸窣声。

　　道路永无休止地向前延伸。在一片平原的尽头,总是那么一

---

①　西尔特湾,在北非海岸。
②　阿蒙神庙,埃及著名神庙,在利比亚沙漠绿洲。
③　德雷帕农,西西里岛西部港口,现称特拉帕尼。

个圆形的高地,然后走下一座山谷,而那些似乎横亘天际的高山,等你渐渐走近,却又好像渐渐滑到了一边。时而有条小河在柽柳的绿荫丛中出现,又消失在山丘的拐角后面。有时却又矗起一块巨大的岩石,就像一艘战舰的船头,或是一个没有雕像的庞大底座。

每隔一定距离,便有一座四方形的小庙,那是朝拜西喀的香客歇脚的地方。庙门紧闭,如同坟墓一般。那帮利比亚人大声地敲着门,想要进去,里面却无人应答。

农作物变得稀少了。他们忽然走进了荆棘丛生的沙漠地带。羊群在乱石间吃草,一个身上束着蓝色羊皮的女人看守着羊群。她一眼望见岩石间露出士兵们的枪尖,就喊叫着逃走了。

他们走进一条沟谷,两边夹峙着绵延不绝的浅红色山冈,就像一条巨大的走廊。一阵腥风扑鼻而来,他们仿佛看到一株角豆树梢头有个奇怪的东西:在角豆树的枝叶上垂着一只狮子脑袋。

他们赶紧跑了过去。原来那是一头狮子,四肢钉在十字架上,像是一名罪犯。它那庞大的嘴脸垂在胸前,两只前爪被浓密的鬣毛遮没了一半,像鸟翅般地大大张开。一根根肋骨在绷紧的皮下凸起。后腿微微收缩,叠在一起钉在柱子上。黑色的血从毛皮间流下来,在尾梢聚成钟乳。尾巴笔直地沿着十字架垂下来。士兵们围着逗乐取笑,称它为罗马执政官和罗马公民,还朝它的眼睛扔石头,轰起一片苍蝇。

百步开外,他们又看到两头狮子,随后突然出现一长溜钉着狮子的十字架。有的死了许久,十字架上只剩下一堆残骸,有的烂了一半,歪着嘴,一副令人毛骨悚然的鬼脸;有的身躯庞大,十字架被压得弯下来,在风中摇晃,头上盘旋着一群群乌鸦,却不停落下来。迦太基农民抓到猛兽时就是这样处置,企图杀一儆百。蛮族士兵不笑了,他们惊愕不已,心想:这样的民族真是不可思议,竟以钉死狮子取乐!

他们隐隐感到惶惑不安、难受作呕,特别是那些北方民族的士兵。芦荟的芒刺扎破了他们的手,硕大的蚊子在耳边嗡嗡叫着,部队闹起了痢疾。他们还见不到西喀,情绪低落。他们害怕迷路,害怕走进沙漠——这沙砾与恐怖之乡。许多人甚至不愿意继续前进,有些人掉头沿着来路向迦太基走去。

最后,到了第七天,他们沿着一座山的山脚走了许久,忽然向右一拐,眼前出现了一带城墙,雄踞于白色岩石之上,并与之浑然一体。整座城市蓦地展现在眼前。城头上,只见无数蓝的、黄的、白的纱巾在晚霞的红光里挥舞。原来那是月神的女祭司们赶来欢迎这些士兵。她们沿着城墙排列起来,敲着铃鼓,弹着里拉琴,摇着响板。太阳向城后的努米底亚山落了下去,余晖射过里拉琴的琴弦,她们伸长裸露的手臂抚弄着琴弦。每隔一阵,乐声戛然而止,爆发出一片尖厉的喊声,那喊声急促、激烈,声如犬吠,是她们用舌头敲打两个嘴角发出的响声。另一些人手托下巴,肘弯支在城墙上,像狮身人面像一样凝然不动,又大又黑的眼睛注视着开上来的部队。

西喀虽是座圣城,可也容纳不下这么多人。仅神庙及其附属建筑物便占去了半座城池。因此蛮族士兵便在平原上随意驻扎下来,较有纪律的还按正规队伍扎营,其他人就按照国籍或者随心所欲地扎下营来。

希腊人的皮帐篷排成一道道平行的行列;伊比利亚人[①]的布幕摆成一个正圆形;高卢人搭的是板棚;利比亚人用干燥的石头砌成小屋;黑人只用手指在沙砾中刨个坑睡觉。许多人不知道该在哪里安身,便在行李中间逛来逛去,到晚上便裹着破旧的斗篷就地躺下。

[①] 伊比利亚人,古代西班牙居民,公元前六世纪住在西班牙埃布罗河流域和法国南部。伊比利亚半岛因此得名。

四周环山的平原在他们身边展开。东一处西一处,不是一棵棕榈树在沙丘上俯着身子,便是数株松树、橡树点缀着悬崖峭壁。有时一阵暴雨像一幅极长的披巾落自九天,田野上却依然处处是晴朗的蓝天。接着一阵热风驱散了尘埃的旋涡,而一道溪流从西喀高地瀑布般地倾泻下来。西喀城里耸立着金瓦铜柱的迦太基爱神①庙。爱神是当地的守护神,她的灵魂似乎无所不在。地形的起伏变化,气温的忽高忽低,光线的变幻莫测,都是她的无穷精力和美好的永恒笑容的表现。有些山峰的巅顶呈新月形,另一些像妇女的胸脯,耸起发胀的乳房。蛮族士兵在疲惫之余又有一种异常快意的精疲力竭的感觉。

史本迪于斯卖掉骆驼,买了一个奴隶。他成天躺在马托的帐篷前面睡觉。他经常觉得听见皮鞭的响声而从梦中惊醒,然后又微笑着抚摸腿上由于长期戴脚镣留下的伤疤,重新入睡。

马托现在允许他陪伴自己了。他外出的时候,史本迪于斯就在屁股上挂着一柄长剑,像卫兵一样护送着他。有时马托还懒洋洋地将手臂倚在他的肩膀上,因为史本迪于斯身材矮小。

有天晚上,他们一起穿过兵营的小路,见到一群身披白色斗篷的人,其中就有纳哈伐斯,努米底亚人的王子。马托浑身一震。

"把你的剑给我,"他喊了起来,"我要杀死他!"

史本迪于斯拦住他说:"还不到时候呢!"

纳哈伐斯却已经朝他走来了。

他吻了吻他的两个拇指表示和解,推说那天晚上发火是由于酒醉失态,又讲了一大通迦太基的坏话,却没有说明他来找蛮族部队的原因。

史本迪于斯暗忖:他这是想叛卖雇佣兵还是叛卖迦太基?史本迪于斯巴不得天下大乱,他好趁机浑水摸鱼,所以他虽然预料到

---

① 迦太基爱神,即月神。

纳哈伐斯将来有可能背信弃义,却还是对他感激不尽。

那位努米底亚人的首领就留在雇佣兵中间。看来他想笼络马托,送给了他许多肥羊、金砂和鸵鸟毛。马托对他的曲意逢迎感到莫名其妙,不知道该礼尚往来还是勃然大怒是好。史本迪于斯总是设法让他平静下来,于是他就听凭那个奴隶摆布,自己毫无主见,而且总是处于不可救药的麻木状态,仿佛喝了什么药水,有朝一日会因此送命一样。

有天早晨,他们三人一起去猎狮子。纳哈伐斯在斗篷里藏了一把匕首。史本迪于斯一直跟在他身后,直到回来他也没有找到机会下手。

还有一次,纳哈伐斯把他们带到极远的地方,到了他自己王国的边界。他们走进一个狭窄的山谷,纳哈伐斯微笑着对他们说,他迷路了。史本迪于斯却找到了出路。

马托在多数时候总是像预言家一样阴郁,天一亮就到田野里胡逛。他躺在沙砾上,一动不动,一直待到晚上。

他逐一请教过部队里所有的占卜师,有观察蛇的爬行方式的,有看星象的,有吹尸灰进行占卜的。他吃过古蓬香脂①、塞塞莉②和能使人心冷如冰的蝮蛇毒液。他让那些在月光下唱蛮曲的黑女人用金针刺他的额头。他戴了许多项圈和护身符;先后祈求过日神、摩洛神、七大星宿③、月神和希腊的爱神;还把一个人的名字刻在铜牌上,埋到帐篷门前的沙里。史本迪于斯常听见他在呻吟或者自言自语。

有天晚上,他终于走进帐篷。

马托像沙场上的尸首一样赤身露体,趴在一张狮子皮上,双手捂着脸,一盏悬挂在帐篷顶下的灯照着他头上挂在帐篷支柱上的

---

① 一种用来涂伤口和肿瘤的树脂。
② 塞塞莉,一种小茴香。
③ 七大星宿,腓尼基神祇。

武器。

"你心里难受吗?"那奴隶对他说,"你需要什么?告诉我吧!"他摇着马托的肩膀再三叫道:"主子!主子!"

马托终于抬起痛苦迷惘的眼睛望着他。

"听着!"他把一根手指搁在嘴唇上轻轻说道,"我准是招了神怒!哈米尔卡尔的女儿到处跟着我!我害怕,史本迪于斯!"他像个被鬼吓坏的小孩儿一样钻进他怀里。"告诉我!我病了!我想把病治好!什么办法都试过了!你也许知道有法力更大的神明,或是极有灵验的咒语?"

"干什么?"史本迪于斯问。

他用两只拳头捶着脑袋答道:

"为了摆脱她的纠缠!"

然后他又自言自语起来,说话间还时常停下来发愣:

"她大概把我许愿给月神作为献祭的牺牲品了……她用一根无形的链条拴住了我:她走我也走,她停我也停!她的眼睛使我周身燃烧,我老是听见她的声音。她在我的周围,钻进我的身体。我觉得她变成了我的灵魂。

"可是她和我中间好像又隔着一片看不见的、无边无际的大海的万顷波涛!她是那么遥远而不可接近!她的美貌光彩照人,在她周围形成灿烂的云霞。我常觉得我从来没见到过她……她并不存在……这一切全是一场梦!"

马托就这样在黑暗中痛哭流涕。蛮族士兵都在熟睡。史本迪于斯看着他,想起他从前带着一群妓女走南闯北,那些青年捧着金瓶哀求他的情景,不由动了怜悯之心。于是他说:

"坚强点,我的主人!唤醒你的意志,不要祈求天神,他们从不理会人类的呼叫!你这样号啕大哭,活像一个脓包!为一个女人弄得这么寻死觅活的,你不觉得害臊?"

"难道我是个孩子?"马托说,"你以为我还会为女人的脸蛋和歌声而神魂颠倒？我们在德雷帕农还叫她们扫马厩呢！我在冲锋打仗的时候都玩过女人,当时天花板还在往下掉,投石机还在嗡嗡颤动……可是这个女人,史本迪于斯,这个女人！……"

那奴隶打断他的话,说道:

"假如她不是哈米尔卡尔的女儿……"

"不！"马托叫道,"她一点都不像凡人的女儿！你没见到她那长长的眉毛底下的大眼睛,就像凯旋门底下的太阳！你想想看:当时她一露面,不是连灯烛都变得暗淡无光了吗？她袒露的胸脯在钻石项链下面处处闪光,在她身后可以闻到神庙里那种香味。她浑身上下散发出一种比酒还要香甜、比死还要可怕的气息。她走啊、走啊,后来,她停下脚步……"

他张大嘴巴,低着脑袋,两眼发直:

"我要她,我需要她！我想得要死！一想到把她搂在怀里,我就快活得发狂。可是我又恨她,史本迪于斯,我真想揍她一顿！怎么办？我恨不得卖身当她的奴隶。你倒是当过她的奴隶！你可以看到她,对对,谈谈她的事情吧！她每天晚上都到宫殿的平台上去,对吗？啊！她脚下的石头一定都在欢欣战栗,群星也都在俯身张望着她吧？"

他又狂怒地倒了下去,像受伤的公牛喘息着。

接着,他唱了起来:"他在树林里追逐女妖,女妖的尾巴像一条银溪在败叶上起伏蜿蜒。"他拖长声音模仿着萨朗波的歌声,伸出双手,轻柔地像拨弄里拉琴的琴弦似的弹拨着。

不管史本迪于斯如何劝慰,他总是反复对史本迪于斯说这些话。他们的夜晚就在这种呻吟和劝慰中度过。

马托想借酒浇愁,酒醉后却愁上加愁。他想玩掷骨戏,结果把项链上的金片一片一片地输个精光。他被人带去月神庙里嫖妓,下山的时候却抽抽噎噎地哭开了,倒像是出殡回来一样。

史本迪于斯胆子却越来越大,心情也越来越快活了。只见他在树荫下的酒铺里,混在士兵中间高谈阔论。他修补破铠甲,用匕首耍杂技,去田地里为病人采草药。他滑稽多智,精细过人,善于发明,能言善辩。蛮族士兵们已经惯于得到他的效劳,他赢得了他们的好感。

他们一直在等待迦太基的使节给他们带来驮在骡背上的成筐成筐的金币。他们用手指在沙上画着数字,一再重复计算着。每个人都已事先安排好自己日后的生活,他们要娶妻妾、买奴仆、置田产;有的想把财产埋藏起来,有的想入股到一条商船上碰碰运气。由于无所事事,大家脾气都变坏了,骑兵、步兵、蛮族人、希腊人都相互争吵不休,女人们那尖酸刻薄的喊声也总是吵得人头昏脑涨。

每天都有成群结队的人涌来,他们几乎一丝不挂,头上顶着一丛草遮挡太阳。那都是些迦太基财主的债户,被迫为债主耕地偿债的,现在都逃到这里。利比亚人、被捐税弄得倾家荡产的农民、被放逐的人、为非作歹的坏蛋,也都蜂拥而至。还有一帮商人,全是些油贩、酒贩,由于收不回油钱酒账,也都怒气冲冲,归罪于共和国。史本迪于斯趁机火上浇油。不久,粮草日益短缺。大家就叫嚷着要进军迦太基,还要把罗马人叫来。

一天晚上,晚饭时分,大家听见一种沉重的轧轧声由远及近,一个红色的东西出现于起伏不平的地面。

那是一乘绛红色的大驮轿,四角饰有几束鸵鸟毛。水晶的璎珞和珍珠的流苏拍打着紧闭的轿帘。跟在后面的骆驼,胸前挂着大驼铃,一摇三晃,叮当作响。一些从肩膀至脚跟披着一身金鳞铠甲的骑士环列四周。

他们在离兵营三百步远的地方站定,从马屁股上的套子里抽出他们的圆盾、大刀和彼俄提亚式的头盔来。有几个人和骆驼一起留在那里,其他人又继续前进。最后,共和国的标志出现了。那是些蓝木棍,顶端雕成马头或松果形状。蛮族士兵都欢呼着站起来,女人们向神圣军团的近卫兵奔去,吻他们的脚。

驮轿由十二名黑人抬着,十二个人协调一致地用迅疾的小步走着。他们时而向左,时而向右,避开那些用以固定帐篷的绳索、东游西逛的牲畜和烤肉的三脚架,毫无规律地前进着。一只戴满戒指的肥手不时掀开轿帘,一个粗哑的声音喝骂起来,于是轿夫们停住脚,又换条路穿越营盘。

绛红的轿帘掀了起来,大家看见一个虚胖的、面无表情的人,脑袋倚着一只大靠枕,眉毛像两张乌木弓,在眉心连到了一起,鬈曲的头发里金片闪烁,脸色灰白,像是撒上了一层大理石粉末。身体的其余部分隐没在塞满轿子的羊皮之下。

士兵们认出这个躺着的人便是执政官汉诺①,正是因为此人行动迟缓,才导致埃加特群岛战役的失败。而他在百门城一役战胜利比亚人时,之所以那么宽大仁慈,则是出于贪婪。蛮族士兵都是那么想的,因为他把俘虏统统卖掉,中饱私囊,却对共和国声称他们都已死亡。

他花了些时间寻找一个舒适的地方来向士兵们发表讲话,然后做了个手势,让轿子停下来。他由两名奴隶搀扶着,摇摇晃晃地下了轿子。

他穿一双黑地撒银月的毡靴,像裹木乃伊似的裹着些绑腿布,肥肉从交叉的布条缝中钻出来。猩红色的礼服盖住臀部,却遮不住他的大肚子。脖颈上的肉褶耷拉到胸前,活像牛脖子上的垂皮。绘花长内衣在腋窝那里几乎绷裂。他斜披着肩带,束着腰带,外披一件宽大的双重袖系带黑斗篷。繁复的衣着,蓝宝石的大项链,金搭扣,以及沉重的金耳环倒没使他那丑陋的外表变得更加令人憎厌。可以说那是一尊用整块石头雕成的粗糙的偶像,因为他那遍

---

① 汉诺,见第 329 页注③。

布全身的麻风病使他看上去像是一种无生命的物质。他那鹰嘴般弯曲的鼻子却使劲地张开,以便呼吸空气。睫毛黏在一起的小眼睛闪动着冷酷的、金属般的光泽。他手里拿着一柄芦荟木的抹刀为自己搔痒。

两名传令官吹起银号,喧闹声平静下来,汉诺开始讲话。

首先,他赞颂诸神和迦太基共和国,蛮族士兵应当为自己曾经效力这个国家而感到庆幸。但是如今时世艰难,大家理应通情达理,——"如果主人只有三颗橄榄,他给自己留下两颗不也是天经地义的吗?"

那位老迈的执政官就这样在演说中夹杂着成语和寓言,摇头晃脑地,企图博得一些赞同。

他讲的是布匿语,而围在他身边的那些人,也就是最敏捷的、没带上武器就跑来的那些人,却是些坎帕尼亚人、高卢人和希腊人,因此这群人里面没有一个能听懂他的话。汉诺发现了这一点,他停止了演讲,一面来回倒换着腿,笨重地摇晃着身子,一面思索对策。

他想出了一个主意:把军官们召集过来。于是传令官们就用希腊语大声发布这道命令。自从桑蒂普①以来,希腊语就成为迦太基军队发布命令的语言了。

近卫兵们挥舞皮鞭驱散了那帮士兵。不一会儿,斯巴达式方阵的队长们和蛮族步兵队的队长们,穿着各族的盔甲,佩着各自的军阶符号,纷纷到来。夜幕降临,原野上一片嘈杂的声音,远远近近燃起了一堆堆篝火,人们从这堆篝火走到那堆篝火,相互询问着:"出了什么事?为什么执政官还不分发饷银?"

汉诺正在向军官们诉说共和国无穷无尽的负担。国库已经枯竭,向罗马人缴纳的贡银压得国家喘不过气来。"我们简直一筹

---

① 桑蒂普,在第一次布匿战争中指挥迦军的斯巴达将领。

莫展! ……这个国家太可怜了!"

他不时用芦荟木的抹刀搔一下胳膊或者腿脚;不然就打住话头接过奴隶递给他的银杯,啜饮用鼬鼠灰和醋煮芦笋煎制的药茶。然后他用一块猩红色的方帕揩揩嘴唇,又讲了下去:

"过去值一个银西克勒的东西现在涨到了三个金谢凯勒①,而在战争期间抛荒的庄稼又颗粒无收。我们的采螺业也已经濒临倒闭,珍珠贵得惊人,供神的油膏几乎不敷使用。食品和佐料就更别说有多糟糕!由于缺乏运输船只,我们的调味香料非常紧缺;药菊也因为克兰尼②边境发生叛乱而难以买到。过去可以在西西里弄到许多奴隶,现在这条财路也被切断了。昨天我买了一个澡堂仆役、四个厨房下手,花的钱竟比从前买一对大象还多!"

他打开一轴长长的纸卷,把政府的开支一笔不漏地念给他们听:修神庙用去若干,街道铺石板用去若干,造船用去若干,采珊瑚用去若干,扩建西西特会用去若干,坎塔布连地区的采矿机械用去若干……

可是那些队长们所能听懂的布匿语并不比士兵多,尽管雇佣兵全都用这种语言相互问候。往常蛮族部队里有几名迦太基军官充当翻译,战争结束后他们惧怕报复,都躲起来了,汉诺也没有想到把他们带来。何况他声音又低沉,统统随风飘散,更听不见什么了。

束着铁腰带的希腊人伸长耳朵竭力猜测他的意思;那些披着兽皮活像狗熊一般的山民却不信任地瞅着他,或是挂着自己的布满青铜钉的狼牙棒大打呵欠。漫不经心的高卢人晃着一头高高的发髻冷笑着。沙漠的居民们从头到脚裹着灰呢袍子,一动不动地听着。后面还有其他人继续涌来。近卫兵们被挤得在马上东倒西

---

① 西克勒、谢凯勒,同一种货币的两种叫法,前者是希腊语的名称,后者是腓尼基语的名称。一个银西克勒约重十五克。
② 克兰尼,利比亚古城名。

歪,黑人手里擎着燃烧的松枝,那位脑满肠肥的迦太基人还站在长满青草的小丘上继续演讲。

蛮族士兵们不耐烦了,怨声四起,人人都在骂他。汉诺拿着他的抹刀指手画脚;有些人想让别人安静下来,他们嚷得比别人更响,结果反而更加喧闹。

突然,有个外表瘦弱的人跳到汉诺身边,从一个传令官手中夺过银号,吹了起来。此人不是别人,正是史本迪于斯。他宣布他有要事相告。他以希腊语、拉丁语、高卢语、利比亚语和巴利阿里语这五种语言迅速发表了这个宣告。队长们笑着,感到有点惊奇,都答道:"说吧!说吧!"

史本迪于斯迟疑了一下,哆嗦起来,终于鼓足勇气对人数最多的利比亚人说道:

"你们都听到这个人可恶的威胁了吗?"

汉诺没有提出异议,这说明他不懂利比亚语。于是史本迪于斯用其他蛮族的方言土语把这句话又都说了一遍,继续进行试验。

蛮族人吃惊地相互看着,然后全都不约而同地点头表示赞同,也许他们自以为听懂了汉诺的话。

于是史本迪于斯放开胆量慷慨激昂地说了起来:

"他首先说,其他民族的神祇同迦太基的神祇相比,不过是一些梦中的幻影。他骂你们是懦夫、盗贼、骗子、狗东西、狗养的!共和国要不是因为你们(他就是这么说的!),就不会被迫向罗马人进贡了;而且,由于你们胡作非为,使国家耗尽了香料、香水、奴隶和药菊,因为你们和克兰尼边境地区的游牧民族串通一气!可是犯有罪行的人定将受到惩办!他宣读了对他们的种种刑罚,他们要去铺路、造船、修建西西特会,有些人将送到坎塔布连地区去开矿。"

史本迪于斯又对高卢人、希腊人、坎帕尼亚人和巴利阿里人讲了一番同样内容的话。雇佣兵们听到了方才听明白的几个人名地

名,便以为他准确传达了执政官的演讲。有几个人喊道:"你胡说!"可是他们的喊声淹没在别人的喧闹声中。史本迪于斯又说:

"你们没有看见,他在兵营外面还留下一支骑兵吗?只要一发信号,他们就会冲进来把你们统统杀死!"

蛮族士兵都回头朝兵营外面望去。这时人群闪开了一条路,露出一个人影,只见那人弯腰曲背、骨瘦如柴、一丝不挂、长发及腰,头发间挂着枯叶、尘土和草刺,像幽灵一样缓缓走来。他的腰间和膝盖上缠着草梗和破布,瘦得只剩一把骨头的四肢上耷拉着土灰色的松弛的皮肤,活像挂在枯枝上的破布,双手不停地哆嗦,拄着一根橄榄木棍子走来。

他走到擎着火把的黑人跟前,一种傻笑使他露出了发白的牙龈。他瞪大惊惧的眼睛环视周围的那群蛮族士兵。

突然他惊叫一声,躲到他们身后,以他们的身体屏蔽自己。他指着身披灿烂的铠甲、纹丝不动的近卫兵们,结结巴巴地说:"他们来了!他们来了!"火炬在黑暗中迸着火星,近卫兵的坐骑被火炬照花了眼,用前蹄刨着地皮。那个像鬼一样的人挣扎着号叫起来:

"他们杀了咱们的人!"

巴利阿里人听到他说的是巴利阿里语,都围了上来。他们认出了他,可是他却不回答他们的问话,只是一个劲儿地说:

"是啊,全都死了!全都死了!像压榨机里的葡萄一样轧得粉身碎骨!多棒的小伙子!那些投石手!我的伙伴,你们的伙伴!"

大家让他喝了点酒,他哭了;随即滔滔不绝地说了起来。

史本迪于斯简直难以抑制自己的狂喜,他一面向希腊人和利比亚人解释查尔萨斯叙述的骇人听闻的故事,一面觉得简直难以置信:这件事来得太凑巧了。巴利阿里人听到伙伴们的遇害经过,无不愤怒失色。

那是一支三百人的投石手队伍,他们头天晚上才抵达迦太基。蛮族部队开拔那天,他们睡到很晚才赶来。等他们赶到太阳神广场,大部队已经开走。他们的陶土弹丸随同其他行李放在骆驼背上,因此他们失去了自卫手段。居民们放他们走进了萨泰布街,一直走到包上铜皮的橡木城门,然后一齐朝他们扑去。

士兵们想起来他们的确听到过一阵大叫大喊。史本迪于斯因为急于混在队伍前头逃走,所以没有听见叫声。

后来他们的尸体被搁在排列于日神庙前面的巴泰克诸神①的臂膀里。人们把雇佣兵的所有过失都归咎于他们:贪吃、偷盗、渎神、不敬、杀害萨朗波花园里的神鱼。他们的尸体被残忍地肢解;祭司们还焚烧他们的头发,要让他们的灵魂受苦;迦太基人把他们切成一块块挂在肉铺里,有些甚至用牙去咬他们。晚上,人们在十字路口燃起篝火,将他们一烧了之。

这就是那些映照湖面的火光。可是有几幢房屋着了火,迦太基人便急忙把剩下的尸首和还未咽气的人扔出城墙。查尔萨斯躲在湖边的芦苇丛中,直到天明;然后他在田野里来回走着,根据尘土上留下的足迹寻找部队。早晨,他躲进山洞,晚上又重新上路,伤口流着血,饥病交迫,靠草根和兽尸维持生命。有一天,他终于看见天际的无数枪矛,便跟在后面。由于饱尝惊吓,吃尽苦头,他已经神志不清了。

士兵们在听他叙述时强压的怒火这时像暴风雨般爆发出来了,他们要杀掉执政官和他的近卫兵。有人居间调停,说应当听听执政官的说法,至少也该弄清楚发不发饷。于是大家都叫了起来:"给我们钱!"汉诺回答说他已经带来了。

大家奔向前哨,把执政官的行李推到营盘中间。不等奴隶们动手,他们三下两下就解开了筐子,发现里面尽是些青紫色的布

---

① 巴泰克诸神,神名,腓尼基人把他们表现为一些可怕的形象。

袍、海绵、刮具、刷子、香料和画眼影的锑笔——全是近卫兵们的东西,这些富家子弟用惯了的考究东西。然后大家又在一只骆驼背上发现了一只大铜盆,那是执政官在路上洗澡用的。他可真是细致周到,无所不备,连百门城鼬鼠也用笼子装上带着,他的药茶就是用这种鼬鼠活活烧成灰煎制的。由于他的病使他食欲旺盛,他还带了许多食品、酒、卤汁、蜜汁肉、蜜汁鱼,还有科马吉尼①小砂锅,盖上雪块和剁碎的麦秆的熬化的鹅油。这些食品数量极多,筐子一个个地打开,东西越来越多,哄笑声四起,有如波涛相互撞击。

至于雇佣兵的饷银,则大概算是装满了两个草编的箱子。其中一个箱子里甚至还有一部分皮钱,共和国以这种皮钱代替硬币。汉诺见蛮族士兵惊愕万分的神情,便宣称他们的账目很难算清,元老们没有工夫加以审核,暂且先给他们送来这些。

这一来,骡子、仆人、轿子、食品、行李,全给打翻在地,弄得一塌糊涂。士兵们从口袋里抓起钱来追打汉诺。他好不容易才跨上一头驴子,揪住驴子鬃毛逃走。他号叫着,哭喊着,前仰后合,鼻青脸肿,祈求所有神祇降灾于这支部队。他那又长又大的宝石项链直蹦到耳根。他用牙齿叼住他那太长的、拖在身后的斗篷。蛮族士兵在他后面远远地叫骂着:"滚吧!孬种!猪崽子!摩洛神的臭阴沟!让你的金子和你的瘟病把你烧死!快滚!快滚!"他的扈从溃不成军,簇拥着他没命地奔逃。

蛮族士兵余怒未消,他们又想起有些伙伴半路折回迦太基,一去不返,肯定也是惨遭杀害了。这一桩桩不平之事使他们义愤填膺,他们拔起固定帐篷的木桩,卷起自己的斗篷,备好鞍马。人人顶盔执剑,转瞬间一切都已准备就绪。没有武器的人都跑到树林里去砍伐木棍。

天亮了,西喀的居民一早醒来都在街上交头接耳。"他们要

---

① 科马吉尼,古代叙利亚的一个地区,今土耳其中南部。

去迦太基了。"这个消息顷刻传遍了整个地区。

每条小径、每道山沟都涌出人来,牧人们也奔跑着冲下山冈。

蛮族士兵们出发后,史本迪于斯骑着一匹布匿种马,带着他的奴隶,奴隶手里还牵着第三匹马,在平原上兜了一圈。

只有一顶帐篷仍然支着,史本迪于斯走了进去。

"起来,主子!起身吧!我们要出发了!"

"去哪里?"

"去迦太基!"史本迪于斯叫道。

马托一跃而起,跳上了奴隶牵到门口的那匹马。

三　萨　朗　波

　　月亮升到了水平面之上,依然笼罩于黑暗中的城市里跳起点点银光,有些银白的东西在闪闪发亮:那是停在某个院落的一辆车子的辕木,一块挂着的破布,一堵墙壁的拐角,或是一尊神像胸前的金项圈。那些神庙屋顶的玻璃球像一颗颗硕大的钻石在四处光芒四射。而那些若有若无的废墟、黑魆魆的土堆、花园,则在黑暗中显得更是漆黑一团。在郊镇马勒加的尽头,渔网从一座房子晾到另一座房子,活像张开双翅的巨大蝙蝠。将水引上宫殿最高层的水车,不再发出吱吱嘎嘎的响声。骆驼像鸵鸟一样肚子贴着地面,在平台中央静静歇息。看门人倚着门槛在街上睡觉。巨大的石像在空无一人的广场上投下长长的影子。远处,祭神的牺牲品余烬未灭,不时从青铜瓦片的缝隙里飘来一股烟味。潮闷的微风送来了海水的气息、香料的芳香以及被阳光烤热的围墙散发出来的气味。在迦太基周围,月亮的银辉同时洒落在群山环抱的海湾和突尼斯湖上,平静的水面波光粼粼。栖息在湖滨沙滩上的红鹳鸟排列成一条条粉红色的长线。而再远一点,在地下墓穴下方,巨大的咸水环礁湖也在像一块银子似的闪耀光芒。湛蓝的天宇在天际消失于平原的尘埃或大海的水雾之中。卫城的山顶上,埃斯克姆神庙周围的金字塔形柏树摇曳低语,像是城墙脚下有节奏地缓缓拍打着防波堤的波涛。

　　萨朗波让一个女奴搀扶着登上宫殿的平台,女奴端着一铁盘烧红的炭火。

　　平台中央放着一张小象牙床,上面铺着猞猁皮,搁着一只鹦鹉毛靠枕。鹦鹉是供奉神祇的、能预言未来的仙禽。四角立着四尊长形香炉,里面填满甘松香、乳香、肉桂、没药。女奴点起香炉。萨朗波仰望北极星,款款地礼拜四方。她跪在仿照苍穹铺上天蓝色粉末、撒满金色星星的地上。然后,双肘贴紧身子,前臂伸直,双手摊开,在月光下仰起头来,说道:

"哦,拉贝特娜!……我的女神!……月亮之神!"她的声音如怨如诉,拖得很长,仿佛在呼唤什么人。"阿娜伊蒂丝!阿丝塔尔苔!黛尔斯托!阿丝托蕾特!米利塔!阿塔拉!爱丽莎!蒂拉塔!① ……以隐秘的象征之名,——以悦耳的丝弦琴之名,——以大地的犁沟之名,——以永恒的寂静与永恒的繁殖之名,——黑暗海岸与蔚蓝沙滩的主宰啊,一切潮湿之物的女王②,向你致敬!"

她全身摇晃了两三下,然后伸出双臂,将额头贴到地面。

女奴将她缓缓扶起,因为按照礼拜仪式,应当有人把匍匐在地的祈祷者搀扶起来,这表明神祇已经接受他的祈求,萨朗波的乳母从未忽略她在礼拜仪式中的这一职责。

她自幼就被热蒂利-达里亚③的商人带来迦太基,获得自由后也不愿意离开主人。她右耳上扎了个大孔,便是她如今身份的证明。一条五彩条纹的裙子紧紧裹住她的臀部,直垂到脚跟,脚踝上套着互相碰得叮当作响的锡环。脸略有点平,黄黄的,和她的上衣一个颜色。许多极长的银针插在脑后,呈放射状,好像太阳一样。鼻翼上缀有一颗珊瑚珠子,垂着眼皮,侍立在象牙床边,站得比赫尔墨斯④雕像还直。

萨朗波一直走到平台边上,眼睛扫视了一下天边,又落到沉睡

---

① 以上均为月亮女神的称呼。
② 月神为母性、潮湿、繁殖诸因素之神。
③ 热蒂利,在现在的阿尔及利亚西部,包括好几个地区,其中一个地区因达里亚河得名,即热蒂利-达里亚。
④ 赫尔墨斯,希腊神话中的商业之神和信使。

的城市上。她叹了口气,这使她的乳房耸了起来,披在身上的没有搭钩和腰带的白色长袍也从上而下波动起来。她尖尖的翘头拖鞋缀满了绿宝石,披散的头发塞在红色的线网里。

她抬头凝望月亮,喃喃低语,时而唱上一段颂歌:

"你在不可触摸的空气支托之下旋转得多么轻盈!空气在你周围磨得光滑无比,你的运转生成了风和滋生万物的露水。猫的眼睛和豹的花斑随着你的阴晴圆缺或长或缩。妇女在分娩的痛楚中呼号你的名字。你使蚌壳胀大,酒类沸腾,尸体腐烂,海底生成珍珠!

"女神啊!一切胚芽都在你那潮湿黑暗的深处萌发。

"你一出现,大地就一片宁静:花儿绽开;波涛平息;疲倦的人胸脯朝着你躺下;大海高山、整个世界,都像在引镜自照,从你脸上看见了自己。你洁白、温柔、明净、无瑕,你乐于助人,令人纯洁,明朗安详。"

月牙儿这时升到了海湾另一边的温泉山的双峰之间。月亮下面有颗小星,周围一圈白晕。萨朗波又说:

"但你又是令人生畏的,我的女主人!……可怖的妖魔鬼怪、骗人的梦境,无不因你而生;你的目光啃啮着亭台楼阁的砌石;每当你重新获得青春,猴子们就会生病。

"你去向何方?你为什么永无休止地改变形状?时而又细又弯,像只无桅的小船在天空滑行,或者步入群星之间,像个看守羊群的牧人;时而又亮又圆,车轮一般地拂过山巅。

"月神啊!你爱我,对吗?我望过你多少回啊!可是你并不爱我!你在你的碧空奔驰,而我却留在静止不动的地面。

"达娜克,拿起你的奈巴琴,在银弦上轻奏一曲,我心里郁闷得很。"

女奴支起一架比她还高的三角形乌木竖琴,把竖琴的尖端嵌在一只水晶球里,伸出双臂,开始弹奏起来。

琴声低沉、急促,一声紧似一声,仿佛蜜蜂的嗡嗡鸣声,渐而越奏越响,飞入夜空,与哀怨的涛声、卫城巅顶大树的飒飒声交织成一片。

"别弹了!"萨朗波喊道。

"你怎么啦,小姐?现在不管是微风拂面,还是行云过眼,什么都使你烦躁不安。"

"我也不知道。"她说。

"你祈祷时间太长,累着了。"

"哦!达娜克,我真想溶化在祈祷中,就像一朵花儿溶化在酒里一样!"

"这也许是你那些香料发出的烟雾所造成的吧?"

"不是!"萨朗波说,"藏在这美妙的香气里的只有天神们的精神。"

于是女奴转而对她谈起她的父亲。大家都认为他到麦加尔特大神的列柱后面的琥珀之国去了。

"可是万一他不回来,"她说,"你就必须在元老们的儿子中选择一个丈夫,因为这是他的意愿。那时你这些烦恼就会在男人的怀抱中烟消云散。"

"为什么?"少女问道。她所见到过的那些男子的野兽般的狂笑和粗笨的手脚,全都使她厌恶之至。

"达娜克,我的内心深处有时会涌出一股热气,比火山的雾气还要潮闷。有些声音在呼唤我,有团火球在我胸中滚动、升腾,使我透不过气,马上就要死去。随后又有一种甘美无比的东西从我额头一直流到脚跟,沁入血肉……这是一种遍及我全身的抚爱,我觉得全身被压住了,像有一位天神压在我身上。啊!我真想化为一阵清风、一道流光,消散到夜雾中、泉水里、树液里,脱离我的躯体,飘然远逝,扶摇直上,圣母啊,直到你的身旁!"

她尽力高举双臂,挺起胸脯,加上她那长长的衣袍,使她看上去像新月一般皎洁、轻盈。然后,她气喘吁吁地倒在象牙床上,达娜克给她脖子上挂了一串海豚牙琥珀念珠为她压惊。萨朗波有气无力地说:

"把沙哈巴兰给我找来。"

她父亲没让她进女祭司的学校,甚至不让人告诉她任何有关月神的民间传说。他要留着她将来缔结一门在政治上于他有利的婚姻。所以萨朗波独自住在这座宅邸里,她母亲早已去世了。

她在各种斋戒、洁身仪式中长大,周围尽是些精美、庄严的事物,全身沁透香料,心灵充满祷文。她滴酒不沾、不食荤腥,从未碰过不洁的畜生,也未走进过死了人的住宅。

她不知道月神还有一些淫猥的偶像,因为每位神祇都有几种不同的形象,往往有些相互抵牾的偶像崇拜却是本于同一信条,萨朗波所膜拜的月亮女神即是这个行星的本来形象。月亮对这位处女具有某种影响,月亮渐渐消缩时,萨朗波也渐渐虚弱。她整个白天没精打采。到了晚上却又神采奕奕。有一次月食,她险些死去。

但是嫉妒心很重的拉贝特娜①却因萨朗波的童贞没有成为奉献给自己的祭品而对她施加报复,用无法摆脱的欲念来折磨她。这种欲念越是朦胧就越是强烈,它渗入这种信仰扩散开来,并被这种信仰煽动得分外活跃。

哈米尔卡尔的女儿一心惦念着月神。她熟知女神的事迹、游历及所有的称呼,她诵念着这些称呼,却不知道它们各有什么独特的含义。为了深入理解教义,她想走进神庙最隐秘的所在,瞻仰古老的月神偶像和披在月神身上的那件维系迦太基国运的华丽璀璨的霞帔。因为从描述里总是难以清楚地认识月神,而得到或者只是看到月神的偶像,也就等于获得了月神的某些法力,而且在某种程序上支配了月神。

---

① 拉贝特娜,即月亮女神。

萨朗波转过身来。她听出了沙哈巴兰衣服下摆上的金铃的响声。

沙哈巴兰登上梯子,一到平台口,他就交叉双臂站住了。

他那深陷的眼睛就像墓穴里的长明灯一样闪烁不定,瘦长的身子在亚麻布长袍里晃晃悠悠,袍子下面坠着相互交错的金铃和碧玉球,直至脚跟。四肢羸弱,斜脑壳,尖下巴,皮肤看来摸上去准是冰凉的,刻上了深深的皱纹的黄脸像是由于所欲不遂,抱恨终身而皱缩起来。

他是月神的大祭司,是他把萨朗波教导成人。

"说吧!"他说,"你要干什么?"

"我希望……你本来差不多已经答应我了……"她嗫嚅着,有点慌乱,而后突然下了决心:"你为什么看不起我?我在礼拜仪式中有过任何疏忽吗?你是我的师傅,你曾经对我说,谁也不如我通晓有关女神的一切,可是你有些事情却不告诉我。对不对,师傅?"

沙哈巴兰想起哈米尔卡尔的命令,答道:

"不对,我再也没有什么可教你的了。"

"有位神祇在冥冥之中促使我热爱天神。我曾攀登行星与智慧之神埃斯克姆的梯级;我曾在推罗殖民地的保护神麦加尔特的金橄榄树下酣眠;我曾推开光明与肥沃之神、日神的庙门;我曾祭祀过地下的卡比尔神,以及森林之神、风神、河神、山岳之神;但是他们全都太远、太高、太无感觉,你明白吗?而月神呢,我觉得她和我的生活融为一体,她充满我的灵魂,我内心的每一阵冲动都使我战栗,仿佛她在蹦跳着企图逃走。我觉得我就要听见她的声音,见到她的面容,然而我却被电光照花了眼睛,而后,又重新陷于黑暗之中。"

沙哈巴兰默默无言。她用祈求的目光看着他。

最后,他做了个手势命女奴退出,因为女奴不是迦南人。达娜

克走了出去,沙哈巴兰举起一只手,开始说道:

"众神出世之前,唯有黑暗,一股气息飘荡其间,如人在梦中的意识,沉重而朦胧。这股气息收缩而产生'欲望'和'云雾',从'欲望'和'云雾'里产生了'原始物质'。那是种泥泞、乌黑、冰冷、深不可测的水。水里藏有毫无知觉的怪物,它们是即将诞生的形体的各个不连贯的部分,这都画在神殿的墙壁上。

"然后'物质'凝聚起来,变成一只蛋。蛋又破为两半,一半成了地,另一半成了天。日、月、风、云产生了。雷声震醒了有理性的动物。于是埃斯克姆神在星空舒展身躯;日神在太阳里放出光芒;麦加尔特神伸出双臂,将太阳从加代斯①背后推出来;卡比尔众神走进了火山口;拉贝特娜像一位乳娘,向尘世俯下身子,倾洒她那乳汁一般的光明,抖落她那斗篷一般的黑夜笼罩大地。"

"后来呢?"她问。

他对她讲述世界起源的秘密,是想用壮阔的景象来转移她的注意,不料他的最后几句话又把这个处女的欲念勾了起来,沙哈巴兰只好让点步,答道:

"月神启发和支配男人的爱情。"

"男人的爱情!"萨朗波沉思地重复了一遍。

"她是迦太基的灵魂,"祭司说了下去,"虽然她的清辉普照大地,她的住所却在这里,在神圣的霞帔下面。"

"噢!师傅!"萨朗波叫道,"让我见见她,行吗?带我去吧!我很久以来就在犹豫,我想见到她的形象,好奇心折磨着我。发发慈悲,帮我个忙!我们走吧!"

他傲慢地猛然将她推开。

"绝对不行!你不知道这样会送命的吗?雌雄同体的神祇只可对我们这样兼有男性的才智和女性的柔弱的人显露真身。你的

---

① 加代斯,西班牙南端的海港城市。

愿望是亵渎神明的,满足于你已有的知识吧!"

她跪下去,将两只手指堵住耳朵表示悔过;她啜泣着,被祭司的话压垮了,既生他的气,又充满恐惧和自卑。沙哈巴兰傲然挺立,比平台的砌石还要冷漠无情。他居高临下地看着她在自己脚边浑身战栗,见她为他的女神而痛苦,不禁有种快意的感觉,因为他自己也不能完全领悟有关女神的一切。鸟儿唱起歌来,寒风拂面,渐渐发白的天空奔驰着一小朵一小朵浮云。

突然,他看见突尼斯城后面的天际仿佛拖着一缕缕轻烟;继而轻烟变成一张垂直悬挂着的灰色尘埃的巨大幕幛;在一团团滚滚而来的旋涡里,出现了骆驼的脑袋、标枪、盾牌。蛮族部队向迦太基开来了。

四　迦太基城下

　　乡间百姓或是骑驴,或是徒步,面无人色,气喘吁吁,惊恐万状地逃进城里。他们赶在蛮族部队前面逃来。蛮族人三天之内便从西喀赶到这里,要打进迦太基,血洗全城。

　　城门刚关起来,蛮族士兵就到了,但他们推进到海峡中间便在湖边停了下来。

　　起初他们并没有表现出任何敌意。有几个人举着棕榈叶走近城墙。他们被乱箭射了回去,因为迦太基人都吓坏了。

　　清晨和日落时分,常有些人沿着城根闲逛。尤其是一个矮小的汉子,全身严严实实地裹在斗篷里,帽檐拉得很低,遮住了脸。他一连几小时地注视着引水渠,神态那么专注,一定是想使迦太基人对他的真实意图作出错误判断。和他一起的是个身材高大、光着脑袋的彪形大汉。

　　迦太基布下了横亘整个海峡的防线:首先是一道深壕,其次是一道覆盖着草皮的壁垒,最后是一道石头砌就的、三十肘①高、分为上下两层的城墙。城墙里面,有可以容纳三百头战象的象房,以及储存象袍、象脚绊索和象食的库房;还有能容纳四千匹战马并贮存大麦饲料和鞍具的马厩;以及能住两万名士兵,并且存放他们的盔甲和全部武器的兵营。第二层上塔楼耸立,塔楼开有箭孔,外面用铁钩挂着一面面铜盾。

　　这第一道城墙直接保卫着水手和染匠聚居的马勒加郊镇。远

---

①　肘,法国古长度单位,由肘端至指端,约为半米。

远可以眺见晾着红帆的桅杆,以及后面一些晒台上的煮卤汁的土灶。

再后,就是迦太基城那些立方体的高大房屋,层层叠叠,像古罗马圆形剧场似的排列上去。这些房子有石砌的、木板盖的、鹅卵石垒的、芦苇搭的、贝壳盖的和夯土筑的。庙宇的林木在这些五颜六色的房子堆积而成的山上好像一些碧绿的湖泊。错落分布的广场又在不同地方把这座山削平一块;而无数纵横交叉的街巷则把它从上到下分割开来。有三个老城区现在已合而为一了,但旧日的围墙仍依稀可辨。这些残垣断壁像一些巨大的礁石东一处西一处地兀然屹立。还有大段大段发黑的颓垣,被花草埋住了半截,被倾倒的垃圾划上一道道宽宽的污痕。街道穿过墙洞,犹如河水在桥下流过。

位于比尔萨①中心的卫城山上,布满了杂乱无章的建筑。那些庙宇有着螺旋状柱子,青铜柱头、金属带层、天蓝条纹的干石砌就的圆锥,铜质圆屋顶、大理石额枋、巴比伦式的墙垛,像倒置的火炬般尖头向下的方尖碑。列柱廊一直通到三角形门楣下面;柱子间展现涡形装饰;花岗石围墙间以花砖隔墙。这一切都高低参差,半遮半露,奇妙而不可思议,令人感到岁月的嬗递,好像是些被人遗忘了的古国的遗物。

在卫城山后的红土地带,通往马巴勒海峡的公路穿过沿路的坟墓,由海滨笔直通向地下墓场。然后便是一些相距甚远的、坐落于花园之中的宽敞宅第。那就是第三个城区梅加拉。这个新城区一直伸展到悬崖边缘,悬崖上耸立着一个巨大的灯塔,每到夜间就大放光明。

迦太基就这样展现在驻扎于平原上的蛮族士兵眼前。

他们远远地辨认出了那些市场和十字街口,争论着神庙的所

---

① 比尔萨,迦太基的堡垒,在梅加拉镇郊南面。

在地点。日神庙的地点在西西特会对面,金瓦为顶;麦加尔特庙在埃斯克姆神庙左边,房顶饰有珊瑚枝;再过去就是月神庙,在棕榈树丛中露出铜质的圆顶;黑色的摩洛神则在蓄水池的下方,灯塔那面。在三角楣的角上、墙头上、广场边,到处可以望见面目狰狞的神像,高大的、矮胖的、肚子硕大无朋的、扁平异常的,张大嘴巴,伸开双臂,手执铁叉、铁链、标枪。街道尽头可以瞥见蔚蓝的大海。这种景象使街道显得格外陡峭。

街道上从早到晚挤满喧闹的人群:小男孩摇着铃铛在澡堂门前叫卖;热饮店热气腾腾;铁砧的响声在空中回荡;奉献给日神的白公鸡在平台上啼唱;送去屠宰的牛在神庙里悲鸣;奴隶们头顶篮子匆匆奔跑;柱廊深处走出来一个披着深色斗篷、光着脚、戴着尖顶帽的祭司。

迦太基的这种景象使蛮族士兵大为恼火。他们既羡慕又憎恨,既想毁灭它又想住在其中。可是在这三重城墙保卫之下的军港里到底藏着什么?而且在迦太基城后面,梅加拉城区的尽头,比卫城更高的地方,还有哈米尔卡尔的府邸。

马托的眼睛无时不在注视那座府邸。他爬上橄榄树,手搭凉棚,向前倾出身子。花园里空无一人,那扇有黑十字的红门总是紧紧关着。

他围着城墙转了二十多遭,寻找进城的豁口。有天夜间,他跳进海湾,一口气游了三小时,游到了马巴勒海峡脚下,想攀上海峡的峭壁。他磨破了指甲,膝盖磨出了血,结果还是跌到海里,只好又游回去。

他的无能为力使他火冒三丈。他嫉妒藏匿着萨朗波的迦太基城,好像它是个占有了她的男子。他那些歇斯底里的发作已经过去,代之以一种持续的、疯狂的行动狂热。他面颊火烫、眼神躁怒、嗓音嘶哑,在兵营里急促地来回踱步,或是坐在海岸上用沙子磨他那柄巨大的长剑。他朝着飞过头顶的秃鹫射箭。他的这种心情化为愤怒的言辞爆发出来。

"让你的怒火尽情发泄,像战车一样横冲直撞吧。"史本迪于斯说,"叫喊、咒骂、破坏、砍杀吧。鲜血可以平息苦痛,你既然不能在爱情上如愿以偿,那就让你的仇恨充分发泄,仇恨会给予你力量!"

马托重新指挥起他的士兵,毫不怜惜地对他们进行操练。大家敬服他,因为他勇猛异常,尤其是膂力过人。而且他还有些神秘之处令人敬畏,大家都以为他在夜间和鬼魂交谈。他的榜样带动了其他队长,一个个也都劲头十足,不多时就把军队管带得纪律严明。迦太基人在家中就能听见他们指挥列阵的号声。最后,蛮族部队逼近了城下。

要将他们聚歼于海峡上,需要两支军队同时从后面对他们进行包抄,一支从乌提卡海湾尽头登陆,另一支在温泉山登陆。然而现在却只有一支人数至多不过六千的神圣军团,如何是好?他们若是向东转移,则将会合游牧民族,截断去克兰尼的通道和沙漠地区的商业来往。若是往西撤退,努米底亚又会揭竿而起。况且他们迟早会因粮草匮乏而像蝗虫一样洗劫周围的乡村,富翁们都为他们豪华的别墅、他们的葡萄园和庄稼而惶惶不安。

汉诺提出了几条对策,尽是些残酷而又难以付诸实施的主意,例如每取得一颗蛮族人的首级便给予一笔重赏,用战舰和攻城机械去纵火焚烧他们的兵营等。他的同僚吉斯孔则主张发还欠饷。然而,由于他颇得人心,元老们都对他心怀忌恨,生怕稍不留神造就出一位君主。他们唯恐出现君主政体,因而总是极力削弱这种政体的残余或者会导致这种政体死灰复燃的一切。

在防御工事外面居住着一些来历不明的异族人。他们以猎取豪猪为业,爱吃软体动物和蛇类。他们常去山洞里活捉几只鬣狗,晚上放进梅加拉城区的沙地上,让它们在墓碑间乱窜,以此作乐。他们那些用海藻和淤泥盖成的小屋悬挂在峭壁上,像燕窝一样。

他们既无政府又无神祇,毫无组织,全身赤裸,又软弱又凶狠。由于他们爱吃不洁净的食物,迦太基人几百年来一直嫌恶他们。一天早晨,哨兵发现他们全都走掉了。

元老院的有些成员终于下了决心。他们不戴项链,不系腰带,穿着露出脚面的绳襻鞋,像邻居串门一样来到兵营,他们悠闲自在地走进去,与军官们打招呼,或者停下来同士兵们谈上几句,说事情全都解决了,他们的要求将得到公平的对待。

他们中的许多人是初次见到雇佣兵的营寨。他们原以为里面杂乱无章,结果却发现到处整齐肃静,令人生畏。一道覆盖着草皮的壁垒为部队构成了能够抵御投石器轰击的高大屏障。帐篷之间的小路洒过清水,他们从帐篷的开口处看见一些猛兽般的眼珠在暗影中闪着幽光。一捆捆标枪和悬挂着的全副甲胄雪亮如镜,晃花了他们的眼睛。他们低声交谈着,生怕自己的长袍弄翻什么东西。

士兵们要求供给粮草,答应以欠饷偿付粮款。

迦太基人给他们送来牛羊、珍珠鸡、干果和羽扇豆,还有上好的鲭鱼,这种鲭鱼是迦太基运往各处商埠去出售的。可是他们却不屑一顾地围着出色的牲畜转来转去,嘴上把心里垂涎的东西说得一钱不值,一只公羊只肯出一只肉鸽的价钱,三只母羊只给一只石榴的价钱。那些"爱吃不洁净食物的人"自告奋勇担任仲裁,硬说迦太基人在糊弄士兵。于是士兵们拔出刀来,威胁说要杀死卖主。

元老院的使节记下了每个士兵应发军饷的年数,然而现在已无从核对当初究竟招募了多少雇佣兵。欠饷数额之高使元老们大为惊骇。他们必须卖掉库存的所有药菊,到各商业市镇征税,才能筹齐这一笔巨款。雇佣兵会失去耐心,而突尼斯已经站到了他们那一边。富豪们被汉诺的怒火和他的同僚们的指责弄得晕头转向,赶紧要求那些认识一两个蛮族士兵的居民马上去拜访他们,与他们重叙友情,向他们说些好话。这种信任关系或许能使他们平静下来。

商人、文书、兵器工场的工匠,一大家子一大家子地涌到蛮族士兵那里。

士兵们来者不拒,统统放进兵营,然而只留下一条通道,窄得四个人并排走就会挤挤碰碰。史本迪于斯站在栅栏后头,让人仔细搜查他们,马托站在他对面打量着人群,想从中发现某个他曾在萨朗波家见过的人。

兵营人山人海、熙熙攘攘,活像一座城镇。两股判然不同的人流会合到一起却绝不混淆,一群人穿着麻布或毛料衣袍,戴着松塔一般的毡帽;另一群人穿的是铁甲,戴的是铁盔。各种民族的妇女在仆役和小贩中间穿梭来往,有的肤色棕褐如椰枣,有的肤色暗绿如橄榄,有的肤色橙黄如柑橘;有的是被水手卖到这里的,有的是从窑子里挑选来的,有的是从骆驼商队里抢来的,有的是在洗劫城池时掳掠来的;她们年轻时备受男人揉搓,衰老后便饱尝拳打脚踢的滋味,部队溃败时则与牲口辎重一起抛在路旁,奄奄待毙。牧民的妻子摇曳着垂至脚跟的浅黄褐色的驼毛方形长裙;克兰尼的歌女裹着紫色的纱罗,描着眉毛,蹲在草席上唱歌;年老的黑种女人耷拉着乳房,捡拾晒干的牲口粪当燃料;锡拉库萨①女人的头发上饰有金片;卢西塔尼亚女人戴着贝壳项链;高卢女人雪白的胸脯上披着狼皮;结实的小孩子们长着一身虱子,精赤条条,未行割礼,用脑袋撞着过路人的肚皮,或者像小老虎一样打背后走过来咬他们的手。

迦太基人在兵营里四处闲逛,他们看见营中物资充足,大为惊讶。穷人们不由得伤心起来,其他人则竭力掩饰自己内心的不安。

雇佣兵们拍着他们的肩膀,要他们高兴起来。一看见来了个

---

① 锡拉库萨,西西里岛东部沿海城市。

有地位的人物，他们就邀请他一起娱乐。掷铁饼的时候，他们变着法子让铁饼砸烂他的脚；拳击的时候，他们第一回合就打碎他的下巴。投石手用投石器吓唬迦太基人，耍蛇的用蝮蛇、骑兵用战马吓唬他们。那些从事和平职业的迦太基人，对于这种种侮慢都低下头来强作笑容。有几个人为了表现自己的勇敢，便打着手势表示愿意当兵。雇佣兵就叫他们去劈柴、刷骡，把他们裹在盔甲里，像滚木桶似的在兵营的小路上滚来滚去。等他们要回城的时候，又乱揪自己的头发，洋相百出，似乎舍不得让他们离去。

许多雇佣兵或因愚蠢，或因成见，竟以为迦太基人个个都是财主，他们跟在迦太基人后面乞求赏赐。大凡他们看上的东西他们全要：戒指、腰带、拖鞋、袍子上的流苏。等到迦太基人被剥得精光，叫了起来：“我已经一无所有了，你们还要什么？”他们就答道：“要你的老婆！”或者是：“要你的性命！”

欠饷的清单交给了每个队长，向士兵们宣读，最后都没有异议了。他们又索要帐篷，帐篷也给了他们。接着希腊的军队司令官又索要几套迦太基制造的华丽甲胄，元老院表决通过拨出专款购置这种铠甲。这时骑兵又认为，共和国应该赔偿他们损失的马匹，有的说自己在某次围城之役中损失了三匹，有的说在某次行军中丢失了五匹，有的说在悬崖上摔死了十四匹。给他们百门城的种马他们却不要，他们宁愿要钱。

后来他们又要求用钱，用银圆而不是皮钱，偿付积欠他们的全部麦子，而且要按战时最高价格折算，结果一蒲式耳的面粉就要算作比一袋小麦贵四百倍的价钱。这种不公平的要求令人无法容忍，但也只好让步。

于是雇佣兵代表和元老院代表握手言和，以迦太基守护神和蛮族人的神祇的名义起了誓。他们用东方式的种种表示和冗长的语言互致歉意和慰问。然后士兵们又要求惩办促使他们与迦太基共和国不和的内奸，以作为友好的一种证明。

元老院代表装聋卖傻,于是他们把话挑明,声称他们要汉诺的脑袋。

他们每天几次走出兵营,沿着城墙来回走着,叫迦太基人把汉诺的首级扔下来,他们张着袍襟等着接它。

要不是他们又提出一个比其他要求更带侮辱性的要求,元老院或许会屈从。可是蛮族士兵又要求挑选名门闺秀与他们的首领成亲。这是史本迪于斯的主意,好些人以为这主意十分简单可行。但这种妄图混入布匿血统的非分之想激怒了迦太基人,因而粗暴地对他们表示,他们什么也别想要了。于是他们叫嚷起来,说他们受骗了,如果三天之内军饷还不送来,他们就要自己到迦太基城里去取。

雇佣兵其实并不像他们的敌人所想象的那样毫无信义。哈米尔卡尔曾对他们漫天许愿,虽然是含糊其词,却是郑重其事而且一再重申的。他们在迦太基下船时,原以为人家会把城池让给他们,让他们瓜分金银财宝,而结果他们看到连他们的军饷也难以兑现,他们的骄傲和贪心都一同破灭了。

德尼斯①、皮洛士、阿加索克利斯②和亚历山大③的将领们不都是大发横财的先例吗?被迦南人当作日神的赫拉克勒斯④对于所有的军人都是在天际光芒四射的理想。大家都知道,普通士兵当中也曾有人戴上王冠;而当某些帝国崩溃的消息传来,也曾使橡树林里的高卢人或者沙漠中的埃塞俄比亚人做过多少美梦。有一个民族经常招募这类亡命之徒,那些被本部落逐出的窃贼、徘徊歧途的弑父凶犯、遭天神追逐的亵渎圣物的人、所有食不果腹、走投

---

① 德尼斯,锡拉库萨的国王。
② 阿加索克利斯,西西里王。
③ 亚历山大,马其顿王,在位时一手创建了跨越欧、亚、非三大洲的庞大帝国,死后帝国旋即崩溃,分裂为若干国家。
④ 赫拉克勒斯,古希腊神话中的英雄。

无路的人都设法来到驻有迦太基招募士兵的经纪人的港口。迦太基通常倒还信守诺言。可是这一回,它的贪婪使它陷入了不光彩的危险处境。努米底亚人、利比亚人、整个非洲都会向迦太基扑来。只有大海尚可通行,但又会遇上罗马人,它像个受到刺客夹击的人一样,觉得周围遍布死亡。

只有求助于吉斯孔了,蛮族士兵也同意由他出面调停。一天早上,他们看见港口铁链放了下来,三条平底船通过泰尼亚运河驶入湖面。

只见第一条船的船头上站着吉斯孔。他身后矗立着一只比灵柩台还高的大箱子,箱子上安着大铁环,看上去像一些悬挂在上面的王冠。随后出现的是一队翻译,梳着斯芬克司像①一样的发式,胸脯上刺着鹦鹉。再后面是他的朋友和家奴,摩肩接踵,一律不带武器。这三条满得快要沉下去的长船在遥望着他们的士兵们的欢呼声中驶来。

吉斯孔一下船,士兵们就迎着他跑去。他命人用口袋垒起一座讲坛,并且宣布他在没有全部发还他们军饷之前绝不离开。

一阵热烈的掌声使他许久无法开始讲话。

然后他谴责了共和国所犯的过错和蛮族士兵所犯的过错,责任在于几个捣乱分子,他们的暴行使迦太基受了惊吓。而迦太基派他来他们兵营,便是它的善意的最好证明,因为他是汉诺的死对头。他们切不可以为迦太基人会愚蠢到不惜惹怒他们这些勇士或者忘恩负义到否认他们的功绩的地步。然后吉斯孔便着手发放军饷,先由利比亚人开始。由于士兵们声称原先的清单做了手脚,他就没有使用那些清单。

士兵们按民族列队在他面前依次走过,伸出手指表示服役年数,有人一一在他们左臂用绿漆做上记号。文书们有的在敞开的

---

① 斯芬克司像,古埃及的狮身人面像。

大箱子里取钱,有的用锥子在一块铅板上凿窟窿。

有个士兵像牛一样笨拙地走过来。

"到我这儿来。"执政官疑心其中有诈,对他说。"你当了几年兵?"

"十二年。"那利比亚人说。

吉斯孔用手指摸摸他的下巴,因为头盔的护颊久而久之会在那里磨出两块老茧来,大家管这个叫作豆荚,而"长了豆荚儿"的意思就是说那是个老兵。

"你这个贼!"执政官叫道,"你脸上没有老茧,肩膀上也该有!"

他撕开那人的衣服,看到他背上布满带血的疮痂,那是个伊博-扎里特①的农民。于是骂声四起,那人被砍了头。

一到夜里,史本迪于斯就去叫醒利比亚人,对他们说:

"等到利古里亚人、希腊人、巴莱阿人和意大利人都领完饷,他们可就都要回自己老家去了。你们却留在非洲,分散到各部落,孤立无援!共和国到那时候还不收拾你们?你们别想出门!你们当真相信他的那些鬼话?两个执政官是一搭一档!这个执政官在骗你们!你们想想白骨岛②和被他们用破船打发回斯巴达去的桑蒂普吧!"

"我们该怎么办?"他们问。

"你们考虑考虑吧!"史本迪于斯说。

随后两天是给马格达拉③人、莱普蒂斯④人、百门城人发饷。

---

① 伊博-扎里特,邻近迦太基的一个城邦,在现在的比塞特一带。
② 白骨岛,指西西里岛。公元前二一二年夏天,岛上瘟疫流行,二万五千名步兵和九千名骑兵在几周内丧生。
③ 马格达拉,可能指红海沿岸的一个埃及城市。
④ 莱普蒂斯,非洲海岸有两个城市拥有这个名字,一个在努米底亚,一个在克兰尼。

史本迪于斯又到高卢人中间散布流言：

"利比亚人发完饷就轮到希腊人，然后是巴利阿里人、亚细亚人和所有其他的人。可是你们人少势孤，人家什么也不会给你们！你们再也见不到自己的家园了！他们不会给你们船只！他们会把你们宰掉，省得耗费粮食。"

高卢人便都去找执政官。欧塔里特，就是那个在哈米尔卡尔的花园里被吉斯孔打晕过的高卢人，对吉斯孔提出了质问。奴隶们把他推到了一边，但他发誓定报此仇。

要求和申诉越来越多。那些最固执的人一直闯进执政官的帐篷。他们抓住他的手，叫他摸摸他们掉光牙齿的嘴，他们枯瘦的手臂，他们的伤疤，想以此打动他的恻隐之心。尚未领到军饷的人焦躁起来，领到军饷的人又要求给他们的战马发饷。流浪汉和被放逐的人都拿着士兵的武器要求领饷，硬说自己被遗漏了。每分钟都有成群结队的人旋风似的赶来。帐篷咯咯作响，一个个地倒塌了。拥挤在兵营壁垒之间的人群喧嚷着，攒聚着，由寨口一直拥到营盘中央。当吵闹声实在太大的时候，吉斯孔就将一只胳膊肘挂着他的象牙权杖，手指插在胡须里，纹丝不动地凝望着大海。

马托常走开去和史本迪于斯商量几句，然后又回来站在执政官对面，吉斯孔始终感觉到他那双眼睛像两支燃烧着的火标枪似的向他射来。有好几次他们隔着人群互相咒骂，可是谁也听不见谁骂的什么。发放军饷的工作仍在继续进行，吉斯孔对出现的任何难题都自有应付的办法。

希腊人想借币制的不同来找岔子，他却解释得那么详细明了，使他们全都哑口无言地走开了。黑人要求给他们那种在非洲内陆做买卖通用的白贝壳。他就提议他们派人到迦太基去取，于是他们也和别人一样接受了银元。

有人曾对巴利阿里人许诺过更好的东西，那就是女人。执政官答复道，有整整一个商队的姑娘正待运来分给他们，但因为路远,还要等六个月才能运到。等她们养肥了,用安息香好好抹过,就用船送到巴利阿里的港口去。

突然,如今已养得又漂亮又壮健的查尔萨斯,像耍杂技的江湖艺人一样跳上朋友的肩头,指着迦太基日神庙的庙门喊道:

"你给那些死人也留了几个姑娘吗?"

在夕阳的余晖里,从上到下钉着铜片的庙门熠熠生辉,蛮族士兵都觉得看见门上留着一片血痕。每当吉斯孔想要说话,他们就叫喊起来。最后,他庄重地走下讲坛,把自己关在帐篷里。

第二天日出时分,他走出帐篷,睡在帐篷外面的翻译全都不动弹了:他们仰面僵卧,瞪着眼珠,舌头吐到牙齿外边,脸色青紫,鼻孔里流出一种白色黏液,四肢僵直,仿佛是夜间的寒气把他们冻僵了。每个人的脖子都勒着一根灯心草的绞索。

这以后叛乱就无法制止了。查尔萨斯所提醒的那起屠杀巴利阿里人事件,证明史本迪于斯散布的疑惧情绪不无道理。他们想象共和国始终在设法哄骗他们。这场骗局该收场了!再也不需要什么翻译!查尔萨斯头上扎着投石器的皮带,唱起了战歌。欧塔里特挥舞着他那柄巨大的宝剑。史本迪于斯对这个人耳语几句,给那个人一把匕首。最强横的人企图自己取得欠饷,火气最小的人则要求继续分发下去。现在大家都随身不离武器了,人人都把怒气集中到吉斯孔身上,大叫大嚷,发泄怨恨。

有些人爬上讲坛,站到他身边。只要他们是在肆意谩骂,大家就耐着性子听他们讲话;如果他们有片言只语为吉斯孔开脱,就马上会挨一石子,或是被后面飞来一刀,砍下脑袋。鲜血把这个用口袋垒起来的讲坛染得比供奉牺牲的祭坛还要红。

他们在吃过饭后,因喝了酒而变得更加可怕。在布匿军队里,喝酒是被禁止的,违者处死。他们却朝着迦太基的方向举起酒杯,嘲笑它的这种纪律。然后他们又回到管钱的奴隶那里,又开始杀人。"杀"这个字在各族语言中说法各异,人人却都一听就懂。

吉斯孔清楚地知道祖国已经抛弃了他。但是,尽管他的祖国无情无义,他却不愿意让祖国蒙辱。蛮族士兵提醒他,迦太基曾答应为他们提供船只,他就凭着摩洛神的名义起誓,要亲自筹款为他们买船,并扯下他的蓝宝石项链丢进人群,作为起誓的信物。

非洲人又根据元老院的许诺,要求给他们小麦。吉斯孔展开西西特会用紫色颜料记在羊皮上的账目,逐月逐日地宣读迦太基所有的进货。

突然,他瞪着眼睛停了下来,仿佛在这些数字之间看到了自己的死刑判决书。

的确,元老们暗中捣鬼,缩小了数字,以致在战争最艰难的时期卖出的麦子,价格却低得除非瞎了眼才会相信。

"念呀!"他们叫了起来,"大声点儿!哼!他这是想弄虚作假!这个孬种!别上他的当!"

他迟疑了一会儿,终于还是接着把这件苦差事干了下去。

士兵们没想到西西特会的账目做了手脚,全都信以为真。他们听到迦太基在战争期间那么富庶,不由得又嫉妒又愤恨。他们砸开埃及无花果木的大箱子,箱子已经空了四分之三。他们原先看到从箱子取出那么多钱来,还以为它是取之不尽的呢!他们爬上用口袋垒起的讲坛,领头的就是马托。由于他们一再叫道:"饷银!饷银!"吉斯孔最后便答道:

"问你们的将军要去吧!"

他面对面地瞪着他们,再也不说话了,眼睛又大又黄,那张长脸比他的胡子还要苍白。一支箭射中他的耳朵,直至箭尾的羽翎,才在他那极大的金耳环里停住,一缕鲜血从他的金冠下面流到肩膀上。

马托一挥手,大家一拥而上。吉斯孔摊开双臂,史本迪于斯用一根打着活结的绳子套住他的手腕,另一个人把他打翻在地,于是他消失在讲坛上滚作一团的乱兵之中。

他们又去洗劫他的帐篷,只找到一些日常生活用品。他们又仔细搜索一番,发现了三张月神像,和一块从月亮上掉下来的黑石头,包在一张猴皮里面。许多迦太基人自愿随他前来,他们都是主战派的重要人物。

大家把他们拖到帐篷外面,推进垃圾坑里,用铁链拴住腰部,锁在结实的木桩上,用枪尖递给他们食物。

欧塔里特看管他们,骂得他们狗血喷头,但他们却听不懂他的高卢话,所以并不回嘴。那个高卢人便不时朝他们脸上扔块石头,让他们痛叫一声。

从第二天起士兵们的情绪就都消沉起来。他们的怒气一旦发泄,心情便开始不安。马托被一种无名的忧郁所折磨,他似乎觉得自己间接地冒犯了萨朗波。那些富豪就像是与她血肉相连的。晚上他坐在垃圾坑边,从他们的呻吟里发现了某种东西,与那个萦绕在他心中的嗓音颇有相似之处。

这时大家都责怪起利比亚人来,因为只有他们领到了饷银。不过随着民族间的反感和个人之间的私怨的重新复苏,大家都意识到如果任其发展,将会给自己招致灭顶之灾。对迦太基使节的谋害行为必将引来可怕的报复,因此必须防备迦太基兴师问罪。公开演说和秘密会议开个不停,人人都在发言,谁也不听谁的,平时多嘴多舌的史本迪于斯这时却对所有的建议一概摇头不语。

有天晚上,他漫不经心地问马托,城里有没有泉眼。

"一处也没有!"马托答道。

第二天,史本迪于斯把他拉到了湖边。

"主子!"昔日的奴隶说,"你要是有胆量,我可以带你进迦太基城。"

"怎样进去呢?"马托呼吸急促起来,问道。

"你先发誓执行我的一切命令,而且像影子一样跟着我走。"

于是马托举起手臂,朝着沙巴尔星①喊道:

"我以月神的名义起誓,一定照办。"

史本迪于斯又说:

"明天太阳下山以后,你到引水槽的第九个和第十个桥洞之间等我。带上一把铁镐,一顶没有羽饰的头盔,和一双皮襻鞋。"

他所说的那个引水槽斜贯整个海峡——那是个浩大的工程,后来罗马人又将它加以扩建。迦太基人虽然轻视其他民族,却从他们那里笨拙地借用了这项新的发明,正如罗马人也模仿迦太基的战舰一样。五行又粗又矮的桥拱,层层重叠上去,底部以扶垛加固,顶层上面饰以狮子头像,一直通到卫城山的西坡,再由那里钻进迦太基城的地下,把像条河似的水流注入梅加拉的那些蓄水池中。

到了约定的时间,史本迪于斯在那里找到了马托。他在一根绳子末端拴上一只鱼镖似的铁钩,然后把它像使唤投石器一样抡起来,让铁钩挂上第一层桥拱,于是他俩一先一后开始缘墙而上。

可是等他们攀上第二层桥拱,一次次把铁钩抛上去时,却每次都掉了下来。他们只好沿着檐口去找个裂缝。每攀上一层桥拱,檐口就更窄一点,绳子也越抻越长,好几回都险些断掉。

最后,他们爬上了最高一层桥拱的平台。史本迪于斯不时弯下腰去用手试一试铺在上面的石板。

"就这儿,"他说,"动手吧!"

于是他们用马托带来的一支长矛使劲撬开了一块石板。

这时他们望见远处有一支人马,骑着不戴鞍辔的战马飞驰。他们的金手镯在斗篷宽大的衣褶间跳动着。可以看见为首的那人,头上佩着鸵鸟毛,双手各执一支标枪,驰骋如飞。

"纳哈伐斯!"马托叫了起来。

---

① 沙巴尔星,即金星。

"管他呢!"史本迪于斯说。他纵身跳进刚才他们掀开石板露出来的窟窿里去。

马托依照他的命令试图推开里面的一块石头,但是地方太窄,他的胳膊施展不开。

"我们回来再说!"史本迪于斯说,"你到我前面去。"

于是他们就在水槽里冒险前进。

水一直没到他们腹部。不一会儿他们就走不稳了,只得泗水前进。他们的手脚经常蹭到过于狭窄的水槽的槽壁。水几乎就在头上的石板之下流着,他们的脸都给擦伤了。接着水流将他们向前冲去。一种比墓穴还要沉闷的空气压迫着他们的肺部,他们把头夹在双臂中间,膝盖互相并拢,尽力伸长身子,箭也似的在黑暗中穿过。他们透不过气来,嘶哑地喘着,差一点儿给憋死。突然,他们眼前一团漆黑,水流速度陡然湍急,他们掉了下去。

他们重新冒出水面,仰面躺了几分钟,舒畅地吸着空气。一道道很宽的墙壁分隔出许多水池,每道墙上都开有一排拱孔,一排后面又是一排。所有水池都储满了水,这一长串水池彼此相通,连成一片。圆屋顶上开有气窗,透进一道惨白的光线,在水面上洒落一些亮斑。周围一片黑暗,越近墙壁越是浓重,似乎使墙壁无限地扩展开去。稍有响动便会引起极大的回声。

史本迪于斯和马托又游了起来,他们穿越拱孔,一连游过几间水室。水室两旁平行排列着两行较小的水池。他们迷失了方向。转了一圈,又游了回来。最后,他们的脚跟下面碰到了坚实的东西,原来那是沿着蓄水池边上铺设长廊的石板。

于是他们小心翼翼地向前走去,边走边在蓄水池的墙壁上摸索着寻找出口。可是他们脚底一滑,又掉进深深的水池。他们只得又爬上来,而后又一次掉下去,弄得精疲力竭,四肢仿佛在游泳时溶化到了水里。他们合上了眼睛,奄奄一息。

史本迪于斯的手碰到了一个铁栅门上的铁棍。他们摇晃着铁栅门,门开了,他们走到一座石阶的梯级上。石阶上方有一扇铜门,门是关着的。他们用刀尖拨开从外面插上的门闩。突然,他们置身于户外纯净清新的空气的包围之中。

夜深人静,天空高旷异常。一丛丛树木探出一排排院墙之外。全城都已入睡。唯有前哨灯火闪烁,宛如寥落的星光。

史本迪于斯在地牢里待了三年,对城里的地区分布不太熟悉。照马托的推测,去哈米尔卡尔府应该向左拐,穿过马巴勒海峡。

"不行,"史本迪于斯说,"领我到月神庙去。"

马托想要分辩。

"别忘了你的誓言!"往日的奴隶举起手来指着灿烂的沙巴尔星对他说道。

于是马托默默地转身向卫城山走去。

他们沿着道旁的仙人掌篱笆匍匐前进。水从他们的四肢流到尘土里。他们湿淋淋的皮襻鞋没有发出丝毫声响。每前进一步,史本迪于斯就用他那双比火炬还要明亮的眼睛搜索一番周围的灌木丛。——他跟在马托后面,两只手按住胳膊上的两把匕首,匕首用皮环挂在腋下。

五 月 神

他们走出花园,被梅加拉城区的围墙挡住了去路。但他们在高大的围墙上寻到一处豁口,走了出去。

地势渐渐下降,形成一个极其宽广的山谷。这是一片开阔地带。

"听着。"史本迪于斯说,"首先,你什么也甭怕!……我会兑现我的诺言……"

他顿了一会儿,看上去像是在思索,在找寻恰当的字眼。——"你还记得那一回,在萨朗波的平台上,太阳出来的时候,我指给你看迦太基城吗?当时我们处于强有力的地位,但我的话你却一点也听不进去。"接着,他又用庄重的口吻说:"主人,在月神的祭坛上有一件从天而降的神秘的纱帔,披在女神像上。"

"我知道。"马托说。

史本迪于斯又说:

"那纱帔本身就是一件神物,因为它是女神的一部分。神祇就住在他们的偶像之中。迦太基之所以强大,就是因为它拥有这件纱帔。"说到这里,他凑到马托耳边说道:"我带你来城里就是为了夺走这件纱帔。"

马托吓得直往后退。

"走开!找别人去!我可不愿意帮你干这种无法无天的勾当!"

"可是月神与你为敌,"史本迪于斯说,"她迫害你,她的愤怒弄得你半死不活。你要报这个仇。她会服从你。你会成为几乎长生不老而且所向无敌的人。"

马托低下头去。史本迪于斯又说：

"我们会垮掉的,部队会不战自溃。我们既无处可逃,又孤立无援,也不可能得到饶恕!你手里掌握了神祇的力量,还怕什么神祇的惩罚!你难道情愿在战败之夜,躲在荆棘丛中悲惨地死去,或是在烈焰熊熊的火堆上、老百姓的凌辱下了结一生?主子,有朝一日你会在大祭司们的夹道欢迎下进入迦太基的,他们会亲吻你的皮襻鞋。那时你如果还是于心不安的话,就把纱帔送回庙里去好了。跟我来吧!拿纱帔去。"

马托被一种可怕的欲望咬啮着。倘能不渎犯神明,他倒是很想取走纱帔。他心想,也许无须把纱帔搞到手便可获得它的法力。他没有继续把问题想透,刚想到使他害怕的地方,就不再往下想了。

"走吧!"他说。于是他们不再讲话,并肩快步走去。

地势又渐渐上升,居民住宅越来越近。他们在夜色中走过狭窄的街巷,挂在门上的破破烂烂的草帘拍打着墙壁。一处广场上,几头骆驼在几堆割下的草面前反刍。然后,他们又穿过一条浓荫覆盖的长廊。一群狗吠叫起来。他们眼前豁然开朗。他们认出那是卫城山的西坡。在比尔萨山脚下有一片黑魆魆的、长长的黑影,那就是月神庙——由一系列殿宇、花园、前院、后院组成,四周环绕着一道石砌矮墙的建筑物。史本迪于斯和马托翻越过这道围墙。

这第一道围墙里种有一片梧桐树林,用以防御瘟疫和空气污染。几顶帐篷东一处西一处地错落分布,白天在里头出售脱毛膏、香料、衣服、月亮饼和白色大理石雕刻的、带有月神庙背景的月亮女神像。

他们什么也不用怕,因为在没有月亮的夜晚任何宗教仪式都停止举行。然而马托却放慢了脚步,在第二道围墙的三级乌木台阶前面站住了。

"走呀!"史本迪于斯说。

枝叶像青铜一般纹丝不动的石榴树、杏树、柏树和香桃木,有规律地相互交替。铺着蓝色卵石的小径在脚下沙沙作响。盛开的玫瑰形成一条绿色走廊从头至尾覆盖着小径。他们来到一个用栅栏关住的椭圆形洞口。被这种寂静弄得害怕起来的马托对史本迪于斯说:

"他们就是在这里把'甜水'和'苦水'掺到一起的。"

"这些我都见过,"那位昔日的奴隶说,"我是在叙利亚的马夫格城看到的。"

他们又登上六级白银台阶,来到第三道围墙里面。

一棵巨大的雪松盘踞中央,它最下面的那些枝丫全被善男信女挂满了布条、项圈,遮得一点儿也看不出来了。他们又走了几步,庙宇的正面便展现在他们面前。

一座方塔,塔顶的平台上饰有一个月牙,方塔两边各有一条长长的柱廊,柱廊的额枋架在粗短的柱子上。柱廊的拐角和方塔的四个角落立着贮满香料、香烟缭绕的巨瓶。柱头挂满石榴和药西瓜。墙上交替装饰着绶带饰、菱形图案和珠串图案。通往前厅的青铜楼梯面前,挡有一道银丝细工篱笆,围成一个巨大的半圆。

在门口的一座金碑和一座碧玉碑之间,立有一根圆锥形石头,马托打它旁边走过时吻了一下自己的右手。

第一进房间很高,房顶开有无数孔隙,仰头可以望见群星。墙壁四周堆着些柳条筐,里面盛满青少年初生的胡须和头发。在环形房间的当中,一个女人的身子从一件饰满乳房的罩子里露出来,她肥胖,有须,眼皮低垂,似乎在笑,两手交叉搭于硕大的肚子上,——那肚子已因众人亲吻而变得十分光滑了。

随后,他们又来到一条横廊里,呼吸到新鲜空气。那里有扇象牙门,一座窄小的祭坛靠在门上。除了教士,谁也不能继续往里走,庙宇不是公众聚会的场所,而是神祇居住的私宅。

"这件事办不成,"马托说,"你没想到这一点!我们还是回去吧!"

史本迪于斯却上下打量着那几面墙壁。

他要夺走纱帔并非由于他相信它的法力,他只相信神谕。但他坚信,迦太基人一旦发现纱帔落入敌手,士气定将大为低落。两人为找寻进殿的门径,又转到了殿后。

在一丛丛笃耨香树底下,可以看见一些形状各异的小型建筑。东一处西一处地竖立着一根根石雕阳具。高大的牡鹿安闲自在地到处游逛,它们分叉的蹄子踢着跌落在地面的松果。

他们在两条并排向前延伸的走廊之间往回走去。沿着长廊开有一个个小单间,雪松木的柱子上上下下全挂着些铃鼓和铙钹。有些女人在小单间外面铺上席子睡觉。她们身上抹着香膏,油腻腻的,发出一种香料和熄灭了的香炉的气味。她们浑身上下尽是文彩、项链、戒指、朱砂和锑粉,要不是她们的胸脯在一起一伏,真会把她们当作躺在地上的偶像了。喷水池四周长着些睡莲,里面有些游鱼,和萨朗波的鱼一样。尽头的庙墙边上盘着一架葡萄,玻璃制的枝蔓,碧玉雕的葡萄串。宝石的光芒在油漆廊柱之间、酣睡的女人脸上闪烁变幻。

马托被雪松木板壁折射回来的热浪闷得透不过气来。这些生殖的象征,这些香味、这些珠光宝气、这些嘘息,全都使他难以忍受。他在这种令人目眩神迷的神秘气氛中想起了萨朗波,她已与女神合二而一,他的爱慕因而变得更加强烈,就像深邃的水潭表面怒放的硕大无比的莲花。

史本迪于斯却在那里盘算着,若是过去,他卖掉这些女人能赚到多少钱。在走过她们身边时,他只迅速地一瞥,就估出了那些金项圈的分量。

神庙的这一边与那一边一样,都无法进去。于是他们又回到第一进房间的后面,史本迪于斯四下找寻着,像条白鼬似的东嗅西嗅,马托却匍匐在门前向月神祷告,请求她别让这种渎神的行为得逞。他企图用甜言蜜语使她心肠变软,就像在抚慰一个正在发火的人。

史本迪于斯发现象牙门上方有一条狭窄的空隙。

"站起来。"他对马托说。

他让马托背靠着墙站直身子,然后他一只脚登上马托合拢的双手,另一只脚随即登上他的脑袋,便够到了气窗的高度。他钻进气窗,不见了。而后马托觉得有一条打着活结的绳子落在他肩上,正是史本迪于斯进蓄水池以前缠在腰间的那根绳子。他抓住绳子,转眼就到了史本迪于斯身边,置身于一座黑影幢幢的大殿中。

这种擅入神殿的行为是绝无仅有的,防范措施的疏漏足以证明人们认为这类事情绝不可能发生。恐惧心理比墙壁更为有效地保卫着这个地方。马托每走一步路都觉得自己死到临头了。

在黑暗的深处有一点亮光摇曳不定,他们走了过去。那是一盏灯,火苗在一只贝壳里跳动着,贝壳搁在一尊戴着迦毗尔帽的神像的底座上。蓝色的长袍上缀有一些钻石的月轮,两根埋于石板底下的铁链将她的脚踝锁在地上。马托险些叫出声来。他喃喃地说:"啊!她在这儿!……她在这儿!……"史本迪于斯拿过灯来给自己照明。

"你真是个不敬神的人!"马托嘟哝着,却依旧跟着他走。

他们走进一个房间,里面除了一幅黑白画像什么也没有。那是另一个女人的画像,她的双腿高与墙齐,身躯占据了整个天花板。肚脐眼里垂下一根线,吊着一枚大蛋。脑袋画在另一面墙上,脑袋向下冲着地板,尖尖的指头一直触到铺在地上的石板。

他们掀开一条挂毯向前走去,但是一阵风刮过来,把灯吹灭了。

于是他们在错综复杂的殿阁厅堂里迷失了道路,胡乱走了起来。突然他们感到脚下踩到一种温暖柔滑煞是古怪的东西。火星迸溅、噼啪作响,他们竟是在火中穿行。史本迪于斯摸了摸地面,发现地上原来天衣无缝地铺了一层猞猁皮。这时,他们觉得有一根又湿、又冷、又黏的粗绳子从他们腿间滑过。墙上本凿有一些孔隙,透进来几缕惨白的光线。他们朝这若有若无的光亮走去,终于看清那是一条大黑蛇,蛇猛地向前一窜,就不见影踪了。

"快逃!"马托叫起来,"那就是她!我感觉到是她来了!"

"不是!"史本迪于斯说,"庙里什么也没有。"

这时,一道耀眼的光芒使他们不由得低下眼睛。而后,他们看见周围有无数鸟兽,枯瘦如柴,气喘吁吁,张牙舞爪,这个压着那个,那个压着这个,乱作一团。这种混乱显得神秘而令人恐惧。蛇长着脚;牛插着双翅;鱼长着人头,在吞食水果;鳄鱼嘴里鲜花怒放;大象翘起长鼻,像鹰隼一般高傲地在蓝天翱翔。它们残缺不全或多得异常的肢体吓人地极力张开。它们伸出舌头的模样就像是想让自己灵魂出窍。千形万状,无不具备,仿佛那孕育着各种胚芽的花蕾,在突然开放时炸了开来,将它们倾洒在这间大殿的墙上。

十二只像老虎一样的怪兽,托着十二只蓝色的水晶球,围着大殿排成一个圆圈。怪兽的眼珠像蜗牛眼睛一样凸在外面,扭着粗短的腰部朝大殿深处转过脸去。那里,在一辆象牙车上,辉耀着至高无上的、司掌万物繁殖的、最后问世的月亮女神拉贝特娜。

鳞片、羽毛、花卉、鸟雀,一直堆到她的腹部。一对银铙钹拍打着她的脸颊,那是她的耳环。一双大眼睛凝然不动地注视着你,额头嵌着一块明亮的宝石,象征着淫欲。宝石的光芒在门上的红铜镜子上反射回来,满室生辉。

马托走了一步,一块石板在他脚下陷了下去。这一下,水晶球旋转起来;怪兽发出吼叫;一种优美嘹亮的乐曲奏响了,仿佛是群星发出的和声;月神喧嚣奔腾的灵魂在倾泻、在流溢。她行将张开双臂站立起来,高与大殿相齐。忽然,怪兽们闭上了血盆大口,水晶球也都停止了转动。

继而一种阴森凄惨的声音在空中袅绕了一阵,最后才停了下来。

"纱帔在哪儿呢?"史本迪于斯说。

哪儿也看不到。它究竟在什么地方?要是它被教士们藏起来了怎么办?马托感到心里如刀绞一样难受,仿佛他的信仰受到了打击。

"打这儿走!"史本迪于斯对他耳语道。一种灵感指引着他。他把马托领到月神的象牙车后面,那里的墙上有一道宽约一肘的豁缝,把墙壁从上到下分为两截。

他们穿过豁缝走进一间正圆形小厅,小厅高得看上去就像是在一根圆柱的内部。正中有一块半球形的黑色巨石,样子像一面铃鼓,石上还点着火。后面竖着一根乌木圆锥体,上面安着一只脑袋、两条胳膊。

而再往后,那可真像是一片云霞,星星在上面闪耀,一些画像在褶缝深处隐现:有埃斯克姆大神,有卡比尔神,有刚才见到过的一些怪兽,有巴比伦人的神兽,还有一些他们不认识的奇兽。这片云霞像斗篷一样系于神像的领下,下摆挽起,在墙上铺展开来,衣角挂在墙上。湛蓝有如夜空,金黄有如曙色,红艳有如朝阳。千层万叠,晶莹透亮,灿若云霞,轻如蝉翼。这便是女神的霞帔,世人难以见到的神圣的天衣。

他们两人都脸色发白。

"拿下来!"马托终于说道。

史本迪于斯毫不犹豫地靠在神像身上解开纱帔,纱帔滑落到地上。马托一把抓住它,把头钻进领口,让纱帔罩住全身,然后摊开双臂,仔细欣赏这件天衣。

"我们走吧!"史本迪于斯说。

马托两眼直勾勾地盯住地板,喘着粗气。

突然,他叫了起来:

"我去她家怎么样?我再也不用怕她的美貌了吧?她能把我

398

怎样？我现在不是凡人了。我能穿越火焰,在海面行走如履平地。我迫不及待了！萨朗波！萨朗波！我是你的主人了！"

他声如雷鸣。史本迪于斯觉得他仿佛身躯高大起来,面容有若天神。

一阵脚步声越走越近,一扇门打开了,有人走了进来,那是一位祭司,戴着顶极高的帽子,眼睛睁得老大。他还没来得及动弹一下,史本迪于斯就扑了上去,将他紧紧抱住,两把匕首插进他的两胁。他的脑袋重重地摔在石板地上,发出一声巨响。

然后,他们像那具尸首一样,一动不动地僵立片刻,谛听外面的动静。在半开的门外只听见一片风声。

那扇门通向一条狭窄的甬道。史本迪于斯走进甬道,马托尾随着他,不一会儿就到了第三道围墙,那两条平行的柱廊之间,那里是祭司们的住处。

祭司的那些僧房后面应该有条走出神庙的近路。他们急急朝那后面走去。

史本迪于斯蹲在喷水池边,洗净沾满鲜血的双手。女人们仍在熟睡;碧玉葡萄闪闪发亮。他们继续往外走去。

可是树下有人跟着他们在跑,披着纱帔的马托几次觉得有人在下头轻轻扯着他的衣裾。原来那是一只大狒狒,月神庙里有许多狒狒自由生息繁衍。它使劲抓住纱帔,仿佛知道那是偷来之物。他们却不敢打它,怕它大叫大嚷起来。突然,它怒气全消,垂着两条长长的胳膊,摇摇摆摆地跟他们并排走着。后来,到了栅栏边,它只一跳,便纵身上了一棵棕榈树。

他们走出最后一道围墙以后,就朝着哈米尔卡尔府走去。史本迪于斯明白,想让马托改变主意是白费力气。

他们沿着鞣革近街、米顿巴尔广场、草市口、西纳桑十字街口走去。在一堵墙的拐角处,有个人看见那件熠熠生光的东西在黑暗中穿行,惊得往后一退。

399

"把天衣藏起来!"史本迪于斯说。

又有几个行人与他们交臂而过,却没有发现他们。

最后他们认出了梅加拉的房舍。

房舍后面,建于悬崖顶端的灯塔以其红色的光焰照亮夜空。宫殿及其层层叠叠的平台把长长的影子投到花园里,像一座庞大无比的金字塔。他们用匕首割下枣树篱笆的一些枝叶,钻进花园。

雇佣兵们盛宴时留下的痕迹依然随处可见。象圈捣毁了;沟渠干涸了;地牢的门敞开着。厨房和贮藏室周围空无人迹。这种沉寂使他们感到惊异,只有那些在绊索中挣扎躁动的大象粗哑的呼吸声和灯塔上燃烧的芦荟木的爆裂声时而打破这种沉寂。

马托却在翻来覆去地说道:

"她在哪里?我要见她!带我去吧!"

"这简直是发疯!"史本迪于斯说,"她会叫嚷起来,她的奴仆会闻声赶来,你再有力气也要送命的!"

就这样,他们走到那座饰有船艏的楼梯前面。马托抬起头来,觉得看见最高那层有种朦胧、柔和、明亮的光辉。史本迪于斯想阻止他,他却早已冲上梯级。

一旦置身于他曾见到过她的地方,这其间流逝的时日所造成的距离就从他的记忆中消失了。刚才她还在席间歌唱,后来她不见了,那以后他就在不停地上这楼梯。他头上的天空火光熊熊;大海占据整个天际;他每登上一级阶梯,周围就愈益显得辽阔无垠。他继续向上飞跑,像在梦里一样感到自己出奇地轻松敏捷。

纱帔蹭着石级发出窸窣的声响,使他想起自己刚刚得到的法力。可是他所望过奢,反而不知道现在该怎么办,而由于不知道该怎么办,他不免有点畏缩。

他不时把脸贴在门窗紧闭的房间的方形窗洞上,似乎看见在好几个房间里都有人在睡觉。

最高那层的建筑比其他各层窄些,像一枚骰子搁在平台上面。

马托绕着它慢慢地找了一圈。

一种乳白色的光线照着嵌于墙上小孔的滑石片,这些滑石片排列十分对称,在黑暗中看上去宛如一行行精美的珍珠。他认出了那扇画着黑十字的朱红大门,心跳骤然加速。他恨不得马上逃走,用手推了下门,门却开了。

一盏战船形状的银灯挂在房间深处,三缕灯光从银制的船体下方逸出,在高高的护壁板上颤动,护壁板漆成红色,间以黑色条纹。天花板用小梁互相叠架而成,漆以金粉,在木头的结疤处均嵌有紫晶或黄玉。在房间的两堵较长的墙壁间,架设着一张极长极低的床,用白色皮带绷制而成。形如贝壳的拱架张在床上,嵌于壁间,一件衣裳挂了下来,直拖到地上。

一个椭圆形水池,四周环绕着一级白玛瑙台阶。一双小巧玲珑的蛇皮拖鞋和一只大理石长颈壶搁在台阶边上。拖鞋旁边可以看到些潮湿的脚印。池中蒸发出美妙的香气。

马托在嵌有黄金、螺钿、玻璃的石板地上蹑手蹑脚地走着,尽管地面光洁如镜,他却感到似乎在沙地行走,两只脚都陷了进去。

他看见银灯后面有一个蔚蓝色大方块,用四根绳索吊在空中,于是他弯着腰,张着嘴,朝那里走去。

以黑珊瑚枝为柄的红鹳翅膀,随便丢在猩红靠枕、玳瑁马刷、雪松木匣、象牙抹刀中间。羚羊角上穿着一些戒指、手镯;陶土瓶罐搁在墙壁缝隙的苇编架子上通风晾凉。他几次碰痛了脚,因为地面分为高度不同的几个平面,把房间分成了一连串的套间。房间尽头,银栏杆内,铺着一条绘有散花的地毯。最后,他到了那张吊床前面,一张上床用的乌木梯凳旁边。

但灯光只照到床边,——暗影就像巨大的帷幕,将床遮住,只露出红色床褥的一角和侧搁在脚踝上的一只娇小赤裸的脚的脚尖。于是马托把灯轻轻拉了过来。

她一只手枕着脸,另一只胳膊摊开,正在熟睡。她的一头鬈发撒了一床,那么多,那么密,使她看上去就像躺在一床黑色羽毛褥子上。她那宽大的白色内衣,随着她身子的屈伸,弯成一些柔软的褶痕,直至脚跟。眼睑微睁的眼睛隐约可见。笔直垂下的床幔在她周围造成一种近乎蓝色的氛围。她呼吸的起落传导到吊床的绳索上,使她仿佛在空中摆动。一只大蚊子嗡嗡叫着。

马托手里擎着银灯,一动不动地站着。可是蚊帐一下子着了火,烧掉了,萨朗波也惊醒过来。

火自己就灭了。她没有说话。灯光在护壁板上映出一些巨大的、闪亮的波纹。

"那是什么?"她问。

他说:

"是女神的纱帔!"

"女神的纱帔!"萨朗波叫起来。她双手支起上身,战栗着向外探出身来。他又说:

"我为了你而深入神殿寻找天衣!看吧!"那天衣在灯光下更是宝光四射。

"你记得吗?"马托说,"那天夜里你在我梦中现身,可是我没有猜出你眼睛里那无声的命令!"她伸出一只脚踩在乌木梯凳上。"我如果猜出来,早就跑来了,我会丢下部队,而绝不会离开迦太基城。为了遵从你的命令,我敢从阿德吕梅特①的岩洞走下阴曹地府……饶恕我吧!那些日子里像是有几座大山压得我透不过气,然而又像是有什么东西在拖着我,我一直在设法来到你身边!没有天神相助,我怎敢这样!……我们走吧!你必须跟我走!你如果不愿意走,我就留下来。我无所谓……让我的灵魂沉浸于你的气息中,让我尽情地亲吻你的双手!"

---

① 阿德吕梅特,非洲沿海城市,位于迦太基与莱普蒂斯之间,即今突尼斯的苏萨市。

"让我看看!"她说,"近点!再近点!"

晨光熹微,墙上的那些滑石片染上了红葡萄酒一样的颜色。萨朗波无力地倚到床上的靠枕上去。

"我爱你!"马托叫道。

她喃喃地说:"把它给我!"于是他们互相靠拢了。

她一直走上前去,身上穿的白色长袍在地上拖曳着,一双大眼睛简直无法离开那件纱帔。马托端详着她,被她光彩照人的美貌弄得目眩神迷。他把天衣递过去,想把她搂在怀里。她分开他的双臂。突然,她停住了,他们呆呆地互相凝视。

她虽然没有明白他乞求的是什么,却被突如其来的恐惧抓住了。她那纤细的眉毛扬了起来,嘴唇张开,浑身颤抖。后来,她敲起挂在红色床褥角上的一只青铜衣钩,叫嚷起来:

"救命!救命!滚开,亵渎神明的下流东西!该诅咒的坏蛋!来救我呀,达娜克、克鲁姆、爱娃、米西普莎、萨乌勒!"

史本迪于斯惊惶失色,在墙缝里的陶土瓶罐之间露出脸来,朝他叫道:

"快跑吧!他们来了!"

一大片乱哄哄的人声传了上来,楼梯震响,涌进一大帮人来。女人、仆人、奴隶,手执长矛、棍棒、大刀、匕首,冲进屋子。他们看见里面有个男人,都气得目瞪口呆。女仆们发出送殡一样的哀号;黑皮肤的净身祭司也面无人色。

马托站在银栏杆后,身上裹着纱帔,俨如一尊星君,立于苍穹的包围之中。奴隶们正要朝他扑去,萨朗波止住了他们:

"别碰他!那是女神的纱帔!"

她刚才躲到了一个角落里,这时又朝着他走了一步,伸出一只裸露的胳膊指着他说:

"你偷盗月神必受神谴!仇恨、报复、屠杀、痛苦,将伴随你的命运!愿战神居尔齐勒将你碎尸万段!愿冥王马蒂斯芒将你掐

403

死!愿另一位不可指名道姓的大神①将你活活烧死!"

马托像被利剑刺伤一样大喊一声。她一再叫道:"滚出去!滚出去!"

奴仆们闪出一条路来,马托低下头,慢慢地从他们中间走过。到了门口他又站住了,因为天衣的流苏被石板地上嵌着的一颗金星挂住了。他肩膀一挣,把它猛地扯出来,便走下楼梯。

史本迪于斯从一层平台蹦到下面一层平台,跃过篱笆、沟渠,已经逃出花园。他跑到灯塔脚下。这一段城墙久已废弛倾颓,因为无人能从悬崖下面攀登上来。他一直跑到悬崖边上,背靠峭壁,两脚朝前,一直滑到崖脚。然后他游到了坟场岬,沿着盐潟湖绕了大弯,晚上才回到蛮族人的兵营。

太阳升起来了,马托像雄狮下山一样沿着街道向下走去,以可怕的目光扫视左右。

他的耳际传来一片模糊不清的喧声。喧声来自哈米尔卡尔府;而后,在远处,卫城那边,也是一片喧声。有些人说,摩洛神庙里的国宝被盗;另一些人说,有位祭司被人谋杀。大家都没想到是蛮族人进了城。

马托不知道如何走出那一道道城墙,只好信步向前走去。有人一眼看到了他,顿时喊声大作。大家都明白了,大惊失色,继而怒火无边无际地蔓延开来。

从马巴勒的尽头,从卫城的顶巅,从地下坟场,从湖边,人潮滚滚而来。贵族走出他们的宅邸;店员走出他们的店铺;女人丢下她们的孩子。大家手执利剑、斧头、棍棒。然而,曾经阻挡萨朗波的障碍也使他们停下了脚步。怎样夺回纱帔呢?连看它一眼都是犯罪:它具有神性,碰它一下就会死掉。

祭司们站在神庙的列柱廊上绝望地绞着手。神圣军团的近卫

---

① 不可指名道姓的大神,指摩洛神。

兵们没头苍蝇似的纵马来回奔驰。人们爬上屋顶,走上晒台,骑在巨型雕像的肩上或船桅上。他却仍在向前走去,每前进一步,就引起人们更大的愤怒,同时也引起更大的恐惧。所至街巷,人们都逃遁一空,人流退到城墙两侧,拥上城头。他只见到处是圆睁的怒目,仿佛要吞吃掉他;人人咬牙切齿,挥舞拳头;萨朗波的咒骂声也扩大了千万倍在他耳际回响。

冷不防一支长箭飕的一声射了过来,接着又是一支,投石也呼呼响着飞来,可是因为害怕射中天衣都射偏了,从他头上飞了过去。他把纱帔当作盾牌,时而向右,时而向左,时而向前,时而向后地遮住自己,更是使他们无计可施。他越走越快,沿着没有堵死的街巷走去。街上拦着绳索、四轮运货车,并设有陷阱,每次拐弯都不得不退回来。最后他走进了日神广场,巴利阿里人就是在此地丧生的。马托停下脚步,脸色唰地变白了,像快要死去的人一样。这下他可真要完了,人群鼓起掌来。

他跑到紧紧关闭的大门前面。城门很高,一色的橡木心子,包上一层青铜,布满铁钉。马托撞着城门。那一帮百姓见他怒气冲冲而又毫无办法的模样,全都高兴得踩起脚来。于是他脱下一只攀鞋,往上吐口唾沫,用它敲打纹丝不动的门板。全城居民呐喊起来。大家都忘了那件纱帔,准备干掉他了。马托睁大眼睛,茫然地环顾人群。他的太阳穴跳得他头晕目眩,仿佛有一种醉汉般的木然的感觉。忽然他一眼瞥见用以启动城门摇杆的那根长长的铁链。他一跳就坠在铁链上面,绷着胳膊,双脚使劲抵住城门。巨大的城门终于打开一道缝来。

他走出城门以后,就把又长又大的天衣从脖子上解下来,尽力高举在头上。纱帔在海风中飘拂,它那缤纷的色彩、宝石和诸神的画像,在阳光下闪闪发亮。马托就这样举着纱帔,穿过整个平原,直至蛮兵的营帐。而迦太基人则在城头上眼睁睁地看着迦太基的镇国之宝就这样地落入了敌手。

405

六 汉 诺

"我当时把她抢走就好了!"那天晚上,他对史本迪于斯说,"我应该抓住她,把她拉出屋子,谁也不敢把我怎么样!"

史本迪于斯没理会他。他舒舒服服地仰面躺在一只盛满蜜水的大双耳瓮旁边歇息,不时把脑袋伸进去痛饮一气。

马托又说:

"怎么办?……怎样再到迦太基城里去?"

"我不知道。"史本迪于斯说。

这种无动于衷的神情使马托光火起来,叫道:

"哼!这全都怪你!你拉我去,然后又丢下我不管,你这个胆小鬼!我为什么要听你摆布?你以为你是我的主人吗?啊?你这个妓女贩子!奴才!奴才的儿子!"他咬牙切齿,举起巨大手掌要打史本迪于斯。

那希腊人并不分辩。一盏陶制高脚灯台搁在帐篷的支柱跟前,发出柔和的光辉,支柱上挂着全副甲胄,那件天衣就在甲胄间熠熠生辉。

突然,马托穿上厚底靴,扣上缀有青铜片的护身甲,戴上头盔。

"你去哪里?"史本迪于斯问。

"去她那里!别管我!我要把她带回来!他们要是敢出来,我就把他们像蝮蛇一样踩得稀烂!我会要她的命,史本迪于斯!"他翻来覆去地说:"是的!我会宰了她!你瞧着吧,我会宰了她!"

史本迪于斯却听着外面的动静,他猛地摘下纱帔,扔在一个角落,盖上几张羊皮。外面传来悄悄的说话声,几支火把明晃晃的,纳哈伐斯走了进来,后面跟随着大约二十人。

他们披着白色羊毛大氅,挂着长匕首,戴着皮护颈,木质耳坠,穿着鬣狗皮皮鞋,留在帐篷门口,手里拄着标枪,活像一些正在休息的牧人。纳哈伐斯在这些人当中是最漂亮的:缀有珍珠的皮带紧紧缠着细长的胳臂,一只金箍将他那又宽又大的披风箍在头上,金箍里插上一支鸵鸟翎毛,向后垂至肩头。他不住地露齿微笑,眼睛像箭镞一样锐利,浑身上下透出一股殷勤又轻浮的神气。

他宣称他是来同雇佣兵结盟的,因为迦太基共和国长期以来一直是对他的王国的一种威胁。因此他支持蛮族人对自身有利,而对于蛮族人来说他也是很有用处的。

"我可以给你们提供战象(我的森林里住满大象)、酒、食油、大麦、椰枣、攻城用的沥青和硫黄,还有两万名步兵和一万匹战马。我找你来谈这件事,马托,是因为你拥有天衣,成了全军的头号人物。"他又添了一句:"况且我们是老朋友了。"

马托却在看史本迪于斯的表情。史本迪于斯坐在那几张羊皮上听他们说话,并且微微点头表示赞同。纳哈伐斯继续说着,他请众神做证,他诅咒迦太基,一边咒骂一边折断一根标枪。他手下的人齐声发出一阵呐喊,马托被这种气氛感染,激动起来,叫道他同意和纳哈伐斯联盟。

于是他们牵来一头白色公牛和一只黑色母羊,分别象征白天和黑夜,在一个坑边把它们宰了。等坑里注满血,他们就把胳膊插进去。然后纳哈伐斯张开手掌印在马托胸口,马托也把手掌印在纳哈伐斯胸口。他们又把血手印按在帐篷上。然后就整夜吃喝,把吃剩的肉、皮、角、骨、蹄,统统烧掉。

马托带着女神的纱帔回来时,受到了全营将士的欢呼迎接,连那些不信奉迦南宗教的人也在这种模糊的热情冲动中感到似乎有位神祇自天而降。至于把天衣据为己有,谁也不曾有过这种念头。马托得到天衣的神秘方式就足以使蛮族人在心目中认定他是天衣的合法所有者了。非洲各族士兵都是这么想的。而其他人对迦太基并无年深月久的宿怨,所以仍然举棋不定。如果迦太基真把船只给了他们,他们早就扬帆出海了。

史本迪于斯、纳哈伐斯和马托派人到布匿境内的所有部落进行游说。

迦太基搞得那些部落民不聊生。它一味横征暴敛,稍有延误或者怨言,便动辄惩以铁镣、斧钺、十字架等酷刑。他们必须种植共和国所需的庄稼,提供共和国所要的物资;任何人都无权拥有武器;如果有些村庄敢于反抗,就把村民卖为奴隶;总督被当作压榨机,榨取的数量越大就越能干;在直接隶属于迦太基的地区后面,是仅须缴纳少量贡物的盟邦;在盟邦后面,是些行踪不定的游牧部族,迦太基有时可以让这些游牧部族去袭扰某个盟邦。依靠这么一种机制,迦太基总是连年丰收,人畜兴旺,五谷丰登。九十二年之后,派驻迦太基的、精通农业和奴隶事务的老卡顿①对此惊讶不止。他在罗马一再叫嚷必须灭亡迦太基,无非是出于贪婪和嫉妒。

在这次布匿战争中,这种横征暴敛更是变本加厉,结果使得几乎所有的利比亚城市全都归顺罗马将领雷古卢斯②。为了惩罚他们,迦太基要他们交出一千塔兰,两万头牛,三百袋金沙,大量粮种;部族头领被钉上十字架或者喂了狮子。

突尼斯更是痛恨迦太基!它比宗主国迦太基的历史更为悠久,无法容忍迦太基的繁荣昌盛。它面对迦太基的城墙,蹲在海边的淤泥之中,像一条毒蛇似的瞪眼瞧着迦太基。流放、屠杀、瘟疫都不能削弱它。它曾经支持阿加索克利斯的儿子阿尔沙加特。那些"吃不洁净食物的人"也立即从突尼斯获得了武器。

雇佣军的使节还未出发,各省早已一片欢腾。大家迫不及待,

---

① 卡顿,第二次布匿战争后罗马派驻迦太基的使节。
② 雷古卢斯,公元前三世纪的罗马将军和政治家,曾两度任执政官。

立即把富豪们的总管和国家的官吏扼死在澡堂里。人们从洞窟里取出从前藏匿起来的兵器,用铁犁铸造宝剑,儿童在门口磨利标枪,妇女献出项链、戒指、耳坠儿,一切有助于消灭迦太基的东西。人人都愿意为此出力。一捆捆标枪,像一捆捆玉米秸,在城镇里堆积如山。人们送来了牲畜和金钱。马托听从史本迪于斯出的主意,迅速付清了拖欠的军饷,于是被推举为全军的统帅、蛮族人的总头领。

与此同时,各路援兵纷至沓来。土著部族的人首先赶到,随后是乡间的奴隶。黑人的骆驼队被征用并武装起来,来迦太基的商人也混入蛮族人的阵营,以为这样做更能稳获赢利。大批人马不断拥来。从卫城高处可以看到蛮军的队伍日益扩大。

引水渠的平台上布满了神圣军团的岗哨。在他们身边,每隔一段距离,就矗立着一只青铜大缸,里面盛满沸滚的沥青。下面的平原上,黑压压的一大片人群在喧嚷骚动。他们心中无数,不知如何下手,蛮族人遇到城墙总是一筹莫展。

乌提卡和伊博-扎里特拒绝与蛮族人结盟。它们同迦太基一样,都是腓尼基人建立的国家,它们独立自主。每次迦太基共和国签订条约,它们总要迦太基写进将它们与迦太基加以区别的条款。不过它们尊敬这个比它们强大的兄弟国家,并得到它的保护。它们根本不信乌合之众的蛮族能够战胜迦太基,倒是蛮族人必将被它消灭。它们希望保持中立,过太平日子。

但是它们的地理位置却使它们无法置身局外。从位于海湾深处的乌提卡向迦太基输送外援是再方便不过的了。而如果乌提卡失守,与它相距六小时路程的伊博-扎里特也是个滨海城市,可以接替它的角色。这样,迦太基仍可得到补给,因而永远无法攻克。

史本迪于斯主张立即开始攻城。纳哈伐斯持反对意见,他认为必须首先扫清外围。久经征战的将领都同意这种看法,马托本人也持相同观点。于是他们决定派史本迪于斯进攻乌提卡,马托

409

进攻伊博-扎里特,欧塔里特率领第三支部队,与突尼斯互为犄角之势,据守迦太基平原。至于纳哈伐斯,他要返回自己的王国,去调集战象,以他的骑兵清扫道路。

妇女们大叫大嚷反对这个决定,她们对布匿贵妇的珠宝垂涎三尺。利比亚人也提出抗议,本来是叫他们来打迦太基的,现在却要到别处去了!结果几乎只有士兵们自己开拔。马托率领他的老部下和伊比利亚人、卢西塔尼亚人、西方人和海岛上的人,而那些说希腊话的人则要求跟史本迪于斯走,因为他足智多谋。

迦太基人见蛮族军队突然开走,大为惊愕。接着,军队在阿里安那山①山脚沿着通往乌提卡的道路朝海边逶迤行进。一队人马留在突尼斯,其余部分在视野中消失,又在海湾对岸的森林边上出现,随即又开进森林。

他们也许有八万人。那两座推罗人的城邦不会抵抗,他们不久便可回师迦太基。现在已有一支强大的部队占据海峡底部,开始分割迦太基,迦太基即将由于发生饥馑而沦亡,因为它没有各省的支援就无法生存,它的公民与罗马公民一样,是免交捐税的。迦太基缺乏政治才能。它关心的总是粮食问题,这使它既无宏图大略,也不知居安思危。它像艘碇泊在利比亚海滩上的战舰,全凭努力工作才得以维持下来。其他各国像大海狂涛,在它周围咆哮,稍有一点风暴就会动摇这架庞大无比的机器。

由于那场对罗马人的战争,也由于和蛮族士兵讨价还价反而浪费、损失了大量金钱,国库已告枯竭。现在却又必须招兵买马,大量用钱,然而没有一国政府信任迦太基共和国,托勒密②不久前刚刚拒绝给予它两千塔兰贷款。而且正如史本迪于斯所料,纱帔的被盗使迦太基人士气低落。

---

① 阿里安那山,迦太基向西约十二公里处一座山的古称。
② 托勒密,当时的埃及国王。

可是感到被人憎恨的人民却将它的钱财和神祇紧紧搂在胸前,它的爱国主义精神是由它的政府的结构方式本身所决定的。

首先,政权归全体公民所有,任何人都没有足够的势力将政权攫为己有。个人的债务被看作公众的债务,迦南族的人垄断了商业,他们只要善于巧取豪夺、重利盘剥,从土地、奴隶、穷人身上拼命榨取油水,就有变为富豪的可能。发财是升官的惟一途径,尽管最有权势和金钱的总是那几个家族,大家却容忍这种寡头政治,因为大家都有希望加入这种寡头政治。

商人们的社团草拟法律,遴选财政督察,财政督察任期满后可以提名元老院的一百名成员,元老院则隶属于国民大会,即全体富人的集会。至于两位执政官,也可算是国王的残余,但权力地位还不如罗马的执政官,他们在同一天由两个互无瓜葛的家族中选出。大家用种种怨仇来离间他们,让他们相互削弱。他们不能对宣战的决议说长道短,而如果他们打了败仗,国民大会却要把他们钉上十字架。

所以迦太基的权势来自西西特会,也就是说来自位于马勒加中心的一座大院,那里据说是第一艘腓尼基船只登陆的地点,打那以来,大海后退了许多。那是一座古色古香的建筑,由一大群小房间组成,棕榈树干为壁,墙角以石块砌就,一间间彼此隔绝,以便不同的团体单独使用。富人们终日聚集在那里,为自身利益和政府的利益争论不休,从收购胡椒到消灭罗马,无事不谈。每月三次他们叫人把床榻搬到沿院墙而筑的高高的露台上,从下面望上去,只见他们围坐于桌前,不穿靴子,不披斗篷,戴着钻戒的手在菜肴间来回晃动,巨大的耳环垂到了那些有盖的长颈瓶中间,——一个个脑满肠肥,半裸着身子,心情愉快,在无垠的碧空中吃喝嬉笑,活像一群大鲨鱼在海里游戏。

然而现在他们却无法掩饰心中的不安,他们的脸色过分苍白了。在门口等着他们的人群,一直跟着他们到了他们的府邸,想从他们那里打听到一点消息。就像瘟疫流行时期一样,家家户户大门紧闭,街头忽而人山人海,忽而空无一人。人们登上卫城,奔向港口。国民大会天天晚上讨论对策。最后,全体市民被召集到日神广场,大家决定让百门城的征服者汉诺统兵拒敌。

那是个虔诚的信徒,阴险狡诈,对非洲人毫不留情,是个真正的迦太基人。他的收入与巴尔卡家族相埒,而在行政事务方面则没人比他经验丰富。

他下令征召所有的健康公民入伍,城楼全都安上投石器,要求准备数目惊人的武器,甚至命令建造十四艘并无用处的战舰,而且要求把一切都记录在案,详细填写。他坐着轿子去军火库、去灯塔、去各座庙宇的宝库;人们总是看见他那台大轿晃晃悠悠地一级一级登上通往卫城的阶梯。夜间,由于他无法入睡,便在自己府邸用吓人的声音吼叫着操练的命令,作为自己指挥作战的准备。

大家都因过度恐惧而变得勇敢起来。富人们从鸡叫时分就开始沿着马巴勒海峡排列成队,披起长袍练习投掷梭镖。但由于缺乏指导,他们常常争论不休。他们气喘吁吁地坐在坟头,然后又重新开始练习。好几个人甚至给自己规定了饮食制度。有些人以为多吃才有力气,就暴饮暴食;另一些人身体肥胖行动不便,于是拼命节食减肥。

乌提卡已经多次向迦太基请求出兵增援。但汉诺不等到战争机器拧上最后一颗螺钉就不肯出发。他又拖延了三个月时间来装备城墙下象房里关着的一百一十二头战象。这些战象打败过雷古卢斯,人民十分珍爱它们,对于这些老朋友怎么优待也不为过。汉诺叫人重新铸造装饰它们胸部的青铜甲片,把象牙镀上金,扩大象背上的战塔,用最漂亮的绛红衣料裁制象衣,边缘还要缀上沉重的穗子。由于大家都把象夫叫作印度人(也许是因为最初的象夫来自印度),他命令所有的象夫一律按印度人样式打扮,头上整鬟角裹着白色包头,身穿一条牡蛎丝织成的短裤,短裤的横向皱褶,使

412

它看上去活像两片贝壳合在屁股上面。

欧塔里特的部队始终待在突尼斯前面,躲在湖泥垒成的土墙后面,土墙上插满带刺的灌木,黑人在墙头上东一处西一处地用大木棍支起各种各样可怕的头像,有用鸟毛做成的人脸,还有豺狗的脑袋或者蛇的脑袋,张着血盆大口吓唬敌人。蛮族人以为用这办法就能无往不胜,他们跳舞、角斗、耍杂技,深信迦太基不久便将灭亡。如果不是汉诺而是别人,一定会轻而易举地打垮这群带着大量牲口和妇女、行动不便的乌合之众。况且这些人对运兵布阵一窍不通,欧塔里特给他们弄得泄了气,再也不对他们提出任何要求。

他转动着蓝色的大眼睛走过他们身边,他们纷纷让开路来。到了湖边,他脱下海豹皮外套,解开束着他的红色长发的带子,把头发浸到水中。他很后悔没和埃里克斯的两千名高卢人一起投奔到罗马人方面去。

太阳常常在大白天突然变得暗淡无光。于是海湾和大海就像铅水一样凝然不动。一股垂直的褐色尘雾旋转着袭来,棕榈树被吹弯了腰,天空消失了,只听见被旋风刮起的石头打在牲畜屁股上的声音。那个高卢人把嘴唇贴在帐篷的洞眼上,由于精疲力竭、忧伤过度而喘着粗气。他想起秋天早晨牧场的清香,想起纷纷扬扬的雪片,想起大雾深处原牛们①的哞叫,闭上眼睛时他仿佛看见那些一长溜一长溜茅草为顶的屋子里的灯火,在沼泽地里和树林深处颤动。

另外一些人也在怀念祖国,尽管他们的国家没有那么遥远。的确,那些被劫持的迦太基人甚至可以看清海湾对岸,比尔萨山山坡上他们家院子里张着的顶篷。但在他们身边却有哨兵日夜不停地巡逻。他们全都给拴在一根铁链上,每人戴着一副铁枷。一群

---

① 原牛,牛的一种,现已绝种。

群人不知厌倦地来看他们,女人们指给小孩看他们穿着的华丽长袍,长袍已经被人撕破了,耷拉在他们饿得骨瘦如柴的身体上。

欧塔里特每次打量吉斯孔,就想起被他打过的事情而怒不可遏。如果不是对纳哈伐斯起过誓,他早就把吉斯孔杀了。于是他回到自己营帐,喝起一种大麦与茴香的混合饮料,直喝到烂醉如泥,然后到红日高照方才醒来,嘴里干渴难忍。

在此期间,马托正在攻打伊博-扎里特。

这座城市有一个与海相通的湖泊作为屏障,并有三道城墙,在俯视全城的制高点又有一道带有箭楼的城墙。他从来没有指挥过这样的战役。而对萨朗波的思念又始终缠绕着他,她的美貌使他魂牵梦萦、心醉神迷,而复仇的欢乐又使他无比自豪。他想见到她,这种需要尖锐、激烈而又持久。他甚至想自告奋勇当名谈判代表,指望进了迦太基城,便可以一直来到她身边。他常下令吹起进攻的号角,自己不等部队跟上便冲向敌方企图在海上修筑的防波堤。他用手去抠石头,用剑四处乱挖、乱砍、乱刺。蛮族士兵乱哄哄地冲上去,重压之下,云梯发出巨大的声响倒塌下来,一群群人纷纷落水,溅起血红的浪花拍打着城墙。最后,喧闹声平息下来,士兵们撤离城墙,准备再次发动攻击。

马托走到帐篷外面坐下,用胳膊擦拭脸上溅满的血污,然后朝迦太基转过脸,凝望天际。

在他面前,在橄榄树、棕榈树、香桃木和梧桐树的环抱之中,展现出两个宽阔的池塘,它们又与另一个一望无涯的大湖相连。在一座山峰后面又兀现其他山峰,而在那个横无际涯的大湖中央,则耸立着一座黑魆魆像金字塔一样的岛屿。左边,在海湾的尽头,一堆堆沙丘好似静止不动的金色大浪,而那像天青石铺路面一样平坦的大海则不知不觉地上升到了天边。葱翠的田野有时隐没在一长条一长条黄色的沙砾下面;角豆树的果实像珊瑚扣子一样闪闪发光;葡萄藤从埃及无花果树梢倒挂下来;水声潺潺,头上生着羽冠的云雀跳跳蹦蹦,太阳的余晖给从灯心草丛爬出来呼吸凉风的乌龟背壳上镀了一层金色。

马托大声叹息着,趴在地上,指甲抠进泥土哭泣着。他觉得自己太可怜、太虚弱,被人遗弃。他永远也不可能得到她,甚至连一座城池都攻不下来。

夜间,他独自在帐篷里凝视着那件天衣。这件神物对他有什么用处呢?在这个蛮族人的脑子里产生了怀疑。后来他反而觉得月亮女神的纱帔附属于萨朗波,她灵魂的一部分在其中游荡,比气息还缥缈。他摸着它,嗅着它,把脸埋在里面,一边吻它一边呜咽抽泣。他将它裹住肩膀,以便给自己造成错觉,以为自己在她身边。

有时候他会突然跑掉,在星光下跨过裹着斗篷熟睡的士兵,到兵营的寨口,跳上一匹马,两小时后便来到乌提卡史本迪于斯的帐篷里。

他先是谈些有关攻城的事情,但他来这里却只是为了谈萨朗波,以排遣心中的痛苦。史本迪于斯劝他明智一点:

"丢开这些使你萎靡不振的烦恼吧!过去你听人指挥,现在你指挥着一支大军,即使迦太基打不下来,他们至少也会割让给咱们几个省,咱们会成为国王!"

可是,他们夺来神衣怎么还不能取胜呢?史本迪于斯说,还要等些日子。

马托猜想这件纱帔只对迦南族的人才有法力,他那蛮族人的精明使他想道:"天衣看来不会为我做任何事情;但既然他们失去了它,它也不能为他们做任何事情。"

接着,又一种顾虑使他坐立不安,他害怕由于自己崇拜利比亚人的神祇阿普图克诺斯而得罪摩洛神,他怯生生地问史本迪于斯,该给这两位神祇中的哪一位献祭活人。

"你就献祭吧!"史本迪于斯笑着答道。

415

马托无法理解他这种无所谓的态度,还以为那希腊人另有一位神祇护佑而不愿告诉他。

在这些蛮族人的军队里,各种宗教如同各种民族,应有尽有,大家都尊重别人的神祇,因为那些神祇同样令人敬畏。许多人把异教的礼仪与自己原来的宗教混淆在一起。有人即使并不崇拜星辰,但只要某个星座是不祥的或者消灾解难的,也照样向它献祭。在危难之中偶然得到的不知来历的护身符,会变成一件神物;或者一个名字,仅仅是一个名字而毫无其他意义,由于大家一再重复而根本不设法弄懂它的含义,也会具有神力。但是许多人则由于到处抢掠庙宇,见过许多国家和对生灵的屠戮,结果变得只信命运和死亡,每天晚上都像猛兽一样安然入睡。史本迪于斯也许敢朝奥林匹斯圣山的朱庇特神像啐口水,但他却不敢在黑暗里高声说话,而且每天穿鞋总是先穿右脚,不敢有误。

他在乌提卡城前面建起一座长方形平台。可是,随着平台的升高,城墙也在升高;一方打开的缺口,几乎立即被另一方重新加高。史本迪于斯爱惜兵力,苦苦思索对策,竭力回忆当年在游历各地时听人讲过的各种策略。为什么纳哈伐斯老不回来?人人都感到焦虑不安。

汉诺已经准备完毕。在一个月黑风高的夜晚,他以木筏载着战象和士兵横渡迦太基湾。然后他们绕过温泉山,以免与欧塔里特接触,又继续前进。由于行动迟缓,他们未能如那位执政官所预期的,在清晨出其不意地向蛮军发起进攻,而是到了第三天太阳高照的时候,才到达乌提卡。

乌提卡东面有一片平原一直延伸到迦太基大潟湖,后面有一条峡谷垂直通向潟湖,两座低矮的山岭夹峙着峡谷,到湖边才突然中断。蛮族人在左边稍远的地方扎下营盘,以便封锁港口。那一天交战双方都打得厌倦了,正在休息,蛮兵们都在帐篷里睡大觉。

这时,在小山的拐角处,迦太基军队出现了。

装备着投石器的随军仆役分别列于军队两翼。神圣军团的近卫兵们身披黄金铠甲,骑着没有鬃毛、没有体毛、没有耳朵、额头正中戴着一只银角、装扮成犀牛模样的高头大马,构成第一梯队。在各骑兵队之间,有些戴着小头盔的青年,双手各摆动着一支白蜡木标枪。重步兵擎着长长的枪矛在他们后面行进。这些商人身上都尽量挂满武器:只见有些人同时带着一支梭镖、一柄战斧、一根狼牙棒、两柄长剑;另一些人身上插满投枪,弄得像豪猪一样,而胳膊也因为穿着牛角片或铁片做的铠甲而张了开来。最后出现的是攻城机械的高大框架:掷弹机、弩炮、投石器、射箭机等,装在由骡子和四头公牛拉的大车上,摇摇晃晃地前进。随着队形的展开,军官们气喘吁吁地左右奔跑,传达命令,让队伍相互衔接,又保持一定的间距。指挥官中的元老院成员头戴绛红头盔,头盔上华贵的帽缨与高勒厚底战靴的皮带纠缠不清。他们脸上抹着朱砂,在饰有神像的巨大头盔下闪闪发光。他们的盾牌以象牙镶边,嵌满钻石,就像是许多太阳在青铜墙壁上掠过。

迦太基人布阵极其缓慢,蛮族士兵都嘲笑地请他们坐下来休息一会儿。他们嚷道,等会儿他们要替迦太基人把大肚子掏干净,掸掉镀金皮肤上的灰尘,并且请迦太基人喝铁水。

史本迪于斯帐篷跟前竖着的旗杆顶上升起了一块绿布,那是战斗的信号。迦太基军队以一阵喧闹的号声、铙钹声、驴骨笛声和扬琴声作为回答。蛮族人早已跳到寨墙外面。两军迎面相遇,只隔一投枪的距离。

一个巴利阿里投石手上前一步,在皮带上放进一颗陶土弹丸,抢起胳膊:一面象牙盾牌爆裂了,两支军队混战起来。

希腊人用梭镖的枪尖猛刺战马的鼻孔,使它们翻倒,将主人压在身下,负责投石的奴隶挑选的石头太大,结果石头都掉在自己面前不远的地方。布匿步兵使出全身力气抡起长剑劈将过去,却暴

417

露出自己的右侧。蛮族士兵突破了他们的阵线,挥舞利剑砍杀他们,眼睛被喷到脸上的鲜血弄模糊了,在垂死者身上和尸首中间磕磕绊绊。梭镖、头盔、铠甲、刀剑、胳膊,相互错杂,挤成一堆,团团旋转,时而散开,时而收缩,像有弹性一般。迦太基人的步兵大队缺口越来越多,他们的机械陷在沙里拉不出来,战斗一开始大家就看见执政官的大轿(他那饰有水晶挂件的大轿)在士兵中间晃晃悠悠,好像万顷波涛之中的一叶扁舟,这时突然沉没了,他大概被打死了?蛮族士兵发现敌人全都撤走了。

他们周围的尘土落了下来,他们刚开始唱歌,汉诺本人骑着战象出现了。他光着脑袋,身后有个黑人给他打着用牡蛎丝织成的遮阳伞。他的饰有蓝色玉牌的项链拍打着黑地撒花的战袍,钻石镯子紧紧箍住他那又粗又肥的胳膊。他张大着嘴,挥舞着一根大得出奇的长矛,矛尖像莲花一样张开,明晃晃地比镜子还亮。大地立即震颤起来,蛮族人看见迦太基所有的战象排成一排冲将过来,镀金的象牙,涂成蓝色的耳朵,披着青铜铠甲,摇晃着安在红色象衣上的皮制战塔,每座战塔里有三名弓箭手,张开大弓对准他们。

蛮族士兵差一点来不及拿起武器,他们胡乱排成队形。他们恐怖得浑身冰凉,不知怎么办是好。

战塔上早已将标枪、箭矢、石笋、铅块朝他们射来,有几个人攀住象衣的流苏,想要爬上象背。迦太基人用刀砍断他们的双手,他们仰面朝天摔了下去,跌在别人举着的利剑尖上。长矛不够结实,扎在象身上就折断了;战象冲进步兵的方阵就像野猪闯进草丛;它们用鼻子拔起营寨的木桩;从营盘的一头冲到另一头,用胸脯撞倒帐篷;所有蛮族人早已逃走。他们躲在夹峙峡谷的小山上,迦太基人就是从峡谷过来的。

胜利者汉诺来到乌提卡城下,他下令吹起号角,本城的三位士师出现在一座箭楼顶上的雉堞中间。

乌提卡人不愿意在城里接待这些武装到牙齿的贵客。汉诺大发雷霆。最后他们同意让他带着少数戎从进城。

城里的街道太窄,大象转不开身,只好把它们留在城外。

执政官一到城里,全城的显要都来向他致敬。他叫人领他去蒸汽浴室,并且召来了他的厨师。

三小时后,他仍然泡在满满的一盆香樟油里,一边洗澡,一边吃着放在一张摊开的牛皮上的红鹳舌和蜜汁罂粟子。他的医生穿着一件黄色长袍,纹丝不动地侍立在他身边,只是隔一段时间给澡堂加加热。两名侍童俯身于澡盆的台阶上,为他揉搓双腿。但对自己身体的照料并不妨碍他对公务的爱好,他口授了一封致枢密院的函件;而因为他们刚抓到几名俘虏,他又在琢磨用什么可怕的办法去惩罚俘虏。

"停下!"他对一名站着在手心上记录他口授信件的奴隶说,"给我带几名俘虏上来!我想看看他们。"

于是从充满白蒙蒙水雾的澡堂深处,推来了三名蛮族士兵,一个是萨谟奈人①,一个是斯巴达人,一个是卡帕多西亚人。

"继续写!"汉诺说。

"欢欣吧,诸神之光!你们的执政官已经把那些贪婪的狗东西统统消灭!祝福共和国吧!下令祈祷神祇吧!"他瞥见了那几个俘虏,大笑起来。"哈!哈!我的西喀勇士!你们今天叫得不那么响了!是我在跟你们说话!还认得我吗?你们的剑到哪儿去了?多可怕的人啊,说真的!"他假装想要躲藏起来,仿佛害怕他们一样。"你们不是要马匹、女人、土地、官职吗?也许还要圣职吧?有何不可呢?好吧,我会给你们土地的,你们将永远爬不出土地!你们将同崭新的绞架结婚!你们的军饷吗?我们会付给你们铅锭作为军饷,把铅锭熔化在你们嘴里!我会把你们安置在一些

---

①　萨谟奈人,意大利的古民族。

好位子上,很高的位子,直上青云,让你们离鹰鹫更近一些!"

那三个长头发、衣衫褴褛的蛮族人眼睛看着他,不知道他说些什么。他们膝盖受了伤,被人用绳索抛到身上抓住了,他们手上的粗铁链,一端拖在石板上。汉诺见他们毫无反应就发起火来。

"跪下!跪下!豺狗!尘土!蛆虫!狗屎堆!他们居然不愿意回答!够了!你们就别说话吧!来人!把他们的皮扒下来!不!等一会儿!"

他像河马似的喘着气,眼睛骨碌碌乱转。他那庞大的身躯使芳香的香樟油溢出了澡盆,香樟油黏住他皮肤上的皮屑,使他的皮肤在火炬的照耀下呈现粉红色。

他又说:

"我们在那四天里备受太阳烤炙之苦,在经过马卡尔时丢失了几匹骡子。尽管他们占据有利地形,我军无与伦比的勇气……啊哟,德谟纳德①!我难受极了!叫人烧热砖头,烧得红红的!"

大家听到火把在炉灶里一阵乱响,香料在巨大的香炉里冒出更加浓烈的香烟,精赤条条的几名按摩师汗流如注,将一种药膏捺在他全身各处的关节上,那药膏是用小麦、硫黄、黑酒、犬乳、没药、古篷香脂和安息香配制而成的。干渴不住地折磨着他,身穿黄袍的医生没有答应他的要求,只递给他一只盛有冒着热气的蝮蛇汤的金杯。

"喝吧!"他说,"让蛇类得自太阳的力量深入你的骨髓,鼓起勇气来吧,众神之光!你也知道,有位埃斯克姆神的祭司在观察天狗座周围那些导致你病因的残忍的星宿。它们黯淡得如同你皮肤上的斑疹,你不会死于这种病的。"

"哦!是吗?"执政官说,"我不会死于这种病!"从他青紫的嘴唇里发出一种比尸臭更令人作呕的气息。他那没有眉毛的眼睛像

---

① 德谟纳德,汉诺的希腊医生。

两颗烧红的煤炭;一堆粗硬的皮肤从他的前额垂下;他的双耳从脑袋向外翘着,这时变得越来越大;鼻翼旁边两道半圆形的极深的皱纹使他的相貌古怪而吓人,具有一种猛兽的神情。他那走了样的嗓音也很像猛兽的吼声,他说:

"也许你说得对,德谟纳德? 的确有许多溃疡都合上口了。我觉得自己很强壮,瞧,你看我多能吃!"

于是他就吃起那些奶酪拌牛肉泥、去骨鱼、西葫芦、牡蛎,还有鸡蛋、辣根菜、块菰和烤小鸟串来,并非由于贪吃,而是为了显示自己的胃口,也为了对自己证明自己身体很好。他一面望着那几名俘虏,一面想象折磨他们的办法以自娱。可是他又想起了自己在西喀的遭遇,他所有的痛苦积聚起来的怒气爆发为对这三个人的痛骂:

"啊!背信弃义的家伙!啊!卑鄙下流的该死的东西!你们竟敢羞辱我!我!我!最高执政官!他们说什么,他们服役,挣下的血汗钱!啊!对了!血!他们的血!"接着他在心里盘算道:"全部处死!一个也不卖!也许还是把他们带到迦太基去更好!让大家看看……但我大概没有带那么多铁链?——给我写上:请送来……他们一共有多少? 叫人去问穆登巴尔!得了!不要发慈悲!把他们的手砍下来装在篮子里送进来!"

但是一阵奇怪的叫声,既粗哑又尖厉,一直传进了浴室,压倒了汉诺的说话声和放在他面前的菜盘的叮当声。叫声越来越响,突然,战象发出激怒的吼叫,战斗似乎又打起来了。一片喧嚷笼罩全城。

迦太基人刚才并未追击蛮族人。他们在城墙下面扎起营盘,安顿好行李、仆役,以及一切奢侈用品,在他们珍珠镶边的华丽营帐里享乐。雇佣兵的营寨在平原上成了一堆废墟。史本迪于斯又重新振作起来。他派查尔萨斯去找马托,自己在树林里奔走,收拾旧部(人员伤亡并不太大),——他们都因不战而败感到气愤,于是重新排列成阵。有人找到一桶石油,大概是迦太基人丢下的。史本迪于斯下令从农民家抢来一些猪,浑身涂上沥青,点上火,把它们朝乌提卡赶了过来。

战象被这一团团火吓得逃出营盘。地势渐渐上升,蛮族人从山坡上向它们投掷标枪,它们掉头就跑——于是它们用象牙刺穿迦太基人的肚皮,把他们踩在脚下压死、踏扁。蛮族人跟在它们后面冲下小山,布匿人的营盘周围没有挖防御工事,只一次冲锋便全部毁坏,迦太基人被消灭于城下。因为城里的人不愿打开城门,生怕雇佣兵会冲进城来。

天色已亮。人们看到马托的步兵由西面赶来。与此同时出现了一些骑兵,那是纳哈伐斯和他率领的努米底亚人。他们跃过沟壑和灌木丛,追赶逃窜的迦太基人,好像猎兔犬追赶野兔。战局的突变打断了执政官的话头。他大声叫嚷着让人扶他走出浴池。

那三名俘虏始终站在他面前。于是有个黑人(就是刚才在战斗中替他打遮阳伞的那个)俯身在他耳边说了几句话。

"什么!……"执政官慢条斯理地说,"哦!把他们杀了!"他暴躁地添了一句。

那埃塞俄比亚人从腰带间拔出一把长匕首来,三颗人头掉到了地上。有一颗人头蹦到了残肴剩核之间,又一蹦,掉进了澡盆,在里面漂浮了一会儿,张着嘴巴,瞪着眼睛。晨曦从墙壁的缝隙间射了进来,三具尸首俯卧在地上,鲜血像泉水般从三个泉眼里汩汩流出,在撒着蓝色细沙的马赛克地板上流了一大摊。执政官把他的手浸到这摊血浆中,用它摩擦膝盖:这也是一种良药。

天黑以后,他带着戍从逃出乌提卡城,钻进深山,寻找部队。

他终于找回一些残部。

四天以后,他到了戈尔扎,处于一条狭窄的山间小道上方。这时史本迪于斯的队伍正从下面的小路开来。只要用二十杆梭镖,攻打队伍的前锋,就能轻而易举地把他们阻于山下。但迦太基人却眼睁睁地看着他们走过。汉诺在队伍的殿后部队中认出了努米底亚人的国王,纳哈伐斯向他躬身致敬并做了一个手势,但汉诺却不解其意。

他们于风声鹤唳、草木皆兵之中逃回迦太基,白昼藏匿在橄榄树林里,夜间才重新上路。每走一程就死去几人,好几回都以为要全军覆没了。最后,他们到达了海尔马奥姆海岬①,迦太基派船到那里把他们接了回去。

汉诺精疲力竭,心灰意冷——尤其使他心疼的,是损失了那些战象——他甚至向德谟纳德讨毒药,想了结一切。况且他觉得自己要被钉上十字架了。

迦太基没有余力去惩治他。他们损失了四十万零九百七十二银西克勒,一万五千六百二十三金谢凯勒;十八头战象,十四名枢密院参议,三百名富豪,八千个市民,可作三个月口粮的麦子,大批辎重和全部作战器械!纳哈伐斯肯定已经背叛他们,两城之围重新开始。欧塔里特部队现在已从突尼斯延伸到拉代斯②。从卫城高处可以瞥见田野上一缕缕长烟直上天穹,那是富豪们的别墅在燃烧。

只有一个人能够拯救迦太基共和国。大家后悔不该小看了他,就连主和派也投票赞成举行燔祭,召回哈米尔卡尔。

萨朗波见到天衣以后总是心神不定。夜里她以为听见了月神的脚步声,吓得她大声尖叫着惊醒过来。她每天派人给各处庙宇送斋饭。达娜克为执行她的命令累得疲惫不堪,沙哈巴兰则守在她身边,寸步不离。

---

① 海尔马奥姆海岬,在迦太基城东北,现称博诺角。
② 两地相距约十公里。

七　哈米尔卡尔·巴尔卡

每夜守候在埃斯克姆神庙上面观察月相并用号角报告月亮变化的报月人，有天早上眺见西方海上有只像鸟儿似的东西，正张开长长的翅膀掠过海面。

那是一艘有三层桨的海船，船艏雕有一匹马。太阳升起来了，报月人手搭凉棚一看，便伸手抓起号角，朝着迦太基吹起嘹亮的号音。

家家户户都走出人来，谁都不信别人的说法，相互争执着，防波堤上站满了人。最后大家认出了哈米尔卡尔的三层桨战舰。

战舰骄傲而勇猛地劈开海浪急驰而来，斜桁笔直，船帆在整个桅杆上鼓了起来；一排排奇大无比的船桨有节奏地拍打海水；犁铧般的龙骨顶端不时露出水面，而船艏的冲角下方，一匹头部用象牙雕成的骏马也就举起双蹄，仿佛在海的原野上驰骋。

到了岬角附近，风势平息，船帆降落，只见舵手身边站着一位没戴帽子的人，这正是他，执政官哈米尔卡尔！他身上裹着闪闪发亮的铁甲，肩上系着红色的斗篷，露出两条胳膊，耳际垂着两颗极长的珍珠，浓密的黑色须髯低垂于胸前。

这时战舰已经在礁岩间微微摇晃着，沿着防波堤前进，人群在防波堤的铺路石上一面跟着它走，一面叫道：

"向你致敬！祝福你，日神的眼珠！解救我们吧！都是那些财主的错！他们想要害你！你可要小心啊，巴尔卡！"

他没有回答，似乎大海的风涛和战斗的喧嚣使他完全变聋了。但当战舰驶到通往卫城的梯级下面时，哈米尔卡尔抬起头来，双臂合抱,仰望埃斯克姆神庙。随后他的视线移向神庙上面辽阔澄净的天宇。他厉声对水手们发出一声命令,那艘三层桨战舰跳了起来,蹭坏了竖在防波堤拐角上镇压风暴的神像。战舰在浮满垃圾、碎木片、果皮的商港里推开、撞破其他系在木桩上的船头饰有鳄鱼颚骨的船只。人群奔跑过来,有几个人跳进水中游来。战舰已经驶到商港尽头,到了竖满钉子的水门前面。水门吊了起来,战舰驶进深邃的门洞看不见了。

军港与迦太基城完全隔绝。外国使节到来时必须穿过两堵高墙之间的一条通道,通道向左一直通往日神庙前面。这一大片水面圆如杯口,周围一圈全是码头,上面搭着天棚遮蔽船只。每个天棚前面都竖着两根柱子,柱头饰有阿蒙神的角。这样,便形成了一圈连绵不断的柱廊环绕水面。在军港中央的小岛上矗立着海军执政官的官邸。

水极清澈,连水底铺着的白色石子都清晰可见。街市的喧闹声传不到这里。哈米尔卡尔一路上认出了他曾经指挥过的一些三层桨战舰。

这些战舰只剩下了大约二十艘,都放在天棚下面的地上,有些侧躺着,有些直立着,船艉高耸,船艏鼓凸,船身上尽是些镀金的装饰和神秘的象征图案。那些狮头羊身龙尾的吐火怪物没了翅膀,巴泰克众神少了胳膊,雄牛缺了银角,——所有这些战舰的油漆都已剥落过半,毫无生气,腐蚀朽败,但全都饱经沧桑,并且依然散发出历次征战的气息,就像一些伤残的老兵与自己的主帅重逢。它们仿佛在对他说:"是我们!是我们!你也打败了吗?"

除了海军执政官谁也不准进入海军统帅府。只要没有证据说明他已死亡,就应当认为他仍然在世。这样,元老院就可以避免多委任一名主帅。对于哈米尔卡尔他们也是按照惯例行事的。

执政官走过一间间空荡荡的屋子。每走一步他都看到一些熟悉的东西、甲胄、家具等等,使他感到惊异。他甚至在前厅的一个香炉里发现了自己在出征前焚香祈求麦加尔特神而留下的香灰。他当时希望的,可不是这样回到迦太基!他所做的一切,他所见的一切,又在他的记忆中重现:冲锋陷阵、战火漫天、罗马军团、暴风骤雨、德累帕农、锡拉库萨、利里贝、埃特纳火山、埃里克斯高地、五羊征战——直到那个不祥的日子,他们放下武器,失去了西西里岛。随后,他仿佛又见到了那些柠檬树林,灰蒙蒙的山岭上的牧人和羊群,于是他心跳起来,想象着如何重建一个新迦太基。他的计划、他的回忆,使他那备受海船颠簸、昏昏沉沉的脑子嗡嗡作响。一种焦虑的心情使他难以忍受,他突然变得软弱起来,感到需要众神的庇佑。

于是他登上统帅府的顶层,从挂在自己胳膊上的一只金贝壳里取出一只头上装有钉子的抹刀,打开一个椭圆形小房间的房门。

墙上嵌有许多像玻璃一样透明的薄薄的黑色小圆片,给房间里透进柔和的光线。在这一排排同样大小的圆片中间,挖有许多像骨灰存放所的骨灰坛似的圆洞,每个洞里都搁着一块暗色的、看上去分量很重的圆石。只有一些出类拔萃的人供奉这些由月亮上坠落的陨石。它们自天而降,代表了星辰、天空、火焰;它们的颜色代表了黑夜;它们的密度代表了地球万物的紧密关联。这个神秘的处所充满了令人窒息的气氛。海沙给搁在这些洞里的圆石撒上一层白色,它们大概是海风从门缝里吹进来的。哈米尔卡尔用手指头一只一只地数着圆石,然后用一条橘黄色的面纱遮住脸,跪了下来,伸直两只胳膊匍匐在地上。

外面的光线射在黑色的小圆片上,乔木、小山、旋涡、模模糊糊的动物在半透明的圆片里显现出来。而这光线来得既令人害怕又十分平和,它在太阳背后,在未来的创造物所在的沉闷的空间中大概就是这样。他尽量从头脑中驱逐有关众神的各种形体、象征和称呼,以便更好地把握被种种外表掩盖着的不变的精神。有种星球活力渗入他的身心,同时他对死亡和人生的变化无常有了更深刻、更透彻的认识,因而更加超脱了。他重新站起身来,充满泰然的勇气,无论是怜悯还是恐惧都不能使他动摇。他感到胸口发闷,便登上了俯瞰迦太基全城的塔楼顶部。

迦太基城自上至下形成一条凹陷的长长的曲线,那些圆屋顶、庙宇、贴金房顶、房屋、一丛丛的棕榈树、东一处西一处闪耀着灯火的玻璃圆球尽收眼底;而它的城墙就像是这个朝他倾侧的聚宝盆的巨大边缘。他望见下面那些港口,那些广场,那些深深的庭院,那些街道构成的图形,和极小极小、仿佛贴在路面上的行人。啊!假如那天早上汉诺不是那么晚才从埃加特岛到来的话……!他的目光投向遥远的天边,一双战栗的手臂朝着罗马的方向伸去。

通往卫城的梯级上站满了人。日神广场上熙熙攘攘,人人争看执政官出来,四处的平台上都渐渐挤满了人。有些人认出他来,便向他施礼。他退了下去,为的是让大家盼他复出的心情更加急切。

哈米尔卡尔在楼下看到了他那一派的所有重要人物:伊斯塔登、舒贝尔迪亚、希克塔蒙、尤巴和其他一些人。他们对他讲述了签订和约以来发生的所有事件:元老们的贪婪、雇佣兵的离去和卷土重来,他们的要求、吉斯孔的被俘、天衣的被盗、对乌提卡的增援和放弃,但是谁也不敢告诉他与他有关的那些事件。最后他们分手了,准备夜间在摩洛神庙的元老会议上再见。

他们刚走,门外就争吵起来。有人不顾奴仆的阻拦一定要进来,吵闹声越来越大,于是哈米尔卡尔下令将那人带了进来。

只见一个黑人老太婆走了进来,弯腰曲背,满面皱纹,颤颤巍巍,神情呆滞,从头到脚裹着宽大的蓝色纱帔。她走到执政官面前,两人对视了一会。哈米尔卡尔忽然浑身一震,他摆了一下手,奴仆们都退了出去。于是他对她做了个手势,让她轻手轻脚地走,并抓住她的胳膊把她拉到了一个僻静的房间里。

那黑人跪倒在他脚下,吻他的脚。他粗暴地将她拉了起来。

427

"你把他撂在哪里了,伊迪巴勒?"

"那边,主人。"她脱掉纱帔,用袖子揩拭面孔。黑油油的肤色、颤巍巍的老态、伛偻的身躯,全都消失了。原来那是一个健壮的老汉,皮肤仿佛被风沙和海上生活染成了棕褐色,一簇白发在脑袋上翘着,就像某些鸟类的冠毛。哈米尔卡尔用嘲讽的目光看了一眼丢在地上的那堆伪装说:

"做得对,伊迪巴勒!很对!"然后,锐利的目光仿佛要钻进他的心里,又说:"还没有人发觉吧?……"

老头凭着卡比尔众神的名义向他起誓,说一点风声也没走漏。他们一直没有离开过那座离阿德吕梅特有三天路程的房屋。阿德吕梅特是一个海龟聚居的海岸,沙丘上长着些棕榈树。

"而且根据你的命令,主人啊!我还教他投掷标枪和驾驭车子呢!"

"他很结实吧?"

"是的,主人,而且胆子也大!他既不怕蛇,也不怕雷电,也不怕鬼怪。他像牧人一样光着脚在悬崖边上奔跑如飞。"

"说下去!说下去!"

"他发明了各种捕捉猛兽的陷阱。上个月,你信不信?他逮住了一只老鹰,他把它拖走,老鹰的血和孩子的血大滴大滴地飞溅到空中,就像风卷玫瑰一样。那畜生狂怒地用翅膀扑打他,他把老鹰紧紧地夹在胸口,老鹰渐渐断了气,他的笑声也愈加响亮,就像刀剑相击的声音一样铿锵激越。"

哈米尔卡尔低下头来,孩子伟大前途的预兆使他心醉神迷。

"可是最近一段时间以来他有点烦躁不安,他望着远处海面过往的船帆,心情忧伤,不思饮食,还打听神灵的有关情形,想去迦太基长长见识。"

"不行!不行!没到时候!"执政官叫道。

老奴看来知道哈米尔卡尔所害怕的那种危险,他又说:

"怎么管住他呢?我已经不得不对他许愿,我就是为了给他买一把银柄镶珠的匕首才到迦太基来的。"然后他又说,他看到执政官在平台上,就在港口的卫兵面前冒充萨朗波的女奴,要进来见执政官本人。

哈米尔卡尔沉默良久,似乎在凝神思索。最后,他说道:

"明天,太阳下山的时候,你到梅加拉去,在制造大红颜料的工厂后面,学三声豺狗叫。要是见不到我,就在每个月的头一天到迦太基来。可别忘了我说的这些事!要疼爱他!现在你可以对他谈论哈米尔卡尔了。"

老奴又换上原先的装束,他们一起走出统帅府,又出了港口。

哈米尔卡尔独自继续向前走去,他没带卫队,因为在非常情况下召开的元老会议都是秘密进行的,与会者的行踪都很神秘。

他先是顺着卫城的东墙走,然后经过草市、甘西多长廊和香料商业区,稀稀落落的灯光渐次熄灭,那些更宽阔的街道安静下来。有些黑影在夜色中溜过来,跟在他后面,一路上又有其他一些人到来,所有这些人影都和他一样朝马巴勒海岬那面走去。

摩洛神庙建筑在一个陡峭的狭谷脚下,地点十分险恶。从下面看去,只见高大的围墙永无休止地向上延伸,仿佛是一座庞大无比的坟墓的墓壁。夜色正浓,灰色的大雾似乎压在海上。海浪发出嘶哑的喘息和呜咽拍打着悬崖。那些黑影仿佛穿墙而过,一个接一个地消失了。

然而他们一跨进庙门,便置身于一个宽广的四方形院落,院子四周环绕着拱廊,当中耸立着一座正八面体建筑。建筑之上,二层楼周围,有许多圆屋顶。二层楼之上,是一个带圆顶的圆柱形建筑。圆顶上部逐渐向上收缩为表面呈凹曲线的圆锥状体,锥尖上有个圆球。

一些人擎着有长柄的、金丝编成的圆柱形灯笼,灯笼里火光融融。阵阵海风吹得火光摇曳不定,火光映红了他们插在脑后固定发髻的金梳。他们奔跑着,相互呼唤着,去迎候到来的元老。

石板地上这一处那一处蹲卧着一些像斯芬克司般的巨大的狮子,它们是吞噬一切的太阳的活的象征。它们正打着瞌睡,眼睛半开半合。脚步声和说话声吵醒了它们,它们慢慢站起身来,朝元老们走去。它们从元老们的衣着认出了他们,在他们大腿上来回蹭着,并且弓起腰来大声打着呵欠,呵出的热气在灯笼的光影中飘过。

庙里愈发忙乱起来,有些房门砰地关上了,祭司们都回避不迭,元老们也都走进柱廊不见了。那柱廊围着神庙构成一个深邃的前厅。

柱子排列成环形,一圈套着一圈,先是农神时代,农神时代里面的一圈是年份,年份里面的一圈是月份,月份里面的一圈是日子,最后一圈柱子紧挨着神殿的围墙。

在那里,元老们放下自己的用独角鲸的角制成的手杖,——因为有一条始终有效的法令规定:携带任何武器与会者,处以死刑。有几位元老的衣服下摆撕开了个大口子,直至束在腰间的绛红丝绦,以便表明他们在悲悼亲人死亡时丝毫没有顾惜自己的衣服,而这种悲痛的表现又阻止了裂口继续扩大。另外一些人的胡须用紫色的小皮囊保护起来,小皮囊用两根细绳系在耳朵上。他们相互见面时都胸贴胸地互相拥抱。大家围着哈米尔卡尔,向他祝贺,简直像亲兄弟久别重逢一样。

这些人一般都长得又矮又胖,长着像亚述[①]人雕像一样的鹰钩鼻子,但也有几个人颧骨较突出,身材较高,脚也较窄,这表明他们具有非洲血统,祖先是游牧部族。长年生活在柜台后面的人显得脸色苍白;另一些人身上似乎还保留着在沙漠度过的严峻岁月的痕迹,他们所有的手指上都闪烁着镶有奇珍异宝的戒指,而这些

---

① 亚述,西亚古国名。

手指是被不知何方的太阳所晒黑的。航海家可以从他们晃晃悠悠的步伐上辨认出来；农庄主则浑身散发出压榨机、干草和骡汗的气味。那些老海盗现在也雇人种田，那些掌柜的也买了几艘海船，那些农庄主也养着些从事不同手艺的奴隶。他们全都精通教规，擅长权术，残酷无情并且富甲一方。他们由于思虑过度而显得神情疲乏。炯炯发光的眼睛不信任地看着人，由于惯于走南闯北、尔虞我诈、经商买卖、发号施令，浑身上下一副狡诈凶狠的模样，一种平常藏而不露、有时突然发作的粗暴性情，而且神庙的氛围也使他们显得阴沉抑郁。

他们先是穿过一间穹顶卵形大厅，七扇门分别与七个星球相对应，在大厅的墙壁上排开七个不同颜色的方块。再走过一个很长的房间，就走进了另一间形状相同的大厅。

一只雕满花卉图案的枝形大灯台在大厅深处点燃着，八根金枝各托一个钻石花萼状杯子，杯里浸着足丝灯芯。枝形大灯台在最后一级很宽的台阶上，台阶通往一个大祭坛，祭坛的四角饰有青铜兽角。祭坛两侧有两道阶梯通向平坦的坛顶，坛顶铺着的石块被堆积如山的香灰埋住了，灰堆上面还有些什么看不分明的东西在慢慢地冒烟。祭坛后面屹立着摩洛神像。神像整个用铁铸就，比枝形灯台还高，比祭坛更是高得多；男性的胸脯上开着些口子，张着的双翅在身后的墙上伸展开来，手长及地；额头嵌上三颗黑石子，周围画一圈黄颜色，表示三颗眼珠；公牛脑袋极力扬起，仿佛正要哞叫。

房间四周排列着乌木矮凳，每只矮凳后面都有一只烛台，装在一根青铜长杆上，长杆底部有三只兽爪。所有这些烛光都映照在大厅地面螺钿镶就的菱形图案上。大厅之高使得本是红色的墙壁到了穹顶附近却像成了黑色，而摩洛神像的三颗眼珠，就像夜空中若隐若现的星辰，出现在极高的地方。

元老们把袍子后摆往上一翻顶在头上，便在乌木矮凳上就了

431

座。他们端坐不动,两只手笼在宽大的袍袖里,那螺钿镶拼的地板宛如一条闪闪发光的河流,从祭坛流向大门,在他们赤裸的脚下流过。

四位大教长背对背坐在四张象牙凳子上,构成了一个十字形。埃斯克姆神的大祭司身穿青紫色长袍,月神的大祭司身穿白色亚麻布长袍,日神的大祭司身穿黄褐色呢子长袍,摩洛神的大祭司则穿着绛红色长袍。

哈米尔卡尔朝枝形大灯台走去。他绕着灯台转了一圈,眼睛注视着燃烧的灯芯,然后将香料粉末撒在上面,于是在那些金枝的末端冒起了紫色的火焰。

这时,有个尖厉的声音唱了起来,另一个声音应和着,于是百名元老、四大教长和站在台阶上的哈米尔卡尔都齐声高唱起一支颂歌。他们不断反复唱着同样的几句歌词,越唱越响,声音越来越高,像炸雷一般,响得吓人,而后,又戛然而止。

大家等待了一些时候。最后,哈米尔卡尔从胸前掏出一个有三个脑袋的、蓝得有如蓝宝石的小雕像来,放在自己面前。这是真理的化身,是他说的话的守护神。然后他又把雕像揣进怀里,于是大家都仿佛突然怒火中烧似的叫起来:

"蛮族人都是你的好朋友!叛徒!下流坯!你回来瞧着我们完蛋,对不对?让他说!"——"不!不!"

他们刚才不得不遵守政治礼仪,现在要对这种约束出一口气。虽然他们都曾盼望哈米尔卡尔回来,现在却对他没有预先防止这场劫难,或者不如说没有同他们一样遭受劫难而愤愤不平。

这一阵喧闹平息下来后,摩洛神的大祭司起身说道:

"我们问你为什么没有回迦太基来?"

"关你们什么事!"执政官轻蔑地回答。

他们叫得更厉害了。

"你们有什么可以指责我的?难道我在对罗马人的战争中指

挥不当吗?你们都看到我是怎样布置战役的。你们这些轻易地让一些蛮兵……"

"够了!够了!"

他又放低嗓门,迫使他们不得不安静下来听他说话:

"哦!这倒是真的!众神明鉴,我说错了,你们中间也有些勇士!吉斯孔,站起来吧!"他眯缝起眼睛扫视着祭坛的台阶,似乎在找着什么人,又说道:"站起来呀,吉斯孔!你可以指责我,他们会保护你的!可他在哪里呢?"然后,他似乎转念一想,又说:"啊!一定是在他家里吧?子孙绕膝,呼奴喝婢,好不快活,正在数着挂在墙上的、国家颁发给他的荣誉项链吧?"

他们耸着肩膀,坐立不安,仿佛挨皮鞭抽打一样。——"你们连他是死是活都不知道!"于是他不顾他们的叫嚷,说道,抛弃执政官,就是抛弃共和国。而同罗马人订立的和约,尽管他们觉得非常有利,其实比输二十场战役还要糟糕。有几个元老鼓起掌来,他们是元老院里财产最少的,据认为有倾向民众或倾向专制政体的嫌疑。他们的对手是西西特会的首脑和行政官员,凭着人多占了他们的上风。其中最为显赫的都坐在汉诺身边,汉诺坐在大厅的另一头,正对着高高的大门,大门上遮着青紫色的挂毯。

他脸上的疮疤涂抹了香粉。头发上撒的金粉掉到双肩上,形成两片明灿灿的亮斑,头发却显得又白又细又鬈曲,像羊毛一样。双手缠着浸透某种香脂的布条,脂油一滴一滴掉在地板上。他的疾病一定又加重了许多,因为他的眼睛已经被他眼皮上的皱褶遮没,看东西要仰起头来才能看见。他的党羽们一直要求他发言。最后,他用沙哑难听的声音说道:

"别那么狂妄,巴尔卡!咱们都打过败仗!各人承受各人的苦难!你就别强词夺理了!"

"你还是告诉我们,"哈米尔卡尔微笑着说,"你是怎样率领你的船只驶入罗马人的舰队中去的吧!"

"我是被风吹过去的。"汉诺答道。

"你的做法就像犀牛在自己的粪堆里践踏,不过显示自己的愚蠢而已!你还是给我闭上嘴吧!"于是他们开始互相将埃加特战役的失利归罪于对方。

汉诺指责哈米尔卡尔没有前去同他会合。

"可是那会儿使埃加特岛无人防守。你应该驶入大海的,谁拦着你了?哦!我忘了!所有的大象都怕大海!"

哈米尔卡尔派的议员觉得这句俏皮话妙不可言,他们哈哈大笑。笑声在穹顶上回荡,仿佛有人在弹奏扬琴。

汉诺抗议说,这样对他进行侮辱是可耻的,因为他的病是在攻打百门城时受了寒得下的,眼泪从他的脸上流下来,就像冬天的雨打在断垣残壁上一样。

哈米尔卡尔又说:

"如果你们当时拥戴我如同拥戴此人,那么现在迦太基就会欢庆胜利!我向你们呼吁了多少回呀!而你们始终拒绝给我钱款!"

"我们当时也有急用。"西西特会的巨头们答道。

"而在我山穷水尽的时候——我们当时喝的是骡尿,吃的是皮襻鞋的皮带——在我恨不得把每棵青草都变成士兵,把阵亡将士都组成团队的时候,你们却把我仅剩的战舰召回迦太基!"

"我们不能把一切都拿出去冒险。"在热蒂利-达里亚拥有金矿的巴特-巴尔答道。

"你们那时候在这里,在迦太基,在你们的屋子里,在你们围墙后面干些什么呢?当时在波江①一带有高卢人,应当把他们打退;在克兰尼有迦南人可能进犯;而罗马人正在派遣使臣去托勒密……"

---

① 波江,即现在意大利的波河。

"现在他又和我们夸起罗马人来了!"有人向他喊道,"他们给了你多少钱让你为他们说话?"

"关于这一点你可以去问布吕锡奥平原,去问洛克尔、梅塔蓬图姆①和埃拉克莱的废墟!我烧掉了他们所有的树木,抢劫了他们所有的庙宇,把他们斩尽杀绝……"

"嘿!你就像个雄辩术教师一样拿腔拿调!"卡普拉,一个鼎鼎有名的商人说道,"你究竟想说什么?"

"我是说,应该更加有计谋或者更加令人生畏! 全非洲都在挣脱你们的马轭,那是因为你们这些无能的主人不知道怎样把马轭套在它的肩头! 阿加托克莱斯、雷古卢斯、卡比奥②,任何有胆略的人只要一下船就能得到它;而等到东边的利比亚人和西边的努米底亚人勾结起来,游牧部族从南面进逼而罗马人从北面……"有人发出恐怖的叫声,"那时候你们就要捶胸顿足,满地打滚,撕扯自己的衣袍了! 那也无济于事! 你们将不得不离乡背井,到苏布尔去给人推磨,在拉丁姆③的丘陵地带采摘葡萄。"

他们都拍着自己的大腿表示愤慨,袍袖飞舞,像受惊的鸟儿扑打着巨大的翅膀。哈米尔卡尔顺着他的想法继续说下去,他站在祭坛的最高一级台阶上,浑身战栗,十分可怕;他举起双臂,在他身后燃烧的枝形大灯台发出的光芒穿过他的指缝,像一些黄金的投枪。

"你们将失去你们的船只,你们的田地,你们的马车,你们的吊床和替你们搓脚的奴仆! 豺狗将在你们的宫殿里睡觉,犁铧将要翻耕你们的坟茔。只剩下老鹰的叫声和一堆堆废墟。迦太基,你要沦亡了!"

四位大祭司伸出双手挡开这个诅咒。大家都站了起来。可是

---

① 梅塔蓬图姆,意大利古代希腊城市。
② 卡比奥,罗马执政官,曾参加第一次布匿战争。
③ 拉丁姆,意大利中西部古地区名。

海军执政官是受日神护佑的神授职务,非经富豪会议审判是不可侵犯的。祭坛本身也令人畏惧。他们退了回去。

哈米尔卡尔不说话了。他眼睛发直,脸色和他冠冕上的珍珠一样苍白,他喘着气,几乎被自己吓着了,脑子里充满想象中的悲惨景象。从他所在的高处望去,所有的铜杆烛台就像是一只火光组成的王冠,搁在地板上;烛焰冒出黑烟,一直升到穹顶的暗影中;大厅里有几分钟安静得能够听到远处海浪拍岸的声音。

而后,元老们转念一想,他们的利益,他们的生存受到了蛮族人的威胁;而没有执政官的帮助,他们是无法战胜蛮族人的。出于这种考虑他们克制住自己的骄横,摒弃了其他一切想法。他们把他的朋友们叫到一边,出于利害关系而达成和解,外加一些默契和许诺。可是哈米尔卡尔再也不愿意涉足任何政府。大家便一起敦请他。他们一面哀求他,一面又在说话时老是使用叛变这个字眼,这使他发起火来。唯一的叛徒就是元老院,因为雇佣兵的义务随着战争结束而结束,战事一旦平息,他们就不受任何约束了。他甚至赞扬他们的勇敢,强调如果对他们施以恩惠,给以特权,使他们关心共和国,将会从他们身上获取多大好处。

这时有个名叫马格达桑的卸任省长转动着他的黄眼珠说道:

"说真的,巴尔卡,你在国外跑的地方多了,已经变成了一个希腊人或者拉丁人,或者别的什么人!你说什么给那些人酬报?宁肯死掉一万个蛮族人,也不能失去哪怕一个我们的人,难道不是这样吗?"

元老们都点头称是,窃窃私语议道:

"是啊!用得着对他们讲究那么多吗?雇佣兵还怕找不到!"

"所以就干净利落地打发掉他们,对不对?就像你们在撒丁岛干过的那样,把他们扔下不管。把他们撤退的路线通知敌人,就像你们在西西里岛对高卢人干过的那样,或者在大海当中把他们赶下船去。我在回来的路上看见礁岩上布满了他们的白骨!"

"多么不幸啊!"卡普拉厚颜无耻地说。

"他们不是也曾经上百次地倒戈投敌吗?"其他人嚷道。

哈米尔卡尔也叫了起来:

"那你们为什么违背你们的法律,把他们召回迦太基来呢?而当他们进了城,又穷,人数又多,到了你们的财宝中间,你们也一点没有想到把他们稍为分割削弱一下!后来你们又把他们连同他们的女人孩子一起打发走了,连一个人质都没有留下来!你们指望他会自相残杀,省得你们遭受履行诺言的痛苦吗?你们恨他们,因为他们是强有力的。你们更恨我,——他们的主帅!噢!刚才你们吻我的手时,我就感觉到了。你们都是强忍着才没有咬我的手的!"

即使睡在院子里的狮子都咆哮着闯进来,也不会比这些人的喊声更加可怕。日神的大祭司站起身来,他双膝并紧,肘弯紧贴身子,站得笔直,手掌半开着,说道:

"巴尔卡,迦太基需要你统率布匿军队,征讨雇佣兵!"

"我拒绝。"哈米尔卡尔答道。

"我们授予你全权!"西西特会的巨头们喊道。

"不干!"

"没有任何监督,没有任何人与你分享权力,你要多少钱就有多少钱,所有的俘虏、所有的战利品全部归你,每具敌人的尸首给你五十泽莱土地。"

"不行!不行!和你们共事不可能取胜!"

"他害怕了!"

"因为你们既卑劣又吝啬,忘恩负义,胆小如鼠,而且是一帮疯子!"

"他想保全他们!"

"以便成为他们的首领。"有人说道。

"并且掉过头来打我们。"另一个人说。而汉诺则从大厅的尽

437

头声嘶力竭地叫道：

"他想当国王！"

于是他们都跳了起来，碰翻了凳子和烛台，他们一窝蜂地拥向祭坛，手里挥舞着匕首。可是哈米尔卡尔在袍袖里找了一阵，拔出两把宽阔的单刃短剑；他微微弓着身子，左脚在前，眼睛里冒着怒火，咬紧牙关，纹丝不动地站在金质枝形灯台下面，与他们对峙着。

这样说来，他们全都携带了武器以防不测。这是犯罪！他们惊骇地你看着我，我看着你。可是由于大家都是有罪的，每个人也就很快放下心来。渐渐地他们转过身来，背朝着执政官重新走下祭坛，由于感到屈辱而气得发狂。他们已经第二次在他面前退缩了。他们呆立了片刻。有几个人刚才弄伤了手指，他们把手指含在嘴里，或者用斗篷的下摆小心地把手指裹起来。他们刚要离去，哈米尔卡尔听见了这么几句话：

"他这是体贴他的女儿，免得她伤心。"

另一个声音说得更响：

"那当然啦，她的情人不是在雇佣兵里找的吗？"

乍一听见这些恶意的中伤，他几乎站立不稳，接着他便用眼睛迅速地搜寻沙哈巴兰。可是月神的祭司却独自待在自己的位子上。哈米尔卡尔只能远远望见他那高高的帽子。大家都当面嘲笑他。他越焦虑不安，他们越高兴。在一片嘲骂声中，躲在别人背后的人喊叫道：

"有人看见他从她的卧室里出来！"

"在塔穆兹月的一个早晨！"

"就是那个偷走天衣的贼！"

"一个美男子！"

"比你个子还高！"

他扯下自己的冠冕——这冠冕分为神秘的八层，中间饰有绿宝石雕成的贝壳，是他的权力地位的标志——用双手使尽力气朝地上扔去。砸断的金箍蹦了起来,珍珠撒落在地板上丁丁作响。他们这才看见他苍白的额头上有一道很长的伤疤,在他的眉宇间像蛇一般地蜿蜒扭动,四肢都在颤抖。他踏上通往祭坛的侧梯,在上面行走!这意味着献身神祇,把自己作为祭品。他的斗篷摆动着,使在他便鞋下方的枝形大灯台灯光摇曳;他的脚步带起了祭坛上的细灰,像一团轻雾环绕着他,直至腹部。他在巨大的青铜神像的两腿之间止住脚步,两手抓起两把香灰,所有的迦太基人只要看到这种香灰就会害怕得发抖,他说:

"凭着众位天神的一百支火炬,凭着卡比尔诸神的八团天火,凭着行星、流星和火山,凭着一切燃烧的东西,凭着沙漠的干渴和大海的盐卤,凭着阿德吕梅特的洞府和众魂灵的帝国,凭着你们儿子的灭亡和骨灰,以及你们祖先的兄弟们的骨灰,现在我再加上我的骨灰!凭着这一切我起誓:你们,迦太基元老院的百名议员,你们对我女儿的指责完全是一派胡言!我,海军执政官哈米尔卡尔·巴尔卡,富豪们的领袖和人民的统治者,我在牛首人身的摩洛神面前起誓……"大家都以为他要发一个可怕的重誓,他却用更高更平静的声音说了下去:"我连谈都不会和她谈起这种事情!"

头发上插着金梳的神庙侍役走了进来,——他们有的手里拿着绛红色的海绵,有的拿着棕榈枝叶。他们掀起遮着大门的青紫色挂毯,从露出的这一个角里,可以看见另外几进大厅尽头的粉红色的辽阔天空,仿佛是神庙拱顶的延续,而在天际与蓝色的大海相接。太阳从万顷波涛里涌起,升上天空。阳光突然照射到了巨大的青铜神像的胸部,神像分为七段,外面护着栅栏。长着鲜红牙齿的嘴巴像打呵欠一样大张着,煞是狰狞可怖;巨大的鼻孔也鼓了起来,灿烂的朝阳使神像栩栩如生,神情可怕而焦躁,仿佛想跳到外面,与日神合为一体,同游广袤的天宇。

那碰倒在地上的烛台仍在燃烧,横七竖八地躺在螺钿镶拼地板上,好像一摊摊的血迹。元老们跌跌撞撞、精疲力竭,大口大口地呼吸着新鲜空气;他们脸色发青,汗流如注,由于叫嚷过度而什么也听不见了。但是他们对执政官的怒气一点也没有平息,他们对他作出种种威胁作为告别,而他也针锋相对地加以回敬。

"明天夜里在埃斯克姆神庙再见,巴尔卡!"

"我会去的!"

"我们要叫富豪会议判决你的罪行!"

"我叫人民判决你们的罪行!"

"小心别在十字架上钉死!"

"你们也小心别在街头被人撕成碎片!"

他们一走到院子门口,就又做出一副安详的神态。

他们的跟班和车夫在庙门前面等着他们。多数人骑着白骡回去。执政官跳上他的马车,拿起缰绳,两匹牲口就弯下脖子,有节奏地踏着石子路,使石子飞溅起来,顺着整条通往马巴勒的道路疾驰而去;由于车子跑得极快,那安在车辕末端的银鹭就像是在飞一样。

道路穿过一片竖着许多墓碑的田地,那些墓碑的顶部是尖的,像金字塔一样,中间刻着一只张开的手,似乎躺在底下的死者在伸手向天提出什么要求。然后,是一些疏疏落落的小屋,泥筑的、树枝搭的、灯心草编的,均为圆锥形。一些用鹅卵石砌的小墙、流着活水的沟渠、草绳、仙人掌篱笆,不规则地将这些住房隔开。越是向上接近执政官的花园,这类住房就越是密集。哈米尔卡尔却把视线移向一座高塔,塔分三层,构成三个巨大的圆柱体,第一层用石头砌就,第二层用砖头砌就,第三层则完全是用雪松木造的,周围有二十四根柏木圆柱,支撑着一个铜质圆顶,上面垂下一些像流苏一样的、由青铜细链相互编结而成的饰物。这个高大的建筑俯视着右边展开的房屋、仓库、商店;而女眷居住的内宫则高耸于两排犹如青铜城墙似的柏树的尽头。

隆隆作响的马车进了一道窄门,停在一个宽大的草料棚前面,草棚里用绊索系着些马匹,正在吃一堆堆铡碎的草料。

所有的仆役都跑了过来。他们有整整一大帮人,因为害怕雇佣军,在乡下干活的人都被撤回来了。从事农耕的奴隶身穿兽皮,脚踝上钉着锁链;红色颜料工场的工人双臂通红,活像一些刽子手;水手们戴着绿色的无边软帽;渔夫们戴着珊瑚项链;猎户们肩上扛着罗网;在梅加拉当差的人则穿着白色或黑色的长上衣,皮短裤,头上戴着草编的、毡的或帆布的小圆帽,按其差事或行当的不同而各异。

在这些人身后拥挤着一群衣衫褴褛的贫民。他们没有工作,住在离住宅很远的地方,夜间就睡在花园里,吃的是厨房里的残羹剩饭,——他们是滋长于宫殿阴影之中的人类霉菌。哈米尔卡尔容忍他们住在他府中,是出于轻蔑,更是出于远见。大家都在耳际簪上一朵鲜花表示高兴,他们当中许多人从来没有见到过他。

可是一些头发式样与斯芬克司相仿的人,手执棍棒冲进人群,左右乱打,驱散那些好奇的、想见主人的奴隶,以免他受人群的拥挤,闻他们的臭气。

于是大家都匍匐在地,叫道:

"天神的眼珠,愿你全家兴旺发达!"

然后,在这些匍匐在林荫大道上的人中间,大总管阿卜达洛南头戴白色头巾,手捧香炉,向哈米尔卡尔走来。

这时萨朗波也走下饰有船艏的阶梯。所有侍女都随在后面,她每走下一个梯级,她们也走下一个梯级。女黑奴的脑袋在一连串箍着罗马女奴额头的饰有金片的头带中间就像一些大黑点子。另外一些女奴头发间簪着银箭、碧玉蝴蝶,或是像太阳光一样呈辐射状插在发髻上的长针。白色、黄色、蓝色的衣裙相互错杂;戒指、别针、项链、流苏、手镯在衣裙间闪闪发光;绫罗绸缎的窸窣声此起彼落;鞋底拍打着梯级的声音和光脚板踩着木板的轻微的噼啪声

441

清晰可闻。在她们中间不时有个身材高大的净身祭司,比她们高出一头,扬着脸微笑着。等男人们的欢呼声平息以后,女人们用衣袖遮着脸,一齐发出一阵奇特的叫声,活像母狼的嗥叫。这喊声那么狂热,那么尖厉,仿佛使那道站满妇女的乌木大阶梯也像里拉琴一样震颤起来。

风掀起她们的纱帔,纸莎草的细茎轻轻摇曳。这时正值舍巴兹月①,隆冬时节。鲜花盛开的石榴树凸现于湛蓝的天空下,透过它们的枝叶可以看见大海和远处的一座岛屿,在雾霭中若隐若现。

哈米尔卡尔远远望见萨朗波,便止住了脚步。她是在几个男孩夭折后出生的,况且在信奉日神的宗教中,生女孩本来就被看成一种灾祸。神灵后来赐给了他一个儿子,但他仍然残存着一点当初那种失望的心情,似乎当初他对她的诅咒造成的心理震撼也仍然存在。萨朗波继续朝他走去。

五光十色的珍珠串从她的耳朵垂到双肩,又垂到双肘。她烫着鬈发,以模仿云朵的形状。脖子周围围着一圈长方形小金片,金片上刻着一个站在两头直立的雄狮之间的女人。她的衣服则完全依照女神的服饰制成。她的青紫色长袍,袖子十分宽大,上身很紧,接近下摆处又开始变大成为喇叭口。嘴唇抹得鲜红,使她的牙齿显得更白;眼皮上用锑笔画的眼影则使她的眼睛显得更长。她的鞋子用鸟羽裁就,后跟极高。也许是由于寒冷,她的脸色苍白异常。

最后她走到了哈米尔卡尔身边,眼睛不看着他,头也不抬,对他说道:

"你好,众神的眼珠,光荣永远属于你!愿你战无不胜!愿你安逸闲适!愿你诸事如意!愿你富甲天下!许久以来我心情忧伤,我们的家也死气沉沉。可是主人归来就像是塔穆兹复活,你的

---

① 舍巴兹月,指二月。

目光所及,父亲呵!一种新的生活就到处蓬勃开放,到处就都充满欢乐!"

她从达娜克手里接过一个椭圆形小瓶,里面盛着用面粉、黄油、小豆蔻和葡萄酒调制的饮料,热气蒸腾:——"大口喝吧!"她说,"这是你的女仆为你的归来调制的饮料。"

他答道:"祝福你!"于是他机械地接过她递上的金瓶。

然而他的眼睛一直紧紧盯着她上下打量,她感到慌乱,喃喃地说:

"有人告诉你了吗?主人啊!……"

"是的!我知道!"哈米尔卡尔低声说道。

她这是承认自己的过失,还是在说蛮族人?于是他含含糊糊地提及一件令公众为难的事,他想独自一人解决这个难题。

"父亲啊!"萨朗波失声叫道,"你无法消除不可弥补的事情!"

他倒退了一步,萨朗波很诧异他如此震惊,因为她根本没有想到迦太基,她想的只是她成了渎神行为的同谋。这个令罗马军团胆寒的人,她并不怎么了解,她像敬畏神灵一样敬畏着他。她觉得他已经猜到了,他什么都知道,某种可怕的事即将来临,便不由喊了起来:"宽恕我吧!"

哈米尔卡尔慢慢低下头来。

尽管她想引咎自责,却不敢开口,然而她很需要倾吐心中的抑郁,并得到安慰,简直憋得透不过气来。哈米尔卡尔则在竭力克制自己违背誓言的欲望。他遵守誓言是出于傲气,或者是由于害怕结束现在这种不明不白的状况而得知事情的真相。因此他使劲地盯着她的脸,想攫取她内心深处的秘密。

渐渐地,萨朗波被这沉重的目光压倒了,她喘着大气,把脖子缩了起来。现在他确信她曾在一个蛮族人的怀抱中干过错事了;他气得发抖,举起两只拳头。她叫了一声,倒在侍女中间,侍女们急忙围着她。

哈米尔卡尔转身离去,所有管家都跟着他。

有人打开仓库的门,他走进一个极宽敞的圆形大厅。许多通往别的大厅的长廊都辐辏于此,就像车轮的辐条会聚于车轴一样。一个石头圆盘立在大厅中央,周围有一圈栏杆,这是用来堆放摞在地毯上的靠垫的。

执政官起先大步流星地走着,大声地喘着粗气,脚跟重重地敲打着地面,不时地用手抹着前额,像是受到苍蝇困扰一样。他摇了摇头,看见那些堆积如山的财富,他终于平静下来。他的思路被那些长廊吸引过去,集中于那些堆满更加稀有的珍宝的大厅。铜板、银锭、铁条和锡块交错堆放,锡块是由卡西泰里德群岛①经由黑暗海湾②运来的;棕榈树皮口袋里装满黑人国家出产的树胶;羊皮口袋里的金砂从太旧的缝口不知不觉地漏走。从某些海产植物中抽出来的很细的纤维悬挂于埃及、希腊、塔婆罗巴纳③、朱迪亚④等地产的亚麻中间;石珊瑚就像一些巨大的灌木丛立在墙根;空气中弥漫着一种说不出来的气味,是从香料、皮革、调味作料和扎成一大捆一大捆吊在屋顶下面的鸵鸟毛散发出来的。在每条长廊前面都有一些直立着的象牙,尖端碰在一起,在门上构成一个弧形。

最后,他登上那个石头圆盘。所有的管家都交叉双臂,低下头来,而阿卜达洛南却面有得色,抬起戴着尖顶白色头巾的脑袋。

哈米尔卡尔向船务总管了解情况。船务总管是个老舵工,他的眼皮因海风的磨砺而粗糙不堪,一团团白胡子长及腰部,似乎狂风恶浪掀起的白沫还留在他的胡子上。

他禀报说他曾经派出一支船队,试图经由加代斯和蒂米亚玛

---

① 卡西泰里德群岛,在今天的法国布列塔尼半岛西面。
② 黑暗海湾,即今天的法国莫尔比昂海湾。
③ 塔婆罗巴纳,即锡兰岛。
④ 朱迪亚,在巴勒斯坦。

塔,绕过南角和香料海岬,抵达以旬迦别①。其他船只继续向西航行,一连四个月未曾遇到海岸,后来船头缠在一些草丛中,天际不断轰响着瀑布的声音,血色的浓雾使太阳昏暗下来,一阵充满香味的微风使水手们昏昏入睡;至今他们说不清当时是怎么回事,因为他们的记忆都错乱了。反正他们到过斯基泰地区②的几条河流,一直到达科尔西德③,还到过安格尔人④、埃斯蒂安人⑤的国度,在群岛掳掠了一千五百名少女,将所有在埃斯特里蒙海岬⑥外面航行的外国船只凿沉,以免航路被人探知。托勒密国王留下了舍巴尔⑦的乳香;锡拉库萨、埃拉蒂亚⑧、科西嘉⑨和各个岛屿什么都没提供。说到这里老舵工声音低下来了,报告一艘三层桨战舰在吕西加达⑩被努米底亚人劫走,——"因为他们和他们是同伙,主人。"

哈米尔卡尔皱起眉毛;然后他做了个手势让商旅总管禀报。商旅总管穿一件没有腰带的褐色长袍,头上裹一条很长的白色围巾,围巾绕过他的下巴,向后搭在肩上。

商队同往常一样在秋分那天出发。可是,在朝着埃塞俄比亚南端进发的一千五百人中(他们的骆驼是最好的,羊皮袋是崭新的,还带着大宗的花布),只有一个人回到迦太基,其他人不是累死就是在沙漠里吓疯了。那个生还的人说,他们在越过黑哈鲁西

---

① 以旬迦别,即今塔勒哈发赫。所罗门及以后犹大国诸王时代的海港,在今约旦马安省。
② 斯基泰地区,在黑海北部。
③ 科尔西德,在黑海东部,高加索以南。
④ 安格尔人,即匈牙利人。
⑤ 埃斯蒂安人,小亚细亚比蒂尼亚地区的民族。
⑥ 埃斯特里蒙海岬,在西班牙加斯科涅海湾。
⑦ 舍巴尔,在埃塞俄比亚。
⑧ 埃拉蒂亚,城市名,位于红海。
⑨ 科西嘉,地中海岛屿。
⑩ 吕西加达,利比亚克兰尼地区的一个海港。

山脉①后又走了许多路,过了阿塔朗特人②聚居的地区和大猿猴的国度,就看到一些辽阔广大的王国,那里就连最小的器皿都是金子打制的;他还看到一条像海一样宽的大河,河水的颜色和牛奶一样;还有一些长着蓝树的森林,香料堆成的小山,和生长在峭壁上的人面怪物,它们的眼珠在看人的时候,会像花朵一样开放;后来,在一些住满巨龙的湖泊后面,他看到几座高与天齐的水晶山。另一些人从印度回来,带来了一些孔雀、胡椒和新颖的织物。至于那些取道西尔特和阿蒙庙去买玉髓的人,他们一定是在沙漠里丧生了。热蒂利的商队和法扎那③的商队送来了他们传统的特产;而他自己,商旅总管,现在却不敢派出任何商队了。

哈米尔卡尔明白,这是因为雇佣兵占据着乡村。他低低地呻吟了一声,用另一个手肘支撑着自己。田庄总管害怕向主人禀报情况,竟哆嗦成了一团,尽管他膀大腰圆,长着一双巨大的红眼珠。他有一个像看门狗一样的塌鼻梁,脸上罩着一张用树皮纤维编的网,腰间系一条带毛的豹皮腰带,腰带上别着两把寒光闪闪的阔刃短剑。

哈米尔卡尔刚朝他转过脸来,他立即叫嚷着请求所有的神祇做证。这不是他的过错!他对此无能为力!他按气候嬗递、田地特点和星辰变化,在冬至日种植,月亏期剪枝;他对奴隶督察很严,对他们的衣服也尽量节俭。

可是哈米尔卡尔被他这一番唠叨惹恼了,他弹了一下舌头,别着短剑的人赶紧说:

"主人啊!他们抢走了一切!毁掉了一切!在马夏拉砍倒了三千棵树,在乌巴达捣毁了所有的仓库,填平了所有的蓄水池!在

---

① 黑哈鲁西山脉,北非的一条山脉。
② 阿塔朗特人,利比亚的一个部族。
③ 法扎那,克兰尼城市。

特岱斯抢走了一千五百高莫尔①面粉;在马拉扎纳杀死牧人,吃光畜群,烧了你的房子,你夏天住的、用雪松做房梁的漂亮房子!在都布博割大麦的奴隶逃进了深山;那些驴子、驴骡、马骡、塔奥米纳的公牛和奥兰日种马,一头不剩,全给牵走了!这真是厄运临头!我活不下去了!"他又哭着说:"啊!要是你知道本来食品有多充足,犁铧是多么明亮!……多肥的公羊!多健壮的公牛!……"

哈米尔卡尔愤怒得透不过气来,终于大发雷霆:

"住嘴!难道我是个穷光蛋!不要说谎,把真实情况告诉我!我要知道我损失的一切,哪怕一文钱、一根针也不准隐瞒!阿卜达洛南,把账本给我拿来,船务账本、商旅账本、田庄账本和家里的开支账本都拿过来!假如你们做了亏心事,你们就要大祸临头了!——出去!"

所有的管家都哈着腰,两只拳头直垂到地面,倒退着出去了。

阿卜达洛南走过去在墙上的一个架子中间取来一些打结的绳子、布条或纸莎草条,以及写着细小字迹的羊肩胛骨。他把这些东西放在哈米尔卡尔脚下,又把一个木框交到他手中,木框里绷着三根线,线上串着金球、银球和角质的球,然后就开始报告:

"马巴勒一带的一百九十二座房子租给了新的迦太基人,每月一贝卡②租金。"

"不行,太多了!对穷人要手下留情!你把那些你觉得最有胆量的人的名字记下来,设法了解他们对我们的共和国有没有感情!说下去!"

阿卜达洛南对这种慷慨的做法感到惊异,他犹豫起来。

哈米尔卡尔从他手里抢过那些布条。

---

① 高莫尔,古代容量单位。
② 贝卡,古货币单位,一贝卡相当于半西克勒。

"这是什么？日神庙周围的三座公馆每月租金十二凯西塔①！加到二十凯西塔！我不想让富人沾我的光。"

大总管深深地打了个躬,然后又说:

"借给蒂吉拉斯两基卡尔,本季度末到期,照航海业的习惯,收三分三的利率;借给巴马尔卡特一千五百西克勒,以三十个奴隶作抵押。不过有十二个奴隶已经在盐田里死掉了。"

"那是因为他们不够结实,"执政官笑道,"没关系！如果他要用钱,就借给他吧！钱总是应该借给人的,但利率要因人而异,财产越多利率越高。"

于是这位管家急忙念起各处的收益来,安纳巴②的铁矿、珊瑚采集场、红色颜料工场、向定居的希腊人征收赋税的包税所、向阿拉伯出口的白银(在那里,白银比黄金还贵十倍)、劫获的船只(其中扣除上交给月神庙的十分之一所得)。——"我每次都少报四分之一,主人！"哈米尔卡尔拨着那些小球进行计算,小球在他手指下铿然作响。

"够了！你支付了些什么?"

"根据这些文书(付款后都收回来了),付给科林斯③的斯特拉托尼克莱斯和亚历山大城④的三位商人一万德拉克马⑤雅典银元和十二塔兰的叙利亚金子。每月每艘三层桨战舰的船员伙食费要花去二十米那⑥……"

"我知道！损失了多少战舰?"

"账目都记在这片铝板上呢,"总管说,"至于合伙包租的那些

---

① 凯西塔,古货币单位,价值与西克勒相当。
② 安纳巴,在阿尔及利亚西北部。
③ 科林斯,希腊城市。
④ 亚历山大城,今属埃及。
⑤ 德拉克马,希腊通用的主要货币单位。
⑥ 米那,相当于一百德拉克马。

船只,由于经常要把货物抛到海里,损失数量不等,我们按合伙人的人头均摊了。向军火库借的绳索无法归还他们,西西特会在出征乌提卡以前讨去了八百凯西塔。"

"又是他们!"哈米尔卡尔低着头说,他默然片刻,感到了那些人对他的各种仇恨的重压,似乎被压垮了。——"我怎么没看见梅加拉的开支账目?"

阿卜达洛南脸色发白,他到另一个架子上拿来一沓沓用皮条穿起来的埃及无花果木小木板。

哈米尔卡尔听着他念账目。他对家务琐事颇感兴趣,听着这个单调的声音列举一笔笔数字,心境也渐趋平和。阿卜达洛南越念越慢。突然,他手里的木板撒了一地,自己也匍匐在地,伸直双臂,像个罪犯一样。哈米尔卡尔不露声色地捡起木板,他看到仅仅一天之内竟耗费了数量惊人的肉、鱼、野禽、酒、香料,还打碎了那么多杯盘、死了那么多奴隶、丢失了那么多地毯,不由得目瞪口呆。

阿卜达洛南始终匍匐着,向他禀报了蛮军的盛宴。他未能推诿元老们的命令,——况且萨朗波也想多花点钱好好款待士兵。

哈米尔卡尔听到女儿的名字跳了起来。而后又抿紧嘴唇蹲在坐垫上,手指甲撕扯着坐垫的流苏,喘着粗气,两眼发直。

"起来!"他说,接着就走下石头圆盘。

阿卜达洛南跟在他后面,膝盖直打哆嗦。但他抓住一根铁棍,像疯子一样撬起铺在地面的石板来。一只圆木盖蹦了起来,不一会儿在整条长廊上露出了好几个这样的大盖子,盖子底下是储藏谷物的地窖。

"你看见了,日神的眼珠!"总管哆嗦着说,"他们没有全部抢光!每个地窖有五十肘深,全都装得满满的!你出门在外的时候,我让人在军火库、花园,到处都挖了地窖!你的家中藏满麦子,就像你的心中藏满智慧。"

哈米尔卡尔的脸上掠过一丝笑意:"很好!阿卜达洛南!"然

后在他耳边说:"你从伊特鲁立亚①、布吕锡奥,随便你从什么地方,再去买进一点麦子,不管什么价钱!囤积起来,妥善保管!应该由我一个人拥有全迦太基的小麦!"

等他们走到长廊的另一头,阿卜达洛南用一把挂在腰带上的钥匙串里的钥匙,打开了一间四方形大房间,房间当中有一排雪松木的柱子把房间一隔为二。堆在桌子上、墙洞里的金币、银币、铜币,沿着四面的墙壁一直堆到搁天花板的横梁。墙角放着些用河马皮做的巨大的口袋,这些口袋上面堆着几层小一些的口袋;一堆堆辅币在石板地上像一座座小山;有些叠得太高的钱币倒塌了,东一处西一处的,像倾倒的柱子。迦太基的巨大的钱币和各殖民地的钱币混杂在一起,迦太基币铸有月神在一棵棕榈树下骑着马的图形,殖民地的钱币有的铸着公牛,有的铸着星星,有的铸着圆月,有的铸着新月。接着他们又看了那一堆堆数目不等、各种面值、各种大小、各种时代的钱币——从薄如指甲的亚述古币,到厚于手掌的拉丁姆古币,以及埃吉纳的纽扣、巴克特里亚纳的板形货币、拉栖第梦的短棍状货币。有些钱币长了锈,油腻腻的,被水泡得发绿或者被火熏得乌黑;有的是用渔网捞上来的,有的是攻破城池以后在瓦砾堆中捡来的。执政官很快就估算出现有的数目是否与方才所报的收支情况相符。他刚要走开,却发现有三个铜瓮完全空了。阿卜达洛南害怕地转过头去,哈米尔卡尔却听天由命,一语不发。

他们穿过其他长廊、其他大厅,最后来到一扇门前。有一个人被一根固定在墙上的长铁链拦腰拴在那里。这是罗马人的习俗,为的是让他更好地看门,不久前才传到迦太基。这人的胡子和指甲长得惊人,他不停地左右摇摆着,像个被抓住的野兽。他一认出哈米尔卡尔,便朝他冲去,喊道:

"开恩吧,日神的眼珠啊!可怜可怜我,杀了我吧!我已经十

---

① 伊特鲁立亚,意大利古地区名。

年不见天日了！看在你父亲的分上,开开恩吧!"

哈米尔卡尔没有理他,只是拍了拍手。三个人应声跑来,于是这四个人一起绷足力气,把闩着门的粗大的铁棍从门环里拉出来。哈米尔卡尔接过一支火炬,钻进了黑魆魆的门洞。

人们以为这是哈米尔卡尔家族的墓地,其实只能看到一口大井。挖这口井只是用以迷惑盗贼而已,里面什么也没有。哈米尔卡尔从井旁走过,然后弯下身子,推起一盘极其沉重的石磨。石磨在碾子上转动着,露出一个洞口来。他走进一间盖成圆锥形的屋子。

青铜的鳞片覆盖着墙壁,房间中央的花岗石底座上屹立着一尊卡比尔神像。这位卡比尔神名叫阿莱特,是塞尔蒂韦里亚矿山的开山祖师。底座前面的地上,庞大的金盾和硕大无朋的银瓶排成一个十字,瓶子是实心的,形状稀奇古怪,不能使用;人们惯常将大量金银熔铸成这样难以挥霍、甚至难以搬动的东西。

他用火炬点着了神像帽子上的矿工灯,绿的、黄的、蓝的、紫的,像酒一样颜色、像血一样颜色的光芒忽然照亮了大厅。大厅里到处都是宝石,有的装在像路灯似的挂在青铜鳞片上的金葫芦里,有的还在璞中未经雕琢,就堆码在墙脚下。其中有用投石器从山上打下来的蓝宝石、猞猁尿凝成的红宝石、月亮上坠下来的陨石、蒂阿诺宝石、钻石、桑达斯特罗姆宝石、绿玉,还有三种类型的红宝石、四种类型的蓝宝石和十二种类型的绿宝石。它们光彩夺目,像飞溅的牛奶,像蓝色的冰碴,像灿烂的银粉,发出成片的、辐射状的或星星点点的光芒。由雷击产生的箭石在具有疗毒功效的玉髓旁边闪烁发光。扎巴尔卡峰的黄玉可以祛除恐惧,巴克特里亚纳的乳白石可以防止小产,阿蒙角放在床下可以得梦。

宝石的光芒与灯光在巨大的金盾牌上交相辉映。哈米尔卡尔双臂交叉于胸前,微笑着站在那里——他在意识到自己拥有无数珍宝时远比他看戏时感到愉悦。他的珍宝是无法接近、取之不竭、无穷无尽的。他那些长眠于他脚下的祖先,把他们的永恒送到他的心头。他觉得自己与地下的神灵近在咫尺。这仿佛是卡比尔神一般的欢乐,他觉得那照射在他脸上的巨大而明亮的光线,像是一张看不见的大网的边缘部分,那网越过无数深渊,把他与世界的中心维系在一起。

有个念头使他周身一震,他到了神像后面,径直向墙壁走去。然后他察看了手臂上刺的花纹,其中一根横线两根竖线在迦南数字里表示十三。于是他数到第十三块青铜鳞片,然后又一次撩起宽大的袍袖,伸出右手,在手臂上的另一个地方辨识一些更复杂的线条,一面用手指轻轻抚着,像弹里拉琴一样。最后,他用大拇指按了七下,墙壁的一部分就整块地转了过去。

这堵墙遮蔽着一个小地下室,里面藏有一些神秘的东西,没有名称,是无价之宝。哈米尔卡尔走下三级台阶,在一个银桶里把一块浮在黑色液体上的羊驼皮拿了出来,便又回到上面。

于是阿卜达洛南在他前面走着,用他的长手杖敲着石板地,手杖的圆头上有几只铃铛;每到一个房间前面,就高呼哈米尔卡尔的名字,并伴随着许多赞美和祝福。

所有的长廊都通向一个环形走廊,环形走廊里沿墙堆放着檀木小梁、成袋的散沫花、一瓶瓶的利姆诺斯[①]土和装满珍珠的龟壳。执政官走过时,衣袍在这些东西上拂过,而那些极大的一块块琥珀,那种由阳光凝聚而成的近乎神圣的物质,他连看都不看一眼。

一阵香雾溢了出来。

"把门打开!"

他们走了进去。

[①] 利姆诺斯,爱琴海上的一个希腊岛屿,古代史籍中有关于利姆诺斯迷宫的记载。

一些光着身子的人在揉着面团,研磨草药,拨弄炭火,把油倒进坛子,打开或关上墙壁上挖的那些卵形小室。卵形小室多得使房间像个蜂窝一样,里面装满诃子、香棕、番红花、香堇菜之类。到处散放着树胶、粉末、根茎、玻璃瓶、绣线菊的枝条、玫瑰花瓣;种种气味令人窒息,尽管房间中央的一个青铜三脚架上噼啪作响的安息香送来了一股股的香气。

香料总管肤色苍白、身材修长,像一根白蜡烛。他朝哈米尔卡尔走来,把一卷香脂捏碎放在哈米尔卡尔手中;另有两个人用甘松香叶给哈米尔卡尔擦摩脚跟。他把他们推开;他们都是些生活习性卑污下贱的克兰尼人,只是由于身怀绝艺才受到重视。

为了显示自己的细心周到,香料总管用一只琥珀勺子盛了一点叙利亚蒌叶油给执政官品尝,然后又用锥子刺穿了三块印度解毒石。他的主人懂得其中诀窍,拿来了一只盛满香脂的羚羊角,凑近炭火,然后把香脂倒在袍子上,袍子上现出一块褐色斑点,说明这是假货。于是他目不转睛地盯着香料总管,一语不发便把羚羊角照他脸上扔去。

尽管他对损害他利益的掺假行为那么愤恨,他在看到正在打包的运往海外各国的甘松茅的时候,却下令把锑粉掺和进去,使分量重些。

而后,他又问总管,供他使用的三盒波斯香水在什么地方。

香料总管承认他不知道波斯香水的下落,雇佣兵来过这里,他们拿着刀剑向他怒吼,他就把那些格子给他们打开了。

"这就是说,你怕他们胜过怕我!"执政官怒吼起来。他的眼睛像火炬一样透过烟雾照射在这个苍白的高个子身上,这人刚开始明白过来。"阿卜达洛南!在太阳下山以前你让人把他鞭打一顿:要抽得他皮开肉绽!"

这个损失比其他损失小得多,却把他激怒了。因为尽管他竭力不去想那些雇佣兵,却不断地要碰上他们。他们的无处不在又与他女儿的耻辱联系在一起,他愤恨全府上下的人知道此事却不告诉他。不知道什么东西在促使他去深入了解自己遭受的灾难,他中了魔似的四处巡查,他查看了商行后面厂棚里的沥青、木材、铁锚和缆索、蜂蜜和蜂蜡的存货,以及布匹货栈、食品储备、大理石工场和药菊仓库。

他又到花园的另一头视察了那些小屋里的手艺人。他们隶属于哈米尔卡尔府,生产的产品用来出售。裁缝们在绣斗篷;有些人在编渔网;有些人在梳理坐垫,裁剪鞋面;埃及工匠在用贝壳加工纸莎草;织工的梭子咔咔作响,兵器匠的铁砧声震四方。

哈米尔卡尔对他们说:

"多打些刀剑!不停地打!会有用处的。"说着他从怀里掏出那块用毒药浸过的羚羊皮,让人给他裁制一件护胸甲,比青铜甲胄更结实,刀箭不入,火烧不透。

他一走近那些工匠,阿卜达洛南就在一边嘀嘀咕咕,挑剔他们的活计,想让哈米尔卡尔生他们的气,把怒火转移到他们头上。——"这叫什么活儿!真是丢脸!主人对你们太好了!"哈米尔卡尔没理会他,走出了小屋。

他放慢了脚步,因为有些从头到脚烧焦了的大树挡住了去路,就像牧人扎过营的树林里的景象一样。栅栏倒坍了,沟渠干涸了,在东一摊西一摊的烂泥水洼里露出一些杯盏的碎片和猴子的白骨。灌木丛里东一处西一处地挂着些破布;柠檬树下,朽烂的花朵变成一堆黄色粪土。仆役们确实以为主人不会回来了,所以根本没有收拾。

每走一步他都会发现一个新的灾难,也是他发誓不去了解的那件事情的一个新的证明。现在他又踩到了粪便,弄脏了自己的绛红色半统靴;而他却不能把这些蛮族人都抓来放在投石器上当着他的面打得粉身碎骨!他觉得自己为他们辩护真够丢丑的,这是一种欺骗、一种叛变;由于他无法对雇佣兵进行报复,也不能对元老们或是萨朗波或是其他任何人进行报复,而他的怒气又需要有个发泄对象,于是他就把管理花园的奴仆一下子都罚到矿山里去了。

阿卜达洛南每次见他走近象院就害怕得直打哆嗦。哈米尔卡尔却朝通往磨坊的小路走去,因为他听见那里传来了一阵凄凉的歌声。

沉重的磨盘在飞扬的粉尘中转动,那是两块互相重叠的圆锥形斑岩石,上面那块有个漏斗,用几根粗棍推着在下面那块石头上转动。有些汉子用胸膛和手臂推着,另一些套上绳索拉着。绳套在他们的胸腋部磨出一片带脓的痂盖,就像驴子肩头的伤痕一样;黑色的褴褛衣衫软绵绵地垂着,几乎遮不住腰部,就像一条长尾巴打着他们的小腿。他们两眼通红,脚上铁索银铛,胸膛同时一起一落地喘息;嘴上套着嘴套,用两根青铜链系住,使他们不能吃面粉;手上戴着无指手套,不让他们偷面粉。

主人一进来,木棍的吱嘎声更响了。谷粒发出轧轧的响声被碾碎。有几个人跌跪在地上,其他人从他们身上跨过去继续推磨。

哈米尔卡尔命人把奴隶总管吉德南找来。那人走进磨坊,身上穿着华丽的服饰以显示自己的地位。他那两边开衩的长上衣用的是精美的绛红衣料,耳上坠着沉甸甸的耳环,裹腿布上绑着根金带,像金蛇盘树,由脚踝直至大腿根。戴满戒指的手指间拿着一串黑玉念珠,用以辨别癫痫病人。

哈米尔卡尔做了个手势,让他摘掉那些嘴套。于是所有这些人都像饿狼似的叫着扑到面粉上去,把脸埋在面粉堆里狼吞虎咽起来。

"你把他们弄得精疲力竭了!"执政官说。

吉德南答道只有这样才能制服他们。

"倒是不用送你去锡拉库萨上奴隶学校了。把其他人都给我叫来。"

于是伙夫、膳食总管、马夫、跟班、轿夫、澡堂人员和带着孩子的妇女都在花园里排成一行,从商行一直排到兽栏。他们都屏住了呼吸。梅加拉一片静寂。太阳照到了地下墓场脚下的潟湖。孔雀鸣叫着。哈米尔卡尔一步一步地在队列前走过去。

"我要这帮老家伙干什么?"他说,"卖掉他们!高卢人太多了,他们全是醉鬼!克里特人也太多,他们爱说谎!给我买些卡帕多西亚人、亚洲人和黑人来。"

他对儿童数量之少表示惊讶。——"吉德南,府中每年都应该有孩子出生!你每天夜里要让他们的屋门开着,让他们自由交配。"

然后他让吉德南把偷东西的、懒惰的、不听命令的奴仆指给他看。他一面处罚他们,一面责骂吉德南;吉德南像公牛似的垂着低矮的额头,两道粗眉拧成一个疙瘩。

"瞧,日神的眼珠。"吉德南指着一个健壮的利比亚人说,"这里还有个想上吊的,被人发现了。"

"哦!你想死吗?"执政官轻蔑地问他。

那奴隶毫不畏惧地答道:

"是的!"

于是哈米尔卡尔既不顾虑这会成为一个榜样,也不考虑金钱上的损失,对仆人们说:

"把他带走!"

也许他心里有个献祭的想法。他做出这个牺牲是为了避免更可怕的灾祸。

吉德南本来把残废的奴隶藏在别人后面,却还是给哈米尔卡尔发现了。

"谁把你胳膊砍掉的,你?"

"是雇佣兵,日神的眼珠。"

他又问一个活像受伤的鹭鸶一瘸一拐的萨谟奈人:

"你呢？谁把你弄成这样？"

是奴隶总管用根铁棍打断了他的腿。

这种愚蠢的残暴行为使执政官勃然大怒,他从吉德南手里抢过那串黑玉念珠：

"咬伤畜群的狗要受诅咒。大慈大悲的月神啊,他竟敢打断奴隶的腿！啊！你这个败家精！把他的脑袋闷到粪堆里去！那些缺席的人呢？他们在哪里？都被你和雇佣兵杀掉了吗？"

他的面容可怕之极,吓得那些女人四散逃走。奴隶们纷纷退避,在他们周围形成一个大圆圈。吉德南发疯似的吻着哈米尔卡尔的鞋子,哈米尔卡尔站在那里,双臂仍然举在他头上。

但他就像在战斗最激烈的时刻一样思路依旧十分清晰,他回想起千百件令人厌恶的事情,想起他曾经加以回避的丑事。于是,就像暴风雨中的电闪一样,他的愤怒使他一下子看清了他所遭受的全部损失。那些乡间总管由于害怕雇佣兵都曾逃匿起来,或许他们是和雇佣兵串通好故意逃开的。大家都在欺骗他,他忍耐得太久了。

"把他们带来！"他喊道,"用烧红的烙铁在他们额头烙印,就像给坏人打烙印那样。"

于是有人搬来了绊索、枷锁、刀子、给罚去矿山的奴隶戴的镣铐、用来夹住双腿的短石柱、用来箍住肩膀的刑具,还有蝎子、三股皮条的鞭子,鞭梢都带着青铜尖爪。

所有受刑的人都面对着太阳,朝着吞噬万物的日神,或者俯卧,或者仰卧；受笞刑的人则面对而立,两个人站在身后,一个计数,一个鞭打。

打手用双臂抡鞭抽打,皮带呼呼地响着,把梧桐树皮都打飞起来。鲜血像雨点似的飞洒在树叶上,一堆堆鲜红的躯体在树脚下扭动着,发出凄厉的惨叫。受烙刑的人用指甲使劲抠自己的脸。只听见木螺钉在吱嘎作响,沉闷的碰撞声此起彼伏,不时有声尖叫划破空气。在厨房那边,在破烂的衣衫和低垂的头发间,有些人在用扇子扇红炭火,飘来了一阵烧焦的肉味。受笞刑的人昏厥了过去,却被胳膊上的绳索吊住,脑袋倾侧在肩头,双目紧闭。围观的人都吓得叫了起来,那些狮子也许是想起了盛宴的那天,都打着呵欠伸直身体卧在坑沿。

这时大家看见萨朗波走到平台边上,惊骇地来回奔跑。哈米尔卡尔看到了她,觉得她似乎向他举起双臂请求他开恩。他做了个厌恶的手势,就钻进了象院。

这种动物是迦太基名门大族的骄傲。它们驮过他们的先辈,在战争中建过奇功,人们都把它们当作太阳的宠儿加以尊敬。

梅加拉的象群是全迦太基最强健的。哈米尔卡尔在出门以前曾要阿卜达洛南发誓好好照料它们。可是它们都因肢体受到损伤而死去了,只有三头象还活着,躺在象院中央的尘埃里,破碎的食槽前面。

它们认出他来,走到他面前。

一头象的双耳被割裂了,样子十分怕人;另一头的膝盖上有个大伤疤;还有一头象鼻子被割掉了。

它们带着悲伤的神情看着他,好像有理性的人一样。那头没有鼻子的大象低下巨大的脑袋,屈起腿,想用它那残留的难看的鼻端温存地爱抚他。

受到那畜生的爱抚,他两滴眼泪夺眶而出。他朝阿卜达洛南扑去。

"啊!你这混蛋!上十字架!上十字架!"

阿卜达洛南仰面倒地,晕了过去。

在青烟缓缓升上天空的红色颜料工厂后面,响起一声豺狗的嗥叫,哈米尔卡尔停了下来。

一想到他儿子,他就像被神灵摸了一下,突然平静了。他隐约感到,儿子是他的力量的延续,是他自身的无限继续。他的奴隶们都不明白他怎么突然平息了怒气。

他向红色颜料工场走去的时候,路过地牢门口。那是个黑石砌成的长长的屋子,建在一个方坑上面,方坑四周有一条小路环绕,方坑的四角各有一座阶梯。

伊迪巴勒大概要等黑夜降临才会发出全部信号。"现在还不用着忙。"哈米尔卡尔想道,于是走下地牢。有几个人向他叫道:"回来!"最胆大的却尾随在他身后。

开着的门在风中乒乓直响。黄昏的光线从狭小的枪眼里照射进来,可以看见里面墙上垂着一根根斩断的铁链。

这就是那批战俘所留下的一切。

哈米尔卡尔脸色变得异常苍白,那些在坑外俯身向坑里张望的人看见他用手扶着方坑的内壁以免跌倒。

豺狗连续嗥叫了三声。哈米尔卡尔抬起头来,他一声不吭,也不做任何手势。而后,等太阳完全下山,他才隐没在仙人掌篱笆后面。当晚,在埃斯克姆神庙举行的富豪会议上,他进门就说:

"凭着众神的光辉,我接受布匿军队的指挥权,去征讨蛮族军队!"

八　马卡尔之役

就在第二天,他便从西西特会提走了二十二万三千基卡尔金子,又下令向富户征集十四谢凯勒的税金,甚至妇女也要纳税,还要替子女缴钱。他还强迫宗教团体出钱。这在迦太基的传统习俗里算得上一件骇人听闻的事情。

他征用所有的马匹、所有的骡子、所有的武器。有些人想隐瞒家产,结果他们的财产被变卖充公;为了使别人不敢吝惜财物,他一个人就捐献了六十副甲胄和一千五百高莫尔面粉,相当于象牙商社的全部捐款。

他派人到利古里亚去招募士兵,共计招得三千名惯于和熊黑格斗的山民,每人预付六个月的饷银,按每天十五米纳计算。然而他还必须组建一支军队。他不像汉诺,不管什么人都要。他首先剔除那些成天坐着干活的人,其次是那些大腹便便或者看上去胆小如鼠的人;而那些声名狼藉的人、马勒加的地痞流氓、蛮族人的子弟、获得自由的奴隶,却都收了下来。作为报酬,他许诺给这些新的迦太基居民以完全的公民权。

他所要做的第一件事,就是改造神圣军团。这些风度翩翩的年轻人自视为共和国军界的君王,完全由自己当家做主。哈米尔卡尔把他们的军官解除了职务,对他们十分严厉,让他们跑步、跳跃,一口气登上比尔萨的山坡,投掷标枪,摔跤,夜间在广场上露宿。他们的家属前来探视,都心疼他们。

他定制较短的宝剑、更结实的战靴。他限定侍从的数目,压缩行装的分量;摩洛神庙里藏有三百支罗马重标枪,尽管大祭司一再要求宽免,却还是被他征用了。

他把从乌提卡之役生还的战象和各户私有的大象组成一支拥有七十二头象的团队,使它们成为一支可怕的力量。每个赶象的人都发了一把木槌和一只凿子,如果它们在混战中发起火来,便可以凿破它们的脑壳。

他不允许元老院来任命他的将军。元老们企图援引法律提出异议,却被他钻了法律的空子;大家再也不敢窃窃私议,一切都屈服于他那强暴的天才之下。

他一人独自担负起战争、政府和财政三副重任,并且要求执政官汉诺担任他的账目审核人,以免日后受人指控。

他让人加固城防。为了获得石料,他让人拆除了现在已经没有用处的老城城墙。但是财产的多寡,一如被它取代的种族等级,仍然在战败者的后代和征服者的后代之间维持着一道鸿沟。因此贵族们都以恼怒的目光看着倾颓的老城城墙被人拆除,而平民百姓却对此感到高兴,尽管他们自己也不太清楚为什么高兴。

部队全副武装,从早到晚地在街上游行;每时每刻都能听见嘹亮的军号;满载盾牌、帐篷、标枪的车辆驶过街头;院落里尽是些妇女,在撕着布头;大家的热情彼此感染;汉米加尔成了整个共和国的灵魂。

他把士兵按双数划分,每行队列都是一强一弱交替排列,使不结实的、胆小的人可以同时被在他左右的两个人带领着、推动着前进。但是他那三千利古里亚人和迦太基人中最出色的战士,只够他组成一个拥有四千零九十六名重武装步兵的方阵。重武装步兵是头戴青铜盔、手里摆弄着十四肘长的桦木长矛的士兵。

两千名年轻人配备着投石器、匕首,穿着皮襻鞋。他用另外八百名配备有圆盾和罗马短剑的青年加强他们。

胸甲骑兵由神圣军团剩下的一千九百人组成。他们像那些克里那巴尔①兵一样,身披红铜甲片。他还有四百名骑马弓箭手,大家称之为塔兰托人。他们头戴银鼠皮帽子,身穿皮袍,手执双锋斧。最后还有一千二百名商队里的黑人混杂在胸甲骑兵中间,他们必须在打仗的时候抓住马鬃毛,随着战马冲锋陷阵。一切都已准备就绪,可是哈米尔卡尔还不出发。

他常在夜间独自出城,深入到潟湖后面的马卡尔河②河口。难道他想投奔雇佣兵?驻扎在马巴勒的利古里亚人环绕着他的住宅。

富豪们的担忧似乎得到了证实:有一天,人们看到三百名蛮族人走到城墙跟前,执政官给他们打开了城门。原来那是来投诚的士兵,他们或是出于惧怕或是出于忠心,前来投奔旧主。

哈米尔卡尔的归来丝毫没有使雇佣兵们感到意外;这个人,在他们心目中,是不会死的。他回来是为了实现他的诺言。这种希望一点也不荒谬可笑,因为国家和军队间的隔阂实在太深了。况且他们并不觉得自己有罪,他们早已把盛宴那天的事忘在脑后了。

他们抓获的细作使他们的幻想破灭了。这对于强硬派来说是个胜利,连温和派也激怒了。而且两处围城之役也使他们厌倦不堪;毫无进展,宁愿来一个会战!许多人都擅自离队,在乡间乱跑。听到迦太基人正在备战的消息,他们又回来了;马托高兴得跳了起来。"总算盼到了!总算盼到了!"他喊道。

于是他对萨朗波的怨恨转移到哈米尔卡尔身上。他的仇恨现在找到了一个明确的对象;由于报复的事变得容易谋划了,他便以为已经十拿九稳,而且已经扬扬得意起来。与此同时,他的柔情更加高涨,一种更加强烈的欲望煎熬着他。他一会儿看见自己在士兵中间,把执政官的头颅挑在枪尖上挥舞;一会儿又似乎是在那

---

① 克里那巴尔,亚述披甲战士。
② 马卡尔河,即现在的突尼斯梅捷尔达河。

间有绛红吊床的卧室里,将那个处女紧紧搂在怀里,将她的脸印满自己的亲吻,用他的手抚弄她那一头浓密的黑发。他知道这种幻想难以实现,因而备受折磨。他向自己发誓,既然他的伙伴们推举他为统帅,那就要指挥好这场战争;他坚信自己不会从这场战争中生还,这使他决心打一场极其惨烈的战争。

他赶到史本迪于斯那里,对他说:

"你去召集你的人马!我把我的人带来。快通知欧塔里特!如果哈米尔卡尔向我们发起进攻,我们就完了!你听到了吗?站起来!"

史本迪于斯见他这种威严的神气不禁目瞪口呆。马托惯常总是让人牵着走,有时发一下脾气也很快就会雨过天晴。可是现在他却显得又平静又可怕;眼睛里闪耀着非凡的意志的光芒,如同焚烧献祭的火焰。

那个希腊人却不听他这些理由。史本迪于斯住在珍珠镶边的迦太基人的篷帐里,用银杯喝着清凉的饮料,把剩酒倒在盆里占卜吉凶,让剃光的脑袋重新长出头发,不慌不忙地指挥着围城战役。况且他在城里布置了内线,认为乌提卡城指日可下,所以根本不愿意撤走。

纳哈伐斯一直游荡于三支军队之间,这时正好也在史本迪于斯那里。他支持史本迪于斯的意见,甚至还责备那个利比亚人过分恃勇好斗,想要放弃他们共同谋划的大业。

"你要是害怕就给我滚蛋!"马托叫道,"你答应过给我们松脂、硫黄、大象、步兵、马匹!它们在哪儿?"

纳哈伐斯提醒他说,是努米底亚人歼灭了汉诺的最后几个步兵大队;——至于大象,他们正在树林里捕捉,步兵正在装备,马匹正在途中;这个努米底亚人一面抚摸垂到肩头的鸵鸟翎毛,一面像女人似的转动眼珠,并且惹人生气地微笑着。马托在他面前什么话也答不上来。

这时有个他们不认识的人走了进来,他大汗淋漓,惊惶失色,双脚流血,腰带散开,气喘吁吁,几乎使骨瘦如柴的胸膛炸裂开来。他用一种大家听不懂的方言一边说,一边瞪大了眼睛,仿佛在描述某个战役。努米底亚国王跳了起来,跑出帐篷,召集他的骑兵。

他们在平原上列成一个圆形站在他面前。纳哈伐斯骑在马上,低着头,咬着嘴唇。然后他把人马分成两半,叫一半的人等着他,对另一半人做了一个威严的手势,带着他们朝着群山的方向急驰而去,不一会儿便在视野中消失了。

"主子!"史本迪于斯喃喃地说道,"我不喜欢这些蹊跷的偶然事件,一会儿是哈米尔卡尔来了,一会儿又是纳哈伐斯走了……"

"咳!那又有什么关系?"马托轻蔑地说。

这又是一条必须与欧塔里特会合,以防哈米尔卡尔进攻的理由。可是如果放弃围城,那两座城市的居民就会追出城来,从他们背后攻打他们,而他们正面又有迦太基人。谈了半天,他们决定并立即执行了以下措施。

史本迪于斯率领一万五千人,进发到离乌提卡三罗马里①的马卡尔大桥,并在大桥的四角筑起四座巨大的箭楼,配备以投石器,来加强大桥的防御能力。用树干、石条、一团团的荆棘和一道道石墙堵住山间所有的通道和所有的隘口;在各座山顶堆积柴草,点火为号,并且派出善于远眺的牧人,在四下里布下岗哨。

哈米尔卡尔大概不会像汉诺那样取道温泉山。他应该想到控制着迦太基平原的欧塔里特会截断他的去路。再说,战役一开始就打败仗会使他一败到底,而打了一个胜仗就会很快再来一个胜仗,因为雇佣兵相距较远。他也可以在葡萄岬登陆,并从那里进击两处围城部队中的任何一处。但是那样他就会夹在两支军队之间腹背受敌,他的兵力不多,不能冒这种风险。因此他应当沿着阿里

---

① 罗马里,古长度单位,一罗马里等于一千四百七十二点五米。

安那山脚前进,然后向左拐,绕过马卡尔河河口,直扑马卡尔河大桥。马托就在那里严阵以待。

夜间,他在火把照耀下督促工兵营筑箭楼。他又奔到伊博-扎里特观察敌情,再奔到山里察看工事,然后又奔回大桥工地,一刻也不停歇。史本迪于斯羡慕他的精力。然而关于调度间谍、选派岗哨、操纵机械,以及使用各种防御手段,马托对他的伙伴则是言听计从。他们也不再提起萨朗波,——一个是因为没想到过她,另一个是因为羞于启齿。

马托常向迦太基那边走去,试图侦察哈米尔卡尔的部队。他的眼睛搜索着天际;他趴在地上谛听,把自己动脉搏动的隆隆声当作军队行进的脚步声。

他对史本迪于斯说,如果三天内哈米尔卡尔还没到达,他将率领全部人马迎上前去找哈米尔卡尔挑战。又过了两天,史本迪于斯一直在劝阻他;到了第六天早上,他终于出发了。

迦太基人和蛮族人一样求战心切。住营帐的人和住房屋的人都怀有同样的欲望,同样的焦虑;他们全都在纳闷,哈米尔卡尔为什么迟迟不肯发兵。

哈米尔卡尔不时登上埃斯克姆神庙的圆顶,站在报月人身旁,观测风向。

有一天,正是蒂比月的第三天,大家见他急匆匆地走下卫城。马巴勒地区响起一片高昂的呼喊。紧跟着大街小巷都热闹起来,到处是整装待发的士兵,身边围着哭哭啼啼的妇女,扑到他们怀里,然后他们大步流星地奔赴日神广场加入自己的队列。亲友们不得跟随他们,不能同他们说话,也不准走近城根。一时间整个城市寂静得如同一座巨大的坟墓。士兵们挂着标枪在沉思,其他人在家里叹息。

日落时分,军队出了西城门;但他们没有走去突尼斯的路,或者走进山里朝乌提卡的方向前进,而是继续沿着海边走,不久便到了潟湖。湖滩上有些圆形洼地,积满雪白的盐,像一些被人忘在那里的巨大的银盘,在闪闪发光。

接着水洼越来越多,地面也渐渐变得越来越软,脚陷了进去。哈米尔卡尔头也不回地一直在队伍的前面走着,他的马浑身溅满黄色的污泥,就像一条龙,在他四周溅起无数水珠,使劲扭着腰在淤泥中跋涉。夜幕降临,那是一个没有月亮的夜。有几个士兵叫道他们要淹死了,他夺过他们的武器,交给仆役们。这时淤泥越来越深。大家只好爬上驮东西的牲口;有些人紧紧揪住马匹的尾巴;强壮的拉着体弱的;利古里亚人的队伍用枪尖驱赶着步兵。天更黑了,大家迷了路,都停了下来。

于是执政官的奴仆便去前面寻找根据他的命令竖立的路标,这种路标每隔一段距离便有一个。他们在黑暗中呼叫着,部队在他们后面远远地跟着。

最后,大家感到地面坚实了。接着,一道发白的弧线隐隐约约出现在眼前,他们到了马卡尔河边。尽管很冷,他们也没有生火。

夜半时分,大风一阵紧似一阵。哈米尔卡尔命令叫醒士兵,他们没有吹一声军号,是他们的长官轻轻拍着他们肩头把他们弄醒的。

有个身材高大的人走进河里,河水还不到他的腰部,大家可以涉水渡河。

执政官下令让三十二头大象站在河里一百步远的地方,其余大象都站在下游拦住被河水冲走的士兵。于是大家将武器举在头顶,像在两堵城墙中间一样渡过了马卡尔河。原来他发现西风带来的沙子沉积在河口,形成了横跨马卡尔河的一条天然通道。

如今他到了左岸、乌提卡城对面的一片广阔的平原上。这种地形对于构成他军队主力的象群十分有利。

这一天才的行动使士兵们士气大增。一种异乎寻常的信心回到他们身上。他们想立即向蛮族人冲去,执政官却让他们休息两个小时。太阳一出来,他们就在平原上分成三道队列向前推进了:首先是象阵,随后是轻步兵和骑兵,重武装步兵的方阵殿后。

驻扎在乌提卡城下的蛮族人和在大桥周围的一万五千名士兵见到远处的大地波浪翻滚都十分惊异。风势猛烈,卷起千堆黄沙,它们拔地而起,形成一大片一大片金黄色的沙幕,沙幕撕碎了,又不断卷起新的沙幕,使雇佣兵们辨认不出布匿军队。因为迦太基人的头盔上有角有些人便以为看到的是一群公牛;另一些人看到在风中飞舞的斗篷,就认为那是些翅膀;而那些到过许多地方的人却耸耸肩膀,把这一切说成是海市蜃楼造成的幻影。然而这个庞大的东西在继续推进。一缕缕水雾,像呵气一样若有若无,在沙漠地表掠过;太阳升高了,阳光更加明亮了:那是一种仿佛在震颤的强烈光线,它使天空更加深远,它穿透被它照射的物体,使距离变得难以估算。浩瀚的沙漠向四面八方伸展开去,无边无际;地面的起伏几乎难以觉察,但一直延续至天边,那里画着一道粗大的蓝线,大家都知道那是大海。两支部队都走出营盘眺望;乌提卡的人为了看得清楚些,都挤在城头上。

最后他们辨认出几道横线,横线上竖着许多相同的黑点。这几道横线越来越粗,越来越大;有一些黑色的小山摇摇摆摆;突然,一块块方形的荆棘丛出现在他们眼前:那是战象的方阵和标枪!大家齐声叫道:——"迦太基人来了!"便不等发出战斗的信号,没有人指挥,乌提卡城下的士兵和桥头的士兵便乱哄哄地一起朝哈米尔卡尔扑去。

史本迪于斯一听见这个名字就打了个寒战。他喘着粗气一再说着:"哈米尔卡尔!哈米尔卡尔!"而马托又不在这里!怎么办?毫无逃脱的办法!事件发生之突然,他对执政官的畏惧,尤其是立即作出决断的紧迫需要,使他六神无主;他仿佛看见自己被千百把利剑刺穿身体,砍下脑袋,死于非命。这时大家正在叫他,三万人马要跟着他冲锋杀敌;他对自己十分恼火,又把希望寄托在打胜仗之上;打胜仗的希望是那么甜蜜诱人,于是他便自以为比埃帕米侬达斯①还要大胆了。为了掩饰自己苍白的脸色,他在脸颊上抹了些朱砂,然后扣上胫甲、胸甲,灌了一爵醇酒,便跑去追赶他的部队。他的部队正急忙去同乌提卡城下的部队会合。

这两支队伍会合得极其迅速,使执政官没有时间指挥他的人马排列成战斗阵形。渐渐地,他放慢了推进速度。战象停止了前进,它们摇晃着饰有鸵鸟毛的沉重的脑袋,用长鼻子拍打着自己的肩膀。

从战象方阵之间的空隙里,可以看见轻步兵的队伍,再后面是胸甲骑兵的巨大的头盔,以及在阳光下闪着寒光的枪尖、胸甲、羽饰、迎风招展的军旗。可是拥有一万一千三百九十六人的迦太基军队,看上去却不太像有这么多人。因为他们排列成一个长方形,侧翼狭窄,挤得很紧。

看到他们人数那么少,数量是他们三倍的蛮族人高兴得乱蹦乱跳;大家没有看见哈米尔卡尔。他也许是留在那后面了? 这又有什么关系! 对这些买卖人的轻视使他们勇气倍增;史本迪于斯还没有下令布阵,他们都早已知道该怎么布阵并且行动起来了。

他们展开队形,排成一字长蛇阵,向布匿军队的两翼包抄,以便把它完全包围起来。但是,当他们离布匿军队三百步远的时候,迦太基人的战象没有前进反而掉头走了;接着,那些胸甲骑兵也拨转马头跟着它们;雇佣兵们见那些投石手也奔跑着跟了上去,越发感到惊异起来。这么说,迦太基人害怕了,他们在逃跑! 蛮族人的队伍发出了一阵可怕的呐喊,史本迪于斯在他的单峰骆驼上叫道:——"啊! 我早就知道了! 前进! 前进!"

于是梭镖、投枪、弹丸,一齐射了出去。大象的臀部被箭镞一

---

① 埃帕米侬达斯,古希腊名将。

刺,奔跑得更快起来。一片浓重的尘埃将它们裹住,它们就像融入云雾的影子一样地消失了。

与此同时,他听到尘埃深处响起一片沉重的脚步声,尖厉的军号声盖过了脚步声拼命地吹着。蛮族人面前这片尘雾弥漫、喧闹嘈杂的空间,像深渊一样吸引着他们;有几个人冲了进去。一队队步兵出现了,随即又合拢了;这时,其余没有冲进敌阵的蛮族人看见一些步兵随着奔驰的骑兵冲了过来。

原来哈米尔卡尔下令重武装步兵的方阵把各排的距离拉开,让战象、轻步兵的队伍和骑兵从这些空隙上通过,然后迅速转移到两翼;他对蛮族士兵的距离算得十分精确,所以等他们冲到面前攻打他时,整个迦太基军队已经列成了一字长蛇阵。

摆在当中的是枪矛林立的重武装步兵方阵,由一排排士兵或实心的小方阵组成,每一边都是十六个人。各行的头领都站在从后面伸出的锐利的长枪之间,这些长枪参差不齐地伸到他们前面。因为前六排士兵是从枪杆当中握住长枪,并且把长枪相互交叉起来,而后十排士兵则是一个接一个地把长枪搁在前面一个伙伴的肩上。他们的脸都被头盔的脸甲遮去了一半;他们的右腿都护着胫甲;形如半个圆筒的巨大的盾牌一直遮到他们膝部。这个令人生畏的四方形的庞然大物行动起来,如同一个整体;它像是一个有生命的野兽,运转起来又像是一架机器。两队战象一直护卫着它的两侧,它们抖动着身子,把扎在它们浅黑皮肤上的箭抖落下来。蹲在它们肩头的一簇簇白色羽饰中间的印度人,用一把有着勺状钩子的长钩勒住大象;而在象背上的战塔里,一些士兵在齐肩高的护墙后面、在张开的巨大弓弩面前,往四下里发射带有燃烧的废麻的铁箭。投石手们在战象的左右来回奔跑跳跃。他们腰间围着一个投石器,头上又是一个,右手还拿着一个。然后是胸甲骑兵,每个骑兵身边都跟着一个黑人。他们的长矛举在坐骑的双耳之间,坐骑和他们一样浑身披金饰银。他们旁边就是那些轻装步兵,他们相互保持一定的距离,举着猞猁皮的盾牌,盾牌旁边露出用左手拿着的投枪的枪尖;在这道士兵组成的长城两端,是那些塔兰托人,他们骑着两匹成对的马,担任接应。

蛮族人的军队与之相反,没能保持他们的队形。他们的阵线太长,出现了一些弯曲和空隙;大家都气喘吁吁,跑得上气不接下气。

迦太基人的方阵沉重地向前推进,所有的长矛都向前刺去;在这个巨大的压力下,雇佣兵们过分薄弱的阵线不久便从当中折断了。

于是迦太基人的两翼便展开队形包抄他们,战象跟着他们。迦太基人的方阵斜伸出长枪把蛮族人切为两段;两大段蛮族士兵乱了阵脚;迦太基人的两翼用投石器和弓箭将他们压到重武装步兵的方阵前面。他们缺少骑兵,无法摆脱这种困境;只有两百名努米底亚骑兵正在和右面的胸甲骑兵队伍厮杀。其余的骑兵全被困在里面,不能冲出阵线。形势十分危急,必须当机立断。

史本迪于斯下令同时攻打方阵的两个侧翼,以便从这两个部位冲出重围。于是方阵较短的几排士兵从较长的几排下面穿过去,回到了他们原来的位置;可是方阵向两侧转了过来,对付蛮族士兵。它的两侧与刚才的正面一样令人胆寒。

雇佣兵们奋力斩劈长枪的枪柄,可是骑兵却在后面牵制他们的攻势;方阵在战象的掩护下,时而收缩,时而展开,变成方形、圆锥形、菱形、梯形、金字塔形。方阵内部不停地进行着双向的运动,从头到尾,从尾到头;后几排士兵跑到前几排来,而前几排士兵则由于疲劳或负伤而退到后面。蛮族人被挤到方阵面前,方阵无法继续推进;这简直是一片汪洋,上面跳动着红色的羽饰和青铜的鳞片,而明亮的盾牌则有如银色的浪花翻滚起伏。有时候,从一头到另一头,波澜壮阔的人流涌了下来,在中间那沉重的巍然不动的庞然大物面前又退了回去。梭镖一会儿扎下去,一会儿又举起来。

出鞘的利剑在飞舞,速度之快使人只能看见剑尖。一些骑兵分队扩大了包围圈,它们转着圈飞驰着合拢成新的包围圈。

在军官们的喊叫声、军号声和里拉琴的铮铮声之上,铅弹和陶土的弹丸呼啸着从空中掠过,把刀剑从手中打飞,把脑浆从脑壳里打得迸溅出来。伤兵们一手执盾护住自己,一手将剑柄顶在地上支住宝剑。另一些兵在血泊里转过身来咬住敌人的脚跟。人群那么稠密,尘土那么浓厚,喧声震耳欲聋,什么都分辨不清,连懦夫乞降的喊叫也没人听见。武器没有了,就抱在一起肉搏;胸膛在铠甲的挤压下咯咯作响,尸首在敌人死命的搂抱中向后耷下脑袋。有一队翁布里亚人,站定脚跟,咬紧牙关,长矛举在眼前,巍然屹立,六十个人同时打退了两支骑兵小队。有一帮埃皮鲁斯①牧人冲到左面的胸甲骑兵队伍跟前,抓住了马匹的鬃毛,挥舞起他们的大棒;结果那些畜生把主人颠翻在地,逃到平原上去了。布匿投石手被冲得七零八落,张大着嘴发愣。方阵开始动摇起来,军官们气急败坏地来回奔跑,压队的军官督促着士兵向前推进。蛮族人已经重新排好队形,杀了回来,胜利属于他们。

可是一片吼声,一片可怕的吼声响了起来,那是一种痛苦和愤怒的咆哮:七十二头战象排成双重的队列冲上前去。哈米尔卡尔一直等到雇佣兵挤成一堆才放出战象去攻打他们。印度象夫狠狠地刺着它们,血从它们的大耳朵上流下来。它们的长鼻子涂上了红颜色,笔直地向前竖着,活像一条条红色巨蛇;它们的胸部装着长矛,背上披着铠甲,象牙前面加了一段像弯刀一样的弧形铁片,——为了使它们变得更加凶猛,还用一种胡椒、烈酒和香料混合而成的饮料事先把它们灌醉。它们摇晃着缀有铃铛的项圈怪叫着,象夫们都低下头来,象背上的战塔里射出的箭矢从他们头上飞过。

---

① 埃皮鲁斯,古希腊地名,位于现在的阿尔巴尼亚南部和希腊西南部。

为了更好地抵抗象群的进攻,蛮族人组成密集的队形冲了过来。战象们势不可当地扑进人群,它们胸前的长矛像船艏一样劈开步兵大队的波浪,步兵们乱成一团向后退去。它们用鼻子勒死敌人,或者把他们从地上抓起来,举过自己头顶,交给战塔里的士兵;它们用长牙刺穿敌人的肚子,把他们抛到空中,长长的肠子挂在它们弯钩似的长牙上,就像一捆捆缆绳挂在桅杆上一样。蛮族人企图刺瞎它们的眼睛,斩断它们的腿;有些人钻到它们肚子底下,将利剑刺进它们肚子,一直到宝剑的护手,他们自己也被踩死了;胆子最大的人身子吊在战象的皮带上,冒着雨点般的火箭、弹丸、箭矢,不停地锯着皮带,直到那柳条编的战塔也像石砌的塔一样垮了下去。右端的十四头象由于一再受到伤害而发起火来,转身朝第二行冲去。印度象夫赶忙拿起木槌和凿子,在大象头骨的接合部,抡起胳膊使劲打了一凿。

这些庞大的动物倒了下去,一个压着另一个,好像一座大山。在这一堆尸体和甲胄中间,有一头特别大的战象,名叫"天神的愤怒",眼睛里中了一箭,腿被链条缠住,在那里一直哀号到晚上。

然而其他战象却和征服者一样,以消灭对手为乐趣,撞翻、踩扁、践踏着一切,甚至尸首也不放过,撕成碎片了还要踩躏一番。为了打退密密层层围住它们的蛮族人的支队,它们用两只后腿站着不停地旋转,始终向前推进着。迦太基人感到勇气倍增,又开始了新的战斗。

蛮族人渐渐支持不住了;希腊重武装步兵扔掉了武器,其他人也发生了恐慌。大家看见史本迪于斯伏在他的单峰骆驼上面,用两支梭镖刺着它的肩部急驰而去。于是大家都向两翼冲去,直奔乌提卡。

胸甲骑兵的坐骑都已精疲力竭,所以没有设法追赶他们。利古里亚人渴得要命,叫喊着要去河边。可是迦太基人因为处在阵列中间,没有他们那么辛苦,眼看着复仇良机从面前溜走,都急得直跺脚。他们已经冲出去追赶蛮族人,这时哈米尔卡尔出现了。

他提着银缰绳勒住他那匹大汗淋漓的虎斑马。系在他头盔的双角上的飘带在风中噼啪作响,他的椭圆形盾牌挂在左腿下面。他将三尖矛一挥,止住了他的军队。

塔兰托人飞快地从马背上跳到第二匹马身上,有的向左、有的向右朝着河边和城市驰去。

方阵轻易地结果了剩下来的所有蛮族人。刀剑劈下来时,他们就闭上眼睛伸出脖子。另一些人则拼命抵抗,迦太基人就远远地用石头砸死他们,像砸死疯狗一样。哈米尔卡尔曾命令抓些俘虏,可是迦太基人服从这个命令时怨声四起,他们将利剑刺进蛮族人身体时感到那么痛快。他们太热了,于是光着膀子干,好像割草人一样。他们停下来歇一口气的时候,眼睛还看着田野上一个骑兵奔驰着追赶一个蛮族士兵。他终于揪住了蛮兵的头发,拖着跑了一程,然后一斧子将他砍倒。

夜幕降临。迦太基人和蛮族人都不见了。几头逃走的象背着烧毁的战塔在天边游荡。那些战塔在黑暗中燃烧着,东一处西一处地好似在浓雾里隐现的灯塔;平原上看不见其他动静,只有马卡尔河滚滚而去,抛在河中的尸首使河水上涨,河水将尸首带到海里。

两小时之后,马托来到了战场。他借着星光隐约看见一堆堆长短不等的东西躺在地上。

那是些蛮族人的队伍。他俯下身子,他们全都死了;他向远处呼唤,根本没人回答。

他是当天早上率领他的人马离开伊博-扎里特向迦太基进军的。到了乌提卡,史本迪于斯的部队刚刚离去,居民们正开始焚烧他们的攻城机械。他们展开了激烈的战斗。这当儿大桥那边喧闹声不知为什么越来越大。马托抄近路穿过山岭赶来,由于蛮族人是从平原上逃走的,他一个人都没遇见。

473

在河对面,有许多像小金字塔一样的东西耸立在黑暗中;而河的这边,稍近一些的地方,则有一些贴近地面的不动的灯火。实际上迦太基人已经退到桥的那面,但执政官下令在河的这岸设下了许多岗哨以迷惑蛮族人。

马托一直向前走着,他以为认出了布匿军队的旗帜。因为有些一动不动的马头出现在空中,那些马头插在架成一束的桄杆上头,但没人能够看见枪杆;他还听到更远的地方人声鼎沸,传来了歌声和杯盏碰击的声音。

他不知道自己在哪里,也不知道如何找到史本迪于斯,焦虑不堪、惊慌失措,迷惘在黑暗中。他沿着原路比来时更加迅疾地奔驰回去。等他从山顶眺见乌提卡城和那些被火烧焦的攻城机械的残骸像一些巨人的骷髅靠在城墙上,天色已经微明了。

一切都沉浸在一种异乎寻常的寂静和消沉之中。帐篷面前有些几乎一丝不挂的汉子躺在他的士兵中间,有的仰卧,有的将额头枕在胳膊上,胳膊搁在铠甲上。有几个人从腿上解下血淋淋的绷带。那些快死的人缓缓地转动着脑袋;另一些人拖着脚步给他们送来水喝。哨兵们在狭窄的通道上来回走着取暖,或是把脸朝着天边转过去,肩上扛着长矛,神态煞是凶狠。

马托发现史本迪于斯躲在用两根棍子撑在地上支着的一片破帆布下面,双手抱着膝盖,低垂着脑袋。

他们一语不发地待了很长时间。

最后,马托喃喃地说:"打败了!"

史本迪于斯也用阴沉的声调说道:"是的,打败了!"

对所有的问题,他只以绝望的手势作答。

这时士兵们的叹息和垂死者咽气时的喘息传到他们耳里。马托掀开帆布。眼前士兵们的惨景使他想起在同一地点发生过的另一次灾难,便咬着牙说道:

"混蛋!上一次就……"

史本迪于斯打断他说:
"当时你也不在。"
"这真是老天作对!"马托叫道,"可是我最后一定能逮到他!打败他!杀掉他!啊!当时我在这里就好了……"想到自己又错过了这次战役,他觉得比打败仗更难受。他抽出剑来,扔在地上。"迦太基人是怎么打败你们的?"
那位往日的奴隶开始叙述当时兵力调度情况。马托似乎身历其境,直在那里着急发火。乌提卡城下的部队不应该扑向大桥,而应该从后面包抄哈米尔卡尔。
"咳!我知道的!"史本迪于斯说。
"你应该加强纵深力量,不该拿轻步兵去碰人家的方阵,给象队闪开道躲过它们。在最后关头本来可以反败为胜的,根本没必要逃跑。"
史本迪于斯答道:
"我看见他披着红色大氅来回驰骋,举着双臂,在尘埃之上,像一只雄鹰飞翔在队伍边上;按照他摆动脑袋给出的信号,这些队伍忽而退缩,忽而冲锋;我们被人群拥到相互离得很近的地方,他看着我,我感到似乎有把冰冷的利剑刺进了我的心脏。"
"他大概是选定日子来的?"马托低声自语道。
他们相互探讨起来,试图发现是什么原因使执政官恰好在对他们最为不利的时机到来。他们进而讨论起当前的形势,史本迪于斯为了减轻自己的过失或是给自己打气,便提出来说,还有希望扭转战局。
"哪怕没希望也不要紧!"马托说,"就是剩我一个人,我也要打下去!"
"我也是这样!"希腊人跳起来喊道;他大踏步地走来走去,眼睛炯炯发光,一种奇特的微笑使他那像豺狗一样的面孔皱了起来。
"咱们从头干起,你可别再离开我了!我不适合于在大太阳底下打仗,刀剑的闪光使我眼睛发花;这是一种毛病,我在地牢里待得太久了。可是你要是让我夜间爬上城墙,我能摸进箭楼,不等公鸡报晓,我干掉的人尸首已经变凉了。你指定个什么人,什么东西,比如一个敌人、一件珍宝、一个女人。"他又说一遍,"一个女人,哪怕是国王的女儿,我也能把你所想要的送到你脚下。你责怪我输掉了和汉诺打的那一仗,然而我后来还是赢了那次战役。你承认吧!我那群猪帮了我们大忙,简直比斯巴达人的方阵还要管用呢。"他不由得要抬高自己,恢复自己的威望,于是一一历数起自己为雇佣兵们做过的事情来。"是我在执政官的花园里挑动那个高卢人的!后来在西喀我又用迦太基恐吓他们,把他们煽动起来。吉斯孔又要遣返他们,我没让那些翻译说话!你还记得吗?我带你进了迦太基,我偷了天衣。我把你带到她卧室。我还能干更多的事,你瞧着吧!"他像疯子似的大笑起来。

马托瞪大着眼睛注视着他。他在这个人面前有点不自在,这个人是多么怯懦而又多么可怕啊!

那希腊人一面用手指打着榧子,一面乐呵呵地说:

"好哇!雨过天晴,苦尽甘来!我在采石场干过苦工,也在属于自己的海船上,在船尾的绣金天篷下,像托勒密国王一样品尝过马西克酒。厄运应当使我们变得更加能干。锲而不舍,就能改变命运。命运喜欢有谋略有手腕的人。它会让步的!"

他又走到马托面前,抓住他的胳膊:

"主子,现在迦太基人深信自己已经稳操胜券了。你有整整一支没打过仗的部队,你的士兵是服从你的指挥的。让他们打头阵;我的人马为了报仇也会跟上去。我还有三千卡里亚人、一千二百个投石手和弓箭手,许多完整的步兵大队!甚至可以组起一个方阵来。打回去吧!"

马托被这场灾难打蒙了,直到现在也没有想出什么扭转败局的主意。他张大嘴巴听着史本迪于斯的建议,他的心剧烈地跳动

起来,裹着他胸膛的青铜甲片一起一伏。他捡起地上的剑,叫道:
"跟着我,前进!"
可是探子们回来报告说,迦太基人的阵亡士兵都给运走了,大桥已被拆毁,哈米尔卡尔不知去向。

九 在乡间

哈米尔卡尔已经想到雇佣兵们会在乌提卡等他,或者回到大桥来攻打他;他认为自己兵力既不足以发动进攻也不足以抵御进攻,于是他从马卡尔河右岸深入南方腹地,这就使他立即免受突然袭击的威胁。

他想暂且对各部落的叛乱闭上眼睛不予追究,而将这些部落从蛮族人的阵营里分化出来。等蛮族人在各省完全孤立以后,再扑到他们身上,把他们消灭。

在十四天内,他就绥靖了从图卡贝到乌提卡之间的广大地区,包括蒂尼卡巴、代苏拉、瓦卡诸城和西部的一些城市。建于山中的宗哈尔;以其庙宇著称的阿苏拉斯;盛产刺柏的杰拉多;塔皮蒂斯和哈古尔都派遣使团来觐见他。乡间的人也带着许多粮食前来请求他的保护,亲吻他的双脚、士兵的双脚,控诉蛮族人的暴行。有几个人将蛮族士兵的首级装在口袋中献给他。他们说那些雇佣兵是他们杀死的,其实这是从尸体上割下来的,因为许多蛮族士兵在逃跑时迷了路,东倒一个,西死一个,橄榄树下,葡萄园里,随处可见。

为了向人民炫耀自己的功绩,哈米尔卡尔在得胜的第二天就将战场上俘获的两千名战俘送回迦太基了。他们每一百人为一队,排成长长的行列进了城,胳膊全都反绑着系在背上的一根铜棍上,铜棍的另一头系在脖子上。伤兵们流着血也在奔跑,他们身后的骑兵用鞭子驱赶着他们。

全城一片狂欢!大家口口相传,都说杀死了六千蛮族士兵,其余的也会垮掉的,战争结束了。人们在街头相互拥抱,用黄油和香樟油涂抹巴泰克神的脸表示感谢。这些神像眼似铜铃,挺胸凸肚,双臂举到肩头,抹油之后显得神采奕奕、栩栩如生,似乎在和百姓们分享欢乐。富豪们敞开大门,全城响彻铃鼓的嘭嘭声;庙宇里每夜灯火通明,月神的侍婢们从山上下来,在马勒加十字路口的拐角支起埃及无花果木的架子,在那里卖淫。大家表决同意奖给胜利者土地,给麦加尔特神举行燔祭,给执政官三百金克朗,他的追随者还建议给他一些新的特权和荣誉。

哈米尔卡尔要求元老们与欧塔里特进行谈判,如有必要可用所有蛮族俘虏来交换吉斯孔老头和其他跟他一起被扣押的迦太基人。欧塔里特的部队由利比亚人和游牧部落的人组成,他们不太认识那些被俘的雇佣兵们,因为那都是些意大利或希腊血统的人,而且既然共和国主动提出用那么多蛮族人来交换那么一点迦太基人,那就说明前者毫无价值而后者价值极高。他们害怕上当。欧塔里特拒绝了这个建议。

于是元老们下令处决俘虏,尽管执政官写信要他们别杀俘虏。他打算将其中最棒的士兵编入自己的部队,并且通过这种做法鼓励雇佣兵们哗变。但是仇恨却压倒了任何保留意见。

两千名蛮族俘虏被绑于马巴勒地区的墓碑前;商人、厨房帮工、绣花工匠,甚至女人、阵亡士兵的寡妇和孩子,任何愿意参加的人,都来用弓箭射杀他们。大家慢条斯理地瞄着他们,故意延长他们的痛苦,一会儿放下弓来,一会儿又重新张弓搭箭;人群熙熙攘攘,大声吼叫。疯瘫病人躺在担架上来了;许多人出于谨慎还带着食物,在那里一直待到晚上。有些人甚至在那里过夜。有人支起帐篷在里面饮宴。颇有几个人因出租弓箭而赚了一大笔钱。

然后人们让这些受尽折磨的尸首直立着,好像竖在坟墓上的红通通的雕像;连马勒加的土著居民也受了这种狂热的感染,他们平常对这个国家发生的事情是漠不关心的。由于感激这个国家给予他们的乐趣,现在他们也关心起国家的命运来,觉得自己也成了布匿人。元老们认为用这样的办法使全体人民同仇敌忾、融为一体是很巧妙的。

神祇的惩罚也没放过他们,因为四面八方的乌鸦从天而降。它们在那些尸体上空盘旋着发出粗哑的叫声,像一团巨大的乌云不停地旋转。从克利佩亚①、从拉代斯、从海尔马奥姆岬角都能看到这团乌云。有时这团乌云散了开来,在远处盘旋成为一个更大的黑色螺旋;原来有只老鹰从鸦群当中俯冲下来,随即又飞走了。在平台上、圆屋顶上、方尖碑的尖顶上、庙宇的门楣上,东一片西一片的尽是些硕大的乌鸦,染得血红的嘴里叼着一块人体的碎片。

因为尸体气味实在难闻,迦太基人只好把它们解下来,焚烧了几具,其余的都扔到海里。海浪在北风的驱赶下,将尸首送到海湾深处的海滩上,欧塔里特的营盘面前。

这种惩罚一定使蛮族人吓坏了。因为从埃斯克姆庙上面可以看到他们在拆除帐篷,聚集畜群,将行李装上驴背,当天晚上整个部队都撤离了。

其实欧塔里特部队的任务是从温泉山到伊博-扎里特来回运动,阻止执政官靠拢推罗人的城市,甚至回师迦太基。

与此同时,另外两支部队则应设法在南部逮住执政官的军队,史本迪于斯从东面,马托从西面向哈米尔卡尔进逼,以便最后蛮族的三支部队会合起来对他发动攻击,完成对他的包围。后来有支他们没有料到的援兵不期而至:纳哈伐斯带着三百头驮着沥青的骆驼、二十五头大象和六千名骑兵来了。

---

① 克利佩亚,非洲城市,在海尔马奥姆岬角上。

原来执政官为了削弱雇佣兵,认为把纳哈伐斯牵制在他自己的王国里,远离雇佣兵们,较为稳妥。于是他在迦太基的腹地与一个热蒂利强盗名叫马斯加巴的串通一气。马斯加巴正想建立自己的帝国,有了布匿人的资助,这个冒险家便煽动起努米底亚各州的叛乱来,并许诺给予它们自由。可是纳哈伐斯得到他奶兄弟的报告,赶到了西尔塔,在蓄水池里放毒,毒死了那些胜利者,又砍掉了几颗脑袋,一切都恢复了原样。于是他领兵前来,对执政官的愤恨超过了蛮族人。

这四支部队的首领商定了战争的部署。这场战争将是旷日持久的,一切均应事先预见。

他们首先商定要求罗马人支援,大家建议史本迪于斯担任这个使命,但是他不敢接受,因为他是罗马人的逃奴。于是他们派了十二名希腊殖民地的人在安纳巴港登上一只努米底亚人的小艇去找罗马人。然后这几位首领要求全体蛮族人起誓绝对服从指挥。军官们每天检查士兵的衣服和鞋子;他们甚至禁止哨兵携带盾牌,因为哨兵常常将盾牌靠在长矛上站着睡觉;那些带着大包小包的人都被迫把它们扔掉;一切都必须照罗马人的方式背在背上。为了防御战象进攻,马托建立了一支重甲骑兵部队,人马皆以河马皮为铠甲,遮得严严实实,铠甲上还竖着无数钉子;为了保护马蹄,还给它们穿上了草辫编成的靴子。

他们严禁掳掠乡镇,残害非布匿族的居民。由于这个地区已经凋敝不堪,马托便下令按人头分配粮食,不给妇女口粮。起初士兵们与女人分食自己的口粮。许多人因食不果腹而日渐衰弱。这就导致了无休止的争吵谩骂,有些人以自己的口粮甚至仅仅是许诺就勾引走了别人的女伴。马托下令将她们统统赶走,毫不留情。她们躲到了欧塔里特的营盘,可是那些高卢女人和利比亚女人破口大骂,把她们赶了出去。

最后,她们来到迦太基城下,请求刻瑞斯女神①和普洛塞耳皮娜②女神庇护,因为在比尔萨山上有一座供奉这两位女神的庙宇和祭司。建立这座庙宇是为了赎清过去在锡拉库萨围城之役中犯下的暴行。西西特会援引无主财产权的条文,要走了最年轻的女人,把她们卖掉。新迦太基人娶了那些金头发的拉栖第梦女人。

有几个女人却一定要跟着蛮族部队。她们在士兵的行列旁边跑着,和军官们一起行进。她们叫唤着她们的男人,抓住他们的披风,搥胸顿足地咒骂他们,或者双手举着哇哇大哭的光屁股孩子。这幅景象使蛮族人心软;她们是一种累赘、一种祸害。人们几次把她们撵走,她们又回来了。马托让纳哈伐斯的骑兵用标枪向她们发起冲锋;那些巴利阿里人向他叫喊,说他们需要女人。

"我也没有!"他答道。

现在摩洛神之灵降到了他的身上。尽管他于心不安,却做出许多令人发指的事情,还自以为是在听从神灵的旨意。连他无法蹂躏的农田,他也要扔上许多石头,使之变成不毛之地。

他接二连三地派出信使,催促欧塔里特和史本迪于斯赶快行动。可是执政官的行动却令人难以理解。他先后在埃杜斯、蒙夏尔、特亨等地扎营;有些探子认为他在伊希尔附近,靠近纳哈伐斯边境的地方;有人又听说他在特布尔巴上游渡了河,似乎要回到迦太基。刚到一处,他又向另一处进发。他所走的路线总是他们不认识的。执政官没有同他们打过仗,却一直保持着主动;虽然是蛮族人在追踪他,却好像是他在牵着他们的鼻子走路。

不过这种迂回曲折的行军使迦太基人更累,哈米尔卡尔的兵力得不到补充,日益减少。乡下人提供食粮的速度越来越慢,到处都是一副很不甘愿甚至敢怒不敢言的神气,而尽管他一再请求元

---

① 刻瑞斯,古罗马神话中的女神,司掌粮食作物的生长。
② 普洛塞耳皮娜,希腊神话中的地狱女神,主神宙斯和谷物女神得墨忒耳的女儿、冥王哈得斯的妻子。

老院援助,迦太基方面却毫无动静。

大家都说(也许当真那么认为)他不需要援助,他的请求不过是一种计谋或是无病呻吟。而汉诺的党徒为了跟他捣乱,更是有意夸大他的战果。大家为装备他的军队作出过牺牲,但是不能继续这样不断地满足他的所有要求。战争的负担够重的了!它的代价太高了!哈米尔卡尔派的贵族们出于高傲,也没有全力以赴地支持他的请求。

哈米尔卡尔既然无法指望共和国给他援助,只好向各部落强行征收进行战争所需要的一切:谷物、食油、木材、牲畜和壮丁。可是居民们不久便躲避一空。部队经过的乡镇十室九空,他们挨家挨户地搜索,却一无所获,不久布匿军队就陷入可怕的孤立之中。

迦太基人异常恼怒,便在各省烧杀抢掠、填平蓄水池、焚毁房舍。火星随风远飏,四处散布,山上林木皆着火,像一顶火冠环绕山谷,部队只好等山火熄灭后再通过。而后他们又在大太阳底下,踏着尚有余热的灰烬继续行军。

有时候他们看见路旁的灌木丛中似乎有山猫的眼睛发出幽光。其实那是一个蛮族人蹲在树后,浑身涂抹灰土以混同于树木的颜色。而当他们沿着一条溪涧行进时,侧翼上的士兵会忽然听见石头滚落的声响,抬头一望,只见峡谷的隘口那里有个赤脚汉子跳起身来逃走了。

此时,乌提卡和伊博-扎里特已无战事,因为雇佣兵不再围城了。哈米尔卡尔命他们来援,可是他们不敢招惹蛮族人,只是含糊其词,用些恭维话和推托之词来敷衍他。

于是哈米尔卡尔突然挥师北上,决心打开某座推罗城市的大门,哪怕需要围城也在所不惜。他必须在海边取得一个立足点,以便从沿海诸岛或者克兰尼那里获得给养和兵源。他最中意的是乌提卡港,因为它离迦太基最近。

因此执政官便由祖伊坦出发,小心翼翼地绕过伊博-扎里特湖。可是不久他就不得不将队伍拉长,改成单行,以便翻过那座隔开两个山谷的大山。日落时分他们走下像漏斗一样凹进去的山谷,忽然看见下头的地面上有几尊青铜母狼①,似乎在草地上奔跑。

突然,无数军盔羽饰冒了出来,在嘹亮的笛声伴随下响起一片动地摇山的军歌。那正是史本迪于斯的部队,原来他部下的坎帕尼亚人和希腊人由于憎恶迦太基人,便打出了罗马人的旗标。与此同时,他们的左边也冒出无数长矛、豹皮盾、亚麻铠甲和袒露的肩膀。那是马托手下的伊比利亚人、卢西塔尼亚人、巴利阿里人和热蒂利人;他们听见纳哈伐斯的战马在嘶鸣;那些骑兵在小山周围散布开来;欧塔里特指挥的部队也随后乱哄哄地涌了过来:有高卢人,有利比亚人,有游牧民族,在他们中间还可以辨认出那些吃不洁食物的人,因为这些人的发髻上都插着鱼骨头。

这样,蛮族人精确地协调行动,完成了对哈米尔卡尔的合围。但是他们自己也对此感到惊讶,一时间并无动作,在相商下一步行动。

执政官将他的人马集中起来,摆成一个圆阵,使任何一处都有相同的抵御能力。又以高大的尖顶盾牌一个挨一个地插在草地上,环护住步兵队伍。重甲骑兵留在阵外,再往外四下里隔一段距离就有几头战象。雇佣兵已经精疲力竭,他们觉得还是等到天亮为好;而且他们以为胜券在握,所以整个晚上他们只顾忙着吃喝。

他们点起一堆堆明亮的篝火,火光晃花了他们的眼睛,却把在他们下方的布匿军队留在暗处。哈米尔卡尔命令士兵像罗马人一样在营盘周围挖下一道宽十五法尺、深六肘的壕沟,又用挖出来的土在壕沟后面筑起一道胸墙,胸墙上插满相互交叉的尖头木桩。

---

① 传说罗马创始人于襁褓中曾得母狼哺乳,罗马城即以母狼为标志。

等到日出的时候,雇佣兵们见到所有的迦太基人都这样有了坚固的屏障,像在一个要塞里一样,无不目瞪口呆。

他们认出了哈米尔卡尔,在各个帐篷之间走来走去,发布命令。他的身上裹着一副细鳞棕色铠甲,身后跟着他的战马,他不时停下脚步伸出右臂指点着什么东西。

于是不止一个雇佣兵回忆起类似的清晨,他在军号声中缓缓走过他们面前,他的目光像烈酒一样使他们胆气顿豪。他们都有点动了感情。那些不认识哈米尔卡尔的人则相反,都为马上就能抓住他而欣喜欲狂。

然而,如果大家同时发动进攻,就会因为地方过于狭小而相互妨害。努米底亚骑兵倒是能够跃过壕沟,但是那些有铠甲保护的重甲骑兵会把他们消灭掉的,况且过了壕沟又怎么越过那道插满尖头木桩的胸墙呢?至于努米底亚人的大象,它们还没有得到充分的训练。

"你们都是些胆小鬼!"马托叫了起来。

于是他率领一支精兵冲向迦太基人的工事。一阵飞石将他们打退下来,原来执政官把他们丢弃在大桥那里的投石器全都收集起来了。

这次挫折使蛮族人易变的士气陡然低落下来。他们过度的胆气消失了;他们希望得到胜利,但要尽可能少冒风险。史本迪于斯主张,应当严守已有阵地,将布匿军队饿死。可是迦太基人开始掘井,由于这座丘陵在大山环抱之中,他们挖出了水。

他们从那些尖木桩上面射箭、扔土块、粪便和从地上挖出来的石头,而那六架投石器则不停地沿着平台滚动。

然而泉眼本身总要干涸,粮草将会耗尽,投石器也会用坏;雇佣兵的人数是他们的十倍,最终总会取胜的。执政官便想用谈判作为缓兵之计。有天早晨蛮族人在他们的阵地上发现一张写满字迹的羊皮。他为自己在马卡尔之役打的胜仗辩护,说是元老们逼迫他打仗的。为了表明他仍然信守原来向他们许下的诺言,他提出可以让他们劫掠乌提卡或伊博-扎里特,由他们任选一处。哈米尔卡尔在末尾宣称,他并不怕他们,因为他有内应,靠这些内应帮助他能轻而易举地打败其他人。

蛮族人不知所措了:这个建议许给他们立即可以到手的横财,使他们大做好梦;他们又怕被别人叛卖,一点都没想到执政官口出大言不过是虚张声势,于是他们开始以不信任的目光相互注视。他们观察别人的言谈举止,夜间常被噩梦吓醒。有些人抛下了自己的伙伴;大家随心所欲地选择想去的部队,高卢人跟着欧塔里特去和内阿尔卑斯人合在一起,因为他们语言相通。

四位首领每天晚上在马托的帐篷里碰头,他们蹲在一面盾牌周围,专注地前后移动着一些小木人,那是皮洛士为了模拟作战行动而发明的。史本迪于斯分析证明哈米尔卡尔资源不足,恳求大家不要失去这次歼敌良机,急得直赌咒发誓。马托发火了,他挥动着双手来回行走。对迦太基的战争是他个人的事情;别人插手进来而又不听他的意愿,这使他格外恼怒。欧塔里特看着他的脸色猜测他说话的意思,鼓掌表示赞同。纳哈伐斯扬着下巴表示轻蔑,别人提出的措施没有一项他认为是妥当的,他脸上的微笑消失了。他不时地叹一口气,仿佛在压抑着自己无法实现梦想的痛苦心情和事业遭受失败的绝望情绪。

乘着蛮族人举棋不定、反复商议的时机,执政官加固了他的防御工事:他让人在胸墙后面又挖了第二道壕沟,筑起第二道胸墙,并在墙角建起一些木头箭楼;又派一些奴隶到前沿阵地的哨位之间插了许多铁蒺藜。可是那些战象由于饲料配额减少而在竭力挣脱腿上的绊索。为了节省草料,他命令重甲骑兵把相比之下不够壮健的战马宰掉。有几个人拒绝执行命令,被他下令斩了首级。大家分食了马肉。在后来的一些日子里,回想起这新鲜马肉的滋味,简直令人伤心至极。

从这个圆形剧场般的山谷底处——他们就挤在谷底——可以看见驻扎在他们周围高坡上的四座蛮族部队营盘里的热闹景象。妇女们头顶着羊皮口袋走来走去,山羊咩叫着在架起来的标枪下面闲逛,时而哨兵在换岗,时而大家围着三脚支架吃饭。的确,各部落提供给他们丰富的食粮,而他们自己也没有想到他们按兵不动使得迦太基人多么害怕。

从第二天起,迦太基人就发现在游牧民族的营盘里有一支约三百人的队伍不与其他人在一起。他们就是自战争一开始便当了俘虏的那些迦太基富豪。利比亚人把他们都排列在一个大坑边上,然后站在他们身后,以他们的躯体为屏蔽投掷标枪。那些人满脸都是蛆虫和污垢,几乎难以辨认。他们头上有些地方的头发已经被人拔掉,露出了头上的溃疡,那模样又瘦又丑,活像裹着破烂的裹尸布的木乃伊。有几个人哆哆嗦嗦,神情痴呆地呜咽着;其他人则高声喊叫他们的朋友,要他们向蛮族人还击。其中有一个人却纹丝不动,耷拉着脑袋,什么也不说;他那部白色的长须一直垂到他戴着铁链的双手;迦太基士兵们认出那是吉斯孔,心中都感到仿佛共和国一下子崩溃了。尽管他们所站的位置很危险,大家还是拥挤着争相观看。蛮族人给他戴上一顶河马皮做的、嵌着石子的冠冕,样子滑稽可笑。这是欧塔里特的花样,可是马托不喜欢这样。

哈米尔卡尔勃然大怒,他下令打开营门,决心无论如何突围出去。迦太基人一鼓作气冲上了半山坡,前进了约莫三百步。蛮族人潮水般地涌下来,将他们压回自己的阵地。有一个神圣军团的近卫兵没有来得及撤回本营,被石头绊倒了。查尔萨斯跑过来将他打翻在地,将匕首插进他的咽喉,然后拔出匕首,扑到伤口上,——于是他把嘴贴紧伤口,不住地吮吸鲜血,一面发出高兴的呼噜声,从头到脚舒服得直打哆嗦。喝足了以后,他泰然地坐在死尸身上,扬起脸来,脖子往后仰着,深深地吸着气,就像一只刚在溪

487

流中饮过水的母鹿那样。然后他用尖细的嗓音唱起一支巴利阿里人的歌曲,旋律含混,有许多拖长的转调,时断时续,反复变换,就像山里相互呼应的回声;他是在召唤好些死去的弟兄,邀请他们前来赴宴;而后,他双手垂于膝间,慢慢地低下头来哭了。这件令人惨不忍睹的事情使蛮族人也感到厌恶,尤其是那些希腊人。

从此以后迦太基人不再作任何突围的尝试;——他们也不想投降,那样肯定会被折磨致死。

然而尽管哈米尔卡尔采取了种种措施,粮草还是以可怕的速度在减少。每人只剩下十科梅尔①麦子,三汉②黍子,和十二贝扎③干果。没有肉、没有食油、没有腌货,没有一粒大麦喂马。只见那些马匹低着消瘦的脖子,在尘土中寻找着被践踏过的几根草茎。在平台上值勤的哨兵常在月光下看见蛮族人的狗到工事下面的垃圾堆边上转来转去,就用石块把狗打死,然后用盾牌上的皮带连接起来,把人沿着胸墙放下去;接着,几个人就一声不吭地把狗吃掉了。有时候,只听到下面响起一片可怕的狗叫声,那人就再也没有上来。在第十二段④第四排有三个方阵步兵,因争夺一只老鼠,竟拔刀相向,同归于尽。

人人都在怀念自己的家庭和房屋:穷人们想起他们那蜂窝形状的小屋,门槛上镶嵌的贝壳和一张吊床;贵族们怀念他们那一间间宽敞的似乎笼罩着青色暗影的厅堂,在一天最闷热的时刻,他们躺在那里歇息,听着街市隐隐约约的喧声与花园里枝叶摇曳发出的飒飒声。他们半闭起眼皮,以便更好地沉浸于这种回想之中,多享受一会儿其中的乐趣;然而伤口的一阵剧痛惊醒了他们的好梦。

---

① 科梅尔,古度量单位,一科梅尔等于一百八十卡布,一卡布等于一公升零十六毫升。
② 汉,古度量单位,一汉等于三卡布。
③ 贝扎,古度量单位,具体换算率不详。
④ 一段为一个小方阵,由二百五十六(16×16)人组成。

每分每秒都有零星的战斗,都要发出新的警报;箭楼在燃烧,吃不洁食物的人攀上了胸墙,大家用斧子砍断了他们攀在木桩上的手;其他人冲上来了,标枪像雨点似的落在营帐顶上。迦太基人用灯心草编成栅栏,搭起一些走廊,躲避敌人的投枪和矢石。他们待在里面,再也不动弹了。

每天绕着小山转的太阳,一早就照射不到谷底,让谷底留在阴影里。在他们的面前和背后,灰色的斜坡向上伸延,斜坡上满布缀有点点青苔的石头,而他们头顶的天空则始终澄碧如洗,看上去比金属的穹顶更加光洁冰凉。哈米尔卡尔对迦太基愤恨之极,简直想投奔蛮族人,领着他们去攻打迦太基。而且那些挑夫、随军商贩和奴隶也开始窃窃私议了,但不论是人民还是元老院,谁也没有送来哪怕一线希望。这种局面令人难以忍受,尤其是想到以后还会更糟,就更加难以忍受了。

听到哈米尔卡尔陷入重围的坏消息,迦太基简直气愤和怨恨得跳了起来;假如执政官一开始就打了败仗,大家还不会这么恨他。

现在要招募新的雇佣兵既来不及,也没有钱。至于在城内征兵,又如何装备他们?哈米尔卡尔把所有的武器都拿走了!这时候,执政官派来的人跑到街头,大声疾呼。元老院大为震惊,便设法将他们干掉了。

但这种防范措施并无必要,因为人人都在指责巴尔卡太软弱。他在初战告捷之后,本该彻底消灭雇佣兵的。他为什么要劫掠那些部落?大家不都已经做出沉重牺牲了吗?贵族们心疼他们捐献的十四谢凯勒,西西特会痛惜他们的二十二万三千基卡尔金子,连什么也没捐献的人也和别人一样抱怨不休。贱民们嫉妒那些新迦太基人,因为哈米尔卡尔答应给予他们完全的公民权。甚至那些为迦太基英勇奋战的利古里亚人也被与蛮族人混为一谈,大家咒骂他们像咒骂蛮族人一样,他们的种族出身就是一种罪行,一种同谋罪。站在店铺门前的商人,手里拿着铅尺路过的壮工,正在冲涮篮子的盐卤商贩,浴室里洗澡的浴客,卖热饮料的小贩,人人都在议论哈米尔卡尔的作战部署。他们用指头在灰土上画出作战示意图来,就连微不足道的粗汉,也会指摘哈米尔卡尔的失误。

祭司们则说,这是他长期以来不敬神灵的报应。他没有献过燔祭;没能为部队涤罪;他甚至拒绝带占卜官出征;——这种渎神丑闻使大家强忍的仇恨变得更加激烈,希望破灭后的恼怒更加凶猛。大家想起了西西里战役的惨败,他的高傲更是长期以来大家不得不忍受的沉重负担。大祭司们对他强行征用他们的珍宝耿耿于怀,要求元老院答应,万一哈米尔卡尔生还,就把他钉上十字架。

那一年的埃鲁尔月溽热异常,成了又一种灾难。从湖边蒸腾起来一种令人作呕的气味,这种气味在空气中弥漫开来,与街角上缭绕的香烟混合在一起。哀乐声不绝于耳。庙宇的阶梯上人流络绎不断;庙墙上都蒙着黑纱;巴泰克神的额前蜡烛高烧;杀来献祭的骆驼,鲜血顺着扶手流下,在梯级上形成血的瀑布。丧事的狂潮席卷迦太基城。从最窄小的街巷深处,最阴暗的破屋里,不断抬出一些脸色惨白、龇牙咧嘴的人,侧看仿佛蜷曲的蝮蛇。屋子里充满妇女的尖声号哭,这声音从窗棂间传来,使在广场上站着谈天的人悚然回首。有几回大家以为蛮族人来了,有人看见他们出现在温泉山后面;有人说他们驻扎在突尼斯城下;于是说的人越来越多,声音越来越大,最后汇成了一片喊叫声。然后,却又都鸦雀无声了,一些人依旧攀在建筑物的三角楣上,手搭凉棚向远处眺望;另一些人趴在城墙根下,耳朵贴在地面谛听。恐慌过去后,怒火又重新燃起。可是不久他们痛感自己的无能为力,便又都悲伤起来。

每天晚上他们登上平台,朝着太阳三拜九叩,呐喊致敬,这时这种悲哀上升到了顶点。太阳渐渐向潟湖后面落下去,然后突然消失在蛮族人那边的群山中。

大家都等待着三重神圣的节日。在那个节日,有一只雄鹰将从焚烧的柴堆上飞向天空,那是旧岁更新的象征,人民向至高无上的神祇派去的信使,他们把这种仪式看成一种联盟、一种与太阳的力量结成一体的方式。况且他们现在充满了怨恨,便都毫不掩饰地转而崇奉杀人者摩洛神,抛弃了月神。确实,拉贝特娜没有了纱帔似乎就失去了一部分法力。她拒绝舍赐甘泽雨露,她逃离了迦太基;她是个叛逃者,是个敌人。有几个人为了凌辱她便向她投掷石块。可是许多人一面骂她,一面却在可怜她。大家还是爱她的,也许爱得更深了。

所以一切灾难都来自天衣的失窃。萨朗波间接地参与了此事,因此也成了怨恨的对象之一,她应当受到惩罚。一个用活人做牺牲祭神的朦胧想法很快在老百姓中间传了开来。为了平息众神的怒气,当然应当奉献一种无价之宝,一个美貌、年轻的处子,出身古老的名门大族,是神祇的后裔,下凡的星宿。每天都有一些陌生人闯进梅加拉的花园,奴隶们害怕送命,不敢抗拒他们。然而他们并不登上那座饰有船艏的阶梯,只是待在下面,眼望最高的那层平台,等着萨朗波出来。他们一连几个小时喊着咒骂她的话,活像一群吠月的恶狗。

十 蛇

这些老百姓的叫喊并没有使哈米尔卡尔的女儿害怕。

有件更要紧的事情使她心神不宁:她的大蛇,那条黑色的蟒蛇日益萎靡不振。而在迦太基人心目中,蛇既是国家的神物,又是个人的神物。他们认为蛇是大地湿软泥土的儿子,因为它来自大地深处,不用脚而能行遍大地;它的行进方式使人想起河流的波动,它的体温使人想起开天辟地时期黏稠而富于生殖力的漫长黑夜,它咬着自己尾巴形成的圆环则使人想起全部星辰和埃斯克姆神的智慧。

每逢月圆和新月出来的时候,萨朗波总要给她的蛇吃四只活麻雀,但现在它已经好几次不去碰那些麻雀了。它那美丽的皮肤,本来像黑夜的星空,黑底子上布满金色的斑点,现在却发黄、松弛、起皱,对于它的身子来说已嫌太大。它的整个头部长满了毛茸茸的霉菌,而在它的眼角上可以看到一些小红点子似乎正在蠕动。萨朗波一次又一次地来到它的银丝篮子前面,揭开绛红色的帘幕,扒开铺在篮底的荷叶和鸟绒,它还是一直蜷成一团,比一团枯藤更少动静。看见它这个样子,使她最后竟感到自己心里也有这么一团盘旋着的蛇,正在慢慢地爬到她的咽喉,勒得她透不过气来。

她因为见到过天衣而感到绝望,然而她也因此而感到一种欢乐,一种内心深处的骄傲。在光辉灿烂的天衣的皱褶里,隐藏着一个奥秘;那是遮蔽众神的云雾,天地万物存在的秘密。萨朗波后悔没有将天衣掀起来,尽管她对自己这种念头感到害怕。

她几乎成天蜷缩在房间深处,双手抱着曲起的左腿,嘴巴微微张开,低头沉思,眼神凝滞。她害怕地想起父亲的面容,她希望到腓尼基山间的阿法卡①神庙去朝山进香,那是月神幻化为星星降临的地方。种种想象吸引着她,而又使她害怕。此外,一种日益扩大的孤独感笼罩着她。她甚至不知道哈米尔卡尔现在怎么样了。

最后,她想累了,便站起身来,拖着她那双小巧的拖鞋漫无目标地在宽大寂寥的房间里散步,每走一步,拖鞋底就拍着脚跟发出清脆的响声。天花板上的紫晶、黄玉东一处西一处地闪烁明灭,萨朗波一面走一面稍稍扭过头来欣赏它们。她不时过去抓住吊在半空的双耳尖底瓮的细颈,在手里把玩一阵;或是拿起一把巨大的扇子扇扇自己的胸脯;或是在珍珠的凹孔里焚烧香樟以为消遣。日落时分,达娜克将遮着窗孔的菱形黑色毛毡拿掉,于是她那些和月神庙的鸽子一样搽过麝香的鸽子,都突然飞了进来,它们粉红的脚爪在玻璃地板上一步一滑。她像在田间播种一样大把大把地撒给它们大麦粒儿。但是她会突然啜泣起来,躺在牛皮带子编成的大床上一动不动,嘴里老是反复念叨着同一句话,眼睛睁着,脸色像死人一样苍白,浑身冰凉,毫无感觉;——然而她却能听到棕榈树丛里猴子的啼叫和把一股清水越过几层平台送入斑岩蓄水池里的那个大轮盘永不间断的轧轧声。

有时候,她一连几天拒绝进食。她在梦中看见纷乱的群星在她脚下掠过。她把沙哈巴兰叫来,可是等他来了,她却没有什么话要和他说了。

有他在身边她感到松快些,否则简直活不下去。但是她在内心深处却又不满这种依赖关系,她对这位祭司既感到畏惧、嫉妒、憎恨,又感到某种爱恋,那是由于在他身边感到一种奇异的快感而引起的感激之情。

---

① 阿法卡,黎巴嫩一地名。传说希腊神话中的美少年阿多尼斯在此被野猪咬伤致死。

他从她的病症中辨认出了拉贝特娜的影响,因为他是善于识别某些疾病是哪些神祇送来的。为了给萨朗波治病,他叫人在她房间里洒马鞭草药水和铁线蕨药水;她每天早上服用曼德拉草根,睡觉时枕着由大祭司们亲自配制的装有各种香料的香囊;他甚至使用了巴拉斯草,这种草有着火红色的根,能把凶神赶回朔方;最后,他转过身去向着北极星嘟嘟囔囔地念了三遍月神的名字。可是萨朗波还是感到难受,她变得更加焦躁不安了。

全迦太基没人比他更有学问。青年时代他曾经在巴比伦附近的博尔西珀城拜火教①僧侣学校就读,以后又游历了萨莫色雷斯②、佩西南特、埃菲兹、泰沙里、朱迪亚,以及远在沙漠里的纳巴泰人③的庙宇,还沿着尼罗河从大瀑布徒步旅行到海边。他曾经脸上蒙着面罩,手里挥舞着火把,在恐怖之父斯芬克司像的胸前,将一只黑公鸡扔进山达树脂点燃的火中。他曾经下过普洛塞耳皮娜神的岩洞。他曾经见过莱姆诺斯迷宫的五百根柱子左旋右转,也曾经见过塔兰托的枝形大烛台光芒四射,这个烛台上的小烛台与一年里的天数相等。有时候他在夜间接待希腊客人,向他们提出问题。他关心世界的构造不亚于关心诸神的本质;他曾用亚历山大城柱廊里的天文仪器测过春分秋分,还跟着托勒密三世的测量官一直步行到克兰尼,他们以计算自己步数的办法来丈量天空。——这样,他在自己脑子里逐渐形成了一种独特的宗教信仰,这种信仰并无明晰的轮廓,唯其如此,就更令人为之着迷、充满热情。他不再相信大地的构造像个松果;他认为大地是圆的,而且永恒地在无限的宇宙中下跌,下跌速度快得不可思议,因而没人觉察

---

① 博尔西珀,巴比伦尼亚古城,即今比尔斯或比尔斯尼姆鲁德,位于伊拉克希拉省巴比伦西南。拜火教,起源于古波斯的宗教,认为世界有光明和黑暗(善和恶)两种神,把火当作光明的象征来崇拜。
② 萨莫色雷斯,希腊岛屿,位于爱琴海北部。
③ 纳巴泰人,阿拉伯中部岩石地带的一个民族。

到它的下跌。

由于太阳的位置高于月亮,他便得出日神高于月神的结论,月亮不过是太阳的反光和形象而已;况且他在世上所见所闻的一切,也促使他认定雄性歼灭者的原则是至高无上的。而且他心里把自己一生的不幸归咎于月神。难道不是为了她,从前的大祭司才在一片铙钹的喧声中走上前来,用一爵沸水毁掉了他未来的男性生殖力吗?如今他只能以忧郁的眼光,目送有些男子和月神的女祭司们消失在笃蓐香树丛的深处。

他的日子都消磨在查看香炉、金瓶、火钳、祭坛上耙香灰的火钩、所有神像的衣袍,甚至那架碧玉葡萄藤附近的第三小神殿的一尊旧月神像卷头发用的一枚铜针。他每天在同一时刻,把同几扇门上挂着的巨大的挂毯撩开;以同样的姿势张开双臂肃立;在同一处石板地上跪拜祈祷;在他周围,一大群祭司赤着脚在永远昏暗的走廊里熙来攘往。

在他枯燥乏味的生活里,萨朗波有如坟墓缝隙间的一朵鲜花。然而他待她十分严厉,从不减免规定她做的苦行,也没对她少说尖刻的话。他的生理状况似乎在他们之间建立起一种相同性别的平等关系。他怨恨这个少女,与其说因为无法占有她,不如说因为她那么美丽,尤其是那么纯洁。他时常发现她懒得领会他的思想。于是他回来以后就更加悲哀,更觉得自己无人理会、孤独和空虚了。

有时他不意脱口说出一些奇怪的话来,这些话犹如巨大的闪电在萨朗波面前掠过,照亮了深不可测的渊谷。有天夜间,在平台上,只有他们两人在凝视星空,迦太基展现在他们脚下,海湾和大海隐隐约约地融入夜色之中。

他对她解释灵魂降生的学说,所有的灵魂都是沿着太阳在黄道十二宫的路线下降到大地上来的。他伸出胳膊,指给她看人类降生之门白羊星座,和人类返回诸神天宫之门摩羯星座。萨朗波竭力眺望着,因为她把这些观念都当成了事实。她把一些纯属象征的说法,甚至一些表达方式,统统当作不证自明的真理接受下来,其实便是沙哈巴兰自己也并不总是区分得十分清楚的。

"死者的灵魂,"他说道,"在月亮里分解,正如尸体在地下分解一样。他们的眼泪造成月亮的潮湿,那是一个充斥着泥淖、残骸和风暴的幽暗的处所。"

她问她在那里会怎么样。

"你先是变得有气无力,轻得就像水波上飘拂的轻雾。然后,在经受了更久的考验和焦虑之后,你将飞到太阳的中心,那智慧的源泉里去!"

然而他却没有提到拉贝特娜。萨朗波以为他是耻于提及自己那位被人征服的女神,于是她以月亮的普通名字称呼她,再三祝福这个多产而温柔的星球。最后,他叫了起来:

"不!不!她是从太阳那里获得她的全部繁殖能力的!你没看见她围着太阳乱转,活像一个怀春的女子在田野里追求男人一样吗?"于是他又不住地赞颂起日光的功德来。

他根本不去打消她对神秘事物的渴望,反而去逗引她这种欲望,甚至似乎把向她透露一种无情粉碎了她的信念的教义使她难受当作乐趣。萨朗波尽管因为对月神的热爱受到伤害而感到痛苦,仍然怀着极大的热情去探究他的学说。

但是沙哈巴兰自己越感到怀疑月神,就越希望自己能信仰月神。在他内心深处有一种悔过的心情在阻止他离经叛道。但他需要某种证明、神祇的一个启示,才能克服这种怀疑;为了获得这种证明,他构想了一个行动方案,既可以拯救他的祖国又可以拯救他的信仰。

这以后他就开始在萨朗波面前哀叹盗窃天衣的渎神罪行及其带来的灾祸,这灾祸甚至殃及天国。然后,他突然向她宣布执政官处境险恶,陷入了由马托指挥的三支大军的重围;因为在迦太基人眼里,马托既然得了天衣,就等于成了蛮族人的君王。沙哈巴兰又说,共和国乃至她父亲的安危,就全系于她一个人身上了。

"全系于我!"她叫了起来,"我怎能……?"

可是大祭司轻蔑地微笑着说:

"你永远也不会同意的!"

她再三央求他,最后他才对她说:

"那就得你去蛮族人那里把天衣拿回来才行。"

她浑身无力地跌坐在乌木矮凳上,双臂垂在膝间,四肢发抖,就像祭坛脚下等着被人一棒打杀的献祭的牺牲品。她的脑袋在嗡嗡作响,眼睛前面火圈直转,在昏昏沉沉之中,她只明白一件事情,那就是她不久必死无疑了。

但是如果拉贝特娜胜利了,如果天衣失而复得,如果迦太基绝处逢生,一个女人的生命又算得了什么!沙哈巴兰这样想道。况且,她也许能够取回纱帔而又不至于死去。

他有三天没有再来,第四天她派人去找他。

为了进一步煽起她心中的热情,他把元老会议上大家对哈米尔卡尔吼叫谩骂的原话统统告诉了她;他对她说,她犯了过失,应当补救过失,还说是拉贝特娜命令她作出这个牺牲。

一阵阵巨大的叫喊声越过马巴勒地区不时传到梅加拉来。沙哈巴兰和萨朗波赶忙走出来,在饰有船艄的楼梯上向下张望。

那里聚集在日神广场上的人群在要求得到武器。元老们不愿意向他们提供武器,认为这种努力是徒劳的;另一些人已经出发,由于没有将领指挥,全都被杀得片甲不留。最后,他们获准出发,于是他们或是为了向摩洛神表示敬意,或是出于一种朦胧的破坏欲,便将庙宇树林中的那些巨大的柏树连根拔起,在卡比尔神像前的火炬上点着以后,便唱着歌抬着它们走上街头。这些大得惊人的火树微微摇晃着缓缓行进,火光照射到庙宇屋脊的玻璃球上,巨大神像的饰物上和船舶前头的冲角上。它们经过一家家平台,犹如许多太阳穿过全城。走下卫城,马勒加的城门打开了。

"你准备去吗?"沙哈巴兰大声说,"还是已经托他们转告你父亲说你抛弃他了?"她把脸藏在面纱里,那些巨大的火光渐渐远去,向着海边走了下去。

一种难以形容的恐惧将她留了下来;她怕摩洛神,她怕马托。这个有着巨人般身材的人是天衣的主人,他和摩洛神一样控制着月神。而且在她眼里,也和摩洛神一样周身环绕着万道金光;神祇的灵魂附于凡人之躯也是常有的事。沙哈巴兰在谈到这个人时不也说过她应该战胜摩洛神吗?他们两个已经混为一体,她把他们相互混同起来,两者使她不得安宁。

她想预卜休咎,于是走到蛇篮前面,因为从蛇的姿态可以得知前途的征兆。但蛇篮里面空空如也。萨朗波十分不安。

她发现它尾巴卷住吊床旁边的一根银栏杆,在栏杆上使劲蹭着,以便从发黄的旧皮中蜕出来,身子又光滑又明亮,像一柄从剑鞘里抽出一半的宝剑。

那以后的日子里,她渐渐被沙哈巴兰说服,渐渐愿意去援救月神。而那条蟒蛇也渐渐复原,变粗,似乎获得了重生。

于是她的心里开始确信沙哈巴兰表达了众神的意旨。一天早上,她醒来时下定了决心,便问沙哈巴兰应当怎样使马托归还纱帔。

"问他要。"沙哈巴兰说。

"可是,如果他不给呢?"她问。

大祭司带着她从未见过的笑容,目不转睛地打量着她。

"是啊,那怎么办呢?"萨朗波又问。

他用手指绕卷着从法冠上垂到肩头的带子末端,垂下眼睛,没有动弹。后来,见她没有会意,才说:

"你要单独和他在一起。"

"然后呢?"她说。

"一个人留在他的帐中。"

"怎样呢?"

沙哈巴兰咬了咬嘴唇。他在斟酌字句,设法婉转表达。

"如果你会死,那也是以后的事。"他说,"要到以后!所以你什么也别怕!不管他干什么,你也别叫!不要害怕!你要百依百顺,你明白吗?要服从他的意愿,他的意愿就是上天的旨意!"

"那么天衣呢?"

"神明自有安排。"沙哈巴兰答道。她又央求道:

"你陪我去好吗,师父?"

"不行!"

他叫她跪下。于是他举起左手,平伸右手,代她起誓说要把月神的纱帔取回迦太基。她也发了重咒,表示愿意献身于诸神。沙哈巴兰每说一句誓词,她就重复一句,尽管她已是半死不活了。

他指点她如何沐浴斋戒,然后如何一直到达马托身边。况且,有个熟悉道路的人将护送她前去。

她觉得仿佛得到了解脱,一心只想着再次见到天衣的幸福,现在她满心感激沙哈巴兰劝导她去取回天衣。

那正是迦太基的鸽群迁徙到西西里岛埃里克斯山维纳斯神庙的季节。那些鸽子在北飞以前,一连几日相互寻觅,相互呼唤,以便聚集到一起。一天晚上,它们终于飞走了;海风吹送着它们,这一大片白云掠过天空,在大海之上高飞远飏。

一抹血红的晚霞横在天际。鸽子们似乎渐渐接近海面,然后就消失了。好像被万顷波涛吞没,跌入了太阳的大嘴。萨朗波目送它们远去,低下了头。达娜克自以为猜出了她为什么悲伤,就温和地对她说:

"它们会飞回来的,主子。"

"是的!我知道。"

"你还会看到它们的。"

499

"也许吧!"她叹了口气说。

她没有把自己的决心告诉任何人,以便不露声色地实现她的计划。她派达娜克到基尼斯多郊区买她所需要的一切,而不向管家们要这些东西:朱砂、香料、一条亚麻腰带和几件新衣服。那个老女奴对她准备这些东西大感惊讶,但却不敢问任何问题。由沙哈巴兰定下的日子到了,萨朗波该动身了。

在将近十二点的时候,她在埃及无花果树林中看见一个瞎眼老汉,一只手搭在一个走在他前面的男孩肩上,另一只手在腰间挟着一把黑木的像六弦琴一样的乐器。那些净身祭司、奴隶、妓女,都被细心周到地支开了;谁也不会知道这个正在酝酿之中的秘密。

达娜克点着了搁在房间四角的四只装满香果和小豆蔻的三脚香炉;然后,她打开几卷巴比伦大挂毯,用绳子挂在房间四壁,因为萨朗波不愿被人看见,连墙壁也不行。那个基诺尔琴师蹲在门外,而那个小男孩站在一旁,把嘴唇贴在一根芦笛上。远处街市的喧声减弱了,庙宇前面拖着长长的紫色阴影。在海湾的另一边,山麓、橄榄园、黄色的空地,起伏不尽,渐渐在远方融入蓝色的雾霭之中。万籁俱寂,空气里充满一种难以形容的沉闷。

萨朗波蹲在水池边的白玛瑙梯级上,挽起她那宽大的袍袖,系在肩后,然后按照宗教礼仪有条不紊地开始沐浴仪式。

达娜克递给她一个大理石小瓶,里面装有某种凝结起来的流质;那是一条黑狗的血,是几个无生育能力的女人在某个冬天的夜晚,在一座坟墓的废墟里把狗杀死的。她用这血搽抹耳朵、脚跟、右手的大拇指,甚至她的指甲也有点红了,好像她捏碎了一只什么水果一样。

月亮升起来了,于是基诺尔琴和芦笛同时吹奏起来。

萨朗波摘下她的耳环、项链、手镯,解开白色的长袍,解开系住头发的带子,轻柔地抖落了一会儿披至肩头的长发,使它们散开,凉快一下。门外继续奏着音乐,翻来覆去老是那同样的三个音符,既急促,又激越,丝弦铮铮,笛声呜呜;达娜克击掌打着拍子;萨朗波摆动着整个身躯,吟诵着祷文,衣衫一件一件地扔在脚下。

沉重的挂毯抖动起来,在挂着壁毯的绳索上方露出了蟒蛇的脑袋。它慢慢地爬了下来,就像一滴水珠从墙壁上流下来一样,在抛了一地的衣衫间爬着,然后,它尾部贴着地面,直立起来,比红宝石还亮的眼睛灼灼地望着萨朗波。

起初她或许是因为怕凉,或许是因为怕羞,而犹豫了一会儿。可是她想起了沙哈巴兰的命令,便走上前去;蟒蛇弯下身来,身子中段搭在她脖后,头尾悬挂在她身前,好似一条断开的项链,两个断头直垂到地上。萨朗波把它绕在胁部,胳膊下面,两膝之间;然后托着它的颚部,将它那三角形的嘴尖一直凑到自己牙边;于是她半闭着眼睛,在月光底下向后仰着身子。皎皎的月光仿佛将她笼罩于银色的轻雾之中,她的湿脚印在石板地上闪闪发亮,繁星在水池深处颤动;蟒蛇将它那一圈圈地绕着她的带有金色斑点的黑色身体紧紧缠住了她。萨朗波被这过于沉重的身子压得气喘吁吁,腰也压弯了,只觉得自己要死了;那蛇用尾巴尖轻轻拍着她的大腿;后来音乐停下了,它就跌落下来。

达娜克又回到她身边,把两个枝形大烛台放好,烛台的一枝枝烛光在一个个盛满水的水晶球里燃烧。然后她用香桂液染她的手心,用朱砂抹她的双颊,用锑粉画她眼皮的边缘,还用树胶、麝香、煤精和研碎的苍蝇脚配制而成的颜料描长她的眉毛。

萨朗波坐在一张象牙骨的靠背椅上,任凭女奴为她梳妆打扮。但是达娜克双手的触摸、香料的气味和这几天的斋戒都使她精疲力竭。达娜克见她脸色发白,就停下手来。

"接着干!"萨朗波说,她忍住疲劳,忽然又振作起来。她变得急不可耐,催着达娜克快干。老女奴嘟哝着说:

"好吧!好吧!主子!……又没有人在等你!"

"有的!"萨朗波说,"有人在等我。"

达娜克惊奇得倒退了一步。她想多了解些情况,便问:

"那么你对我有什么吩咐呢,主子?因为如果你要出门一段时间的话……"

可是萨朗波啜泣起来。女奴叫道:

"你难受吗?怎么回事?别走了!要不就带着我走!在你一丁点儿大的时候,你一哭,我就把你抱在怀里,用我的奶头逗你笑;你把我的奶吸干了,主子!"她拍着自己干瘪的胸脯说,"现在我老了!对你没什么用处了!你不喜欢我了!你心里难受也不对我说,你看不起你的奶妈!"她又心疼又生气,眼泪顺着脸颊流下来,流进她脸上所刺的花纹里。

"不!"萨朗波说,"不,我喜欢你!别难过了!"

达娜克带着像老猴子的鬼脸一样的微笑,又干了起来。依照沙哈巴兰的指点,萨朗波叫老女奴把她打扮得花枝招展。于是女奴便照着蛮族人的口味,将她妆饰得既讲究又朴素。

她里面穿一件葡萄酒色的极薄的长内衣,外面再罩一件绣有鸟羽的长内衣。腰间宽阔的腰带上贴着金质的鳞片,腰带下面垂着有波浪一般褶子的蓝底银星衬裤。然后达娜克给她穿上一件宽大的长袍,袍子用白底绿条纹的赛尔①绸制成。肩头围着一条绛红方巾,方巾下坠着一粒粒闪色宝石;然后在这所有衣饰外面罩上一件拖着长裾的黑披风。于是女奴上下打量着她,对自己的杰作颇感自豪,不禁说道:

"你结婚的那天也不会比今天更美了!"

"我结婚的那天!"萨朗波重复了一句;她把胳膊肘支在象牙椅子上,浮想联翩。

达娜克将一面铜镜立在她面前,那面铜镜又高又大,她能在里面照见全身。于是她站起身来,用手指轻轻一碰,将一个垂得太低

---

① 赛尔,印度东部的一个民族,丝绸业发达。

的发卷向上推了推。

她的头发上撒了金粉,前刘海鬈曲着,脑后卷成长长的螺旋形垂到背部,发梢系着珍珠。烛台的光焰使她面颊上的脂粉显得更加鲜艳,衣衫上的金片光芒闪烁,皮肤白得耀眼;她的腰肢、臂膀、双手和脚趾上戴着无数珍珠宝石,铜镜折射着她身上的珠光宝气,看上去像个太阳;萨朗波站在俯身望着她的达娜克身边,光彩照人地微笑着。

而后,她又在房间里踱来踱去,不知道该如何打发动身前的空闲时间。

突然,响起了一声鸡叫。她赶忙将一条很长的黄色面纱别在头发上,脖子上围了一条披巾,脚上套了一双蓝色的小皮靴,对达娜克说道:

"去看看香桃木树那里有没有一个人牵着两匹马。"

达娜克刚回来,萨朗波就沿着饰有船艏的阶梯走下去了。

"主子!"奶妈叫道。

萨朗波回过头来,将一根手指按在嘴唇上,示意她不要声张,不要跟来。

达娜克悄悄地沿着那些船艏一直溜到平台下面。她借着月光远远望见林荫大道上萨朗波的左边有个巨大的影子歪歪斜斜地跟着她走。这是死亡的预兆。

达娜克回到上边的房间,扑倒在地上,用指甲抓着自己的脸,撕扯着自己的头发,使劲地尖声号哭起来。

她忽然想到别人会听见她的哭叫,于是止住了悲声。她双手抱住脑袋,脸贴在石板地上,轻轻地呜咽着。

503

十一　在营帐里

那个给萨朗波领路的人带她从灯塔后面朝地下墓园方向走去,然后穿过漫长的莫路亚郊区那些陡急的小街巷一路往下走去。天色开始发白。有时候,遇到棕榈树干的房梁从墙上突出来,他们便不得不低着头穿过去。两匹马一步一滑地慢慢走着,他们就这样走到了特韦思特城门。

两扇沉重的城门半开半合。他们走了出去,大门就在他们身后关上了。

一开始他们沿着城根走了一阵,等到走上蓄水池附近,他们就沿着岱尼亚走上一条像狭窄的带子一样的黄土路。那路位于海湾与突尼斯湖之间,一直延伸到拉代斯。

迦太基城周围不见人影,无论在海面上还是田野里。青灰色的海浪轻轻拍打着海岸,微风将水沫吹洒开来,使青灰色的海面呈现出一道道白色的裂纹。萨朗波虽然围着好几条披巾,还是在清晨的凉意中打着寒噤;这一番奔波和旷野的空气使她头昏眼花。接着,太阳升起来了,阳光烤着她的后脑勺,她不由得打起盹来。两匹牲口并排地小跑着,蹄子陷进无声无息的沙里。

他们走过温泉山以后,地面变得坚实了,他们前进的速度也加快了。

尽管已是播种耕耘的季节,然而极目所至,田野里却像沙漠一样空旷。一堆堆麦子倒得东一处西一处的,还有些地方烧焦的大麦狼藉遍地。在明亮的天边显露出了断断续续、犬牙交错的村落的黑魆魆的剪影。

路旁不时兀立着一些烧焦的残垣断壁。屋顶烧坍了,屋里可以看到陶器的碎片,破烂的衣服和各种各样残缺不全、难以辨认的器皿、家什。常有人从这些废墟里钻出来,衣衫褴褛,面如土色,眼睛里冒着火,可是马上就撒腿跑开,或者钻进一个洞里去了。萨朗波和她的向导并未止住脚步。

废弃的土地一片接着一片。在大片金黄色的土地上,横着一道道长短不一的炭灰,被他们的马蹄在身后扬了起来。有时候他们也遇上一些小小的幽静去处,一条在高大的草丛间流淌的小溪;在踏上小溪彼岸时,萨朗波总爱扯下几片湿漉漉的叶子来凉快凉快自己的双手。在一片夹竹桃林的拐角,她的马遇到一具躺在地上的男人尸首,惊得往旁边一闪。

那个奴隶立刻扶她在鞍鞯上坐稳。他是月神庙的一个侍役,沙哈巴兰遇有危险差事总是派遣他去。

他出于过度的小心,下马步行在她身边,夹在两匹马的中间。他时而用缠在自己臂膀上的皮带抽打那两匹马,时而从挂在胸前的干粮袋里掏出包在荷叶里的用小麦、椰枣、蛋黄做的团子,一声不吭地边跑边递给萨朗波。

中午时分,三个披着兽皮的蛮族人在小路上与他们交臂而过,渐渐地人越来越多,十个、十二个、二十五个成群结队地到处游荡,有些人还赶着几只山羊或是一头瘸腿母牛。他们沉重的大棒上竖着许多青铜的尖刺;脏得吓人的衣服上挂着雪亮的大刀,他们带着威胁与惊讶的神情瞪大了眼睛。经过他们面前时,有几个人道了个普普通通的问候,另外几个人说了几句猥亵的俏皮话,沙哈巴兰的奴隶用每个人的家乡话一一作答。他对他们说,这是个生病的男孩,要去很远的一个神庙治病。

这时天色已晚。传来了一阵犬吠声,他们便朝着犬吠的方向走去。

在黄昏的余晖中他们望见一道干石垒成的围墙,墙内有座看不分明的建筑。有条狗在墙头上跑着。那个奴隶朝它扔了几块石头,于是他们走进一个高高的拱顶大厅。

房间当中有个妇女蹲在火堆前面取暖,火堆烧的是荆棘,烟就从屋顶的一些窟窿里冒了出去。她的白头发一直垂到膝盖,遮住了她的半个身子;她不愿意答话,神情痴呆,嘴里咕哝着要向蛮族人和迦太基人报仇雪恨。

那奴隶东找西寻了一阵,又回到她跟前,向她要吃的。老太婆摇摇头,眼睛盯着炭火喃喃地说:

"我本来有手。现在十根指头都割掉了。嘴巴也不吃了。"

奴隶掏出一把金币给她看。她扑了上去,但马上又不动了。

最后他将佩在腰间的一把匕首搁在她的喉咙上。这下子她才战战兢兢地走过去掀起一块大石头,拿来一个双耳尖底瓮的酒和一些蜜渍伊博-扎里特鱼。

萨朗波见到这种不洁的食物就厌恶地转过头去。她躺在铺在房间一角的马衣上睡着了。

天还没亮,他就叫醒了她。

那只狗在拼命吠叫。奴隶轻手轻脚地走近它,一刀砍下了它的脑袋。然后他用狗血抹在马的鼻孔上,使它们警觉兴奋起来。老太婆在他身后诅咒了他一句。萨朗波注意到了,赶紧按住自己佩在胸前的护身符。

他们又赶起路来。

她时不时地问他是否马上就要到了。道路在一座座小山上蜿蜒起伏。耳中只听到一片蝉鸣。太阳晒热了枯黄的野草;大地布满了裂缝,这些裂缝把地面分割成一块块,好像一些奇大无比的铺路石板。有时一条蝮蛇爬过,几只老鹰在翱翔。奴隶一直跑着,萨朗波裹在一层层披巾里遐想。尽管天气很热,她也不撩开披巾,生怕把她漂亮的衣服弄脏。

每隔一定距离就耸立着一座瞭望塔,那是迦太基人建造,来监视各个部落的。他们走进去歇一会儿凉,然后重新上路。

昨天他们出于谨慎绕了个大圈,但是现在他们一个人也碰不到。这一带十分贫瘠,蛮族人根本没有来过。

遭受破坏的景象渐渐又开始出现。有时候,在一块土地中央会出现一片马赛克地板,那是一座废弃的邸宅所剩下的唯一残迹;而那些没有叶子的橄榄树远远望去倒像是一些极大的带刺的荆棘。他们穿过了一个小镇,镇上的房屋都被烧成了平地。沿着墙根可以看见许多人的骷髅,还有骆驼的骷髅、骡子的骷髅。有些被啃掉了一半的腐烂的尸体挡住了去路。

夜幕降临。天空很低,布满阴云。

他们朝西又往上走了两小时,突然看到在他们前面有许多小火堆。

那些火堆在一个圆形剧场般的山谷谷底闪耀光芒。有些金光闪闪的金属片在四下里移动,那是布匿兵营的胸甲骑兵的铠甲在折射着火光。接着,他们又辨认出布匿兵营四周的更加繁多的火光,那是蛮族人的营火。他们的几支部队现在都混杂在一起,分布在一大片地方。

萨朗波动了一下,想向下走去。可是沙哈巴兰的仆役把她拉到一边,沿着环绕蛮族人营盘的平台走着,走到一个豁口,奴仆钻进去不见了。

在工事顶上有个哨兵踱来踱去,手里拿着一把弓,肩上扛着一杆长矛。

萨朗波越走越近,那个蛮族哨兵屈膝跪在地上,一支长箭飞来,射穿了她披风的下摆。后来,见她勒住坐骑在喊话,他就问她想干什么。

"我有话要和马托说。"她答道,"我是从迦太基逃出来的。"

哨兵打了个呼哨,有人接着也打起呼哨,哨声越传越远。

萨朗波等候着;她的马受了惊,喷着响鼻直打转。

507

马托来到时,月亮正在她身后升起。她脸上罩着黄底黑花的面纱,身上裹着一层又一层衣服,使他根本猜不出来这是什么人。他从平台上打量着这个模模糊糊的身影,在暮色中这个身影像个幽灵似的兀立在那里。

最后,她对他说:

"带我到你的帐篷里去!我要你带我去!"

一个他无法确定的回忆闪过他的脑子。他感到怦然心跳。这种命令的口吻慑服了他。

"跟我来!"他说。

栅门放了下来,她马上就置身于蛮族人的营寨之中。

兵营里喧闹非凡,熙熙攘攘。明亮的火焰在悬挂着的锅子底下燃烧,绛红的火光照亮了一些地方,把其余地方完全留在暗影中。叫喊声、呼唤声此起彼落。拴着绊索的马匹在帐篷中间排成一行行又直又长的队列;帐篷有圆的、方的、皮的、布的;有芦苇搭的窝棚,还有跟狗一样在沙土里挖的洞。士兵们有的在用车送柴捆;有的把胳膊肘支在地上,或是身上裹着一张席子准备睡觉;萨朗波的马要跨过这些士兵有时还得先伸过去一只脚,然后再奋力一跳。

她想起自己曾见过他们;但他们的胡子更长了,脸更黑了,嗓子也更哑了。马托在她前面走着,用手势叫他们闪开道来,这个动作使他红色的斗篷掀了起来。有些士兵亲吻他的手,另一些人弯腰曲背地过来向他请示,因为他现在是蛮族人真正的、唯一的首领了。史本迪于斯、欧塔里特和纳哈伐斯都泄了气,而他却表现得既大胆又顽强,所以大家都服从他指挥。

萨朗波跟着他穿过了整个营地。他的帐篷在最里边离哈米尔卡尔的堑壕仅三百步之遥。

她发现右边有个大坑,似乎有些人头齐着地面搁在坑沿上,就像是些砍下来的人头。然而他们的眼睛在转动,半张着的嘴里发出的呻吟竟是布匿语。

两个黑人提着树脂灯,分立在门的两边。马托猛地掀开篷布,萨朗波跟他走了进去。

这是一个很深的帐篷,中间竖着一根支柱。一只巨大的莲花灯座,灯里盛满一种黄颜色的油,灯油上面浮着几股废麻灯芯。灯光照亮了帐篷,灯影里可以辨别出几件武器在闪亮。一柄出鞘的利剑倚在凳子上,旁边放着一面盾牌。河马皮编成的鞭子、铙钹、铃铛、项链,乱七八糟地堆在草篮子里。毡毯上撒着一些黑面包屑。帐篷的一个角落的一块圆石上随意堆着些铜币。风从帐篷的裂缝里将外面的尘土连同大象的气味一起吹送进来,可以听见大象晃着铁链吃东西的声音。

"你是谁?"马托说。

她没有回答,只是慢慢地四下扫视着,最后她的目光停在帐篷深处用棕榈树枝搭的铺上,那里有一件湛蓝的、光芒闪烁的东西从铺上耷拉下来。

她赶忙跑过去,不由得惊叫了一声。马托在她背后顿着脚问:

"谁带你来的?来干什么?"

她指着天衣答道:

"来拿这个!"她用另一只手扯下头上的面纱。他倒退了一步,肘弯朝后缩着,张大了嘴巴,几乎有点害怕了。

她就像得到众神力量的支持一样,面对面地看着他,向他讨还天衣,以滔滔不绝的、美妙动听的话语向他讨还天衣。

马托却什么也听不见,他凝望着她。在他眼里,她的衣饰与她的身体是合二为一的。她衣料的波纹闪光就和她皮肤的艳丽光彩一样,是某种特有的、只属于她东西。她的眼睛和她的钻石交相辉映。她光润的指甲是她手指上戴着的精致的宝石的继续。她内衣上的两只搭钩将她的两只乳房挤到一起,鼓了起来。他望着乳房间的窄沟出神,窄沟里垂下一根细链,透过紫色的薄纱可以看见

509

细链下面系着的绿玉牌。她的耳环是一对蓝宝石的小坠子,各托着一颗盛满香水的空心珍珠。从珍珠的小孔里不时滴下一小滴香水,湿润着她裸露的肩膀。马托呆看着香水滴下来。

一种无法抑制的好奇心推动着他,他像一个小孩用手触摸一种不认识的水果一样,用颤抖的手指尖轻轻碰了一下她的乳峰,那凉爽的肌肤富有弹性地陷了进去。

这一几乎难以觉察的接触,直震撼到马托的灵魂深处。他全身涌起一股浪潮,将他冲向萨朗波。他恨不得搂住她,吞了她,喝了她。他的胸脯剧烈起伏,牙齿嘚嘚直响。

他抓住她的手腕,将她轻轻拉到自己身边,然后坐在一副铠甲上,在那铺着狮子皮的棕榈树枝搭的床边。她仍然站着。他从下往上地看着她,将她夹在两腿之间,一再地说:

"你真美!你真美!"

他的眼睛一直盯住她的眼睛,使她感到难受。这种不舒服的感觉,这种厌恶的感觉变得越来越厉害,她强忍着没叫出声来。她想起沙哈巴兰的告诫,就听凭他摆布了。

马托一直将她的小手抓在自己手里;尽管大祭司要她百依百顺,她还是不时地转过脸去,扭动着胳膊想挣脱出来。他张大鼻翼尽力吸着从她身上散发出来的香气。那是一种难以名状的、清新的气味,然而却像香炉的烟雾一样令人眩晕。那里面有蜂蜜、胡椒、乳香、玫瑰和其他东西的香味。

可是她怎么会在他的帐篷里,和他一起,听凭他摆布呢?大概是有人支使她来的吧?她不是为了天衣而来的吗?他的胳膊垂了下来,低着脑袋,陷入突如其来的沉思中。

萨朗波为了使他变得温和一点,就用怨嗔的口吻对他说道:

"我有什么对不起你的地方,使你想要我死?"

"要你死!"

她又说:

"我有天晚上见到过你,在我家燃烧的花园的火光里,在冒烟的酒杯和我那些被杀死的奴隶中间。你当时怒气冲天,朝我扑过来,我只好逃之夭夭!那以后恐怖笼罩了迦太基。大家经常喊叫城镇遭受蹂躏、乡村大火弥漫、士兵惨遭屠杀的消息;是你给一切带来厄运,是你害死了他们!我恨你!单是你的名字就像良心责备似的一直折磨着我。你比瘟疫和罗马战争更令人憎恨!各个省份都在你的震怒下颤抖,沟壑里填满了尸体!我沿着你的战火烧过的痕迹走来,就好像是跟在摩洛神后面走来一样。"

马托一跃而起,心里充满无比的骄傲,他被抬高到和神祇一样的地位了。

她的鼻翼在颤动,她咬住牙关继续说了下去:

"好像你还嫌亵渎神明的事情做得不够,又披着天衣在我睡着的时候到我房间里去!你的话我没有听懂,可是我看出来你是想把我拖进一件可怕的事情里去,把我拖进深渊之中。"

马托扭动着胳膊叫了起来:

"不!不!我是想把它送给你!把它还给你!我觉得女神把她的天衣留给了你,它是属于你的!放在她的庙里还是你的家里又有什么关系?难道你不是和月神一样全知全能、洁白无瑕、光彩照人、美丽无比吗?"他又无限崇拜地望着她说:

"要不,也许你本人就是月神?"

"我,月神?"萨朗波自言自语道。

他们不说话了。远处响起隆隆的雷声。羊儿受了雷雨的惊吓,咩咩地叫了起来。

"噢!走近点!"他说,"走近点!别害怕!"

"从前,我只是个与普通士兵为伍的雇佣兵,那时我性情温顺,常替别人背柴火。哪里想到过什么迦太基!它那熙熙攘攘的人群好像消失在你鞋底的尘土中,它的全部珍宝、省份、舰队和岛屿都不如你鲜艳的嘴唇和肩头的轮廓那样使我倾慕。我想摧毁它的城墙是为了走到你的身旁,并且占有你!另一方面,在达到目的之前,我这也是在进行报复!现在,我杀人就像碾碎一只贝壳,我扑向敌人的方阵,用手分开长矛,抓住马鼻子止住战马,就连投石器也不能杀死我!啊!要是你知道,在激战之中我是多么想念你!……有时候,我突然想起你的一个手势、你衣裳上的一个褶皱,这个记忆就像一张网将我罩住!我在火箭的火焰中、盾牌的镀金里看到了你的眼睛,在铙钹的响声中听到了你的声音。我回过头来,你却不在那里!于是我就又投入了战争!"

他举起双臂,臂上青筋暴露,像常春藤一样相互纠缠盘绕在树干上。汗水从胸膛上见棱见角的肌肉中间流下来;他的喘息使他的两胁连同他的青铜腰带都在一起一伏,青铜腰带上饰有许多皮条流苏,直垂到他那比大理石还要坚硬的双膝。萨朗波习惯于与阉人相处,这个男子的孔武有力使她十分惊异。那是月神的一种惩罚,要不就是在她周围五支部队中流传的摩洛神的影响在起作用。她感到慵倦无力,木然地听着哨兵们一阵一阵的互相呼应的喊声。

油灯的火焰在热风的吹拂下摇曳不定。巨大的闪电不时射进帐篷;随后黑暗显得更加浓重,她只能看见马托的眼睛,像两颗火炭在黑夜中燃烧。然而她清楚地感觉到自己在劫难逃,已经面临最紧要的、一去不返的时刻,于是她竭力振作起来,朝天衣走去,伸手去拿天衣。

"你干什么?"马托叫起来。

她平静地回答:

"我回迦太基。"

他交叉着胳膊向她走去,神情十分可怕,竟使她立即像脚跟被钉住了一样。

"回迦太基!啊!你是来拿神衣的,是要战胜我,然后又消失!不!不!你属于我!现在谁也不能把你从这里抢走!哦!我没有忘记你那双平静的大眼睛有多么放肆无礼,也没有忘记你怎样以你的美貌高傲地压垮我!现在轮到我了!你是我的俘虏,我的奴隶,我的女仆!你愿意的话就呼唤你的父亲和他的军队、元老们、富豪们和你那可憎的民族吧!我是三十万士兵的主帅!我还要到卢西塔尼亚、高卢和沙漠深处去招兵,我要推翻你的城市,烧毁它的庙宇,战舰将在血泊中航行!一座房子、一块石头、一棵棕榈树也不剩下!如果我人手不够,我就把狗熊从山里引来,还要把狮子赶来!别打算逃走,我会杀了你!"

他脸色灰白,拳头痉挛地紧握着,战栗得像一张琴弦快要绷断的竖琴。突然,他啜泣得透不过气来,跪倒在地上:

"饶恕我吧!我是个下贱的人,比蝎子、烂泥、尘土还不如!刚才你说话的时候,你的气息拂过我的脸,我就像临死的人趴在溪边喝水一样浑身舒畅。践踏我吧,只要我能感到你的脚就行!诅咒我吧,只要我能听见你的声音就行!不要走!可怜可怜我吧!我爱你!我爱你!"

他跪在她面前的地上。用双臂搂住她的腰肢,头往后仰着,双手来回抚摸;挂在他耳朵上的圆形金耳环在他晒黑的脖子上闪亮,大滴的泪珠在他银球般的眼睛里滚动;他的叹息有如一种爱抚,喃喃的话语比微风还要轻柔,像亲吻一样香甜。

萨朗波浑身酥软,不知身为何物。某种灵魂深处的无法抗拒的东西,或许便是众神的命令,迫使她以身相委。她似乎被云雾托了起来,浑身软弱无力地倒在床上狮子皮毛里。马托抓住她的脚跟,金链断裂了,两个断头飞起来,打在篷布上,就像两条蹦起来的蝮蛇一样。天衣落了下来罩住了她,她看见马托的脸俯在她的胸脯上。

"摩洛神,你把我烧痛了!"而马托的亲吻比火焰还要灼人,吻遍她的全身;她像是卷进一阵飓风,被太阳的力量抓住了。

他亲吻她手上的所有指头、她的胳膊、她的脚和她长长的发辫，从上面一直亲到辫梢。

"把它拿走吧，"他说，"我不在乎！把我也一起带走！我丢下部队，放弃一切！在加代斯出海，航行二十天，可以看到一个铺满金沙，浓荫覆地，鸟语花香的小岛。山上长着大朵的香气扑鼻的花朵，像一些永恒的香炉在左右摇晃；在那些比雪松还要高大的柠檬树上，有一些奶色的蛇用它们大嘴中的钻石将水果打落在细草如茵的地上。那里空气温馨，使人长生不老。哦！我会找到这个岛的，你瞧着吧。我们要在小山脚下的水晶洞里生活。还没有人在岛上住过，否则我就会成为那里的国王。"

他掸去她靴子上的灰尘，要她在嘴唇间含上一片石榴，在她脑后堆上许多衣服作为靠垫。他想方设法服侍她，贬抑自己，甚至将天衣铺在她腿上，好像那是一条普通的毯子。

"你那些挂项链用的小羚羊角还在吗？"他说，"把它们给我吧，我喜欢它们！"他说话的口气仿佛战争已经结束，不时发出快活的笑声；什么雇佣兵、哈米尔卡尔，一切障碍都不复存在。月亮在两块云彩间穿行，他们从帐篷的一个缝隙看见了它。"有多少夜晚我都是这样凝望着它度过的啊！我觉得它像遮盖着你脸庞的面纱，你透过面纱看着我；对你的回忆与它的清辉交织在一起，我再也无法将你们区分开来！"说着他把脑袋埋在她的双乳之间号啕大哭起来。

"这就是那个使迦太基为之发抖的人！"她想道。

他睡着了。于是她从他的胳膊间挣脱出来，一只脚放到地上。她发现她的金链断了。

名门大族的处女养成了把这种绊腿的金链当作几乎是宗教般的东西加以爱护的习惯，因而萨朗波涨红了脸将那两段金链缠绕在两条腿上。

迦太基、梅加拉、她的家、她的房间以及她走过的乡村都在她的记忆中旋转，画面纷乱而又清晰。可是突如其来的一道深渊将这一切推到了离她极远的,无限遥远的地方。

暴风雨渐渐远去;稀疏的雨点一滴一滴地敲打着帐篷顶,使之微微颤动。

马托像醉汉一样侧身睡着,一只胳膊耷拉在床铺外面。他的珍珠头带有点褪了上去,露出了他的前额。一丝笑容使他的牙齿微微张开,那两排牙齿在他的黑胡子间闪光,半闭的眼睛里有种无声的喜悦,一种几乎带有侮辱意味的喜悦。

萨朗波低着头,合着双手,一动不动地注视着他。

床头的一张柏木桌子上躺着一把匕首,寒光闪闪的锋刃燃起她杀人的欲望。远处的暗影里传来拖长的悲惨的叫声,就像是众神的合唱,在怂恿着她。她走到桌前,抓住匕首的刀柄。马托被她的袍子蹭了一下,半睁开眼睛把嘴凑过来吻她的手,匕首跌落到了地上。

这时喊声四起,帐篷外面闪耀着可怕的火光。马托掀起篷布,他们望见利比亚人的营盘陷于一片火海之中。

利比亚人的芦苇窝棚烧了起来,芦苇秆扭曲着,在烟火中炸开,像箭一样四下横飞;在通红的天幕下,一些黑影在慌乱地东奔西突。窝棚里传出困在里面的人的惨叫;大象、牛、马在人群中蹦跳践踏,身上驮着从大火中抢出来的军需品和行李。有人吹起了号角。大家叫道:"马托!马托!"帐篷门口有些人想要进来。

"快来吧!是哈米尔卡尔在烧欧塔里特的营盘!"

他冲了出去。她独自留在帐篷里。

于是她细细端详起那件天衣来。等她看够以后,她很奇怪自己并不像过去想象的那么幸福。她面对自己实现了的梦想却依然心情忧郁。

可是帐篷的下端掀了起来,一个骇人的形状出现了。萨朗波起初只分辨出两只眼睛和一部直垂到地面的长长的白胡须。身体的其余部分藏在碍手碍脚的破破烂烂的黄褐色长袍里,在地上拖

515

着。每向前爬一步,两只手就伸进胡子,然后落在地上。就这样一直爬到她脚下,她才认出那是吉斯孔老头。

事实是,雇佣兵们为了防止当初扣留的那些迦太基人逃跑,就用铜棍打断了他们的腿;他们全被扔在一个大坑里,乱糟糟地在垃圾中间腐烂。他们当中比较结实的还能在听到大饭盆的声音时耸立起身子叫喊,吉斯孔就是这样看见萨朗波的。他从她那些磕打着靴子的一颗颗闪亮宝石猜出她是个迦太基女人。他预感到其中大有奥妙,就让他的难友们帮助他爬出大坑;然后他用肘弯和双手拖着身子一直爬到二十步开外的马托的帐篷。有两个声音在里面说话。他在外面听着,全都听到了。

"是你!"她终于说道,几乎有点害怕起来。

他用手腕撑起身子,答道:

"对,是我!大家都以为我死了,对不对?"

她低下头来。他又说道:

"为什么众神没有赐给我这种福分啊!"说着他爬到了离她很近的地方,近得能碰到她的衣服。"我如果死了就不必费这个力气来诅咒你了!"

萨朗波猛地往后一缩,她实在害怕这个蓬头垢面的人。他像鬼魂一样难看,像幽灵一样可怕。

"我马上就一百岁了,"他说,"我见过阿加索克利斯,我曾经目睹雷古卢斯和罗马人的鹰旗掠过布匿田野正在收获的庄稼。我看见过战争的一切恐怖场面,看见过海面漂满我们舰队的残骸。我指挥过的蛮族士兵把我钉上手铐脚镣,好像我是个杀了人的奴隶。我身边的难友一个接一个地死去,他们的尸臭在半夜里把我熏醒,我赶走飞来啄食他们眼睛的鸟雀,然而我一天都不曾失去对迦太基的信心!我哪怕见到世界上所有的军队都来攻打迦太基,围城的火焰高过了城里的庙宇,也仍然会坚信它永恒不灭!可是现在一切都完了!一切都无望了!众神厌弃它了!诅咒你,你的无耻行径加速了它的灭亡!"

她张开嘴来想要说话。

"不!我刚才在这儿!"他叫起来,"我听见你像个妓女似的发出做爱时的呻吟,然后他对你倾诉他的欲望,而你就让他亲吻你的手!可是你如果欲火中烧,无法克制,至少也应该像野兽一样在交配的时候躲藏起来,而不是把你的丑事展现在父亲的眼前!"

"怎么!?"她问。

"啊!你不知道双方的工事相距只有六十肘,而你的马托狂妄自大,把帐篷就设在哈米尔卡尔的正对面。他就在那里,你的父亲,在你身后;要是我能爬上通往平台的小路,我会对他叫道:你来看看吧,你女儿躺在蛮族人的怀里呢!她穿上了女神的天衣来讨他喜欢,她在委身于人的同时,也就将你的英名、天神的尊严、国仇家恨,甚至迦太基的安危全都抛在脑后了!"他那没牙的嘴嚅动着,牵着整部胡子从上到下一起动着;他的眼睛瞪着她,简直要把她吞下去;他趴在尘埃里气喘吁吁地反复说道:

"啊!真是亵渎神明!"

萨朗波掀开了篷布,用手举着,朝哈米尔卡尔那面眺望,她没有回答吉斯孔的责难,却问道:

"是在那面,对吗?"

"跟你有什么相干!背过脸去!走开!还是把你的脸埋在地上吧!那是个神圣的地方,你的目光会玷污了它!"

她把天衣往身上一裹,急急忙忙捡起她的面纱、她的斗篷、她的披巾,叫了一声:"我跑到那面去!"于是她逃出帐篷,消失了。

起先她在黑暗里走着,没有遇到一个人,因为大家都去救火了;这时喧闹声越来越大,巨大的火焰染红了身后的天空。最后,一道长长的平台挡住了她的去路。

她回过头来左右瞎闯,想找一个梯子、一根绳子或者一块石头,总之找件能够帮她攀上平台的东西。她害怕吉斯孔,总以为有

517

喊声和脚步声在追逐她。天光开始发亮。她看到平台上有条小路。她用牙齿咬住碍事的长袍下摆,三蹿两跳就到了平台上面。

一声响亮的鸡叫从她脚下的暗处传来,和她听到过的在饰有船舳的楼梯下的鸡叫声一样。她俯下身子,认出了沙哈巴兰的手下人和他那两匹马。

他整夜都在两军的营垒之间踯躅。后来,他看见大火,很是担心,便走回来看看马托的营盘里发生了什么事情。他知道这个地方离马托的帐篷最近,所以就按照大祭司的嘱咐一直守在这儿。

他站在一匹马的背上,萨朗波一直滑到他身上,于是他们骑马急驰而去,围着布匿人的营盘寻找一个栅门。

马托回到自己的帐篷里。冒烟的油灯几乎没什么亮光,甚至使他以为萨朗波还在睡觉。于是他小心翼翼地在棕榈床铺上的狮子皮上摸索着。他叫唤了一声,她没有答应。他忙撕下一片篷布,让天光照进帐篷:天衣不见了。

大地在千万人的脚步下震颤。喊杀声、马嘶声、铠甲相撞的声音响彻云霄,无数军号一齐吹起了冲锋号。这一切有如飓风在他周围旋转。他愤怒欲狂地扑到自己的武器上,冲到了外面。

一长队一长队的蛮族人冲下山坡,布匿人的方阵沉重而有规律地摆动着迎上前去。晨雾被万道阳光撕成一片片小块的云彩,飘飘荡荡,渐渐上升,露出了漫山遍野的军旗、军盔和枪尖。他们队形的迅速变换,使脚下一块块还留在暗影里的土地似乎整块地在移动着;其他队伍则可以说是一道道激流相互交错,在它们中间有些剑矛棘立的庞然大物屹立不动。马托辨认出了军官、士兵、传令兵,甚至队伍后面骑着驴子的仆人。但是纳哈伐斯没有留在自己的位置上掩护步兵,却猛地向右拐去,仿佛他想让哈米尔卡尔把他消灭似的。

他的骑兵超过了渐渐放慢前进速度的象队,所有的战马都伸出没有辔头的脑袋极力奔驰,看上去似乎肚子都蹭到了地面。而后,纳哈伐斯坚决地朝一名哨兵走去。他扔掉自己的宝剑、长矛、标枪,走进迦太基人中间消失了。

努米底亚人的国王到了哈米尔卡尔的帐篷里,指着停在远处的他的人马对他说:

"巴尔卡!我把他们给你领来了。他们听你的调遣。"

于是他俯伏称臣,并且追述自己在战争开始以来的所作所为以证明自己的忠心。

首先,他阻止了对迦太基的围城和对俘虏的屠杀;其次,他丝毫没有利用汉诺在乌提卡战败之机去扩大战果。至于他占领那些推罗人的城镇,是因为它们处于他的王国的边境。最后,他没有参加马卡尔之役,甚至故意回避,以免与执政官作战。

实际上纳哈伐斯本来是想通过蚕食布匿诸省来扩大自己的地盘,并且根据胜利可能性的大小,时而援助时而抛弃雇佣军。但他看到哈米尔卡尔最后必将占上风,就倒戈过来;也许他之所以背叛雇佣兵,还因为他对马托心怀怨恨,因为马托成了主帅,或者因为马托是他从前的情敌。

执政官听着他的表白没有打断他的话头。一个这样投到旧日冤家阵营里来的人,是个不容忽视的帮手;哈米尔卡尔马上就预见到这支同盟军对于实现他的宏图大计的用处。他和努米底亚人一起,就能打发掉利比亚人。然后他将使西方卷入征服伊比利亚的事业。因此他没有质问纳哈伐斯为什么不早点过来,也没有点破他那些谎言,就亲吻了他,并将自己的胸脯和他的胸脯碰了三下。

他纵火焚烧利比亚人的营盘,是因为走投无路,想决一死战。这支部队的到来对他有如神助,他掩饰住自己的喜悦,说道:

"众神保佑你!我不知道共和国会怎样报答你,可是哈米尔卡尔不是忘恩负义之辈。"

喧闹声越来越大,有些军官走了进来。他一面拿起武器一面说道：

"好了，去吧！用你的骑兵把他们的步兵赶到你的象队和我的象队之间！勇敢些！干掉他们！"

纳哈伐斯正要冲出去，萨朗波出现了。

她迅速地跳下马来，敞开宽大的斗篷，张开双臂，将天衣展了开来。

那皮帐篷的四角都卷了上去，可以看见周围整整一圈山坡上站满的士兵，而由于它地处中央，从任何方面都能望见萨朗波。满山遍野爆发出一片欢呼，那是一种长时间的、充满胜利和希望的喊声。正在前进的士兵们停住了脚步；垂死的士兵用肘弯撑起身子，回过头来为她祝福。所有的蛮族人现在也知道她夺回了神衣，他们从远处看见了她，或者自以为看见了她；于是另一种喊声，狂怒和复仇的喊声，盖过迦太基人的鼓掌欢呼，在山谷里回荡。五支部队次第站在山坡上，围绕着萨朗波顿足吼叫。

哈米尔卡尔说不出话来，只能点头向她表示谢意。他的目光轮番在天衣和萨朗波身上扫视，他发现她的金链断了。他打了个冷战，心里疑窦丛生。但他很快就又变得不动声色，并且在眼角打量着纳哈伐斯，却没有转过脸去。

努米底亚人的国王带着一副恭谨的样子站在一旁，额头上还有一点儿灰土，是刚才俯伏叩头时沾上的。执政官向他走去，神色庄重地对他说：

"为了报答你的效劳，纳哈伐斯，我把我的女儿许配给你。"他又添了一句："作为我的儿子，捍卫你的父亲吧！"

纳哈伐斯感到十分意外，他做了个手势，随即又扑上前来不住地吻他的双手。

萨朗波平静得像座雕像，似乎还没有明白过来。她脸色微微发红，垂下了眼皮，又长又弯的睫毛在脸颊上投下了暗影。

哈米尔卡尔要用不可分离的订婚仪式立即将他们结合起来。

有人将一支长矛放到萨朗波手里,让她把长矛献给纳哈伐斯;又用一根牛皮带子将他们的拇指互相对着拴在一起,然后又将麦粒撒在他们头上。那些撒落在他们周围的麦粒像冰雹似的唰唰响着蹦跳起来。

十二　引水渡槽

十二小时之后,雇佣军只留下了一堆伤兵、死尸和行将死去的人。

哈米尔卡尔从谷底突然冲出来后,又走下那面对伊博-扎里特的西坡,这里地势比较开阔,他有意将蛮族人吸引过来。纳哈伐斯的骑兵把他们围了起来;与此同时,执政官则给予他们迎头痛击,将他们消灭。其实他们因为失去天衣早已未战先败,就连那些对天衣并不在乎的人也感到惶惶不安,仿佛已经元气大伤了。哈米尔卡尔并不以占据战场为自豪,他退到左边稍远的高处,居高临下地严阵以待。

根据东倒西歪的栅栏可以辨认出各个营寨的形状。长长的一堆黑色灰烬在利比亚人的营址上冒烟。翻腾得一塌糊涂的地面像大海一样波浪起伏,而那些撕成碎片的帐篷则像是在礁石间若隐若现的船只的模糊身影。铠甲、长柄叉、军号、木头、铁和青铜的碎片、麦粒、草料、衣服,在尸首中间散了一地;几支快要熄灭的火箭东一处西一处地紧挨着一堆行李燃烧;有些地方的地面消失在许多盾牌之下;一具接一具的马尸像一连串的小山;满目都是断腿、襻鞋、胳膊、锁子甲,以及戴着军盔的脑袋,下巴上还扣着帽带,像皮球一样滚着;一簇簇的头发挂在荆棘丛上;一些大象被开膛破肚,连同战塔躺在血泊里,发出垂死的嘶喘;走路时总踩在黏稠的东西上;虽然没有下过雨,却有一些烂泥塘。

这样横七竖八的死尸,从上到下布满了整个山坡。

那些捡了条命的活人也和死人一样毫不动弹。他们三五成群地蹲在一起,面面相觑,一声不吭。

在一片狭长的草地尽头,伊博-扎里特湖在落日的余晖下浮光耀金。右边,一群白色的房屋探出于一道城墙之上;而后便是横无际涯的大海;——蛮族人用手支着下巴,长吁短叹地思念着故乡。一团灰色的尘雾降了下来。

晚风吹拂,人人的胸膛都舒张开来。随着凉意的逐渐加浓,蛆虫丢下变冷的尸体,爬到暖融融的沙上。乌鸦一动不动地栖在巨大的石头上,脑袋始终转向垂死的人。

当夜幕完全降临之后,一些有着黄色毛皮的狗——那种专门跟在部队后面的肮脏畜生——轻轻地来到蛮族人中间。它们先是舔食残臂断腿上的血块,随即就从肚子开始大啃大嚼起尸首来。

逃散的人又一个一个像影子一样重新出现了,女人们也壮着胆子回来了。尽管努米底亚人对她们进行过令人发指的屠杀,但还是有些女人留了下来,尤其是在利比亚人的营盘里。

有些人拿一些绳头点着了当火把。另一些人将长枪交叉起来,搁上尸首抬到一边。

这些尸首排成一长列一长列地仰面躺着,张着嘴巴,身边放着他们的长矛;有些尸首横七竖八地堆着,要找那些失踪的人,常常得扒开一整堆尸体。然后,拿火把慢慢地挨个在他们脸上照过去。凶恶的兵器在他们身上造成了复杂的伤口。他们的额头垂下一些暗绿色的皮肉碎片,他们被斩成了一段段,压出了骨髓,勒得青一块紫一块,或者被象牙挑开一个大洞。尽管他们几乎是同时死去的,他们尸体的腐败程度却各不相同。北方人浑身青肿,而筋骨发达的非洲人却像熏肉一样,已经变干了。从雇佣兵手上刺着的花纹可以辨别出他们的来历:安条克的老兵刺老鹰;在埃及当过兵的刺狒狒脑袋;在亚洲王公们的军队里服过役的刺斧子、石榴、铁锤;在希腊诸城邦共和国服过役的刺城堡的侧影或是执政官的名字;有些人的胳膊上则刺满了具有象征意味的花纹,与旧疤新伤混杂

523

在一起。

大家为拉丁民族的萨谟奈人、伊特鲁立亚人、坎帕尼亚人、布吕锡奥人架起了四座火化柴堆。

希腊人用剑尖挖了一些墓穴。斯巴达人脱下红色的斗篷包裹死者;雅典人把死者面朝日出的方向安葬下去;坎塔布连人把死人埋在一堆石头下面;纳扎蒙人用牛皮带把死尸对折绑着;加拉芒特人把尸体送到海滩上埋起来,让他们永远受到海浪的冲洗。可是拉丁民族的人都因未能将他们的骨灰收殓在骨灰坛里而感到遗憾;游牧部落的人却怀念炎热的沙漠,死尸若埋在沙漠里就会变成木乃伊;克尔特人想念的则是在阴雨连绵、小岛密布的海湾深处,用三块未经雕琢的石头垒成的坟墓。

一阵大喊大叫响了起来,随后是长时间的静寂。那是为了召回亡灵。喊叫一阵一阵地、有固定间歇地响起,经久不息。

大家向死者致歉,因为未能按照礼仪要求举行殡葬,而这种礼仪的欠缺会使死者在无休无止的轮回中遇到各种各样的劫难,投胎转世为各种各样的生物。大家呼唤着他们的名字,问他们有什么愿望;有些人却破口大骂他们,因为他们让人战胜了自己。

火化柴堆的火光使躺在破盔烂甲上的死者没有血色的面孔显得更加惨白;一些人的眼泪引出了另一些人的眼泪,呜咽声变得越来越尖厉,认尸和拥抱也越来越狂热。女人们扑在尸首上面,嘴对着嘴,额头对着额头;在向墓穴里抛土的时候,要揍她们才能叫她们离开死者。他们涂黑面颊,割下头发,刺出血来洒在墓穴里,模仿死者脸上的伤口在自己脸上割出一些口子。在喧闹的铙钹声中爆发出一些吼声。有几个人扯下他们的护身符,往上面吐唾沫,垂死的人在血的泥淖中打滚,发疯似的咬着自己的断掌;四十三个年轻力壮的萨谟奈人像角斗士一样相互杀死。火化柴堆的木柴,很快就不够了,火焰熄灭了,所有的位子都被占据了;——他们叫喊得精疲力竭,站立不稳,于是就在死去的弟兄身边沉沉睡去,想活下去的人满腹忧虑,其他人却恨不得一觉睡去不再醒来。

　　清晨天光发亮的时候,在蛮族人的营寨边上出现了一些士兵,他们用长枪挑着头盔列队而过,同雇佣兵打着招呼,问雇佣兵们有没有什么口信要带回家乡。
　　另一些士兵走拢过来,蛮族人认出了几个原来的战友。
　　执政官曾向全体俘虏提议在他的部队里当兵。有几个人无畏地拒绝了,执政官下定决心既不养着他们也不把他们交给元老院,于是把他们遣散回乡,命令他们不得再与迦太基作战。至于那些因害怕受刑而唯命是从的人,则将缴获的敌军武器分给他们。现在他们到战败者这儿来,与其说是为了诱降,不如说是出于自豪感和好奇心。
　　起先他们讲述着执政官的种种优待,蛮族人听着既看不起他们又嫉妒他们。后来,那些胆小鬼一听见责备他们的话就发起火来,他们站得远远地将蛮族人的刀剑盔甲拿给他们看,谩骂着叫他们来拿回去。蛮族人弯腰去捡石头,他们就逃走了,山顶上只看见标枪的枪尖露出于营栅之上。
　　于是一种比失败的屈辱更加沉重的痛苦压得他们喘不过气来。他们想到自己空有一身胆量,却仍然不免失败,不由得咬碎钢牙,两眼发直。
　　他们同时想起一个念头来,于是一窝蜂地朝着迦太基俘虏扑去。执政官的士兵们出于偶然没能发现这些囚徒。由于执政官撤离了战场,他们只好仍然留在那个深坑里。
　　雇佣兵们把他们排在一个地势平坦的地方,哨兵们在他们周围站成一个圈子,然后让妇女们分成三四十人一批轮流进去。为了充分利用限定给她们的那一点点时间,她们从一个囚徒面前奔到另一个囚徒面前,拿不定主意,心脏突突直跳。然后她们弯下腰来,抡起胳膊狠揍那些惨不忍睹的身躯,就像洗衣服时捶打衣服一

525

样。她们叫着亡夫的名字,用指甲抓破他们的皮肉,用插在她们发髻上的长针刺瞎他们的眼睛。接着,男人们进来了,他们从脚到头地折磨那些囚徒,齐脚踝砍掉他们的双脚,在额头上揭下一圈头皮戴在自己头上。那些吃不洁食物的人想出来的办法更是残忍,他们在囚徒的伤口上撒灰、浇醋、塞进陶器的碎渣,把伤口弄得不成样子;其余的人还等在他们身后;鲜血流淌下来,他们就像围着热气腾腾的酿酒桶的葡萄农看见新酒流出来时那样兴高采烈。

这期间马托一直坐在地上,就在战斗结束时他所处的位置,双肘撑在膝上,两手捧住脑袋,什么也看不见,什么也听不见,什么也不想。

那群人发出的大声欢呼使他抬起头来,他面前的一块破篷布挂在一根柱子上,篷布下端拖在地上,遮住了杂七杂八的篮子、地毯和一张狮子皮。他认出来这是他的帐篷,他目不转睛地盯着地面,仿佛哈米尔卡尔的女儿是钻到地底下逃走的。

破碎的篷布在风中噼啪作响,有几次它的较长的布条在他嘴前拂过,他瞥见一个红色的印记,好像是一个手印。那正是纳哈伐斯的手印,是他们结盟的标记。于是马托站了起来,捡起一块还在冒烟的没有烧尽的木柴,不屑地扔到他的帐篷的残余里。然后他用靴尖把散在一边的东西踢到火里,什么也不留下。

突然,史本迪于斯不知从什么地方冒了出来。

这位昔日的奴隶在大腿上绑了两截枪杆,一瘸一拐的,一副可怜相,还不停地叫着苦。

"把这玩意儿拿掉吧。"马托对他说:"我知道你是勇敢的!"众神的不公使他心灰意冷,再也没有余力去对别人发火了。

史本迪于斯对他做了个手势,把他领到一个小丘的洼处,查尔萨斯和欧塔里特都躲在那里。

他们和史本迪于斯一样都曾逃离战场,尽管他们一个生性残暴,另一个十分勇敢。他们说,谁能料到纳哈伐斯的背叛、利比亚营盘的大火、天衣的被盗和哈米尔卡尔的突然袭击,尤其是他的调动部署竟会迫使他们退到谷底,处于迦太基人的直接打击之下?史本迪于斯矢口否认自己贪生怕死,坚持说是自己的腿跌断了。

最后,三位首领和主帅一起商量现在应该采取什么对策。

哈米尔卡尔挡住了他们进军迦太基的去路,他们处于哈米尔卡尔的部队与纳哈伐斯的一些省份之间;推罗人的城镇会倒向胜利者一方,那样他们就会被逼到海边,毫无退路;而这几方面的力量会联合起来将他们歼灭。这就是必至无疑的结局。

因此,没有任何办法回避战争。他们必须竭尽全力把战争打下去。但是怎样才能使这些垂头丧气、伤口还在流血的人明白进行一场永无休止的战争的必要性呢?

"这件事就交给我吧!"史本迪于斯说。

两小时后,一个从伊博-扎里特方向过来的人奔跑着爬上山来。他手里挥舞着几片书板,由于他在大声喊叫,蛮族人都围到他的身边。

这些书板是撒丁岛上的希腊士兵寄来的,他们告诫他们在非洲的伙伴留心看管吉斯孔和其他俘虏。一位萨摩斯[①]商人,名叫希波纳克斯的,刚从迦太基回去,他告诉他们迦太基人正在密谋策划让这些俘虏逃跑。他们要蛮族人做好一切思想准备,因为共和国是强有力的。

史本迪于斯的计谋起初并没有获得他所期望的成功。发生新的祸事的说法,远远没激起雇佣兵们的愤怒,反倒引起了他们的恐惧;他们想起哈米尔卡尔不久前在他们中间散布的警告,都觉得又将出现一件无法预料的、极其可怕的事情。他们一整夜都在提心吊胆,好些人甚至扔掉了武器,以便在执政官到来时得到怜悯宽恕。

---

① 萨摩斯,爱琴海中距小亚细亚大陆最近的希腊岛屿。

可是第二天三更①时分又来了一个送信的，比前一个更加气喘吁吁、灰尘满面。史本迪于斯从他手中抢过一卷写满腓尼基文字的纸莎草信纸。信中要求雇佣兵们不要泄气，突尼斯的勇士们即将大批前来增援他们。

史本迪于斯先把这封信接连念了三遍；然后他坐在两个卡帕多西亚人的肩上，由他们扛着一处一处去念信。他对士兵们演说了整整七个小时。

他让雇佣兵们回想元老院的种种许诺，让非洲人回想总管们的残暴，让所有的蛮族人回想迦太基人的不公。执政官的怀柔政策只不过是诱捕他们的香饵而已。那些自投罗网的人将被卖作奴隶，战败者将受刑罚折磨致死。想逃跑又能往哪儿逃？没有一个民族肯收容他们。而如果他们继续努力奋战，就能同时获得自由、复仇和钱财！他们不用等很长时间，因为突尼斯人和整个利比亚都赶来支援他们了。他扬着展开的纸莎草信卷说："大家看吧！读一读吧！这是他们的诺言！我不骗你们。"

有些狗在四处游逛，黑色的狗嘴沾上了一层红色。大太阳晒得他们光着的脑袋暖烘烘的。一股令人作呕的臭气从掩埋得不严的尸体上散发开来。有几具尸体甚至连肚子都露出了地面。史本迪于斯召唤他们来为他们所说的事情做证；然后他朝哈米尔卡尔那个方向举起拳头。

马托在一边看着他，他为了掩饰自己的怯懦，故意做出非常愤怒的样子，渐渐地他真的怒火中烧了。他一面表示对众神的忠诚，一面大肆诅咒迦太基人。折磨那些俘虏简直是一种儿戏，为什么要饶了这些无用的畜生的性命，老是把他们拖在身边到处跑呢！——"不！该了结这一切了！他们的计划已经败露！这些阴谋中的任何一个都足以置我们于死地！不要怜悯他们！谁跑得

---

① 古罗马人将一夜分为四更。

快,谁肯使劲,谁就是好样的!"

于是他们都转身扑向那些俘虏。有几个俘虏还在喘气,大家用脚跟踩到他们的嘴里把他们结果了,或者就用矛尖扎死他们。

而后大家想起了吉斯孔。哪里也看不到他,大家都焦急不安起来。他们想要确知并参与他的死亡。最后,三个萨谟奈牧人在离马托原先的帐篷十五步远的地方发现了他。他们根据他的长胡子认出了他,于是把其他人都叫了过来。

他仰面躺着,双臂贴紧身体,双膝并拢,看上去像个准备下葬的死人。然而他瘦削的肋骨还在一起一伏,而他的眼睛在异常苍白的脸上睁着,不住地、令人难以忍受地看着他们。

蛮族人起初都十分惊讶地打量着他。自从他被扔进大坑以来,大家几乎把他忘了;他们因往昔的记忆而局促不安,和他保持了一段距离,不敢对他下手。

可是站在后面的人却在议论纷纷,相互推让。结果一个加拉芒特人穿过人群走出来,手里挥舞着一把镰刀;大家都懂得他的意图,他们的脸涨红了,感到羞耻,于是大声吼道:"对!对!"

那个拿着镰刀的人走到吉斯孔跟前,抓住他的脑袋,搁在自己膝盖上,飞快地锯起来。脑袋掉了下来,两股鲜血在尘土中冲出了一个窟窿。查尔萨斯扑到那颗脑袋上,然后比豹子还要轻捷地奔向迦太基人的营盘。

当他跑到山上三分之二的地方时,他从怀里掏出吉斯孔的头颅,抓住他的胡子,胳膊飞快地抡了几圈,——那颗脑袋被扔了出去,划出一道长长的弧线,落在布匿军队的工事后面不见了。

过了一会儿,营栅上面竖起两面相互交叉的军旗,这是要求交还尸身的惯用信号。

于是四名因胸膛宽阔而被选中的传令兵,带着大喇叭走近敌营,他们通过青铜号筒宣布,从今以后在迦太基人和蛮族人之间再也不讲信义、怜悯、神祇,他们事先就拒绝任何谈判,谈判代表将一律砍手逐回。

紧接着史本迪于斯就被派遣出使伊博-扎里特,筹措粮草。那个推罗人城市当晚就把粮草运来了。狼吞虎咽地饱餐了一顿。然后,等他们体力恢复之后,就迅速收拾起劫后的行李和残缺不全的武器;女人们都集中在队伍中央。于是他们不顾在他们身后哭号的伤员,沿着海岸急速前进,就像一群狼渐渐远去。

他们朝着伊博-扎里特进军,决心攻下这座城市,因为他们需要一座城市。

哈米尔卡尔远远望见他们离去,大失所望,尽管他看见他们在自己面前逃跑也感到骄傲。他本来应该立即以几支生力军去攻打他们!再来这么一天的胜仗,战争就能结束!如果拖延下去,他们卷土重来的时候会变得更加强大,推罗诸城会和他们联合起来。他对战败者的宽大没有起到任何作用,他决心从此对他们毫不留情。

当天晚上,他给元老院送去一头骆驼,载满从被杀死的蛮族士兵手腕上收集来的手镯,外加一些可怕的威胁,命令元老院立即再给他派遣一支军队来。

大家早就以为他完蛋了,因此在听到他的捷报时都惊呆甚至害怕起来。天衣失而复得的消息,也含糊其词地向大家宣布了,这使哈米尔卡尔的胜利更加近乎奇迹。这样,众神和迦太基的力量似乎全都属于他了。

他的政敌们没有一个敢于口出怨言或非难指责。由于一些人的热诚和另一些人的怯懦,一支五千人的军队在规定期限以前就组建起来了。

这支新军迅速赶到了乌提卡,从后面支援执政官;同时三千精兵由战舰送到伊博-扎里特登陆,去击退蛮族人的进攻。

汉诺接受了这支军队的指挥权,但他把军队交给他的副手马格达桑,自己带领登陆部队由水路进发,因为他已经不能承受轿子的颠簸。他的麻风病蚀掉了他的嘴唇和鼻翼,在他脸上挖了个大窟窿,十步开外就能看到他的嗓子眼。他知道自己丑陋不堪,便像女人一样在自己头上蒙了一块面纱。

伊博-扎里特对他的要求根本不加理会,也不理会蛮族人要求;可是每天早晨,居民们都用篮子给他们缒下食物来,并且从城楼里向他们喊话,对于不能满足共和国的要求表示歉意,并恳求他们离开伊博-扎里特。他们还给停泊在海上的迦太基人打信号,表达了同样的请求。

汉诺只管封锁住港口,并不冒险发动进攻。然而他说服了伊博-扎里特的法官们接纳三百名士兵进城。随后他朝葡萄岬驶去,绕一个大圈去包围蛮族人。这样的行动很不妥当,甚至是危险的。他的嫉妒心使他不愿意去援助执政官,他逮捕哈米尔卡尔的密探,妨碍他的所有计划,损害他的战略部署。最后,哈米尔卡尔写信给元老院要他们召回汉诺,于是汉诺回到了迦太基,对元老们在哈米尔卡尔面前低三下四,以及哈米尔卡尔的一意孤行发了一大通脾气。因而,人们在抱有极大希望之后,又陷于一个更加可悲的处境之中,但是大家都尽量不去想它,甚至根本闭口不谈。

似乎这还不够倒霉,大家又得知撒丁岛上的雇佣兵把他们的将军钉上了十字架。占据了岛上的各处要塞,到处屠杀迦南种族的人。罗马人威胁迦太基共和国,如不缴纳一千二百塔兰并割让撒丁全岛,则将立即开战。罗马人已经同意与蛮族人结盟,并给他们派去若干载有面粉和干肉的平底船。迦太基人追击这些船只,俘获了五百人;可是三天以后从比扎塞纳出发给迦太基运送粮食的一支船队,却遇到风暴沉没了。显然众神也宣布反对迦太基了。

于是,伊博-扎里特的居民借口发生警报,将汉诺的三百名士兵骗上城墙;然后他们突然掩到这些士兵身后,抓住他们的腿,把他们一下子扔出城墙。有几个没有摔死的也被追赶得投海淹死了。

乌提卡也不得不忍受迦太基士兵的侵扰,因为马格达桑也像汉诺一样行事,他不顾哈米尔卡尔的劝说,遵照汉诺的命令包围了这座城市。乌提卡居民给这些士兵喝浸过曼德拉草的酒,然后趁他们熟睡杀掉了他们。蛮族人也同时来到,马格达桑狼狈逃跑。城门都打开了,那以后这两座推罗人城市对蛮族人一直忠心耿耿,而对他们原来的盟邦却表现出难以理解的仇恨。

他们对布匿阵营的背叛是对其他民族的一种鼓动、一个榜样。获得解放的希望死灰复燃了。那些犹疑观望的民族不再动摇。一切都土崩瓦解!执政官得知这一切,不再期待任何援助,他现在是败局已定无可挽回了。

他立即遣回纳哈伐斯,让他去守住他王国的疆界。他自己则决定回到迦太基补充兵员,重新开战。

驻扎在伊博-扎里特的蛮族人远远望见他的部队开下山来。

迦太基人究竟要去哪里?他们大概是受着饥饿的驱赶,由于不堪忍受这种痛苦,尽管虚弱无力,还是前来和他们交战。可是他们向右拐了:他们逃跑了!要追上他们,歼灭他们!蛮族人都冲上前去追赶他们。

迦太基人被大河挡住了去路。这一回,河面十分宽阔,西风也没有刮过。有些人游泳过河,有些人伏在盾牌上渡过去。过了河他们又继续行军。夜暮降临,看不见他们了。

蛮族人并不停止追击,他们朝河流的上游奔去,寻找一处河面比较狭窄的地方。突尼斯人跑来了,带动了乌提卡人。走过每个灌木丛,他们的人数都在增加;迦太基人趴在地上就能听见他们在夜色里行进的步伐。巴尔卡每隔一会儿就下令向后放出一阵箭射死了不少蛮族人,迫使追兵放慢速度。天亮以后,他们到了阿里安娜山的层峦叠嶂之中,一个峰回路转的地方。

这时,走在队伍前面的马托觉得看到天际一个高地的顶上有一点绿色的东西。接着地势下降了,于是那些方尖碑、圆屋顶和房屋出现在他眼前:那正是迦太基!他倚在一棵树上以免跌倒,他的心跳动得那么厉害。

他想起自从上一次到过那里以来,在他的生命中所发生的一切。他感到无比惊讶,头晕目眩。接着,一想到可以看见萨朗波,他又喜不自胜。那些憎恶她的理由一在脑子里闪过,就被他抛在脑后,他浑身颤抖、两眼发直地遥望埃斯克姆神庙后面棕榈树丛中露出来的一座宫殿的高耸入云的平台;那着迷的笑容使他容光焕发,似乎有种巨大的光亮照到了他的脸上;他张开双臂,在微风中送着飞吻,喃喃地说:"来吧!来吧!"一声叹息鼓胀起他的胸膛,两行眼泪像两串珍珠,滚落到他的胡子上。

"谁挡住你了?"史本迪于斯嚷起来,"快点走吧!执政官要逃掉了!你怎么摇摇晃晃像个醉汉似的瞅着我呀!"

他急得直跺脚,催促着马托,而且就像接近了长期瞄准的目标一样,眨着眼睛说:

"啊!我们到了!我们来了!我逮住他们了!"

他的神情是那么自信,那么得意,在迷惘之中被他惊醒的马托也受到了他的感染。这些话在他心灰意冷的时刻说出来,使他由绝望而萌生复仇的心情,给他的怒气指出了一个发泄的对象。他跳上一匹驮行李的骆驼,扯去它的笼头,挥舞着长长的缰绳抽打那些拖拖拉拉的士兵;于是他就在部队的后面左右奔跑着,活像一只驱赶着畜群的狗。

在他雷鸣般的吆喝之下,一行行士兵紧缩到一起,连瘸腿的士兵也加快了脚步;到了地峡中部,他们同迦太基人的距离已经缩短。蛮族人的先头部队已经在迦太基人扬起的尘土里行进。两支军队越来越近,快要接触了。可是马勒加门、塔嘎斯特门和日神大城门都打开来了。布匿人的方阵分成三支队伍开进这些城门,在门洞里挤作一团。不久队伍就因为挤得太紧而无法前进了;枪矛

533

在头顶上相互碰击,蛮族人的箭雨纷纷在城墙上迸溅。

在日神门的门口,大家看到了哈米尔卡尔。他回过身来叫士兵们闪开。他跳下马来,用手中的剑在马臀上刺了一下,让马朝着蛮族人冲去。

那是匹奥兰日种马,平时都是用面团喂养的,它会屈膝跪下让主人骑上去。为什么要把它赶走?这是奉献给神祇的牺牲吗?

那匹高头大马在枪矛间奔驰,撞翻了几名蛮族士兵,它被自己的肚肠绊倒,随即又暴跳着站起身来。就在他们躲闪着它,企图拦住它,或者惊奇地看着它的当儿,迦太基人已经集合起来进了城门,巨大的城门在他们身后砰然关上。

蛮族人冲过来撞击城门,城门纹丝不动——在几分钟内,整个蛮族部队长长的阵线波浪般地摆动了几回,越来越无力,终于停了下来。

迦太基人在引水渡槽上部署了一些士兵,他们投掷起石头、弹丸和檑木来。史本迪于斯劝告大家不可意气用事。他们退回去安营扎寨,全都下定决心攻打迦太基城。

当时,有关这场战争的传闻已经越出了布匿帝国的边界。从直布罗陀海峡的赫拉克勒斯擎天柱[①]到克兰尼以东,牧人们在放牧畜群时梦想的是它,骆驼商队在星光之下闲聊的也是它。那个强大的迦太基,海上的霸王,像太阳一样辉煌,像神祇一样令人生畏,竟有人敢于攻打它吗?大家有几次甚至传说迦太基已经沦陷,而人人都相信了这些传闻,因为人人都希望如此:被迫称臣的民族,必须纳贡的村镇,附为盟友的省份,独立的游牧部落,痛恨它的暴虐的人,嫉妒它的强大的人,觊觎它的财富的人。胆子大的马上就投奔了雇佣兵。马卡尔之役的失败使其他人裹足不前。后来,

---

① 赫拉克勒斯擎天柱,指直布罗陀海峡两岸的两座山。

他们又渐渐恢复了信心,渐渐向前靠拢过来;现在,东部地区的人已经聚集在海湾对面克利佩亚的沙丘间。他们一看见蛮族人,就走出了沙丘。

他们不是迦太基附近的利比亚人,很久以来他们就构成了第三支部队,那是些巴尔卡高原的游牧部落,菲斯居斯海岬和戴尔内岬角的盗贼,以及法扎那和玛尔玛利克①的强盗。他们穿越沙漠,喝水取自用骆驼骨砌成的咸水井;扎埃斯人②披着鸵鸟羽毛,驾着四马二轮战车驶来;加拉芒特人脸上蒙着黑色面纱,坐在涂了颜色的良种牝马后面;其余的人有骑驴的、骑野驴的、骑斑马的、骑水牛的;有些人拖着船形的屋顶,把全家以及神祇的偶像都带来了。还有手脚都给温泉水泡皱了的阿曼人;诅咒太阳的阿塔朗特人;笑着将死者埋葬在树枝底下的特洛格罗迪特人;吃蝗虫的丑陋的奥塞人;吃虱子的阿西玛西德人;吃猴子的、浑身抹着朱砂的吉桑特人。

所有这些人都在海边排成一长列队伍。然后他们像大风卷起的沙石一样迅猛前进。到了海峡中部他们停了下来,因为驻扎在他们前面,靠近城墙的雇佣兵们不愿意挪动位置。

随后,在阿里安娜山方向出现了西部的民族努米底亚人。归纳哈伐斯管辖的只有玛西里亚③部族的人;况且习俗允许他们在形势不利时抛弃自己的国王,因此他们都集中在泽纳河边,等哈米尔卡尔一撤退,他们就越过了泽纳河。当先奔驰而来的是玛尔都-巴尔④和加拉福⑤的所有猎人,他们披着狮子皮,用枪杆驱赶着瘦小的长鬃马;接着徒步过来的是身穿蛇皮甲胄的热蒂利人;然后是戴着用蜡和树胶制成的高冠的法鲁斯人;还有高纳人、马卡尔

---

① 菲斯居斯海岬、戴尔内岬角、玛尔玛利克,均位于克兰尼海湾周围。
② 扎埃斯人,利比亚的一个部落。
③ 玛西里亚,努米底亚人的一个部族。
④ 玛尔都-巴尔,毛里塔尼亚的山名。
⑤ 加拉福,毛里塔尼亚湖畔的城市。

人、蒂雅巴尔人,每人手里执着两支标枪,一面河马皮的圆盾。他们在地下墓场下方,潟湖边的最初几个水洼那里停了下来。

可是利比亚人离开以后,在他们原先待过的地方只见一片贴地乌云似的来了一大群黑人。有的来自白哈罗西、有的来自黑哈罗西、有的来自奥吉尔沙漠,甚至来自广大的阿加赞巴地区①,那里离加拉芒特以南四个月的路程,还有的来自更远的地方!尽管他们佩戴着红木首饰,他们黑皮肤上的污垢使他们活像在尘土里打了半天滚的桑葚。他们穿着用树皮纤维编的短裤,干草编的上衣,头上顶着兽头,像狼一样嚎叫着,挥舞着带环的棍棒,打着作为军旗的、装在旗杆顶上的牛尾。

在努米底亚人、玛鲁西亚人和热蒂利人后面蜂拥而来的是散布于塔吉尔②以南的雪松林里的、肤色发黄的民族。挂在肩头的猫皮箭袋拍打着身子,手里牵着驴子般大的、从不吠叫的大狗。

最后,似乎整个非洲腾得还不够空,似乎为了聚集更多的怒火,还必须把最低等的人种搜罗进去,只见在上述所有种族背后还有一群侧影像野兽的、跟白痴一样傻笑着的人——那是些受到丑恶的疾病折磨的可怜虫、形状奇特的矮人、黑白混血的两性人、红眼珠一见太阳就眨个不停的白化病人;他们一面结结巴巴地发出难以听懂的声音,一面把一只指头放在嘴里表示他们肚子饿。

武器混杂的程度也不亚于民族和服饰混杂的程度。各种杀人武器全都带去了,从木制匕首、石斧和象牙三叉戟,一直到用某种薄而柔韧的铜片打制而成的、锯子一般带齿的长剑。他们摆弄着大刀(那种大刀有几个像羚羊角一样的刀尖)、系在绳子末端的砍刀、三角铁、大棒或锥子。旁都河畔的埃塞俄比亚人在头发间藏着小毒器,有些人的囊中带着石子,还有些人赤手空拳,牙齿咬得咯

---

① 阿加赞巴地区,在埃塞俄比亚湖。
② 塔吉尔,在非洲腹地。

咯直响。

接连不断的浪头摇撼着这一片人海。像船舶一样浑身抹着柏油的单峰骆驼把那些背着孩子的女人掀翻下来。筐篮里的食品撒了一地，人们走路的时候脚下踩着盐块、树胶块、烂椰枣、印度核桃；——有时候，在抹着朱砂的乳房上，会用细绳挂着一颗君王难以寻觅的钻石，一颗几乎在神话里才有的、足以购买整个帝国的宝石。大多数人甚至不知道自己想要什么。他们着了魔似的受好奇心驱使而来，有些游牧部落的人从来没有见到过城市，城墙的阴影使他们害怕。

海峡如今被人流淹没了，在这个狭长的地带上，帐篷就像大水中的房舍，一直延伸到蛮族雇佣兵的战线那儿。雇佣兵的阵线刀枪铁甲闪闪发光，对称地分布在引水渡槽的两侧。

迦太基人见到来了这么多人正惊魂未定，忽又看到推罗人城市送来的攻城机械像怪兽又像楼房似的径直朝着他们开来：六十辆弩车、八十门弩炮、三十门蝎子炮、五十架天平云梯、十二根羊头撞锤以及三个庞大的、能够投射重达十五塔兰的岩石的投石器。大群大群的人抓住这些攻城机械的下部推着它们，每前进一步它们都浑身震颤着，就这样一直开到城墙前面。

可是攻城的准备工作还要好几天才能结束。雇佣兵接受了数次失败的教训，再也不愿意冒险进行劳而无功的战斗。双方都从容不迫地进行着准备，双方都清楚地知道随之而来的将是一场恶战，其结局将是彻底的胜利或彻底的灭亡。

迦太基可以进行长期的抵抗，它那厚厚的城墙有一系列缩进去或突出来的拐角，这种格局便于击退攻城的冲锋。

然而在地下墓场那边有一段城墙塌陷了，——在漆黑的夜晚，透过断开的城垣，可以瞥见马勒加那些破旧小屋里的灯火。这些小屋在某些地方甚至高于城墙。被马托赶走的雇佣兵的女人和她们的新丈夫就住在那里。见到她们，他们的心再也忍受不了。她们在远处挥舞着自己的披巾;后来就乘着夜色前来在城墙豁口和士兵们说话,于是有天早上元老院听说这些女人全都逃走了。有些是从豁口爬出去的,另一些胆子大的则是用绳子缒下去的。

最后,史本迪于斯决定实行他的计划了。

这场战争起先使他远离迦太基城,无法实施自己的计划。自从他们回到迦太基城下,他又以为迦太基人猜到了他们的计谋。可是不久他们减少了引水渡槽上的哨兵。他们没有太多的兵力来保卫城外的设施。

这位昔日的奴隶朝湖里的红鹳射箭,练了几天。然后,在一个月色明亮的夜晚,他叫马托在半夜点起一大堆麦秸,让他的全体士兵大喊大叫,然后他带上查尔萨斯沿着海湾朝突尼斯方向走去。

他们到了头几个桥拱那里就笔直向引水渡槽走去,那是一片开阔地带,他们匍匐着一直爬到桥柱下面。

渡槽顶上,哨兵们平静地踱来踱去。

忽然间大火冲天而起,军号声此起彼伏,巡逻的士兵以为雇佣兵攻城了,急忙朝迦太基方向奔去。

有一个士兵留了下来,在天幕底下显出黑色的身影。月亮在他身后照着,他那庞大无比的身影投在远处平地上就像一座方尖碑在移动。

他们等他正好走到他们面前。查尔萨斯抓起投石器来,史本迪于斯不知是出于谨慎还是出于残忍,把他拦住了:——"不,抢弹丸会有声音的!让我来吧!"

于是他用左脚的脚趾抵住弓的下端,使足力气拉开弓来,瞄准以后,箭飞了出去。

那人没有掉下来。他不见了。

"如果他只是受伤,我们会听见他叫唤的!"史本迪于斯说。于是他飞快地一层一层地攀了上去,就像上一次那样,用一根绳索和铁钩帮忙。等他爬到上面尸首的旁边,就把绳子垂下去。那巴利阿里人把一只十字镐和一柄槌子系在绳子上面,就回去了。

号声不响了。万籁俱寂。史本迪于斯掀起了一块石板,下到水里,又将石板盖上。

他靠脚步计算着距离,来到了他发现有条斜的裂缝的地方。他不停地拼命干了三个小时,直到天亮难得在上面石板的缝隙那里透一口气。他焦虑万分,有二十次都以为自己要死在那里了。最后,只听得一声脆响,一块巨大的石头在下面几层桥拱上弹跳着掉下去,一直滚到底下,——刹那间一股瀑布、一整条河流从天而降,倾泻到平地上。引水渡槽被拦腰截断,泄漏无遗。对于迦太基,这意味着死亡;对于蛮族人,这意味着胜利。

转眼间,被惊醒的迦太基人出现在城墙上、房顶上、庙宇上。蛮族人相互推搡着,叫喊着。他们如醉如狂地围着大瀑布跳舞,高兴得忘乎所以地到瀑布下来冲脑袋。

大家望见引水渡槽上面有个穿着撕破的褐色上衣的人。他在渡槽边上俯身子,双手叉腰,看着自己下面,似乎对自己的杰作感到惊讶。

然后,他直起身子,神情高傲地环视天际,似乎在说:"这天下现在属于我了!"蛮族人爆发出一片掌声;迦太基终于明白了自己面临的灾难,绝望地号叫起来。于是他在渡槽顶上从一头跑到另一头,——像个在奥林匹克运动会上获胜的战车驭手一样,史本迪于斯无比自豪地举起了双臂。

十三　摩洛神

　　雇佣军没有必要在通往非洲内地的方向挖掘壕沟：因为非洲人都站在他们这边。但是为了更容易接近城墙,他们拆除了壕沟边上的护墙。然后,马托又将部队分为若干半圆形的队伍,这样可以更好地围困迦太基。雇佣军的重武装步兵放在第一线,然后是投石手和骑兵,最后是行李、车辆、马匹。在这群人后面,离城楼三百步开外的地方,矗立着那些攻城机械。

　　那些攻城机械的名称多得不可胜数,几世纪间已经变更了好几次,但大体上可以分成两大系统,一类的作用原理与投石器略同,另一类则与弓弩相似。

　　第一类投石机械由一个方框、两根直柱、一根横梁构成。前部有个圆柱体带缆绳的部件,绊住一根粗木杆,木杆末端有个勺状物,用以搁置石弹,另一端固定于绞成一股的几根绳索上。一松开缆绳,木杆便弹起来,打到横梁上,而木杆被横梁挡住时的一震,又加强了投掷的力量。

　　第二类机械的原理比第一类复杂：那是一根小圆柱,中间固定在一根横梁上,圆柱上有一道与横梁相垂直的小沟,横梁两头搁在两根桩子上,桩子间绷着拧成麻花的马尾,马尾里夹着两根小木棍,一根弦索两端系在木棍上,把弦索拉到圆柱的那道小沟底下的一块青铜板那里。一按绷簧,铜板就顺着沟槽向前滑动,将槽中的箭射出去。

　　投石机械也叫作"野驴",它们像野驴的蹄子一样将石头抛掷出去；弩炮又称"蝎子",因铜板上竖着的一个钩子而得名,一拳将钩子砸下去，绷簧就开了。

营造这些机械需要精密的计算。木料要挑选最坚硬的树种，传动系统全用青铜铸成，并靠杠杆、滑车系统、绞盘或绞车来绷紧弓弦，靠粗壮的支轴来变换射击方向，靠一些铺在地上的圆柱把它们向前推进。而体积最为庞大的则是一个部件一个部件运来，在敌人面前装配起来的。

史本迪于斯将三个大型投石器布置在三个主要的城角上，每个城门前面都安排了一根羊头撞锤，每座箭楼面前都搁上一门弩炮，还有一些弩炮车在后面开来开去。可是他们必须防止被围的迦太基人用火烧它们，还要先填平挡住他们去路的护城壕。

他们推来以青灯心草编的栅栏和橡木拱架构成的长廊，就像在三只轮子上滚动着的巨大盾牌；一些覆盖着新鲜皮革而且填充着海藻的小房屋遮蔽着干活的人们；那些投石器和弩炮则用绳编的帘幕掩护起来，帘幕用醋浸泡过，不怕火烧。妇女和小孩都到沙滩上捡石头，用双手捧着泥土给士兵们送去。

迦太基人也在做准备。

哈米尔卡尔声称蓄水池里还有够一百二十三天用的水，马上稳定了人心。哈米尔卡尔的这种说法，他在他们中间的出现，尤其是天衣的失而复得，使他们满怀希望。迦太基从沮丧中振作了起来，非迦南血统的人也受到了大家的感染。

他们把奴隶武装起来，军火库分发一空，公民各自都有岗位和职责。投诚的士兵中还有一千二百人没有战死，执政官让他们全都当上了军官；木匠、兵器匠、铁匠和金器匠被指派制造作战机械。迦太基人保存了几部作战机械，尽管与罗马媾和的条件禁止迦太基拥有这种武器。他们修复了那些机械。这种活计他们非常拿手。

北面和东面有大海和海湾作为屏障，难以接近。在面对蛮族人的城墙上，他们运来许多檑木、磨盘石、装满硫黄的坛子，盛满油的大缸,砌起来许多炉灶。大家把石块堆在箭楼的平台上,那些贴着城墙搭建的房屋都填满了沙子,以便增加城墙的牢度和厚度。

蛮族人看到他们这些准备都焦躁起来,想立即开始攻城。他们往投石器里装的石块太重,结果折断了木杆,进攻因而延迟。

到了萨巴尔月①的第十三天,日出时分,大家听见日神门上一声巨响。

七十二名蛮族士兵拽着拴在一根大梁底下的七十二根绳子,大梁用许多链子横吊在一个直角形支架下面,大梁顶端是一个青铜铸的羊头撞锤。大梁外面裹着牛皮,箍着一道道铁箍,有三个人的身子那么粗,一百二十肘长,在一大堆赤裸的胳膊的推拉之下,它有规律地摇晃着,时而向前,时而向后。

其他城门前面的撞锤也动了起来。在绞车的空心大轮里可以看见一些人在一级一级地往上登。滑轮、支架吱嘎作响;绳编的帘幕落了下来,一排排石块、一排排箭矢同时射了出去,所有的投石手都分散开来四下跑着。有几个跑到城墙跟前,盾牌下面藏着盛有树脂的瓦罐,他们抡着胳膊把瓦罐扔了上去。下冰雹似的弹丸、飞矢和火罐从前几排士兵头上飞过,划出一道弧线,落到城墙后面。但是在城墙上头,为船舰安装桅杆的长臂吊车竖起来了,它们伸出巨大的钳子,钳子末端是两个内部呈锯齿状的半圆。它们咬住了那些羊头撞锤。蛮族士兵拼命抓住大梁,往后拉着。迦太基人扯着绳索要把大梁往上吊,双方一直相持到晚上。

第二天雇佣兵重新开始进攻的时候,城墙高处已经完全被棉花包、帆布、垫子遮住了;雉堞间堵上了草席,墙头上、吊车之间排列着长柄叉和装在棍棒上的菜刀。一场猛烈的抵抗立即开始了。

一些用缆绳系住的树干轮番地一再砸到羊头撞锤上面;弩炮发射的铁钩扯下了小房屋的屋顶;从箭楼的平台上,燧石和卵石像

---

① 萨巴尔月,及本卷第442页中提到的舍巴兹月,均指二月。

瀑布一样倾泻下去。

最后,羊头撞锤撞破了日神门和塔嘎斯特门。可是迦太基人在里面堆了大量建筑材料,城门打不开来,依然屹立着。

于是蛮族人将一些钻头抵在城墙上,钻进砌墙石块的接缝,把石头一块块拆下来;投石器和弩炮的射手分成了几班,操纵得更加顺手。他们从早到晚不停地射击着,像织布机一样单调而精确。

史本迪于斯不知疲倦地指挥着射手们。他亲自绞紧弩炮的弦索。为了使两边弦索绷得同样紧,就要一边绞一边敲敲右面,再敲敲左面,直到两边弦索发出同样的声音。史本迪于斯站到它们的框架上,用脚尖轻轻拍打弦索,然后侧耳细听,像一名乐师在调试里尔琴一样。而后,当投石器的木杆弹上去的时候,当弩炮的圆柱被弹簧震得直颤的时候,当石块如电光四射、箭矢如飞流直泻的时候,他整个身子都向前倾斜,双臂伸到半空,似乎要随着它们而去。

士兵们赞赏他的灵巧,执行着他的命令。他们干得兴起,拿攻城器械的名称打趣逗乐。那些抓羊头撞锤的钳子叫作"老狼",长廊叫作"葡萄架",他们是羊儿,他们要去收葡萄;而在给投石器和弩炮装石块、箭矢时,他们对"野驴"说:"好了,快颠儿!"而对"蝎子"则说:"扎到他们心窝里去!"这些一成不变的玩笑维持着他们的士气。

然而这些攻城器械摧毁不了迦太基人的城墙。城墙由两堵高墙中间填满泥土筑成,攻城器械打坏了城墙的上部,可是迦太基人每次都把损坏的地方重新砌上。马托下令建造木质箭楼,要和迦太基人的石箭楼一般高。他们把草皮、木桩、卵石和小车连同轮子统统扔在护城壕里,以便更快地将它填没;在它被填没以前,铺天盖地的人群已经动作一致地在平原上滚滚而来,像涨潮的海浪一样拍打着城墙脚下。

他们带着绳梯、直梯和攻城飞梯往前跑。攻城飞梯是两根桅杆,从杆顶的复滑车吊下一连串竹梯级,最后则是一个活动的桥台。这些梯子靠在城墙上,形成许多直线,雇佣兵手执武器,一个接一个地排成一长溜向上攀登。没有一个迦太基人露面。他们已经爬到城墙的三分之二高处。雉堞间堵塞的东西突然打开,像毒龙的血盆大口一样喷出火与烟来;沙子飞撒开来,钻进甲胄的接缝;石油沾在衣服上面;铅水在战盔上蹦跳,把人肉烫出一个个窟窿;雨点般的火星迸溅到他们脸上,——失去眼珠的眼眶似乎在哭泣,流出杏仁那么大的泪珠来。有些人浑身是油,变成了黄颜色,头发着起火来。他们乱跑起来,把别人也给点着了。大家远远将浸透血水的斗篷扔到他们头上,把火扑灭。有几个人并没有受伤,却像木桩似的一动不动,张口结舌,摊开双臂。

一连几天雇佣兵们一再发动进攻,希望凭着优势的兵力和过人的勇气一举取胜。

有几次他们一个人站在另一个人肩上,在砌墙的石块间打进一根橛子,然后把它当作梯级往上爬去,再钉上第二根橛子,第三根橛子;他们在突出于城墙之外的雉堞的掩蔽下这样一点一点地向上攀缘,可是到了一定高度他们总是摔了下来。巨大的壕沟满溢了出来,在生者的践踏下,伤兵、尸体以及垂死的人横七竖八地堆在了一起。烧焦的树干在剖开的肚腹、四溅的脑浆和一汪汪鲜血中间像一些黑色的斑点。有些胳膊和腿脚从一堆尸首中露出半截来,好似一座遭了大灾的葡萄园里残留的桩子。

由于梯子不够用,他们就用天平云梯,——这种器械由一根长木梁横安在另一根长木梁上构成,木梁的前端有个四角形方筐,里面可以容纳四十名全副武装的士兵。

马托想登上第一个准备好的天平云梯,史本迪于斯把他拦住了。

人们弓着身子推动一个绞盘,木梁升了起来,变成水平状态,翘得几乎垂直了,它的末端负重过大,像一根庞大无比的芦苇似的弯曲了。士兵们挤作一堆站在齐下巴深的方筐里,下面的人只能看见他们战盔上的羽饰。等方筐升到五十肘高的空中,它就向左向右转了几回,然后往下一落,仿佛一个手中抓着一群侏儒的巨人的手臂,把装满人的方筐搁在城墙的边上。他们跳到迦太基人中间,结果没有一个人生还。

其余所有的天平云梯也很快都安装好了。可是要攻下迦太基得有一百倍的天平云梯才行。于是他们就将天平云梯用于杀伤敌人,一些埃塞俄比亚弓箭手登上了方筐;然后,等缆绳固定下来,他们便停在空中发射毒箭。五十部天平云梯居高临下地俯视着雉堞,团团围住了迦太基,活像一群大得惊人的秃鹫;黑人们看见城墙上的守兵痛苦地抽搐着死去都大笑起来。

哈米尔卡尔把重武装步兵派去守城,每天早上给他们喝些能够抗毒的草汁。

有天晚上,天黑得伸手不见五指,他选派精兵乘坐驳船、木板,在港口向右拐弯,到岱尼亚登陆。然后行进到蛮族人的第一线,由侧翼进攻他们,大杀一通。又派人用绳索缒下城墙,焚毁雇佣兵的工事,然后回到城上。

马托见状大怒,每一个挫折都使他的怒气有增无已,以致做出一些可怕怪诞的事来。他在脑子里召唤萨朗波前来同他幽会;然后就在约会地点等着她。她没有来,这在他心目中是又一次背信弃义,——打这以后,他开始恨她。就是看到她的尸体,他大概也会掉头走开。他在前哨加派了双岗,在城墙下面埋下许多尖叉,在地面设置了许多陷阱,并且命令利比亚人把整座树林的木材给他搬来,纵火焚烧迦太基,如同用火燎熏狐穴一样。

史本迪于斯仍然一意围城。他试图发明一些可怕的、从未有人造出过的攻城机械来。

驻扎在远处海峡上的蛮族人对于攻城进展迟缓感到大惑不解;他们议论纷纷,雇佣兵让他们出击。

于是他们举着大刀长矛冲了上去,用刀矛攻打城门。但是他们这样赤膊上阵很容易受伤,被迦太基人杀死无数。雇佣兵们却幸灾乐祸,大概是由于抢劫财物中的相互嫉妒吧。结果双方争吵、火并起来。接着,由于农村被洗劫一空,他们不久又为粮草而相互争斗。大家都灰心丧气。那些乌合之众散去了许多,不过他们人数太多,所以一点也不见少。

他们中间最聪明的试图挖掘地道,可是地面没有撑牢,坍了下来。他们又在其他地方挖地道;哈米尔卡尔将耳朵贴在一面铜盾上,每次总能猜出他们地道的走向。他在那些木质箭楼的必经之路下面挖了一系列对抗地道,雇佣兵将木箭楼向前推进时,这些箭楼就陷进了坑里。

最后,大家都承认这座城池是无法攻克的,除非筑起一道高与城墙相齐的长长的土城,以便与迦太基人处于同样高度作战;土城顶上还要铺上石板,让攻城机器在上面移动。到那时候,迦太基就无法防守了。

迦太基开始闹起水荒来。围城开始的时候每驮水卖两凯西塔,现在却要卖一个银谢凯勒;肉类和小麦的储存也消耗殆尽;人们都害怕发生饥荒;有些人甚至议论起吃闲饭的人口来,弄得人人自危。

尸首充塞街巷,从日神广场直到麦加尔特神庙;时值夏末,黑色的大苍蝇困扰着士兵们。老人们搬着伤员,虔敬的人继续为在远方阵亡的亲友举行假想的葬仪。戴着假发穿着衣服的蜡像横放在这些人家的门口,被近旁点燃着的大蜡烛烤化了,颜色流到了肩膀上;生者的脸上涕泪纵横,在一片哀歌声中诵着经文。人群奔跑着;一队队士兵在门前走过;军官们大声发布着命令;羊头撞锤撞击城墙的声音不绝于耳。

天气异常闷热,尸首都肿胀得无法装入棺材,只好放在院子中间烧化。可是院子太小,火延烧到邻人的墙壁,长长的火舌一下子从那些人家蹿了出来,就像鲜血从血管里喷溅出来一样。摩洛神就这样占有了迦太基城;他紧箍住城墙,在街头巷尾翻滚,连尸首都吞噬了。

有些人披着用捡来的破布拼成的斗篷,以表示对时局的绝望。他们站在十字街头,大声疾呼反对元老们,反对哈米尔卡尔,向百姓们预言全面毁灭即将到来,号召他们摧毁一切、为所欲为。最危险的是那些喝天仙子①汁的人,他们药性发作起来便以为自己是群猛兽,扑到过路行人身上,将他们撕成碎片。围观的人里三层外三层,把迦太基的防务都丢到了脑后。执政官想收买另一些人支持他的政策。

为了将众神的神灵留在迦太基城,人们用铁链把他们的塑像捆了起来。巴泰克诸神蒙上了黑纱,神坛围上了苦行僧的苦衣。为了激起神祇们的自尊和嫉妒,有人在神祇们的耳边唱道:"你要被打败了!也许别的神祇比你法力更大,是吗?快显灵吧!佑助我们!免得其他民族说:他们的神祇到哪儿去了?"

各神庙的大祭司们成天惶惶不安。月神拉贝特娜的大祭司们更是感到害怕——天衣的失而复得未起任何作用。他们躲在像堡垒一样不可侵犯的第三道围墙里。只有一个人冒险外出,此人便是大祭司沙哈巴兰。

他来到萨朗波的闺房,可是他不是无言地瞪眼打量她,就是啰啰唆唆,没完没了,对她的责备也比任何时候都要苛刻。

出于一种不可理解的矛盾心理,他不能原谅这位少女听从了他的命令;——沙哈巴兰全都猜到了,——这个念头缠扰着他,加剧了他因没有性能力而产生的嫉妒。他指责她是引起这场战争的祸水。照他的说法,马托攻打迦太基就是为了夺回天衣;于是他破口大骂、恣意嘲笑这个妄想拥有圣物的野蛮人。然而这些并非他

---

① 天仙子,汁液有剧毒,作用类似尼古丁。

真正想说的话。

可是现在萨朗波一点也不怕他了。她过去的种种苦闷焦虑已经烟消云散。她的心情如今出奇地平静。她的眼神不再游移不定，放射着清澈的光芒。

那蟒蛇又病了。老用人达娜克却对此感到高兴，因为萨朗波反而显得好了起来，她深信蛇的衰弱是由于它带走了女主人的委顿。

有天早上她发现那蛇蜷作一团躺在牛皮床后面，比大理石还凉，脑袋被一堆蛆虫淹没了。萨朗波听到它的叫声赶了过来。她用鞋尖把它扒拉了一会儿，女奴见她那么无动于衷大为惊讶。

哈米尔卡尔的女儿不再热衷于延长斋戒的时间。她一天天地待在平台上面，双肘支在栏杆上，凭眺眼前的景致以为消遣。城市尽头，城墙顶端在天幕上勾勒出参差不齐的弓字形曲线。哨兵们的长矛沿着雉堞矗立，犹如麦穗构成的花边。她从箭楼之间瞥见城外蛮族军队的调动，在攻城间歇的日子里，她甚至能够看清他们在干些什么。他们修理武器，往头发上抹油，或是在海水里洗净沾满血污的胳膊。帐篷的门关着；驮东西的牲口吃着草料；远处，战车上的镰枪全都排列成半圆形，就像一把银质的土耳其弯刀躺在山脚下面。沙哈巴兰的话又回到她的心中。她等待着未婚夫纳哈伐斯。尽管她憎恨马托，却也很想再见见他。在所有的迦太基人中，她也许是唯一能毫不畏惧地和他说话的人。

她父亲常到她的房间里来。他喘息着坐在蒲团上，用一种几乎是温情的目光注视着她，仿佛看到她就消除了疲劳。他有时候也向她了解她去雇佣军兵营的经过，甚至问她有没有人怂恿她去。萨朗波摇摇头表示没有，因为她对于自己夺回了天衣深感自豪。

可是执政官一再把话题引到马托身上，借口说要了解军事情报。他对于萨朗波在马托的帐篷里怎样过的那几个钟头大为不解。的确，萨朗波没有提及吉斯孔，因为字眼本身就具有一种实在的力量,如果向人转述那些诅咒,那些诅咒就真能在自己身上起作用。她也避而不谈自己曾经想到杀马托,生怕父亲责备她没有将这种愿望付诸行动。她只说那位主帅显得十分震怒,他大吼大叫了半天,后来就睡着了。萨朗波没有说出其他情况来,也许是由于害羞,也许过于单纯,以至于没有把马托的爱抚当作一回事。况且这一切在她那忧郁而朦胧的脑子里就像对一场令人压抑的梦境的回忆一样漂浮不定,她不知道该用什么方式、什么言辞来加以表达。

有天晚上他们正这样面对面地坐着,达娜克慌慌张张地闯了进来。有个老人带着一个孩子等在院子里,要见执政官。

哈米尔卡尔脸色发白了,接着,他赶忙答道:

"让他上来!"

伊迪巴勒走了进来。他没有跪下来叩头,手里牵着一个小男孩,裹在一件羊皮斗篷里,他揭开遮住孩子面孔的风帽说道:

"我把他带来了,主子!"

执政官与老奴走到房间的一角。

孩子留在房间中央站着,用专注但并不惊讶的目光扫视着天花板、家具、漫不经意地扔在绛红色床幔上的珍珠项链,以及那位向他俯下身来的雍容华贵的女郎。

他大约十岁光景,比一柄罗马宝剑高不了多少。一头鬈发遮住了他那隆起的前额。他的眸子仿佛在寻觅新的天地。薄薄的鼻翼起伏鼓动着,全身上下透出一种注定要干大事业的人那种难以用笔墨形容的神采。他把太重的斗篷甩掉,身上就搭着一张猞猁皮,拦腰束住,被灰尘弄白的小脚坚定地踏在铺地石板上。但他大概猜到了大人们正在策划重大的事件,因为他纹丝不动,一只手放在背后,低着脑袋,一只手指头搁在嘴里。

最后,哈米尔卡尔做了个手势,把萨朗波叫过去,低声对他说道:

"你把他藏在你这里,听到吗!任何人,即使是府里的仆人,也不能知道他在这里!"

然后,在门外,他又一次问伊迪巴勒是否肯定没有人注意到他们。

"没有!"老奴说,"街道上空无一人!"

战火燃遍了所有的省份,他为主人的儿子的安全感到担忧,不知道该把他藏在哪里。于是他乘船沿着海岸来迦太基,他在港湾里来回转悠了三天,窥探着城墙上的动静。最后,那天晚上,他见日神门周围似乎没有人影,便敏捷地穿越水道,在兵器库附近上了岸,因为海港的入口可以自由进出。

但是不久以后蛮族士兵就在海港对面设置了一条极长的木排,阻挡迦太基人出港。他们加高了那些木箭楼,土城也在渐渐升高。

与外界的交通被切断了,难以忍受的饥饿蔓延开来。

所有的狗、骡、驴子都宰杀了,执政官带回来的十五头战象也杀掉了。摩洛神庙的狮子变得十分凶狠,庙里奴隶不敢再走近它们。他们先是用蛮族人的伤员喂它们;后来是把还有余温的尸首扔给它们,但它们不肯吃,结果全都饿死了。黄昏时分,有些人沿着旧城根转来转去,在乱石间采集花草,然后用酒煮熟——因为酒比水便宜。还有些人一直溜到敌人的前哨阵地,到营房里偷窃食物。蛮族士兵惊得目瞪口呆,有时竟然眼睁睁看着他们回去。最后,有一天,元老们决定私自宰杀埃斯克姆神庙的马群。埃斯克姆神庙的马都是神马,祭司们把马鬃编成辫,用金带子扎住,它们的存在意味着太阳的运动,火的观念的最高形式。马肉被切成相等的份额,埋在祭坛后面。每天晚上,元老们都借口敬神,到山上的庙里偷偷地大吃一顿,还在衣服下藏一块马肉带回去给孩子们吃。在冷清的住宅区,远离城墙的地方,不太穷困的居民因为害怕别人抢劫,都层层设防,壁垒森严。

投石器射进来的石块,以及为城防需要而下令拆除的民房,在街上留下了一处处废墟。就连夜深人静的时候也会有一大群人突然叫喊着冲出来;卫城高处,大火像血红的破布散落在楼房平台上,在狂风中翻卷。

尽管有了这些业绩,那三架大投石器仍然片刻不停。它们造成的损害简直不可思议,比如:有个人的脑袋飞到了西西特会的三脚楣上;在基尼斯多街,一个正在分娩的妇女被一大块大理石砸死了,而她的孩子连同床铺一直飞到了西那辛街口,床上的被子也是在那里找到的。

最令人恼火的,是投石手们的弹丸。它们落到屋顶上、花园里、院子中,正当人们坐在餐桌前,面对着菲薄的食物,心里充满忧虑的时候这些残酷的弹丸上刻着文字,能在皮肉上印出来;在尸首上往往可以看到一些骂人的字眼,如"猪猡""豺狼""蛆虫",有时则是嘲弄的话:"我给打中了!"或者:"我罪有应得!"

从海港的一角到山上蓄水池的那一段城墙被攻破了,于是马勒加一带的居民就处于后有比尔萨旧城墙阻挡,前有蛮族军队攻击的境地。可是要把城墙加厚并且尽可能加高就已经够忙的了,哪还有余力去管他们?他们被弃置不顾,全部死于蛮族军队刀下。虽然迦太基人本来都讨厌他们,现在却又因为此事而对哈米尔卡尔深恶痛绝了。

第二天,执政官打开自己储存麦子的地窖,命管家们把麦子分给百姓,大家拼命吃了三天。

口渴却因此变得更加难以忍受,而他们眼前却总是悬着那从拆断的引水渠坠下来的清澈的水流所形成的长长的瀑布。在阳光照射下,一团细细的水雾从瀑布底部升腾起来,旁边出现一道彩虹,一条小溪弯弯曲曲地在海滩上流过,流入海湾。

哈米尔卡尔没有泄气,他指望着出现一个机遇,一个决定性的非常事件。

他让自己的家奴揭下麦加尔特神庙的银箔,从港口里拉出四条船身很长的大船,用绞盘一直拉到马巴勒岬下面,他们便动身去高卢,打算不惜任何代价从那里买些雇佣兵回来。使他感到气恼的是无法与努米底亚国王取得联系,因为他明知努米底亚国王正在蛮族军队的背后,随时准备扑向他们。但是纳哈伐斯力量单薄,不会冒险单独行动。于是执政官下令将城墙加高十二掌尺①,把兵器库的所有武器军械都堆在卫城上面,并且把作战机械再修理一遍。

投石器上的弦索是用公牛脖子或牡鹿腿上的筋绞在一起做成的。然而迦太基城里既没有牡鹿也没有公牛。哈米尔卡尔要元老们献出女眷的头发;她们全都割舍了自己的头发,数量还是不够。在西西特会的屋子里有一千二百名婚龄女奴,是准备送到希腊和意大利去当妓女的,她们的头发由于经常使用香脂而变得富有弹性,正是投石器所需要的好材料,可是将来的损失太大了。因此,又决定在平民百姓的妻室中挑选头发长得最好的。她们丝毫不顾祖国的需要,元老院的仆役拿着剪子来剪她们的头发时,她们就没命地叫嚷起来。

蛮族人的怒气越来越大。远远地可以看见他们剥取死尸身上的脂肪给作战机械抹油。还有一些人拔下死尸的指甲一片片缝缀在一起做铠甲。他们还想出来用黑人带来的一罐罐蛇当炮弹,放在投石器上,陶罐在街石上跌得粉碎,蛇东窜西游,遍地皆是,仿佛是它们在不停繁殖,就像是从墙壁里自然而然地生出来的一样。蛮族人并不满足于这样的发明,后来又加以改进,他们把各种各样的垃圾投掷进来,例如人粪、臭肉、尸首等。瘟疫又开始流行。迦太基人的牙齿从嘴里脱落下来,牙龈失去了血色,就像长途跋涉、过度疲惫的骆驼的牙龈一样。

---

① 掌尺,古罗马长度单位,约合零点零七四米。

攻城机械已经竖立在土城上,虽然土城还没有全都堆到城墙的高度。在二十三座箭楼面前矗起了二十三座木箭楼。所有的天平云梯都已安装就绪,在正中稍微靠后的地方兀现出德米特里一世①发明的令人望而生畏的活动攻城塔,史本迪于斯终于把它造了出来。它像亚历山大城的灯塔一样呈金字塔形,有一百三十肘高、二十三肘宽,共分九层,自下往上一层比一层小,层层都有青铜甲片护着,开有许多门户,里面装满士兵,在最高的平顶上屹立着一架投石器,两旁各有一架弩炮。

这时哈米尔卡尔命人竖起一些十字架,敢于谈论投降的人一律钉十字架;连妇女们也都编入军队。他们在街头露宿,焦虑不安地等待着。

一天清晨,日出以前不久(那天是尼桑月七日),他们听到所有蛮族人齐声发出一声呐喊,铅管号吹响了,巨大的帕夫拉戈尼亚②牛角号像公牛一样吼叫着。大家都站起来奔上城墙。

城墙下面耸立起一片树林般的投枪、长矛和宝剑。这一片枪矛刀剑朝着城墙扑来,长梯靠到了墙上,垛口上出现了蛮族士兵的脑袋。

一长列一长列的士兵抬着一根根大梁撞击着城门;在没有土城的地方,雇佣兵们为了攻破城墙而结成密集的队形冲来,第一排蹲了下来,第二排屈下一条腿,后面几排渐次直起腰来,直到最后一排完全直立起来;而在其余地方,往上冲的都是个子高的在前头,矮的在后头,所有的人都用左臂举着盾牌,用战盔顶住盾牌,盾牌边缘紧密相接,简直像一群大乌龟聚集在一起。箭矢弹丸都从倾斜的盾牌表面滑落下去。

迦太基人把磨盘、臼杵、酒桶、床,一切有重量能够砸人的东

---

① 德米特里一世(公元前336—前283),外号波里奥赛特,意谓"攻城专家",曾发明许多攻城机械。
② 帕夫拉戈尼亚,古安纳托利亚的一个地区。

西,都往下扔去。有些人在炮眼里张网等着,蛮族士兵一上来就被罩在网里,像条鱼似的拼命挣扎。他们自己将雉堞拆毁,一片片城砖倒下去,扬起大团尘雾;城上的投石器相互射击,石弹在空中相撞,千百块碎片像倾盆大雨般地打在战士们身上。

不一会儿,双方的队伍就拧成了一股人体组成的粗大链条,在土城的间隙处形成一些大疙瘩,在两头则比较松散。这根链条不停地翻滚着无法前进一步。他们相互撕拽着像摔跤家一样趴着压倒对方。妇女们俯身在雉堞上拼命号叫,蛮族士兵抓住她们的头巾把她们拉下来,她们雪白的身体一下子露了出来,同拿着匕首刺进她们身体的黑人的臂膀对比简直白得耀眼。尸首挤在人群中依然直立着,它们靠在伙伴们的肩头瞪着眼睛站立好几分钟才倒下去。有些人太阳穴被梭镖刺了个对穿,像熊一样摆着脑袋;有些人张嘴要叫,就依然大张着嘴死了;有些砍断的手掌四处横飞。在那场激战里有许多惊心动魄的场面,幸存下来的人很久以后还在谈论。

木箭楼与石箭楼里射出无数乱箭;天平云梯长长的横梁迅速地转动着;由于蛮族士兵已经盗掘了位于地下墓场下方的本地人的老公墓,他们就把墓石拿来投掷到迦太基人头上。天平云梯的方筐负荷太重,有时候缆绳一断,那一堆人就张开双臂从半空中摔了下去。

一直到中午,那些重武装步兵里的老兵都在猛攻泰尼亚,想冲进军港,摧毁迦太基人的舰队。哈米尔卡尔命人在日神庙的屋顶用湿草点起一堆火来,他们被烟熏得睁不开眼睛,就向左方杀去,加入了拥挤的马勒加地区的汹涌的人流。精心挑选的由身强力壮的汉子组成的小队已经攻破了三个城门。用带钉子的木板做成的高大障碍物挡住他们的去路,第四个城门很容易就推倒了,他们跳过城门冲了进去,却都滚到陷阱坑里。在东南角,欧塔里特和他手下的人推倒了城墙,那城墙的裂缝都是砖头填塞起来的。城墙后面地势上升,他们敏捷地爬了上去。可是他们发现上面还有第二道城墙,那城墙用石块和平放着的长梁筑成,石块和长梁交替排列,仿佛棋盘上的棋子。这是一种高卢样式,执政官根据形势需要而作了些改动。高卢人觉得像是在攻打家乡的某座城市,他们的进攻变得软弱无力,终于被迦太基人击退。

从日神街一直到草市,整条巡逻道现在已落入蛮族军队手中。那些萨谟奈人正在用长矛结果气息奄奄的伤员,或是一只脚踏着城墙,俯视着脚下那一片片冒烟的废墟和远处重新开始的激战。

分布在各路部队后面的投石手们一直不停地投射着弹丸。可是那些阿卡纳尼亚①投石器的弹簧用多了就断了,于是有些人就像牧人一样用手投掷石块,其他人则用鞭子柄发射铅丸。查尔萨斯肩上披着他那一头黑色长发,带领巴利阿里人跳跃着四处出击。他腰间挂着两只干粮袋,里面装满石块,左手不停伸进袋里,右臂像战车的轮子一样抡转着。

马托起初还能克制住自己,没有参加战斗,以便更好地同时指挥所有的蛮族部队。只见他一会儿沿着海湾与雇佣兵们一起行进;一会儿在潟湖旁边的努米底亚人中间;一会儿又在突尼斯湖畔的黑人那里;他从平原深处驱使一批又一批士兵不断前来进攻迦太基人的防线。渐渐地他越来越靠近战场,鲜血的腥味、屠杀的场面、无数军号震耳欲聋的喧声,终于使他怦然心动。于是他回到自己的帐篷,脱下铠甲,披上狮皮,这样装束格斗起来比较方便。狮吻扣在头上,一圈獠牙围着脸庞,两只前爪交叉在胸前,两只后爪一直垂到膝盖下方。

他依然系着那条结实的军用腰带,腰带上别着一柄寒光闪闪的双面斧。他双手举着一把巨大的宝剑从城墙缺口里猛冲过去。他就像一个修剪树枝的工人剪着柳枝,一心想尽量多剪一些多挣

---

① 阿卡纳尼亚,古希腊地名。

点钱,一面前进,一面砍杀着周围的迦太基人。他用剑柄打翻那些企图从侧面擒获他的人;用剑尖刺穿那些从正面进攻他的人;用剑锋劈死那些转身逃走的人。有两个人同时扑到他背上,他往后一跳,把他们挤死在一扇门上。他的宝剑忽起忽落。在一个墙角上宝剑崩断了。于是他举起沉重的战斧,如入羊群似的砍杀着前后左右的迦太基人。他们纷纷躲避开来,结果他单枪匹马冲到了卫城脚下的第二道城墙前面。从山顶扔下来的东西堵住了梯级,堆得比城墙还高。马托在一片废墟中间回过头召唤他的伙伴。

他瞥见他们战盔上的羽饰在人群中七零八落渐渐被人群淹没,他们要全军覆没了;他忙向他们冲去;于是红色羽饰组成的圆阵又逐渐收拢,不久他们会合起来,将他团团围住。可是从侧面街口里冲出一大群人。他被拦腰抓住,抱了起来,一直拽到了城墙外面,土城上最高的地方。

马托下了一道命令:所有的盾牌全都举起来顶在头盔上!他纵身跳了上去,想找一处城墙攀缘上去回到迦太基城里。他挥舞着可怕的战斧在一面面盾牌上奔跑,盾牌好像青铜的波浪,他好像在波涛上挥舞着三叉戟的海神。

这时有个身穿白色长袍的人正在城墙边上游荡,对于周围的死亡无动于衷、漠然置之。有时他手搭凉棚寻找着什么人,马托正好从他下面走过。突然,他的眼睛喷出怒火,他那铁青的脸痉挛起来,他举起消瘦的双臂对马托破口大骂。

马托听不见他骂些什么,但他感觉到那狠毒激怒的目光直刺进他的心里,使他不由大吼一声。他把长斧朝沙哈巴兰扔去,有些人向沙哈巴兰扑去;马托看不见他后,筋疲力尽地仰面倒下。

一种可怖的吱嘎声越来越近,与粗哑的嗓音唱着的节奏分明的号子混杂在一起。

原来是那座庞大的活动攻城塔,被一大群士兵簇拥着前进。他们有的用手拉,有的用绳牵,有的用肩膀顶,——因为从平原到土城的地面上升坡度虽然不大,对于这样沉重无比的机械来说却还是难以行进。其实它有八个箍铁的轮子,而且从一早就开始这样缓缓地前进,就像是一座山峰在攀登另一座山峰。然后,从攻城塔底层伸出一根巨大的羊头撞锤;上面三层朝向迦太基的门全都放了下来,露出里面那些顶盔胄甲,铁柱一般的兵士。可以看见有人在贯通上下各层的两个梯子上攀上攀下。有些士兵等在门口,只要门上的铁钩搭上城墙就冲将过去。顶层的平台中间,弩炮的弦索绞紧了,投石器的大杆也压了下来。

哈米尔卡尔此时正站在麦加尔特神庙的屋顶上。他料定攻城塔会直奔他这个方向而来,这是城墙最为易守难攻的一段。也正因为如此,这里连哨兵都没有设置。很久以来他的家奴就运来许多羊皮袋,在巡逻道上用黏土筑起两道横隔墙,像个蓄水池一样。水不知不觉地漏到地上,奇怪的是哈米尔卡尔竟似乎对此毫不在意。

等到活动攻城塔离城墙三十步左右时,他下令在房屋之间、街道上空架起木板来,从各蓄水池一直架到城墙。人们排列成行一个传一个地不断将盛满水的铜盔和双耳尖底瓮传到城墙上倒掉。迦太基人看到浪费了这么多水都大为不满。攻城锤撞击着城墙;忽然一股水流从松动的石块缝隙间迸射出来。于是那座有九层高、容纳并使用三千多名战士的青铜的庞然大物开始慢慢地像船只一样摇晃起来。原来从城墙上渗透下来的水泡坏了它前面的道路,它的轮子陷进了泥淖;在第二层的牛皮帘幕间,史本迪于斯露出头来,鼓足腮帮吹着一只象牙小号。那座庞大的机器仿佛抽筋一样挣起身子,前进了约有十步;可是地面变得越来越软,泥浆没过了车轴。攻城塔停下来,吓人地朝一侧倾斜着。投石器一直滑到了平台的边缘,被大杆上装载的石弹拖着跌了下去,砸坏了下面几层塔。站在门口的士兵全都跌入虚空,或是吊在长梁的末端。他们的重量加剧了攻城塔的倾斜,它的全身关节都在噼啪作响,四分五裂。

其他蛮族人冲过来救援他们,挤成了结结实实的一团。迦太基人缒下城来,从后面攻击他们,尽情杀戮一番。可是装备着镰枪的战车赶过来了,在这一大群人的周围疾驰。迦太基人回到了城上。夜幕降临,蛮族人渐渐撤了回去。

平原上只见黑压压的一片攒动的人群,从暗蓝色的海湾直到银白色的潟湖;突尼斯湖被鲜血染红了,在远处像一大片猩红的血泊似的伸展开来。

土城上堆满尸首,简直使人以为它是用人体筑成的。尸首当中耸起覆盖着甲胄的活动攻城塔,不时有一些巨大的碎块从塔上掉下来,就像一座倾颓的金字塔滚落下来的石块一样。城墙上可以看出一道道宽宽的铅水流过的痕迹。东一座西一座倒塌的木箭楼在燃烧;城里的房屋若隐若现,就像废弃的圆形剧场的阶梯座位一样。

一股股浓烟冲天而起,翻滚的火星消失在黑暗的天穹里。

这时,口渴难忍的迦太基人都向蓄水池冲去。他们砸开大门,池底只剩下一摊泥浆。

现在没水了该怎么办?况且蛮族人为数众多,他们缓过劲儿就会卷土重来的。

老百姓整夜都三五成群地在街头议论。有些人说应该撤走妇女、病人和老人;还有些人则主张放弃迦太基城到远处的殖民地去安身。可是船只不够,直到日出大家也没有作出任何决定。

这一天双方没有交战,大家都太疲劳了。睡着的人就像死人一样。

迦太基人思索这些灾难的原因的时候,想起他们没有把当年应该献给推罗人的麦加尔特神的贡品送到腓尼基,于是大为恐慌。神祇们对迦太基共和国既然如此动怒,一定会继续施加报复。

他们把神祇当作一些残暴的主人,可以用央求来平息其怒气,用礼品来加以收买。所有的神祇都不如吞噬一切的摩洛神强大。人类的生命,甚至肉体,都属于他;——因此,为了拯救自己的生命,迦太基人的习俗是献给他一部分生命,以平息他的怒火。他们常用毛线搓成的灯芯烫孩子的前额或后颈,这种向神祇还愿的方式能带来大量收益。因此祭司们总忘不了推荐这种最简便温和的办法。

然而这一次事关共和国本身,而有所得就必须有所失,任何交易都是根据弱者的需要和强者的意愿而定的。对于摩洛神来说,痛苦从来不嫌太大,他就是越可怖越高兴,现在大家是完全由他摆布了,所以应当完全满足他才是。许多先例证明这种办法可以消灾免难。此外,他们认为燔祭能够洗涤迦太基的罪恶。人们的残忍心理早已受到诱惑了。况且燔祭的孩子只能在名门大族里挑选。

元老们开会商议此事,会议开了许久。汉诺也出席了,他已经无法坐着,只好躺在门口,几乎被大挂毯的流苏遮没了大半个身子。而当摩洛的大祭司问他们是否愿意交出自己的孩子,他的声音突然在暗影里响了起来,就像岩洞深处的精灵发出的吼声一样。他说他很遗憾,没有亲骨血可奉献;说着他注视着坐在他对面的、大厅另一头的哈米尔卡尔。执政官被他的目光盯得乱了方寸,不由垂下眼皮。元老们一个接着一个都点头表示赞成;这样,按照惯例,他只好回答大祭司:"是的,就这么办吧!"于是,元老院就以一句惯用的婉转的辞令颁布了献祭的政令,——因为有些事情说比做难。

这个决定几乎立即家喻户晓了。迦太基响起一片哭号声。到处都听见妇女的叫喊、丈夫的劝慰或告诫、斥骂。

可是三个小时以后,一个更为不可思议的消息传开了:执政官在海边的悬崖下面发现了水源。大家奔向那里,只见沙地上挖的几个洞里果然有水,有些人已经趴在那里喝开了。

哈米尔卡尔自己也不知道这到底是神祇的启示,还是对于他父亲过去透露给他的秘密的朦胧回忆;总之,开完元老会议他就下到海滩,和家奴们一起在沙砾间寻觅水源。

他施舍衣服、鞋子和酒。他把家里储存的麦子全部施舍掉了。他甚至让百姓走进他的宫殿,他打开厨房、仓库和所有房间——萨朗波的房间除外。他宣布六千高卢雇佣兵即将到来,马其顿王也派来了援兵。

但是水源从第二天开始就越来越少,第三天晚上就完全枯竭了。于是元老院的政令又成为人们议论的中心,摩洛的祭司们也开始进行他们的工作了。

身穿黑袍的人走进那些应该奉献牺牲的人家。许多人事先就躲开了,或是借口办理某件事务,或是借口去给孩子买点糖果,摩洛的仆人就出其不意地进来带走孩子。还有些人则是傻乎乎地自己把孩子交出去了。这些孩子被带到月神庙,月神庙的女祭司们负责喂养他们,陪他们玩耍,直到那庄严的一天来临。

他们突然来到哈米尔卡尔家里,在花园里找到了他。

"巴尔卡!我们是为了你所知道的那事而来的……你儿子呢?"他们又说,上个月有天晚上有人在马巴勒一带见到过他儿子,由一个老头领着。

起初他好像吃了一记闷棍。但他很快就意识到任何否认都是无济于事的,于是哈米尔卡尔鞠了一躬,将他们领到商行里。奴隶们见到他的手势奔了过来,在商行周围警戒起来。

他慌忙走进萨朗波的卧室,一手抓住汉尼拔,另一只手扯下一件扔在那里的衣袍的丝绦,用丝绦捆住孩子的手脚,丝绦的末端塞住他的嘴,使他叫不出声来,把他藏在牛皮床底下,然后把一张大床幔一直遮到地面。

然后他来回踱着,举起双臂,转来转去,直咬嘴唇。然后他两眼发直地站住了,喘着粗气,好像快死了一样。

他拍了三下巴掌,吉德南应声而到。

"听着!"他说,"你到奴隶中去找个八九岁的男孩,要黑头发、鼓额头的!把他带来!要快!"

不一会儿吉德南回来了,把一个小男孩带来让他过目。

那是个可怜相的孩子,又瘦又有点浮肿;他的皮肤好像是灰黑色的,同挂在他身上的、臭烘烘的破烂衣服一个颜色;他的头缩在双肩当中,用手背揉着长满眼屎的眼睛。

人家怎么会把他当作汉尼拔呢!可是没有时间另找一个了!哈米尔卡尔瞪着吉德南,恨不得把他掐死。

"滚!"他吼道;那奴隶总管赶紧溜走了。

这么说他早已担心的祸事终于到来了,他拼命设法寻找一个方法、一种手段,以躲避这场劫难。

阿卜达洛南突然在门外对他禀报,摩洛的仆人们要见执政官,他们等得不耐烦了。

哈米尔卡尔像被火红的烙铁烫了一下,差点没叫起来;他又像个疯子似的在房间里踱来踱去。后来他颓然跌坐在栏杆边上,胳膊肘支着膝盖,紧握的双拳顶住脑门。

斑岩承水盘里还盛着些清水是供萨朗波净体时使用的。执政官克制住厌恶和高傲,把孩子浸到水里,像个奴隶贩子似的用刷子和红土给他搓洗起来。然后他从墙上的架子里拿了两块猩红色的正方形布料,一块搭孩子胸前,一块搭在背后,在颈窝用两根钻石别针别住。他在他头上洒了些香水;在他脖上挂了一串琥珀项链,给他穿上珍珠后跟的拖鞋,——是他女儿的拖鞋!他又羞又气地顿着脚。萨朗波忙着帮助他,脸色和他一样苍白。那孩子笑嘻嘻的,被这些华丽的服饰弄得眼花缭乱,甚至连胆子也大了起来,开始拍着手跳跳蹦蹦。哈米尔卡尔一把拉走了他。

他使劲地抓住那孩子的胳膊,仿佛是怕会失去他;孩子被弄痛

561

了,一面跟着他跑,一面抽抽搭搭地哭着。

到了关奴隶的地牢附近,从一棵棕榈树下传来一个悲哀央求的声音,嗫嚅地说:"主子!主子啊!"

哈米尔卡尔回过头来,看见身边站着一个形容猥琐的人,是那些在他府里苟且偷生的可怜虫中的一个。

"干什么?"执政官问。

那奴隶浑身发抖,吞吞吐吐地说。

"我是他父亲!"

哈米尔卡尔不停地走着。那奴隶跟着他,弯着腰,曲着腿,脑袋向前俯着。他的脸由于极度的忧虑而抽搐着,竭力克制的呜咽使他透不过气来,他真想质问他,向他喊道:"行行好吧!"

他终于壮起胆子用手指轻轻触了一下哈米尔卡尔的胳膊肘。

"难道你要把他?……"他没有力量把话说完了。哈米尔卡尔停下脚步,很惊异他会如此痛苦。

他从未想到过他们之间会有任何共同点,因为把他们相互隔开的鸿沟是那么深邃宽广。这在他眼里简直是一种侮辱,是对他的特权的一种侵犯。他以一种比刽子手的斧子更冰冷沉重的目光作为回答,奴隶昏倒在他脚下的尘埃里。哈米尔卡尔从他身上跨了过去。

那三个身穿黑袍的人在大厅里等着他,站在石头圆盘边上。他马上撕碎衣袍在石板地上打滚,发出尖厉的叫声:

"我可怜的小汉尼拔啊!我的儿子哟!我的安慰!我的希望!我的命根子啊!你们把我也杀了吧!把我带走!灾难啊!灾难啊!"他用指甲抓自己的脸,扯着自己的头发,像葬礼上的哭丧妇一样干号着。"把他带走吧!我太难受了!你们走吧!把我和他一起杀了吧!"摩洛的仆人们看到伟大的哈米尔卡尔心肠这么软弱都很惊奇,简直有点感动了。

这时大家听见一阵赤脚跑路的声响,以及好像猛兽扑来时发

出的断断续续的喘息声。在第三条长廊门口的象牙柱之间,出现了一个面色惨白、神情可怕的人。他张开双臂喊道:

"我的孩子啊!"

哈米尔卡尔一下扑到那奴隶身上,用手捂住他的嘴,用比他更大的声音喊道:

"这是把他领大的老头!他叫他'我的孩子'!他要急疯了!够了!够了!"于是他推着三位祭司和他们的牺牲品的肩头把他们送了出去,他自己也跟了出去,一脚把门关上。

哈米尔卡尔侧耳听了一会儿,一直害怕他们又走回来。后来他又想干掉那奴隶以便确保他不说出去;然而危险还没有完全过去,奴隶的死亡如果激怒了神灵,很可能会报应在他儿子身上。于是他改变了主意,叫达娜克把厨房里最好的东西给他送去:一块羊肉、若干蚕豆和石榴果酱。那奴隶好久没吃东西了,他扑了上去,眼泪滴到盘子里。

哈米尔卡尔终于回到萨朗波房里,解开了汉尼拔身上的丝绦。孩子大发脾气,把他的手咬出了血。他抚摸着孩子,把他推开。

萨朗波为了让他安静下来,就用拉弥亚来吓唬他,拉弥亚是克兰尼的吃人女妖。

"拉弥亚在哪儿?"他问。

萨朗波又哄他说强盗要来把他关到监狱里。他答道:"他们敢来我就把他们全都杀掉!"

哈米尔卡尔只好把可怕的事实真相告诉他,可是他却对他父亲发起火来,以为他父亲既然是迦太基的主人,那就完全可以把老百姓统统杀掉。

最后,他劲儿也使光了,脾气也发够了,终于进入梦乡,但睡得很不踏实。他在梦里说着话,背倚着一只猩红靠枕,头略微后仰,小胳膊摊开,伸得笔直,像在发号施令。

等天完全黑了以后,哈米尔卡尔轻轻抱起他来,不用火炬走下了饰有船艏的楼梯。走过商行时他拿了一箱葡萄和一壶清水;孩子在嵌满宝石的地下室里、阿莱特神像面前醒了过来,他躺在父亲怀里,在周围璀璨的宝石光芒辉耀下,像阿莱特神像一样微笑起来。

哈米尔卡尔这下子不用担心别人抢走他的儿子了。这个地方没人能够进来,有一条只有他知道的地道直通海岸。他向四周扫了一眼,深深地吸了口气。然后他把孩子放在一面金盾旁边的矮凳上。

现在谁也看不见他了,他不必观察四周了,于是他松了一口气。他像一个找到自己丢失的头生儿的母亲一样扑到儿子身上,把他紧紧搂在怀里,又哭又笑,用最甜蜜的称呼呼唤着他,不住地亲吻着他。小汉尼拔被这种可怕的亲热吓着了,反倒安静起来。

哈米尔卡尔轻手轻脚地摸索着周围的墙壁往回走去。到了那间大厅,月光从圆屋顶的一个缝隙里射进来,那奴隶吃饱了肚子直挺挺地躺在大厅中央的大理石地板上睡着了。他凝视着那奴隶,一种怜悯之情油然而生。他用靴尖把一块地毯拨到他脑袋下面。而后他抬起眼睛遥望月神,那一弯细细的新月在天上洒下清辉。他感到自己比众神更有力量,心中充满对他们的蔑视。

献祭的各项准备工作已经开始着手进行。

摩洛神庙的一面墙壁已经拆除,以便从里面移出神像,而又不必触动祭坛上的香灰。太阳一出来,寺庙里的奴隶便将神像朝着日神广场推去。

神像背朝前脸朝后地在滚筒上滑动,它的肩膀就比围墙还高。迦太基人远远地一见到它就赶忙躲避开来,因为只有在摩洛神接受燔祭的时候,才能瞻仰它而不受惩罚。

一股香料的气味在街头散发开来。原来所有的神庙都同时打开了,各庙的圣幕安置于车子或由祭司们抬着的轿子上从庙里鱼贯而出,圣幕四角上巨大的一簇簇羽饰在晃动,尖尖的圣幕顶上缀有水晶球、金球、银球或铜球,光芒四射。

圣幕里供奉着迦南人的神祇,它们是从至高无上的神祇身上分化出来的,如今又回到自己的本原前面,在它的神力面前卑躬屈膝,在它的光辉面前自认不如。

麦加尔特神的圣幕是绛红色细布的,里面点着一盏石油长明灯;日神的圣幕是青紫色的,里面竖着一尊牙雕阳具,周围镶有一圈宝石;在埃斯克姆大神的天宇一般蔚蓝的帷幕间,睡着一条盘成一团的蟒蛇;而那些巴泰克诸神在祭司们怀抱里就像一些裹在襁褓之中的巨大婴儿,脚跟都快碰到地面了。

随之而来的是一些低级形态的神灵:萨明神,诸天之神;波尔神,圣山之神;泽布神,腐败之神;还有一些邻国的或血缘相近的种族的神祇,如利比亚的伊亚尔巴勒神,迦勒底的阿德拉姆莱什神,叙利亚人的基任神,还有面容姣美如处女却用鱼鳍爬行的黛塞托神,以及放在追思台中央、火炬和发髻之间的塔穆兹的尸体。为使天上的诸神成为太阳的臣仆,阻止他们各自的势力妨碍太阳的势力,人们挥舞着安在长杆顶端的五颜六色的金属星辰,从黑色的奈波神即水星之神,到丑陋的拉哈卜神即鳄鱼星座之神,无不齐备。从月亮上坠落的陨石阿巴迪尔,在以银丝制成的投石器上旋转;做成妇女生殖器形状的小面包放在篮子里由谷物女神的祭司们端着;还有些人带来了自己的吉祥物或护身符;被人遗忘的偶像又出现了;甚至连船舶上的神秘象征物也给拿来了,好像迦太基想要全身心地沉浸在死亡与悲哀的思想里。

在每顶圣幕前面都有一个人,头上稳稳顶着一只大缸,缸里香烟氤氲。四面八方云烟缭绕,在这一团团烟雾里依稀能够辨认出帷幕、水晶坠子和圣幕上的刺绣。圣幕重量太大,只能缓缓行进。车轴有时卡在路边,信徒们趁机用衣服去接触神像,然后当作圣物保存起来。

摩洛神的铜像继续朝着日神广场行进。富豪们手持顶端有着绿玉球饰的权杖,从梅加拉郊镇出发了;元老们头戴冠冕,聚集在基尼斯多;那些财政主管、各省总督、商人、士兵、水手和一大帮受雇操办丧事的人,全都带着自己官职的标志或本行所用工具,朝圣幕走去;那些圣幕由各庙的祭司们簇拥着下了卫城。

他们都戴上了最华贵的饰物以表示对摩洛神的敬意。钻石在黑色的衣袍上闪耀光芒,可是戒指却总是从变瘦的手指上滑下来,——什么也没有这个默默无言的人群那样阴森可怖,他们的耳坠拍打着苍白的脸庞,他们的金冠紧箍着由于极度绝望而皱蹙着的额头。

摩洛神终于到了广场正中,他的祭司们用栅栏围起一道围墙隔开人群,他们自己则守在神像脚下,环侍四周。

日神庙的僧众穿着红棕色呢袍,在神庙的柱廊下列队站立;埃斯克姆神庙的僧众穿着亚麻斗篷,戴着有杜鹃鸟头的项链和尖顶法冠,站立在卫城的梯级上;麦加尔特神庙的僧众身穿紫色上衣站立在西首;阿巴迪尔神庙的僧众身上缠绕着弗里吉亚布匹站立在东首;排列在南面的是遍体文身的巫师,和披着千补百缀的斗篷的专事号叫的人,巴泰克诸神庙的住持,以及口衔死人骨头以占卜未来的伊多南人。谷物女神庙的僧众身穿蓝袍谨慎地在萨泰布街停住脚步,用梅加拉话低声吟诵着祭祀谷物女神的经文。

不时有一排排精赤条条的男子张着双臂相互搭着肩膀来到广场。他们从胸膛深处发出一种嘶哑的、瓮声瓮气的喊声;他们的眼珠紧盯着那巨大的神像,在尘埃中闪烁着狂热的光芒,身子有节奏地一齐摆动着,像是同一个人在行动。他们实在太狂热了,神庙的奴隶只得用棍棒来维持秩序,让他们趴在地上,脸贴着青铜栅栏。

这时从广场里走过一个身穿白袍的人来。他慢慢地穿过人群,大家认出他是一个月神的祭司——沙哈巴兰大祭司。于是嘘声四起,因为这天在所有的人心目中至高无上的是雄性专制的道理,月亮女神被人忽视到了无人察觉月神祭司缺席的地步。等到大家看见他打开专供奉献牺牲的人进出的栅栏门,就更是目瞪口呆了。摩洛神的祭司们认为他是来侮辱他们的神祇,便使劲挥舞手臂,想把他赶出去。他们吃的是燔祭的祭肉,穿的是王公贵族般的绛红衣袍,头戴三层金冠,大声嘘赶着这个因苦行而精疲力竭的面色苍白的阉人,他们的怒笑使他们像阳光一样在胸脯上展开的黑胡子剧烈地抖动起来。

沙哈巴兰没有搭理他们,继续向前走去;他一步一步地穿过整个围墙,来到巨大的神像下面,然后张开双臂去摸神像的两侧,这是种表示崇拜的庄严礼节。很久以来拉贝特娜女神一直折磨着他,他因绝望或因没有一个能完全满足他的思考求索的神祇而终于决定皈依摩洛神。

大家被这种背教行为震惊了,纷纷议论不休,都觉得把大家的灵魂与一位宽厚仁慈的神祇联系起来的最后一根纽带也因此斩断了。

可是沙哈巴兰由于受过宫刑不能参与拜神仪式。那些披着绛红斗篷的祭司把他逐出围墙之外。他出了围墙之后,又继续围着各庙的僧众转了一圈,于是这个从此没有了自己崇拜的神祇的祭司便消失于人群之中。人们见他走来都纷纷闪开。

这时,用芦荟、雪松、月桂点燃起来的火堆在神像两腿之间熊熊燃起。神像巨大的双翼的翅尖插在火焰之中,抹在身上的香脂像汗水一样从青铜的四肢流淌下来。神像脚下踩着的圆石板周围,裹在黑纱里的童男童女围成一圈,毫不动弹,神像长得出奇的胳膊直垂到他们头上,仿佛要用双手抓住这个花圈带上天去。

富豪、元老、妇女,整个人群都挤在僧众后面和房顶的平台上。漆成五颜六色的星星不再旋转了,圣幕都安放在地上,香炉的烟雾笔直地升上天宇,宛如一些巨大的树木在蓝天上展开青色的枝条。

有些人昏倒了,还有些人由于出神而变得麻木僵硬。大家胸中充满无限的焦虑。最后的嘈杂声也渐渐平息了,——迦太基人屏声息气,完全沉浸在对恐怖场面的渴望中。

最后,摩洛神的大祭司将左手伸到裹着孩子的黑纱下面,从他们额头拔下一绺头发,扔进火焰。于是披着绛红色斗篷的祭司们便引吭高唱起圣歌来:

"向你致敬,太阳!阴阳两界的君王,自我生育的造物主,父与母,父与子,神与女神,女神与神!"他们的歌声淹没在突然爆发出来的乐器的震响中,这些乐器是为了掩盖住当作牺牲品的童男童女的哭叫声而演奏的。舍米尼特八弦琴、基尼尔十弦琴、内巴勒十二弦琴,一起吱吱呀呀、铮铮蓬蓬地发出震耳欲聋的响声。巨大的羊皮袋上竖满长长短短的乐管,啪嗒啪嗒地发出尖厉刺耳的声音;抡臂敲打的铃鼓响起了低沉急促的鼓点;尽管号角吹得震天响,却盖不住像蝗虫翅膀一样不停拍打着的铙钹的喧声。

神庙的奴隶们用一根长钩拉开了神像身上的七层格子,在最高的一层放上面粉,在第二层放上两只斑鸠,在第三层放上一只猴子,在第四层放上一头公羊,在第五层放上一头母羊,第六层因为没有公牛,只好把一张从神庙拿来的鞣过的牛皮放进去。第七层仍旧空着,张着大口。

在一切开始之前,还应试一试神像的两只胳膊。在它的手指上系有一些细链,向上经肩膀在背后垂下,几个人站在神像背后牵动这些细链,将它两只张开的手掌拉到与肘臂相齐的高度,两只手相互并拢,在腹部一蹦一蹦地轻轻跳动了几下。乐队停止了奏乐。火焰呼呼直响。

摩洛神的大祭司们在大圆石板上来回踱着,打量着人群。

现在需要有人作出个人的牺牲,一种完全自愿的奉献,这个举动被看作能够带动别人作出奉献的榜样。可是至今还没有人出头露面,从栅栏通往神像的七条小径上空无一人。于是为了鼓动大家,祭司们从腰间拔出锥子划破脸皮。他们把躺在外面地上的忠实信徒放进来,扔给他们一大包可怕的铁器,每个人自己选择自己苦行的方式。有人将一些铁扦穿过双乳,有人割开自己的脸颊,有人头戴荆冠,然后他们手挽手地围着那些童男童女组成一个更大的圆圈,忽而收缩,忽而扩大。他们时而冲向围栅,时而往后退去,反复不已,以这种令人头晕目眩的动作和流血与喊声把周围的人群吸引进来。

渐渐地有人走进了围栅,他们走到那些小径的尽头,将珍珠、金瓶、酒杯、烛台、自己的所有珍宝,全都扔进火里;祭品越来越贵重,越来越多。最后,有个人趔趔趄趄地走了进来,他的脸因恐怖而变得极度苍白丑陋,他把一个孩子推了下去;接着,只见神像手里捧着一小团黑色的东西,放进黑洞洞的大口里。祭司们俯身于大圆石板边上,——一首庆祝死亡的欢乐和永恒的复活的赞歌轰然响起。

童男童女们缓缓升了上去,由于腾起的烟雾形成了许多高大的旋涡,远远看去他们就像是隐没在云端里。他们全都一动不动,手腕和脚踝都被缚住,包着他们的黑纱使他们什么都看不见,也没人能认出他们来。

哈米尔卡尔和摩洛神的祭司们一样披着一件绛红斗篷,站在神像近旁,在它右脚脚趾前面。第十四个孩子被带过来时,大家都发觉他显出害怕的样子。但他很快恢复了常态,抱着胳膊俯视地面。在神像的另一边,大祭司和他一样木然不动。他垂下戴着亚述式法冠的脑袋,凝视着胸前镶满命运石的金牌,火光照在金牌上,映出彩虹般的反光。他脸色发白,神思恍惚。哈米尔卡尔俯着额头;他们两人离火堆极近,斗篷不时地扬起来,拂着火焰。

神像的青铜胳膊越动越快,不再停歇。每次放上一个孩子,摩洛神的祭司们都将手搁在孩子身上,以便把迦太基人的罪孽加到他头上,一面大声叫唤:"这不是人,是牛!"周围的人一齐响应:"是牛!是牛!"忠实的信徒们叫道:"主啊!吃吧!"普洛塞耳皮娜女神的僧众出于恐惧,也根据迦太基的需要,喃喃地念着咒语:"降下雨来吧!生育万物吧!"

作为祭品的童男童女刚到洞口就像一滴水掉到烧红的铁板上一样消失了,一股白烟在一片火红的颜色中升起。

摩洛神的胃口越来越大,他不停地要求新的祭品。为了多给他一些,人们将孩子堆在神像手上,用一根粗铁链捆住。有些忠诚的信徒还想数一数孩子的数目,看看是否与阳历年的日子相符,可是有人又放上去几个孩子,在神像可怕的双臂令人眼花的飞快动作中,根本无法分辨清楚有多少孩子。就这样持续了许久,无尽无休地直到晚上。格子内壁的红光变得暗淡了。于是大家看见燃烧着的人肉。有几个人甚至以为自己辨认出了其中的头发、四肢和整个整个的躯体。

太阳下山了,神像头顶堆积着烟云。火堆现在已经没有火焰了,只剩下一堆金字塔般的木炭,一直埋到神像的膝盖。神像浑身通红,好像一个满身血污的巨人,脑袋向后仰着,仿佛醉得站立不稳了。

祭司们越忙,百姓们也越是狂热。充当祭品的童男童女人数越来越少,有些人喊叫饶了他们,另一些人叫道还要继续献祭。站满人的墙壁简直要在这种恐怖的喊声和充满神秘快感的吼声中倒塌下来。又有一批信徒拖着自己的孩子来到通往神像的小径,孩子紧紧拉住他们不放,他们就殴打这些孩子,叫他们松手,并把他们交给披着猩红斗篷的祭司。有时候乐师们精疲力竭,停止奏乐;于是大家就听见母亲们的哭喊和人油滴在炭火上发出的刺啦刺啦的声音。那些喝了天仙子汁的人四脚着地围着神像乱爬,发出老虎一般的吼声;伊多南人在预卜未来吉凶;忠实的信徒张着割破的嘴巴唱着赞歌;围栅被挤塌了,人人都想献出一份牺牲;——过去死过孩子的父亲们纷纷把自己孩子的模拟像、玩具和孩子的尸骨统统扔进火里。有些人举着刀子朝别人扑去,人们自相残杀起来。

神庙的奴隶用青铜簸箕收拾着掉在大圆石板边上的骨灰,然后把骨灰扬到空中,使牺牲遍及全城,乃至群星居住的区域。

这片巨大的喧声和熊熊的火光把蛮族人吸引到了城墙面前,他们爬到活动攻城塔的残骸上向城里张望,无不惊得目瞪口呆。

十四　斧头隘

　　迦太基人还没有回到家里，天空中已经阴云密布。抬头仰望神像的人都感到有些粗大的水珠滴在额上，雨下起来了。

　　雨下了整整一夜，大雨滂沱，倒海翻江，雷电交加；那是摩洛神在吼叫，他战胜了月神；——月神受孕了，在天上敞开她那硕大无比的乳房。有时，从明亮的一角青天里，可以瞥见她躺在一片白云床垫上。接着黑暗又笼罩了一切，似乎她仍感疲劳，还想再睡一觉；迦太基人都认为水由月生，他们大声呐喊，帮助她顺利生产。

　　雨点拍打着千家万户的平台，又从平台上溢出，在院落里形成湖沼，在楼梯上形成瀑布，在街角形成漩涡。雨水像成片成片沉重温暖的泼水，又像一道道密集的光线倾泻下来，所有建筑物的屋角都有粗大的水柱冲下来，溅起无数水沫；所有墙壁上都好像挂下来一道道白色的帘幕；所有神庙的屋顶都冲洗得干干净净，在闪电里乌油油地发亮。千百道激流冲下卫城，房屋忽然倒塌了，房檩、灰泥、家具都卷进了在街石上汹涌奔腾的水流。

　　大家都把双耳尖底瓮、长颈壶、帆布放在外面接水，可是火把灭了，大家便去神像脚下的火堆里取来火种。迦太基人都抻着脖子、张着嘴巴喝水。有些人趴在浑浊的水坑边上，把胳膊浸在水里直至腋窝，没命地喝着水，结果胀得像水牛一样呕出水来。凉气渐渐散发开来，他们舒展四肢，吸着湿润的空气，在这种如醉如痴的快感中，不久便产生出无比巨大的希望。所有的苦难都烟消云散了。祖国又一次获得了新生。

　　他们感觉到仿佛需要将满腔无法宣泄的怒火发到别人身上。

这样巨大的牺牲不应该毫无结果；——尽管他们没有任何悔恨，却由于成为不可挽回的罪行的同谋而陷于一种狂热的状态。

蛮族人在关闭不牢的帐篷里遭受了这场暴雨的袭击，第二天他们仍然冻得发僵，在泥泞中蹚来蹚去，寻找损坏丢失的装备和武器。

哈米尔卡尔主动去找汉诺，根据自己享有的全权，授予他军事指挥权。那位老执政官在宿怨与权欲之间摇摆了几分钟，还是接受了委任。

然后哈米尔卡尔派出一艘在舰艏和舰艉各有一门投石器的战舰，将它部署在海港里，蛮军木排的对面。然后他把自己的精锐部队装上所有能够使用的船舰。看来他想逃跑；舰队向北驶去，消失在浓雾之中。

可是三天之后，蛮族人正要重新开始攻城，利比亚海岸的人叫叫嚷嚷地涌来了。原来巴尔卡到了他们那里。他四处征集粮草，并向全国扩展。

于是蛮族人大为愤慨，仿佛是哈米尔卡尔出卖了他们。那些对于围城最感厌倦的人，尤其是高卢人，都毫不迟疑地离开城墙，想去和哈米尔卡尔会战。史本迪于斯还是想重修攻城塔；马托在自己的营帐与梅加拉之间划定了一条理想的进军路线，并发誓要沿着这条路线走到底，因此他手下的人一个也没有离开。可是其余的人在欧塔里特率领下开拔走了，丢下了西面那部分城墙。蛮族部队涣散到了极点，甚至没有想到派人去接替撤离的队伍。

纳哈伐斯远远地在山中窥伺他们的动向。他乘夜率领全部人马经过海岸进军潟湖外边，于是他进入了迦太基城。

他像救世主一样出现在迦太基城，带着六千名士兵，每人都在斗篷底下带来了面粉，还有四十头战象。满载着饲料和干肉。大家马上把他们围在当中，给了他们许多称号。迦太基人为这么一支援军的到来而感到高兴，更令他们高兴的是见到这些奉献给摩洛神的强壮有力的战象。这个景象是神灵垂爱的表示,这证明神明终于将为保护迦太基人而参与这场战争了。

纳哈伐斯受罢元老们的颂扬,便上山向萨朗波的宫殿走去。

自从在哈米尔卡尔的营帐里,在五支军队的环绕下,他感觉到她那又凉又嫩的小手放在他的手掌里以后,还没有再见过她;订婚仪式举行过后,她就回迦太基了。他的爱情曾因其他野心而暂时置诸脑后,这时又回到了他的心中。现在他打算享受自己的权利,迎娶她,占有她。

萨朗波无法理解怎么这个青年会有朝一日成为她的主人!虽然她每天都祈求月神赐予马托死亡,她对那个利比亚人的憎恶却渐渐消失。她朦胧地感到,他用以折磨她的仇恨是一种几乎像宗教一样的东西,——她恨不得在纳哈伐斯身上也能看到这种使她至今仍然着迷的激烈情感的表现。她很想进一步了解他,然而他如果真的来了却又会使她感到困窘。于是她叫人回话说她不应该见他。

况且哈米尔卡尔也曾禁止他的下人让努米底亚国王走进萨朗波的闺房;他将这种报酬延至战争结束,想以此维系住纳哈伐斯的忠诚;纳哈伐斯不敢触怒哈米尔卡尔,就离去了。

可是他对元老们却显得十分倨傲。他改变了他们的各项安排,为自己的部下要求各种特权,将他们安置在重要的岗位上,因此蛮族人看见努米底亚人站在箭楼上都大吃一惊。

而当一艘旧布匿三层桨战舰载着在西西里战役中被俘的四百名迦太基士兵到来时,迦太基人比他们更为吃惊。原来哈米尔卡尔在推罗人诸城反叛以前,曾将俘获的罗马舰只的船员秘密遣返基里特,现在罗马以德报德,把俘虏交还给他。罗马对于在撒丁岛反叛迦太基的雇佣兵提出的建议不屑一顾,甚至不愿意承认乌提卡居民为罗马的臣民。

锡拉库萨的统治者伊埃隆也效仿这个榜样。他为了保住自己的国家,必须在这两大民族之间搞平衡;因此迦南人的生存与他有切身利害关系。于是他宣布自己是迦南人的朋友,给他们送去了一千二百头牛和五万三千内伯尔的纯净小麦。

他们援助迦太基还有一个更深刻的原因:他们深感如果雇佣兵获胜,那么从士兵到洗碗盆的仆役,人人都会造反,任何政府、任何家族都无法抗拒。

在此期间,哈米尔卡尔转战东部战场,击退了高卢人的部队,使所有蛮族人都陷于仿佛被反包围的境地。

于是他开始不断骚扰他们。他骤然袭来,又倏然退去,一再使用着这种战术,渐渐把他们诱出他们的营地。史本迪于斯不得不跟着他们,马托最后也只好像他一样让步了。

然而马托到了突尼斯城就不再前进,他在城里闭关坚守。他这种固执态度实是明智之举,因为不久人们就看到纳哈伐斯率着战象和士兵出了日神门,是哈米尔卡尔把他召来的。可是其余的蛮族部队已经尾随着哈米尔卡尔在各省转悠开了。

执政官在克利佩亚得到了三千名高卢人,从克兰尼购来马匹,从布吕锡奥购来甲胄,于是重开战事。

他的军事天才从未得到过如此充分的发挥,所向披靡,左右逢源。他牵着他们转了五个月。他有一个目的,正在将他们渐渐引向这个目的。

蛮族人曾经企图以一些小分队包抄他,他却总是摆脱了他们。于是他们就不再分兵了。他们的部队约有四万人之众,有好几回他们都得意扬扬地看着迦太基人在他们面前退却。

使他们最为头疼的,是纳哈伐斯的骑兵!往往是在人困马乏的时刻,正当他们扛着沉重的武器,边打瞌睡边在平原上行军的时候,蓦地在天边腾起一长溜滚滚的烟尘,马蹄声疾驰而来,云雾里无数怒目圆睁,标枪雨点似的飞来。努米底亚人身披白色斗篷,大声呐喊着,高举起胳膊,膝盖紧紧夹着直立起来的骏马,猛地掉转马头,便又跑得没影了。他们总是在一定距离之外储备着许多梭镖,放在骆驼背上,他们取了梭镖回来就更令人胆寒,像狼群一样嗥叫着,然后又像秃鹫一样飘然远引。在队伍边上的蛮族士兵一个个倒了下去,——他们这样一直骚扰到晚上,然后设法进入山里。

尽管山地对于战争具有危险,哈米尔卡尔还是进了大山。他沿着从海尔马奥姆海岬一直伸展到扎古昂峰的漫长山脉前进。蛮族人认为这是他隐蔽自己兵力不足的一种办法。可是他一直让蛮族部队处于捉摸不定的境地中,这种处境比任何失败都更使他们恼火。但他们仍不死心,还是尾随着他。

最后,在银山和铅山之间,一个巨石嶙峋的隘口,他们与一支迦太基轻步兵队伍不期而遇。大部队肯定在这些轻步兵的前头,因为他们听见了脚步声和军号声。迦太基人一见他们就钻进隘口逃走了。那隘口通往一个斧子头形状的平原,周围是险峻的悬崖。蛮族人冲进去追赶那队轻步兵。在平原尽头,另一些迦太基人夹在飞奔的牛群中间乱哄哄地逃跑。他们看见一个身披红斗篷的人,都嚷了起来:那一定是执政官!大家又怒又喜,奋力追赶。有些人却由于迟缓或者谨慎留在了隘口。可是有一支骑兵从树林里冲了出来,用长矛和马刀把他们赶了进去,不一会儿所有的蛮族人都到了下面的平原上。

这一大群人马来回折腾了一阵,最后停了下来;他们找不到任何出路。

离隘口最近的人退了回去,可是原来的通道已经不复存在。后队的人吆喝着前队的人,要他们继续往前走;他们拥挤在峭壁之间,远远地咒骂前面的伙伴,责怪他们连走过的路都找不到。

其实蛮族士兵刚到下面的平原,埋伏在岩石后面的迦太基人就用木梁掀翻了那些岩石,由于山坡极陡,那些巨大的岩石乱滚下来,把狭窄的出口堵得严严实实。

平原的另一端有一条很长的峡谷,两边的陡壁上东一处西一处尽是裂缝,峡谷尽头是一道冲沟,向上通往一座高原,布匿军队就驻守在高原上。峡谷的陡壁上事先靠放了一些梯子,那些轻步兵在裂缝拐角的掩护下,在被赶上以前就抓着梯子爬了上去。有些人甚至一直跑到了冲沟脚下,布匿人用绳索将他们拽了上去,因为冲沟的地面由流沙构成,坡度又陡,即使用膝盖也爬不上去。蛮族人几乎紧接着就到了。可是一道四十肘高的狼牙闸门突然在他们面前放了下来,闸门完全照峡谷的宽度制成,就像一道铜墙铁壁从天而降。

执政官的计谋就这么大功告成了。这些雇佣兵没有一个人熟悉这座山的地形,他们在队伍前面一走,后面的人就都跟了进来。那些岩石底部较窄,很容易掀翻,在蛮族人你追我赶的同时,他的部队在远处大声惊叫,仿佛陷入了绝境。当然,哈米尔卡尔也有可能损失他的轻步兵,他的轻步兵只剩下了一半。但为了诱敌成功,他甘愿付出二十倍于此的牺牲。

直到早晨,蛮族人一直以密集的队形熙熙攘攘地从平原的一头走到另一头。他们用手摸索着峭壁,试图发现一条通道。

最后太阳升起了,他们看见四周全是陡峭险峻的白色石壁。毫无求生的办法,毫无希望!这个死胡同的两个天然出口被狼牙闸门和堆积的岩石堵死了。

于是他们全都面面相觑,默默无言。他们颓然蹲下,只觉得背脊上直冒凉气,眼皮沉重得睁不开来。

他们站了起来,扑向那些岩石。可是最下面的几块被其他岩石压着,根本无法撼动。他们企图攀上岩石,一直爬到这堆岩石顶上,然而这些巨大的岩石全都鼓着肚子,无法攀缘。他们想在隘口两边打开通道,却只弄折了工具。他们用帐篷的支柱点起一堆大火,可是这火也烧不了山。

577

他们回到狼牙闸门这边,门上布满长钉,粗得像木柱,尖得像豪猪身上的刺,密得赛过刷子上的毛。但他们已经怒不可遏,仍然猛扑上去。先扑上去的人被长钉一直刺到脊椎骨,后面的人又涌到上面,结果全掉下来,只在那些可怕的长钉上留下一些破碎的人体残骸和鲜血淋漓的头发。

灰心丧气的蛮族人稍微平静了一点以后,便开始清点粮草。雇佣兵的辎重丢了,只剩下不足两天的口粮,其余蛮族人连一点粮食也没有,——因为他们正等着南部农村应允的粮车到来。

然而迦太基人放在隘口里引诱蛮族人的公牛仍在那里徘徊。他们用长枪将它们刺死,然后把它们吃掉。肚子填饱以后,思想也就不那么阴郁了。

第二天,他们杀掉了所有的骡子,约有四十匹,然后刮干净骡皮上的毛,煮熟骡子的内脏,敲碎骡子的骨头。他们还没有绝望,突尼斯的蛮族部队大概已经得到消息,马上会来救援他们。

然而到了第五天晚上,饥饿更加严重。他们啃光了剑鞘上的皮带和垫在战盔里的小块海绵。

这四万人挤在众山环绕、形如赛马场的平原上。有些人留在狼牙闸门或岩石堆下,其他人杂乱地分布在平原上。强壮的人相互避开,胆小的去找胆大的,然而胆大的也救不了他们。

轻步兵的尸体因为发出恶臭,被赶紧掩埋了;现在已经看不出墓穴的所在位置。

所有蛮族人都有气无力,躺在地上。在他们的行列中间时而这里走过一名老兵,时而那里走来一名老兵,他们大骂迦太基人,大骂哈米尔卡尔——甚至大骂马托。尽管他对他们的灾难毫无责任,但他们觉得如果马托同他们一起受罪,他们会好一点。骂完之后他们又呻吟起来;有几个人像小孩子一样低声啜泣着。

他们来到军官面前,央求给点能够平息他们痛苦的东西。军官们丝毫不加理会,——有的甚至发起火来,捡起一块石子照着他们劈头盖脸扔去。

确实也有几个人小心翼翼地在地洞里藏了些食粮,无非是几把椰枣,一点面粉。他们偷偷地在夜间吃这些东西,低着头,躲在斗篷里。有剑的人宝剑出鞘握在手中;警觉的人背靠石壁站着。

他们指责他们的首领并且威胁他们。欧塔里特不怕露面,他有一股蛮族人的不折不挠的倔强劲,一天里要到山谷尽头的那堆岩石前面二十多次,每次都盼着那堆岩石也许已经搬开;他那披着兽皮的沉重的肩膀摇摇晃晃,使他的伙伴们联想起一头大熊在春天走出山洞去看积雪是否已经消融的模样。

史本迪于斯在希腊人环绕下躲在一个石缝里;他很害怕,叫人放出风声说他已经死了。

他们现在全都瘦得不成人样,皮肤上出现一块块暗蓝色大理石纹斑。第九天晚上,三个伊比利亚人死了。

他们的伙伴感到害怕,离开了他们的尸首。有人剥走了他们的衣服,这些赤条条、白花花的尸体就留在沙地上、日头里。

于是有些加拉芒特人就慢慢在他们周围转来转去。加拉芒特人与其他民族不相往来,而且不信任何神祇。最后,他们当中最年长的人做了个手势,于是他们俯下身子,用匕首从尸体上割下几块肉来,然后蹲着吃了起来。其他人远远看着,发出厌恶的喊声;——然而许多人心里却很嫉妒他们的胆量。

半夜时分,这些人中有几个人便走拢过来,竭力掩饰着自己的欲望,向他们要一小块人肉,说是只要尝尝味道。最大胆的人过来了,人数越来越多,不久就来了一大群。但几乎人人在嘴唇沾到冰凉的尸肉之后都垂下手来不想再尝了;还有些人则相反,津津有味地狼吞虎咽起来。

为了让自己受这个榜样的带动,他们互相怂恿挑动。先前曾经拒绝过的人又跑去看那些加拉芒特人,一去就不回来了。他们用剑尖挑着肉放在炭火上烤,用尘土当盐撒在肉上,争着要最好的部位。等那三具尸体被吃得精光,大家就用眼光搜索整个平原,寻找其他尸体。

他们不是还有二十名在上一次遭遇中抓获的迦太基俘虏吗?直到现在为止谁也没有注意过这些俘虏。于是这些俘虏一眨眼就化为乌有;况且,这也算是一种复仇。——接着,由于必须生存,由于对这种食物已经渐渐习惯,由于他们饿得要命,他们就杀掉那些挑水夫、马夫和雇佣兵的所有仆役。每天都在杀人。有些人大吃人肉,恢复了元气,也不再发愁了。

不久这种资源也告枯竭,于是他们的欲望又转向伤员和病人。既然这些人治不好了,那还不如帮他们解除这种痛苦;于是只要有人脚步踉踉跄跄,大家就都喊道这人没救了,应当贡献给大家。为了加速他们的死亡,有人还使用了狡计:偷走他们分得的人肉所剩的最后一点残余;假装不留神踩到他们身上。那些垂死的人为了让人相信他们依然充满生气,便竭力张开双臂,站立起来,朗声大笑。有些昏迷过去的人被缺口的刀刃锯着肢体而疼醒过来;——有时他们还出自残暴毫无必要地杀人,只是为了发泄胸中的怒火。

第十四天,一场沉闷温热的大雾降到这支军队头上,冬末春初这个地区常有这样的大雾。气温的变化引起大量的死亡,温暖的雾气被四周的峭壁留住,尸体腐败的速度快得惊人。落到尸体上的水雾使尸体变软,不久就把整个平原变成一片腐肉场。一团团白蒙蒙的水汽在地面上飘荡,刺鼻难闻,沾染肌肤,令人视力模糊。蛮族人觉得那是死人吐出的气息,是伙伴们的亡灵。他们感到恶心之极,宁愿饿死也不想再吃人肉了。

两天之后天又放晴,饥饿又开始折磨他们。他们有时觉得仿佛有人用钳子撕扯他们的胃。于是他们抽搐着在地上打滚,往嘴里一把把地塞着泥土,咬自己的胳膊,一阵阵地狂笑起来。

干渴更使他们难以忍受,因为他们从第九天开始就没有一滴水了,羊皮口袋全都空空如也。为了缓解干渴的感觉,他们将舌头贴在腰带的金属片上,象牙球饰上,或者宝剑的剑身上。在商队里牵过骆驼的人用绳子扎紧肚子。有些人吸吮着卵石,有些人喝着存在青铜战盔里的冷却了的尿。

他们还一直在等着从突尼斯来的援军!他们想既然这支援军这么长时间还未到来,那就说明它马上就要到了。况且马托是个好汉,绝不会丢下他们不管。"明天就到了!"他们心想,可是明天又这么过去了。

起初他们还祈祷、许愿、念各种各样的咒语。现在他们对自己的神祇只剩下憎恨,并且竭力不再相信这些神祇的存在,作为报复。

性情粗暴的人先死;非洲人比高卢人更有耐力。查尔萨斯直挺挺地躺在巴利阿里人中间,头发披在胳膊上,毫无生气。史本迪于斯发现了一种植物,长着宽阔的、充满汁液的叶子。他宣布这种植物有毒,把别人都骗开去,独自以此充饥。

他们虚弱得连用石头把在他们头上飞来飞去的乌鸦打下来的力气也没有了。有时候一只胡兀鹫停在一具死尸上,啄食了许久,有个人嘴里衔着标枪慢慢朝它爬去。他用一只手撑着身子,仔细瞄准之后,把标枪投了出去。那长着白羽毛的畜生受了这声音的打扰,停了下来,神态安然地向周围看了一眼,活像一只鸬鹚栖息在一块礁石上,随后又把它那丑恶的黄色巨喙啄了下去;那人绝望地扑倒在尘埃里。有些人发现了变色龙和蛇。可是使他们活下来的,是对生命的热爱。他们全身心都集中于这个念头,别无他念,——他们凭意志的力量抓住生命,这种意志的力量也确实延长了他们的生命。

最富有坚忍精神的人一个接着一个围成圆圈坐着,在平原上东一处西一处的,坐在死人之间,用斗篷裹着身子,默默地沉浸在忧思之中。

在城市长大的人想起了热闹非凡的街道、酒馆、戏院、澡堂,还有理发匠的铺子,在那里可以听到许多趣闻逸事。其他人眼前又浮现出夕照之下的田野,金色的麦浪,脖子上挂着犁铧的高大的耕牛正回到山坡上。游子思念着蓄水池,猎人思念着树林,老兵思念着战场;——在这种似睡非睡的麻木状态中,他们的思想与梦境的激烈和鲜明形成对照。他们突然产生了幻觉;他们在山里寻找一扇大门好逃出去,于是他们就想穿越这扇梦幻中的大门。还有些人以为自己正在暴风雨中航行,于是他们便指挥操纵起那船来。还有些人看见云端里有布匿人的部队,吓得直往后退。那些在想象中参加饮宴的人则在狂歌乱唱。

许多人得了一种怪癖,不停地重复说着同一句话或做着同一个手势。而后,他们偶尔抬头互相注视,发现他们面容可怕的变化,又不由得痛哭失声。有些人已经不觉得痛苦,为了打发时间,他们就相互叙述自己历次脱险的经过。

他们大家的死亡是肯定无疑、近在眼前的。他们不是无数次地企图打开一条通道吗?至于向胜利者乞求投降,用什么方法呢?他们连哈米尔卡尔在什么地方都不知道。

风从冲沟那边吹来,使沙子漫过狼牙闸门像瀑布一样倾泻下来,无尽无休。蛮族士兵的斗篷和头发都盖上了一层沙子,仿佛土地爬到了他们身上,想把他们埋葬在这里。没有任何动静,那永恒存在的大山每天早上都似乎变得更加高峻。

有时一队队鸟儿在蓝天上自由自在地展翅高飞而过。他们闭上眼睛不愿看到它们。

他们先是感到耳朵嗡嗡作响,指甲开始发黑,胸口有股凉气升上来,于是侧身躺下,毫无声息地咽了气。

第十九天,两万名亚洲人死了,一千五百名群岛的人,八千名利比亚人,最年轻的雇佣兵和整个整个的部族也都死了——总共死了两万名士兵,全军总数的一半。

欧塔里特手下只剩五十名高卢人了。他正想自杀一了百了,忽然看到对面山顶上好像有一个人。

由于山太高,那人看上去像个侏儒。然而欧塔里特辨认出了他左臂上的三叶草形状的盾牌。他叫了起来:"迦太基人!"于是平原上,狼牙闸门前,乱石堆下,大家立即站了起来。那名迦太基士兵在悬崖边上走来走去,下面的蛮族人全都看着他。

史本迪于斯捡起一只牛头,然后用两根腰带做成一顶冠冕,插在牛角上,又用长竿挑将起来,表示求和的意思。那迦太基人不见了。大家都等待着。

最后,到了晚上,好像石头从悬岩上坠落似的,打上面忽然掉下一根肩带。那是一根红色皮带,上面布满刺绣,缀有三颗钻石星星,中间带有元老院的印记:一匹马站在一棵棕榈树下。这是哈米尔卡尔的答复,是他送来的安全通行证。

他们没有什么可担忧的,任何改变都意味着目前苦难的终结。他们欣喜若狂、互相拥抱、泪如雨下。史本迪于斯、欧塔里特和查尔萨斯,四个意大利人、一个黑人和两个斯巴达人自告奋勇充当谈判代表。大家马上就通过了。然而他们不知道用什么方法才能出去。

这时从乱石堆那里传来一阵轰响,最上头的一块岩石被掀翻了,一直滚落到下面。这些岩石从蛮族人那面的确是无法撼动的,因为他们必须把岩石往斜坡上滚(况且这些岩石都堆挤在狭窄的隘口),而从另一面则相反,只要用力一推它们就滚下去了。迦太基人将岩石一块块推了下去。到了日出时分,这些岩石就滚到了平原上,像一座破败的庞大无比的楼梯的一级级阶梯一样堆在那里。

蛮族人还是爬不上这些阶梯。迦太基人放下了梯子,大家一拥而上。一架投石器发射石弹把他们打退了。只有那十名谈判代表被带去见哈米尔卡尔。

他们在胸甲骑兵中间走着,用手扶着马屁股以支撑身子。

他们最初的狂喜已经过去,现在又开始忐忑不安起来。哈米尔卡尔的要求将会是十分严酷的。可是史本迪于斯叫他们放心。

"让我来说!"他自吹知道该说些什么来拯救全军将士。

在每座灌木丛后面都埋伏着岗哨。哨兵们一见史本迪于斯肩上披着的肩带都下跪行礼。

他们到了布匿军营里,一大群人围到他们身边,他们好像听到人群里窃窃私语,哧哧暗笑。一顶营帐的门打开了。

哈米尔卡尔坐在营帐深处一张矮凳上,旁边摆着一张矮桌,桌上有一柄寒光闪闪的出鞘利剑。军官们围着他站立着。

见到他们进来,他往后做了个手势,然后向前倾出身子仔细打量他们。

他们的瞳仁异常扩大,眼睛周围有一大圈黑晕,一直伸展到耳朵下面;鼻子发青,在深陷的两颊中间耸起;脸上刻下了深深的皱纹;身上的皮肤过分松弛,蒙着一层青灰色的灰尘;嘴唇紧贴在一口黄牙上;他们浑身发出一股恶臭,简直是一些开了盖的棺材、会走路的腐尸。

在营帐中央,为军官们铺设的草席上,放着一盘热气腾腾的南瓜。蛮族人目不转睛地盯着这盘菜,浑身哆嗦成一团,眼泪涌上了眼眶。然而他们竭力忍着。

哈米尔卡尔刚回头和一个人说话,他们就全都扑到那盘菜上。他们趴在地上,脸浸在油里,咕噜咕噜的吞咽声和快乐的呜咽声交织在一起。大概是出于惊讶而非怜悯,迦太基人让他们吃完了那盘菜。等他们站起身来,哈米尔卡尔做了个手势,命令那个披着肩带的蛮族人说话。史本迪于斯害怕了,结结巴巴地说起来。

哈米尔卡尔一面听,一面转着手指上的一只粗大的金戒指,就是那只在肩带上盖了迦太基印记的戒指。他把戒指掉到了地上,史本迪于斯马上把它捡起来;在主子面前,他的奴隶习气又恢复了。其他几个人见他这么低三下四,都气得发抖。

584

可是那个希腊人提高了嗓门,他历数了汉诺的罪行(因为他知道汉诺是巴尔卡的政敌),又试图以他们目前苦难的具体情节和他们往日对他的忠诚来打动他。他说了许久,滔滔不绝,狡诈阴险,甚至慷慨激昂;后来,他顺着自己的思路越说越兴奋,忘了自己的私心和自卑。

哈米尔卡尔答道他接受他们的申辩。因此和约即将缔结,而这将是永久的和平!但他要求交给他十名雇佣兵,由他来挑选,而且不能带武器,不穿上衣。

他们没有料到条件如此宽大;史本迪于斯叫了起来:

"噢!主子!你要二十个也行!"

"不!我只要十个就够了。"哈米尔卡尔温和地回答。

哈米尔卡尔让他们走出帐篷商量一下。等他们到了外面,欧塔里特就为被牺牲的伙伴请命,查尔萨斯则对史本迪于斯说:

"你为什么不把他杀掉?他的剑就在你的身边!"

"杀他!"史本迪于斯叫道,他一再重复说着:"杀他!杀他!"仿佛这种事情是不可能的,仿佛哈米尔卡尔是不会死的一样。

他们疲倦已极,仰躺在地上,不知如何是好。

史本迪于斯劝他们让步。最后,他们同意了,回到了营帐里。

于是执政官轮流和那十个蛮族人握手,仅仅握了握他们的手指;然后他在衣服上擦了擦手,因为他们黏糊糊的皮肤摸上去有种粗糙松软的感觉,使人感到又涩又麻,起鸡皮疙瘩。然后他问他们:

"你们真的都是蛮族人的首领而且为他们作了担保吗?"

"是的!"他们答道。

"丝毫不勉强,打心底里愿意履行你们的诺言吗?"

他们保证要回到伙伴中去实施他们的诺言。

"那么好吧!"执政官又说,"根据我——巴尔卡,与雇佣兵使节之间达成的协议,我选择的就是你们,我要留下你们!"

585

史本迪于斯昏倒在席子上。蛮族人似乎唾弃了他,相互挤在一起,没有怨言,没有悲伤。

他们的伙伴不见他们回来,以为被他们出卖了。谈判代表们一定都卖身投靠了执政官。

他们又等了两天,第三天早上他们作出了决定。他们靠绳索、鹤嘴镐和插在布条间作为梯级的箭,终于爬上了那些岩石;丢下了大约三千名身体最弱的伙伴,出发去和突尼斯的蛮族部队会合。

峡谷上方有一片草地,长着稀稀落落的灌木;蛮族人把树上的嫩芽都吃掉了。后来他们又发现了一块蚕豆地;统统被吞噬一空,仿佛一群遮天蔽日的蝗虫打这儿飞过一样。三小时后他们来到另一个高原,高原四周环绕着郁郁葱葱的山峦。

在那些逶迤起伏的山冈上,每隔一段距离就有一丛银白色的东西在闪闪发光。蛮族人被阳光照花了眼,恍恍惚惚见到下面有一团团黑乎乎的庞然大物托着这一丛丛银白色的东西。那些庞然大物像鲜花开放一样站了起来。原来那是些全副武装的战象,和战塔里伸出来的一根根长枪。

它们除了胸前的长矛、巨牙头上的铁刺,身上披的青铜甲片,和护膝甲上挺出的利刃,还有长鼻末端扣着一只皮环,用以固定一把大刀的刀柄。那些战象同时从高原尽头袭来,四面八方,齐头并进。

一种无名的恐怖使蛮族士兵呆若木鸡。他们没有试图逃跑。他们已经被团团围住了。

战象冲进这片人山人海里,它们胸前的冲角将人群分开;象牙上的矛尖像犁铧一样翻起一垄垄人来;象鼻上的大刀又劈又削又砍;战塔上火箭四射,简直是些会走路的火山;眼前只剩下一大堆东西,那白色的斑点是人肉,灰色一块块的是青铜碎片,红色喷溅着的是人血。那些可怕的畜生从这一切里走过,犁出一条条黑色的犁沟。有一个头戴羽饰王冠的努米底亚人驾驭的战象最为凶猛,那人以可怕的速度投掷着标枪,不时发出一声又尖又长的哨声;——那些庞大的畜生像狗一样驯顺,一面进行屠杀,一面回头看着他的号令。

象阵的圈子逐渐收拢,有气无力的蛮族士兵没有进行抵抗,不久战象就杀到了高原中央。由于空间过于狭小,它们都挤在一起几乎直立起来,象牙互相磕碰着。突然纳哈伐斯将它们拢住,掉转屁股向那些山丘一溜小跑奔了回去。

有两小队蛮族士兵躲到了右边一个洼地里,他们扔掉了武器,朝布匿军队的营帐跪着,举着双臂乞求饶命。

迦太基人将他们手脚捆住,一个挨一个地躺在地上,然后又把大象牵了回来。

他们的胸膛像踏碎的箱子一样爆裂开来,战象每走一步就踩死两个人,它们的大脚一陷进人体,屁股就一扭,看上去像瘸腿一样。它们就这么一直走到队伍尽头。

高原上一切又归于平静。夜幕降临。哈米尔卡尔心满意足地观看着复仇的景象,可是突然他吃了一惊。

他看到,大家全都看到了,在六百步开外,左面的一个小山包上头,还有一些蛮族士兵!四百名最结实的士兵,那些伊特鲁立亚人、利比亚人和斯巴达人,从一开始就登上了山顶,直到当时为止一直留在上面举棋不定。见到这场对他们伙伴的屠杀后,他们决定从迦太基人中间杀出去;他们已经排成密集的队形,威武雄壮,令人胆寒地开了下来。

哈米尔卡尔马上派去一名传令官。执政官需要补充兵员,他无条件招降他们,因为他非常欣赏他们的勇气。那个迦太基人还说他们甚至可以走近一点,到他指定的一个地点,那里有许多食物。

蛮族人奔到那里,整夜吃喝。于是迦太基人都闹了起来,说执政官对蛮族人偏心。

他是对这种永无餍足的仇恨的爆发作出了让步呢,还是这本身就是一种背信弃义的诡计? 总之,第二天他亲自来到蛮族人面前,没带佩剑,没戴战盔,由一队胸甲骑兵护卫着。他向他们宣布,由于吃饭的人口太多,他本不打算留下他们,然而他又需要士兵,他不知道该用什么办法挑选最好的战士,只得让他们进行一场殊死搏斗,胜者将收入他的私人卫队。这种死法总比另一种死法强些;——于是他让他的士兵闪到两边(因为布匿军旗挡住了雇佣兵的视线),让雇佣兵们看见纳哈伐斯的一百九十二头战象,那些战象排成一字长蛇阵,鼻端挥舞着大刀,活像巨人的臂膀在头顶舞着战斧。

蛮族人默默地相互看了一眼。不是死亡使他们脸色发白,而是他们不得不进行可怕的自相残杀。

他们一直朝夕相处,建立了深厚的友情。对于大多数人来说,军营就是祖国;他们没有家小,就把感情转移到某个战友身上,他们在星光下同盖一件斗篷,并肩而眠。他们永无休止地转战各国、出生入死、历尽艰险,更使他们产生了一种奇异的爱情,——这种结合虽然有伤风化,却和婚姻同样严肃。他们中强壮的在战场上保护年轻的,帮助他越过天堑,擦去额上因热病而渗出的汗水,为他偷窃食物;而那年轻的原是路边捡来的弃儿,后来成了雇佣兵,他以无微不至的关心体贴和妻子般的柔顺来报答这种情意。

他们互相交换了项链和耳环,这是以前他们共同经历患难之后,在欢庆大难不死的时刻相互赠送的礼物。人人都要求让自己去死,谁也不肯去杀自己的伙伴。处处都能看见年轻的对胡子花白的说:"不,不!你比我强壮!你将来可以为我们报仇!杀了我吧!"胡子花白的回答:"我没有那么多年好活了!照着我心口来吧,别多想了!"那些亲兄弟手拉着手相互凝视;情人伏在情人的肩头上,站着流着泪相互诀别。

他们脱下铠甲以便让剑尖更容易刺进身体,露出了他们曾为迦太基负伤留下的巨大伤疤,就像一些刻在柱子上的铭文。

他们像角斗士一样分成相等的四行站好,开始缩手缩脚地格斗起来。有几个人蒙上了眼睛,宝剑在空中轻轻地比画着,像瞎子手中的竹竿一样。迦太基人发出嘘声,喊道他们全是些胆小鬼,蛮族人激动起来,格斗很快就全面展开,变得迅猛可怕。

有时两人浑身是血地停了下来,互相拥抱亲吻着死去。没有一个人退缩,他们朝着伸出的刀尖扑去。他们是那样激烈狂热,连在远处观战的迦太基人也害怕起来。

最后,格斗停止了。他们的胸膛里发出巨大的嘶声,从他们似乎刚在大红颜料里泡过的、耷拉着的长发间可以看见他们的眼珠。有些人极快地在原地打着转,就像额头受了伤的豹子一样。另一些人呆呆地站着,凝视着脚下的尸体;然后他们突然用指甲抓自己的脸,双手握着自己的宝剑,刺进自己的肚子。

他们还剩下六十个人。他们要水喝。迦太基人叫他们扔掉手里的宝剑;他们扔了以后迦太基人给他们弄来了水。

就在他们捧着水盆拼命喝水的时候,六十名迦太基士兵朝他们扑去,用尖头短剑扎进他们的后背,把他们杀死了。

哈米尔卡尔这么做是为了满足他的部下的残忍本能,以这种背信弃义的做法笼络人心。

至此战争就结束了,至少他认为如此,马托不会继续抵抗。执政官迫不及待地立即下令部队出发。

他的探子回来报告说,发现一支车队向铅山方向前进。哈米尔卡尔毫不在意。雇佣兵们一旦被歼灭,那些游牧部落也就不足为虑了。最重要的是要占领突尼斯。他日夜兼程地朝着突尼斯进军。

他已经派了纳哈伐斯回迦太基传送捷报。那努米底亚国王为自己的功绩感到自豪,又去求见萨朗波。

她在花园里、一棵大无花果树下接待了他。她倚在一堆黄皮靠枕上,达娜克侍立在她身边。她的脸上蒙着一条白纱,遮住了嘴和前额,只露出一双眼睛;可是她的嘴唇在透明的纱巾下闪烁着光亮,和她手指上的宝石一样,——因为萨朗波的双手也裹在纱巾里,他们交谈的时候,她始终没有做过一个手势。纳哈伐斯向她宣布了蛮军失败的消息,她以祝福来感谢他为她父亲所做的效劳。于是他开始讲述战役的整个过程。

他们周围棕榈树上的鸽子轻轻地发出咕咕的叫声,草丛间有些鸟儿飞上飞下:有白项山雀、有塔尔德叙斯鹌鹑、有布匿珠鸡。久未修整的花园里,草木愈加繁茂葱茏。药西瓜藤爬上了山扁豆枝,马利筋树杂处于玫瑰花间,形形色色的植物互相纠缠,形成绿廊,阳光斜射进来,像在树林中一样,洒下许多叶影。变野了的家畜,听见一点动静就逃了开去。有时可以看见一只羚羊在乌黑的小蹄子上拖着散落在地上的孔雀羽毛。远处城市的喧闹消失于波浪的低语中。天空澄碧万里,海面不见一片帆影。

纳哈伐斯说完话,萨朗波没有回答,默默地打量着他。他穿着描花亚麻袍子,袍子的下摆饰有金丝流苏。两支银箭插在耳际的发辫里,右手挂着一支长矛的木杆,木杆上饰有琥珀环的枪缨。

她打量着他,不由得浮起一堆朦胧的联想。这个声音柔和、身材窈窕如同女子的青年以其优雅的风度吸引住了她的视线,她觉得这似乎是个由众神派来保护她的大姐。她忽然想起了马托,不禁想了解他的情形。

纳哈伐斯答道迦太基人正在向突尼斯进军,捉拿马托。他详细说明了他们获胜的希望和马托的弱点。她似乎越听越为一个不同寻常的愿望即将实现而感到高兴。她的嘴唇颤抖起来,呼吸急促。当他保证要亲手杀死他时,她叫了起来:"是的!杀死他!应当如此。"

努米底亚国王答道,他热切盼望这个人早日伏法,因为战争结束以后他将成为她的丈夫。

萨朗波打了个冷战,低下头来。

可是纳哈伐斯还在继续说着,他把他的愿望比作渴求雨露的花朵,盼望天明的迷路旅客。又说她比月亮更美丽,比晨风更清新,比好客的主人的面容更可亲。他要为她从黑人的国度弄来迦太基从未见过的东西,他们的新居的所有房间都将撒满金粉。

暮色降临,一阵阵花香散发开来。他们久久相视无语,——萨朗波的眼睛在她那长长的纱巾的缝隙里宛如云缝里的两颗星星。他在太阳下山之前告退了。

纳哈伐斯离开迦太基后,元老们松了一大口气。老百姓这一次以比上一次更为热烈的欢呼迎接了他。如果哈米尔卡尔和努米底亚国王战胜了雇佣军,那就再也无法遏制他们了。因此他们决定让他们最中意的人选、年迈的汉诺,也去参加拯救共和国的战争,以此削弱哈米尔卡尔的地位。

汉诺立即向西部各省进发,以便在他曾经蒙受奇耻大辱的地方施行报复。可是当地的居民和蛮族人不是早已死了,就是躲藏起来或者逃之夭夭了。于是他把怒气发泄到农村,焚烧本已是一片瓦砾的废墟,一棵树、一株草也不留下,用酷刑折磨他们发现的孩子和残废体弱的人;把妇女交给士兵奸污,然后杀死;最漂亮的女子都送到他的轿子里,——因为他那难忍的痼疾使他欲火中烧;他以得了不治之症的人那种疯狂的劲头拼命满足自己的性欲。

在一些山丘的山脊上常常可以看见有些黑色的帐篷像被风吹翻一样倒了下来,一些边缘发亮的巨大圆盘(可以认出那是战车的车轮),发出哀怨的声音转动着,渐渐驶入山谷里面。那些部落放弃攻城离开迦太基以后,就这样在各省逛荡,窥伺时机,只等雇佣兵得胜便卷土重来。可是如今他们不是出于恐惧就是因为饥饿,全都踏上了返回故乡的归途,不见踪影了。

哈米尔卡尔并不嫉妒汉诺的这些战绩,然而他急于结束战事,因此命令汉诺回师突尼斯。汉诺是爱国的,他于指定的日期来到突尼斯城下。

突尼斯的防卫力量包括本城居民、一万二千名雇佣兵,和所有以不洁食物为生的人。他们和马托一样紧盯着迦太基,这些贱民和那位雇佣军主帅全都远远眺望着迦太基高大的城墙,梦想着城里无穷的欢乐。这种同仇敌忾的情绪,使城防工作迅速组织就绪。他们用羊皮袋改制战盔;砍伐各家花园里的所有棕榈树制造长矛;增挖蓄水池;至于粮食,他们在湖边钓了许多肥硕的白鱼,这些鱼是吃尸首和各种脏东西长大的。他们的城墙因迦太基人怀有戒心而一直处于年久失修的状态,用肩膀一顶就能推倒。马托用从民房拆下来的石头堵住城墙的窟窿。这是最后一战了;他不抱任何希望,然而他又自我安慰说,命运是变化不定的。

迦太基人逼近时发现城墙上有个人腰以上都暴露在雉堞之上。在他身边飞舞的乱箭并不比一群上下翻飞的燕子更使他害怕。不可思议的是,没有一支箭射中他。

哈米尔卡尔在南面扎营,纳哈伐斯在他右边据守拉代斯平原,汉诺驻在湖边,三位将领应当保持各自的阵地,以便同时开始攻城。

可是哈米尔卡尔想首先让雇佣兵们看看,他要像对待奴隶一样惩罚他们。他下令将那十名雇佣兵的使者一个接一个地在城对面的一座小山上,钉上了十字架。

一见到这个景象,突尼斯的守军立即开城出战。

马托心想,如果他能迅速在城墙和纳哈伐斯的营盘之间穿过,使努米底亚人来不及出击,他就可以袭击迦太基步兵的背后,使之处于他的部队和城里部队的夹击之下。因而他率领着一支久经沙场的队伍扑了出来。

纳哈伐斯发现了他,立即越过湖滩通知汉诺,请他派兵增援哈米尔卡尔。他是认为哈米尔卡尔抵挡不了雇佣兵呢？还是出于奸诈或者愚蠢？谁也无从了解。

汉诺想让他的政敌丢脸，所以毫不犹豫，他命人吹起军号，于是他的整个部队都朝着蛮族人冲去。蛮族人掉头直奔这些迦太基人，把他们打翻在地，踩在脚下。这样打得他们节节败退，一直打到汉诺的营帐。汉诺当时正和三十名最显赫的迦太基元老待在一起。

他对蛮族人的胆量显得十分惊愕，大声呼唤着他的军官们。蛮族人纷纷把拳头伸到他喉咙口，破口大骂。大家拼命挤上前来，那些抓住他的人好不容易才没让他给踩成肉泥。而他则一直试图在他们耳边说："你要什么我都给你！我有的是钱！救救我吧！"他们拉着他，尽管他身躯笨重，却双脚离地了。他们已经把元老拖走。他越来越害怕。——"你们打败了我！我是你们的俘虏！我要赎身！请听我说，我的朋友们！"他被他们左右两边扛在肩上，不住地说："你们要干什么？想把我怎么样？我没有顽固不化，你们都看见了！我一直是个好人！"

一个巨大的十字架竖在门口。蛮族人吼着："这儿！这儿！"可是他叫得比他们更响。他以他们神祇的名义，要他们把他带去见他们的主帅，因为他有一件关系到他们生死存亡的要事必须面陈主帅。

他们停了下来，有几个人认为还是把马托找来为妥。于是有人便去找他。

汉诺摔倒在草地上。他看见自己周围还有其他十字架，仿佛把他即将遭受的酷刑事先增加了许多倍。他竭力说服自己，是自己弄错了。只有一个十字架，甚至努力相信连一个十字架都没有。最后，他被拉了起来。

"说吧！"马托说。

他提出愿将哈米尔卡尔诱来交给雇佣兵，然后他们一起开进迦太基,两人并肩为王。

马托做了个手势让人赶紧动手,便走开了。他以为这不过是一个缓兵之计而已。

这个蛮族人弄错了。汉诺已经到了山穷水尽不择手段的地步,况且他恨透了哈米尔卡尔,只要有一点活命的希望,他就会把哈米尔卡尔连同他的士兵一起出卖给蛮族人。

元老们都瘫倒在那三十个十字架底下,绳索已经穿过了他们的腋窝。这时那位老朽的执政官终于明白他不得不死了,于是哭泣起来。

他们把他破烂的衣服剥光——他那吓人的身体就露了出来。这堆难以名状的烂肉上满目疮痍;大腿肥得他看不见自己的脚指甲;手指上垂着破布似的暗绿色的烂肉;眼泪在他脸上的结节之间流下来,使他的脸呈现出一种怕人的悲伤神情,像是泪水在他脸上所占的地方比在别人脸上多。他那王家头带松了开来,和他的头发一起拖在尘土里。

他们觉得没有那么结实的绳子能把他吊上十字架,就按照布匿人的习惯,先把他钉上去,再把十字架竖起来。他的傲气在痛苦中又恢复了。他破口大骂他们,吐着白沫,扭着身躯,活像是在岸上任人宰割的海妖。他说他们的下场会比他更惨,他的仇会有人替他报的。

他的仇已经报了。在突尼斯城的另一面腾起了一股股浓烟烈火,雇佣兵的十名使节正在咽气。

有几个人本来已经昏迷过去,刚才被凉风一吹又醒了过来;可是他们的下巴仍然垂在胸前,身子则坠下去了一点,尽管脑袋上方的胳膊上钉着钉子;他们的脚跟和手心慢慢地往下滴着大滴的鲜血,就像成熟的果子从树枝上坠落下来,——迦太基、海湾、群山、平原,都在他们眼前旋转,就像一只巨大的车轮。有时一团尘雾平地而起,将他们裹在旋涡里。他们渴得嗓子冒火,舌头在嘴里直打转,只觉得身上流着冰冷的汗水,灵魂也随之渐渐离开躯壳。

这时,他们依稀见到城市的另一端有许多士兵挥舞利剑在街道上前进。战斗的喧声也隐隐约约地传进他们耳中,就像大海的涛声传进正在一艘沉船的樯桅上奄奄一息的遇难者耳中一样。意大利人比别人结实,还在那里叫唤;拉栖第梦人合上眼皮、一声不吭;查尔萨斯本来那么生龙活虎,现在却像一根折断的芦苇垂倒着上身;在他身边的埃塞俄比亚人脑袋向后仰倒在十字架横梁上;欧塔里特一动不动地转着眼珠,一头浓密的头发夹在一个木头缝里,在他额头上直立着,他咽气的声音听上去却像在怒吼。至于史本迪于斯,他变得异乎寻常地勇敢起来,如今他深知自己即将得到永恒的解脱,便蔑视生命,泰然地等待死亡的来临。

他们于昏昏沉沉之中有时被鸟羽拂着嘴唇,蓦地一惊。有些巨大的翅膀在他们四周扇动着,投下一个个阴影,空中响起呱呱的叫声;史本迪于斯的十字架最高,秃鹫首先停在他的十字架上。于是他把脸朝着欧塔里特转过去,露出难以形容的微笑,缓慢地对他说:

"你还记得去西喀的路上看见的那些狮子吗?"

"它们是我们的难兄难弟!"那高卢人说完就断了气。

执政官在此期间已经攻破了城墙,登上了城楼。一阵大风突然卷走了浓烟,他眼前豁然开朗,一直可以看到迦太基的城墙,他甚至觉得仿佛见到在埃斯克姆神庙的平台上有人朝这里张望;而后,他把目光移向近处,看见左前方的湖边有三十个大得出奇的十字架。

的确,雇佣兵们想让这些十字架显得更加令人胆战心惊,便把帐篷的支柱接在一起,把那三十具元老的尸体高高地挂在空中。他们胸口上有一些白蝴蝶似的东西,那是雇佣兵们从下面射上去的箭的羽翎。

在最高的一个十字架上,有一条宽大的金丝绶带闪闪发光,挂在尸首的肩上,这一边的胳膊不见了,哈米尔卡尔好不容易才认出那是汉诺。他那海绵一样疏松的骨骼在铁钉上挂不住,四肢一截截地掉下来,——十字架上只剩下一堆不成形状的残余,就像猎户门上挂着的一块块兽肉一样。

执政官刚才并不知道这面的情况,突尼斯城在他面前挡住了城后的一切,陆续派到那两支部队去的军官都没有回来。后来,逃回来的败兵讲述了他们被击溃的经过,布匿军队停了下来。这件在胜利中降临的祸事把他们惊呆了,连哈米尔卡尔的号令也听不见了。

马托趁此机会继续在努米底亚人中间冲杀。

汉诺的营盘被摧毁后,他又扑向了他们。战象出来迎击。可是雇佣兵从墙上拔下许多引火物,挥舞着火把在平原上前进。那些庞然大物吓得逃到岸边跳进海湾,在水里挣扎着自相残杀,终于因为身上的铠甲太重而淹死了。这时纳哈伐斯已经派出骑兵,雇佣兵全都扑倒在地下,等战马离他们仅三步之遥,他们就蹦起来一匕首把它们开了膛。巴尔卡赶到时,努米底亚人已经伤亡过半。

雇佣兵们已经精疲力竭,抵挡不住他的部队。他们秩序井然地后撤到了温泉山下。执政官用兵谨慎,没有穷追他们。他挥师占据了马卡尔河河口。

突尼斯城归他所有了,可是全城只剩下一大堆冒烟的残垣断壁。破砖烂瓦从墙上的豁口一直滚落到平原中央,平原尽头,海湾的海岸之间;战象的尸体被海风一吹,互相碰撞着,像黑色岩石组成的群岛漂浮在水面。

纳哈伐斯为了打这场战争,把森林里的象群捕捉一空,幼象、老象、公象、母象全都抓来,使王国的军事实力一蹶不振。老百姓们远远望见它们被淹死,都伤心不已。男人们在街头痛哭流涕,像呼唤亡友一样叫着它们的名字:"无敌啊!胜利啊!霹雳啊!飞燕啊!"当天人们谈论它们比谈论阵亡的国民还长久。可是第二天,人们又看见雇佣兵的营盘扎在温泉山上,于是大家彻底绝望了。许多人,尤其是妇女,都头朝下从卫城上跳了下去。

他们不知道哈米尔卡尔的意图。他独自待在自己的帐篷里,只有一个小厮随身伺候。从来没有任何人与他一起用餐,连纳哈伐斯也没有。然而自从汉诺全军覆没以后,他对纳哈伐斯表现出不同寻常的敬重;但那位努米底亚国王对成为他的女婿太感兴趣了,绝不敢忘乎所以。

哈米尔卡尔表面上的无所作为掩盖着他的一些巧妙计策。他施展各种手腕笼络各村的村长,使雇佣兵像洪水猛兽一样四处遭到驱逐、拒绝或围猎。他们一走进树林,周围的树木就燃烧起来;他们想喝水,泉水却下了毒;他们躲在山洞里睡觉,洞口就被人堵死。本来一直庇护他们,作为他们同谋的村民,如今却追捕起他们来;他们经常在追捕他们的人群中辨认出迦太基人的铠甲。

有些人脸上长了一块块红色脱皮性皮疹,他们认为那是因为碰过汉诺而引起的。还有些人却以为是因为吃了萨朗波的神鱼,但他们非但不后悔,而且还想干些更加可憎的渎神行为,使布匿神祇受到更大的贬抑。他们恨不得能把那些神祇全都消灭掉。

他们就这样在三个月间沿着东海岸艰难地行进,继而又来到塞路姆山后,一直到了沙漠边缘地带。他们在寻找一个栖身之地,不管是哪里。只有乌提卡和伊博-扎里特没有背叛他们,可是哈米尔卡尔包围了这两座城市。他们又漫无目的地转辗北上,连道路都不认识。由于备受磨难,他们有点失去方寸了。

他们心中只有一种日甚一日的愤恨;有一天,他们又回到了科比斯山谷,再一次来到迦太基城面前!

于是他们与迦太基部队的接触战变得频繁起来,双方互有胜负。可是双方都已感到厌倦,不愿意继续这样拉锯下去,而希望打一场大仗,最后决定胜负。

马托想自己去向执政官提出这个建议。他手下的一个利比亚人自告奋勇去下战书。大家看着他离去，都认为他不会生还。

然而他当天晚上就回来了。

哈米尔卡尔接受了他们的挑战。第二天日出时分双方到拉代斯平原交战。

雇佣兵们想知道他有没有说别的，那个利比亚人便又说道：

"我当时在他面前等着，他问我还等什么，我说：'杀了我吧！'于是他说：'不！你走吧！明天再和大家一起受死！'"

这种气量使蛮族人感到意外，有些人甚至感到恐惧，马托很遗憾这个信使没被杀掉。

他还剩有三千名非洲人、一千二百名希腊人、一千五百名坎帕尼亚人、二百名伊比利亚人、四百名伊特鲁立亚人、五百名萨谟奈人、四十名高卢人，还有一支那菲尔人①的队伍，那菲尔人是专事劫掠的游牧部族，在椰枣山一带加入他们的部队，这样他们总共有七千二百一十九名士兵，但是没有一支小队是全员的。他们用四足兽类的肩胛骨堵住铠甲上的窟窿，破破烂烂的襻鞋代替了青铜高勒厚底靴。一些铜片或铁片使他们的衣服变得十分笨重，他们的锁子甲褴褛不堪地挂在身上，像红线一般的伤疤在臂上和脸上的汗毛中间露了出来。

他们阵亡的伙伴的怒火回到了他们心中，增强了他们的力量，他们朦朦胧胧地感到自己是住在被压迫者心中的神祇的教士，复仇之神的祭司！极度不公平的命运使他们痛苦、狂怒，尤其是当他们又看见了天际的迦太基城的时候。他们发誓要齐心协力、战斗到死。

他们杀掉驮行李辎重的牲口，饱餐一顿，以便增长力气，然后

---

① 那菲尔人，埃塞俄比亚部落民族。

倒头便睡。有些人各自朝着不同的星座做着祈祷。

迦太基人抢在他们前面到达平原。他们用油涂抹盾牌边缘,使箭镞更容易滑开;蓄着长发的步兵将头发齐额剪下,以防万一。哈米尔卡尔从第五个时辰开始,就下令将所有的饭盒倒空,因为肚子太饱不利于作战。他的军队增加到了一万四千人,约为蛮族军队的两倍。然而他从来没有像现在这样焦虑不安,如果他打败了,共和国就会灭亡,他会被钉上十字架;反过来说,如果他打赢了,他就能越过比利牛斯山、高卢地区和阿尔卑斯山直取意大利,巴尔卡家族的帝国将成就万世不灭之伟业。他一夜之间起床不下二十次,亲自督察一切,巨细无遗。至于迦太基士兵,他们都因长期生活在恐惧之中而激怒起来。

纳哈伐斯怀疑努米底亚人对他的忠诚。此外蛮军也有可能打败他们。一种古怪的虚弱感抓住了他,他每过一会儿就喝一大杯水。

可是有一个他不认识的人打开了他的帐篷,将一顶岩盐雕制的冠冕搁在地上,冠上饰有用硫黄和菱形螺钿镶嵌而成的宗教图案。姑娘们有时将婚礼的冠冕送给未婚夫,作为爱情的信物、一种催促的方式。

然而哈米尔卡尔的女儿对纳哈伐斯并无爱情。

这是因为对马托的思念令人难以忍受地纠缠着她,她以为如果这个人死了,她就可以得到解脱,犹如为了治愈毒蛇咬伤而把毒蛇碾碎抹在伤口上一样。努米底亚国王是属于她的,他迫不及待地等着和她完婚,由于婚礼只能在胜利之后举行,萨朗波便送给他这件礼物,激励他的勇气。于是他的种种焦虑烟消云散了,一心想着拥有一个那么美丽的妻子的幸福。

马托的眼前也曾浮现这样的美好幻象,可是他立即就抛开了这种念头,把抑制下去的爱情转移到自己战友身上。他爱护他们如同自己身体的一部分,如同分担他的仇恨的生死之交——他因

599

而感到精神升华到更高的境界,双臂更加有力,一切必须干的事情无不了然于心。只是有时想起史本迪于斯,才不禁长叹一声。

他把蛮族士兵排成六排相等的行列。中路是伊特鲁立亚人,用青铜链子连在一起,后面是投射手,两翼是那菲尔人,骑着没有鞍鞯的骆驼,身上披着鸵鸟羽毛。

执政官以相同的阵法率领迦太基军队迎敌。他把胸甲骑兵放在步兵前面,轻步兵旁边,再过去就是努米底亚人。日出的时候,他们便这样面对面摆好了阵势。双方都圆睁怒目,远远地相互打量。踌躇片刻之后,两军开始向前推进。

蛮族人缓缓前进着,免得气喘吁吁,脚底拍打着地面;布匿军队的中路形成一段凸出的弧线。接着,像两支舰队相互冲撞产生的巨响一样,爆发出了惊天动地的杀声。蛮族部队的第一排迅速向两边闪开,躲在后面的投射手将弹丸、箭、标枪纷纷投射出去。然而迦太基队伍的凸出部分渐渐拉平,变得笔直,然后向里弯了进去;于是两翼的轻步兵平行地合拢到一起,就像圆规的两只脚并拢起来一样。正在猛攻步兵方阵的蛮族人陷进了两支轻步兵的钳形包抄之中,危急万分。马托下令停止攻打方阵,——迦太基人的两翼继续前进,马托下令最前面的三排士兵后撤。不久这三排人就分别撤至后面三排的左右两翼,他的部队变成了比原先长两倍的队形。

可是蛮族部队的两翼力量较弱,尤其是左翼,士兵们的箭袋已经用空。迦太基人的那两支轻步兵终于到了他们面前,杀得他们尸横遍野。

马托急忙把他们撤到后面,他的右翼有许多手持双斧的坎帕尼亚人,他命令右翼向迦太基人的左翼进攻,中路已在攻打敌阵,左翼的队伍脱离了险境,也使迦太基人的轻步兵不敢进犯。

于是哈米尔卡尔把骑兵分成许多小队,让重武装步兵夹在他们中间,命他们向雇佣兵发动进攻。

他们组成圆锥形阵形,锥尖由骑兵打头阵,两边阵线较宽,挺出无数长枪。蛮族军队无法抵挡他们,只有希腊步兵有青铜铠甲,其他人只有绑在长竿上的菜刀、农庄里拿来的镰刀、轮箍改铸的刀剑;剑身太软,一砍就弯,而在他们用脚跟踩住刀剑把它们扳直的当儿,迦太基士兵便左冲右突,痛痛快快地杀戮他们。

可是那些伊特鲁立亚人钉在链子上,依然屹立不动;战死的人倒不下去,他们的尸体形成一道屏障,这条青铜的粗大的阵线时而分开,时而合拢,柔如游蛇,坚如铁壁。蛮族士兵不时退到这条阵线后面重整队伍,喘息片刻,——随即又拿起断枪破刀杀上阵去。

许多人手中已经没有武器,他们扑到迦太基人身上,像狗一样咬他们的脸。高卢人出于高傲,脱掉了身上的战袍,远远地露出高大白皙的身躯;他们还将身上的伤口弄大,去吓唬敌人。在布匿方阵当中,大家已经听不出传令兵的喊声,只有飘扬在尘雾之上的军旗重复着他们打出的信号,于是每个人都随着周围的庞大方阵进退起伏、变换阵形。

哈米尔卡尔命令努米底亚人出去,那菲尔人扑上去迎击他们。

那菲尔人身穿宽大的黑袍,颅顶留着一簇头发,臂上挂着一面犀牛皮盾牌,手里舞着没有刀柄、系着绳索的飞刀,胯下的骆驼浑身竖着鸟羽,发出刺耳的长鸣。飞刀精确地击中目标,然后啪的一声收回去,斩下一截肢体来。激怒的畜生在队伍里横冲直撞,有的腿被打断了,一瘸一蹦地跑着,活像受伤的鸵鸟。

布匿步兵方阵整个地朝蛮族人反扑过来,把他们的队伍截断了。他们的支队彼此分了开来,团团乱转。迦太基人的武器明晃晃得像一只金环将蛮兵分别围住,当中人头攒动,阳光照到剑尖上面,但见无数白光飞舞。然而一队队胸甲骑兵的尸体仍然躺在地上,雇佣兵剥下他们的铠甲,穿在自己身上,又回来参加战斗。迦太基人莫名其妙,屡屡陷入他们的队伍中去。他们迟疑不决,手足无措,甚至纷纷退却,远处响起的胜利的欢呼像是在把他们如同暴风雨中海面的漂浮物一样刮走。哈米尔卡尔感到绝望,一切都要在马托的天才指挥和雇佣兵所向无敌的勇猛打击之下灭亡了。

可是地平线上爆发起一片鼓声。一大群老人、病人、十五岁的孩子,甚至女人,再也不能抑制住自己焦虑的心情,于是离开迦太基前来助阵。他们从哈米尔卡尔府上牵来了共和国仅剩的一头大象——那头被割掉鼻子的大象,为的是有个庞然大物作为保护。

迦太基士兵觉得那是祖国弃城前来,命令他们为了祖国而拼死战斗。他们顿时斗志倍增,努米底亚士兵也奋力向前,带动了其余所有的士兵。

蛮族人背靠一座小山在平原中央负隅顽抗。他们已经没有任何取胜的希望,甚至连活命的希望都没有了;但他们是最精锐、最勇猛、最强壮的战士。

迦太基的老百姓们开始把铁钎、铁条、铁锤从努米底亚人的头顶上扔进去;那些使执政官们谈虎色变的人却死于妇女扔进去的棍棒底下,布匿的下层百姓正在消灭雇佣兵的最后残余。

雇佣兵退到了小山顶上。他们的圈子每次被打开一个缺口都立即重新合拢;他们两番冲下山去都立即被打了回来。迦太基人七手八脚地伸出胳膊,把长枪从伙伴的腿裆间伸出去,向前面瞎捅一气。他们常在血泊里滑倒。地势太陡,尸体都滚到山下。大象试图爬上山去,却被尸首一直埋到肚皮,就像是舒舒服服地躺卧在死尸上面;它那被砍断的鼻子,末端很大,不时向上翘起,活像一只巨大的蚂蟥。

后来,大家停了下来。迦太基人咬牙切齿地打量着站在小山顶上的蛮族士兵。

最后,他们猛地向上冲去,厮杀重新开始。雇佣兵们常常向他们叫道愿意投降,等他们走近身来,却发出一声令人毛骨悚然的冷笑,只一下,就结果了自己的生命。死者一个个地倒下,生者站到他们的尸体上继续抵抗。这样一层层地堆上去,简直像一座金字塔。

不久他们就只剩下五十个人,然后是二十个,三个,最后只剩下了两个人:一个手执战斧的萨谟奈人,和依然握着剑的马托。

那个萨谟奈人半蹲着身子,一面左右挥舞着战斧,一面提醒马托躲闪周围的进攻:"主帅!这边!那边!低头!"

马托已经丢了护肩、战盔、铠甲,赤裸着全身,比尸首更无血色,头发竖了起来,嘴角两片白沫,手中的宝剑舞动如飞,在周身形成一圈白光。一块飞石把他的剑齐着护手打断,那个萨谟奈人也被杀死了,迦太基人潮水般地涌上前来,都可以碰到他了。于是他把空空的双手举向天空,然后闭上眼睛,——像从悬崖上跳进大海一样,张开双臂纵身向无数枪尖上跃去。

可是枪尖在他面前分了开来。他一次次地向迦太基士兵扑去,他们总是往后退着把兵刃避开。

他的脚碰到一把宝剑,刚想把它捡起来,忽然觉得拳头和膝盖都被罩住,摔倒在地上。

原来纳哈伐斯在他身后紧紧跟着已经有一会儿了,他拿着一张捕捉猛兽的大网,趁马托弯腰的那一瞬间,就把他罩住了。

随后大家把他绑在大象背上,四肢叉开,成十字形,所有没有受伤的人都簇拥着他,热热闹闹地直奔迦太基城而去。

胜利的喜讯不知怎么从夜里第三个时辰开始就传到了城里。他们到达马勒加的时候,日神庙的漏壶已经滴满了第五个时辰。这时马托睁开了眼睛,只见万家灯火,全城仿佛成了一片火海。

一阵席卷全城的欢呼隐隐约约地传到他耳边,他仰面躺在象背上,凝望着星空。

接着,一扇大门关上了,他被笼罩在黑暗里。

第二天,在同一个时辰,留在斧头隘里的最后一个人咽了气。他们的伙伴离开斧头隘那天扎埃斯人来了,弄开了隘口的岩

603

石,供养了他们一些日子。

　　那些蛮族士兵总是盼着马托到来,——他们不愿意离开这山谷,既是由于灰心丧气、衰弱不堪,也是由于病人常有的那种不肯挪动地方的固执心理。后来粮草耗尽了,扎埃斯人就离去了。迦太基人知道他们只剩下不足一千三百人,没必要兴师动众派兵聚歼。

　　在这三年战争期间,各种猛兽,尤其是狮子,数量都大为增加。纳哈伐斯把它们大批赶出巢穴,在后面驱赶着,前面事先每隔一段距离就拴上一只山羊,把它们引到了斧头隘;——它们现在全都住在那里,这时元老院派来察看蛮族部队残部生死的人到了。

　　整个平原到处躺着狮子和尸首,死者与衣服、铠甲混在一起,几乎全都是缺脑袋或者短胳膊的,只有几个看上去还算完整;还有一些尸体完全变干了,布满尘土的脑袋塞在战盔里,没有肌肉的脚从胫甲里直挺挺地伸出来;骷髅上面仍然披着斗篷;白骨在阳光照耀下,形成沙地中的一些亮斑。

　　那些狮子把胸脯贴在地上,两只前爪伸直着休息。它们在阳光的照射下眨着眼皮,由于白色岩壁的折射,阳光显得格外强烈。还有些狮子蹲着,眼睛直勾勾地望着前方;或者踡作一团睡着,整个身子有一半都埋在浓密的鬣毛里。它们全是一副吃得太饱、懒洋洋、百无聊赖的神气,与那座山、那些死人一样动也不动。夜幕渐渐降下来,几抹宽阔的红带横在西方的天际。

　　平原上东一处西一处鼓起的死人堆中,有个比幽灵更模糊的人影站了起来。于是有只狮子走了过去,它那雄伟的身躯在猩红的天幕上刻画出一个黑色的剪影;——它到了那人跟前,一掌就把他打翻在地。

　　然后它趴在那人身上,用它的獠牙慢慢叼出他的肠子来。

　　随后它张开血盆大口,长啸了几分钟,山谷里响起一阵阵回声,最后一切又复归于寂静。

突然,一些细碎的沙砾从上面撒落下来。只听见一阵窸窸窣窣的急促的脚步声,在狼牙闸门那边和隘口那边都露出一些竖耳尖嘴的脑袋来,黄褐色的眼珠闪闪烁烁。那是前来分食死尸残余的豺狗。

在悬崖上俯身张望的那个迦太基人回城复命去了。

十五 马 托

　　迦太基一片欢腾,——那是一种深广的、普遍的、极度的、狂热的欢乐。人们堵上了残破的房屋上的窟窿,把众神的塑像髹漆一新,街上撒满爱神木的枝叶,十字街头香烟缭绕;家家户户的平台上挤满人群,他们五彩缤纷的衣着犹如一丛丛鲜花在半空中怒放。

　　表示喜悦的尖叫声此起彼伏,然而最洪亮的却是担水冲洗街石的水夫们的喊声。哈米尔卡尔的奴隶以他的名义送给大家炒麦粒和生肉。大家相互攀谈,流着泪相互拥抱。推罗诸城已经收复,游牧部落也已散去,蛮族人全部就歼。卫城消失在五颜六色的顶篷下面;排列在防波堤外的三层桨战船的船艏冲角熠熠生光,看过去像一道钻石筑成的堤岸。到处都能感到秩序的恢复、新生活的开始,和一种普天同庆的祥和气氛:那是萨朗波与努米底亚国王成婚的日子。

　　在日神庙的平台上,摆下了三张长桌,上面放着许多巨大的金器。那是祭司、元老和富豪们的席位。第四张桌子摆在高一些的地方,是哈米尔卡尔、纳哈伐斯和萨朗波的席位。因为萨朗波取回纱呗,拯救了祖国,人民将她的婚礼变成举国欢庆的日子,大家都在下面的广场上等待着她的露面。

　　然而使他们急不可耐的,还有一种更富于刺激性的欲望,那就是定于在婚礼上进行的处死马托的活动。

　　本来有人提议活活剥掉他的皮,把铅水灌到他肠子里,让他饿死;或者把他绑在树上,让一只猴子在背后用石头敲他的脑袋;他冒犯了月神,理应由月神的狒狒来对他进行报复。还有些人认为应该把浸过油的麻绳灯捻绕过他身上的好几个地方,然后把他放在骆驼背上游街,——他们一想到那头高大的畜生驮着这个人穿街越巷,而他在火焰中像风吹烛台一样扭着身子的情景就大感快意。

可是应当委派哪些公民对他行刑,为什么剥夺其他人的权利?最好能有一种处死的办法,让全城居民都能参加,所有的手、所有的武器、所有迦太基的东西,直至街道的铺路石板以及海湾的波浪,都能撕碎他、砸烂他、消灭他。于是元老们决定让他从监狱走到日神广场,不用任何人押送,只把他的双臂反绑在背后;不准打击他的心脏,好让他多活一阵;也不准弄瞎他的眼睛,好让他自始至终看着自己受刑;不准用任何东西扔他,不准一次给他三个指头以上的打击。

尽管他要到日暮时分才能露面,人们却不时以为自己已经瞧见他了。大家向卫城涌去,街巷为之一空,继而又议论纷纷地走了回来。有些人从头天晚上开始就占定一个位置,他们远远地相互招呼,把自己留长的指甲伸出来给对方看。他们留指甲是为了便于抓破他的皮肉。还有些人心神不定地踱来踱去,有的脸色苍白,似乎等着受刑的倒是他们自己。

忽然,在马巴勒地区后面,在人群头上露出了一些巨大的羽扇。那是萨朗波走出宫殿来了。大家都松了口气。

可是护送新娘的行列一步一步地,要过很久才能来到。

走在队伍前面的,是巴泰克诸神的僧众,接着是埃斯克姆神的僧众,麦加尔特神的僧众和其他神祇的僧众,依次走来,他们的标志和次序都与上次举行燔祭时相同。摩洛神的祭司们都低着脑袋走过去,而人们也由于某种悔恨的心情,见到他们就避开。拉贝特娜神的僧众却自豪地捧着里拉琴走了过来,月神的女祭司们走在他们后面,身穿黄色或黑色透明的纱袍,发出鸟叫的声音,像蛇一样扭动腰肢,时而又随着笛声旋转起来,模仿众星的舞蹈,她们轻

607

柔的衣袍把一阵阵令人骨软筋酥的香味送到大家面前。当克德希姆神①的祭司们混杂在这些女人中间到来时,人群都鼓起掌来。他们是那位雌雄同体的神祇的象征,画着眼影,洒着香水,服饰也和女祭司一样,尽管乳房扁平,臀部没她们大,却也和她们十分相像。况且那天是雌性原则统治一切,混淆一切:一种神秘的淫荡气氛在闷热的空气中传播开来。圣林里早已点起火炬,夜间在那里将进行大规模的卖淫活动,三艘海船从西西里送来大批妓女,从沙漠地区也来了不少。

僧众们到达后便陆续排列在神庙的院子里,外面的柱廊下和沿着庙墙上升、在上面会合到一起的左右两道阶梯上面。一排排身穿白袍的僧众出现在列柱之间,整个建筑到处都是石像。

接着,财政主管、各省总督和所有富豪也来了。下面一片喧哗。人群从周围的街巷里涌出来,神庙的奴隶用棍棒将他们赶回去;大家望见萨朗波在头戴金冠的元老们中间,乘着一顶上面打着猩红华盖的轿子。

于是人群发出一片巨大的欢呼声,铙钹和响板敲打得更欢了,铃鼓声如雷鸣,那顶巨大的猩红华盖从神庙的两座塔门之间拐了进去。

华盖又在二楼上出现。萨朗波在华盖下面款款地走着,然后她穿过平台,到最里面的一张宝座上坐下,那宝座用龟壳雕制而成。有人将一把有三个梯级的象牙搁脚凳挪到她脚下,两名黑人孩子跪在第一个梯级上,有时她把胳膊搁在他们头上,胳膊上戴满过于沉重的镯子。她的下身裹着一张细眼丝网,从腰部直至脚踝,网眼模仿鱼鳞的形状,闪着珠光;上身束着一条纯蓝色的阔带,前面开了两个新月形的口子,露出她的双乳;一些光彩夺目的深红色

---

① 克德希姆神,一位具有雌雄两性的神祇,源于叙利亚、东方的一些宗教,又经塞浦路斯将其传入希腊。

宝石坠子遮住了乳头。她的头上饰有孔雀翎毛,上面布满繁星般的宝石。身后垂下一件雪白的披风,——她双肘靠拢身体,双膝并紧,手臂上端戴满钻石链子,按宗教仪式的要求,坐得笔直。

在两个较低的座位上,坐着她的父亲和她的丈夫。纳哈伐斯身穿金黄色的华丽长袍,头戴那顶岩盐雕制的冠冕,上面翘起两根发辫,像阿蒙神的羊角一样扭曲着。哈米尔卡尔穿着一件饰有金线挖花织制的葡萄藤蔓的紫色上衣,腰间依然挂着一柄打仗用的宝剑。

在那四张桌子围成的空间里,埃斯克姆神庙的蟒蛇躺在地上一摊摊粉红色的油中间,衔住自己的尾巴形成一个黑色的大圆圈。圆圈中央有一根铜柱,顶端有一只水晶蛋,阳光照在上面,光芒四射。

身穿亚麻布长袍的月神僧众在萨朗波身后排列开来,元老们坐在她的右首,他们的金冠连成一长道金线;富豪们坐在她的左首,他们的绿宝石权杖连成一长道绿线,——而排在下首的摩洛神的祭司,由于他们披着猩红的斗篷,看上去就像一堵红墙。其余僧众站在下面几层平台上。人群充塞街巷,登上屋顶,一行行地从底下直站到卫城上面。这样,人民在她脚下,苍穹在她头上,周围是无边的大海、海湾、群山和遥遥在望的诸省。光彩照人的萨朗波与月神难分难辨,似乎她便是迦太基的守护神,是迦太基亡魂的化身。

婚宴将通宵达旦。枝形落地烛台像小树一样立在五颜六色的羊毛毯上,羊毛毯覆盖着矮桌。巨大的琥珀长颈壶、蓝色玻璃双耳尖底瓮、玳瑁汤勺和小圆面包挤在两行珍珠镶边的盘碟中间;一串串连枝带叶的葡萄绕在象牙葡萄架上,宛如女祭司手中的酒神杖;一块块白雪在乌木托盘中渐渐融化;柠檬、石榴、西葫芦、西瓜在高大的银器间堆积如山;张开大嘴的野猪似乎在香料的粉末里打滚;重新覆盖上自己毛皮的野兔仿佛在鲜花丛中蹦跳;贝壳里塞满混合而成的肉;糕饼做成具有象征意义的形状;揭开钟形盘盖,里面的白鸽展翅欲飞。

奴隶们卷起上衣,踮着脚尖来回走动;时而是里拉琴弹奏起一支颂歌,时而又是合唱的歌声直上云霄。人群的喧闹像大海涛声一样连续不断,隐隐约约地在筵席周围荡漾,似乎在以一种更加宏大的和声抚慰宾客。有几个人想起了雇佣兵的那次盛宴,大家都陶醉于美梦之中。太阳开始西下,一钩新月却早已升上了东方的天空。

萨朗波像是有人叫她一样,忽然回过头去,凝望着她的人群也随着她的视线转过头去。

卫城山上,神庙脚下,岩石中开凿出来的地牢刚才把门打开了,黑魆魆的洞口站着一个人。

他弯着腰走了出来,神色有点惊惶,就像关着的猛兽被突然放出来的时候一样。

外面的光亮使他眼睛发花,他呆呆地站了一会儿。人人都认出了他,大家屏住了呼吸。

这个牺牲品的身体对于他们来说是件特别的东西,一件具有近乎宗教意义的光辉的东西。他们都探着身子想看得清楚一点,尤其是那些妇女。她们渴望仔细看看那个使她们的丈夫和儿子死于沙场的人,而内心深处却不由产生一种没有廉耻的好奇心,——一种想彻底认识他的欲望,这种欲望掺杂着一丝羞愧,变成了加倍的憎恨。

后来他向前走了起来,于是他的突然出现所造成的茫然失措消失了。无数臂膀伸了出去,再也看不见他了。

卫城的阶梯有六十个梯级。他走下阶梯时就像从山上掉进一条激流,有三次人们看见他跳了起来,最后在山下双脚落地。

他的肩膀流着血,胸膛剧烈地起伏,他使劲想挣断绑绳,绷得他反绑在裸露的腰部的胳臂像一段段蛇身一样鼓了起来。

从他站着的地方,有几条街在他面前伸展出去。每条街都有三条青铜链子,一端固定在巴泰克诸神的肚脐上,另一端平行地拉出去,人群被拦在沿街的房屋面前,元老的仆役们挥舞着皮鞭在街心来回巡视。

有个仆役重重地抽了他一鞭,赶他往前走。马托走了起来。

他们从铜链上伸出胳膊,叫喊道给他留的道路太宽了。而他就一面走着,一面被那些手指摸着、掐着、抓着;走到一条街的尽头,另一条街又出现了,他好几次向一旁扑去,要咬他们,大家急忙闪开,铜链把他挡住了,于是大家都哄笑起来。

有个孩子撕破了他的耳朵;有个姑娘把纺锤的尖头藏在袖子里,划开了他的脸颊;众人一把把地拔下他的头发,一点点地抠掉他的肉;有些人用绑着海绵的棍子沾上秽物往他脸上拍。他脖子的右面迸出一股鲜血来,大家马上变得疯狂起来。这最后一个蛮族人在他们心目中代表了所有的蛮族人,整个雇佣军;他们为他们遭受的所有劫难、他们经历的各种恐怖、他们蒙受的种种耻辱,向他进行报复。老百姓们越是发泄愤怒,就越是怒不可遏。铜链绷得太紧,弯了下来,马上要断了;他们连仆役们抽到他们身上叫他们后退的鞭子也感觉不出来了;有些人攀在房屋的凸出部位上,墙壁上的所有窗洞都挤满了人头,他们无法自己动手伤害他,就大声吼叫着鼓动别人去干。

他们残忍而下流地辱骂着他,嘲弄地鼓励他,恶毒地诅咒他;由于他们对他此时此刻身受的痛苦还不满足,便向他预言他在阴间还将遭受更加可怕的酷刑。

这一大片吠叫声响遍迦太基全城,而且愚蠢地持续着。往往单是一个音节——一个沙哑、深沉、狂热的调门——就会被全体百姓反复跟着喊上几分钟。那些墙壁都从头到脚震颤起来。马托觉得街道的两壁向他扑了过来,将他从地面举起,就像两只无比巨大的胳膊,要把他扼死在空中。

他想起来过去也曾有过类似的感受。同样的挤满平台的人群,同样的目光,同样的愤怒,但那时他是自由地走着,所有的人都纷纷退避,有位神祇护佑着他;——这个回忆渐渐清晰,给他带来了难以承受的悲哀。一些影子在他眼前飘过,整座城市在他脑子里旋转,他的血从腰部的一个伤口汨汨流出,他感到自己快死了,双腿一软,慢慢地倒在了街道的石板上。

有人到麦加尔特神庙的柱廊下,从烤肉的三脚支架上拿来一根被炭火烧红的铁条,打第一根铜链下面伸过去,按在他的伤口上。只见他的肌肉上冒起一股青烟,人群的喝彩声淹没了他的惨叫。他又站立起来。

走了六步,他又第三次、第四次跌倒了;每次总被一种新的酷刑逼迫着重新站立起来。有人用管子把沸油滴到他身上,有人把碎玻璃碴撒在他脚下;他继续走着。到了萨泰布街的拐角,他在一家店铺的挡雨披檐下站定,背靠着墙壁,再也不走了。

元老院的奴仆们用河马皮的皮鞭狠命地抽他,抽了许久,连他们上衣的流苏也被汗水浸透了。马托似乎毫无知觉,忽然他向前一蹿,胡乱跑了起来,嘴唇发出在严寒中冻得直抖的人发出的声音。他跑过布戴斯街、索波街,穿过草市,到了日神广场。

他现在归祭司们处置了。奴仆们刚才驱散了人群,广场变得开阔起来。马托朝四周望着,他的目光遇上萨朗波的。

从他迈出第一步开始,她就站了起来。随着他越走越近,她也不由得渐渐走到平台边上。不久,外界的一切事物都不复存在了,她看到的只有马托。她的灵魂里一片沉寂,仿佛一个深渊,由于一个唯一的念头、一个回忆、一个目光,整个世界都消失在其中。这个向她走来的男子不可抗拒地吸引着她。

除了眼睛,他已经没有人样了。那只是个鲜血淋漓的肉柱子;断掉的绑绳顺着大腿垂下来,但却与他那露出白骨的手腕上的筋腱难以分辨;他的嘴仍然大张着;眼眶里冒出两股火焰,仿佛一直升到头发上；——而那个可怜的人却还在走着！

他一直走到平台的下面。萨朗波在栏杆上俯身望着他,他那可怕的眼珠凝视着她,脑海里浮现了他为她遭受的所有痛苦。尽管他已气息奄奄,她却仿佛又看到他在他的营帐里,跪在她面前,搂住她的腰,喃喃地说着甜蜜温柔的情话；她渴望再一次听到这些情话,再一次感受到它们的温馨甜蜜,她不愿意他死去！这时马托忽然剧烈地颤抖起来,她差点喊起来。他仰面倒下,一动也不动了。

萨朗波几乎晕倒,祭司们围着她,七手八脚地把她抬到宝座上。他们向她道贺,这是她的功绩。大家都拍着手,顿着脚,吼叫着她的名字。

有个人扑到尸首上面。他虽然没有胡须,肩上却披着摩洛神祭司的斗篷,腰间别着一把割祭肉的刀,刀柄的末端是个金抹刀。他只一刀就剖开了马托的胸脯,然后挖出心来,搁在金抹刀上。于是沙哈巴兰举起胳臂,把马托的心献给太阳。

太阳降到了万顷波涛之间,它的光线像无数长箭射到那颗红彤彤的心上。随着心跳逐渐减弱,夕阳也渐渐沉入海中。等最后一下跳完,夕阳也完全沉没了。

于是,从海湾到潟湖,从地峡到灯塔,在所有的街道、所有的房屋和所有的神庙上,升起了一片欢呼声。这声音有时停歇片刻,然后又重新响起；建筑物都被震得发抖,迦太基像是在过度的欢乐和无限的希望之中抽着风。

纳哈伐斯扬扬得意,如醉如狂。他左手搂住萨朗波的腰,表示已经占有了她；右手举起一只金爵,为迦太基的保护神干杯。

萨朗波随着她丈夫站了起来,手里拿着一只酒杯,正待饮酒,却忽然倒了下去,脑袋仰面向后垂在宝座的椅背上——她面容灰白、身子渐渐僵硬,嘴唇张开,——她那散开的发髻一直垂到地面。

哈米尔卡尔的女儿由于碰到月神的纱帔就这么死去了。

613